Frances Mayes · Das Paradies heißt Bramasole

Frances Mayes

DAS PARADIES HEISST BRAMASOLE

Eine Liebeserklärung an die Toskana

Aus dem Amerikanischen
von Ursula Bischoff

Karl Blessing Verlag

Titel der Originalausgabe: Under the Tuscan Sun
Originalverlag: Broadway Books, New York

Umwelthinweis:
Dieses Buch und sein Schutzumschlag wurden
auf chlorfrei gebleichtem Papier gedruckt.
Die Einschrumpffolie (zum Schutz vor Verschmutzung)
ist aus umweltschonender recyclingfähiger PE-Folie.

Der Karl Blessing Verlag ist ein Unternehmen der
Verlagsgruppe Bertelsmann.

2. Auflage

Umschlaggestaltung: Design Team München
Satz: Uhl+Massopust, Aalen
Druck und Bindung: Wiener Verlag
Printed in Austria
ISBN 3-89667-118-9

Für Ann Cornelisen

VORWORT

Was soll hier eigentlich mal wachsen?« Der Polsterer schleppt einen Armsessel die Einfahrt zum Haus hinauf, während er einen flüchtigen Blick auf das Land wirft.

»Oliven und Weintrauben«, antworte ich.

»Ja, das sehe ich, und sonst wollen Sie nichts anpflanzen?«

»Küchenkräuter, Blumen, mehr wird nicht gehen – wir sind im Frühjahr nicht hier.«

Er stellt den Sessel auf dem feuchten Gras ab und mustert die sorgfältig gestutzten Olivenbäume auf den Terrassen des ehemaligen Weinbergs, den wir gerade roden und wieder nutzbar machen. »Bauen Sie Kartoffeln an. Die brauchen wenig Pflege«, rät er und deutet auf die dritte Terrasse. »Da unten haben sie den ganzen Tag Sonne; das ist genau der richtige Platz für Kartoffeln, rote Kartoffeln und gelbe, für *gnocchi di patate.*«

Und so buddeln wir nun, zu Beginn des fünften Sommers, den wir hier verbringen, die Kartoffeln für unser Abendessen aus. Sie lassen sich ganz leicht aufsammeln; es ist, als würde man Ostereier suchen. Überrascht stelle ich fest, wie sauber sie sind. Nur kurz unter fließendes Wasser gehalten, und schon glänzen sie.

Die Kartoffeln sind durch eine glückliche Fügung in unseren Besitz gelangt, wie fast alles in den letzten vier Jahren, in denen wir das leerstehende toskanische Haus und das dazugehörige Land grundlegend verwandelt haben. Wir sehen genau zu, wie der fünfundsiebzigjährige Francesco Falco, der den größten Teil seines Lebens Weinbauer war, die Gabel eines alten Weinstocks eingräbt, damit Sprößlinge austreiben. Wir machen es ihm nach. Die Trauben wachsen und gedeihen. Als Fremde, die dank der Gunst des Schicksals hier gelandet sind, ist für uns alles neu, aber wir scheuen kein Experiment. Den größten Teil der Restaurierungsarbeiten haben wir in eigener Regie durchgeführt: ein Vorhaben, wie mein Großvater sagen würde, das nur jemand in Angriff nehmen kann, der nicht die geringste Ahnung hat, was auf ihn zukommt.

1990, während unseres ersten Sommers in der Toskana, legte ich mir ein »Tagebuch« in Übergröße aus marmoriertem Papier mit blauem Ledereinband zu. Auf die erste Seite schrieb ich ITALIEN. Eigentlich war es ein Poesiealbum, für unsterbliche Gedichte gedacht, in dem ich nun profane Listen mit Wiesenblumen und Arbeitsprojekten, neue Wörter in italienischer Sprache und Skizzen von den Mosaiken in Pompeji sammelte. Ich schilderte Räume, Bäume, Vogelrufe. Ich fügte Ratschläge für den Hobbygärtner hinzu: »Sonnenblumen pflanzen, wenn der Mond im Sternbild der Waage steht«, obwohl ich keinen blassen Schimmer hatte, zu welchem Zeitpunkt das sein mochte. Ich beschrieb Land und Leute, die wir kennenlernten, und die Gerichte, die wir ausprobierten. Das Album entwickelte sich zu einer Chronik unserer ersten vier Jahre in Italien. Inzwischen enthält es Speisekarten von Restaurants, Ansichtskarten von berühmten Gemälden, eine Zeichnung vom Grundriß einer Abtei, italienische Gedichte und eine schematische Darstellung unseres Gartens – ein kunterbuntes Sammelsurium. Zum Glück ist es so dick, daß es noch Platz für ein paar weitere Sommer bietet. Dieses blaue Album diente als Grundlage für das Buch *Das Paradies heißt Bramasole*, eine natürliche Folge der ersten Erfahrungen, die ich hier machte und nicht missen möchte: das Restaurieren und anschließende Verschönern des Hauses; den wildwuchernden Dschungel wieder in das zurückverwandeln, was er einmal war, nämlich ein landwirtschaftliches Anwesen mit Olivenhainen und Weinberg; die Toskana und Umbrien Schritt für Schritt und Schicht für Schicht erkunden; Gerichte kochen, die mir fremd sind, oder die Verbindungen zwischen Küche und Kultur entdecken. Im Rahmen dieser Aktivitäten erfuhr ich eine tiefe Befriedigung, ich lernte, daß man auch ganz anders leben kann. Die Gabel eines alten Weinstocks einzugraben, damit er neue Triebe hervorbringt, stellt in meinen Augen eine Metapher für die Notwendigkeit dar, das eigene Leben von Zeit zu Zeit grundlegend zu verändern, damit wir nicht stehenbleiben und einrosten.

Während der ersten Junitage müssen wir das terrassierte Gelände von wildwachsendem Gras und Unkraut säubern, ein Schutz vor Feuer, wenn im Juli die Hitze- und Dürreperiode beginnt. Vor meinem Fenster marschieren drei Männer mit Freischneidern hin und her, die wie Monsterbienen summen. Morgen wird Domenico mit einer Scheibenegge anrücken und das gehäckselte Gras der Erde zurückgeben. Sein Traktor fährt in Schleifen hin und her, Spuren, die vor langer Zeit von Ochsen hinterlassen wurden: die Zyklen des Lebens. Obwohl Freischneider und Scheibenegge die Arbeitszeit beträchtlich verkürzen, habe ich das Gefühl, in dieses uralte Ritual des Sommers eingebunden zu sein. Italien besteht aus kulturellen Schichten, die Tausende von Jahren alt sind, und ich befinde mich nun auf der obersten Ablagerung, einem winzigen Fleckchen Erde, und kann mich nicht sattsehen an den wilden orangefarbenen Lilien, die ringsum die Hänge der Hügellandschaft tüpfeln. Während ich sie bewundere, hält ein alter Mann unten an der Straße an und möchte wissen, ob ich hier wohne. Er erzählt mir, dass er das Anwesen gut kennt. Er schweigt, betrachtet die Steinmauer, die das Grundstück umgrenzt, dann eröffnet er mir in ruhigem Tonfall, daß sein Bruder an dieser Stelle erschossen wurde. Weil man ihn verdächtigte, zu den Partisanen zu gehören; siebzehn Jahre alt sei er gewesen. Immer wieder nickt er mit dem Kopf, und ich weiß, daß er nicht meinen Rosengarten, die Salbeihecke und den Lavendel, sondern ein anderes Szenario vor sich sieht. Er ist in Erinnerungen versunken, zu denen ich keinen Zugang habe. Als er sich zum Gehen anschickt, wirft er mir einen Handkuß zu. *»Bella casa, signora.«* Gestern habe ich büschelweise blaue Kornblumen rund um einen Olivenbaum entdeckt, wo sein Bruder vermutlich starb. Wie mögen sie dorthin gelangt sein? Hat eine Drossel ein Samenkorn fallen lassen? Werden sie nächstes Jahr über diese Terrassenebene hinauswachsen? Gedenkstätten und historische Schauplätze befinden sich auf Sinuswellen von Zeit und Raum; sie unterliegen einer rätselhaften, logarithmischen Bewegung, der ich mich langsam anzupassen beginne.

Ich schlage das blaue Album auf. Es hat mir Spaß gemacht, über diesen Ort, unsere Entdeckungen, über Irrungen und Wirrungen und über unseren Alltag zu schreiben. Ein chinesischer Dichter hat vor vielen Jahrhunderten gesagt, etwas mit Worten wiederzuerschaffen, sei, als lebe man ein zweites Mal. Die Suche nach Veränderung scheint von jeher mit der archaischen Sehnsucht des Menschen verbunden zu sein, seine innere Lebenswelt zu erweitern. *Das Paradies heißt Bramasole* schildert eine solche Welt. Ich hoffe, meine Leser sind wie gute Freunde, die zu Besuch kommen und Spaß daran haben, Mehl auf die dicke Arbeitsplatte aus Marmor in der Küche zu sieben und ein Ei unterzukneten, Freunde, die ein Ohr für den Ruf des Kuckucks in den Linden entwickeln, der viermal am Tag ertönt, und mit einem Lied auf den Lippen zwischen den Rebstöcken die schmalen Terrassenwege hinunterspazieren; die mit Eimern ausrücken, um Pflaumen zu pflücken, die mich zu den kleinen Bergstädten mit den runden Türmen und überquellenden Geranientöpfen begleiten, und die versessen darauf sind, die Oliven anzuschauen, sobald sie als solche zu erkennen sind. Ein Gast, der Urlaub macht und ausspannen will, genießt die Freuden des Lebens doppelt. Spüren Sie schon die leichte Brise, die den erhitzten Marmorstatuen Kühlung zufächelt? Wie bei den Bauern früher üblich, können wir am Feuer sitzen, mit Öl beträufelte Brotscheiben rösten und dazu ein Glas jungen Chianti trinken. Nach den zahllosen Museumssälen mit den Renaissance-Madonnen und den staubigen Landstraßen, die von Umbertide hierherführen, können Sie sich dann bei einer toskanischen Spezialität – Aal, mit Knoblauch und Salbei geschmort – von den Strapazen erholen. Unter dem Feigenbaum, wo zwei Katzen zusammengerollt ein Mittagsschläfchen halten, haben wir es herrlich kühl. Ich habe mitgezählt: Die Taube gurrt sechzigmal in der Minute. Die etruskische Mauer oberhalb des Hauses läßt sich auf das achtzehnte Jahrhundert vor Christus zurückdatieren. Wir können nach Herzenslust miteinander plaudern. Wir haben alle Zeit der Welt.

Cortona, 1995

BRAMARE:
EINE ARCHAISCHE SEHNSUCHT

Ich bin drauf und dran, ein Haus in Italien zu kaufen, in einem Land, das mir als Amerikanerin völlig fremd ist. Ein altes toskanisches Haus mit dem klangvollen Namen Bramasole. Es ist groß, quadratisch und aprikosenfarben, mit ausgeblichenen grünen Fensterläden, vorsintflutlichem Schindeldach und einem schmiedeeisernen Balkon im ersten Stock, wo früher die Damen mit ihren Fächern gesessen haben könnten, um aus luftiger Höhe irgendein Schauspiel zu beobachten. Heute sieht man unten nur noch einen ausufernden Dornendschungel, Rosengestrüpp und kniehoch wucherndes Unkraut. Der Balkon befindet sich auf der Südostseite, mit Blick auf ein tiefes Tal, an das sich der toskanische Teil des Apennin anschließt. Wenn es regnet oder das Licht sich verändert, nimmt die Fassade des Hauses eine goldgelbe, ocker- oder rotbraune Tönung an; an manchen Stellen schimmert unter dem Rosa ein früherer scharlachroter Anstrich durch, wie bei einer Schachtel mit bunten Wachsmalkreiden, die in der Sonne vergessen wurden und schmelzen. Dort, wo der Verputz abblättert, offenbaren die unbehauenen Steinblöcke, wie die Außenwände früher einmal ausgesehen haben. Das Haus ragt hoch über einer *strada bianca* auf, einer Schotterstraße mit weißen Kieselsteinen; es steht auf einem terrassierten Hügel, auf dem zahlreiche Obst- und Olivenbäume wachsen. Sein Name Bramasole kommt von *bramare*, sich sehnen, und *sole,* Sonne, und daß ich mich nach Sonne sehne, ist gewiß.

Die ganze Familie lief Sturm gegen meine Entscheidung, und jeder glaubte, es besser zu wissen. »Lächerlich!« befand meine Mutter mit unüberhörbarer Betonung. »Einfach LÄ-CHER-LICH!« Und meine Schwestern machten einen Aufstand, als wäre ich achtzehn und drauf und dran, mit irgendeinem dahergelaufenen Matrosen in der Familienkutsche durchzubrennen. Insgeheim habe ich ebenfalls meine Zweifel, ob die Entscheidung richtig ist. Die Stühle mit den geraden Lehnen im Wartezimmer des *notaio* sind auch nicht gerade hilfreich. Bei jeder Bewegung bohren sich die nadelspitzen Roßhaare durch das dünne weiße Leinenkleid in meinen Rücken, und ich rutsche oft auf meinem Sitz hin und her, weil in dem Raum eine Affenhitze herrscht. Ich blicke zu Ed hinüber, um zu sehen, was er auf die Rückseite einer Quittung kritzelt: Parmesan, Salami, Kaffee, Brot. Der hat Nerven! Endlich öffnet die Signora ihre Tür und begrüßt uns mit einer Flut italienischer Worte.

Unser Notar ist eine Frau: Signora Mantucci, eine kleine, energische Sizilianerin mit dicken getönten Brillengläsern, die ihre grünen Augen in Mühlenräder verwandeln. Sie redet wie ein Maschinengewehr. Lange Gesetzespassagen liest sie laut vor. Ich war immer der Meinung, Italienisch sei eine Sprache, die leicht und locker dahinplätschert, doch aus ihrem Mund klingen die Worte wie Gesteinsbrocken, die eine Rutsche hinabpoltern. Ed betrachtet sie mit gespannter Aufmerksamkeit; er scheint vom Klang ihrer Stimme hingerissen zu sein. Der Eigentümer des Anwesens, Dr. Carta, ist plötzlich zu der Auffassung gelangt, daß er die Kaufsumme zu niedrig angesetzt hat; es *kann* gar nicht anders sein, sonst wären wir nicht so schnell bereit gewesen, uns auf den Handel einzulassen. Wir finden, daß er einen Wucherpreis verlangt, besser gesagt, wir *wissen*, daß er einen Wucherpreis verlangt. Die Sizilianerin redet ohne Unterlaß; sie läßt sich durch nichts und niemanden stören, mit Ausnahme von Giuseppe aus der Bar im Erdgeschoß, der plötzlich die schwarze Tür zum Allerheiligsten aufstößt, ein Tablett balancierend, und überrascht seine *Americani*-Stammkunden dort sitzen sieht, deren Köpfe vor Verwirrung rauchen. Er bringt der Signora, wie üblich am späten Vormittag, den Espresso, in einem fingerhutgroßen Täßchen, das sie auf einen Satz leert, ohne ihren Redefluß merklich zu unterbrechen. Der Eigentümer erklärt nun, daß ein bestimmter Betrag des Kaufpreises unter der Hand gezahlt werden soll. »Das ist bei uns so üblich«, sagt er. »Hier ist niemand so töricht, den tatsächlichen Erlös beim Finanzamt anzugeben.« Er schlägt vor, daß wir einen Scheck ins Büro des *notaio* bringen und zehn weitere Schecks über kleinere Beträge buchstäblich unter dem Tisch weitergeben.

Anselmo Martini, unser italienischer Immobilienmakler, zuckt mit den Schultern.

Ian, unser englischer Immobilienmakler, den wir als Übersetzer mitgeschleppt haben, zuckt ebenfalls mit den Schultern.

Dr. Carta erklärt abschließend: »Ihr Amerikaner nehmt alles so fürchterlich ernst! Und was die Datierung der Schecks angeht, so sollte, *per favore*, jeweils eine Woche Abstand dazwischen sein, damit die Bank nicht mißtrauisch wird, wenn so große Summen den Besitzer wechseln.«

War das die Bank, die ich kenne, wo die dunkeläugige Angestellte am Schalter sich einmal pro Viertelstunde den Kunden zuwendet, in den kurzen Pausen zwischen Rauchen und Telefonieren? Der Redeschwall der Signora kommt abrupt zum Stillstand, sie rafft ihre Unterlagen zusammen, stopft sie in einen Aktenordner und erhebt sich. Wir sollen wiederkommen, sobald wir das Geld und die erforderlichen Dokumente beisammen haben.

Ein Fenster unseres Hotelzimmers bietet einen weitläufigen Ausblick auf die uralten Dächer von Cortona, tief unter uns in der dunklen Talsohle des Val di Chiana. Es weht ein heißer, heftiger Wüstenwind – der *scirocco* –, der jeden Menschen, und sei er noch so normal, um den Verstand bringen kann. Ich stelle fest, daß er haargenau meinen Gemütszustand widerspiegelt. Ich kann seit Tagen nicht mehr richtig schlafen. In Amerika habe ich schon mehr als ein Haus gekauft und wieder verkauft, bin mit dem Wagen, bis unters Dach mit Umzugsgut beladen – mit dem kostbaren, von meiner Mutter geerbten Spode-Service, der Katze und dem Ficus Benjamini – Tausende von Kilometern von einer Haustür zur nächsten gefahren, in die der neue Schlüssel paßte. Ich gebe zu, es *ist* kein Pappenstiel, wenn das Dach über dem Kopf auf dem Spiel steht; verkaufen heißt, Abschied von Erinnerungen nehmen, und kaufen beinhaltet die Entscheidung, wo die Zukunft stattfinden soll. Der Ort, den man dafür gewählt hat, ist niemals neutral, sondern übt

Einfluß auf die Persönlichkeit aus. Darüber hinaus gilt es, alle möglichen juristischen Komplikationen und Eventualitäten zu bedenken. Aber hier scheint sich alles verschworen zu haben, damit ich im dunkeln tappe.

Italien besaß für mich schon immer eine geradezu magnetische Anziehungskraft. Vier Jahre lang spukte mir nichts anderes im Kopf herum als Bauernhäuser, die wir während der Sommermonate in der Toskana mieteten, mal hier und mal da. Schon in unserem allerersten Italienurlaub, den Ed und ich mit Freunden verbrachten, begannen wir mit Berechnungen und Überlegungen, ob unsere gemeinsamen Ersparnisse für den Kauf der baufälligen steinernen Kate reichten, die wir von der Terrasse aus sehen konnten. Ed war auf Anhieb Feuer und Flamme und streifte über die Felder unserer Nachbarn, um das Landleben und die Landarbeit aus erster Hand kennenzulernen. Die Antolinis bauten Tabak an, wunderschöne Pflanzen, auch wenn ich ihren Verwendungszweck hasse. Wir hörten, wie die Arbeiter *»Vipera!«* riefen, um die anderen vor der Giftschlange zu warnen. Am Abend stieg ein violettblauer Dunst von den dunklen Blättern auf. Von unserem Aussichtspunkt auf der Terrasse sah das kleine Anwesen sehr idyllisch aus. Unsere Freunde kamen nie wieder, aber für uns nahm die Suche nach einer Bleibe für den Sommer in den nächsten drei Jahren die Form einer Gralssuche an. Im Zuge unserer Odyssee lernten wir schlichte Bauernhöfe kennen, die grünes Olivenöl vom Feinsten herstellten, entdeckten mitten auf dem Lande prachtvolle romanische Dorfkirchen, fuhren die schmalen Straßen hinauf, die sich durch die Weinberge schlängelten, und hielten an, um einen samtigen Brunello und einen tief dunklen Vino Nobile zu probieren. Wenn man sich mit dem Gedanken trägt, ein Haus zu kaufen, schärft sich der Blick. Wir besuchten Wochenmärkte, nicht nur, um Pfirsiche für unser Picknick zu kaufen: Wir begutachteten Qualität und Vielfalt der landwirtschaftlichen Erzeugnisse, malten uns jetzt schon Geburtstagsfeiern, den nächsten Urlaub und ein ausgedehntes Frühstück mit Wochenendgästen aus. Wir saßen stundenlang auf einer *piazza* oder tranken Limonade in verschiedenen Bars, um das Gespür für die Atmosphäre und das Ambiente zu bekommen. Ich habe so manche

Blase an der Ferse im Bidet eines Hotels aufgeweicht und flaschenweise kühlende Lotion auf meine Füße geschmiert, die meilenweit über Schotter- und Kopfsteinpflasterstraßen gewandert waren. Geschichtsbücher, Reiseführer, dicke Wälzer über Wiesenblumen und Romane wurden in alle gemieteten Häuser und Hotels hinein- und hinausgeschleppt. Jedesmal ließen wir uns von den Einheimischen Tips geben und landeten in Restaurants, die in keinem unserer zahlreichen Reiseführer standen. Beim Anblick der Zinnen einer Ruine auf einem Hügel packte uns eine unstillbare Neugierde. Meine Vorstellung vom Paradies ist immer noch die einer Fahrt über die Landstraßen in Umbrien und der Toskana, wunderbar einsam und abgelegen.

In Cortona hatten wir unser erstes Urlaubsquartier gehabt, und wir kehrten immer wieder dorthin zurück, wenn wir in der Nähe von Volterra, Florenz, Montisi, Rignano, Vicchio, Querciagrossa faszinierend verwinkelte Häuser mieteten. In einem war die Küche so winzig, daß man nicht zu zweit hineinpaßte, aber man sah ein Stück vom Arno. In einer anderen Küche gab es weder heißes Wasser noch Messer, aber dafür war das Haus an einen mittelalterlichen Festungswall angebaut worden, mit Blick auf die Weinberge. Wir fanden chinesisches Porzellan für vierzig Personen, ungezählte Weingläser und Silbersachen vor, aber der Kühlschrank war jeden Tag vereist. War es draußen feucht, lud sich die Küche statisch auf, und man erhielt einen leichten Schlag, wenn man etwas berührte. Auf dem dazugehörigen Stück Land wurde Cimabue, so die Legende, auf das Talent des jungen Giotto aufmerksam – der später ein berühmter Freskenmaler und Baumeister wurde –, als dieser gerade ein Schaf in den Sand zeichnete. In einem anderen Haus waren die Matratzen so durchgelegen, daß man sich die Wirbelsäule verbog. Fledermäuse verirrten sich durch den Schornstein ins Schlafzimmer und umschwirrten uns, während Sägespäne auf die Kopfkissen rieselten, weil die Holzwürmer ihr Unwesen in den Deckenbalken trieben. Der offene Kamin war so riesig, daß wir darin sitzen konnten, wenn wir Lammkoteletts und Paprikaschoten grillten.

Wir fuhren meilenweit über staubige Landstraßen, um uns Häuser in der Tiberebene anzuschauen, die häufig überschwemmt war, wie sich herausstellte, oder Anwesen in einem ehemaligen Bergbaugebiet, wo alles abgeholzt wurde. Der Immobilienmakler aus Siena stellte uns in Aussicht, daß der Blick in zwanzig Jahren wieder traumhaft sein würde; die Wiederaufforstung sei gesetzlich vorgeschrieben. Ein imposantes Stadtpalais aus dem Mittelalter erwies sich als unerschwinglich. Ein Bauer mit Haifischgebiß, den wir in einer Bar kennenlernten, versuchte, uns sein Elternhaus zu verhökern: einen fensterlosen, gemauerten Hühnerstall, an ein anderes Haus angebaut, wo zwei Hofhunde zähnefletschend hochsprangen und nur von den Ketten daran gehindert wurden, uns zu zerfleischen. Wir verliebten uns bis über beide Ohren in ein Bauernhaus außerhalb von Montisi; die Besitzerin, eine *contessa*, hielt uns tagelang hin, bis sie endlich erklärte, sie brauche ein Zeichen von Gott, bevor sie verkaufen könne. Leider mußten wir abreisen, bevor dies erfolgte.

Wenn ich an alle diese Orte zurückdenke, erscheinen sie mir plötzlich seltsam fremd, wie von einem anderen Stern, und Cortona nicht minder. Ed ist anderer Ansicht. Er hockt jeden Nachmittag auf der *piazza* und beobachtet das junge Pärchen, das einen Kinderwagen die Straße entlangschiebt. Alle paar Schritte hält es an. Jeder macht einen Bogen um das Vehikel. Sie beugen sich über das Gesicht des Säuglings, geben zärtliche Laute von sich, loben es in höchsten Tönen. »In meinem nächsten Leben möchte ich als italienisches Baby auf die Welt kommen«, sagt Ed. Er ist fasziniert von dem Leben, das auf der *piazza* herrscht: Da ist der geschniegelte junge Mann, der seine Ärmel hochkrempelt, damit seine schwellenden Muskeln zu sehen sind, wenn er sein Kinn lässig auf die Hand stützt; aus dem geöffneten Fenster in einem der oberen Stockwerke erklingen die klaren Töne eines Flötenkonzerts von Vivaldi; vor dem Blumenladen ist ein Blütenfächer ausgebreitet, der sich bunt vor dem grauen Stein des Gebäudes abzeichnet; ein stiernackiger Mann, der halslos aussieht, lädt Lammhälften von seinem Lieferwagen ab. Er wirft sie sich wie Mehlsäcke über die Schulter, und die Augäpfel der Lämmer quellen hervor. Alle paar Minuten blickt Ed zu der großen Uhr hinauf, die auf dieser *piazza* schon seit alters her die Zeit anzeigt. Schließlich steht er auf, um sich die Beine zu vertreten, wobei er versucht, sich die Anzahl der Pflastersteine auf der Straße zu merken.

Auf der gegenüberliegenden Seite des Innenhofs stimmt ein arabischer Hotelgast kurz vor Einsetzen der Dämmerung, als ich endlich einschlafen kann, in monotonem Singsang sein Morgengebet an. Es klingt, als würde jemand mit Salzwasser gurgeln: Stundenlang spult seine Stimme das immer gleiche Tonrepertoire ab, wieder und wieder. Am liebsten würde ich mich aus dem Fenster lehnen und »Ruhe!« brüllen. Ab und zu muß ich lachen. Ich schaue hinaus, sehe ihn am Fenster vor sich hin nicken, ein seliges Lächeln auf dem Gesicht. Er erinnert mich an meine Kindheit in den Südstaaten, an die monotonen Stimmen der Tabakauktionäre, die ich bei ihren Versteigerungen in den heißen Lagerhäusern hörte. Ich bin zehntausend Kilometer von zu Hause entfernt und auf dem besten Weg, meine gesamten Ersparnisse für eine Marotte zu verplempern. Aber ist es wirklich eine Marotte? Mir kommt es eher so vor, als hätte ich mich unsterblich verliebt, und Liebe ist nie eine Marotte, sondern entspringt einer tieferen Ebene unseres Bewußtseins. Oder?

Jedesmal, wenn wir die kühlen, hohen Hotelräume verlassen und in die grelle Sonne hinaustreten, um einen Spaziergang durch die Stadt zu machen, gefällt sie mir mehr. Von den Tischen, die draußen vor der Bar »Sport« aufgestellt sind, hat man einen ungehinderten Blick auf die Piazza Signorelli. Ein paar Bauern verkaufen jeden Morgen ihre Erzeugnisse auf den Stufen des *teatro*, das aus dem neunzehnten Jahrhundert stammt. Während wir unseren Espresso trinken, beobachten wir, wie sie verrostete Handwaagen hochhalten, um die Tomaten abzuwiegen. Der Rest der *piazza* ist von hervorragend erhaltenen *palazzi* aus dem Mittelalter oder der Renaissance gesäumt. Man hat das Gefühl, jeden Augenblick könnte jemand aus dieser Kulisse ins Freie treten und eine Arie aus *La Traviata* schmettern. Tag für Tag nehmen wir das Gewölbe eines anderen mittelalterlichen Torbogens in der etruskischen Mauer in Augenschein, erkunden die Kopfsteinpflasterstraßen, die kaum breiter als ein Fiat und von Stadthäusern aus der Renaissance und früheren Epochen gesäumt sind, und die noch engeren *vicoli*, geheimnisumwitterte labyrinthartige Gassen, oft mit hohen Treppenstufen. Die zugemauerten »Totentüren« aus dem vierzehnten Jahrhundert sind heute noch sichtbar. Durch diese Schattentüren wurden, wie es heißt, die Opfer der Pest aus der Stadt herausgeschafft: Man glaubte, daß es Unglück bringe, dafür den daneben befindlichen Haupteingang zu benutzen. Mir ist aufgefallen, daß die Leute oft den Schlüssel im Schloß ihrer Haustüren steckenlassen.

In Reiseführern wird Cortona als »düster« und »schmucklos« beschrieben. In meinen Augen ein krasses Fehlurteil. Die Lage der Stadt hoch droben auf dem Hügel, die trutzigen Mauern und hoch aufragenden, massiven Gebäude aus unbehauenem Stein verleihen der Architektur eine aufrechte Note. Wenn ich die *piazza* überquere, habe ich das Gefühl, daß die Schatten hier einen rechten Winkel bilden. Ich neige dazu, mich kerzengerade aufzurichten – die Habtachtstellung der Bauwerke scheint sich auf die Bewohner von Cortona zu übertragen. Sie gehen gemessenen Schritts, mit stolzem Gang und würdevoller Haltung, würde ich sagen. Ich komme aus dem Staunen nicht heraus und sage immer wieder: »Siehst du die Frau da drüben? Findest du sie nicht auch wunderschön?« – »Schau dir den Mann an, einfach toll!« – »Dieses Gesicht! Wie von Raffael gemalt.« Am späten Nachmittag gönnen wir uns den nächsten Espresso, dieses Mal mit Blick auf die zweite große *piazza* in der Stadt. Eine Frau, ungefähr sechzig, schlendert mit ihrer Tochter und der Enkelin im Teenageralter an uns vorüber, Arm in Arm, die Sonne auf ihren lebhaften Gesichtern. Wir können uns nicht erklären, warum das Licht eine solche Leuchtkraft besitzt. Vielleicht geht der goldene Schein von den Sonnenblumen auf den umliegenden Feldern aus. Die drei Frauen sehen friedvoll aus und stolz, in Einklang mit sich selbst; ein Bild, das uns nachhaltig beeindruckt. Man sollte eine Goldmünze mit ihren Gesichtern darauf prägen.

Während wir in aller Gemütsruhe unseren Espresso trinken, fällt der Dollar rapide. Jeden Morgen raffen wir uns auf, trennen uns schweren Herzens von der *piazza* und klappern sämtliche Banken ab, um uns am Schwarzen Brett über den Tageskurs zu informieren. Wenn man ein Schnäppchen auf dem Ledermarkt findet und mit Reiseschecks zahlt, spielt der Wechselkurs keine große Rolle, aber bei einem Haus mit rund zwei Hektar Land zählt jede Lira. Geraten diese Variablen in der Rechnung ins Rutschen, rutscht uns das Herz gleichermaßen in die Hose. Kaum geht der Dollar um weitere hundert Lire in den Keller, überschlagen wir hektisch, wieviel teurer uns das Haus nun kommen wird. Unsinnigerweise rechne ich mir insgeheim aus, wie viele Paar Schuhe ich mir von dem Geld kaufen könnte, das wir zusätzlich auf den Tisch blättern müssen. Schuhe, mein heimliches Laster, verschlingen hier in Italien den Löwenanteil meines Budgets. Einmal habe ich es geschafft, neun Paar nach Hause zu schleppen: rote flache aus Schlangenleder, Sandalen, dunkelblaue Wildlederstiefel und mehrere schwarze Pumps mit unterschiedlich hohen Absätzen.

In aller Regel knöpfen einem die Banken unterschiedlich hohe Gebühren ab, wenn sie große Summen aus dem Ausland überwiesen bekommen. Wir wollen versuchen, Sonderkonditionen auszuhandeln. Es sieht ganz so aus, als würden sie nicht schlecht an uns verdienen und einen Batzen Zinsen kassieren, denn es kann in Italien Wochen dauern, bis ein Scheck verrechnet ist.

Wir erhalten eine Lektion darüber, wie man solche Dinge hier handhabt. Dr. Carta, erpicht darauf, das Geschäft unter Dach und Fach zu bringen, ruft seine Hausbank an, mit der auch sein Vater und sein Schwiegervater zusammenarbeiten; sie befindet sich in Arezzo, eine halbe Stunde entfernt. Dann setzt er sich mit uns in Verbindung. »Gehen Sie dorthin«, sagt er. »Man wird Ihnen keine Bearbeitungsgebühren berechnen, und Sie erhalten den offiziellen Wechselkurs am Tag des Geldeingangs.«

Daß er schlau wie ein Fuchs ist, überrascht mich nicht. Während der Kaufverhandlungen schien es, als interessiere er sich nicht die Bohne für Geldangelegenheiten: Er nannte uns seinen gesalzenen Preis und blieb dabei. Er hatte das Anwesen ein Jahr zuvor von den fünf alten Schwestern einer Großgrundbesitzerfamilie aus Perugia gekauft, um es als Sommersitz für seine eigene Familie herzurichten. Doch dann hatten er und seine Frau eine Immobilie an der Küste geerbt und beschlossen, sich lieber dort häuslich niederzulassen.

War das die Wahrheit, oder hatte er die alten Damen, die um die neunzig waren, beschwatzt, auf den Handel einzugehen, um nun zwei Fliegen mit einer Klappe zu schlagen, sprich, mit unserem Geld den Kauf des Grundstücks an der Küste zu finanzieren? Nicht, daß ich es ihm verübeln würde. Er ist eben ein gewiefter Geschäftsmann.

Dr. Carta ruft an und möchte wissen, ob wir uns noch einmal im Haus treffen können; vielleicht hat er Angst, daß wir im letzten Moment einen Rückzieher machen. Er kommt mit seinem Alfa 164 angebraust, von Kopf bis Fuß in Armani gekleidet. »Ich hab noch etwas vergessen«, sagt er, als sei unser Gespräch soeben unterbrochen worden. »Wenn Sie mir bitte folgen wollen; ich möchte Ihnen etwas zeigen.« Gut hundert Meter die Straße hinunter, dann biegt er ab und geht uns auf einem steinigen Trampelpfad voraus, der durch duftenden gelben Besenginster verläuft. Der Weg führt bis zum Gipfel des Hügels hinauf, schlängelt sich an einem Kamm entlang. Bald gelangen wir an eine Stelle mit einem Rundumblick über das Tal; zu unseren Füßen breitet sich die von Zypressen gesäumte Straße und eine liebliche, mit gepflegten Weinbergen und Olivenhainen gesprenkelte Landschaft aus. In der Ferne entdecken wir einen blauen Klecks, den Trasimenischen See, und zu unserer Rechten die Silhouette von Cortona mit den roten Dächern, die sich klar gegen den Horizont abzeichnen. Dr. Carta dreht sich mit einem triumphierenden Lächeln um. Die flachen Steine auf dem Boden werden an dieser Stelle breiter. »Das waren die Römer! Diese Straße wurde von den Römern erbaut; sie führt direkt nach Cortona.« Die Sonne brennt gnadenlos auf uns herab. Er läßt sich ausführlich über die große Kirche oben auf dem Hügel aus. Und er zeigt uns, wo der Rest der Römischen Heerstraße verlaufen sein könnte, mitten durch das Grundstück von Bramasole.

Zum Haus zurückgekehrt, dreht er einen Hahn auf, der sich im Freien befindet, schöpft Wasser mit der Hand und benetzt sein Gesicht. »Sie werden das beste Wasser weit und breit haben, Ihr eigenes *acqua minerale* in Hülle und Fülle, gut für die Leber. *Eccellente*!« Alle Achtung, er beherrscht seine Stimme meisterhaft: Sie klingt enthusiastisch und eine Spur gelangweilt, freundlich und ein bißchen von oben herab, alles gleichzeitig. Ich befürchte, daß wir zu unverblümt über Geld gesprochen haben. Oder vielleicht sind die Erwartungen, die wir als gesetzestreue amerikanische Bürger an die Abwicklung von Geschäften haben, in seinen Augen unglaublich naiv. Er läßt den Wasserhahn laufen, wölbt seine Hände unter dem Strahl und schafft es irgendwie, sich vornüberzubeugen und zu trinken, ohne daß der tadellos geschnittene Leinenmantel verrutscht wäre, den er lässig über die Schulter geworfen hat. »Genug Wasser für einen Swimmingpool«, fährt er mit Nachdruck fort. »Ich wüßte auch schon den idealen Platz dafür: dort oben an der Stelle, wo man den See und das Schlachtfeld sehen kann, auf dem Hannibal die Römer besiegt hat.«

Uns schwirrt der Kopf angesichts der Überreste einer Römischen Heerstraße, die über einen mit Wiesenblumen bewachsenen Hügel führt. Wir werden den Weg am Nachmittag entlanggehen, um in der Stadt Kaffee zu trinken. Er zeigt uns die alte Zisterne. Wasser ist kostbar in der Toskana und wurde Tropfen für Tropfen aufgefangen. Wir hatten schon vorher die Öffnung untersucht und mit Hilfe einer Taschenlampe entdeckt, daß die unterirdische Zisterne einen steinernen Torbogen besaß, offenbar eine Art Durchgang. Oben auf dem Hügel, in der Festung der Medici, haben wir einen ähnlichen Torbogen in der Zisterne gesehen, und der Museumswärter erzählte uns, daß ein unterirdischer Gang, ein geheimer Fluchtweg ins Tal und von dort zum Trasimenischen See führt. Daß es Privatpersonen erlaubt sein soll, solche Altertümer zu besitzen, ist für mich unfaßbar.

Als ich Bramasole zum ersten Mal sah, hätte ich meine Sommergarderobe am liebsten sofort in einen *armadio* gehängt und meine Bücher unter ein Fenster mit Blick auf das Tal gestellt. Wir waren vier Tage mit Signor Martini auf Besichtigungstour gewesen, der in einem kleinen dunklen Raum an der Via Sacco e Vanzetti im unteren Teil der Stadt sein Büro hat. Über dem Schreibtisch hing ein Foto von ihm als Soldat, vermutlich unter Mussolini. Er hörte uns aufmerksam zu, als wäre unser Italienisch perfekt. Als wir ihm beschrieben hatten, was uns vorschwebte, stand er auf, setzte seinen Borsalino auf und sagte nur ein einziges Wort, *»andiamo«*, gehen wir. Obwohl er gerade erst am Fuß operiert worden war, fuhr er mit uns querfeldein und durch Dornengestrüpp, um uns Immobilien zu zeigen, die so abgelegen waren, daß kein Mensch sie gefunden hätte. Darunter befanden sich Bauernhäuser mit eingestürzten Dächern, die bis auf den Boden hinabhingen, meilenweit von der Stadt entfernt, aber für einen Apfel und ein Ei zu haben. Eines hatte einen Wehrturm, der von den Kreuzfahrern errichtet worden war; die Besitzerin, eine *contessa*, jammerte, sie würde sich nur schweren Herzens davon trennen und verdoppelte den Preis auf der Stelle, als sie merkte, daß wir echtes Interesse bekundeten. Ein anderes Gehöft gehörte zu einer weitläufigen Wohn- und Wirtschaftsanlage, wo es echte Freilandhühner gab – sie liefen ungehindert zur Haustür raus und rein. Im Hof wimmelte es von verrosteten landwirtschaftlichen Geräten und Mastschweinen. Einige Häuser waren stickig oder direkt neben der Straße gelegen. Bei einem anderen hätte man zuerst einen Weg anlegen müssen – es war in einem Brombeergestrüpp verborgen, und wir konnten nur durchs Fenster hineinschauen, weil eine zusammengerollte schwarze Schlange sich weigerte, auch nur eine Handbreit von ihrem angestammten Platz auf der Türschwelle zu weichen.

Wir brachten Signor Martini einen Blumenstrauß, bedankten uns und suchten das Weite. Es schien ihm aufrichtig leid zu tun, uns ziehen zu lassen.

Am nächsten Morgen, nach dem Kaffeetrinken, trafen wir ihn auf der *piazza*. »Ich habe gerade mit einem Arzt aus Arezzo gesprochen«, sagte er. »Er ist möglicherweise daran interessiert, ein Haus zu verkaufen. *Una bella villa*«, fügte er eindringlich hinzu. Das Haus befand sich in der Nähe von Cortona, man konnte zu Fuß hinlaufen.

»Was kostet es?« war unsere erste Frage, obwohl wir zu diesem Zeitpunkt bereits wußten, daß er bei derart unverblümten Fragen zusammenzuckt.

»Schauen wir es uns doch erst einmal an«, lautete seine Antwort. Am Ortsausgang von Cortona fuhr er die gewundene Straße entlang, die zur anderen Seite des Hügels führt. Dann bog er in die *strada bianca* ein, und nach ein paar Kilometern ging's eine lange steile Einfahrt hinauf. Ich erhaschte einen flüchtigen Blick auf einen Heiligenschrein, dann sah ich hinauf zu dem zweistöckigen Gebäude mit der verschnörkelten schmiedeeisernen Fächerlampe über der Eingangstür und zwei hohen, exotischen Palmen zu beiden Seiten. In der morgendlichen Frische leuchtete die Fassade, als sei sie mit gelb-rot-braunen Farbschichten herausgeputzt. Wir waren beide stumm, als wir aus dem Auto stiegen. Es schien, als habe das Haus nach all den Ausflügen ins Unbekannte die ganze Zeit nur auf uns gewartet.

»Das ist es! Wir nehmen es«, sagte ich, mehr im Scherz, als wir durch das Unkraut stapften. Genau wie bei den anderen Immobilien führte Signor Martini auch dieses Mal kein Verkaufsgespräch im klassischen Sinn, sondern beschränkte sich auf die Besichtigung. Wir gingen unter einer rostigen Pergola, die sich unter dem Gewicht der Kletterrosen bog, zum Haus hinauf. Die Doppeltür quietschte in den Angeln, als wir sie aufstießen. Die Wände, so dick, wie mein Arm lang ist, strahlten Kühle aus. Die Fensterscheiben wackelten. Ich ging durch den Staub, der in jede Ritze eingedrungen war, und entdeckte darunter glatte Steinböden in tadellosem Zustand. In jedem Raum öffnete Ed die Fenster und stieß die Läden auf, und uns bot sich ein herrlicher Ausblick nach dem anderen – auf Zypressen, wellige grüne Hügel, Landhäuser in weiter Ferne, ein Tal. Es gab sogar zwei funktionierende Badezimmer. Sie waren nicht schön, aber richtige Badezimmer mit allem Drum und Dran, eine angenehme Überraschung nach all den Häusern ohne Fußböden, die wir besichtigt hatten, von sanitären Einrichtungen ganz zu schweigen. Das Haus war in den letzten dreißig Jahren unbewohnt gewesen, und das Grundstück glich einem verwunschenen Garten, verwildert und von Brombeeren und Kletterpflanzen überwuchert. Ich sah, wie Signor Martini das Areal mit dem geübten Auge eines Landmanns begutachtete. Efeu rankte sich in die Baumwipfel hinein und über die eingestürzten Mauern der Terrasse. *»Molto lavoro«*, viel Arbeit, lautete sein einziger Kommentar.

In all den Jahren der Suche, manchmal nebenbei und manchmal bis zur Erschöpfung, hatte ich nie ein Haus so uneingeschränkt ja sagen gehört. Doch am nächsten Tag mußten wir abreisen, und als wir den Preis hörten, sagten wir traurig nein und flogen nach Hause.

In den nächsten Monaten konnte ich es mir nicht verkneifen, Bramasole hin und wieder zu erwähnen. Ich klemmte ein Foto an meinen Spiegel und wanderte in Gedanken über das Grundstück oder durch die Räume. Das Haus wurde zur Metapher für mein Selbst und meine Situation, war aber gleichzeitig völlig real. Da es sich in einem mir fremden Land befand, waren natürlich alle damit verbundenen Assoziationen überzogen. Aber ich hatte eine langjährige Ehe beendet, die eigentlich bis ans Ende meiner Tage halten sollte, und stand im Begriff, eine neue Beziehung aufzubauen; die Suche nach dem Haus war folglich eng mit der Suche nach einer neuen Identität verbunden, die ich mir aufbauen würde. Als sich der Wirbel nach der Scheidung gelegt hatte, stand ich plötzlich mit einer erwachsenen Tochter, einem Vollzeitjob an der Universität (nach jahrelanger Teilzeitarbeit als Lehrerin), einem bescheidenen Wertpapier-Portefeuille und einer Zukunft da, die ich komplett neu gestalten mußte. Obwohl eine Scheidung härter sein kann als der Tod, hatte ich seltsamerweise das Gefühl, nach jahrelanger Einengung durch die Familie langsam zu mir selbst zurückzufinden. Ich wollte prüfen, ob ich imstande war, in einem anderen Kulturkreis Fuß zu fassen und die Grenzen meines Wissens zu erweitern. Ich sehnte mich nach einer physischen Dimension anstelle der überwiegend mentalen Ausrichtung, die mein Leben bisher gehabt hatte. Ed teilt meine Liebe zu Italien und empfindet die dreimonatige Pause von der Lehrtätigkeit an der Uni gleichermaßen als Wohltat. Dort würden wir viel Zeit haben zu recherchieren, zu schreiben und Forschungsprojekte durchzuführen. Wenn er am Steuer sitzt, beschließt er unweigerlich, Nebenstraßen zu fahren. Sprachliche Besonderheiten, Geschichte, Kunst und historische Stätten gibt es in Italien wie Sand am Meer; nicht einmal zwei Leben würden ausreichen, um alles kennenzulernen. Und nicht zu vergessen das andere Ich, das man in einem fremden

Land entwickelt. Unser neues Leben würde möglicherweise ähnliche Konturen annehmen wie das Haus, das in dieser Landschaft bereits heimisch und den Rhythmen angepaßt ist, die es umgeben.

Im Frühjahr hielt ich es nicht mehr aus; ich rief eine Immobilienmaklerin aus Kalifornien an, die in der Toskana eine Erschließungsfirma gegründet hatte. Ich bat sie, mir Informationen über Bramasole zu beschaffen; vielleicht war man ja inzwischen mit dem Preis heruntergegangen, wenn das Haus noch nicht verkauft war. Eine Woche später rief sie mich, nach einem Treffen mit dem Eigentümer, aus einer Bar an. »Es ist noch zu haben, aber der Preis hat sich erhöht, keine Ahnung warum, aber das ist typisch für die verquere italienische Logik. Und der Dollar ist gefallen«, erinnerte sie mich. »Man muß eine Menge Arbeit in das Haus stecken.«

Nun sind wir nach Italien zurückgekehrt. Inzwischen ist der Kauf von Bramasole zur fixen Idee geworden, eine genauso verquere Logik, finde ich. Wenn ich Bilanz ziehe, gibt es unter dem Strich schließlich nur eines, was uns stört, und das ist der Preis. Wir lieben die Umgebung, die Stadt, das Haus und das dazugehörige Land. Von einem einzigen Haar in der Suppe sollten wir uns nicht entmutigen lassen, rede ich mir ein.

Aber es kostet einen *sacco di soldi*, ein Heidengeld. Und es wird eine Mordsarbeit werden, das Haus und das brachliegende Land wieder in Schuß zu bringen. Undichte Stellen, Schimmel, Steinterrassen, die von Einsturzgefahr bedroht sind, abblätternder Putz, ein zwar benutzbares, aber sonderbar aussehendes Bad, und ein zweites mit einer wundervollen gußeisernen Sitzbadewanne und einer Toilette, die zahlreiche Risse aufweist.

Warum freue ich mich auf solche trüben Aussichten, wo schon der Umbau meiner Küche in San Francisco ein Schock war, von dem ich mich lange nicht erholt habe? Zu Hause haben wir zwei linke Hände: Wir können nicht einmal einen Nagel in die Wand schlagen, um ein Bild aufzuhängen, ohne daß uns eine Handvoll Mörtel entgegenkommt. Wenn wir im verstopften Ausguß herumstochern, weil wir wieder einmal vergessen haben, daß das Abflußrohr keine Artischockenblätter mag, scheint der gesamte Bodensatz der Bucht von San Francisco aufzusteigen.

Auf der Habenseite gibt es gleichwohl einiges, was man ebenfalls ins Kalkül ziehen sollte: ein altehrwürdiges Haus in der Nähe einer Römischen Heerstraße, eine hochaufragende etruskische (ETRUSKISCHE!) Mauer auf dem Hügelkamm, eine Medici-Festung in Sichtweite, der Blick auf den Monte Amiata, ein unterirdischer Geheimgang, einhundertsiebzehn Olivenbäume, zwanzig Pflaumenbäume und noch ungezählte Aprikosen-, Mandel-, Apfel- und Birnbäume. Unweit der Mauer, an der Quelle, gedeihen mehrere Feigenbäume. Neben der Treppe auf der Vorderseite des Hauses steht ein großer Haselnußbaum. Und nicht zu vergessen, daß es nur ein Katzensprung bis zur schönsten Stadt auf der Welt ist, die ich kenne. Es wäre doch geradezu hirnverbrannt, sich dieses idyllische Fleckchen Erde namens Bramasole durch die Lappen gehen zu lassen!

Aber was ist, wenn einer von uns beiden unter einen Lastwagen mit einer Fuhre Kartoffelchips gerät und nicht mehr sein täglich Brot verdienen kann? Ich bete die Litanei der Krankheiten herunter, die uns einen Strich durch die Rechnung machen könnten. Eine meiner Tanten starb mit zweiundvierzig an einem Herzanfall, meine Großmutter erblindete, mein Gott, gar nicht auszudenken, was es sonst noch alles an Gebrechen gibt … Ganz zu schweigen von den anderen Heimsuchungen: Was ist, wenn die Universität, an der ich unterrichte, einem Erdbeben zum Opfer fällt? Das Gebäude, in dem die Geisteswissenschaften untergebracht sind, steht auf der Liste der staatlichen Bauwerke, die schon bei einem Erdbeben mittlerer Stärke einsturzgefährdet sind. Oder wenn die Aktien über Nacht ins Bodenlose fallen?

Um drei Uhr morgens springe ich mit einem Satz aus dem Bett und stelle mich unter die Dusche, lasse mir eiskaltes Wasser übers Gesicht laufen. Als ich im Dunkeln ins Bett zurücktappe, haue ich mir den Zeh an dem eisernen Bettgestell an. Der Schmerz schießt bis in meine Wirbelsäule hoch. »Ed, wach auf! Ich glaube, ich hab mir den Zeh gebrochen. Wie kannst du da seelenruhig weiterschlafen?«

Er setzt sich im Bett auf. »Ich habe gerade geträumt, daß ich Kräuter in unserem Garten schneide. Salbei und Zitronenmelisse.

Salbei heißt auf italienisch *salvia.*« Offenbar ist er nie wankelmütig geworden und immer noch der felsenfesten Überzeugung, daß wir das Paradies auf Erden gefunden haben und es kaufen sollten. Er knipst die Nachttischlampe an. Lächelt.

Mein Zehennagel ist zur Hälfte eingerissen und hängt nach unten, darunter breitet sich eine häßliche, purpurrote Färbung aus. Ich kann ihn nicht so lassen, wie er ist, trau mich aber auch nicht, ihn abzureißen. »Ich will nach Hause«, jammere ich.

Er klebt ein Pflaster um meinen Zeh. »Du meinst Bramasole, oder?« fragt er.

Das Heidengeld wurde von Kalifornien elektronisch überwiesen, ist aber noch nicht da. Wie kann das sein, erkundige ich mich bei der Bank, wenn man Geld von A nach B überweist, kommt es doch im gleichen Moment an. Erneutes Schulterzucken. Vielleicht hält die Zentrale in Florenz es unter Verschluß. Tage vergehen. Ich rufe Steve, meinen Wertpapierberater in Kalifornien, aus einer Bar an. Ich muß schreien, um den Lärm eines Fußballspiels zu übertönen, das im Fernsehen übertragen wird. »Du mußt bei dir drüben nachhaken«, brüllt er in gleicher Lautstärke zurück. »Wir haben es längst überwiesen; weißt du nicht, daß die italienische Regierung seit dem Zweiten Weltkrieg siebenundvierzigmal gewechselt hat? Ich versteh dich nicht! Das Geld war gut angelegt in steuerfreien Rentenwerten und Wachstumsfonds der allerersten Garnitur. Und mit deinen australischen Schuldverschreibungen hast du eine Rendite von siebzehn Prozent abgesahnt. Aber nein, du willst ja *la dolce vita* haben!«

Die Mücken (*zanzare* werden sie hier genannt, nach dem Geräusch, das sie von sich geben) dringen zusammen mit dem Wüstenwind in hellen Scharen in unser Hotel ein. Ich wälze mich auf den Laken hin und her, bis meine Haut wie Feuer brennt. Mitten in der Nacht stehe ich auf und lehne mich aus dem Fenster, male mir die schlafenden Hotelgäste aus, mit Blasen an den Füßen von den ungepflasterten Straßen, den Reiseführer noch in der Hand. Rein theoretisch könnten wir immer noch einen Rückzieher machen. Einfach unsere Koffer in den gemieteten Fiat einladen, und *arrivederci*, auf Nimmerwiedersehen. Einen Monat lang an der Amalfi-Küste faulenzen, und dann ab nach Hause, braun gebrannt und gut erholt. Sandalen in Hülle und Fülle kaufen. Ich höre noch meinen Großvater, als ich zwanzig war: »Kind, bleib mit den Füßen auf dem Teppich. Hör auf, Luftschlösser zu bauen.« Er war wütend, weil ich unbedingt Literatur und lateinische Etymologie studieren wollte, was er für völlig nutzlos hielt. Und was für Flausen habe ich mir jetzt in den Kopf gesetzt? Ein seit Jahren leerstehendes Haus in einem Land zu kaufen, in dem ich mich kaum verständigen kann. Er würde sich im Grab umdrehen! Wir haben keine eisernen Reserven in petto, aus denen wir schöpfen können, wenn bei dieser Transaktion etwas schiefgeht.

Warum üben Häuser eine solche Faszination auf mich aus? Ich stamme aus einer Familie, in der die Frauen seit Generationen Muster von Polsterstoffen, Badezimmerkacheln, Wandfarben in sieben Gelbschattierungen und geblümten Tapeten in der Handtasche mit sich herumtragen. Wir legen großen Wert auf unsere eigenen vier Wände und deren Gestaltung. »Wie sieht es in ihrer Wohnung aus?« fragt meine Schwester, und wir wissen beide, daß sie meint: »Was für ein Mensch ist sie?« Ich nehme die kostenlose Immobilienbroschüre mit, die an der Kasse im Supermarkt ausliegt, wenn ich am Wochenende wegfahre, auch dann, wenn ich in der näheren Umgebung bleibe. Einmal, im Juni, hatten zwei Freundinnen und ich ein Haus auf Mallorca gemietet; ein anderes Mal verbrachte ich den Sommer in einer kleinen *casa* in San Miguel de Allende, wo ich meine Liebe zu lauschigen Innenhöfen mit Springbrunnen, Schlafzimmern mit Bougainvillea, die den Balkon hinunterranken, und die karge Sierra Madre entdeckte. In Santa Fe hielt ich während des Sommerurlaubs nach einem Adobe-Haus Ausschau und stellte mir vor, wie eine Einheimische zu leben, scharfe Gerichte mit Chili zu kochen und indianischen Türkisschmuck zu tragen – kurzum, ich suchte eine Gelegenheit, mein Leben von Grund auf zu verändern, noch einmal bei Null anzufangen. Doch nach einem Monat packte ich meine Siebensachen und hatte nie mehr den Wunsch zurückzukehren.

Ich liebe die Inseln an der Küste Georgias, wo ich als junges Mädchen die Sommermonate verbrachte. Warum nicht dort ein verwittertes graues Holzhaus kaufen, das aussieht, als sei es vom Meer an den Strand gespült worden? Flickenteppiche, Eistee mit Pfirsichgeschmack, eine Wassermelone, im Bach gekühlt, einschlafen, während die Wellen vor dem Fenster ans Ufer branden. Ein Ort, wo mich meine Schwestern, Freunde und ihre Familien leicht besuchen könnten. Aber ich würde mich dort nicht wie ein neuer Mensch fühlen, sondern nur wieder in meine eigenen Fußstapfen treten. Obwohl ich für den Reiz des Vertrauten empfänglich bin, bin ich noch mehr für Überraschungen zu haben. Italien übt auf mich eine unbeschreibliche Anziehungskraft aus. Warum soll ich nicht an diesem Punkt meines Lebens den Weg des persönlichen Wachstums gehen, wie in der Einleitung der *Göttlichen Komödie* empfohlen? Mein Vater fällt mir ein, Sohn eines Pedanten und Pfennigfuchsers. Er würde sagen: »Das Motto in unserer Familie lautet: ›Wer rastet, der rostet‹ oder ›Das Beste ist gerade gut genug für uns‹.«

Während ich wach liege, spüre ich, wie mich das vertraute Gefühl beschleicht, DIE ANTWORT zu erhalten. Wie bei der schillernden Kugel der Wahrsagerin, die ich geliebt habe, als ich zehn war, weil man damit die Zukunft vorhersagen konnte, spüre ich oft, wie eine Idee oder Problemlösung den Nebel durchdringt, und dann sehe ich sie plötzlich klar und in weißer Schrift vor mir. Mir gefällt die spannungsgeladene Wartezone, eine mentale und körperliche Wahrnehmung der Windungen des menschlichen Verstandes, das Geheimnisvolle, das im Zickzack an die Oberfläche des Bewußtseins steigt.

Und was ist, wenn du diese Unsicherheit *nicht* empfinden würdest, mahnt mich die weiße Schrift. Bist du über jeden Zweifel erhaben? Warum nennst du das Kind nicht beim Namen, gibst zu, daß du aufgeregt bist? Ich lehne mich über die breite Fensterbank nach draußen, just in dem Moment, als die Sonne aufgeht und das erste vergoldete, malvenfarbene Licht am Horizont erscheint. Der Araber schläft noch. Die wellige Hügellandschaft sieht heiter aus, gleich, in welche Richtung man blickt. Honigfarbene Bauernhäuser schmiegen sich in Mulden wie ofenfrische dicke Brotlaibe, die zum Abkühlen ins Freie gebracht wurden. Ich weiß, daß die Hügel infolge einer gewaltsamen geologischen Verwerfung im Jura entstanden sind, aber sie sehen sanft gerundet aus, als hätte eine riesige Hand sie geglättet. Während die Sonne ihre Leuchtkraft entfaltet, breitet die Landschaft ihr zartes Farbspektrum aus: das Grün einer Dollarnote, die versehentlich mitgewaschen wurde, ein Goldgelb, das an alten Schlagrahm erinnert, ein Himmel so milchigblau wie die Augen eines Blinden. Die Maler der Renaissance haben diese Farbnuancen genau getroffen. Perugino, Giotto, Signorelli und ihresgleichen waren in meinen Augen nie Vertreter des Realismus, aber der Hintergrund, den sie gemalt haben, ist, wie die meisten Touristen entdecken, heute noch vorhanden, mitsamt den dunklen Zypressen, die mit einem Pinselstrich eingefügt wurden, um die jeweilige Komposition zu betonen, auf die der Blick fällt. Nun sehe ich mit eigenen Augen, warum der rote Schaftstiefel eines goldblonden Engels im Museum von Cortona eine solche Leuchtkraft hat, warum das kobaltblaue Gewand der Madonna soviel Intensität und Tiefe besitzt. In dieser Landschaft und in diesem Licht nimmt alles eine Primärfarbe an. Sogar ein rotes Frotteehandtuch, das auf einer Wäscheleine trocknet, ist mit seiner eigenen Röte durchtränkt.

Was ist, wenn ich viel zu schwarz sehe? Wenn alles gutgeht? Wenn es uns wider Erwarten gelingt, das Haus binnen drei Jahren völlig zu verwandeln? Dann wird es handgeschriebene Aufkleber für unser hausgemachtes Olivenöl geben, und dünne Leinenvorhänge, die wir während der Siesta zuziehen, um die geschlossenen Fensterläden zu verdecken; auf den Regalen in der Speisekammer werden wir zahllose Gläser mit Pflaumenmarmelade haben, und nicht zu vergessen eine lange Tafel unter den Lindenbäumen, für richtige Festmahle, und Körbe, die sich neben der Tür stapeln, um Tomaten, Rucolasalat, wilden Fenchel, Rosen und Rosmarin zu pflücken. Und wer sind *wir* in diesem uns fremden neuen Leben?

Endlich trifft das Geld ein, das Konto ist eröffnet. Was fehlt, sind Schecks. Die namhafte Bank, ein Imperium mit Dutzenden von

Zweigstellen in der goldenen Mitte Italiens, ist nicht in der Lage, uns ein paar lumpige Scheckformulare auszuhändigen! »Vielleicht nächste Woche«, vertröstet uns Signora Raguzzi. »Im Moment können wir Ihnen leider nicht damit dienen.« Wir sind empört. Zwei Tage später ruft sie an. »Ich habe zehn Schecks für Sie.« Was soll dieser Aufstand um ein Stück Papier? Bei mir zu Hause liegen diese albernen Vordrucke schachtelweise herum. Signora Raguzzi teilt sie uns häppchenweise zu. Signora Raguzzi mit ihrem hautengen Rock, ihrem anliegenden T-Shirt und ihrem Schmollmund, den sie ständig mit der Zunge befeuchtet. Ihre Haut glitzert, ein augenfälliges Make-up. Sie ist überhaupt so augenfällig, daß einem die Spucke wegbleibt. Sie trägt eine bombastische viereckige Goldkette um den Hals und Armreifen an beiden Handgelenken, die klirren, während sie die Kontonummer auf jeden einzelnen Scheck stempelt.

»Hinreißend, Ihr Schmuck. Vor allem die Armreifen!« sage ich.

»Hier gibt es nichts als Gold«, erwidert sie schmollend. Sie hat die Nase voll von den historischen Grabstätten und Plätzen in Arezzo. Sie träumt von Kalifornien. Sie strahlt, wenn sie uns sieht. »Ach, Kalifornien«, sagt sie seufzend anstelle einer Begrüßung. Allmählich kommt uns die Bank ein bißchen surrealistisch vor. Wir werden ins Hinterzimmer gebeten. Ein Angestellter schiebt einen Rollwagen mit einem Stapel Goldbarren herein – Miniaturziegelsteine aus purem Gold! Es scheint keine besonderen Sicherheitsvorkehrungen zu geben. Ein anderer Mitarbeiter füllt zwei Barren in schmuddelige, braune Pappumschläge. Er ist schlicht gekleidet, wie ein Arbeiter. Er geht auf die Straße hinaus, liefert die Barren irgendwo ab. Soviel zum Thema *Brinks-Sicherheitstransporte* – aber ich muß zugeben, die unauffällige Kleidung ist eine erstklassige Tarnung! Doch zurück zu den Schecks. Sie haben keine aufgedruckten Embleme – Boote oder Palmen oder Reiter wie anno dazumal beim Pony Expreß – auch Name, Adresse, Führerschein- und Sozialversicherungsnummer sind überflüssig. Nur diese blaßgrünen Formulare, die aussehen, als wären sie in den zwanziger Jahren gedruckt. Wir sind zufrieden. Ein Bankkonto – das ist schon fast so, als wären wir Einheimische.

Schließlich werden wir alle in das Büro des *notaio* bestellt; der Tag des Jüngsten Gerichts naht. Und ist im Nullkommanichts vorüber. Alle reden gleichzeitig, und niemand hört zu. Bei den geschraubten juristischen Formulierungen kommen wir ohnehin nicht mit. Ein Preßlufthammer auf der Straße bohrt sich mit ohrenbetäubendem Krach in meine Gehirnzellen. Plötzlich ist von zwei Ochsen und zwei Tagen die Rede. Ian, den wir wieder als Übersetzer mitgebracht haben, unterbricht, um uns die archaische Sprache zu erklären, die aus dem achtzehnten Jahrhundert stammt und im Juristenjargon das zum Haus gehörige Land als diejenige Fläche beschreibt, die zwei Ochsen in zwei Tagen umpflügen können. Wir haben allem Anschein nach Grund und Boden im Wert von zwei Tagwerken erworben.

Ich fülle Schecks aus; meine Finger verkrampfen sich jedesmal, wenn ich *milione* schreibe. Ich denke an all die schönen sicheren Anleihen und Aktien von Versorgungsunternehmen, an die Blue Chips, die sich im Lauf meiner Ehe zu Spitzenwerten an der Börse gemausert haben – und jetzt verwandelt sich diese ganze wunderbare Geldanlage in einen terrassierten Hügel und ein großes leeres Haus! Das Glashaus in Kalifornien, in dem ich ein Jahrzehnt gewohnt habe, umgeben von Kumquats, Limonen, falschem Jasmin und Guaven, einem glitzernden blauen Pool und einem überdachten Innenhof mit Korbmöbeln und geblümten Sitzkissen – all das scheint in weite Ferne zu rücken, als würde man es durch das Okular eines Feldstechers betrachten. *Milione* ist ein so gewaltiges Wort, daß man es nicht mit einem Achselzucken abhaken kann. Ed verfolgt mit Luchsaugen die Anzahl der Nullen, damit ich ja nicht versehentlich *miliardo*, eine Milliarde, schreibe. Er zahlt Signor Martini in bar, der das Wort Maklergebühr nie erwähnt hat, aber wir haben uns beim Eigentümer nach dem üblichen Prozentsatz erkundigt. Signor Martini strahlt, als hätten wir ihn reich beschenkt. Für mich ist diese Art, Geschäfte zu tätigen, verwirrend, aber erfreulich. Zum Abschluß schütteln wir uns reihum die Hände. Lächelt die Frau des Eigentümers wie eine Katze, die eine Maus verspeist hat, oder bilde ich mir das nur ein? Wir erwarten, daß man uns nun einen Kaufvertrag aushändigt, vielleicht einer vergilbten Pergamentrolle ähnlich und in altertümlicher Schrift ausgestellt, aber Fehlanzeige: Unsere Signora *notaio* geht in Urlaub, aber sie will versuchen, den Papierkram vorher noch zu erledigen. »*Normale*«, sagt Signor Martini. Ich habe schon häufiger bemerkt, daß hier das gesprochene Wort gilt und ein Handel wie früher per Handschlag abgeschlossen wird. Seitenlange Schriftsätze, Verklausulierungen und die Berücksichtigung aller Eventualitäten im schriftlichen Vertragswerk sind hier noch nicht in Mode gekommen. Wir treten in die Nachmittagshitze hinaus, mit nicht mehr als zwei schweren Eisenschlüsseln, die länger sind als meine Hand: Der eine gehört zu einem rostigen schmiedeeisernen Tor, der andere zur Haustür. Sie sehen völlig anders als die Schlüssel zu meinen früheren Besitztümern aus. Die Hoffnung, sie nachmachen zu lassen, als Ersatz, können wir abschreiben.

Giuseppe winkt von der Tür der Bar, und wir erzählen ihm, daß wir soeben ein Haus gekauft haben. »Aha. Und wo?« will er wissen.

»Es heißt Bramasole.« Ed legt los, um ihm zu erklären, wo es liegt.

»Bramasole, na so was! *Una bella villa*!« Als Junge hat er dort Kirschen gepflückt. Obwohl es noch früher Nachmittag ist, lotst er uns in die Bar und schenkt *grappa* ein. »*Mamma*!« ruft er. Seine Mutter und ihre Schwester eilen aus dem hinteren Trakt des Hauses herbei, und alle gratulieren uns. Sie reden durcheinander, bezeichnen uns als *stranieri*, Fremde. Der Grappa ist so stark, daß ich befürchte, schon von einem einzigen umzukippen. Wir trinken ihn so schnell wie Signora Mantucci ihren Espresso, dann gehen wir wieder in die Sonne hinaus. Im Auto ist es so glühend heiß wie in einem Pizzaofen. Wir setzen uns hinein, die Türen sperrangelweit offen, und plötzlich brechen wir in Lachen aus, wir lachen und lachen und können gar nicht mehr aufhören.

Vor unserem Notartermin haben wir zwei Frauen beauftragt, das Haus auf Vordermann zu bringen, und ein Bett gekauft, das sofort geliefert wurde. In der Stadt besorgen wir eine Flasche eiskalten Prosecco und halten an der *rosticceria*, um dort eingelegte Zucchini, Oliven, Brathuhn und Kartoffeln zu kaufen.

Wir kommen in unserem neuen Zuhause an, benebelt von den aufregenden Ereignissen und vom Grappa. Anna und Lucia haben die Fenster geputzt und eine Lage Staub nach der anderen an die frische Luft befördert, mitsamt zahlreichen Spinnennetzen. Das Schlafzimmer im ersten Stock, das auf eine Steinterrasse hinausgeht, ist auf Hochglanz gebracht. Sie haben das Bett mit der neuen blauen Bettwäsche bezogen und die Terrassentür offengelassen, so daß wir Kuckucksrufe und das Gezwitscher der wilden Kanarienvögel hören. Wir pflücken die letzten pinkfarbenen Rosen auf der Terrasse an der Frontseite des Hauses und stellen sie in zwei alte Chiantiflaschen. Das Schlafzimmer mit seinen dunklen Fensterläden, den weißgekalkten Wänden, dem frisch gebohnerten Fußboden, dem jungfräulichen Bett mit der neuen Bettwäsche, den herrlichen Rosen auf der Fensterbank und der nackten, von der Decke baumelnden Vierzig-Watt-Glühbirne wirkt so spartanisch wie die Zelle eines Franziskanermönchs. Doch sobald ich ihn betrete, ist er für mich der schönste Raum der Welt.

Wir duschen und ziehen uns um. In der Stille der Abenddämmerung sitzen wir auf der Steinmauer der Terrasse und stoßen mit dem vollmundigen Prosecco, der so prickelnd ist, als wäre er verflüssigte Luft, auf uns und das Haus an. Wir trinken auch auf die Zypressen an der Straße und das weiße Pferd auf der Weide unseres Nachbarn, und auf das hochherrschaftliche Anwesen in der Ferne, das eigens für den Besuch des Papstes erbaut wurde. Die Olivenkerne schnipsen wir einfach über die Mauer, in der Hoffnung, daß sie im nächsten Jahr sprießen werden. Das Abendessen schmeckt köstlich. Als die Dunkelheit hereinbricht, fliegt eine Schleiereule so dicht über unsere Köpfe hinweg, daß wir das Schlagen der Flügel hören, und als sie sich im pechschwarzen Johannisbrotbaum niederläßt, ertönt ein seltsamer Ruf, den wir als Begrüßung deuten. Der Große Bär steht über dem Haus, als wolle er jeden Moment einen Sternenregen auf dem Dach ausgießen. Als es dunkel ist, sehen wir, daß sich die Milchstraße unmittelbar über dem Haus entlangzieht. Ich vergesse die Sterne, wenn ich im Zwielicht der Großstadt lebe. Hier finde ich sie wieder, flimmernd, dicht an dicht, fallend und pulsierend. Wir blicken zum Firmament hinauf, bis unser Nacken steif wird. Die Milchstraße sieht wie ein Ballen Spitze aus, der hoch in die Luft geschleudert wurde und sich aufgerollt hat. Ed, der gerne flüstert, beugt sich zu meinem Ohr herüber. »Möchtest du immer noch heim?« fragt er. »Oder kannst du dir vorstellen, daß wir uns hier zu Hause fühlen werden?«

EIN HAUS UND SOVIEL LAND, WIE ZWEI OCHSEN AN ZWEI TAGEN UMPFLÜGEN KÖNNEN

Ich bewundere Skorpione; sie sind schön. Sie sehen aus wie Hieroglyphen ihrer selbst, in schwarzer Tinte. Faszinierend finde ich auch, daß sie sich mit Hilfe der Sterne orientieren, obwohl ich keine Ahnung habe, wie sie in ihrem bevorzugten Lebensraum, den staubigen Winkeln unbewohnter Häuser, jemals den Sternenhimmel sehen. Einer krabbelt jeden Morgen im Bidet herum. So mancher ist versehentlich in unserem neuen Staubsauger verschwunden, obwohl sie im allgemeinen mehr Glück haben: Ich fange sie mit einem umgestülpten Glas und trage sie ins Freie. Ich nehme jede Tasse und jeden Schuh mißtrauisch in Augenschein. Als ich ein Kopfkissen aufschüttle, landet ein farbloser auf meiner nackten Schulter. Wir schrecken eine ganze Spinnenarmee auf, als wir die Flaschensammlung im Schrank unter der Treppe entsorgen. Beeindruckend, diese langen, fadendünnen Spinnenbeine und der Körper, der nicht größer ist als der einer Fliege; ich kann sogar die Augen erkennen. Außer den Hausgenossen haben wir von den früheren Bewohnern verstaubte Weinflaschen geerbt – Tausende und Abertausende im Schuppen und in den Ställen. Immer wieder füllen wir die Recycling-Container in unserer Umgebung, ein gläserner Wasserfall nach dem anderen ergießt sich aus den Kartons, die wir jedesmal aufs neue füllen und leeren. In den Ställen und in der *limonaia* (einem garagengroßen Raum neben dem Haus, in dem früher während der Wintermonate die Zitronen in Steinkrügen aufbewahrt wurden) türmen sich verrostetes Kochgeschirr aus Blech, Zeitungen von 1958, Draht, Farbtöpfe, Schutt. Ganze Ökosysteme von Spinnen und Skorpionen werden vernichtet, obwohl es scheint, als hätten sie sich schon wenige Stunden später regeneriert. Ich halte nach alten Fotos oder antiken Löffeln Ausschau, kann aber nichts von Interesse entdecken, mit Ausnahme von ein paar handgefertigten Eisenwerkzeugen und einer hölzernen Vorrichtung in Form eines Schwans mit einem Haken, an dem man eine Pfanne hängte, die man im Winter mit heißer Kohle füllte und unter die klammen Laken schob. Eines der meisterhaft gearbeiteten Werkzeuge, eine formvollendete kleine Skulptur, besteht aus einem handgroßen Halbmond mit einem abgenutzten Griff aus Kastanienholz. Jeder Toskaner kennt es – man stutzt damit Weinreben.

Als wir das Haus das erste Mal besichtigten, war es vollgestopft mit kunstvoll gedrechselten eisernen Bettgestellen mit handgemalten Medaillons, die Maria und ein paar Schafhirten mit Lämmern auf dem Arm zeigten, wurmstichigen Kommoden mit schweren Mamorplatten, Kinderbettchen, stockfleckigen Spiegeln, Wiegen, Schachteln und schaurigen religiösen Bildchen von der Kreuzigung, auf denen Jesus mit blutendem Herzen dargestellt war. Der Eigentümer hat alles mitgenommen – selbst die Schalterabdeckungen und Glühbirnen –, bis auf einen Küchenschrank aus den dreißiger Jahren und ein häßliches rotes Bett, von dem wir nicht wissen, wie wir es aus dem zweiten Stock über die enge Treppe nach unten schaffen sollen. Schließlich nehmen wir das Bett auseinander und werfen es Stück für Stück aus dem Fenster hinunter. Dann quetschen wir die Matratze durch den Fensterrahmen und beobachten, wie sie zu Boden plumpst.

Die Cortoneser, die am Nachmittag vorbeispazieren, bleiben stehen und bestaunen das Spektakel: hektische Betriebsamkeit, ein Kofferraum voller Flaschen, fliegende Matratzen, lautes Aufkreischen, weil ein Skorpion auf mein Hemd herunterfällt, als ich die Steinmauern im Stall fege, und Ed, der sich wild entschlossen mit der Sense einen Weg durch das Unkraut bahnt. Manche bleiben stehen und rufen uns zu: »Was habt ihr für das Haus bezahlt?«

Ich bin verblüfft und zugleich sehr angetan von der Unverblümtheit der Passanten. »Bestimmt viel zu viel«, rufe ich zurück. Einem fällt ein, daß hier vor langer Zeit ein Maler aus Neapel wohnte; aber meistens stand das Haus leer, solange sie sich erinnern können.

Jeden Tag sind wir mit Entrümpeln und Schrubben beschäftigt. Wir fühlen uns allmählich genauso ausgelaugt wie die Hügel ringsum. Wir haben Putzmittel in rauhen Mengen, einen neuen Ofen und einen Kühlschrank gekauft. Mit Sägeböcken und zwei unbehandelten Holzplanken bauen wir eine Arbeitsfläche in der Küche. Obwohl wir das heiße Wasser in einem Plastikeimer aus dem Bad herbeischleppen müssen, funktioniert unsere Küche erstaunlich gut. Nachdem ich mich jahrelang in einer High-Tech-Küche ausgetobt habe, kehrt mein Gefühl für die wirklich notwendige Grundausstattung einer Küche langsam zurück. Drei Holzlöffel, zwei für den Salat, einen zum Umrühren. Eine Bratpfanne, Brotmesser, Schneidmesser, Käsereibe, ein großer Topf für die Pasta, eine Auflaufform und die Espressomaschine, mit der man das schwarze Gebräu auf der Herdplatte zubereitet. Wir haben ein ausrangiertes Campingbesteck von daheim mitgebracht, ein paar Gläser und Teller gekauft. Die ersten Nudelgerichte schmecken himmlisch. Nach der Fronarbeit stopfen wir alles in uns hinein, was sich in Sichtweite befindet, und fallen anschließend todmüde ins Bett. Unsere Lieblingspasta: Spaghetti mit einer Sauce aus gewürfeltem *pancetta*, Schinkenspeck, der kurz angebräunt und dann mit Sahne und gehacktem Rucolasalat veredelt wird (den man hier in manchen Gegenden *ruchetta* nennt); er wächst wild in unserer Einfahrt und auf den Steinmauern. Wir bestreuen das Ganze mit frischgeriebenem Parmesan und verdrücken Riesenportionen. Wir lernen, leckere kleine Mahlzeiten aus der heimischen Küche zuzubereiten: in dicke Scheiben geschnittene Tomaten mit Mozzarella und gehacktem Basilikum und ein typisch toskanisches Gericht: weiße Bohnen mit Salbei und Olivenöl. Ich pule und koche die Bohnen schon morgens, dann lasse ich sie auf Zimmertemperatur abkühlen, bevor ich sie mit Öl beträufle. Wir verdrücken schwarze Oliven in erstaunlichen Mengen.

Drei Zutaten sind meist alles, was wir für das Abendessen haben, aber das reicht für eine köstliche Mahlzeit. Der Gedanke, hier zu kochen, inspiriert mich: Bei so schmackhaften Ingredienzen geht einem alles leicht von der Hand. Eine ausrangierte Marmorplatte von einer Frisierkommode dient als Nudelbrett, wenn ich den Teig für einen Pflaumenkuchen selber mache. Als ich ihn mit einer der mundgeblasenen Chiantiflaschen, die ich aus dem Sperrmüll gefischt habe, ausrolle, denke ich schmunzelnd an meine Bilderbuchküche in San Francisco zurück: den schwarzweiß gefliesten Boden, die Spiegelwand zwischen den Hängeschränken und der langen Arbeitsplatte in strahlendem Weiß, den Herd, der in jedem Restaurant stehen könnte, die Sonne, die durch das Oberlicht scheint, und immer Vivaldi, Robert Johnson oder Villa Lobos als Hintergrundmusik, um mir das Kochen zu versüßen. Hier leistet mir die hartnäckige Spinne im offenen Kamin Gesellschaft, die gerade ein neues Netz knüpft. Der Herd und der Kühlschrank wirken vor der abblätternden, gekalkten Wand und unter der nackten Glühbirne, die von einem vermutlich unter Strom stehenden Draht herabhängt, brandneu.

Am Spätnachmittag aale ich mich endlos lange in der mit Schaum gefüllten Sitzbadewanne, entferne die Spinnweben aus den Haaren, den Dreck unter den Nägeln und den Schmutzrand am Hals. Letzteres hatte ich schon seit Ewigkeiten nicht mehr, seit ich als Kind an langen Sommerabenden mit Blechbüchsen Fußball spielte. Ed kommt wie neugeboren aus der Dusche heraus, sonnengebräunt im weißen Baumwollhemd und Khakishorts.

Das leere Haus, inzwischen blank gescheuert, sieht sauber und geräumig aus. Die meisten Skorpione wandern in ungestörtere Gefilde ab. Dank der dicken Steinwände ist es drinnen selbst an den heißesten Tagen kühl. Ein grobgezimmerter Bauerntisch, der die Entrümpelungsaktion in der *limonaia* überlebt hat, kommt als Eßtisch auf der vorderen Terrasse zu Ehren. Wir sitzen draußen und unterhalten uns, mit einiger Verspätung, über die Renovierung, während wir Gorgonzola mit frisch gepflückter Birne schlemmen und Wein vom Trasimenischen See, aus dem Nachbartal, trinken. Die Renovierung scheint ein Klacks zu sein; kein Grund zur Panik. Ein zentraler Warmwasserbereiter, an den ein neues Badezimmer und die bereits vorhandenen Bäder angeschlossen werden, eine neue Küche – alles ganz schlicht und einfach, ohne Schnickschnack. Wir überlegen, wie lange es dauern wird, bis wir die Umbaugenehmigung haben. Brauchen wir wirklich eine Zentralheizung? Soll die Küche bleiben, wo sie ist, oder verlegen wir sie besser dorthin, wo sich derzeit noch der Ochsenstall befindet? Dann könnte man den Raum, der uns jetzt als Küche dient, zum Eßzimmer umgestalten, mit einem großen offenen Kamin. In der Dunkelheit sehen wir die schattigen Überreste eines Landschaftsgartens vor uns: eine lange wuchernde Buchsbaumhecke, aus der fünf ausgefranste Kugeln aufragen, die früher kunstvoll gestutzt waren. Sollen wir den Garten mit seinen seltsamen Überresten so gestalten, wie er einst war? Die Formen und Figuren wieder aus der Buchsbaumhecke ausschneiden? Oder reißen wir die alte Hecke heraus und pflanzen statt dessen etwas, das natürlich wachsen darf, beispielsweise Lavendel? Ich schließe die Augen und versuche mir vorzustellen, wie der Garten in drei Jahren aussehen könnte, aber der dichte Dschungel hat sich mir unauslöschlich eingeprägt. Nach dem Essen bin ich so todmüde, daß ich, wie ein Pferd, im Stehen schlafen könnte.

Das Haus steht, was Harmonie und Energie betrifft, unter einem guten Stern, wenn man den chinesischen Feng-Shui-Theorien Glauben schenken darf. Es verleiht uns ein unglaubliches Gefühl des Wohlbefindens. Ed hat Energie für drei. Und ich, die ich mein Leben lang unter Schlafstörungen gelitten habe, schlafe nachts wie ein Murmeltier und träume selig und süß, daß ich mich in einem klaren grünen Fluß mit der Strömung treiben lasse, wo ich mich in meinem Element fühle wie ein Fisch im Wasser. In der ersten Nacht träumte ich, daß der Name unseres Anwesens nicht Bramasole, sondern Cento Angeli lautet, Hundert Engel, und daß ich einen nach dem anderen entdecken würde. Ob es Unglück bringt, ein Haus umzutaufen, wie man es von Schiffen behauptet? Als Fremde im Land möchte ich das Schicksal lieber nicht herausfordern. Trotzdem, für mich hat das Haus neben dem offiziellen Namen noch diesen zweiten, geheimen.

Die Flaschen sind weg. Das Haus blitzt vor Sauberkeit. Die Bodenfliesen haben nach dem Wachsen einen matten Glanz. Wir bringen Haken an den Innenseiten der Türen an, damit wir endlich unsere Kleider aus den Koffern holen können. Aus Lattenkisten, in denen früher Milch transportiert wurde, und viereckigen Marmorplatten, die wir im Stall gefunden haben, basteln wir Nachttische zusammen, passend zu unseren beiden Stühlen aus dem Gartenzentrum.

Wir fühlen uns innerlich gerüstet, die Renovierungsarbeiten in Angriff zu nehmen. Wir gehen zu Fuß in die Stadt, um Kaffee zu trinken und Piero Rizzatti anzurufen, den *geometra*. Er ist nicht nur Vermessungstechniker, sondern auch eine Art »Bauleiter« mit breitgefächerten Aufgaben, der als Kontaktmann zwischen Hausbesitzer, Baufirmen und Planungsbehörden fungiert. Ian hat uns versichert, unser *geometra* sei der Beste weit und breit, was im Klartext bedeutet, daß er auch über die besten Verbindungen verfügt und die Genehmigungen innerhalb kürzester Zeit erhalten könnte.

Am nächsten Tag steht Ian mit Signor Rizzatti, seinem Zollstock und einem Notizblock vor unserer Tür. Wir machen einen Rundgang durchs Haus, dieses Mal mit nüchternem Blick.

Das Erdgeschoß besteht aus fünf aneinandergereihten Räumen: Wirtschaftsraum, Küche, Wohnzimmer, Pferdestall und ein weiterer Stall – mit einer Diele und einer Treppe nach den ersten beiden Räumen. Das Haus ist zweigeteilt durch diesen breiten Treppenaufgang mit Steinstufen und schmiedeeisernem Geländer. Ein seltsamer Grundriß: Das Haus ist wie eine Puppenstube gebaut, nur einen Raum tief, und alle Räume haben annähernd die gleiche Größe. Für mich wirkt das so, als würde man alle Kinder auf den gleichen Namen taufen. In den beiden oberen Stockwerken befinden sich rechts und links neben der Treppe zwei Schlafzimmer; man muß jeweils das erste durchqueren, um ins zweite zu gelangen. Privatsphäre war für italienische Familien früher kein Thema. Selbst der große Michelangelo schlief mit seinen Steinmetzen zu viert in einem Bett, wenn er an einem Projekt arbeitete. Auch in den prachtvollen *palazzi* in Florenz geht man von einem riesigen Saal in den nächsten; Korridore galten damals offensichtlich als Platzverschwendung.

Der westliche Trakt des Hauses – ein Raum in jedem Stockwerk – ist durch eine Mauer vom Rest abgetrennt und war den *contadini* vorbehalten, der Bauernfamilie, die in den Olivenhainen und Weinbergen arbeitete. An der Rückseite dieser Wohnung befindet sich eine enge Steintreppe; es gibt keinen Zugang vom Haupttrakt des Hauses, außer durch die vordere Küchentür. Mit dieser Tür, den beiden Türen, die zum Stall führen und der großen Eingangstür haben wir insgesamt vier Türen an der Frontseite des Hauses. Ich male mir aus, wie sie mit neuen Läden aussehen, weit zur Terrasse hin geöffnet, Lavendel, Rosen und Zitronenbäumchen in Kübeln dazwischen, deren Duft ins Haus weht, ein natürlicher Wechsel zwischen dem Leben innerhalb und außerhalb unserer vier Wände. Signor Rizzatti dreht den Knauf an der Tür zum Wirtschaftsraum und hält ihn prompt in der Hand.

Auf der Rückseite des *Contadini*-Trakts befindet sich ein unverputzter Raum mit einem Stehklo – eine Errungenschaft gegenüber dem Plumpsklo. Da es kein fließendes Wasser gab, haben sich die Bauern wahrscheinlich damit begnügt, mit einem Wassereimer nachzuspülen. Zwei weitere Toiletten, die diesen Namen noch am ehesten verdienen, sind ebenfalls auf der Rückseite des Hauses, jeweils auf einem Treppenabsatz. Diese häßliche Lösung sieht man auch heute noch bei alten Häusern, die nicht an die Kanalisation angeschlossen sind. Die Etagenklos springen aus der Wand hervor, oft von windigen Holzbalken gestützt, die einen schiefen Winkel zur Mauer bilden. Das kleine Bad, vermutlich das erste im Haus, hat eine niedrige Decke, einen Steinboden mit Schachbrettmuster und die bereits erwähnte nostalgische Sitzbadewanne. Das große Badezimmer muß in den fünfziger Jahren eingebaut worden sein, kurz bevor das Haus unbewohnt blieb. Die Fliesen hat jemand ausgewählt, der garantiert schwindelfrei war: von unten bis oben Schmetterlingsmuster, in Rosa, Blau und Weiß. Der Boden ist ebenfalls blau gekachelt, aber nicht im gleichen Farbton. Der Duschabfluß besteht aus einem Loch im Boden, was bedeutet, daß nach dem Duschen das ganze Bad unter Wasser steht. Irgend jemand hat den Duschkopf hoch oben an der Wand angebracht, so daß die Brause einen Luftzug verursacht und der Duschvorhang, den wir aufgehängt haben, sich um die Beine wickelt.

Wir gehen auf die L-förmige Terrasse hinaus, die an das Schlafzimmer im ersten Stock grenzt, und genießen, an die Brüstung gelehnt, das atemberaubende Panorama mit dem Tal auf der einen und den Obst- und Olivenbäumen auf der anderen Seite. Wir stellen uns vor, wie wir hier künftig frühstücken, wenn der überhängende, schattenspendende Aprikosenbaum blüht und die Hügellandschaft ringsum mit wilden Iris bedeckt ist, deren klägliche Überreste wir nun überall sehen. Ich male mir aus, wie meine Tochter und ihr Freund, mit Sonnenöl eingeschmiert, im Liegestuhl faulenzen und einen Roman nach dem anderen verschlingen, einen Krug Tee mit Eiswürfeln neben sich. Der Boden der Terrasse ist gefliest, genau wie im Haus, nur hat er hier unter dem Einfluß von Wind und Wetter Moos angesetzt. Signor Rizzatti runzelt beim Anblick der Fliesen die Stirn. Als wir hinuntergehen, deutet er auf die Decke der *limonaia*: Sie befindet sich direkt unterhalb der Terrasse, ist ebenfalls mit Moos bewachsen und beginnt an manchen Stellen bereits wegzubröckeln. Das kann teuer werden. Das Gekrakel auf seinem Notizblock füllt inzwischen zwei Seiten.

Uns gefällt die Raumaufteilung. Aber wer braucht schon acht Schlafzimmer! An jedes der vier vorhandenen könnte sich ein Arbeits-/Wohn-/Ankleidezimmer anschließen, aber wir einigen uns darauf, den Raum neben unserem in ein Bad zu verwandeln. Zwei Bäder im Haus reichen zwar aus, aber ein eigenes Badezimmer direkt neben dem Schlafzimmer wäre ein nicht zu verachtender Luxus. Wenn wir das angrenzende Bauernstehklo herausreißen, hätten wir eine eigene Toilette neben dem Bad. Mit seinem Metallzollstock zeigt der *geometra* auf den vage erkennbaren Schatten einer Tür, die von unserem Schlafzimmer ins ehemalige Schlafzimmer der Bauernfamilie führt. An dieser Stelle einen Durchbruch zu machen, müßte ein Kinderspiel sein, denken wir.

Daß die Räume im Erdgeschoß klein und wie Perlen auf einer Schnur aufgereiht sind, ist nicht so praktisch. Als wir das Haus zum ersten Mal besichtigten, erklärte ich hochtrabend: »Wir könnten die Wände herausreißen und hätten dann zwei große Räume hier unten.« Nun eröffnet uns der *geometra*, daß der Durchbruch nicht höher als zwei Meter sein darf, eine Vorsichtsmaßnahme wegen der Erdbeben. Der Aufenthalt in diesem Haus hat mein Gefühl für architektonische Strukturen geschärft. Ich kann mir direkt vorstellen, wie sich die Wände des Erdgeschosses an die großen Steine des

Fundaments anschließen. Das Haus ist auf ähnliche Weise errichtet worden wie die Terrassen, ganz ohne Mörtel: Die Steine wurden übereinandergeschichtet und eingepaßt. An der Tiefe der Türschwellen und Fenstersimse erkenne ich mit bloßem Auge, daß die Wände nach oben hin dünner werden. Die meterdicken Wände im Erdgeschoß sind im zweiten Stock schätzungsweise um die Hälfte geschrumpft. Wie wird das Haus an den Stellen, wo es nach oben strebt, zusammengehalten? Sind ein paar moderne Stahlträger, die man einziehen könnte, genauso belastbar wie Natursteine, die ich nicht einmal mit den Armen umspannen kann?

Als die Kuppel des *duomo* in Florenz entworfen wurde, hatte niemand Erfahrungen mit der Technik, die für den Bau so großer Halbkugeln erforderlich ist; man war auf Experimente angewiesen. Irgend jemand schlug vor, sie über einem riesigen, im Dom aufgetürmten Schuttberg zu errichten und Münzen unter dem Geröll zu verstecken; sobald die Kuppel fertig war, sollte es den Bauern aus der Umgebung freistehen, danach zu suchen, und dabei wäre der Berg abgetragen worden. Zum Glück hatte Brunelleschi eine bessere Idee, die Kuppel zu errichten. Ich hoffe, daß unser Haus auf einem stabilen Fundament erbaut ist, aber ich habe trotzdem leise Bedenken, im Erdgeschoß Mauern herauszureißen, die einer Festung Ehre gemacht hätten.

Unser *geometra* scheint voller Bedenken zu sein; er hat an allem etwas auszusetzen. Er meint, die Treppe an der Rückseite des Hauses müsse weg. Uns gefällt sie, sie kommt uns wie ein geheimer Fluchtweg vor. Er findet, daß wir die rissige, bröckelnde Stuckfassade restaurieren und ockerfarben streichen sollten. Nein danke, nicht mit uns! Ich liebe die Farben, die sich mit dem Licht verändern, und die satten Goldtöne, wenn es regnet, als ob die Sonne in die Wände eingesickert wäre. Er findet, das Dach müsse ausgebessert werden, das habe allerhöchste Priorität. »Aber das Dach ist völlig dicht – warum sollen wir daran herumdoktern, wo es doch so viele andere dringliche Arbeiten gibt?« Schließlich können wir nicht alles auf einmal in Angriff nehmen; das Haus kostet uns auch so schon ein Vermögen. Wir werden ein Projekt nach dem anderen über die Bühne bringen, wie es unser Geldbeutel erlaubt, und einen Großteil selber machen. Amerikaner, versuche ich ihm begreiflich zu machen, sind auf die »Do-it-yourself«-Methode geeicht. Während ich so richtig in Fahrt gerate, nehme ich einen Anflug von Panik auf Eds Gesicht wahr. Die Parole »selbst ist der Mann« scheint im Italienischen kein Begriff zu sein. Der *geometra* schüttelt den Kopf, als sei es hoffnungslos, wenn er uns sogar derart grundlegende Dinge erklären muß.

Er spricht mit uns, als wären wir schwerhörig und würden einsichtiger sein, wenn er jedes Wort klar und deutlich formuliert. »Hören Sie, das Dach muß gemacht werden, daran führt kein Weg vorbei. Die Ziegel werden entfernt, numeriert und in der gleichen Reihenfolge wieder aufgelegt, keine Bange, aber danach haben Sie eine richtige Isolierung; die Dachkonstruktion wird verstärkt.«

Im Augenblick ist entweder das Dach oder die Zentralheizung in unserem Budget, nicht beides. Wir diskutieren über den Stellenwert, der jedem der beiden Kostenfaktoren zukommt. Wir werden überwiegend die Sommermonate in der Toskana verbringen. Aber wir haben auch keine Lust, Weihnachten zu erfrieren, wenn wir zur Olivenernte herkommen. Sollten wir uns für den Einbau einer Heizung entscheiden, muß diese Arbeit gleichzeitig mit der Installation des hauseigenen Wassersystems und der Leitungen erfolgen. Das Dach kann man später noch in Angriff nehmen – oder auch nicht. Im Augenblick beziehen wir unser Wasser aus einem Druckkessel, der sich im ehemaligen Schlafzimmer der Bauernfamilie befindet. Wenn man duscht oder die Klospülung betätigt, springt eine Pumpe an und das Brunnenwasser fließt gurgelnd in den Wasserbehälter. Über jeder Dusche hängen separate Durchlauferhitzer (die auf wundersame Weise sogar funktionieren). Was wir brauchen, ist ein zentraler Warmwasserbereiter und einen damit verbundenen großen Wasserdruckkessel, so daß die laute Pumpe nicht fortwährend in Betrieb ist.

Wir entscheiden uns für die Heizung. Der *geometra*, fest überzeugt, daß wir irgendwann zur Vernunft kommen werden, gibt sich geschlagen und sagt, daß er vorsichtshalber auch eine Baugenehmigung für das Dach beantragen wird.

Irgend jemand hat, in einer dunklen Stunde im Leben des Hauses und einem Anfall geistiger Umnachtung, in allen Räumen die Deckenbalken aus Kastanienholz gebeizt. Diese unvorstellbar gräßliche Technik erfreute sich früher im Süden Italiens großer Beliebtheit. Man kleisterte das Holz mit einer klebrigen Pampe zu und imitierte dann mit einem breitzinkigen Kamm die Maserung von unbehandeltem Holz. Ein Sandstrahlgebläse steht daher ganz oben auf der Liste *unserer* Prioritäten. Eine ekelhafte Arbeit, aber sie dauert nicht lange, und das Versiegeln und Wachsen werden wir in Eigenregie durchführen. Ich habe einmal eine alte Seemannskiste auf diese Weise restauriert, und es hat mir großen Spaß gemacht. Türen und Fenster müssen repariert werden. Die Fensterrahmen und inneren Fensterläden sind mit demselben Holzimitat verhunzt worden. Der geniale Künstler, der die Deckenbalken und Fensterrahmen geschaffen hat, ist vermutlich auch für die Gestaltung des Kamins verantwortlich: Die aufgemörtelten Keramikfliesen haben ein Ziegelsteinmuster. Ziemlich verdreht, die Idee, etwas Echtes mit einer Imitation des Echten zu überdecken. Aber das Kunstwerk paßt zur blaugefliesten breiten Fensterbank und den Schmetterlingen im Bad. Sowohl in der Küche als auch im Wirtschaftsraum stehen häßliche Betonspülsteine. Die Liste des *geometra* ist inzwischen drei Seiten lang. Der Wirtschaftsraum hat einen Fußboden aus Marmorbruch, der Gipfel der Häßlichkeit! In Deckennähe befinden sich, auf weißen Porzellanisolatoren zusammengerollt, ein paar antiquierte elektrische Leitungen. Manchmal fliegen die Funken, wenn ich das Licht einschalte.

Der *geometra* hockt auf der Terrassenmauer und wischt sich mit einem riesigen Stofftaschentuch, in das ein Monogramm gestickt ist, übers Gesicht. Er sieht uns mitleidig an.

Regel Nummer eins bei Renovierungen gleich welcher Art: ständige Anwesenheit. Wir werden zehntausend Kilometer entfernt sein, wenn die aufwendigsten Arbeiten anstehen. Wir begeben uns auf die Suche nach Handwerkern, die willig und bezahlbar sind.

Nando Lucignoli, der uns von Signor Martini geschickt wurde, fährt in seinem schnittigen Lancia vor und bleibt unten in der Einfahrt stehen, nicht, um mit fachmännischem Blick das Haus, sondern das Tal in Augenschein zu nehmen. Vermutlich ist er ein glühender Bewunderer von Landschaften, aber dann sehe ich, daß er in sein Handy spricht, mit der Zigarette herumfuchtelt und in die Luft zeigt. Jetzt wirft er das Telefon auf den Beifahrersitz.

»*Bella posizione.*« Er schwenkt wieder seine Gauloise, während er uns beide mit Handschlag und mich mit einer angedeuteten Verbeugung begrüßt. Sein Vater ist Steinmetz, und er ist Bauunternehmer geworden, sogar ein außergewöhnlich attraktiver. Wie viele Italiener benutzt er ein Eau de Cologne oder Aftershave, das nach Zitronen und Sonne duftet, ihn wie eine Wolke umhüllt und sich nur kurz durch den Zigarettenrauch vertreiben läßt. Noch bevor er weiterredet, bin ich sicher, daß er der Richtige ist. Wir machen mit ihm einen Rundgang durchs Haus. »*Niente, niente*«, beteuert er immer wieder, alles kein Problem. »Wir werden die Heizungsrohre auf der Rückseite des Hauses verlegen, das dauert nicht länger als eine Woche; das Bad – drei Tage, Signora. In einem Monat ist alles erledigt. Sie werden alles picobello haben; Sie sperren einfach hinter sich zu, lassen mir den Schlüssel da, und bei Ihrer Rückkehr ist alles fix und fertig.« Er versichert uns, daß er für die neue Küche im Stall alte Mauersteine finden wird, die zum Rest des Hauses passen. Die elektrischen Leitungen? Keine Sorge, er hat einen Freund. Die Mauersteine auf der Terrasse? Er zuckt die Achseln, nichts weiter als ein bißchen Mörtel. Die Wände aufstemmen? Sein Vater ist Fachmann auf diesem Gebiet. Seine pomadeglänzenden glatten, nach hinten verbannten schwarzen Haare, die sich liebend gerne wieder in Locken rückverwandeln würden, fallen ihm in die Stirn. Er sieht wie Bacchus auf dem gleichnamigen Gemälde von Caravaggio aus – nur hat die Kopie moosgrüne Augen und eine leicht vornübergebeugte Haltung, vermutlich, weil er bei der Geschwindigkeit, mit der er seinen Lancia steuert, sonst nichts sieht. Er findet meine Ideen himmlisch. Ich hätte Architektin werden sollen, bei meinem ausgezeichneten Geschmack. Wir setzen uns auf die Steinmauer und trinken ein Glas Wein. Ed geht ins Haus, um sich einen Kaffee zu kochen. Nando zeichnet uns auf der Rückseite eines Briefumschlags genau auf, wie die Wasserrohre verlaufen werden. Mein Italienisch sei bezaubernd, sagt er. Er verstehe alles, was ich sagen will. Morgen will er uns einen Kostenvoranschlag bringen, höchstpersönlich. Ich bin sicher, daß er uns einen vernünftigen Preis machen wird, und daß Nando, sein Vater und ein paar zuverlässige Handwerker es auch ohne unseren Beistand schaffen, Bramasole während der Wintermonate völlig zu verwandeln. »Genießen Sie die Zeit – und überlassen Sie mir den Rest«, ruft er, als sich die Reifen in der Einfahrt zu drehen beginnen. Während ich ihm nachwinke, fällt mir auf, daß Ed auf der Terrasse geblieben ist. Er enthält sich jeder Äußerung, sondern bemerkt lediglich, daß Nando wie eine ganze *profumeria* gerochen hat, Gauloise-Kettenraucher ist und nie im Leben eine Heizung einbauen kann, wenn er sich dabei nach seiner eigenen Zeichnung richtet.

Ian schleppt Benito Cantoni an, einen gelbäugigen, muskulösen kleinen Mann, der große Ähnlichkeit mit Mussolini besitzt. Er muß um die Sechzig sein, der Namensvetter des *Duce*. Ich erinnere mich, gelesen zu haben, daß Mussolini nach dem Mexikaner Benito Juárez benannt wurde, der gegen die Unterdrückung durch die französische Besatzungsmacht kämpfte. Seltsam, wenn man überlegt, daß ein Revolutionär, ein Diktator und dieser schweigsame kleine Mann mit dem nichtssagenden Gesicht und einer Glatze, die aussieht wie eine auf Hochglanz polierte Nuß, den gleichen Namen tragen. Wenn er den Mund aufmacht, was selten vorkommt, redet er in dem Dialekt, der hier im Val di Chiana gesprochen wird. Er versteht kein Wort von dem, was Ed oder ich sagen, und umgekehrt ist es genauso. Sogar Ian hat Schwierigkeiten. Benito war an der Restaurierung der Kapelle in Le Celle beteiligt, einem Kloster in der Nähe – eine erstklassige Empfehlung. Wir sind noch mehr beeindruckt, als Ian mit uns zu einem Haus unweit von Castiglione del Lago fährt, das er gerade restauriert; es hat einen Turm, der vermutlich von den Rittern des Templerordens errichtet wurde. Die Arbeit sieht anständig aus. Seine zwei Maurer grinsen von einem Ohr zum anderen, im Gegensatz zu Benito, ihrem Chef.

Nach Bramasole zurückgekehrt, besichtigt Benito das Haus, ohne sich eine einzige Notiz zu machen. Er strahlt Ruhe und Selbstvertrauen aus. Als wir Ian bitten, einen Kostenvoranschlag von ihm einzuholen, zuckt Benito zusammen. Es ist ihm offenbar unmöglich, die Probleme einzukalkulieren, denen er sich gegenübersehen könnte. Wieviel wollen wir denn ausgeben? (Dumme Frage!) Er ist sich nicht sicher, was die Bodenfliesen betrifft, oder was er entdecken wird, wenn er die Mauersteine auf der oberen Terrasse entfernt. Im zweiten Stock müsse ein kleiner Stützbalken erneuert werden, erklärt er.

Kostenvoranschläge sind Handwerkern in diesem Land wohl völlig fremd. Sie sind anscheinend daran gewöhnt, in den Tag hinein zu arbeiten, weil der Auftraggeber immer daneben steht und Buch über die Arbeitsstunden führt. Solche Vorauskalkulationen entsprechen nicht ihrer Art Unternehmensphilosophie, obwohl sie sich manchmal herablassen, zumindest den Zeitaufwand grob zu schätzen, zum Beispiel »weniger als drei Tage« oder *»quindici giorni«*. *Quindici giorni* – fünfzehn Tage – ist, wie wir langsam aber sicher begreifen, eine Höflichkeitsfloskel, die besagt, daß der Betreffende keinen blassen Schimmer hat, wie lange etwas dauert, sich aber vorstellen kann, daß es nicht bis zum Sankt-Nimmerleins-Tag dauern darf. Aber Vorsicht: *»Quindici minuti«* bedeutet nicht etwa fünfzehn Minuten, sondern *ein paar Minuten*, sogar aus dem Mund eines Eisenbahnschaffners, was wir am eigenen Leib erfahren mußten, als wir den Zug verpaßten. Ich glaube, die Italiener haben ein anderes Zeitempfinden als wir: Hier scheinen die Uhren langsamer zu gehen. Wozu die Eile? Sobald ein Bauwerk errichtet ist, steht es lange, lange Zeit, vielleicht tausend Jahre. Was sind dagegen schon zwei Wochen oder zwei Monate?

Die Wände herausreißen? Davon rät er uns dringend ab. Er fuchtelt mit den Händen, deutet an, daß das Haus über unseren Köpfen einstürzen könnte. Irgendwie wird es Benito doch noch gelingen, in dieser Woche einen Kostenvoranschlag auszuarbeiten und ihn Ian zu bringen. Als er sich verabschiedet, verzieht er endlich den Mund zu einem Lächeln. Seine eckigen, gelblichen Zähne sehen kräftig aus, als sei er in der Lage, damit einen Mauerstein durchzubeißen. Ian preist seine Vorzüge in den allerhöchsten Tönen und bezeichnet Nando verächtlich als »größten Playboy in der gesamten westlichen Welt«. Ed sieht zufrieden aus.

Unser *geometra* empfiehlt einen dritten Bauunternehmer, Primo Bianchi, der in einem Ape auftaucht, in einem dieser Möchtegern-Lastwagen auf drei Rädern. Er selbst hat ebenfalls Miniaturformat: Er ist bestimmt nicht größer als einen Meter fünfzig, gedrungen und trägt eine blaue Montur und ein rotes Tuch um den Hals. Er kugelt aus seinem Lieferwagen und begrüßt uns förmlich mit den lateinischen Worten: *»Salve, signori.«* Er sieht wie die Nikoläuse in Amerika aus: Brille mit Goldrand, zerzauste weiße Haare, hohe Stiefel. *»Permesso?«* sagt er, bevor wir eine Türschwelle überschreiten. An jeder Tür hält er inne und fragt, ob es gestattet sei; vielleicht hat er Angst, er könne jemandem beim Ausziehen überraschen. Er hält seine Mütze in der Hand, genau wie die Mühlenarbeiter meines Vaters in den amerikanischen Südstaaten, unterwürfig wie ein »Tagelöhner«, der das Wort an den *padrone* richtet. Er scheint jedoch selbstsicher zu sein, was seine beruflichen Qualitäten betrifft, ein Stolz, den ich hier schon oft bei Kellnern, Mechanikern und Boten bemerkt habe. Er probiert die Fensterverriegelungen aus und schwingt die Türen hin und her. Er bohrt die Spitze seines Messers in Balken, um zu prüfen, ob sie morsch sind, und rüttelt an den Mauersteinen, um zu sehen, ob sie wackeln.

Als er an eine Stelle im Fußboden kommt, kniet er sich hin und reibt über zwei Fliesen, die einen etwas helleren Farbton haben. *»Io molti anni fa«*, sagt er strahlend und deutet auf seine Brust. Er hat sie vor vielen Jahren ausgewechselt. Dann erzählt er, daß er auch das große Bad eingebaut habe, und daß er früher jedes Jahr im Dezember herzukommen pflegte, um die großen Pflanztröge mit den Zitronenbäumchen, die auf der Terrasse standen, zum Überwintern in die *limonaia* zu schaffen. Der damalige Eigentümer des Hauses war im gleichen Alter wie sein Vater, ein Witwer mit fünf erwachsenen Töchtern, die nicht mehr bei ihm lebten. Nach seinem Tod ließen die Töchter das Haus leerstehen. Sie wollten sich nicht davon trennen, aber niemand kümmerte sich in den dreißig Jahren um das Anwesen. Ich stelle mir die fünf Schwestern aus Perugia vor, wie sie morgens in ihren schmalen Eisenbetten aufwachen und die Fensterläden ihrer Schlafzimmer weit öffnen, alle fünf zur gleichen Zeit. Ich glaube nicht an Geister, aber von Anfang an meinte ich ihre Gegenwart zu spüren: Ich sehe sie vor mir mit ihren schweren schwarzen Zöpfen, in die tagsüber Bänder geflochten sind, im weißen Nachthemd mit den eingestickten Initialen, und jeden Abend vor dem Zubettgehen nimmt die Mutter die silbernen Bürsten in die Hand und fordert sie auf, vor dem Spiegel Schlange zu stehen, um die Haare ihrer Töchter hundertmal zu striegeln.

Auf der Terrasse im ersten Stock schüttelt Primo Bianchi den Kopf. Die Fliesen müssen raus, damit man das Ganze mit Teerpappe und Isolationsmaterial abdichten kann. Wir haben das Gefühl, daß er weiß, wovon er spricht. Die Zentralheizung? Die Kosten wären gewaltig: »Sie sollten lieber Feuer im Kamin machen und sich warm anziehen, Signora.« Die beiden Wände? Ja, das wäre machbar. Entscheidungen sind häufig irrational. Wir wußten beide, daß Primo Bianchi der richtige Mann für die Restaurierung war.

Wenn schon während der Ouvertüre Aufregung herrscht, muß im Schlußakt der große Knall kommen.

Der Vorbesitzer hatte nicht nur beteuert, es gebe Wasser in Hülle und Fülle auf dem Anwesen, er hat dies auch historisch begründet. Er war sehr stolz auf sein Wissen. Als er uns auf dem Grundstück herumführte, drehte er den Hahn im Garten voll auf und ließ sich das kalte Wasser über die Hände laufen. »Das war eine Wasserstelle der Etrusker. Es ist für seine Reinheit bekannt – das gesamte Wassersystem der Medici verläuft durch dieses Grundstück«, prahlte er und deutete zum Kamm des Hügels hinüber, auf die Mauern der Festung aus dem fünfzehnten Jahrhundert. Sein Englisch war perfekt. Zweifellos kannte er sich aus, was das Thema Wasser anging. Er beschrieb die Wasserläufe in den Bergen ringsum, eine unerschöpfliche Quelle, die auf unserer Seite des Monte Sant' Egidio floß.

Natürlich ließen wir das Anwesen vor dem Kauf von einem Fachmann unter die Lupe nehmen. Ein unparteiischer *geometra* aus Umbertide, einer kleinen Ansiedlung jenseits der Berge, erstellte ein ausführliches Gutachten. Wasser sei reichlich vorhanden, versicherte auch er.

Während ich unter der Dusche stehe, sechs Wochen nach Inbesitznahme unseres Hauses, kommt plötzlich nur noch ein spärlicher, dünner Wasserstrahl, danach ein paar Tropfen, und dann gar nichts mehr. Mit der Seife in der Hand stehe ich da und verstehe die Welt nicht mehr; dann gelange ich zu der Schlußfolgerung, daß jemand versehentlich die Pumpe ausgestellt haben muß, oder, sehr wahrscheinlich, daß wir Stromausfall haben. Aber die Deckenlampe brennt noch. Ich steige aus der Duschwanne und rubble die Seife mit dem Handtuch ab.

Signor Martini, den wir in seinem Büro erreichen, fährt zu uns heraus und bringt eine lange Schnur mit, die eine Maßeinteilung und an einem Ende ein Gewicht hat. Wir wuchten den schweren Stein vom Brunnen, und er läßt das Lot hinab. *»Poc'acqua«*, lautet sein Urteil, als das Gewicht auf den Grund des Brunnenschachts plumpst. Wenig Wasser. Er zieht den Wasserstandsmesser wieder hoch, schwarzes Wurzelwerk hängt daran und nur ein paar Handbreit Schnur sind naß. Der Brunnen hat lumpige zwanzig Meter Tiefe und eine Pumpe, die vermutlich während der Industriellen Revolution installiert wurde. Soviel, was das Fachwissen des unparteiischen *geometra* aus Umbertide angeht. Daß schon zum dritten Mal hintereinander eine ernsthafte Dürreperiode in der Toskana herrscht, ist ein schwacher Trost.

»Un nuovo pozzo«, ruft er laut. Bis die neue Pumpe da ist, können wir Wasser bei einem Freund kaufen, der es im Tankwagen herbeischaffen wird. Zum Glück hat er »Freunde« in der Not, in gleich welcher.

»Wasser aus dem Trasimenischen See?« erkundige ich mich und stelle mir kleine Kröten und schleimige grüne Wasserpflanzen vor. Er beteuert, es sei absolut sauberes Wasser mit Trinkwasserqualität, das sogar Fluor enthält. Sein Freund wird so viel in den Brunnen pumpen, daß es für den Rest des Sommers reicht. Im Herbst werden wir dann einen neuen *pozzo* haben, einen ganz tiefen, und viel, viel Wasser – genug für einen Swimmingpool.

Der Swimmingpool war während der Hausbesichtigung zu einem Leitmotiv geworden. Da wir aus Kalifornien stammen, nahm jeder, der uns ein Anwesen zeigte, automatisch an, daß der Pool für uns das Wichtigste sei. Ich erinnere mich, daß ich vor ein paar Jahren eine Freundin im Osten der USA besuchte und von ihrem bleichgesichtigen Sohn gefragt wurde, ob ich an der Uni im Badeanzug Vorlesungen halte, eine nette Vorstellung. Nachdem ich selbst einen Pool besessen habe, ziehe ich es vor, Freunde zu haben, die einen Pool ihr eigen nennen und mich zum Schwimmen einladen. Mich mit neongrünen Ablagerungen zu befassen, die über Nacht im Wasser entstanden sind, gehört nicht zu meinen Urlaubsplänen. Es gibt hier auch so schon genug Probleme.

Und so kaufen wir einen Tankwagen voll Wasser, wobei sich der Ärger über die eigene Dummheit und Erleichterung die Waage halten. Wir haben nur noch zwei Wochen in Bramasole, bevor wir zurück müssen, und Martinis Freund zu bezahlen ist mit Sicherheit billiger als ein Hotelzimmer – und nicht annähernd so demütigend. Warum das Wasser nicht vollständig im ausgetrockneten Boden versickert, weiß ich nicht. Wir duschen in Sekundenschnelle, trinken nur noch Mineralwasser, essen häufig außer Haus und sorgen dafür, daß die Wäscherei an uns verdient. Den ganzen Tag lang hören wir das rhythmische Hämmern von Brunnenbohrgeräten aus der Talmulde unter uns. Die Brunnentiefe anderer Bewohner reicht offenbar auch nicht aus. Ich frage mich, ob es in Italien außer uns noch jemanden gibt, bei dem eine Ladung Wasser direkt in den Boden gekippt wurde. *Pozzo*, Brunnen, verwechsle ich dauernd mit *pazzo*, verrückt, was auf uns zutrifft, wie mir scheint!

Als wir endlich eine ungefähre Vorstellung haben, was das Haus alles braucht – außer Wasser – und wer wir hier sind, steht auch schon die Abreise bevor. In Kalifornien kaufen die Studenten jetzt ihre Skripts und brüten über den Vorlesungsplänen. Wir bereiten alles für die Anträge auf eine Umbaugenehmigung vor. Die Kostenvoranschläge erreichen ausnahmslos astronomische Höhen – wir werden mehr in Eigenleistung durchführen müssen, als ich dachte. Ich erinnere mich an den Schlag, den ich bekam, als ich in meinem Arbeitszimmer daheim die Abdeckung einer Steckdose auswechseln wollte. Und Ed ist einmal mit dem Fuß durch die Decke gebrochen, als er auf den Dachboden kletterte, um zu überprüfen, wo das Dach undicht war. Wir rufen Primo Bianchi an und erteilen ihm den Auftrag, die Umbauten in die Hand zu nehmen; wir werden uns bei ihm melden, sobald die Genehmigung da ist.

Bramasole gehört Gott sei Dank zur »grünen Zone« und ist als *Belle-arti*-Zone gekennzeichnet, in der nichts Neues gebaut werden darf und die Fassaden der Häuser denkmalgeschützt sind, damit ihr architektonischer Charakter unverändert erhalten bleibt. Da die Umbauten sowohl von den regionalen Behörden als auch auf Landesebene abgesegnet werden müssen, kann der Genehmigungsprozeß Monate dauern – manchmal sogar ein ganzes Jahr. Wir hoffen, daß Rizzatti tatsächlich so gute Verbindungen zu den richtigen Stellen besitzt, wie man sich erzählt. Bramasole muß einen weiteren Winter leer stehen. Einen ausgetrockneten Brunnen zu haben, hinterläßt einen bitteren Nachgeschmack.

Als wir den Vorbesitzer kurz vor unserer Abreise auf der *piazza* erspähen, das nagelneue Armani-Jackett lässig über die Schulter geschwungen, begrüßt er uns wie seinesgleichen. »Steht alles zum besten auf Bramasole?« erkundigt er sich.

»Könnte nicht besser sein«, erwidere ich. »Wie im Paradies.«

Beim Verriegeln der Fenster und Türen im Haus habe ich mitgezählt. Siebzehn Fenster mit schweren Läden an der Außenseite und hin- und herschwingenden, kunstvoll gearbeiteten Holzpaneelen an der Innenseite, und sieben Türen zum Absperren. Als ich die Fensterläden zuzog, war es plötzlich dunkel in allen Räumen, außer den paar Sonnenstrahlen, die sich durch die Schlitze auf den Fußboden verirrten. Die Türen haben Eisenriegel, die man vorschieben muß, mit Ausnahme der *portone*, der großen Eingangstür auf der Vorderseite des Hauses, die man mit einem Eisenschlüssel abschließt. Vermutlich macht sie die schweißtreibende Aufgabe überflüssig, die übrigen Türen und Fenster zu verrammeln, denn ein entschlossener Einbrecher könnte das Holz mit einem Handkantenschlag zerschmettern; trotzdem ist es ein beruhigendes Geräusch, wenn der Schlüssel zweimal umgedreht wird. Das Haus hat dreißig Winter leer gestanden, da wird es auf einen mehr oder weniger nicht ankommen! Ein Einbrecher, der in das stockfinstere Haus eindringen würde, fände nichts weiter als ein einsames Bett, ein bißchen Bettwäsche, Herd, Kühlschrank, Töpfe und Pfannen.

Es ist traurig, die Koffer zu packen und abzureisen, das Haus im

Licht des frühen Morgens, meiner liebsten Tageszeit, alleine zu lassen, als wären wir nie dagewesen.

Wir fahren nach Nizza, quer durch die Toskana zur Ligurischen Küste hinüber. Sonnenverbrannte Hügel, Felder mit welken Sonnenblumen und Ausfahrtschilder mit geheimnisvollen Namen huschen an uns vorüber: Montevarchi, Firenze, Montecatini, Pisa, Lucca, Pietrasanta und Carrara, wo der Fluß vom Marmorstaub milchig ist. Häuser haben für mich menschliche Eigenschaften. Sie sind sich stets treu. Bei unserer Abfahrt sah Bramasole aus, als würde es sich nun wieder auf sich selbst besinnen: Es stand aufrecht und selbstgenügsam da, mit Blick zur Sonne.

Ich singe vor mich hin: »Der Käse steht allein«, während wir einen Tunnel nach dem anderen passieren. »Was singst du da eigentlich?« Ed überholt mit mehr als hundertvierzig Stundenkilometern; ich fürchte, er hat sein angeborenes Talent für diesen italienischen Nationalsport entdeckt.

»Hast du nicht *Der Bauer sitzt im Heu* gespielt, als du in der ersten Klasse warst? Da muß sich jeder einen Partner suchen, bis zum Schluß einer alleine dasteht.«

»Bei uns war Fußball angesagt. Die Mädchen haben solche Spiele bevorzugt.«

»Mir gefiel der Schluß immer am besten, da haben wir alle zusammen aus Leibeskräften gesungen ›Der Käse steht allein‹ und dabei jedes Wort betont. Es ist traurig, abzureisen und zu wissen, daß unser Haus den ganzen Winter verlassen ist, während wir arbeiten und keinen einzigen Gedanken daran verschwenden.«

»Bist du verrückt? Wir werden jeden Tag darüber nachdenken, wo wir was hinstellen, was wir anpflanzen – und wieviel uns diese Halsabschneider für den Umbau abknöpfen werden.«

In Menton quartieren wir uns in einem Hotel ein und verbringen den letzten Nachmittag damit, im Mittelmeer zu baden. Italien ist nun ein abgelegener schmaler Landstrich im diesigen Zwielicht. Irgendwo, Lichtjahre entfernt, liegt Bramasole im Schatten; die Nachmittagssonne ist hinter dem Kamm des Hügels verschwunden. Weitere Lichtjahre entfernt, in Kalifornien, ist jetzt Morgen; Licht fällt ins Eßzimmer, wo Sister, unsere Katze, auf dem Tisch unter dem Fenster liegt und sich das Fell wärmt. Wir schlendern über die lange Uferpromenade in die Stadt, um *soupe au pistou* und gegrillten Fisch zu essen. Am nächsten Morgen fahren wir in aller Frühe nach Nizza, um unser Flugzeug zu erwischen. Als wir die Startbahn entlangrollen, erhasche ich einen letzten Blick auf die wedelnden Palmen am Rande, die sich dunkel vor dem strahlendblauen Himmel abzeichnen; dann heben wir ab. Auf Wiedersehen, in neun Monaten.

SCHWESTER WASSER, BRUDER FEUER

Juni. Wir erfahren, daß der Winter streng und der Frühling mit seiner Blütenpracht wie immer eine Augenweide war. Der Klatschmohn hat auf uns gewartet, und der Duft des stacheligen gelben Besenginsters erfüllt die Luft. Das Haus sieht aus, als habe es in den Monaten meiner Abwesenheit noch mehr Sonne getankt. Den Jahreszeiten ist auf bewundernswerte Weise gelungen, was naturalistische Maler seit Anbeginn der Schöpfung zu perfektionieren versucht haben: der letzte Schliff bei der Farb- und Oberflächengestaltung. Ansonsten ist alles beim alten, was die Illusion in mir weckt, ich sei nur ein paar Tage und nicht Monate weg gewesen. Gerade noch habe ich Unkraut gejätet, schon bin ich wieder damit beschäftigt, wobei ich mir gelegentlich eine Verschnaufpause gönne. Ich halte nach dem Mann mit den Blumen Ausschau.

Einen Oleanderzweig, eine Handvoll Queen-Anne-Rosen und Fenchel, mit einem Stengel zusammengebunden, einen dicken Strauß Heckenrosen, Pusteblumen, Hahnenfuß und lavendelblaue Glockenblumen – jeden Tag schaue ich nach, was er im Marienschrein am unteren Ende der Einfahrt deponiert hat. Als ich die Blumen erstmals entdeckte, dachte ich, der unbekannte Spender sei eine Frau. Ich stellte sie mir vor, in einem adretten blau bedruckten Kleid, die Einkaufstasche über die Lenkstange ihres klapprigen Fahrrads gehängt.

Manchmal geht in aller Herrgottsfrühe eine alte, gebeugte Frau mit einem roten Umschlagtuch am Haus vorüber. Sie küßt ihre Fingerspitzen, dann berührt sie damit die Muttergottes aus bemaltem Porzellan. Einmal erspähte ich einen jungen Autofahrer, der anhielt, aus seinem Wagen sprang und gleich darauf wieder davonbrauste. Aber Blumen hatte keiner von beiden in der Hand. Dann bemerkte ich eines Tages einen Mann, der die Straße von Cortona entlangkam. Er hatte einen langsamen, würdevollen Gang. Ich hörte, wie das Knirschen der Schritte auf der Schotterstraße einen Moment lang aufhörte. Später fand ich ein Büschel frischer, purpurfarbener Wicken im Schrein, und davor, auf dem Komposthaufen mit den anderen verwelkten und verrottenden Sträußen, die wilden Astern, die er gestern gebracht hatte.

Jetzt warte ich auf ihn. Er scheint ein Mensch zu sein, der prüft, was Wegesrand und Wiesen im Augenblick zu bieten haben, und das pflückt, was ihm am besten gefällt. Er sorgt für Abwechslung, bringt immer wieder neue Wiesenblumen, sobald sie blühen. Ich befinde mich hoch droben auf einer der Ölbaumterrassen, hacke Efeu von den Steinmauern und vertrocknete Äste von den vernachlässigten Bäumen. Die bunte Vielfalt der Blumen läßt mich immer wieder innehalten. Ich kenne viele nicht mit Namen, ganz zu schweigen von der italienischen Bezeichnung. Eine Pflanze hat die Form eines Miniatur-Christbaums mit einem Stachelkleid aus weißen Blüten. Ich bilde mir ein, daß es wilde rote Gladiolen auf unserem Anwesen gibt. Klatschmohn in Hülle und Fülle überzieht die Berghänge wie ein Feuerteppich, in Schach gehalten durch kühle blaue Irisbüschel, die nun welken und aschgrau werden. Das hohe Gras streift meine Knie. Als ich wieder pausiere, um die Landschaft ringsum zu betrachten, sehe ich plötzlich, wie sich der Pilger nähert. Er hält unten an der Straße an und schaut zu mir hinauf. Ich winkte, aber er winkt nicht zurück, sondern bleibt reglos stehen und starrt mich an, als sei ich, die Fremde, ein Tier im Zoo und seines Blickes nicht bewußt.

Der Schrein, der einem als erstes ins Auge fällt, wenn man sich dem Haus nähert, ist typisch für diese Gegend. In der Mitte einer Bogennische, die in eine Natursteinmauer gehauen, innen abgerundet und mit Putz geglättet wurde, steht eine Marienstatue aus Porzellan vor einem blauen Hintergrund, im Stil der Florentiner Frührenaissance, die an den Bildhauer Della Robbia erinnert. Ich habe überall solche Schreine gesehen, viele verstaubt und vergessen. Dieser hier wird aus irgendeinem Grund gepflegt und in Ehren gehalten.

Er ist ein alter Mann, mein Wallfahrer, der bedächtig und in sich gekehrt die Straße hinuntergeht, den Mantel über die Schulter gehängt. Einmal begegneten wir uns im Stadtpark, und er sagte mit ernster Miene *»Buon giorno«*, aber nur, weil ich ihn als erste gegrüßt hatte. Dabei lüpfte er kurz seine Mütze, und ich sah seinen nackten Schädel, der wie eine Glühbirne glänzte, umgeben von einem weißen Haarkranz. Seine blauen Augen wirken umwölkt und distanziert, wie versteinert. Ich bin ihm auch schon in der Stadt über den Weg gelaufen. Er hält vermutlich nicht viel von Geselligkeit: Er sitzt nicht mit Freunden in Bars, um Kaffee zu trinken, und bleibt auf seinem Spaziergang die Hauptstraße hinunter nie stehen, um jemanden zu begrüßen und ein paar Worte zu wechseln. Vielleicht ist er ein Engel, der unter seinem umgehängten Mantel unsichtbar und unerkannt bleibt, weil niemand außer mir ihn zu bemerken scheint. Ich erinnere mich an den Traum in jener ersten Nacht, die ich im Haus verbrachte: Ich würde hundert Engel entdecken, einen nach dem anderen. Dieser Engel besteht jedoch aus Fleisch und Blut. Er wischt sich mit dem Taschentuch über die Stirn. Vielleicht wurde er in dem Haus geboren oder hat jemanden geliebt, der darin wohnte. Die kegelförmigen Zypressen an der Straße – für jeden im Ersten Weltkrieg gefallenen jungen Soldaten aus der Umgebung wurde eine gepflanzt (so viele aus einer so kleinen Stadt) – könnten ihn auch an seine Jugendfreunde erinnern. Oder seine Mutter, eine stadtbekannte Schönheit, pflegte dort unten in eine Kutsche einzusteigen, oder sein strenger Vater warf ihn hinaus und verbot ihm, das Haus jemals wieder zu betreten. Oder er dankt Jesus jeden Tag für die Rettung seiner Tochter vor den Gefahren, die ihr von den Chirurgen in Parma gedroht hätten. Oder der Schrein ist lediglich der Punkt auf seinem Spaziergang, an dem er umkehrt, eine liebgewonnene Gewohnheit, ein Tribut an den Gott der kleinen Schritte. Was auch immer, ich zögere, den Straßenstaub vom Gesicht der Gottesmutter zu wischen oder das Blau mit einem weichen Tuch blank zu wienern, ja ich traue mich nicht einmal, die alten Blumensträuße auf dem Boden anzurühren, die zu einem Hügel aufgeschichtet, aber noch nicht verrottet sind. Solche alten Kultstätten haben ein Eigenleben, und wir sind nur

Gäste, auf der Durchreise. Der Mann gibt mir das Gefühl, daß dieses Haus von weiten Kreisen umgeben ist. Ich werde noch Jahre brauchen, bis ich gelernt habe, wann ich eingreifen soll und wann nicht, und wie ich dabei am besten vorgehe. Ich denke an die fünf Schwestern in Perugia, denen dieser Familiensitz gehörte: Sie sahen tatenlos zu, wie sich in den geschlossenen Räumen eine flaumige weiße Schimmeldecke auf den Natursteinen bildete, Rankengewächse Bäume erdrosselten, Pflaumen und Birnen Sommer für Sommer als Fallobst auf dem Boden verrotteten. Dennoch waren sie nicht bereit, ihren Besitz aufzugeben. Ob sie in ihrer Kindheit nach dem Aufwachen alle zur gleichen Zeit die Fensterläden in ihren fünf Schlafzimmern geöffnet und eine Luft eingeatmet hatten, die wie heute nach jungem Grün duftete? Vielleicht bewahrte das Haus solche Erinnerungen für sie.

Doch schließlich trennten sie sich doch von ihrem Besitz, und ich, eine Fremde, die es hierher verschlagen hat, erkunde ihn nun mit Karten aus dem achtzehnten Jahrhundert in den Händen, aus denen hervorgeht, wo das Grundstück endet. An einer dreieckigen Markierung unterhalb dieser Grenze entdecke ich Treppenstufen, aus einer Steinmauer herausgehauen, die so kunstvoll zusammengefügt ist wie ein Kreuzworträtsel. Die Kalksteintreppe, freitragend und einer Skulptur ähnlich, war nichts weiter als die geniale Idee irgendeines Bauern, bequemer auf die nächsthöhere Terrasse hinaufzugelangen. Blaue und graue Flechten, miteinander verwoben und hauchzart wie Spitze, haben im Lauf der Jahre alle Fußspuren vernichtet, doch als ich mit der Hand über die Treppenstufe streiche, ertaste ich eine leichte Mulde in der Mitte.

Von der obersten Terrasse blicke ich auf das Haus hinab. An den Stellen, wo der Verputz abgeblättert ist, schaut der Mauerstein heraus, *pietra serena* genannt, quaderförmig und massiv. Die beiden Kübel mit den Palmen rechts und links neben der Eingangstür erwecken den Eindruck, als könnte das Haus auch in Costa Rica oder Tanger stehen. Ich liebe Palmen, das Rascheln im Wind und den Hauch von Exotik, der ihnen anhaftet. Über der Doppeltür mit der Lünette befindet sich ein Balkon mit Steinboden und schmiedeeisernem Geländer, gerade groß genug für eine Person, um ins Freie zu treten und die Hängegeranien und den Jasmin zu bewundern, die ich anpflanzen will.

Von meinem Aussichtspunkt hoch oben kann ich das Chaos nicht sehen oder hören, das die Handwerker unten anrichten. Ich betrachte unsere Olivenbäume, einige verkümmert oder abgestorben nach der berüchtigten Kälteperiode im Winter 1985, andere blühend, silberglänzend und grün. Ich zähle drei Feigenbäume mit unwahrscheinlich großen Blättern, stelle mir gelb blühende Lilien darunter vor. Hier könnte ich stundenlang verweilen und immer wieder staunen: über die sanften Hügel, die von Zypressen gesäumte Landstraße, den tiefblauen Himmel mit den großen ausladenden Wolken, die aussehen, als könnten jeden Moment Cherubime hinter ihren barocken Formen hervorlugen, über die Häuser aus Naturstein in weiter Ferne, zarte, in die Landschaft eingefügte Pinselstriche, und über die säuberlich abgegrenzten Terrassen (ob unsere irgendwann einmal genauso aussehen werden?), auf denen Olivenbäume und Weinreben wachsen.

Daß ich einen Schrein mitgekauft habe, finde ich erstaunlich. Was mich noch mehr erstaunt, ist, daß ich das Ritual des Blumenmannes übernommen habe. Ich lege die Schere ins Gras. Er kommt langsam näher, den Strauß kaum sichtbar hinter dem Rücken. Wenn er Zwiesprache mit der Madonna hält, beobachte ich ihn nie. Später werde ich die Einfahrt hinuntergehen, um zu sehen, was er dieses Mal dagelassen hat. Leuchtend gelben Besenginster, *ginestra* genannt, und roten Klatschmohn? Lavendel und Weizenähren? Ich berühre nur die Unkrauthalme, mit denen er seine Sträuße zusammenbindet.

Ed befindet sich zwei Ebenen über mir und wütet im Efeu, der sich in einer Robinie ausgebreitet hat. Bei jedem schicksalsschweren Krachen oder Splittern zucke ich zusammen und warte darauf, daß er den terrassierten Abhang heruntersegelt. Ich rupfe stark verwurzelte Kletterpflanzen aus einer Steinmauer. Efeu ist mörderisch. Bei uns wächst er in rauhen Mengen. Er kann sogar Steinmauern zum Einsturz bringen. Manche Ranken sind so dick wie mein Knöchel. Ich denke an den Efeu, den ich in hübschen Töpfen auf dem

Kaminsims in San Francisco habe, male mir aus, wie er sich in meiner Abwesenheit hinabstürzt, die Möbel umschlingt und erdrosselt, die Fenster bedeckt. Während ich auf der Mauer entlanggehe, laufe ich zunehmend Gefahr, den Halt zu verlieren, weil das terrassierte Gelände abschüssig wird. Der kühle Duft von zerdrückter Zitronenmelisse und *nepitella*, wilder Zweigminze, steigt rings um meine Füße hoch. Ich lehne mich in Richtung Mauer, schneide eine Efeuranke ab, dann reiße ich den Rest heraus. Schmutz fliegt mir ins Gesicht, kleine Steine brechen heraus und fallen mir auf die Schuhe. Eine lange Schlange, die gerade Siesta macht, läßt sich nicht im geringsten von mir stören. Ihr Kopf befindet sich (wie weit?) in der Mauer, der Schwanz hängt heraus, ungefähr einen halben Meter. Wie verläßt sie wohl ihren Schlupfwinkel – rückwärts? Oder vorwärts, ein Stück weiter in die Mauer hinein und dann eine Kehrtwende? Ich lasse ungefähr einen halben Meter zu beiden Seiten aus, bevor ich wieder mit dem Efeuschneiden beginne. Doch urplötzlich verschwindet die Mauer, und ich verschwinde um ein Haar in einem Loch.

Ich rufe Ed. »Komm her, schnell! Ich glaube, ich habe eine Quelle oder einen Brunnen entdeckt! Aber wie kommt ein Brunnen *in* die Mauer?« Er klettert zur Terrasse direkt über mir herunter und beugt sich über den Rand, um einen Blick auf meinen Fund zu werfen. An dieser Stelle wachsen Efeu und Brombeergestrüpp unnatürlich dicht.

»Sieht von hier oben wie eine Öffnung aus.« Er schaltet den Freischneider ein, doch als die Brombeeräste immer wieder den Motor zum Verstummen bringen, greift er auf die Sense zurück. Nach und nach legt er einen Schacht frei, der mit Steinen umrandet ist. Der riesige schwarze Stein an der Rückwand hat eine ähnliche Neigung wie die Rutsche auf einem Kinderspielplatz und verschwindet in der Bodenöffnung, dessen dichten Bewuchs ich stutze. Wir blicken zu der darüberliegenden Geländestufe hinauf – nichts. Doch zwei Terrassen weiter oben entdecken wir einen weiteren auffallend großen Brombeerstrauch.

Vielleicht sehen wir überall nur noch Wasser und Brunnen. Bei unserer Ankunft vor ein paar Tagen wurden wir von Lastwagen, mehreren Autos entlang der Straße und einem Schutthaufen in der Einfahrt begrüßt. Der neue Brunnen, den ein Freund von Signor Martini gebohrt hat, war fast fertig. Giuseppe, der Installateur, der die Pumpe einbauen sollte, hatte die niedrige Steineinfassung in der Einfahrt übersehen und war mit seinem altehrwürdigen *cinque cento* auf der Schwelle steckengeblieben. Er stellte sich uns formvollendet vor, dann drehte er sich um und trat laut fluchend mit dem Fuß nach dem Vehikel. *»Madonna serpente! Porca Madonna!«* Die Madonna, eine Schlange? Ein Schwein? Er gab Gas, so daß der Motor aufjaulte, aber die drei Räder, die sich noch auf dem Boden befanden, brachten nicht genug Zug auf die Achse, und der Reifen auf dem Stein drehte durch. Ed versuchte, den Wagen durch Vor- und Zurückschaukeln vom Fleck zu bewegen. Giuseppe versetzte seinem Fiat einen weiteren Tritt. Die drei Männer, die den Brunnen aushoben, lachten, dann halfen sie Ed, den Wagen wie ein Spielzeug hochzuwuchten und wieder auf den Boden zurückzustellen. Giuseppe hievte seinerseits die neue Pumpe aus dem Auto und ging, immer noch vor sich hinfluchend, zum Brunnen. Wir sahen zu, wie das Gerät an die hundert Meter hinuntergelassen wurde. Unser Brunnen ist vermutlich der tiefste der gesamten Christenheit. Die Männer waren schon nach kurzer Zeit fündig geworden, aber auf Befehl von Signor Martini bohrten sie weiter, damit uns nie wieder das Wasser ausging. Wir fanden Signor Martini im Haus, er beaufsichtigte Giuseppes Gehilfen. Er hat klugerweise von sich aus entschieden, daß der Warmwasserbereiter vom älteren Bad in die Küche verlegt wird, damit wir diesen Sommer heißes Wasser in unserer improvisierten Küche haben. Ich bin gerührt, weil er außerdem veranlaßt hat, daß das Haus geputzt ist und Ringelblumen und Petunien rund um die Palmen gepflanzt worden sind – ein Hauch von Zivilisation im verwilderten Garten.

Er sieht braungebrannt aus, sein Fuß ist gut verheilt. »Na, wie gehen die Geschäfte?« erkundige ich mich. »Haben Sie viele Häuser an unbedarfte Ausländer verkauft?«

»Non c'è male«, nicht schlecht, erwidert er. Er bedeutet uns mit einem Kopfnicken, ihm zu folgen. Am alten Brunnen angekommen, zieht er ein Gewicht aus seiner Tasche und läßt es in den

Schacht fallen. Unmittelbar darauf hören wir, wie es ins Wasser platscht. Er lacht. *»Pieno, tutto pieno.«* Proppenvoll. Während der Wintermonate hat sich der alte Brunnen von selbst wieder gefüllt.

Ich lese in einem Buch über die Geschichte der Toskana, daß sich in der Nähe von Cortona, ungefähr dort, wo Bramasole liegt, eine Wasserscheide befindet; auf der einen Seite fließt das Wasser ins Val di Chiana, auf der anderen ins Tibertal. Die unterirdische Zisterne unweit der Einfahrt läßt uns jetzt schon nicht mehr los. Wir haben immer wieder mit einer Taschenlampe in die runde Bodenöffnung hineingeleuchtet, um einen Blick auf den steinernen Bogen zu werfen, unter dem man aufrecht stehen kann, und auf den Tümpel, dessen Tiefe wir nicht einmal mit unserem längsten Stock ausloten können. Ein Kinderbuch fällt mir ein, das ich mit neun verschlungen habe; darin ging es um einen geheimnisvollen alten Brunnen. Die unterirdischen Fluchtwege der Medici finde ich noch spannender. Wenn ich in die Zisterne hinabblicke, erinnere ich mich wieder an meine erste Begegnung mit der Geschichte Italiens und an Mrs. Bailey, meine Lehrerin in der sechsten Klasse, die hochaufstrebende römische Aquädukte an die Tafel zeichnete und erklärte, wie findig die alten Römer waren, was die Lösung des Wasserproblems betraf. Die Acqua Marcia war fast hundert Kilometer lang – zwei Drittel der Strecke von Fitzgerald, Georgia, nach Macon, erklärte sie –, und einige der Bogenkonstruktionen aus dem Jahr 140 existieren noch heute. Ich weiß noch, wie ich versuchte, mir das Jahr 140 vorzustellen, was mir leichter fiel, wenn ich die Bogen auf die Schnellstraße verlegte, die durch Ben Hill County nach Norden führt.

Die Öffnung der Zisterne verschwindet in einem Tunnel. Obwohl es Tritteisen zu beiden Seiten des Tümpels gibt, fehlt uns beiden der Mut, die glitschigen fünf Meter in die muffige Gruft hinabzusteigen und den Fund genauer in Augenschein zu nehmen. Wir strengen unsere Augen an, versuchen die Dunkelheit zu durchdringen, und fragen uns, wie groß wohl die Skorpione und Vipern sein mögen, die dort unten im verborgenen hausen. In der Mauer über der Zisterne klafft eine *bocca*, eine schlundartige Öffnung, die aussieht wie ein Wasserspeier.

Während wir die dicken Efeuwurzeln und Spinnweben von den Steinmauern entfernen, wird uns klar, daß der Schacht, den wir freilegen, mit der Öffnung oberhalb der Zisterne verbunden sein muß. In den darauffolgenden Tagen entdecken wir vier weitere steinerne Brunnenschächte, die von einer Geländestufe zur nächsten führen; sie enden an einer großen viereckigen Öffnung; von dort verläuft ein ungefähr acht Meter langer Gang unterirdisch, der erst auf der niedrigsten Terrasse just oberhalb der Zisterne wieder auftaucht, genauso, wie wir vermutet haben. An der Rückseite der Schächte befindet sich jeweils ein einzelner, großer, schräggestellter Stein, über den das Wasser abfließen kann. Wenn die Rinnen gesäubert sind, wird sich das Regenwasser über die Kaskaden in die Zisterne ergießen. Ich überlege, ob man nicht mit Hilfe einer kleinen Umwälzpumpe zumindest einen Teil des Wassers ständig in den Brunnen leiten könnte. Nach der Erfahrung mit dem ausgetrockneten Brunnen wäre das Murmeln und Plätschern des rinnenden Wassers Musik in unseren Ohren. Zum Glück sind wir letztes Jahr nicht versehentlich in einen Brunnenschacht gefallen, als wir nichtsahnend kreuz und quer auf den Terrassen herumstreiften, um Wiesenblumen zu bewundern und Obstbäume zu identifizieren.

Auf der dritten Terrasse zerbröselt ein verrostetes Rohr, als wir mit der Hacke auf das dornige Brombeergestrüpp losgehen. Darunter kommt ein flacher Stein zum Vorschein. Ganz allmählich legen wir eine primitive Steinspüle frei, die wohl vor langer Zeit in unserer Küche benutzt wurde, bevor man das »bessere« Zementbecken installierte. Ich befürchte, daß sie zerbrochen ist, aber wir schrubben trotzdem den Schlamm weg, befreien sie mit der Spitzhacke aus dem engen Loch und stellen fest, daß der Stein, etwas mehr als einen Meter lang, fünfundvierzig Zentimeter breit und zwanzig Zentimeter dick, unversehrt ist; die Spüle hat ein flaches Abwaschbecken und gemeißelte Ablaufrillen an beiden Seiten. Der Ausguß an der Ecke ist mit Wurzeln verstopft. Wir bedauern sehr, daß dieses urtümliche und originelle Stück nicht mehr in unserem Haus war. In vielen alten Häusern findet man auch heute noch solche Spülbecken, deren Abwasser durch ein Loch in der Küchenwand nach draußen und über einen muschelförmigen Steinsims in den Hof fließt. Ich würde liebend gerne meine Gläser in diesem Spülbecken abwaschen. Wir werden ihn draußen vor die Hauswand stellen, unter die Bäume, um Eis und Wein für Feste darin zu kühlen. Er hat in seinem Leben genug angebrannte Töpfe gesehen. Von jetzt an wird er ein Ehrenplatz sein, ein Platz, an dem man ein Glas Wein füllt oder einen Krug Rosen aufstellt. Nach den vielen Jahren, in denen er in seinem Grab ein Schattendasein führen mußte, haben wir nun gute Verwendung für ihn.

Nachdem ich ein paar Minuten weitergehackt habe und etwa einen halben Meter von der Steinspüle entfernt bin, tauchen plötzlich zwei rostige Schellen unter den Blättern auf. Darunter erspähen wir wieder einen flachen Stein. Ed schaufelt einen Erdhaufen herunter. In der Mitte stößt er auf einen Riegel, um den ein rostiger Draht gewickelt ist. Wir können eine kreisrunde Öffnung ausmachen. Er muß die Schaufel in den Spalt schieben, um Stück für Stück den Steindeckel anzuheben, der offenbar schon lange unter der Erde begraben war.

Es ist später Nachmittag, unmittelbar nach einem Gewitter, wenn das Licht einen Goldton annimmt, von dem ich mir wünsche, ich könnte ihn auf Flaschen ziehen und konservieren. Endlich ist der Deckel weg, und das hinabfallende Licht unserer Taschenlampe trifft auf klares Wasser in einem breiten natürlichen Becken aus weißem Gestein. In einer weiteren Einbuchtung schillert das Wasser blaugrün. Wir liegen bäuchlings auf der Erde und stecken abwechselnd die Köpfe und die Taschenlampe ins Loch. Die Wurzeln des Feigenbaumes kriechen die Felswand hinab, auf der Suche nach Feuchtigkeit. Unten, auf dem Grund, liegt ein großer, auf der Seite liegender Blechkanister, wir lesen problemlos die Worte *Olio d'Oliva* in vergrößerter grüner Schrift. Nicht gerade der antike römische Torso oder die Amphore mit den tanzenden Satyrn, die wir uns erhofft haben. Ein rostiges Rohr lehnt an der Rückseite des weißen Gesteins; es taucht direkt neben den beiden Schellen auf und ist oben mit einem Weinkorken verschlossen. Nun wird auch uns klar, daß die Schellen früher eine Halterung für die Handpumpe waren, und daß es sich hier um eine seit Jahren verschüttete natürliche Quelle handelt. Wie lange wohl schon? Aber halt! Genau unterhalb der Steinabdeckung befinden sich Überreste einer weiteren Öffnung. Was zunächst wie eine Ecke von zwei übereinandergeschichteten Sturzträgern aus Travertin mit eingemeißeltem Muster aussah, verschwindet plötzlich in einem schrägen Winkel im Felsen. Ob da ein Teich zum Vorschein kommt, wenn man das Erdreich im oberen Bereich wegschaufelt? Ich habe von einem Mann aus der Umgebung gelesen, der in seinen Garten ging, um einen Kopf Salat fürs Abendessen hereinzuholen, und dabei auf eine etruskische Grabstätte mit reich verzierten Sarkophagen stieß. Ist dies nur ein einfacher Schalen- oder Trogbrunnen im Felsgestein, der Wasser für die Landwirtschaft lieferte? Warum dann das eingemeißelte Muster? Und warum eine weitere Abdeckung aus einem einfacheren Stein? Sie muß angebracht worden sein, als der zweite Brunnen in der Nähe gegraben wurde. Jetzt haben wir also einen dritten Brunnen; wir sind die letzte Generation der Wassersucher. Die Technologie unserer Zeit – die modernen Drillbohrer, die imstande sind, jedes Gestein zu durchdringen – ist Welten entfernt von der der Entdecker dieser verborgenen Öffnung in der Erde.

Wir rufen Signor Martini an, damit er unsere wundersame Entdeckung begutachtet. Die Hände in den Taschen vergraben, macht er sich nicht einmal die Mühe, sich über die Öffnung zu beugen. *»Boh«*, sagt er (ein Allerweltswort, das »Na so was!«, »Aha!«, »Wer weiß«, aber auch ein geringschätziges Abtun bedeuten kann); und dann, mit einer weitläufigen Geste: *»acqua«*. Er betrachtet unser Interesse für leerstehende Häuser und solche Kinkerlitzchen wie alte Brunnen als weiteren Beweis dafür, daß wir wie Kinder sind, deren Marotten man nicht ernstnehmen kann. Wir zeigen ihm die Steinspüle und erklären, daß wir sie ausgraben, säubern und wieder aufstellen werden. Er schüttelt nur den Kopf.

Giuseppe, der sich hinzugesellt hat, scheint mehr Feuer zu besitzen. Er hätte Mime werden sollen, in einem Stück von Shakespeare. Er unterstreicht jeden Satz mit drei oder vier Gesten: Sein ganzer Körper geht mit, wenn er spricht. Er steht praktisch auf dem Kopf, als er in das Loch hinunterblickt. *»Molt' acqua.«* Er deutet in beide Richtungen. Wir dachten, der Brunnen sei nur zu einer Seite hin offen, aber da er mit dem Kopf nach unten in der Öffnung baumelt, sieht er auch das natürliche Gefälle auf der anderen Seite des Gesteins. »Okay.« Das ist das einzige englische Wort, das er spricht, mit ausgebreiteten Armen, als wolle er eine gute Idee begrüßen. Er möchte eine neue Handpumpe installieren, für das Wasser, das im Garten gebraucht wird. Wir haben bereits leuchtend grüne Pumpen in einem Eisenwarenladen gesehen, der sich in der Nähe der landwirtschaftlichen Betriebe im Val di Chiana befindet. Am nächsten Tag kaufen wir eine, entfernen den Korken aus der Röhre und befestigen die Pumpe direkt auf den alten Schellen. Giuseppe zeigt uns, wie man die Pumpe richtig auf Touren bringt, indem man sie von oben mit Wasser füllt und den Schwengel ein paarmal gleichmäßig betätigt. Diese Bewegung, bei der es jedesmal quietscht, ist mir fremd, aber sie kommt mir rund und natürlich vor. Zuerst gurgelt es trocken, dann läuft eiskaltes frisches Wasser in den Eimer. Wir besitzen die Geistesgegenwart, nicht ohne vorherige Wasseranalyse davon zu kosten. Statt dessen öffnen wir eine Flasche Wein auf der Terrasse. Giuseppe möchte, daß wir ihm etwas über Miami und Las Vegas erzählen. Wir betrachten den dschungelartigen Wildwuchs auf den Hügeln. Giuseppe meint, es sei wichtiger, sich um die beiden Palmen zu kümmern. Wie wollen wir sie jemals stutzen? Sie sind höher als jede Leiter. Nach zwei Gläsern hangelt sich Giuseppe auf unsicheren Beinen in die Krone der größeren Palme hinauf. Er grinst von einem Ohr zum anderen, was ich noch nie bei ihm gesehen habe. Der Baum biegt sich, und er rutscht ab, landet unsanft auf dem Boden, mit verknäuelten Gliedmaßen. Ed macht schleunigst die nächste Flasche auf.

Wie sich herausstellt, hatte der Vorbesitzer recht, was das Wasser betrifft. Auch wenn unsere Bewässerungsanlage nicht mit dem Park der Villa d' Este konkurrieren kann – sie ist so ausgefeilt, daß wir sie einige Tage mit der Schaufel in der Hand erforschen. Beim Anblick des hochkomplizierten unterirdischen Systems begreifen wir erst richtig, wie kostbar Wasser in diesem Land ist. Wenn es fließt, überlegt man sich, wie man es sparen könnte; wenn es im Überfluß vorhanden ist, wie jetzt, muß man es in Ehren halten. Der heilige Franz von Assisi hat das gewußt. In seinem Sonnengesang schrieb er: »Ich preise dich im stillen, um deiner Werke Pracht auch um des Wassers, meiner Schwester willen, das du gemacht! Den sie ist keusch und aufrichtig von Herzen und alles Schöne nimmt sie freudig auf.« Wir lassen uns auf Anhieb bekehren: Wir duschen nur noch kurz und drehen beim Abspülen und Zähneputzen den Wasserhahn schnell wieder zu.

Interessant ist, daß der älteste Brunnen Ablaufrinnen auf beiden Seiten hat, so daß überschüssiges Niederschlagswasser in die Zisterne geleitet wird. Beim Roden des Geländes rings um die Zisterne entdecken wir zwei steinerne Tröge zum Wäschewaschen und noch mehr Schellen in der Mauer darüber, wo früher eine Pumpe befestigt gewesen sein muß. Kein Tropfen wurde vergeudet. Die Pumpe war nicht einmal eineinhalb Meter von dem natürlichen Brunnen entfernt, dem alten, der im letzten Sommer ausgetrocknet ist, und der sich nach den Regenfällen im Winter wieder bis zum Rand gefüllt hat. Die Handpumpe ist für die Topfpflanzen, entscheidet Ed, der alte Brunnen für den Rasen, und der schöne neue *pozzo*, hundert Meter tief durch massives Felsgestein getrieben, fürs Haus.

»Wunderbares Wasser«, versichert uns der *pozzaiolo*, der Brunnenbohrer, als wir ihm ein kleines Vermögen auf den Tisch blättern. »Tief runter bis zur Hölle, aber eiskalt.« Wir zählen die Geldscheine ab. Er will keinen Scheck, ein solches Zahlungsmittel ist ihm suspekt: Warum ein Stück Papier benutzen, solange er Bargeld haben kann. *»Acqua, acqua«*, sagt er und deutet mit einer weitläufigen Geste über das gesamte Anwesen. »Genug Wasser für einen Swimmingpool.«

Beim Kauf des Hauses hatten wir vage bemerkt, daß eine Natursteinmauer an mehreren Stellen eingestürzt war. Unkraut, meterhoher Sumach und Feigenbäume machten sich entlang dem heruntergefallenen Gemäuer breit. Als wir das Haus zum ersten Mal sahen, erhob sich im Gartenbereich oberhalb dieser Mauer ein Laubengang, länger als zehn Meter, mit Kletterrosen bewachsen und rechts und links von Fliederbüschen gesäumt. Als wir das nächste Mal kamen, um über den Kauf zu verhandeln, war die Pergola verschwunden, abgerissen in blindem Eifer, Ordnung auf dem Grundstück zu schaffen. Rosen und Flieder waren abgeschnitten. Als ich die Katastrophe einigermaßen verkraftet hatte und den Blick auf das Haus richtete, wartete der nächste Schock auf mich: Die ausgeblichenen grünen Fensterläden waren mit dunkelbrauner Glanzfarbe gestrichen. Wir waren so entsetzt, daß wir den Geröllhaufen kaum wahrnahmen. Erst später wurde uns bewußt, daß wir eine mehr als vierzig Meter lange Mauer aus riesigen Natursteinen wiederaufbauen mußten. Der romantische Laubengang mit seinen Kletterrosen rangierte angesichts dieser Mammutaufgabe nur noch unter »ferner liefen«.

Während der wenigen Wochen, die wir im letzten Sommer nach dem Kauf des Hauses hier verbrachten, begann Ed, vorsichtig diejenigen Teile der Mauer abzutragen, die an die eingestürzten Bereiche grenzten. Er glaubte, der Wiederaufbau werde eine befriedigende Aufgabe sein – den richtigen Stein finden, ihn mit dem Fäustel einpassen, die Oberfläche mit dem Meißel bearbeiten und den Stein dabei gezielt abhauen. Das alte Steinmetzhandwerk hatte in seinen Augen einen großen Reiz und schwere körperliche Arbeit ihr Gutes. Jeden Tag wuchs der Steinhaufen in beängstigendem Tempo, genau wie der Umfang seiner Muskeln. Der Mauerbau wurde zur fixen Idee. Er kaufte sich dicke Lederhandschuhe. Große Steine wurden in einer Reihe aufgeschichtet, die kleineren in einer zweiten daneben und die flachen in einer dritten. Wie bei allen Terrassen auf dem Anwesen war auch diese eine Trockenmauer mit einer Tiefe von ungefähr einem Meter: exakt eingepaßte und aufeinandergestapelte Steine an der Vorderseite, so gründlich miteinander verzahnt wie ein Puzzle, und dahinter kleinere Steine als Stütze. Die gesamte Konstruktion war leicht nach hinten geneigt, um dem Druck des Erdreichs entgegenzuwirken. Doch im Gegensatz zu den halbhohen, dekorativen Grenzmauern auf den Feldern Neuenglands, die errichtet wurden, um die Steine aus dem Ackerland zu verwenden, dienen unsere einem praktischen Zweck: Nur wenn das terrassierte Gelände von Mauerwerk gestützt und eingefaßt wird, können Olivenbäume und Wein auf dem steilen Hügelgelände wachsen. Auf einer Terrasse war ein großer Mandelbaum umgekippt, als die Steine herunterfielen.

Bei unserer Abreise waren rund zehn Meter Mauer ordentlich aufgestapelt. Ed war enthusiastisch, was die Steinmetzarbeit betraf, aber leicht entmutigt vom Umfang des Aushubs und der ungeahnten Tiefe der Steinkonstruktion, die sich hinter der Mauerfassade befand und ebenfalls erneuert werden mußte. Statt der Sisyphusarbeit des Abtragens, die noch vor uns lag, richteten wir unser Augenmerk lieber auf den Steinhaufen, den er bereits aufgetürmt hatte.

Während der Wintermonate lasen wir das Baubrevier *Building with Stone* von Charles McRaven. Ideen wie Oberflächenschutzschicht gegen Feuchtigkeit, Fundamente errichten und Frostaufbrüche nahmen plötzlich Gestalt an. Die Höhe der verbliebenen Mauer stimmte nicht mit der Höhe überein, die unsere wiederaufgebaute Mauer als Stütze für das breite terrassierte Gelände haben soll, das zum Haus hinaufführt. Die Mauer muß nicht nur vierzig Meter lang, sondern auch an die fünf Meter hoch und von hinten verstärkt werden. Während wir uns über verdichtetes Füllmaterial, Schub, Stabilität und alle möglichen Arten der Erdverschiebung bei Frost kundig machten, hatten wir mitunter das dumpfe Gefühl, wir würden eine Kopie der Chinesischen Mauer errichten wollen.

Unsere Befürchtungen bestätigten sich, als ein paar *muratori* die Überreste begutachten. Ein Mammutwerk, befinden die erfahrenen Maurer. Die Restaurierungsarbeiten im Haus verblassen dagegen. Dennoch sieht Ed sich schon als Lehrling eines Steinkünstlers mit wind- und wettergegerbtem Gesicht und Schirmmütze. *Santa Madonna, molto lavoro*, stöhnt jeder *muratore*, wenn die Reihe an ihn kommt, ein Urteil zu fällen. *Molto. Troppo.* Zuviel Arbeit, eine Heidenarbeit. Wir erfahren, daß es für solche Mauern in Cortona neuerdings strikte Bauvorschriften gibt, weil wir uns in einer Erdbebenzone befinden. Es wird erforderlich sein, Stahlbeton zu verwenden. Wir sind weder willens noch gerüstet, Beton zu mischen. Wir sehen uns jetzt schon einem endlosen Brombeer- und Sumachdschungel gegenüber, und Bäumen, die gestutzt werden müssen. Ganz zu schweigen von den dringend notwendigen Umbauten im Haus. Die Kostenvoranschläge der Mauerarbeiten sind astronomisch. Aber selbst dann gibt es nur wenige *muratori*, die bereit sind, sich darauf einzulassen.

Und so kommt es, daß wir die »Polnische Mauer« in der Toskana bauen.

Signor Martini schickt seine Freunde vorbei. Ich warne ihn im voraus, daß die Arbeit sofort beginnen muß, und daß wir einen Preis unter Brüdern, für *fratelli*, und nicht für Ausländer, *stranieri*, zahlen wollen. Wir haben uns immer noch nicht von den Kosten des neuen Brunnens erholt, und jeden Tag können die Baugenehmigungen eintreffen, das Startsignal für die wichtigsten Renovierungsvorhaben im Haus. Der erste Freund von Signor Martini, der auftaucht, schätzt die Dauer des Projekts auf sechzig Arbeitstage. Für den Preis, den er nennt, könnten wir einen kleinen Dampfer kaufen und um Griechenland herumschippern. Der zweite Freund, Alfiero, präsentiert uns einen erstaunlich gemäßigten Kostenvoranschlag und obendrein noch die geniale Idee, eine weitere Mauer entlang den Lindenbäumen auf einer angrenzenden Terrasse zu errichten. Wenn man eine Sprache nicht aus dem Effeff beherrscht, fehlen viele versteckte Hinweise, mit deren Hilfe man sich ein Urteil über jemanden bilden kann. Ed und ich finden ihn ein bißchen weltfremd, eine sonderbare Eigenschaft bei einem Maurer, aber Martini behauptet, er sei *bravo*, tüchtig. Wir wollen die Arbeit über die Bühne bringen, solange wir noch hier sind, deshalb erteilen wir ihm schriftlich den Auftrag. Unser *geometra* hat noch nie etwas von dem Mann gehört und meint, er tauge vermutlich nichts, weil er sofort verfügbar sei. Diese Schlußfolgerung leuchtet uns nicht ein.

Laut Plan sollen die Arbeiten am darauffolgenden Montag beginnen. Montag, Dienstag und Mittwoch gehen vorüber, ohne daß sich etwas tut. Dann trifft eine Fuhre Sand ein. Endlich, am Ende der Woche, erscheint Alfiero auf der Bildfläche mit einem vierzehnjährigen Jungen und, zu unserer Überraschung, drei kräftigen Polen im Schlepptau. Sie legen los, und es ist nicht zu fassen: Bei Sonnenuntergang ist die ganze endlos lange Mauer abgerissen. Wir beobachten die Arbeiten den ganzen Tag, völlig fasziniert. Die Polen hieven fünfzig Kilo schwere Steine in die Höhe, als wären es Wassermelonen. Alfiero kann kein Wort Polnisch, und die Italienischkenntnisse der Polen beschränken sich auf maximal fünf Worte. Zum Glück ist die Sprache der manuellen Arbeit schlicht.

»Via, via«, befiehlt Alfiero und deutet dabei auf die Steine, fuchtelt mit den Händen, und schon werden sie hochgestemmt. Am nächsten Tag sind Erdhubarbeiten angesagt. Alfiero verkrümelt sich bereits nach kurzer Zeit, wahrscheinlich wartet noch anderswo Arbeit auf ihn. Der Lehrling, Alessandro, schmollt. Alfiero ist sein Stiefvater und versucht allem Anschein nach, ihn in die Grundkenntnisse des Metiers einzuweihen. Er sieht aus wie ein verwöhnter kleiner Medici-Sprößling, so verdrießlich und gelangweilt, wie er dort herumsteht und mit der Spitze seiner Tennisschuhe Steine kickt. Die Polen schenken ihm keine Beachtung. Sie arbeiten von sieben Uhr morgens bis zwölf Uhr mittags, ohne Pause. Dann brausen sie in ihrem Polski Fiat davon und kehren um drei zurück, um weitere fünf Stunden zu schuften.

Die Italiener, die zu vielen Zeiten und in vielen Ländern Gastarbeiter waren, staunen über dieses Phänomen vor ihrer eigenen Haustür. Während unseres zweiten Sommers in Bramasole berichten die Zeitungen gleichmütig bis empört über die albanischen Flüchtlinge, die in großen Scharen an die Südküste Italiens geschwemmt werden, im wörtlichen Sinn. Da wir in San Francisco leben, einem klassischen Hafen für Immigranten, kann uns das Problem nicht aus der Ruhe bringen. Die Bewohner der amerikanischen Großstädte haben erkannt, daß die Migrationswelle wächst, daß der demographische Teppich am Ende des zwanzigsten Jahrhunderts in großem Umfang neu geknüpft wird. Europa fällt es offenbar schwerer, diese Tatsache zu akzeptieren. Wo soll das noch hinführen; bei uns gibt es auch so schon genug Arme, heißt es skeptisch. Ja, aber bei uns auch, erwidern wir darauf. Italien erscheint uns erstaunlich homogen: Man sieht in der Toskana selten ein schwarzes oder asiatisches Gesicht. Erst in letzter Zeit kommen immer mehr Osteuropäer in den wohlhabenden Norden Italiens, seit der deutsche Arbeitsmarkt mit ihresgleichen übersättigt ist. Nun verstehen wir Alfieros Kostenvoranschlag. Statt einem italienischen Maurer einen Stundenlohn von fünfundzwanzig- bis dreißigtausend Lire zu zahlen, muß er bei den Polen nur neuntausend berappen. Er beteuert, daß sie eine Arbeitserlaubnis und eine Unfallversicherung besitzen, die er für sie abgeschlossen hat. Die

Polen sind mit dem Stundenlohn zufrieden: In ihrer Heimat haben sie in einer Fabrik gearbeitet, wo sie bis zur Schließung des Betriebs weniger an einem ganzen Tag verdienten.

Ed ist in einer polnisch-amerikanischen katholischen Gemeinde in Minnesota aufgewachsen. Seine Eltern, in Amerika geboren, stammen von polnischen Einwanderern ab; sie lebten auf Farmen an der Grenze zwischen Wisconsin und Minnesota und sprachen noch Polnisch. Natürlich beherrscht Ed die Sprache seiner Vorfahren nicht. Seine Eltern wollten aus ihrem Sohn einen waschechten Amerikaner machen. Die drei Wörter, die er aus seiner Erinnerung hervorkramt und bei den Polen ausprobiert, kennen sie nicht. Aber diese Männer, deren Sprache er nicht versteht, sind ihm vertraut. Er ist an Namen wie Orzechowski, Cichosz und Borzyskowski gewöhnt, für mich die reinsten Zungenbrecher. Wenn wir uns auf dem Grundstück begegnen, beschränken wir uns auf ein Nicken und Lächeln. Daß wir letzten Endes doch noch verbal mit ihnen kommunizieren, verdanken wir der Poesie. Eines Nachmittags stolpere ich über ein Gedicht von Czesław Misłosz, der schon lange in Amerika im Exil lebt, aber im Grunde seines Wesens Pole geblieben ist. Ich wußte, daß er vor einigen Jahren seine frühere Heimat besucht hatte und ihm dort ein triumphaler Empfang zuteil geworden war. Als Stanislao die vordere Terrasse mit der Schubkarre überquert, sage ich: »Czesław Misłosz?« Sein Gesicht beginnt zu leuchten, und er ruft die beiden anderen herbei. Danach begrüßen sie mich ein paar Tage lang mit der Formel »Czesław Misłosz?«, und ich erwidere darauf: »*Sì*, Czesław Misłosz.« Wenigstens *den* Namen kann ich richtig aussprechen, weil ich ihn geübt hatte, als ich den Dichter anläßlich einer Autorenlesung vorstellen mußte. Trotzdem hatte ich eine Heidenangst, ins Stolpern zu geraten und mich vor den Zuhörern zu blamieren.

Alfiero wird langsam zum Problem. Er flattert wie ein Schmetterling von einem Ort zum nächsten: Er fängt etwas an, erledigt flüchtig eine Arbeit, und schon ist er wieder weg. An manchen Tagen taucht er gar nicht erst auf. Als Nachfragen in ruhigem Ton nichts bringen, greife ich auf eine alte Südstaatenmethode zurück und inszeniere einen Tobsuchtsanfall, was mir immer noch auf beeindruckende Weise gelingt, wie ich finde. Eine Zeitlang reißt sich Alfiero am Riemen und konzentriert sich auf die Arbeit, für die *wir* ihn bezahlen, doch dann verliert er wieder das Interesse, wie ein sprunghaftes Kind. Aber er hat Charme, das muß man ihm lassen. Er hat ein Faible für kurzweilige Beschreibungen von Froschrennen, schnelle Moto-Guzzi-Motorräder und Wein in rauhen Mengen. Sich den Bauch tätschelnd, spricht er einen lokalen Dialekt, von dem wir beide kaum ein Wort verstehen. Wenn der Zeitpunkt für einen Tobsuchtsanfall gekommen ist, zitiere ich Martini herbei, der jedes Wort versteht. Er nickt, insgeheim belustigt. Alfiero sieht betroffen aus, die Polen stehen mit unbewegter Miene daneben, und Ed ist zur Salzsäule erstarrt. Ich sage, daß ich *malcontenta* bin, sehr unzufrieden. Ich fuchtle mit den Händen, schüttle den Kopf, stampfe erzürnt mit dem Fuß auf und zeige auf die Dinge, die mir mißfallen. Er hat winzig kleine Steine unter die Reihen mit den großen Steinen gesetzt, in der Konstruktion sind vertikale Linien zu sehen, beim gesamten Mauerabschnitt fehlt der Sockel, und der Beton besteht überwiegend aus Sand. Martini brüllt los, Alfiero brüllt zurück, da er nicht wagt, mich anzubrüllen. Wieder höre ich den Fluch *»Porca Madonna«*, einen schlimmen Ausdruck, wie ich inzwischen weiß, und *»Porca miseria«*, einen meiner Lieblingsflüche bis ans Ende meiner Tage. Nach diesem Donnerwetter rechne ich damit, daß er beleidigt ist, aber weit gefehlt: Am nächsten Tag erscheint er mit sonnigem Gesicht zur Arbeit, alles ist vergeben und vergessen.

»Buttare! Via!« Runter damit, weg damit! Signor Martini versetzt Alfieros Arbeit einen Fußtritt. »Wo hat deine Mutter dich zur Schule geschickt? Wo hast du gelernt, solchen Beton zu machen, beim Sandburgbauen?« Dann drehen sich beide um und brüllen die Polen an. Ab und zu läuft Martini ins Haus und ruft Alfieros Mutter, eine alte Freundin, an, und wir hören, wie er sie zur Schnecke macht, um sie gegen Ende des Gesprächs zu beruhigen.

Insgeheim halten sie uns vermutlich für die größten Mauerbau-Experten aller Zeiten, weil uns kein Fehler entgeht. Weder Signor Martini noch Alfiero haben einen blassen Schimmer, daß die Polen uns darauf aufmerksam machen. »Signora«, ruft Krzysztof (wir nennen ihn auf seinen Wunsch hin Cristoforo) und winkt, damit ich mir das anschaue. *»Italia cemento.«* Er zerkrümelt den pulvertrockenen Beton zwischen seinen Fingern. *»Polonia cemento.«* Er tritt mit dem Fuß gegen einen steinharten Abschnitt der Mauer, der hält. Der Beton hat einen Wettstreit zwischen den Nationen ausgelöst. »Alfiero. *Poco cemento.*« Er legt beschwörend die Finger an die Lippen. Ich bedanke mich bei ihm. Alfiero spart also am Zement in seiner Mischung. Aber ja nichts sagen. Sie verdrehen die Augen, ein Signal, das ich auch ohne Worte verstehe, oder führen uns den Fehler vor Augen, sobald sich Alfiero aus dem Staub macht, was normalerweise früh am Tag ist. Alles, was Alfiero anfaßt, läßt sich offenbar beanstanden, aber wir haben ihm einen schriftlichen Auftrag erteilt und sind ihm auf Gedeih und Verderb ausgeliefert, genau wie die Polen, die für ihn arbeiten. Und ohne ihn hätten wir die drei nicht kennengelernt.

Nun haben sie oben in der Nähe der Mauer einen Baumstumpf freigelegt. Alfiero behauptet steif und fest, *non importa*, unwichtig. Wir sehen, wie Riccardo heftig den Kopf schüttelt; in seinen Augen ist der Fund offenbar sehr wohl von Belang, so daß Ed ein Machtwort spricht und anordnet, ihn auszugraben. Alfiero gibt klein bei, will aber *gasolio* darübergießen, damit er abstirbt. Wir deuten auf unseren jungfräulichen neuen Brunnen, einen Steinwurf entfernt. Die Polen fangen an zu graben; zwei Stunden später sind sie immer noch nicht fertig. Unter dem sichtbaren Stumpf hat sich eine Mammutwurzel mit drei Seitenwurzeln um einen Stein gewickelt, der so groß wie ein Autoreifen ist. Hunderte von kleinen Verästelungen verzweigen sich in alle Richtungen. Das ist also die Ursache dafür, daß ein großer Teil der Mauer eingestürzt ist. Als sie es endlich geschafft haben, den Stein mit Hauruck herauszuziehen, einschließlich Wurzelwerk und Stumpf, wollen sie die Oberseite unbedingt glätten. Sie laden das Ungetüm in eine Schubkarre und bringen es zu dem lauschigen Plätzchen unter dem Lindenbaum hinauf, wo es bleiben wird, als der häßlichste Tisch in der ganzen Toskana.

Sie singen, während sie die schweren Steine hochhieven, und ihre Stimmen klingen, wie sie auf der ganzen Welt klingen sollten, um die Arbeit zu versüßen. Manchmal stimmt Christoforo ein anrührendes Lied im Falsett an, was seltsam anmutet, vor allem bei einem Mann mit einem so kräftigen, braungebrannten Körper. Sie stehen nicht eine Minute untätig herum, obwohl ihr Boß andauernd weg ist. Wenn kein Baumaterial mehr vorhanden ist, weil Alfiero vergessen hat nachzubestellen, gibt er ihnen großzügig frei. Wir bitten sie, trotzdem zu kommen, um uns gegen zusätzliche Bezahlung beim Roden der Terrassen zu helfen. Danach schleifen sie sämtliche Fensterläden ab. Sie sind offenbar mit allen Arbeiten vertraut und doppelt so schnell wie die Fachleute, die ich kenne. Nach Feierabend ziehen sie ihre Arbeitskluft aus, waschen sich unter fließendem Wasser aus dem Schlauch, ziehen sich um und trinken mit uns ein Bier.

Don Fabbio, ein Priester aus der Gegend, hat sie in einem Nebenraum des Gemeindesaals einquartiert. Für fünfzehntausend Lire pro Person verköstigt er sie mit drei Mahlzeiten am Tag. Sie arbeiten sechs Tage in der Woche – der Priester erlaubt ihnen nicht, am Sonntag auch nur einen Finger zu rühren. Sie wechseln ihren Lohn in Dollar um und legen ihn auf die hohe Kante, sparen ihn bis zur Rückkehr zu ihren Frauen und Kindern. Riccardo ist siebenundzwanzig, Cristoforo dreißig und Stanislao vierzig. Seit sie bei uns arbeiten, wird unser Italienisch schlechter. Stanislao hat früher einmal in Spanien gearbeitet, und so ufern unsere Unterhaltungen zu einem kunterbunten Mischmasch in vier Sprachen aus. Wir lernen ein paar Brocken Polnisch: *jutro* = morgen; *stopa* = Fuß; *brudny* = schmutzig; *jezioro* = See. Und noch etwas, das wie *grubbia* klingt und womit sie Signor Martinis Schmerbauch bezeichnen. Sie haben dafür »schön« und »Idiot« und noch ein paar Worte Italienisch gelernt, vorwiegend Infinitive.

Trotz Alfiero ist die Mauer stabil und schön geworden. Bogenförmig verlaufende Treppenstufen mit gerader Oberfläche, um rechts und links Blumenkübel aufzustellen, verbinden die beiden ersten Terrassen. Der Brunnen und die Zisterne sind mit einer Steinmauer umgeben. Von unten wirkt die Mauer riesig. Wir gewöhnen uns nur schwer an ihre kühle Strenge, das Verfallene hat uns auch gefallen. Doch bald werden sich, wie bei anderen Mauern, Risse bilden, in denen kleine Blumen und Gräser sprießen. Da die Steine alt sind, fügt sie sich wie ein gewachsener Teil in die Landschaft ein, ein hochgewachsener allerdings. Nach der Arbeit kommt nun das Vergnügen, die Planung des Weges von der Einfahrt um den Brunnen herum bis zu den Steinstufen, die Auswahl der Pflanzen und Kräuter für die schmalen Randeinfassungen und die Blumenbeete, das Setzen schattenspendender kleiner Bäume entlang der Mauer. Als erstes pflanzen wir einen weißen Hibiskus, der uns die Freude macht, sofort zu blühen.

An einem Sonntagmorgen besuchen uns die Polen nach dem Gottesdienst, in frisch gebügelten Hemden und langen Hosen. Wir kennen sie nur in Shorts. Sie tragen alle die gleichen Sandalen, aus dem Supermarkt. Ed und ich jäten Unkraut, als sie auftauchen. Wir sind schmutzig, in Shorts, verschwitzt: ein Rollentausch. Stanislao hat eine russische Kamera mitgebracht, die aussieht, als stamme sie aus den dreißiger Jahren. Wir trinken Cola, und sie fotografieren. Wenn wir ihnen eine Cola vorsetzen, seufzen sie mit verklärtem Blick: »Ah, Amerika!« Bevor sie sich umziehen und an die Arbeit begeben, bedeuten sie uns mit einer Geste, ihnen zur Mauer zu folgen; dort wischen sie den Sand von einem kleinen Stück des Sockels weg. In Großbuchstaben haben sie das Wort POLONIA in den Beton eingeritzt.

Die Treppe in Bramasole besitzt bis in den zweiten Stock hinauf ein handgearbeitetes schmiedeeisernes Geländer, dessen symmetrische Rundungen dem Aufstieg ein gewisses Gleichmaß verleihen. Die Lünettentür, das nur leicht verrostete Geländer der Terrasse, die ans Schlafzimmer grenzt, und das Geländer des Balkons über dem Vordereingang haben einem Schmied wohl Arbeit für einen ganzen Winter gegeben. Das Tor unten an der Einfahrt war früher einmal ein hochherrschaftliches Portal, wurde aber, wie vieles hier, zu lange dem Zahn der Zeit überlassen. Die untere Hälfte ist verbeult, Folgen der unsanften Wendemanöver verirrter Touristen, die gemerkt haben, daß sie auf dieser Straße nie zur Festung der Medici gelangen. Das Schloß ist seit langem verrostet, und die oberen Scharniere sind auf der einen Seite so ausgeleiert, daß das Tor schief in den Angeln hängt.

Giuseppe hat einen Freund mitgebracht, einen *maestro* der Schmiedekunst; er soll prüfen, ob unser Eingangstor noch zu retten ist. Giuseppe glaubt nicht. Er findet, wir brauchen etwas Standesgemäßes für die *bella villa*. Der Mann, der sich aus Giuseppes *cinque cento* herauswindet und sein Gestell zu voller Länge ausklappt, könnte aus dem Mittelalter stammen. Er ist hochgewachsen und klapperdürr wie Abraham Lincoln; er trägt eine schwarze Arbeitshose mit Latz, und seine kohlrabenschwarzen Haare wirken stumpf. Es ist schwer zu erklären, warum er uns so fremd vorkommt, aber er sieht aus, als sei er nicht von dieser Welt. Er spricht wenig, lächelt aber scheu. Ich mag ihn auf Anhieb. Stumm tastet er das Tor ab, Stück für Stück. Was er darüber zu sagen hat, kann man an seinen Händen ablesen. Man merkt sofort, daß er sein Handwerk liebt und sich ihm mit Haut und Haaren verschrieben hat. Ja, bestätigt er nickend, das Tor läßt sich reparieren. Alles nur eine Frage der Zeit. Giuseppe macht ein enttäuschtes Gesicht. Er hatte sich etwas Prachtvolleres vorgestellt. Er zeichnet mit den Armen Formen in die Luft, vielleicht eine Konstruktion mit einem Rundbogen oben, und Spitzen. Ein neues Tor zumindest, mit allem Drum und Dran, mit Beleuchtung und elektronischer Anlage, so daß ein Summer im Haus ertönt und wir nur auf einen Knopf drücken müssen, damit sich das Tor öffnet. Er hat uns einen Künstler ersten Ranges angeschleppt, und nun verlangen wir von ihm, daß er das alte Tor *repariert*?

Wir fahren in seine Werkstatt, um uns aus erster Hand über die Gestaltungsmöglichkeiten zu informieren. Unterwegs hält Giuseppe immer wieder am Straßenrand, damit wir aussteigen und andere schmiedeeiserne Tore in Augenschein nehmen können, die von der Hand des Meisters stammen. Manche haben gekreuzte Schwerter, andere kompliziert verflochtene Kreise und Weizengarben. Auf einem befinden sich oben die Initialen des Besitzers, auf einem anderen ist eine Krone zu sehen. Uns gefallen die Rundbögen, Reifen und Ringe besser als die Tore mit den Pfeilspitzen, die martialisch anmuten, wie Überreste aus einer Zeit, als die Welfen und Ghibellinen einander befehdeten. Alle Tore sind für die Ewigkeit gemacht, wie mir scheint. Der Meister streicht schweigend mit der Hand über jedes einzelne Tor, ihre Qualität spricht für sich selbst. Vor meinem inneren Auge nimmt eine kleine stilisierte Sonne Gestalt an, in der Mitte unseres Eingangstors, mit wellenförmigen Sonnenstrahlen.

Ferro battuto: Kunstschmiedearbeit ist ein uraltes Handwerk in der Toskana. In jeder noch so kleinen Stadt findet man mittelalterliche Türen mit herrlichen alten Schlössern, verschnörkelte Laternen und schlangenförmige Ringe an den Wänden, an denen die Pferde angebunden wurden. Wie andere Kunsthandwerke mit langer Tradition stirbt auch diese mehr und mehr aus; der Grund liegt auf der Hand: Es ist ein Handwerk, das mit viel Schmutz und schwerer Arbeit verbunden ist. Der Raum ist verräuchert, der Schmied rußverschmiert, das Werkzeug aus der Steinzeit. Es scheint sich wenig verändert zu haben seit der Zeit, als Hephaistos, Gott des Feuers und der Schmiedekunst, in Aphrodites Herd das Feuer entzündete. Alle Nachbarn besitzen Tore aus seiner Werkstatt. Sein eigenes Haus hat einen Balkon mit glattem Geländer, zweifellos ein Flirt mit der Moderne, wobei seine Berufsehre durch die angehängten schmiedeeisernen Blumenkästen wiederhergestellt wird. Die Schmiede liegt dem Wohnhaus gegenüber, Hühner laufen frei herum, es gibt zehn oder mehr Karnickelställe, einen Gemüsegarten und einen Pflaumenbaum, an dem eine handgearbeitete Holzleiter lehnt, die in den beladenen Zweigen endet. Nach dem Mittagessen muß er wahrscheinlich die Sprossen hochklettern und seinen Nachtisch pflücken. Mein Eindruck, daß er nur aus Versehen in unserer Zeit gelandet ist, verstärkt sich. Wo steckt Aphrodite? Vermutlich irgendwo in der Nähe der Schmiede!

»Die Zeit«, sagt er. »Die Zeit ist das einzige Problem. Ich bin *solo*. Ich habe einen Sohn, aber ...«

Ich kann mir nicht vorstellen, daß jemand am Ende des zwanzigsten Jahrhunderts freiwillig diese dunkle Schmiede als Arbeitsplatz wählt, mit diesem Sammelsurium an Eisenbändern für Weinfässer, Kaminböcke, Zäune und Tore. Aber ich hoffe für ihn, daß sein Sohn doch noch in seine Fußstapfen tritt, oder ein anderer. Er bringt eine lange Eisenstange her, an deren einem Ende sich der kantige Kopf eines Wolfs befindet. Sie erinnert mich an die Fackelhalterungen an den alten Gemäuern in Siena und Gubbio. Wir bitten ihn um einen Kostenvoranschlag, zum einen für die Reparatur unseres *cancello* und zum anderen für ein neues Tor, das schlicht, aber elegant in der Form sein soll wie das schmiedeeiserne Treppengeländer im Haus, vielleicht mit einer Sonne als krönendem Abschluß, passend zum Namen des Hauses. Zur Abwechslung fragen wir einmal nicht, wann es fertig sein könnte, eine Frage, auf der wir zu beharren gelernt haben, als Gegengewicht zu dem beneidenswerten mediterranen Gefühl, endlos Zeit zu haben.

Brauchen wir überhaupt ein teures handgearbeitetes Eingangstor? In Bramasole sollte doch alles einfach sein; es ist schließlich nicht unser ständiger Wohnsitz. Trotzdem weiß ich, daß es uns nicht mehr aus dem Kopf gehen wird, bis wir es haben, von ihm, auch wenn es Monate dauern sollte. Noch bevor wir uns verabschieden, scheint er unsere Anwesenheit vergessen zu haben. Selbstversunken hebt er Eisenstücke auf, hält sie in beiden Händen, wegen der Schwere oder der Balance. Traumwandlerisch geht er zwischen Ambossen und heißen Feuerrosten umher. Unser Tor wird in guten Händen sein. Ich kann mir jetzt schon das leise Klirren vorstellen, wenn es hinter mir ins Schloß fällt.

Der Brunnen und die Mauer sind nach unserem Dafürhalten Leistungen, auf die wir stolz sein können. Um das Haus haben wir uns dagegen noch nicht verdient gemacht. Bis die wichtigsten Arbeiten beendet sind, gibt es für uns wenig zu tun. Es hat keinen Zweck zu streichen, wenn die Wände beim Verlegen der Heizungsrohre wieder aufgestemmt werden müssen. Die Polen haben die Fensterrahmen abgeschliffen und begonnen, die Tünche von den Wänden zu schrubben, als Vorbereitung für den Anstrich. Ed und ich werkeln auf den Terrassen oder klappern die Läden in der Umgebung ab, um Fliesen fürs Bad, Armaturen, Sanitärzubehör und Anstrichfarbe auszusuchen; gleichzeitig halten wir nach den alten dünnen Terrakottafliesen für den neuen Küchenboden Ausschau. Bei einer dieser Einkaufstouren bestellen wir in einem Möbelgeschäft in der Stadt zwei Armsessel. Als sie geliefert werden, merken wir, daß sie überhaupt nicht hierher passen: Der dunkle Polsterstoff mit Paisleymuster wirkt deplaziert in dieser Umgebung, aber sie sind herrlich bequem, nachdem wir wochenlang auf unseren Gartenstühlen sitzen mußten. An verregneten Abenden stellen wir sie einander gegenüber an unseren provisorischen Eßtisch, eine Lattenkiste mit Tischdecke, Kerze, einem Marmeladenglas mit Wiesenblumen und einem Schlemmermahl, bestehend aus Pasta mit Auberginen, Tomaten und Basilikum. An kühlen Abenden zünden wir kurz ein Reisigfeuer im Kamin an, damit der Raum leicht überschlagen ist.

Im Gegensatz zum letzten Jahr regnet es in diesem Juli viel. Oft ziehen beeindruckende Gewitter auf. Ich finde dieses Naturschauspiel spannend, was an meiner Kindheit in den Südstaaten liegen muß, wo Unwetter häufig sind. In San Francisco erlebt man sie nur selten, und ich vermisse sie. »Es ist furchtbar schwül, gleich wird's was geben«, pflegte meine Mutter zu sagen, und ihre Prophezeiung traf meistens ein, mit grellen Lichtblitzen, die mit Millionen Kilowatt am Himmel aufflammten, gefolgt von ohrenbetäubendem Krachen und Poltern. Gewitter scheinen hier besonders gerne in der Nacht zu kommen. Ich setze mich im Bett auf, zeichne Pläne für Küche und Bad auf Millimeterpapier; Ed liest etwas, von dem ich nie geglaubt hätte, daß er seine Nase hineinstecken würde. Statt der alten römischen Dichter hat er sich ein Handbuch für den Heimwerker vorgenommen, über das Verputzen von Wänden. Neben ihm liegt ein weiterer Do-it-yourself-Ratgeber, in dem es um Wassersysteme im Haushalt geht. Der Regen trommelt auf die Palmen. Ich gehe zum Fenster und lehne mich hinaus, zucke aber gleich wieder zurück. Blitze dringen wie Speere in die Erde ein – genauso gezackt wie die gezeichneten in den Cartoons – vier, fünf, sechs hintereinander, sie umzingeln das Haus. Schwarze Gewitterwolken hängen über den Hügeln, und das sanfte Grollen schlägt plötzlich andere Töne an; der Donner entlädt sich in so geringer Entfernung, daß ich das Gefühl habe, es kracht in meiner Wirbelsäule. Das ganze Haus erzittert; jetzt wird es ernst. Das Licht geht aus. Wir verrammeln die Fenster von innen, aber trotzdem treibt der Sturm den Regen durch Risse und Spalten, von deren Existenz wir nichts ahnten. Der Wind fährt mit einem unheimlichen Pfeifen in den Kamin hinein. Eine gespenstische Nacht. Regen peitscht das Haus, und die beiden albernen Palmen lassen sich immer wieder vom Wind beuteln. Es riecht leicht verschmort. Ich bin sicher, daß der Blitz bei uns eingeschlagen hat. Dieser vermaledeite Sturm, warum mußte er sich ausgerechnet unser Haus aussuchen! Er macht keine Anstalten, sich zu verziehen; wir befinden uns im Zentrum des Unwetters und werden bestimmt weggeschwemmt werden, den Hügel hinunter bis zum Trasimenischen See. »Was wäre dir lieber, Erdrutsch oder Blitzschlag?« frage ich.

Wir kriechen unter die Decke wie verängstigte Zehnjährige und brüllen jedesmal »Aufhören!« und »Nein!«, wenn der Himmel taghell erleuchtet ist. Der Donner dringt in das alte Gemäuer ein und rüttelt an den Steinen.

Als das Unwetter nach Norden weiterzieht, ist der Himmel blitzblank gefegt, und die Sterne leuchten. Ed reißt die Fenster auf, und eine sanfte Brise trägt den Duft der Pinien von den heruntergerissenen Zweigen und verstreuten Nadeln ins Haus. Wir haben immer noch keinen Strom. Als wir ins Bett zurückkehren, es uns mit Kissen hinter dem Rücken bequem machen und warten, bis unser Herzklopfen abklingt, hören wir plötzlich ein Geräusch am Fenster. Eine kleine Eule ist auf dem Sims gelandet. Ihr Kopf ruckt hin und her. Vielleicht ist ihr Nest vom Sturm weggeweht worden oder sie hat die Orientierung verloren. Als der Mond die Wolkendecke durchbricht, sehen wir, wie sie uns mit ihrem Blick fixiert. Wir rühren uns nicht. Da hilft nur noch eins, beten. Bitte lieber Gott, mach, daß sie nicht ins Schlafzimmer kommt. Ich habe Todesangst vor Vögeln, eine Phobie, die ich seit frühester Kindheit mit mir herumschleppe, und dennoch zieht mich die kleine Eule in ihren Bann. Eulen sind in vielen Kulturen nicht nur Geschöpfe aus Fleisch und Blut: In Amerika gelten sie als Schutzgeister oder zumindest als Symbole, in Italien kommt noch eine mythologische Bedeutung hinzu. Mir fällt auf Anhieb die Eule der Minerva ein. Aber in Wirklichkeit ist unser nächtlicher Besucher nichts weiter als ein kleines Lebewesen, das zu diesem Hügel gehört, hier heimisch ist. Wir haben abends schon mehrmals größere Exemplare dieser Gattung gesehen. Keiner von uns beiden sagt ein Wort. Da sich die Eule nicht vom Fleck rührt, schlafen wir schließlich ein;

am darauffolgenden Morgen ist sie weg. Am Fenster ist nur das gedämpfte Licht zu sehen, das um Viertel vor sechs herrscht – goldene Strahlen, die im schrägen Winkel für kurze Zeit das Tal überfluten, bevor die Sonne über den Hügeln aufgeht und ein klarer, wolkenloser Tag anbricht.

DER VERWILDERTE OBSTGARTEN

Wassermelonenstunde – eine meiner liebsten Pausen am Nachmittag. Über Geschmack läßt sich bekanntlich streiten, aber Wassermelonen sind das beste, was es gibt, und ich muß zugeben, daß die toskanischen den Sugar Babys, die ich als Kind im Süden Georgias aus der heißen Erde pflückte, in nichts nachstehen. Ich habe die Kunst der Klopfzeichen noch nie beherrscht. Ob die Wassermelone reif ist oder nicht, ich höre keinen Unterschied, wenn ich leicht mit dem Knöchel gegen die Schale klopfe. Aber jede, die ich aufschneide, ist genau richtig – knackig frisch und unverschämt süß. Als wir uns eine Melone mit den Handwerkern teilen, fällt mir auf, daß sie das Weiße mitessen. Sie lassen nur noch die Schale übrig, einen schlaffen grünen Streifen. Ich sitze auf der Steinmauer, lasse mein Gesicht von der Sonne bescheinen, halte eine große Scheibe Wassermelone in der Hand und fühle mich in meine Kindheit zurückversetzt. Ich bin wieder sieben und damit beschäftigt, die Kerne mit zwei Fingern in die Gegend zu schnippen und mit dem Löffel Fruchtfleischkreise aus dem tropfenden Viertelmond herauszuholen.

Plötzlich höre ich, daß es unten in den fünf Pinien, die unsere Einfahrt säumen, hoch hergeht. Geräusche, als ob jemand Klettverschlüsse aufreißt oder in ein *panino* beißt, ein knuspriges italienisches Brötchen. Ein Auto hält, ein Mann springt heraus, hebt blitzschnell drei Zapfen auf und braust davon. Dann taucht Signor Martini auf. Vermutlich bringt er uns die frohe Botschaft, daß er endlich jemanden gefunden hat, der unsere Terrassen umpflügt. Er hebt einen Pinienzapfen auf und klopft damit gegen die Mauer. Schwarze Kerne fallen heraus. Er knackt einen mit einem Stein und hält ein längliches, von einer Haut umgebenes Oval in der Hand. »*Pinolo*«, verkündet er. Er deutet auf die staubigen Perlen, die überall in der Einfahrt verstreut sind. »*Torta della nonna*«, fügt er hinzu, für den Fall, daß mir die Bedeutung entgangen sein sollte. Ich denke, statt Kuchen wäre es besser, Pesto zu machen, mit dem wildwuchernden Basilikum, eine unvorhergesehene Folge der sechs Pflänzchen, die ich in die Erde gesteckt habe. Und ich liebe Salat mit Pinienkernen. Pinienkerne, in unserer Einfahrt! Und ich blindes Huhn bin achtlos draufgetreten.

Natürlich weiß ich, woher *pinoli* stammen. Ich habe sogar schon die Pinien in meinem Garten zu Hause inspiziert, um zu sehen, ob sich nicht irgendwo im Wipfel Pinienzapfen verbergen. Aber ich bin nie auf die Idee gekommen, daß die Bäume, die unsere Einfahrt säumen, die edlen Spender sein könnten; ich habe ihnen keinerlei Aufmerksamkeit geschenkt. Ich dachte eher an die Pinien in den mediterranen Küstenstädten, die wie gemalt wirken, manche verkrüppelt durch die unerbittlichen Küstenwinde, oder an die, an der Dante bei seinen Spaziergängen in Ravenna vorüberkam, als er sich dort im Exil befand. Die Pinien in unserer Einfahrt sind fedrig und hochgewachsen. Unvorstellbar, daß dieser gewöhnliche *pino domestico* (habe ich in meinem Pflanzenbestimmungsbuch nachgeschlagen) solche butterigen Kerne hervorbringt, die besonders gut schmecken, wenn man sie röstet. Eine der Großmütter, von denen die kalorienreichen, mit Pinienkernen gespickten Kuchen stammen, muß hier im Haus gelebt haben. Wahrscheinlich hat sie außerdem himmlische Ravioli mit *nocciole* zubereitet, einer Füllung aus gemahlenen Haselnüssen, und Makronen und andere *torte*, weil es auf dem Grundstück zwanzig Mandelbäume und einen schattenspendenden riesigen Haselnußstrauch gibt, dessen Zweige sich unter dem Gewicht der Früchte biegen. Die *nocciole* haben eine hellgrüne Krause rund um die Nuß, als ob jede einzelne bereit wäre, am Revers getragen zu werden. Die Mandeln sind in zartgrünen Samt gebettet. Sogar der Baum, der über der Terrasse umgefallen ist und in den letzten Zügen liegt, hat uns vor dem Absterben noch eine reiche Ernte beschert.

Vielleicht sollte Signor Martini besser in sein Büro zurückfahren und sich für die Aufgabe rüsten, anderen ausländischen Interessenten Häuser ohne Dach oder Wasser zu zeigen, aber statt dessen hilft er mir, die *pinoli* aufzusammeln. Wie die meisten Italiener scheint auch er Zeit im Überfluß zu haben. Es gefällt mir, wenn jemand voll im Hier und Jetzt lebt. Die samtige Hülle färbt schon nach kurzer Zeit unsere Hände schwarzbraun. »Woher stammt eigentlich Ihr Wissen? Sind Sie auf dem Land aufgewachsen?« frage ich ihn. »Ist das nach dem alten Bauernkalender der Tag, an dem die Pinienzapfen vom Baum fallen?« Irgendwann einmal hat er mir erzählt, daß die Haselnüsse am zweiundzwanzigsten August reif sind, an einem Festtag, der dem heiligen Filbert, einem Nichtitaliener, geweiht ist.

Er erzählt mir, daß er in Teverina geboren und aufgewachsen ist, das ist, von Bramasole aus gesehen, ein Stück weiter unten an der Straße. Dort hat er bis zum Krieg gelebt. Ich würde gerne wissen, ob er bei den Partisanen war oder Mussolini bis zum bitteren Ende die Treue hielt, aber ich beschränke mich auf die Frage, ob der Krieg bis Cortona gekommen ist. Er deutet auf die Medici-Festung oberhalb des Hauses. »Die Deutschen haben die Festung besetzt und dort eine Funkzentrale eingerichtet. Einige der Offiziere, die in den Gehöften ringsum einquartiert waren, kamen nach dem Krieg zurück, um sie zu kaufen.« Er lacht. »Sie haben nie verstanden, warum die Bauern keinen Finger rührten, um ihnen dabei zu helfen.« Wir haben inzwischen mindestens zwanzig Pinienzapfen auf der Mauer aufgeschichtet.

Ich frage nicht, ob unser Haus von den Nazis beschlagnahmt wurde. »Was war mit den Partisanen?«

»Die waren überall«, sagt er mit einer weitläufigen Geste. »Sogar Dreizehnjährige kamen beim Erdbeerpflücken oder Schafehüten ums Leben. Erschossen. Und überall Minen.« Er verstummt. Abrupt wechselt er das Thema, sagt, daß seine Mutter vor ein paar Jahren gestorben ist, mit dreiundneunzig. »Keine *torta della nonna* mehr.« Er scheint heute in einer trübsinnigen Stimmung zu sein. Nachdem ich schon einige *pinoli* mit dem Stein zu Mus zerquetscht habe, zeigt er mir, wie ich draufschlagen muß, damit nur die Schale platzt und der Kern unversehrt bleibt. Ich erzähle ihm, daß mein Vater ebenfalls tot und meine Mutter seit einem schweren Schlaganfall bettlägerig ist. Er sagt, daß er jetzt alleine lebt. Ich wage nicht zu fragen, ob er Frau und Kinder hat. Ich kenne ihn erst seit zwei Sommern, und es ist das erste Mal, daß wir über persönliche Dinge sprechen. Wir füllen die Zapfen in eine Papiertüte, und er verabschiedet sich mit einem *»Ciao«*. Ungeachtet dessen, was ich in meinen Sprachkursen gelernt habe, gehen Erwachsene in den ländlichen Gegenden der Toskana nicht leichtfertig mit dieser Grußform um; sie ist Freunden vorbehalten. Gewöhnlich sagt man zum Abschied *ArrivederLa* oder, weniger steif, *Arrivederci*. In unserer Beziehung scheint sich etwas geändert zu haben.

Nach einer halben Stunde Pinienkerneklopfen habe ich eine Ausbeute von ungefähr vier Eßlöffeln. Meine Hände sind klebrig und kohlrabenschwarz. Kein Wunder, daß die Pinienkerne, die ich zu Hause in kleinen Zellophantütchen kaufen kann, so teuer sind. Ich überlege, ob ich mich nicht an eine *torta della nonna* heranwagen soll, die das A und O der italienischen Desserts zu sein scheint. Die französischen und amerikanischen Nachspeisen sind für die hiesige Küche trotz ihrer Vielfalt uninteressant. Vermutlich muß man mit den italienischen Süßspeisen großgezogen worden sein, um sie zu schätzen; für meinen Geschmack sind die meisten Kuchen und Gebäckstücke hier zu trocken. *Torta della nonna*, Obstkuchen, wenn's hochkommt noch ein Tiramisu (ein Dessert, daß ich hasse) – das ist die gesamte Auswahl, außer in sündteuren Restaurants. Diesen Kuchen nach Großmutterart findet man in den meisten Bäckereien und in vielen Bars. Manche sind passabel, andere schmecken, als hätte man *intonaco* als Zutat verwendet, Gips. Kein Wunder, daß die Italiener saftiges Obst zum Nachtisch bestellen. Selbst das *gelato*, das früher in ganz Italien ein Gedicht war, ist nicht überall gut. Obwohl es immer heißt, das Eis sei aus eigener Herstellung, vergessen viele zu erwähnen, daß sie dazu eine Pulvermischung aus der Tüte verwendet haben. Wenn man *gelato* aus echten Pfirsichen oder Erdbeeren findet, ist der Genuß unvergeßlich. Zum Glück sind frische Früchte, zum Säubern in eine Schale kaltes Wasser getaucht, ein perfekter Abschluß für jede Sommermahlzeit, vor allem, wenn man Pecorino, Gorgonzola oder Parmesan dazu ißt.

Während ich nach bestem Wissen Gramm in Tassen umrechne, eine Maßeinheit, an die ich gewöhnt bin, folge ich einem Rezept aus dem Kochbuch. Es gibt mehrere hundert Varianten der *torta della nonna.* Ich mag den mit Maisgrieß gebackenen Kuchen, der in der Mitte einmal quer durchgeschnitten wird und eine dünne Cremefüllung hat. Es macht mir nichts aus, eine Stunde lang Pinienkerne zu klopfen und zu pulen, die ich zu Hause aus der Tiefkühltruhe geholt hätte. Zuerst koche ich einen dickflüssigen Pudding aus 2 Eigelben, ⅓ Tasse Mehl, 2 Tassen Milch und ½ Tasse Zucker. Das ist für meinen Bedarf zuviel, also fülle ich zwei Portionen in Schüsseln, die wir später essen können. Während der Pudding abkühlt, mache ich den Teig: 1½ Tassen Maismehl, 1½ Tassen Weizenmehl, ⅓ Tasse Zucker und 1½ Teelöffel Backpulver mischen; dann 120 Gramm Butter in Flöckchen, ein ganzes Ei plus ein Eigelb unterrühren. Ich halbiere den Teig, drücke die eine Hälfte mit den Fingern in eine runde Kuchenform und gebe den Pudding darauf; dann rolle ich den Rest aus und decke den Pudding damit ab, wobei ich die überlappenden Teigränder zusammendrücke. Zum Schluß streue ich eine Handvoll gerösteter Pinienkerne darüber und backe den Kuchen 25 Minuten bei mittlerer Temperatur. Bald füllt sich die Küche mit einem verlockenden Duft. Als meine Nase mir sagt, daß der Kuchen durch sein müßte, stelle ich die goldbraune *torta* zum Abkühlen aufs Fensterbrett und rufe Signor Martini an. »Meine *torta della nonna* ist fertig. Wie wär's mit einer Kostprobe?«

Als er eintrifft, koche ich eine Kanne Espresso und schneide ein großes Stück für ihn ab. Bei der ersten Gabel, die er in den Mund schiebt, verklären sich seine Augen.

»Perfetta«, lautet sein Urteil.

Abgesehen von den Nüssen hatte die ursprüngliche *nonna* wahrscheinlich geplant, hier einen Garten Eden anzulegen. Was davon übriggeblieben ist, sind drei Pflaumensorten (die prallen Santa Rosa werden hier *coscia di monaca* genannt, Nonnenschenkel), Feigen, Äpfel, Aprikosen, mehrere Sorten Birnen und ein Kirschbaum (halb abgestorben). Die Birnen, die jetzt reifen, sind die kleinen grünen, die gelb werden, mit festem, süßem Fleisch. Die knorrigen Apfelbäume – ich würde gerne wissen, um welche Sorten es sich handelt – lassen sich unter Umständen nicht mehr retten, aber sie tragen die ersten mickrigen Früchte, die den Vorher-Aufnahmen in Werbeanzeigen für Schädlingsbekämpfungsmittel ähneln. Viele Bäume haben sich vermutlich freiwillig hier »angesiedelt«: Sie sind zu jung, um von den letzten Bewohnern des Hauses gepflanzt worden zu sein, und sie haben an den seltsamsten Stellen Wurzeln geschlagen. Da vier Pflaumenbäume direkt unterhalb einer Zehnerreihe auf einer Terrasse stehen, haben sie sich offenbar aus Fallobst vermehrt.

Ich bin sicher, daß die *nonna* wildwachsenden Fenchel gepflückt, die gelben Blüten getrocknet und die noch grünen Büschel aufs Feuer gelegt hat, wenn sie Fleisch briet. Wir graben Weinreben aus, die im Gestrüpp an den Rändern der Terrassen verborgen sind. Einige sind hartnäckig und schicken immer noch lange Triebe aus, um einen Platz an der Sonne zu ergattern. Winzige Trauben bilden sich. Überall auf dem terrassierten Gelände findet man auch heute noch die alten Rebpflöcke – kniehohe Steine, die wie ein Grabmal auf dem Friedhof aussehen, mit einem Loch, durch das ein Rundeisen geschoben wird. Das Rundeisen ragt über den Rand der Terrasse hinaus und vergrößert die Anbaufläche des Winzers. Ed spannt Draht zwischen den Rundeisen, hebt die Reben hoch und führt sie am stützenden Draht entlang. Mit Erstaunen entdecken wir, daß hier früher überall Wein angebaut wurde.

In der riesigen, staatlich bezuschußten *enoteca* in Siena, in der Weine aus ganz Italien verkostet werden, erfuhren wir von einem der Ober, daß die meisten italienischen Weingüter nicht mehr als zwei Hektar Anbaufläche haben, soviel wie wir. Viele schließen sich zu Winzergenossenschaften zusammen und stellen verschiedene Weinsorten her, einschließlich eines *vino di tavola*, eines Tafelweins. Während wir dem Unkraut rund um die Weinstöcke zu Leibe rücken, träumen wir von einem Bramasole Gamay oder Chianti, Jahrgang 2000. Die bislang unentdeckten Reben erklären die Flaschenberge, die wir von unseren Vorgängern geerbt haben. Vielleicht läßt sich der süffige Rote keltern, der in allen Lokalen der Umgebung in Krügen serviert wird und bei aller Einfachheit seinen Zweck durchaus erfüllt. Oder der herbe Grechetto, ein zitronengelber Weißwein, der hier angebaut wird. O ja, dieser Landstrich ist wie geschaffen für uns! Oder wir für ihn.

Das wichtigste Grundnahrungsmittel der *nonna* war gewiß das Olivenöl. Sie hat mit dem Reisholz der beschnittenen Olivenbäume ihren Ofen geheizt, hat ihr Brot in einen tiefen Teller mit Öl getunkt und in der Pfanne geröstet oder ihr köstliches grünes Öl auf Suppen und Pasta geträufelt. Stoffsäcke mit Oliven hingen während der Wintermonate zum Räuchern im Kamin. Sogar ihre Seife war hausgemacht, mit Öl und Asche aus ihrem Herd. Ihr Mann oder sein Gehilfe haben wochenlang geschuftet, um die Ölbaumterrassen in Schuß zu halten. Die alten Regeln besagen, daß die Bäume so weit zurückgeschnitten werden sollten, daß ein Vogel durch das Geäst fliegen konnte, ohne mit den Flügeln die Blätter zu streifen. Und er mußte genau wissen, wann es Zeit für die Ernte war. Die Bäume dürfen nicht naß sein, sonst schimmeln die Oliven, bevor man sie zur Mühle bringen kann. Bevor man sie essen kann, müssen die Bitterstoffe entfernt werden, indem man die Oliven eine Zeitlang in Salz, Lauge oder Salzwasser einlegt. Abgesehen von praktischen Erwägungen bestimmt der Aberglaube, der die Zeiten überdauert hat, wann der ideale Zeitpunkt zum Ernten oder Pflanzen gekommen ist; nach dem Mondkalender gibt es gute und schlechte Tage. Schon Vergil hat die alten Bauernregeln gesammelt und niedergeschrieben: Der siebzehnte Tag nach Vollmond eignet sich zum Pflanzen, nicht aber der fünfte Tag. Außerdem empfiehlt er, in der Nacht, wenn der Tau die harten Stoppeln aufweicht, das Getreide mit der Sichel zu mähen. Ich befürchte, Ed würde von einer der steilen Terrassen herunterfallen, wenn er sich an diesen Rat hielte.

Einige unserer Olivenbäume sind Musterexemplare – uralt, verdreht, knorrig. Bei vielen bilden die Schößlinge dichte Büschel rund um den beschädigten Stamm. Es ist schwer vorstellbar, daß die Temperaturen in dieser paradiesischen Hügellandschaft auf minus sechs Grad fallen können wie 1985, aber die mächtigen abgestorbenen Stümpfe in den Lücken zwischen den Bäumen liefern den Beweis. Die Olivenbäume brauchen Hege und Pflege, damit sie nach langjähriger Vernachlässigung wieder gedeihen. Sie müssen, einer nach dem anderen, von Sumach, Besenginster und Unkraut befreit, gestutzt und gedüngt werden. Die Terrassen müssen umgepflügt und auf Vordermann gebracht werden. Das ist ein riesiges Stück Arbeit, aber es wird warten müssen. Da Olivenbäume so gut wie unsterblich sind, wird ihnen ein weiteres Jahr nicht schaden.

»Einen Olivenzweig bringt er, das Friedenszeichen«, schrieb Milton in *Das verlorene Paradies.* Die Taube, die mit dem Ölzweig im Schnabel zur Arche Noah zurückkehrte, hatte eine gute Wahl getroffen. Olivenbäume strahlen tatsächlich eine Atmosphäre des Friedens aus. Es muß daran liegen, daß sie in die Zeitläufe eingebunden sind: Sie waren hier, sind hier und werden immer hier sein. Auch wenn wir nicht mehr leben oder der Mensch irgendwann ganz von der Erde verschwunden sein sollte, werden sie jeden Morgen ihre Blätter der Sonne entgegenstrecken.

Vor einigen Sommern machte ich mit einer Freundin eine Fahrradtour auf Mallorca, oberhalb der Stadt Soller. Wir strampelten querfeldein durch endlose, beeindruckende Olivenhaine auf dem breiten terrassierten Gelände. Weiter oben sahen wir Steinhütten, Unterschlupf für die Bauern und ihre Helfer. Obwohl wir uns verirrten und einem bedrohlich hin- und herstampfenden Bullen auf einer Wiese begegneten, spürten wir den ganzen Tag lang diesen unendlichen Frieden, während wir die Räder zwischen den Bäumen hindurchschoben, die aussahen, als wären sie tausend Jahre alt, und es vielleicht auch waren. Das gleiche empfinde ich auf unserem kleinen hügeligen Stückchen Land. Die Terrassen mögen auf den ersten Blick unnatürlich erscheinen, aber man hat das Gefühl, als gäbe es sie schon seit Anbeginn der Zeit. Eine der ersten Schriftarten, Bustrophedon oder Furchenschrift genannt, läuft abwechselnd nach rechts und nach links. Wenn wir sie gelernt hätten, wären wir vielleicht imstande, effizienter zu lesen. Das Wort stammt aus dem Griechischen und bedeutet »sich wie ein pflügender Ochse umdrehen«. Diese Schrift hat Ähnlichkeit mit den Terrassen in Hanglage: Die U-förmige Stelle, die ein Ochsengespann zum Wenden braucht, geht nahtlos in die nächsthöhere

Ebene über, und man setzt den Weg in der entgegengesetzten Richtung fort.

Die fünf *tigli*, das alte Wort für Lindenbäume, tragen keine Früchte. Sie spenden Schatten entlang der breiten Terrasse neben dem Haus, wenn die Sonne zu heiß ist, um auf der Terrasse vor dem Haus zu sitzen. Fast jeden Tag essen wir unter den *tigli* zu Mittag. Ihre Blüten baumeln wie Perlenohrringe von den Blättern herab, und wenn sie sich öffnen – alle am selben Tag, wie mir scheint –, hüllt der Duft die ganze Hügellandschaft ein. Wenn die Blütezeit ihren Höhepunkt erreicht hat, sitzen wir oben im begrünten Patio, der an die Bäume angrenzt, und versuchen, diesen Duft einzuordnen. Mich erinnert er an die Parfumabteilung in einem Warenhaus der billigen Sorte, Ed an das Haaröl, mit dem sein Onkel Syl seiner streng zurückgekämmten schwarzen Mähne Glanz und Sitz verlieh. Wie auch immer, der Duft scheint jede Biene in der Umgebung anzulocken. Selbst am Abend, wenn wir unseren Kaffee mit nach oben in den Patio nehmen, machen sie sich noch fleißig an den Blüten zu schaffen. Ihr Gesumm hört sich an, als würde ein ganzer Schwarm einfallen, was einerseits einlullend, andererseits bedrohlich wirkt. Ed bleibt anfangs fluchtbereit in der Haustür stehen, weil er auf Bienenstiche allergisch reagiert, aber sie interessieren sich nicht für uns. Sie haben genug damit zu tun, ihre Honigwaben zu füllen und ihre Beine mit Pollen zu bestäuben.

Allergie hin oder her, Ed wünscht sich nichts sehnlicher als ein paar Bienenstöcke. Er versucht, mir den Gedanken einer Zucht schmackhaft zu machen, mit mir als Imkerin. Da ich noch nie von einer Biene gestochen wurde, glaubt er, ich sei dagegen immun. Ich weise ihn darauf hin, daß einmal ein ganzes Wespennest über mich hergefallen ist, aber irgendwie scheint das nicht zu zählen. Er denkt nur noch daran, daß man eine Reihe von Bienenstöcken am Ende der Lindenbäume aufstellen könnte. »Du wirst begeistert sein, so faszinierend ist es, das Treiben im Bienenhaus zu beobachten«, sagt er. »Wenn es heiß ist, beziehen Dutzende von Arbeitsbienen Stellung am Einflugloch und schwirren mit den Flügeln, um der Königin Luft zuzufächeln.« Mir ist aufgefallen, daß er in letzter Zeit ziemlich viel Honig kauft, die verschiedensten Sorten der Region. Oft steht ein Topf mit heißem Wasser auf dem Ofen, in dem ein Glas mit wächsernem, festem Honig schmilzt. Der Akazienhonig ist blaß und schmeckt ein bißchen säuerlich; der dunkle Kastanienhonig ist so dick, daß ein Löffel drin stehen bleibt. Zu seiner Sammlung gehören ein Glas *timo*, Thymianhonig, und natürlich *tiglio*, Lindenblütenhonig. Der »wildeste« ist der *macchia*, der aus den salzverkrusteten, in Küstennähe wachsenden Sträuchern der Toskana gewonnen wird. »Das Leben der Bienenkönigin wird völlig überbewertet. Sie tut den ganzen Tag nichts anderes als Eierlegen und noch mal Eierlegen. Sie wird nur *ein einziges Mal* während des Hochzeitsflugs begattet. Den Samen bewahrt sie in einer Samentasche auf; er reicht bis ans Ende ihres Lebens aus, das sie im Bienenkorb eingesperrt verbringt. Die Arbeiterinnen – geschlechtlich unterentwickelte Weibchen – haben es dagegen richtig gut. Sie können sich in einem riesigen Blütenfeld aalen. Stell dir vor, wie du dich in einer Rose wälzt!« Ich merke, daß er von der Idee hingerissen ist. Und ich gebe zu, daß mein Interesse geweckt ist.

»Wovon ernähren die sich den ganzen Winter über in ihrem Bienenstock?«

»Von Bienenbrot.«

»Bienenbrot? Ist das dein Ernst?«

»Ja. So nennt man die Mischung aus Pollen und Honig. Und die Arbeiterinnen sondern aus ihrem Magen goldgelbes Wachs ab, für die Honigwaben. Du weißt schon, diese exakt übereinander gebauten Sechsecke!«

Ich versuche, mir die Größe der Eingeweide einer Arbeitsbiene vorzustellen und wie oft sie zwischen Bienenstock und *tiglio* hin- und herpendeln muß, um auch nur einen Eßlöffel Honig zu produzieren. Ob tausendmal wohl reichen? Ein ganzes Glas repräsentiert bestimmt eine Million Flüge von Bienen, mit Honigtau beladen und klebrigen Beinen voller Pollen. In der *Georgica*, einer Art *Bauernalmanach* der alten Römer, schreibt Virgil, daß Bienen winzige Steine mitschleppen, wenn sie durch stürmische Ostwinde fliegen, um ihren Körper zu beschweren. Er weiß eine Menge über

Bienen, aber man sollte nicht jedes Wort auf die Goldwaage legen: Er glaubte, daß Bienen sich ungeschlechtlich aus dem Kadaver einer verwesenden Kuh fortpflanzen. Das Bild von der Biene, die einen Stein umklammert wie ein Footballspieler, der mit dem Ball über das Spielfeld läuft, gefällt mir. »Ja, ich sehe die Bienenstöcke schon vor mir, vier Stück, grün angestrichen. Und die Imkerausrüstung ist richtig gut, der Schleier vor dem Schutzhelm erinnert ans Mittelalter, und dann die dunklen Waben, die man heraushebt; wir könnten aus dem Wachs unsere eigenen Kerzen drehen.« Nun bin ich in Gedanken mit von der Partie.

Ed steht auf und beugt sich zu dem betäubenden Duft hinüber. Sein Sinn fürs Praktische scheint ihm abhanden gekommen zu sein. »Die Wespen sind anarchistisch, ein chaotischer Haufen, während die Bienen ...«

Ich sammle die Kaffeetassen ein. »Apropos chaotisch. Vielleicht sollten wir damit warten, bis das Haus fertig ist.«

Feigen zeigen an, daß sich Wasser in der Nähe befindet. Auf den Terrassen wachsen sie neben den Steinrinnen, die wir entdeckt und freigelegt haben. Die Kriechwurzeln in unserem natürlichen Brunnen stammen von einem Feigenbaum nebenan, der seine Fühler in die Tiefe ausgestreckt hat. Ich betrachte Feigen mit gemischten Gefühlen. Sie fühlen sich unheimlich fleischig an, im wahrsten Sinn des Wortes. In Italien wird *il fico*, die Feige, bisweilen in *la fica* verwandelt, ein Slangausdruck für Vulva. Sie gilt als die älteste Frucht der Welt, vielleicht wegen des Feigenblatts, das Eva bekanntlich bei der Vertreibung aus dem Paradies trug. Und sie ist die seltsamste, denn die Feigenblüte befindet sich im Innern der Frucht. Wenn man sie öffnet, hat man ein Bild vom gesamten Lebenszyklus vor sich, vielschichtig, urtümlich und unendlich ausgeklügelt. Bestäubt wird sie von der sogenannten Feigenwespe, die nur drei Millimeter lang ist. Das Weibchen dringt in die Blüte ein, die sich im Innern der Feige entwickelt. Am Ziel angekommen, versenkt sie ihren Legebohrer, der wie eine gebogene Nadel aussieht, in den Fruchtknoten der weiblichen Blüte und legt ihre Eier ab. Falls sie den Fruchtknoten nicht mit dem Legestachel erreicht (manche Blüten haben lange Griffel), befruchtet sie die Feigenblüte mit den Pollen, die sie während ihrer Flüge gesammelt hat. Dem einen Partner in diesem symbiotischen System ist geholfen, so oder so: Entweder entwickeln sich nach der Eiablage Larven, oder die bestäubte Feigenblüte erzeugt Samen. Falls an der Reinkarnationstheorie etwas dran ist, möchte ich bitte nicht als Feigenwespe wiedergeboren werden. Findet das Weibchen nämlich kein passendes Nest für ihre Eier, stirbt es in aller Regel vor Erschöpfung im Innern der Feige. Andernfalls brütet es in der Feige, und alle männlichen Nachkommen werden ohne Flügel geboren. Sie haben nur eine einzige Funktion, und das ist Sex, allerdings ein kurzes Vergnügen. Gleich nach dem Schlüpfen befruchten sie die Weibchen; dann helfen sie ihnen, einen Tunnel in die Freiheit zu graben. Sie selbst können den Lohn der Arbeit jedoch nicht genießen, denn anschließend sterben sie. Die Weibchen schwärmen aus und tragen dabei genug Sperma aus dem Begattungsakt mit sich herum, um alle ihre Eier zu befruchten. Ich weiß nicht, ob ich es appetitanregend finde, daß jede Feige, so köstlich sie auch schmecken mag, ein Miniaturfriedhof für flügellose männliche Wespen ist. Vielleicht stammt das Sinnliche, das der fleischigen Frucht anhaftet, von einem Geschmacksstoff, in den sie sich nach ihrem kurzen, süßen Leben auflösen.

Die Frauen in meiner Familie haben immer alles eingekocht und eingemacht, was der Garten hergab. Auch ich fühle mich zu dem kochendheißen Kessel hingezogen, während die Himbeeren in dem flachen Korb schnell weich werden und Saft auf die Arbeitsplatte tropft; zu den Schüsseln mit süßen Pfirsichen, die in dickflüssigem Saft schwimmen und nach Gewürznelken duften, bevor sie in ein adstringierendes Essigbad kommen; oder zu den Gartengurken, die nicht größer als mein Ringfinger sind. In Kalifornien habe ich so manche Träne vergossen, weil sich Gummiringe in Gummilösung verwandelten, Gelees nicht gelieren wollten oder der große Einmachkessel zwei Dutzend Gläser Guavengelee produzierte, das nicht exotisch, glänzend und goldbraun aussah, wie ich erwartete, sondern grau und trübe. Offenbar fehlt mir das Talent meiner Mutter, karmesinrote und smaragdgrüne Gläser mit eingemachtem Obst und Gemüse zu horten, die man hier *sottaceto* (in Essig Eingelegtes) nennt. Wenn ich mir meine Ergebnisse nach einem schweißtreibenden Nachmittag ansehe, habe ich nur einen Gedanken: »Eine Fleischvergiftung kann ich mir damit nicht holen!«

Die längst vergessene Vorbesitzerin, die ihre Obstbäume auf einer Terrasse anpflanzte, so daß die Zweige dekorativ auf einen grasbewachsenen Weg herunterhingen, hatte gewiß ein Regal für ihre Konfitüren unter der Treppe und keine Hemmungen, ein Glas mit würzigen Pflaumen an einem Januarmorgen aufzumachen. Ich bin überzeugt, daß ich diese Kunstfertigkeit, die ich eigentlich von meiner Mutter übernommen haben sollte, in Italien genauso leicht entwickeln könnte wie mein Faible für handbemaltes Porzellan und teure Schuhe, das sie an mich weitergegeben hat.

Samstags schleppe ich vom Wochenmarkt eine Kiste Pfirsiche bester Qualität zum Auto. Sie sind eine solche Augenweide, daß ich sie am liebsten in einem Korb als Stilleben arrangieren und stundenlang die herrlichen Farben bewundern würde. In dem einzigen Kochbuch, das es in diesem Haus gibt, finde ich Elizabeth Davids Rezept für Pfirsichmarmelade. Nichts einfacher als das: Die halbierten Pfirsiche werden mit ein bißchen Zucker in Wasser gedünstet; dann läßt man sie abkühlen und kocht sie am nächsten Tag wieder auf, so lange, bis die Marmelade geliert, wenn man eine Probe auf eine Untertasse gibt. Elizabeth David merkt dazu an: »Mit Hilfe dieser Methode entsteht eine ungewöhnliche, aber köstliche Marmelade. Bedauerlicherweise neigt sie dazu, innerhalb kürzester Zeit Schimmel anzusetzen, was aber den Geschmack der restlichen Marmelade nicht beeinträchtigt, von der ich einige Gläser länger als ein Jahr aufbewahrt habe, sogar in einem feuchten Haus.« Dieser Hinweis auf den Schimmel bereitet mir ein wenig Kopfzerbrechen, außerdem äußert sie sich nur vage zum Sterilisieren der Einmachgläser und erwähnt mit keiner Silbe das leise *Wuuusch* im versiegelten Glas, das ich hörte, wenn die eingelegten grünen Tomaten meiner Mutter abkühlten. Ich erinnere mich, daß meine Mutter auf den Deckel klopfte, um sicherzugehen, daß er sich am Gummiring festgesaugt hatte. Es hat den Anschein, als würde Elizabeth David den Fruchtbrei einfach in Gläser abfüllen und fertig, außer, daß sie ungestraft den Schimmel abkratzt, bevor sie die Marmelade auf den Toast streicht. Schließlich sagt sie ja selbst, »ungewöhnlich, aber köstlich«, und wenn Elizabeth David das sagt, glaube ich ihr blind. Da ich Pfirsiche in rauhen Mengen gekauft habe, beschließe ich, dreieinhalb Kilo zu Marmelade zu verarbeiten und den Rest zu essen. Wir werden sie noch in diesem Sommer aufbrauchen, bevor sich in unserem feuchten Haus der unappetitliche Schimmel bilden kann. Ein paar Gläser werde ich Freunden schenken, die sich bestimmt wundern, warum ich Obst rühre, statt die Fensterläden zu streichen.

Ich tauchte die Pfirsiche kurz in kochendes Wasser und beobachte, wie sich die rosigen Farben vertiefen. Dann fische ich sie mit der Schöpfkelle heraus und ziehe die Haut ab, was so leicht geht, als würde man einen seidenen Halbunterrock abstreifen. Dieses Rezept ist wirklich einfach, man braucht weder Zitronensaft, geriebene Muskatnuß oder Gewürznelken. Ich erinnere mich, daß meine Mutter immer die sogenannte Mandel hineingegeben hat, die nach Mandel riecht und im Pfirsichkern enthalten ist. In meiner Küche breitet sich ein süßes Aroma aus, das die Fliegen anzieht. Am nächsten Tag bereite ich die Gläser vor, während das Obst einkocht; dann fülle ich sie. Ich habe fünf Gläser Marmelade eingemacht, die köstlich nach Pfirsich schmecken, aber nicht zu süß sind.

Der Bäcker in Cortona backt ein Krustenbrot in seinem Holzofen, das sich perfekt toasten läßt. Das Frühstück gehört für mich zu den schönsten Augenblicken des Tages, weil es am Morgen noch herrlich kühl ist, ohne Hinweis auf die bevorstehende Hitze. Ich stehe in aller Herrgottsfrühe auf und wandere mit Toast und Kaffee auf die Terrasse hinaus, um eine Stunde mit einem Buch und den Zypressen zu verbringen, die sich in einer grünschwarzen Reihe gegen den blaßblauen Himmel abzeichnen, und mit den Ölbaumterrassen, die aussehen wie plissiert und sich nicht verändert haben, seit die Jahreszeiten in mittelalterlichen Psaltern beschrieben wurden. Manchmal wirkt das Tal unter mir wie eine mit Nebel gefüllte Schüssel. Ich kann harte grüne Feigen an zwei Bäumen ausmachen und Pfirsiche an einem Baum unmittelbar unter mir.

Wir werden eine reiche Ausbeute haben. Mein Buch kann warten. Pfirsich-Cobbler, Pfirsich-Chutney, Pfirsicheis, Schweinefilet mit grünen Feigen (ob die Wespen wohl auch hineinschlüpfen, solange sie noch grün sind?), frittierte Feigen, Feigen-Haselnuß-Kuchen! Möge der Sommer ewig währen.

DAS FLIRRENDE LICHT DER SONNE

Das Haus vermittelt einem das Gefühl, man befinde sich in einer abgelegenen ländlichen Gegend, dabei ist es nur zwei Kilometer von der Stadt entfernt. Wir sehen weit und breit keine Nachbarn, hören aber ab und zu den Mann, der weit über uns wohnt, seinem Hund *vieni qua*, komm her, zurufen. Die Sommersonne bricht glühend über uns herein, wie eine religiöse Offenbarung. Je nach Einfallwinkel der Sonnenstrahlen auf das Haus kann ich ablesen, wie spät es ist, wie bei einer riesigen Sonnenuhr. Morgens um halb sechs treffen die ersten auf die Patiotür, locken uns aus dem Bett und bringen uns in den Genuß des Sonnenaufgangs. Um neun dringt ein Sonnenstrahl durch das Seitenfenster in mein Arbeitszimmer, mein Lieblingsfenster im Haus, wegen des gerahmten Ausblicks auf die Zypressen und die Waldungen im Tal, bis in die Ausläufer des Apennin hinein. Ich würde gerne ein Aquarell von diesem Panorama malen, aber meine Aquarelle sind grauenvoll und taugen nur dazu, auf dem obersten Regal im Wandschrank zu verstauben. Gegen zehn erhebt sich die Sonne hoch über die Frontseite des Hauses und bleibt dort bis vier; dann zeigt ein schmaler Schattenstreifen auf dem Rasen an, daß sie sich nun auf dem Weg zur anderen Seite des Berges befindet. Wenn wir am Spätnachmittag zu Fuß in die Stadt gehen, können wir noch ein bißchen länger den atemberaubenden Sonnenuntergang über dem Val di Chiana genießen. Er hinterläßt genug goldene und safranfarbene Lichtstreifen, um uns bis halb zehn den Heimweg zu beleuchten, bevor der Himmel eine dunkle indigoblaue Farbe annimmt.

In mondlosen Nächten ist es draußen stockfinster. Ed ist nach Minnesota geflogen, seine Eltern feiern goldene Hochzeit. Ein

Fensterladen klappert; ansonsten ist es so still im Haus, daß ich mein eigenes Blut rauschen höre. Ich hatte befürchtet, daß ich kein Auge zutun und mir ausmalen würde, wie ein mit Drogen vollgepumpter Einbrecher mit einer Pistole im Dunkeln die Treppe hinaufschleicht. Aber nichts dergleichen: Ich mache es mir in dem geräumigen Bett mit der geblümten Bettwäsche, Adreßbuch, Ansichtskarten und Briefpapier bequem und stürze mich in den seltenen Genuß, meinen Freunden zu schreiben. Dabei erlaube ich mir einen weiteren Genuß, ein Relikt aus meiner High-School-Zeit: Während ich Versabschnitte und Zeilen, die mir gefielen, in eine Kladde abschrieb, stärkte ich mich mit einem Teller Brownie-Keksen und einer Coke. Jetzt fehlt nur noch Sister, meine schwarze langhaarige Katze. Sie ist eine treue Seele und gute Gefährtin, wenn man sich einsam fühlt. Aber es wäre viel zu warm, wenn sie sich zum Schlafen an meine Füße kuschelte, was sie heiß und innig liebt; sie müßte mit einem Kissen am Fußende des Betts vorliebnehmen. Ich schlafe wie ein Murmeltier und trinke morgens Kaffee im Patio, mache einen Spaziergang in die Stadt, um Lebensmittel einzukaufen, bestelle mein Stück Land, kehre ins Haus zurück, um Wasser zu trinken, und schon ist es zehn Uhr. Die Stunde vergehen wie im Fluge, ohne das Bedürfnis, mich mit jemandem zu unterhalten.

Schon nach wenigen Tagen nimmt mein Leben seinen eigenen Rhythmus an. Ich wache um drei Uhr morgens auf und lese eine Stunde lang. Ich esse nicht um eins zu Mittag, sondern begnüge mich um elf und um drei mit einem kleinen Imbiß – einer reifen Tomate, in die ich hineinbeiße wie in einen Apfel. Um sechs Uhr früh stehe ich auf; in der Mittagshitze dann, wenn es Zeit für eine Siesta ist, habe ich die nötige Bettschwere und schlafe zwei Stunden. Das Wort Schlummer klingt bleierner als Schlaf, und während ein kleiner Ventilator leise vor sich hinsummt, schlummere ich ein. Endlich habe ich Zeit, meine Bettdecke nachts mit nach draußen zu nehmen und mich mit der Taschenlampe und der Sternkarte auf den Rücken zu legen. Da ich den Himmelswagen auf Anhieb rechts über dem Haus entdecke, finde ich nach einigem Suchen auch Pollux, den hellsten Stern im Sternbild der Zwillinge, und Prokyon, einen Stern erster Größe im Kleinen Hund. Ich pfeife auf die Karte und betrachte die Sterne so, wie sie sind, lebendig, pulsierend, und sehe Sternschnuppen vom Himmel fallen.

Eine Französin und ihr englischer Ehemann kommen zu Fuß die Einfahrt herauf und stellen sich als Nachbarn vor. Sie haben gehört, daß Amerikaner das Anwesen gekauft haben, und wollen nun die Leute kennenlernen, die verrückt genug sind, eine solche Sisyphusarbeit wie die Restaurierung auf sich zu nehmen. Sie laden mich für den nächsten Tag zum Mittagessen ein. Da beide Schriftsteller sind und ihr kleines Bauernhaus auch gerade renovieren, besteht auf Anhieb eine Art Seelenverwandtschaft zwischen uns. Wir fachsimpeln: Soll die Treppe hierhin oder lieber dorthin? Was tun mit der winzigen Kammer? Ob der Stall unten für ein Schlafzimmer zu dunkel ist? Die *comune* erteilt keine Genehmigung für den nachträglichen Einbau von Fenstern, nicht einmal in Bauernhäusern, in die kein Lufthauch dringt; die Außenfassaden müssen unangetastet bleiben, sie stehen unter Denkmalschutz. Am darauffolgenden Tag laden sie mich zum Abendessen ein und machen mich mit zwei weiteren ausländischen Schriftstellern bekannt, französischer und amerikanisch-asiatischer Herkunft. Als Ed eine Woche später zurückkommt, sind wir dort eingeladen.

Der Tisch ist in einer schattigen, mit wildem Wein bewachsenen Laube gedeckt. Kalte Salate, kühler Wein, Obst und ein phantastisches Käsesoufflé, das nicht im Backofen, sondern irgendwie auf der Herdplatte in Wasserdampf gegart wurde, werden serviert. Die Hitze flimmert um die Olivenbäume in der Ferne. Auf dem Steinboden im Patio ist es angenehm kühl. Wir werden den anderen Gästen vorgestellt: Romanschriftsteller, Journalisten, Übersetzer, ein Sachbuchautor – alle sind älter und verbringen ihren Ruhestand fern der Heimat in dieser Hügellandschaft in restaurierten alten Häusern. Auszuwandern ist ein Gedanke, der mich fasziniert. Ich würde gerne wissen, was meine Tischgenossen während der Urlaubs- oder Geschäftsreise nach Italien bewogen hat, ihre Zelte für immer in diesem Land aufzuschlagen, und ich frage Fenella danach, die früher als Journalistin in der ganzen Welt tätig war. »Sie können sich nicht vorstellen, wie Rom in den fünfziger Jahren war. Zauberhaft. Ich habe mich Hals über Kopf in die Stadt verliebt, genauso, wie man sich in einen Menschen verliebt, und nach einer Möglichkeit gesucht, hier zu bleiben. Es war nicht leicht. Dann habe ich als Korrespondentin für Reuters angefangen. Wenn Sie sich alte Kinofilme anschauen, werden Sie feststellen, daß es damals kaum Autos gab. Das war gleich nach dem Krieg, und Italien lag in Schutt und Asche, aber dieses *Leben*! Und es war auch noch unglaublich billig. Natürlich hatten wir damals nicht viel Geld, aber wir wohnten in riesigen Zimmern in den prachtvollen *palazzi* praktisch umsonst. Jedesmal, wenn ich nach Amerika zurückmußte, konnte ich es kaum erwarten, wieder herzukommen. Es war nicht so, daß mir Amerika plötzlich nicht mehr gefiel – oder vielleicht doch. Wie dem auch sei, ich wollte nur noch hier und nirgendwo anders leben.«

»Uns geht es genauso«, sage ich, obwohl mir im gleichen Moment bewußt wird, daß es nicht ganz der Wahrheit entspricht. Der Zauber dieses Landes zieht mich völlig in seinen Bann, aber es übt nicht zuletzt deshalb einen so großen Reiz auf mich aus, weil es ein Gegengewicht zu meinem Leben in Amerika darstellt. Ich bin mir nicht sicher, ob ich meine Siebensachen auf Nimmerwiedersehen packen würde, selbst wenn ich könnte. Ich versuche mich zu berichtigen. »Ich liebe meinen Beruf, mag er auch noch so hart sein – für mich ist er eine treibende Kraft, gibt mir Impulse. Und San Francisco ist zwar nicht meine Geburtsstadt, aber meine Wahlheimat, und ich empfinde es als großes Glück, dort zu wohnen, trotz Erdbeben und allem. Hier in Italien kann ich eine Zeitlang die Verrücktheit, die Gewalt, die fast schon irrationalen Aspekte des amerikanischen Alltags vergessen und völlig abschalten, denn mein eigenes Leben ist nicht weniger hektisch. Drei Wochen nach unserer Ankunft hier stelle ich fest, daß ich mich entspanne und langsam anfange, die ständigen Vorsichtsmaßnahmen zu vergessen, die den Bewohnern amerikanischer Großstädte so in Fleisch und Blut übergehen, daß man sie gar nicht mehr wahrnimmt.« Sie sieht mich mitleidig an. Heutzutage fällt es jedem schwer, die Gewaltbereitschaft in Amerika zu begreifen. »Mein Puls verlangsamt sich, im wörtlichen Sinn«, fahre ich fort. »Trotzdem kann ich mein Potential in Amerika am besten entwickeln – dort ist meine Kultur, meine

Reibungsfläche, meine Vergangenheit.« Ich bin nicht sicher, ob ich mich klar ausgedrückt habe. Sie hebt ihr Glas und prostet mir zu.

»*Esatto*, meiner Tochter geht es genauso. Schade, daß Sie Rom nicht kennengelernt haben, wie es früher war. Heute finde ich es grauenhaft. Aber damals war es unwiderstehlich.« Da wird mir bewußt, daß sie zweifach im Exil lebt, getrennt von Amerika und von Rom.

Max schließt sich unserem Gespräch an. Er mußte letzte Woche nach Rom, der Verkehr war ein Alptraum. Dann haben auch noch Zigeuner versucht, ihn zu bestehlen, als sei er ein Tourist: Sie drückten sich mit einem Pappkarton an ihn hin, um ihn abzulenken, während ein weiterer versuchte, an seine Geldbörse heranzukommen. »Aber ich habe schon vor langer Zeit gelernt, den ›Bösen Blick‹ aufzusetzen«, erzählt er Ed und mir. »Da sie abergläubisch sind, laufen sie meistens weg.« Alle stimmen überein, daß Italien auch nicht mehr das ist, was es früher einmal war. Und wie ist es heute? Seit Jahren muß ich mir immer wieder anhören, daß Silicon Valley früher ein blühendes Tal mit zahlreichen Obstplantagen war, wie idyllisch es in Atlanta aussah, daß im Verlagswesen echte Kavaliere das Sagen hatten, und Häuser nicht mehr kosteten als heute ein Auto. Das mag stimmen, aber was hilft es? Schließlich leben wir *jetzt* und müssen das Beste daraus machen! Unsere Freunde, die unlängst eine Wohnung in Rom gekauft haben, sind ganz verrückt nach der Stadt. Und wir lieben sie auch. Vielleicht kann einen nichts mehr erschüttern, wenn man an den Verkehr auf der Bay Bridge und die Preise von San Francisco gewöhnt ist.

Zu den Gästen gehört auch eine Schriftstellerin, die ich schon seit langem bewundere. Sie ist vor rund zwanzig Jahren hierher gezogen: Unmittelbar nach dem Krieg lebte sie fünf Jahre im urwüchsigen Süden Italiens und anschließend in Rom. Ich wußte, daß sie nun irgendwo in dieser Gegend wohnte, und hatte sogar von einer gemeinsamen Bekannten in Georgia, wo sie einen Teil des Jahres verbringt, ihre Telefonnummer erhalten. Aber es ist mir schon immer schwergefallen, jemanden anzurufen, den ich nicht kenne, und ich fühle mich eingeschüchtert in Gegenwart dieser Frau, die in klarer, nüchterner Prosa das düstere, entbehrungsreiche und verworrene Leben der Frauen in der verwüsteten Basilicata beschrieben hat.

Elizabeth sitzt auf der anderen Seite des Tisches, ein Stück weiter unten. Ich sehe, wie sie abwehrend die Hand auf ihr Glas legt, als Max ihr Wein nachschenken will. »Wissen Sie, ich trinke normalerweise nie Wein zum Mittagessen.« Bewundernswert, diese Selbstdisziplin! Sie trägt eine blaue Hemdbluse aus Baumwolle und ein Medaillon um den Hals, das nach Religion aussieht. Sie hat nichtssagende blaue Augen, eine blasse Haut und eine Aussprache, die mich an meine eigene erinnert.

Ich beuge mich vor und sage aufs Geratewohl: »Höre ich da einen Südstaatenakzent?«

»Ich hoffe nicht«, kontert sie – mit einem angedeuteten Lächeln? – und wendet sich abrupt wieder ihrem Tischnachbarn, einem bekannten Übersetzer, zu. Ich betrachte angelegentlich meinen Salat.

Als Richard sein Zitroneneis kredenzt, eine hausgemachte Kalorienbombe mit Mascarpone, lockert sich die Stimmung der Tischgesellschaft. Mehrere leere Weinflaschen stehen auf einem Beistelltisch. Die Sonne, die inzwischen gnadenlos vom Himmel brennt, fängt sich in den Zweigen einer Kastanie. Ed und ich beteiligen uns an der Unterhaltung, wenn irgend möglich, aber hier hat sich eine lebhafte Gruppe alter Freunde versammelt, verbunden durch langjährige gemeinsame Erfahrungen. Fenella berichtet von ihren Reisen nach Bulgarien und Rußland, wo sie Recherchen durchgeführt hat; Peter, ihr Mann, erzählt die Geschichte, wie er einmal bei seiner Rückkehr von einem beruflichen Aufenthalt in Afrika einen grauen Papagei in der Manteltasche einschmuggelte. Cynthia schildert einen Familienstreit über die Aufzeichnungen ihrer berühmten Mutter. Max bringt uns zum Lachen, als er beschreibt, wie er einmal das Glück hatte, im Flugzeug nach New York neben einem Filmproduzenten zu sitzen. Da ihm der Mann auf Gedeih und Verderb ausgeliefert war, nutzte er die Chance, ihm sein Drehbuch schmackhaft zu machen, bis dieser schließlich klein beigab und ihn aufforderte, es ihm zu schicken. Nun hat sich der Produzent das Vorkaufsrecht gesichert und will nach Italien kommen. Elizabeth sieht nachdenklich aus.

Als sich die Tischgesellschaft zum Aufbruch rüstet, sagt sie: »Eigentlich hatte ich mit Ihrem Anruf gerechnet. Ich habe versucht, Ihre Telefonnummer herauszufinden, aber im Telefonbuch war kein Eintrag. Irby (ein Freund meiner Schwester) hat mir gesagt, daß Sie hier ein Haus gekauft haben. Ich kenne Ihre Schwester von einem Abendessen in Rom, Georgia.« Ich entschuldige mich wegen des Durcheinanders mit dem Haus, dann lade ich sie spontan für Sonntag zum Abendessen ein. Spontan und impulsiv deshalb, weil wir keine Sitzgelegenheiten, kein Geschirr und keine Tischwäsche haben – nur die primitive Küche mit ein paar Töpfen und Tellern.

Ich nehme auf dem Markt eine Leinendecke für den klapprigen Tisch mit, den wir im Haus vorgefunden haben, arrangiere einen Strauß Wildblumen in einem Marmeladenglas, das ich in einen Blumentopf stelle, und plane ein Menü, das etwas hermachen, aber ganz einfach sein soll: Ravioli mit Salbeibutter, sautierte Hühnerbrust und *Prosciutto*-Brötchen, dazu frisches Gemüse und Obst. Als Elizabeth eintrifft, trägt Ed den Tisch auf die Terrasse hinaus. Bei der Aktion geht die Platte und ein Bein ab – entweder ist das Eis nun gebrochen oder die Katastrophe komplett. Sie hilft uns, die Bruchstücke wieder zusammenzusetzen, und Ed hämmert ein paar Nägel in den Tisch. Gedeckt und unter der Tischdecke verborgen sieht das alte Stück fast wie neu aus. Wir machen einen Rundgang durch das große leere Haus und unterhalten uns dabei über Abflußrohre, Brunnen, Schornsteine und Kalkanstrich. Sie ist vom Fach: Sie hat hier in der Gegend eine »hochherrschaftliche« *casa colonica* im Alleingang restauriert, die sie nun bewohnt. Als gleich am ersten Tag eine Mauer des Bauernhauses einstürzte, entdeckte sie ein wutschnaubendes Mutterschwein, das von den Bauern zurückgelassen worden war. Uns wird schnell klar, daß sie einfach *alles* über Italien weiß. Ed und ich nutzen die Gelegenheit, sie mit Fragen zu löchern. Wo können wir eine Analyse unseres Brunnenwassers durchführen lassen? Wie rechnet man die Längenmaße der alten Römer um? Welcher Metzger ist der beste? Kann man irgendwo in der Umgebung alte Dachziegel kaufen? Ist es besser, einen festen Wohnsitz anzumelden? Elizabeth ist über die Entwicklung in Italien seit 1954 auf dem laufenden und weiß erstaunlich viel über die Geschichte, Sprache und Politik des Landes, kennt aber auch die Telefonnummern von guten Klempnern oder den Namen einer Frau, die *gnocchi* auf eine Art zubereitet, wie sie für den Norden von Rom typisch ist. Wir genießen ein ausgedehntes Abendessen im Mondschein, in der Hoffnung, daß der Tisch nicht umkippt. Unerwartet haben wir eine Freundin gefunden.

Elizabeth geht jeden Morgen zu Fuß in die Stadt, kauft die Tageszeitung und trinkt einen Espresso in ihrem Stammcafé. Ich bin ebenfalls Frühaufsteherin und beobachte gerne, wie die Stadt zum Leben erwacht. Ich marschiere mit meinem Italienischbuch ein, lerne unterwegs die Konjugationen der Verben auswendig. Manchmal nehme ich einen Gedichtband mit, weil sich Spaziergänge und Poesie hervorragend ergänzen. Ich lese ein paar Zeilen, kann sie in mir nachklingen lassen oder analysieren, dann kommen die nächsten Zeilen an die Reihe, wobei ich manchmal nur bestimmte Worte des Gedichts wiederhole. Ein derart besinnlicher Spaziergang scheint sich befreiend auf die Worte auszuwirken. Der Rhythmus meiner Schritte paßt sich dem Versmaß des Verfassers an. Ed findet mein Treiben ziemlich exzentrisch; er meint, ich müsse damit rechnen, bald bekannt wie ein bunter Hund zu sein, als »die verrückte Amerikanerin«. Am Stadttor angekommen, packe ich also mein Buch wieder ein und richte mein Augenmerk darauf, wie Maria Rita ihr Gemüse arrangiert, wie der Ladeninhaber die Straße vor seinem Haus mit dem Reisigbesen kehrt, oder wie sich der Friseur die erste Zigarette des Tages anzündet und sich dabei, mit einer getigerten Katze auf dem Schoß, gemütlich in seinem Stuhl zurücklehnt. Oft laufe ich Elizabeth bei meinen frühmorgendlichen Ausflügen über den Weg. Es ergibt sich, daß wir uns an einem oder zwei Vormittagen in der Woche treffen, ohne feste Verabredung.

Auch in der Stadt fühlen Ed und ich uns inzwischen heimischer. Wir versuchen, soweit wie möglich am Ort einzukaufen: Eisenwaren, Trafos, Reinigungsmittel für Kontaktlinsen, Kerzen gegen Mücken, Filme für den Fotoapparat. Wir haben keine Lust, den preiswerteren großen Supermarkt in Camucia zu unterstützen; wir gehen lieber von einem kleinen Geschäft zum anderen, zum Bäcker, Obst- und Gemüsehändler oder Metzger und verstauen die Einkäufe in unseren Taschen aus blauem Segeltuch. Maria Rita geht neuerdings immer in den hinteren Teil ihres Ladens, wenn wir kommen, und bringt uns einen frisch gepflückten Kopfsalat oder handverlesenes Obst. »Oh, Sie können morgen bezahlen«, sagt sie, wenn wir nur große Scheine haben. Im Postamt klebt die Posthalterin mehrere Marken auf unsere Briefe, die dann einzeln von Hand, *zackzack,* entwertet werden; dann wünscht sie uns zum Abschied einen guten Tag: *»Buon giorno, signori.«* In dem kleinen Kolonialwarenladen, in dem großes Gedränge herrscht, zählte ich siebenunddreißig verschiedene getrocknete Pastasorten, und auf der Theke liegen frische *gnocchi, pici* (dicke, lange Nudelstränge), *fettuccine* und *ravioli* mit zwei verschiedenen Füllungen. Inzwischen wissen sie hier, was für Brot wir wollen, daß wir *bufala*, Mozzarella aus Büffelmilch, dem *normale* vorziehen, der aus Kuhmilch hergestellt wird.

Wir kaufen ein Bett für den bevorstehenden Besuch meiner Tochter. So etwas wie Sprungfedermatratzen gibt es hier nicht. Das Eisengestell hat einen Lattenrost, auf den man die Matratze legt. Ich erinnere mich sofort an die Latten in meinem Kinderbett, das zusammenkrachte, mitsamt Matratze, Sprungfedern und allem, als ich darauf herumhopste. Aber dieses Bett sieht widerstandsfähiger aus, die Matratze ist fest und bequem. Eine blutjunge Frau mit zerzausten schwarzen Locken und schwarzen Augen verkauft auf dem Samstagsmarkt alte Tisch- und Bettwäsche. Für Ashleys Bett finde ich ein Laken zum Zudecken aus schwerem Leinen mit Häkelkanten und einen großen viereckigen Kopfkissenbezug mit Spitze und Stickerei. Bestimmt gehörten sie früher einmal zur Aussteuer einer Braut. Beide Teile befinden sich in tadellosem Zustand, so daß ich mich frage, ob sie jemals aus der Wäschetruhe genommen wurden. An den Kanten, wo sie zusammengefaltet waren, sind sie ein bißchen verstaubt; deshalb fülle ich lauwarme Seifenlauge in die Sitzbadewanne, weiche sie ein und hänge sie danach tropfnaß auf die Leine, damit sie in der Mittagssonne trocknen können – ein natürliches starkes Bleichmittel, das sie wieder weiß macht.

Elizabeth hat beschlossen, ihr Haus zu verkaufen und das ehemalige Pfarrhaus von Santa Maria del Bagno zu mieten, einer Kirche aus dem dreizehnten Jahrhundert. Obwohl sie nicht vor Winteranfang umziehen wird, beginnt sie, ihre Sachen auszusortieren. Sie schenkt uns einen Eisentisch und vier verschnörkelte Stühle, vielleicht eingedenk des ersten Abendessens in unserem Haus. Als sie vor einigen Jahren an einer Fernsehsendung über Alberto Moravia mitarbeitete, verlangte der Schriftsteller für die Drehpausen ein Plätzchen zum Ausruhen. Damals hat sie die Garnitur gekauft. Ich möble den »Moravia-Tisch« mit schwarzgrünem Lack auf, wie die Parkbänke in Paris. Wir nehmen auch dankbar mehrere Bücherregale und einige Einkaufstaschen voller Bücher in Empfang. Die Eremiten aus dem vierzehnten Jahrhundert, die auf diesem Hügel lebten, würden unsere weißen, kargen Räume auch heute noch mit Wohlwollen betrachten: Betten, Bücher, Bücherregale, nur wenige Stühle, ein urtümlicher Tisch. Und große Weidenkörbe statt eines Kleiderschranks.

Jeden dritten Samstag im Monat findet auf der *piazza* in der nahe gelegenen kleinen Festungsstadt Castiglione del Lago ein Antikmarkt statt. Wir entdecken eine große alte Fotografie, ein Gruppenbild mit Bäckern, und ein paar Kleiderständer aus Kastanienholz, die noch erschwinglich sind. Meistens stöbern wir nur und schütteln den Kopf über die gepfefferten Preise für Möbel, die wie Ladenhüter aussehen. Auf dem Heimweg werden wir Zeugen eines Unfalls: Ein kleiner Fiat hat versucht, in einer Kurve zu überholen, ein Geburtsrecht der Italiener, und dabei einen funkelnagelneuen Alfa Romeo gerammt. Bei dem Fiat, der sich überschlagen hat und auf dem Dach gelandet ist, dreht sich noch ein Rad, und zwei Insassen werden gerade aus dem Blechhaufen herausgezogen. Eine Ambulanz mit eingeschalteter Sirene rast herbei. Bei dem verbeulten Alfa stehen die Türen sperrangelweit offen, aber die Vordersitze sind leer. Als wir im Schrittempo an der Unfallstelle vorüberfahren, sehe ich einen jungen Burschen auf dem Rücksitz, nicht älter als achtzehn, reglos. Er sitzt aufrecht da, angeschnallt, aber er ist zweifellos tot. Der Verkehr gerät ins Stocken, wir sehen seine starren blauen Augen und das Blut, das ihm wie ein dünner Faden aus dem

Mundwinkel rinnt. Ed fährt nach Hause, sehr vorsichtig. Am nächsten Tag, als wir zum Schwimmen nach Castiglione del Lago fahren, erkundigen wir uns bei dem Ober in der Bar, ob der Tote aus der Gegend stammte. »Nein«, erwidert er. »Er war aus Terontola.« Terontola ist ganze acht Kilometer entfernt.

Die Baugenehmigungen müßten theoretisch jeden Tag da sein. Mittlerweile hoffen wir, wenigstens das arbeitsaufwendigste Projekt über die Bühne zu bringen, bevor wir Ende August nach Hause zurückfliegen: das Sandstrahlen der Deckenbalken. Jeder Raum hat zwei oder drei große Balken und fünfundzwanzig oder dreißig kleine. Eine mörderische Arbeit.

Ferragosto, der 15. August, ist nicht nur Mariä Himmelfahrt, sondern signalisiert den Höhepunkt der Sommerferien und Hauptreisezeit in ganz Italien. Wir haben die Wirkung dieses Feiertags unterschätzt: Nichts geht mehr. Als wir uns nach Fertigstellung der Mauer auf die Suche nach einem Sandstrahlgebläse begaben, fanden wir nur einen einzigen Handwerker, der sich bereit erklärte, den Auftrag im August anzunehmen. Er sollte am ersten mit der Arbeit beginnen, die schätzungsweise drei Tage in Anspruch nehmen würde. Am zweiten rufen wir bei ihm an, niemand geht ran, aber so leicht geben wir nicht auf. Irgendwann meldet sich eine Frau, die klingt, als sei sie stocktaub und steinalt; sie brüllt, er sei nicht da, sondern auf *vacanze al mare*. Aha, er ist also ans Meer gefahren, um dort am Sandstrand spazierenzugehen, statt unsere häßlichen Balken mit dem Sandstrahlgebläse zu bearbeiten. Wir warten und hoffen, daß er doch noch irgendwann auftaucht.

Obwohl wir noch nicht streichen können, solange die Zentralheizung nicht eingebaut ist, schrubben wir wenigstens die Wände ab, um den Untergrund vorzubereiten. Samstags und immer dann, wenn sie nicht anderswo arbeiten, kommen die Polen, um uns zu helfen. Die Tünche blättert ab und rieselt auf unsere Kleider, sobald wir nur dagegen stoßen. Während sie die Wände mit nassen Putzlappen und Schwämmen säubern, kommen immer weitere alte Farbschichten zum Vorschein, überwiegend in einem kräftigen Blauton, bestimmt von den Gewändern der Gottesmutter inspiriert.

Die Maler der Renaissance stellten diese seltene, kostbare Farbe aus gemahlenem Lapislazuli her, der aus den Steinbrüchen im heutigen Afghanistan stammte. Oben an den Wänden wird rundum der schwache Abglanz von Akanthusborten sichtbar, ein Muster, das man längst nicht mehr verwendet. Das Schlafzimmer der *contadina* war blauweiß gestrichen, in einem fußbreiten Streifenmuster. Zwei Schlafzimmer im ersten Stock hatten eindeutig einen Anstrich in Goldgelb, im gleichen Farbton, den die *Giallorino*-Maler der Renaissance bevorzugten: Die Farbe wurde aus gebranntem gelbem Glas, rotem kupferhaltigem Blei und Sand von den Ufern des Arno hergestellt.

Aus dem zweiten Stock höre ich Cristoforo rufen, zuerst Ed, dann mich. Seine Stimme klingt aufgeregt, als sei es dringend. Kaum sind wir oben, reden er und Riccardo in polnisch auf uns ein und deuten auf die Mitte der Eßzimmerwand. Wir sehen nichts weiter als einen Bogen; dann reibt er mit seinem nassen Lappen vorsichtig rundherum, und plötzlich tauchen hauchdünne blaue Umrisse auf, dann ein Bauernhaus und grüne, federige Pinselstriche von Konturen, die ein Baum sein könnten. Sie haben ein Fresko freigelegt! Wir schnappen uns Eimer und Schwämme und beginnen, die Wände behutsam zu säubern. Bei jedem Wischen fördern wir mehr zutage: zwei Menschen am Ufer eines Sees, Wasser, Hügel in der Ferne. Dasselbe Blau, das sich auf den Wänden befindet, wurde für den See verwendet, ein blasseres Blau für den Himmel und ein zarter Korallenton für die Wolken. Die hellbraunen Häuser haben die gleiche Farbe, die man heute noch überall in der Gegend findet. Die Farben leuchten, solange sie naß sind, und verblassen, wenn sie trocknen. Eine Stromleitung, in der Wand verborgen, beeinträchtigt ein klassisches Motiv mit Ruinen über der Tür. Wir rubbeln den ganzen Nachmittag. Das Wasser rinnt die Arme hinunter, platscht auf den Boden. Meine Arme fühlen sich wie ausgeleierte Gummibänder an. Die Szene am See setzt sich auf der angrenzenden Wand fort; sie kommt mir vage bekannt vor, hat Ähnlichkeit mit den Dörfern und der Landschaft rund um den Trasimenischen See. Die naive Malerei deutet nicht darauf hin, daß wir soeben einen Giotto entdeckt haben, aber das Fresko sieht trotzdem wunderschön aus. Irgend jemand scheint anderer Meinung gewesen zu sein und hat es übertüncht. Zum Glück wurde dabei keine zählebige Anstrichfarbe verwendet, die sich nur schwer entfernen läßt. Wir werden diese zarte Wandmalerei beim Abendessen im Haus genießen.

Ich fürchte, hundert Jahre reichen nicht aus, um das Haus und das dazugehörige Land wieder auf Vordermann zu bringen. Oben putze ich die Fenster mit Essig, so daß die grünen Hügel, die sich gewellt am Horizont erstrecken, glänzen. Ich entdecke Ed auf der dritten Terrasse; er schwenkt ein langes rotierendes Sägeblatt. Er trägt eine rote kurze Hose, leuchtend wie ein Banner, schwarze Stiefel gegen die Dornen der Akazien und ein Visier, um seine Augen vor herumfliegenden Ästen zu schützen. Er hat Ähnlichkeit mit einem Erzengel, der mit einiger Verspätung zur Verkündigung einer frohen Botschaft auf die Erde gekommen ist, aber er ist nur ein weiterer in einer endlosen Abfolge von Sterblichen, die verhindern wollen, daß sich die terrassierte Anbaufläche wieder in den steilen Abhang zurückverwandelt, der es einst war, vielleicht lange vor den Etruskern, als die Toskana noch aus einem dichten urzeitlichen Wald bestand.

Das gräßliche Jaulen des Freischneiders übertönt das Wiehern der beiden weißen Pferde auf der gegenüberliegenden Straßenseite und das Gezwitscher der Vögel, die aus aller Herren Länder stammen und uns jeden Morgen aufwecken. Das trockene Unkraut muß weg, für den Fall, daß es brennt, und deshalb arbeitet Ed trotz Hitze und praller Sonne. Er trägt kein Hemd; jeden Tag wird seine Haut dunkler. Wir wissen nun um die Schwerkraft des Abhangs, die Risse, die blitzschnell auftauchen und Erdreich mitreißen, und die Neigung der Steinmauern, die als Abflußrinnen dienen und sich gegen den Abwärtszug des steilen Terrains stemmen müssen. Ed bückt sich und schlichtet die gestutzten Äste der Olivenbäume auf einen Holzstoß, mit dem wir an kühlen Abenden Feuer im Kamin machen wollen. Was für ein arbeitsintensives Fleckchen Erde dieses Bramasole doch ist! Olivenholz brennt wie Zunder. Die Asche wird unter den Bäumen verstreut, kehrt so als Düngemittel in die

Erde zurück. Wie bei einem Schwein lassen sich auch bei einem Olivenbaum sämtliche Teile verwerten.

Das alte Fensterglas hängt an manchen Stellen schief im Rahmen – seltsam, wie lange Glas bei der Herstellung flüssig bleibt, obwohl es so hart aussieht – und verzerrt die klaren Konturen, verwandelt sie in ein verwischtes impressionistisches Bild. Wenn ich zu Hause Silber poliere, bügle oder staubsauge, habe ich immer das Gefühl, meine Zeit zu verschwenden; ich denke, ich müßte mich eigentlich mit wichtigeren Dingen beschäftigen – Aktennotizen, Unterrichtsvorbereitung, Papierkram, Briefeschreiben. Meine Arbeit an der Uni nimmt mich voll in Anspruch. Die Hausarbeit wird zur lästigen Pflicht. Die Topfpflanzen sind inzwischen abgehärtet gegen Überschwemmung und Dürre, die abwechselnd herrschen. Warum summe ich hier beim Fensterputzen vor mich hin? Diese Arbeit gehört zu den zehn meistgefürchteten auf meiner Liste! Und nun trage ich mich auch noch mit dem Gedanken, einen großen Garten anzulegen. Und mindestens an der Glastür im Bad würde sich ein zarter Vorhang aus Batist gut machen. Obwohl Nähen auch nicht gerade meine Stärke ist. Dieses Haus wird bis zum letzten Stein und Schloß meinen Vorstellungen entsprechen, oder der Nagel zu meinem Sarg werden.

Restaurieren. Der Gedanke gefällt mir. Wiederherstellen des ursprünglichen Zustands. Beim Haus, beim Land, und vielleicht sogar bei uns selbst. Aber welcher Zustand ist der ursprüngliche? Wir führen ein erfülltes Leben. Was mich erstaunt, ist der Eifer, mit dem wir hier zu Werke gehen. Liegt es daran, daß man nicht mehr darüber nachdenkt, was der »Umbau« in letzter Konsequenz bedeutet, sobald man sich auf das Vorhaben eingelassen hat? Oder drängen Spannung und Überzeugung alle anderen Fragen in den Hintergrund? Hat das Rad des Lebens einen Platz für unsere Schultern vorgesehen, und wir legen uns einfach, ohne lange nachzudenken, in die Riemen? Aber ich weiß, daß es eine Wurzel geben muß, so mächtig und riesig wie die Wurzel, die sich um den Stein gewickelt hatte.

Ich erinnere mich wieder an einen Traum über die *Poetik des Raumes* von Gaston Bachelard; leider habe ich das Buch nicht mitgenommen, sondern nur ein paar Sätze daraus in ein Notizbuch geschrieben. Das Zuhause ist in seinen Augen ein Werkzeug für die Analyse der menschlichen Seele. Wenn wir uns in die Räume zurückversetzen, in denen wir früher einmal gelebt haben, lernen wir, in die innere Ruhe einzukehren (hübsches Wort). Mein Gefühl für Bramasole kommt dieser inneren Einkehr sehr nahe. Er schrieb über das seltsam flirrende Licht der Sonne, das in einen Raum fällt, in dem man sich alleine befindet. Vor allem kann ich mich mit seiner Idee identifizieren, daß ein Haus den Träumenden beschützt; Häuser, die uns wichtig sind, schenken uns friedliche Träume. Gäste, die wir für eine Nacht oder zwei bei uns einquartiert haben, kommen morgens herunter und erzählen uns als erstes, was sie geträumt haben. Oft reichen diese Träume weit zurück, ranken sich um die Eltern. »Ich saß im Auto, mein Vater am Steuer, nur: Ich war so alt wie heute, obwohl doch mein Vater starb, als ich zwölf war! Er fuhr schnell ...« Unsere Gäste schlafen wie Murmeltiere, genau wie wir nach unserer Ankunft. Das ist der einzige Ort auf der Welt, wo ich jemals um neun Uhr morgens ein Nickerchen gemacht habe. Ob das damit gemeint ist, daß alle tiefen Traumerlebnisse Ruhe und Entspannung bringen, wie Bachelard behauptet? Nach einer Woche besitze ich wieder die unerschöpfliche Energie einer Zwölfjährigen. Für mich war ein Haus, ein *Zuhause*, eingebettet in seine Landschaft, stets ein verkapptes Phantasieland. Bachelard hat mir den Anstoß zu der Erkenntnis gegeben, daß Häuser, zu denen wir eine tiefverwurzelte Beziehung entwickeln, uns in unser *erstes* Zuhause zurückversetzen. In meiner Phantasie ist es jedoch nicht nur das erste Zuhause, sondern das erste Konzept des Selbst, das mir dadurch wieder gewärtig wird. Die Südstaatenbewohner haben ein Gen, noch unentdeckt in den DNS-Spiralen, das die Überzeugung in ihnen weckt, der Platz auf der Welt, an dem sie leben, sei ihnen vom Schicksal vorherbestimmt. Sage mir, wo du zu Hause bist, und ich sage dir, wer du bist. Je mehr man dieses Zuhause verinnerlicht, desto stärker die Verflechtung mit der Identität der Bewohner. Die Wahl des Zuhauses ist nie Nebensache, sondern spiegelt eine tiefverwurzelte Sehnsucht wider.

Eine Erinnerung aus frühester Kindheit: Ich habe ein kleines

Zimmer mit sechs Fenstern, die in Sommernächten alle weit geöffnet sind. Ich bin drei oder vier Jahre alt und liege noch wach, nachdem alle anderen zu Bett gegangen sind. Ich lehne mich an die Fensterbank und blicke auf die blauen Hortensien hinaus, groß wie Wasserbälle. Der Deckenventilator saugt den Duft der Hartriegelsträucher ein und wirbelt die dünnen weißen Vorhänge hoch. Ich spiele mit dem Schnappriegel des Fliegengitters, und plötzlich geht er ab. Ich erinnere mich noch heute, wie sich der Metallhaken und die Öse anfühlten, in die ich fast meinen kleinen Finger stecken konnte. Dann klettere ich auf die Fensterbank und springe aus dem Fenster. Ich bin im unbeleuchteten Garten hinter dem Haus gelandet. Ich laufe los, spüre mein Herz klopfen, einen Anflug von Freiheit, wie ich heute weiß. Nasses Gras, leuchtendweiße Kamelien auf dem dunklen Busch, die frisch eingepflanzte Kiefer, die genau meine Größe hat. Ich gehe weiter, zu meiner Schaukel im Nußbaum. Ich habe gerade erst gelernt, wie man Schwung holt. Wie hoch kann ich fliegen? Ich laufe ums Haus herum, an den Räumen vorbei, in denen meine Familie schläft, stelle mich mitten auf die Straße, die ich nicht alleine überqueren darf. Ich schleiche zur Hintertür, die nie abgesperrt ist, ins Haus zurück, in mein Zimmer.

Dieses ungetrübte Vergnügen, die Freude, die mich erfüllt – einen Ort in der äußeren Lebenswelt zu finden, der sich auf der gleichen Wellenlänge wie die innere Lebenswelt befindet –, ist unbeschreiblich.

In San Francisco gehe ich auf das winzige, mit Blumentöpfen vollgestopfte Flachdach hinter meiner Mansardenwohnung und blicke zwei Stockwerke in die Tiefe – eine auf Stadtgröße getrimmte »Terrasse« mit hübschen, pflegeleichten Blumenrabatten auf einem Sims, um die sich ein Gärtner kümmert. Das reizt mich nicht. Dafür, daß der Jasmin auf dem hohen Spalier bis zu mir in den zweiten Stock hinaufrankt und üppig rund um das Geländer der Außentreppe blüht, bin ich dankbar. Nach Feierabend kann ich auf meine Dachterrasse gehen, um meine Kübelpflanzen zu gießen, die Sterne zu betrachten und den betäubenden Duft der Ranken einzuatmen. Jasmin, Geißblatt und Gardenien sind für mich der Inbegriff des Südens, sie geben meiner Psyche ein Stück Heimat.

Dennoch, eine fragmentarische Verbindung – meine Füße befinden sich zwei Stockwerke über dem Boden. Wenn ich das Haus verlasse, in dem ich wohne, trennt Asphalt meine Füße von der bloßen Erde. Mit den Bewohnern der Eigentumswohnungen im Erdgeschoß und ersten Stock stehe ich auf freundschaftlichem Fuß. Wir halten ab und zu Versammlungen ab, um zu besprechen, wann die Treppe im Hausgang ausgebessert oder gestrichen werden muß. Ich blicke auf die Bäume hinunter, auf die Kronen; wundervolle Bäume. Das Haus, in dem ich wohne, grenzt an seiner Rückseite an streng abgeschirmte Gärten, die man dort wegen der nahtlos ineinander übergehenden viktorianischen Häuserfronten in meiner Nachbarschaft nie vermutet hätte. Die Mitte der Wohnanlage ist grün. Wenn alle Hecken und Zäune entfernt würden, könnten wir auf einer weitläufigen grünen Rasenfläche spazierengehen. Da ich meine Wohnung liebe, war mir nie bewußt, was mir eigentlich fehlte.

Gab es hier wirklich einmal eine *nonna*, den guten Geist und Mittelpunkt des Hauses? In diesem zweistöckigen Haus, das fest mit dem Boden verwurzelt ist, finde ich auf jeder Ebene innere Ruhe und Stärke, kehre in einen ursprünglichen Zustand zurück, wenn ich wach bin und wenn ich schlafe. Oder liegt es am Haus selbst? Ein Hoffnungsschimmer: Jede *Wahl* stärkt uns, wenn wir dabei intuitiv unserem frühesten Selbst Rechnung tragen. Wie Dante im »Inferno«, dem ersten Teil der *Göttlichen Komödie*, sollten auch wir uns die Frage stellen: Was müssen wir tun, um zu wachsen?

In Amerika träume ich von Häusern, in denen ich früher lebte, mit unbekannten Räumen. Viele Freunde haben mir von ähnlichen Träumen erzählt. Ich steige die Stufen zur Mansarde des Hauses in Somers, New York, hinauf, das aus dem achtzehnten Jahrhundert stammt, wo ich drei Jahre sehr gerne gewohnt habe. Plötzlich entdecke ich dort drei neue Räume. In einem befindet sich eine Geranie, die Winterschlaf zu halten scheint; ich nehme sie mit nach unten, um sie zu gießen. Sofort entfaltet sie, wie im Zeitraffer, ihre Blätter und zeigt eine sagenhafte Blütenpracht. In einem Haus nach dem anderen (im Haus meiner besten Freundin während der High-School-Zeit, in meinem Elternhaus und dem Haus, in dem mein

Vater aufgewachsen ist) öffne ich Türen, hinter denen ich eine unbekannte Welt entdecke. In dem Haus in New York brennen alle Lichter. Ich gehe vorüber, sehe das Leben in jedem Fenster. Ich träume nie von dem schuhschachtelgroßen Apartment, das ich in Princeton bewohnte. Und ich träume auch nicht von meiner Wohnung in San Francisco, die mir ungemein gut gefällt – aber das mag daran liegen, daß ich in meinem Bett, bevor ich einschlafe, die Nebelhörner draußen in der Bucht höre. Sie verdrängen die Träume, Rufe von Geist zu Geist, mit einer tiefen unterschwelligen Stimme, die wir alle haben, aber nicht zu benutzen wissen.

In Vicchio, einem Haus, das ich vor einigen Jahren während der Sommermonate gemietet hatte, wurde der immer wiederkehrende Traum Wirklichkeit. Es war ein riesiges Anwesen, mit einem Verwalter, der in einem Seitenflügel untergebracht war. Eines Tages öffnete ich in einem Schlafzimmer die Tür eines Schranks, der unbenutzt aussah, und fand mich in einem langen Gang mit Steinfliesen und leerstehenden Räumen zu beiden Seiten wieder. Weiße Tauben flogen ein und aus. Ich befand mich im ersten Stock des Dienstbotentrakts und hatte nicht bemerkt, daß er unbewohnt war. Seither habe ich oft im Wachzustand die Tür zu diesem Korridor mit dem fahlen Licht geöffnet und einen flüchtigen Blick auf das Flattern weißer Flügel erhascht.

Hier, in Bramasole, habe ich eine der einfachen Freuden des Lebens wiedergefunden: Ich fühle mich im Einklang mit der Natur. Die Fenster sind weit geöffnet, um Schmetterlinge, Bremsen, Bienen und alles, was da kreucht und fleucht, zum einen hinein- und zum anderen hinauszulassen. Wir nehmen fast jede Mahlzeit im Freien ein. Ich habe wiederentdeckt, was meine Mutter wußte: daß man jede Jahreszeit und *jeden Augenblick* des Lebens in seinem Innern bewahren sollte, daß man sogar Spaß in der Zeit haben kann, wo man Fensterscheiben auf Hochglanz poliert. In einem Haus, das einen sicheren Hafen für Träume bietet. Das eine Ende des Hauses ist direkt an den Hügel gebaut. Ein Zeichen für eine wiedergefundene Verbundenheit mit der Erde? Hier träume ich nicht von Häusern. Hier steht es mir frei, von Flüssen zu träumen.

Obwohl die Tage lang sind, erscheint mir der Sommer viel zu kurz. Meine Tochter Ashley kommt an, und wir fahren tagelang bei glühender Hitze durch die Gegend, klappern die Sehenswürdigkeiten ab. Als sie zum erstenmal die Einfahrt zum Haus hinaufging, hielt sie inne und betrachtete es eine Weile; dann sagte sie: »Seltsam – eines Tages wird das alles Teil unserer Erinnerungen sein.« Ich kenne es aus eigener Anschauung, wenn wir verreist oder in eine andere Stadt umgezogen sind, dieses sichere Vorgefühl: Dieser Ort wird einen bleibenden Eindruck bei mir hinterlassen.

Natürlich wünsche ich mir, daß Bramasole ihr gefällt, aber ich muß es ihr gar nicht erst schmackhaft machen. Sie redet jetzt schon davon, Weihnachten hier zu verbringen. Sie sucht sich ihr Zimmer aus. »Habt ihr eine Nudelmaschine?« – »Können wir zu jeder Mahlzeit Melone essen?« – »Dort oben auf der zweiten Terrasse wäre der ideale Platz für einen Swimmingpool.« – »Wo ist der Zugfahrplan nach Florenz? Ich brauche Schuhe.«

Kaum hatte sie den Collegeabschluß in der Tasche, war sie auch schon unterwegs nach New York. Das Künstlerleben, die Gelegenheitsjobs, um den Alltag zu finanzieren, der lange heiße Sommer, Gesundheitsprobleme – sie ist reif für den eiskalten, von Quellwasser gespeisten See oben in den Bergen, den ein Priester in seine Obhut genommen hat; für Abstecher an die Tyrrhenische Küste, wo wir Liegestühle mieten und den ganzen Tag in der Sonne braten; für Spaziergänge durch die steinigen Bergdörfer nach dem Abendessen in einer *trattoria*, in der nur Einheimische zu sehen sind.

Die Zeit vergeht im Flug; bald müssen wir beide Abschied nehmen. Ed bleibt noch zehn Tage. Vielleicht kommt ja das Sandstrahlgebläse.

FESTINA TARDE: EILE MIT WEILE

Als ich aus dem Flughafengebäude von San Francisco ins Freie trete, versetzt mir die kalte, nebelverhangene Luft, die nach Salz und Flugzeugabgasen riecht, einen Schock. Ein Taxifahrer überquert die Straße, um mir mit dem Gepäck zu helfen. Ich steige ein, und nach dem Austausch der üblichen Höflichkeitsfloskeln schweigen wir, wofür ich dankbar bin. Ich bin seit vierundzwanzig Stunden unterwegs. Die letzte Etappe, vom JFK-Airport in New York, wo Ashley und ich uns getrennt haben, bis San Francisco war eine Tortur, vor allem, weil wir aufgrund der Windverhältnisse eine Stunde länger gebraucht haben. Die Häuser auf den Hügeln gleichen Lichterketten, die Bucht auf der rechten Seite reicht fast bis zur Autobahn. Ich halte nach einer bestimmten Kurve Ausschau. Hat man sie umrundet, ragt plötzlich die ganze Stadt mit ihrer schneeweißen Skyline vor dem Betrachter auf. Beim Hineinfahren in die Stadt warte ich bereits auf die atemberaubende Achterbahnfahrt bergauf, bergab, und den flüchtigen Blick zwischen den Gebäuden hindurch; ich weiß, wo sich ein Keil, eine Scheibe oder ein Streifen des aufgewühlten blauen Wassers befindet.

Die kleinen Ortschaften mit ihren Natursteinhäusern, die gemähten Felder und weitläufigen Hügel mit Weingärten, Olivenbäumen und Sonnenblumen sind immer noch in meinem Blick eingebrannt; das Panorama, das ich nun vor mir habe, kommt mir fremd vor. Ich fange an, meinen Hausschlüssel zu suchen; ich dachte, er sei im Innenfach meiner Handtasche, das einen Reißverschluß hat. Was nun – was mache ich, wenn er weg ist? Zwei Freundinnen und eine Nachbarin haben Schlüssel für meine Wohnung. Ich male mir aus, wie ich sie reihum anrufe und nur den automatischen Anrufbeantworter an die Strippe bekomme: »Leider können Sie mich erst ab Freitag wieder erreichen …« Wir fahren an Häusern im viktorianischen Stil vorbei, durch Rolläden und Gardinen von der Außenwelt abgeschirmt, das Verandalicht fällt auf Holzgeländer und Kübel mit kunstvoll gestutzten Bäumen und Sträuchern. Die Straße ist verwaist, kein Mensch, der mit seinem Hund Gassi geht oder zum Laden an der Ecke läuft, um Milch zu holen. Unvermittelt überkommt mich die Sehnsucht nach den kleinen belebten Ortschaften, deren Bewohner den Schlüssel unbekümmert im Schloß stecken lassen, nach den *passeggiate* am Abend, wenn jedermann auf den Beinen ist, um Besuche zu machen, einkaufen zu gehen, auf die Schnelle einen Espresso zu trinken. Ed ist noch in Italien geblieben, weil seine Vorlesungen später als meine beginnen und wir die Hoffnung nicht aufgegeben haben, daß sich der Traum vom Sandstrahlgebläse in diesem Sommer vielleicht doch noch verwirklichen läßt. Der Taxifahrer läßt mir gerade Zeit zum Aussteigen, dann braust er davon. Das Haus, in dem ich wohne, sieht genauso aus wie immer; die Kletterrose ist gewachsen und hat versucht, sich um die Stützpfosten zu wickeln. Endlich finde ich den Schlüssel, mitten unter dem italienischen Kleingeld. Sister kommt mir entgegen, begrüßt mich mit einem vorwurfsvollen Miau und streicht mit ihrem Körper einmal kurz an meinen Knöcheln vorbei. Ich nehme sie auf den Arm, atme ihren Geruch nach Erde und feuchtem Laub ein. In Italien wache ich oft auf, weil ich mir einbilde, sie sei aufs Bett gehüpft. Sie springt auf meinen Koffer und rollt sich zusammen, um ein Nickerchen zu machen. Soviel zu der Befürchtung, sie könne in meiner Abwesenheit gelitten haben.

Lampen, Teppiche, Truhen, Quilts, die Bilder an der Wand, Tische: Wie erstaunlich gemütlich diese drangvolle Enge im Gegensatz zu dem leeren Haus aussieht, das nun zehntausend Kilometer entfernt ist. Bücherregale, die aus allen Nähten platzen, buntes Geschirr hinter den Glastüren der Küchenschränke, Krüge, Servierplatten – soviel Überfluß. Der lange Läufer in der Diele – so weich! Könnte ich das alles aufgeben, ohne Bedauern? Virginia Woolf lebte während des Krieges auf dem Lande. Nach einem Bombardement kehrte sie nach London zurück und fand ihr Haus in Schutt und Asche vor. Sie hatte erwartet, daß sie am Boden zerstört sein würde, aber sie stellte fest, daß sie sich trotz des Verlusts seltsamerweise in bester Stimmung befand. Ich würde anders reagieren, keine Frage. Nach dem letzten kleinen Erdbeben konnte ich mich tagelang nicht beruhigen, weil der Kamin Risse hatte und Vasen und Weingläser zerbrochen waren. Es ist nur, daß meine Füße an die kühlen *Cotto*-Böden und meine Augen an die kahlen weißen Wände gewöhnt sind. Ich fühle mich gespalten, bin noch zur Hälfte dort, erst zur Hälfte hier.

Auf dem Anrufbeantworter sind elf Nachrichten. »Sind Sie wieder zurück?« – »Ich brauche Ihre Unterschrift auf dem Abschlußzeugnis …« – »Ich rufe an, um Ihren Termin zu bestätigen …« Die Haussitterin hat eine Liste mit weiteren Anrufen auf einem Schreibblock hinterlassen und die Post in mein Arbeitszimmer gelegt. Drei kniehohe Stapel, überwiegend Reklame, die in den Müll wandert, aber zwanghaft von mir überflogen wird.

Da ich die Ferien bis zur Neige ausgekostet habe, muß ich mich schnellstens an der Uni zurückmelden. Die Vorlesungen fangen in vier Tagen an, und ungeachtet der Faxe aus Italien und der guten Dienste einer erstklassigen Sekretärin bin ich Lehrstuhlinhaberin und muß als solche auch körperlich anwesend sein. Um neun stehe ich auf der Matte, in einer Gabardinehose und bedruckter Seidenbluse. »Wie war's im Urlaub?« erkundigen wir uns reihum bei den Kollegen. Zu Beginn des Unibetriebs sind alle aufgeregt und voller Tatendrang. Man spürt den Arbeitseifer, der in der Luft liegt. Wäre der Buchladen nicht gerammelt voll mit Studenten, die ihre Skripts und Lehrbücher kaufen, würde ich jetzt hinübergehen und mir ein buntes Sammelsurium an Faserschreibern, ein Notizbuch mit Register für fünf Fächer und ein paar Notizblöcke besorgen. So aber unterschreibe ich lieber Formulare und Aktennotizen, rufe ein Dutzend Leute an. Ich wechsle auf die Schnellspur über, ignoriere die Auswirkungen der Zeitverschiebung.

Als ich nach der Arbeit auf dem Heimweg anhalte, um Lebensmittel einzukaufen, sehe ich, daß der Bioladen das Personal aufgestockt und eine Masseurin eingestellt hat. Ich könnte in einer kleinen Nische eine Verschnaufpause einlegen und mich bei einer Sieben-Minuten-Massage entspannen, bevor ich anfange, Kartoffeln und Gemüse auszusuchen. Einen Moment lang fühle ich mich schier überwältigt von der Schlange an der Kasse, den endlos langen Gängen mit dem riesigen Warenangebot, dem Kuchen, mit dem mich die neue Backwarenabteilung im Eingangsbereich des Ladens in Versuchung führt. Senf, Mayonnaise, Klarsichtfolie, Kuvertüre zum Backen – ich kaufe alles ein, was mein Herz begehrt und was ich während der Sommermonate nicht bekommen habe. In der Delikatessenabteilung gibt es Krabbenküchlein, gebackene Kartoffeln mit Sauerrahm und Schnittlauch, Maissalat und *tabbouleh* – Reisgrieß mit Minze und Kräutern. Unvorstellbar, diese Fülle! Ich kann mich nicht bremsen und kaufe soviel »Leckereien zum Mitnehmen«, daß es locker für zwei Tage reicht. Ich habe ohnehin keine Zeit, um zu kochen.

In Bramasole ist es jetzt acht Uhr morgens. Ed rückt vermutlich dem Unkraut rund um einen Olivenbaum zu Leibe oder läuft nervös hin und her, während er auf das Sandstrahlgebläse wartet. Als ich in meine Garage fahre und mich umdrehe, sehe ich Evit, den Obdachlosen mit nur einem Zahn, der in unserer Recyclingtonne nach Flaschen und Dosen sucht. Mein Nachbar hat ein Schild mit der Aufschrift ACHTUNG: HIER WIRD ABGESCHLEPPT an seiner Garagentür angebracht.

Die letzte Nachricht auf meinem Anrufbeantworter beginnt mit einem Knistern, dann höre ich Eds Stimme; sie klingt wie Schmirgelpapier. »Ich hatte gehofft, dich zu Hause anzutreffen, mein Schatz; arbeitest du etwa noch?« Lange Pause. »Ich kann's dir schwer beschreiben. Bei dem Lärm wird man taub. Er hat einen riesigen Generator mitgebracht, und der Sand wird tatsächlich *rausgeblasen* und rieselt in jede Ritze. Wie bei einem Sandsturm in der Sahara. Gestern hat er drei Räume geschafft. Du glaubst nicht, wieviel Sand auf dem Fußboden liegt. Ich habe alle Möbel in den Patio gestellt und in einem Zimmer auf dem Fußboden kampiert, aber der Sand ist *überall, im ganzen Haus*. Die Balken sehen *prima* aus; sie sind aus Kastanienholz, bis auf einen, der ist aus Ulme. Ich habe keine Ahnung, wie ich diesen Sand wegbringen soll. Sogar meine

Ohren sind voll damit, und dabei bin ich nicht mal im gleichen Raum wie dieses Monstergerät. Fegen bringt nichts, soviel steht fest. Ich *wünschte*, du wärst hier.« Normalerweise spricht er nicht mit *so vielen* Betonungen.

Als er das nächste Mal anruft, befindet er sich auf der *autostrada* in der Nähe von Florenz, auf dem Weg nach Nizza und von dort aus nach Hause. Seine Stimme klingt erschöpft, aber er ist in Hochstimmung. Die Baugenehmigungen sind da! Die Sandstrahlerei ist beendet. Ein Wermutstropfen: Primo Bianchi kann die Bauleitung nicht übernehmen, er muß ins Krankenhaus, eine Magenoperation. Ed hat sich noch einmal mit Benito getroffen, dem gelbäugigen Mussolini-Doppelgänger, und einen Vertrag mit ihm ausgearbeitet. Der Umbau muß sofort beginnen und Anfang November fertig sein, so daß genug Zeit bis Weihnachten bleibt. Der Großputz im Haus geht nur langsam voran; laut des »Sandstrahlexperten« ist damit zu rechnen, daß noch in fünf Jahren Sand aus dem Gebälk rieselt!

Ian, der uns beim Kauf des Hauses geholfen hat, wird die Bauaufsicht übernehmen. Wir haben Zeichnungen angefertigt, die zeigen, wo wir Steckdosen, Lichtschalter und Heizkörper angebracht haben wollen und was im Bad und in der Küche an welcher Stelle installiert werden soll; sogar die Höhe der Spüle und den Abstand zwischen Wasserhahn und Abwaschbecken haben wir auf dem Plan vermerkt. Außerdem haben wir genaue Anweisungen hinterlassen, wo die Armaturen und die Kacheln, die wir fürs Bad ausgesucht haben, gekauft werden sollen, und alles aufgeschrieben, was uns sonst noch eingefallen ist. Jetzt warten wir gespannt auf die Meldung, daß die Arbeit begonnen hat.

Das erste Fax trifft am fünfzehnten September ein; Benito hat sich gleich am ersten Tag das Bein gebrochen; der Arbeitsbeginn muß so lange aufgeschoben werden, bis er wieder gehen kann.

Festina tarde ist eine Philosophie, die aus der Renaissance stammen muß: Eile mit Weile. Oft wurde sie als Schlange mit dem Schwanz im Maul, als Delphin, der sich um einen Anker windet, oder in Gestalt einer sitzenden Frau dargestellt, die in der einen Hand Flügel, in der anderen eine Schildkröte hält: die große Mauer von Bramasole auf der einen, Zentralheizung, Küche, Patio und Bad auf der anderen Seite. Das zweite Fax, vom zwölften Oktober, weist uns darauf hin, daß »Verzögerungen eingetreten« sind und wir damit rechnen sollen, »daß bei den Installationen das eine oder andere geändert werden mußte.« Aber Benito hat alles im Griff, wir sollen uns keine Sorgen machen.

Wir faxen anspornende Worte zurück und bitten darum, sämtliche Möbel mit Plastikplanen abzudecken und diese mit Klebeband zu befestigen.

Ein weiteres, kurz danach eintreffendes Fax setzt uns davon in Kenntnis, daß man angefangen hat, die einen Meter dicke Wand zwischen Küche und Eßzimmer aufzustemmen. Zwei Tage später teilt Ian uns per Fax mit, daß ein riesiger Steinblock herausgezogen worden sei; das ganze Haus habe geknirscht und alle Arbeiter seien ins Freie gerannt, weil sie einen Einsturz befürchteten.

Wir rufen an. Wurden die Räume nicht mit Balken abgestützt? Hatte Benito Stahl verwendet? Verstand diese Bande nichts von ihrem Handwerk? Wie konnte das passieren? Ian sagt, Steinhäuser seien unberechenbar und man könne nicht erwarten, daß sie wie amerikanische Häuser reagieren, und überhaupt, der Durchbruch sei fertig und sehe Klasse aus, obwohl er nicht so breit geworden ist, wie von uns gewünscht, weil sie sich nicht getraut haben. Ich schwanke zwischen der Befürchtung, daß die Bauarbeiter unfähig sind, und dem Schrecken, daß sie möglicherweise um ein Haar unter den Trümmern eines instabilen Hauses begraben und zermalmt worden wären.

Mitte November hat Benito den oberen Patio und den niederträchtigen Durchbruch beendet, außerdem zwei Durchbrüche im oberen Stockwerk zum Wohnraum der ehemaligen *contadina* geschafft. Wir beschließen, den anderen großen Durchbruch, der Wohnzimmer und Küche der *contadina* miteinander verbinden sollte, ersatzlos zu streichen. Die Vorstellung, daß Benitos Männer panisch ins Freie flüchten, flößt uns nicht gerade Vertrauen ein. Die nächste Verzögerung, die Ian erwähnt, betrifft das neue Bad und die Zentralheizung. »Mit ziemlicher Sicherheit wird die Heizung nicht funktionieren, wenn Sie Weihnachten herkommen«, schreibt er. »Genauer gesagt, das Haus wird nicht bewohnbar sein, weil die Heizungsrohre *im* Haus verlegt werden müssen, und nicht *auf der Rückseite*, wie es ursprünglich geplant war.« Benito bittet, uns auszurichten, daß seine Kosten höher sein werden als kalkuliert. Einige Arbeiten, die im Vertrag aufgelistet waren, mußten offenbar im »Oursourcing-Verfahren« an Elektriker und Installateure vergeben werden; die einander überlappenden Rechnungen sind für uns ein Buch mit sieben Siegeln. Wir haben keine Möglichkeit festzustellen, wer was gemacht hat; Ian scheint genauso verwirrt zu sein wie wir. Die Überweisung unseres Geldes dauert viel zu lange, und Benito ist sauer. Wir auch, denn eines ist klar: Da wir nicht an Ort und Stelle sind, um ihm auf die Finger zu schauen, werden die Arbeiten an unserem Haus nur dann erledigt, wenn andere Aufträge ihm Zeit dafür lassen.

Auf ein Wunder hoffend, fliegen wir Weihnachten nach Italien. Elizabeth hat uns ihr Haus in Cortona als Quartier angeboten; ein Teil ihrer Sachen ist bereits für den Umzug gepackt. Sie will uns außerdem viele Möbel schenken, da ihre neue Bleibe wesentlich kleiner ist. Als wir den Flughafen von Rom verlassen, prasselt Regen auf die Windschutzscheibe wie aus einem voll aufgedrehten Gartenschlauch. Auf dem Weg nach Norden wird es immer nebliger. Bei unserer Ankunft in Camucia steuern wir schnurstracks die Bar an, um eine heiße Schokolade zu trinken, bevor wir zu Elizabeth fahren. Wir wollen einmal auspacken und eine Kleinigkeit zu Mittag essen, um uns für Bramasole zu wappnen.

Im Haus sieht es aus wie in einem Schiffswrack. In jedem Raum sind die Wände für die Heizungsrohre aufgestemmt. Die Arbeiter haben überall auf den ungeschützten Böden Steine und Schutt liegenlassen. Die Plastikplanen, um die wir gebeten hatten, sind nicht mit Klebeband befestigt, sondern einfach über die Möbel geworfen, so daß Bücher, Geschirr, Betten und Handtücher im ganzen Haus mit pulverfeinem Staub überzogen sind. Die tiefen Schlitze in den Wänden, die von der Decke bis zum Fußboden reichen, sehen wie klaffende Wunden aus. Sie haben gerade mit dem neuen Bad angefangen und den Estrich verlegt. Der Putz in der neuen Küche hat bereits die ersten Risse. Das lange Spülbecken ist installiert; zumindest das sieht wunderbar aus. Ein Arbeiter hat mit einem schwarzen Filzstift eine Telefonnummer auf das Fresko im Eßzimmer gekritzelt. Ed macht sofort einen Putzlappen naß und versucht sie wegzuwischen, doch vergebens: Die Telefonnummer des Klempners wird uns wohl erhalten bleiben. Er wirft den Lappen auf den Schutthaufen. Überall stehen die Fenster sperrangelweit offen, und nach dem Regen heute morgen haben sich Pfützen auf dem Fußboden gebildet. An allen Ecken und Enden offenbart sich die Achtlosigkeit, mit der hier zu Werke gegangen wurde: Das Telefon ist völlig unter Schutt begraben, was mich so auf die Palme bringt, daß ich nach draußen gehen und frische Luft schnappen muß. Benito arbeitet gerade auf einer anderen Baustelle. Einer seiner Männer merkt, daß wir empört sind, und versucht uns klarzumachen, daß bald alles fertig sein wird, zu unserer vollen Zufriedenheit. Er ist mit dem Durchbruch zwischen der neuen Küche und der *cantina* beschäftigt. Er ist schüchtern, aber voller Mitleid mit uns. Ein wunderschönes Haus, eine wunderschöne Lage. Alles wird gut werden. Seine vom Alter trüben blauen Augen blicken uns traurig an. Benito geruht zu erscheinen, macht viel Wind. Keine Zeit, vor unserer Ankunft noch Ordnung zu schaffen, und überhaupt sei das Sache des Installateurs, der nicht gekommen ist wie versprochen, und deshalb habe auch er nicht mit seiner Arbeit weitermachen können. Aber alles sei *perfetto, signori*. Er werde sich um die Risse im Putz kümmern, der wegen der Regenfälle nicht richtig austrocknen konnte. Wir sind ziemlich wortkarg. Während er mit Händen und Füßen redet, sehe ich, wie der Maurer mich anschaut. Hinter Benitos Rücken gibt er mir seltsame Zeichen: Er deutet mit einem Kopfnicken auf seinen Chef, dann zieht er sein Augenlid hinunter.

Der Patio oben scheint tatsächlich perfekt zu sein. Sie haben die rosenfarbenen Steine verlegt und das rostige Eisengeländer wieder angebracht, so daß der Sicherheit Genüge getan ist, der Patio aber nichts von seinem urtümlichen Aussehen eingebüßt hat. Endlich etwas, das ein Lob verdient.

Um vier beginnt es zu dämmern, um fünf ist es stockfinster.

Trotzdem werden die Läden nach der langen Mittagspause erst jetzt wieder geöffnet. Ein arbeitsreicher Vormittag, Siesta, abends wieder für ein paar Stunden arbeiten: Der Rhythmus im Winter ist der gleiche wie an glühendheißen Sommertagen. Wir schauen auf einen Sprung bei Signor Martini vorbei, um ihn zu begrüßen. Wir freuen uns, ihn wiederzusehen, und wissen, daß er sagen wird, *»boh«* und *»anche troppo«*, eine seiner Allzweckantworten, die soviel wie: »Jetzt reicht's!« bedeutet. In unserem gebrochenen Italienisch versuchen wir ihm zu erklären, was sich zugetragen hat. Als wir aufbrechen, erinnere ich mich an die seltsame Geste des Arbeiters. »Was bedeutet das?« frage ich und ziehe mein Augenlid herunter.

»*Furbo.* Ein ausgekochtes Schlitzohr, bei dem ist Vorsicht geboten«, erwidert er. »Wer ist *furbo*?«

»Unser Bauunternehmer, wie es scheint!«

Ein warmes Haus. Danke, Elizabeth. Wir kaufen rote Kerzen, schneiden Pinienzweige und schmücken das Haus, damit es ein bißchen weihnachtlich aussieht. Uns steht nicht der Sinn danach zu kochen, obwohl das Warenangebot in den Läden auch im Winter verlockend ist. Die Möbel, die Elizabeth uns geschenkt hat, gefallen uns sehr. Außer einem Doppelbett, Couchtisch, zwei Schreibtischen und Lampen haben wir einen echten alten *madia* erhalten, einen sargähnlichen Backtrog, in dem der Brotteig geknetet wurde und gehen mußte. Darunter befinden sich Schubläden und ein hohes Fach für Vorräte. Die Patina der Kastanie wirkt so warm, daß ich immer wieder mit der Hand über das Holz streiche. Auf der »Gabenliste«, die sie uns dagelassen hat, ist auch ihr riesiger *armadio* aufgeführt – der Schrank ist groß genug, um die gesamte Bett- und Tischwäsche darin zu verstauen; außerdem ein Eßzimmertisch, antike Truhen, ein *cassone* (eine hohe Vorratstruhe), zwei Bauernstühle und wundervolle Teller und Vorlegeplatten. Plötzlich werden wir in einem eingerichteten Haus leben. Bei den vielen Zimmern bleibt trotzdem noch genug Platz, um im Lauf der Zeit unsere eigenen Schätze zu horten. Angesichts des Renovierungsschocks ist diese Großmut herzerwärmend. Im Moment befindet sich alles noch in ihrem ordentlichen Haus, aber bevor wir es verlassen, müssen wir es zu unserer »Schutthalde« transportieren.

Als Weihnachten näherrückt, geht es mit den Arbeiten langsamer voran, dann werden sie ganz eingestellt. Wer hätte gedacht, daß es hier so viele Feiertage gibt! Wir wissen, daß um Neujahr herum bei vielen die Arbeit ruht. Aber wir haben noch nie etwas von Santo Stefano gehört, dem ein weiterer freier Tag gewidmet ist. Francesco Falco, der seit zwanzig Jahren für Elizabeth arbeitet, bringt seinen Sohn Giorgio, seinen Schwiegersohn und einen Lastwagen mit. Sie zerlegen den *armadio* und laden alles ein, bis auf den Schreibtisch, der zu breit für die Tür des Arbeitszimmers ist. Elizabeth hat ihre Bücher an diesem Tisch geschrieben, offenbar ist es ihm nicht bestimmt, sein Heim zu verlassen. Ich schleppe Kartons mit Geschirr zu unserem Wagen, und als ich hochblicke, sehe ich, wie sie den Schreibtisch gerade an einem Seil aus dem Fenster im ersten Stock herunterlassen. Alle klatschen, als er sanft auf dem Boden landet.

In unserem Haus stellen wir das gesamte Mobiliar in zwei Räume, die wir gefegt und gewischt haben. Wir decken alles mit Plastikplanen ab und schließen die Türen.

Es gibt absolut nichts, was wir tun könnten. Benito geht nicht ran, wenn wir ihn anrufen. Mein Hals tut weh. Wir haben keine Geschenke gekauft. Ed ist still geworden. Meine Tochter, an Grippe erkrankt, verbringt ihr erstes Weihnachtsfest alleine in New York, weil das verflixte Baudebakel ihre Pläne durchkreuzt hat, nach Italien zu kommen. Ich blättere in einer Zeitschrift und betrachte lange eine Werbeanzeige für die Bahamas: ein Foto von einem sichelförmigen, endlos langen Sandstrand, weiß wie Puderzucker, und Wasser, so klar und azurblau, wie man es erwartet. Irgend jemand läßt sich auf einer gelbgestreiften Luftmatratze treiben, läßt seine Finger durch die warme Strömung gleiten und träumt unter der Sonne.

Am Heiligen Abend führen wir uns Pasta mit Waldpilzen, Kalbfleisch und einen ausgezeichneten Chianti zu Gemüte. Außer uns ist nur noch ein Gast in dem Restaurant, denn *Natale* ist vor allem ein Familienfest. Er trägt einen braunen Anzug und sitzt kerzengerade da. Ich sehe, wie er in kleinen Schlucken seinen Wein zum Essen trinkt, sich das Glas nur halb voll schenkt und den Duft einatmet, als sei es ein erlesener Jahrgang und keine Karaffe mit Hauswein. Er läßt sich Zeit mit den einzelnen Gängen. Wir sind fertig, aber es ist erst halb zehn. Wir werden in Elizabeths Haus zurückkehren, ein Feuer im Kamin anzünden, uns den *Moscato*-Dessertwein und den Kuchen gönnen, den ich heute nachmittag gekauft habe. Während Ed auf den Kaffee wartet, wird unserem Essenspartner eine Käseplatte und eine Schale mit Walnüssen serviert. Im Restaurant herrscht Stille. Er knackt eine Nuß. Dann schneidet er ein Stück Käse ab, verspeist es mit Genuß, ißt eine Walnuß und knackt die nächste. Am liebsten würde ich meinen Kopf auf die weiße Tischdecke legen und den Tränen freien Lauf lassen.

Wenn man Ian Glauben schenken darf, wurden die Arbeiten am Haus Ende Februar zu aller Zufriedenheit beendet. Wir haben den Betrag bezahlt, der vertraglich vereinbart war, aber nicht den exorbitanten, von Benito verlangten Aufschlag. Er hat beispielsweise tausend Dollar für das Einhängen einer Tür in Rechnung gestellt. Wir werden später an Ort und Stelle entscheiden, welche zusätzlichen Leistungen tatsächlich erbracht wurden. Wie wir uns wegen der Endsumme einigen, steht in den Sternen.

Ende April kehrt Ed nach Italien zurück. Er hat das Frühjahrsquartal frei. Er plant, noch vor meiner Ankunft am ersten Juni das terrassierte Gelände wiederherzurichten und sämtliche Balken im Haus auszubessern, zu beizen und zu wachsen. Dann werden wir gemeinsam Großputz machen, alle Wände und Fenster streichen und den Boden wieder in den Zustand versetzen, in dem er vor Benitos Renovierung war. In der neuen Küche gibt es bis jetzt nur Abwaschbecken, Geschirrspülmaschine, Herd und Kühlschrank. Statt der üblichen Unterschränke wollen wir Regale bauen, mit Säulen aus verputzten Mauersteinen und breiten Holzbrettern als Regalböden, mit einer Marmorplatte als Arbeitsfläche. Wir haben einen Anreiz, uns zu beeilen: Ende Juni wird meine Freundin Susan in Cortona heiraten. Auf die Frage, warum die Hochzeit in Italien stattfinden soll, erwiderte sie geheimnisvoll: »Ich will in einer

Sprache getraut werden, die ich nicht verstehe.« Wir werden einige der Hochzeitsgäste bei uns einquartieren, und die Trauung wird im Rathaus von Cortona stattfinden, einem Bauwerk aus dem zwölften Jahrhundert.

Ed erzählt mir, daß er momentan in dem Zimmer im ersten Stock haust, das auf den Patio hinausgeht, ein kleines Refugium inmitten von Schuttbergen. Er hat ein Badezimmer geputzt, ein paar Töpfe und Teller ausgepackt und einen provisorischen Haushalt eingerichtet. Benito hat mehrere Fuhren Abfall aus dem Haus geschleppt, aber nur bis zur Einfahrt, wo es jetzt wie auf der Müllkippe aussieht. Auf der vorderen Terrasse hat er einen kleinen Berg aus Steinen errichtet, die früher zur Mauer gehörten, daneben einen zweiten aus den Steinen von Patio und Schlafzimmer. Trotzdem ist Ed guter Dinge. Die Handwerker sind weg! Das neue Bad mit seinen fußgroßen quadratischen Fliesen, dem nostalgischen Sockelwaschbecken im Stil der Belle Époque und der im Fußboden eingelassenen Badewanne, die riesig und luxuriös wirkt, ist nicht mit dem alten zu vergleichen, in dem man sich das Wasser mit dem Eimer überkippen mußte. Im Frühling ist alles erstaunlich grün, und Tausende von Iris und Narzissen haben sich in dem ungemähten Gras überall auf unserem Land ausgebreitet. Er hat einen Bach entdeckt, der wohl nur in dieser Jahreszeit über die moosbewachsenen Steine fließt, wo sich zwei kleine Schildkröten sonnen. Die Mandel- und Obstbäume sind so atemberaubend schön, daß er sich nur schwer von der Arbeit im Freien losreißen kann.

Wir versuchen, weniger zu telefonieren: Wir neigen dazu, unversehens stundenlange Gespräche zu führen, um dann festzustellen, daß wir für das Geld diese oder jene Arbeit im Haus durchführen lassen könnten. Aber wenn jemand ein Haus restauriert, besteht das große Bedürfnis zu erzählen, was man alles gemacht hat. Irgend jemand muß schließlich erfahren, daß die Balken fertig sind und nach dem Wachsen wunderbar aussehen, daß der Nacken höllisch schmerzt, nachdem man den ganzen Tag lang über Kopf gearbeitet hat, und daß man nun beim vierten Raum angelangt ist. Ed berichtet, daß er für jedes Zimmer vierzig Stunden braucht: Balken, Decke, Wände. Die Fußböden wird er sich zuletzt vornehmen.

Von sieben Uhr morgens bis sieben Uhr abends, sieben Tage in der Woche.

Endlich, endlich ist Juni – und ich kann weg. Bei all der Arbeit, die Ed geschildert hat, erwarte ich, daß unser Haus bei meiner Ankunft strahlt. Aber, wie könnte es anders sein, er hat sich darauf beschränkt, nur etwas über seine Fortschritte verlauten zu lassen.

Als ich das Haus betrete, kann ich nur schwer sagen, wie weit er gekommen ist. Die Balken sehen wirklich phantastisch aus, keine Frage. Aber draußen auf dem Grundstück häufen sich Schutt, Mörtel, die Überreste der alten Zisterne. Der Elektriker ist nicht aufgetaucht. Sechs Zimmer sind noch unberührt. Sämtliche Möbel stehen in drei Räumen, in denen drangvolle Enge herrscht. Es sieht aus, als habe eine Bombe eingeschlagen. Ich versuche, mir nicht anmerken zu lassen, wie entsetzt ich bin.

Ich bin reif für die Insel. Bedauerlicherweise, denn hier bleibt mir nichts anderes übrig, als mich in die Arbeit zu stürzen. Wir haben ungefähr drei Wochen Zeit, um uns für den Ansturm der ersten Gäste zu rüsten. Die Hochzeit! Der Gedanke, daß wir hier irgend jemanden einquartieren könnten, kommt mir absurd vor.

Ed ist ein Meter sechsundachtzig groß, ich ein Meter zweiundsechzig. Also übernimmt er die Decken, ich die Böden. Biologie ist Schicksal, aber was ist besser? Er freut sich, daß er die Arbeit am Gebälk beenden darf. Die Decken zu streichen, macht weniger Spaß, lohnt sich aber. Plötzlich verwandeln sich die verkleisterten Balken und der blätternde Putz: Dunkle Balken kommen zum Vorschein, und die Ziegeldecken erstrahlen in jungfräulichem Weiß. Die Räume gewinnen Kontur. Mit den dicken Quasten aus Wildschweinborsten geht das Streichen schnell von der Hand. Strahlend weiße Wände – ein weißer Putz ist weißer als jedes andere Weiß. Als alle Wände fertig sind, besteht meine künstlerische Aufgabe darin, die *battiscope* zu streichen, die fünfzehn Zentimeter hohen gemalten Sockelleisten, die bei den alten Bauernhäusern in dieser Gegend üblich sind. Traditionsgemäß sind sie ziegelrot gestrichen, aber uns gefällt die hellgraue Version besser. Bei der dunkleren Farbe sieht man die Kerben in der Wand nicht auf Anhieb, wenn man mit Mop und Besen dagegenschlägt, was der italienische Name besagt und häufig vorkommt, da man hier ständig die Böden fegen und wischen muß. Fast im Kopfstand messe ich an mehreren Stellen fünfzehn Zentimeter ab, markiere die Linie mit Klebestreifen an den Wänden, streiche, so schnell es geht, und ziehe mit einem Ruck die Klebestreifen ab. Natürlich kommt dabei hier und da ein bißchen weiße Wandfarbe mit herunter, aber das läßt sich ausbessern. Zwölf Räume mit jeweils vier Wänden, plus Treppenaufgang, Treppenabsätzen und Hausflur. Die *cantina* lassen wir, wie sie ist. Statt dessen entkalke ich den Fußboden. Der erste Schritt besteht darin, Klumpen und Schmutz aufzufegen, danach gründlich staubzusaugen. Als nächstes wird mit einer Speziallösung zum Aufsprühen Schmutz, Putz und heruntergetropfte Wandfarbe gelöst. Anschließend wische ich den Boden dreimal mit einem nassen Mop, das zweite Mal mit einer milden Seifenlauge. Ich liege auf den Knien. Jetzt kommt das Entkalken: wieder schrubben, mit Wasser, dem ich ein paar Tropfen Chlorwasserstoff beigefügt habe. Ich wische ein letztes Mal mit klarem Wasser nach, dann nehme ich den Pinsel und streiche den Boden mit Leinsamenöl ein, das einziehen und trocknen muß. Nach zwei Tagen kann ich ihn wachsen. Wieder auf den Knien, nach der guten alten Putzfrauenart. Da sie nicht an solche Torturen gewöhnt sind, rebellieren sie gegen die schnöde Behandlung, und ich muß ein Stöhnen unterdrücken, wenn ich aufstehe. Letzter Schritt: mit einem weichen Tuch wienern. Die Fußböden tauchen wieder auf, eine satte, dunkle Farbe, auf Hochglanz poliert. Ein Zimmer nach dem anderen kehrt wie von Zauberhand in den Zustand zurück, in dem es sich beim Kauf des Hauses befand, außer, daß die Deckenbalken jetzt so aussehen, wie sie sollten, und Heizkörper installiert sind. *»Brutto«*, häßlich, sagte ich zum Installateur, als ich sie zum ersten Mal sah. »Ja, aber im Winter sind sie schön«, erwiderte er.

Wie von Ed prophezeit, schuften wir von sieben Uhr morgens bis sieben Uhr abends, sieben Tage in der Woche. Wir verteilen den Schutt gleichmäßig unten in der Einfahrt, die von all den Lastwagen ohnehin plattgewalzt wird. Die größeren Steine und Ziegel graben wir ein, streuen Grassaatgut darauf. Allmählich wird es anwachsen. Wir beauftragen jemanden damit, die Fuhre Schutt zu entsorgen, die Benito immer noch nicht abgeholt hat. Während eines Spaziergangs ein paar Tage später entdecken wir rund eineinhalb Kilometer von unserem Haus entfernt am Straßenrand einen Schuttberg, der mitten in der Landschaft abgeladen wurde; zu unserem Entsetzen sehen wir untendrunter unseren Putz, erkennbar an der madonnablauen Farbschicht.

Von der High School bis zur Promotion hatte Ed als Entrümpler, Aushilfskellner, Möbeltischler und Kühlschrankschlepper seine Brötchen verdient. Eine Freundin nannte ihn den »muskelbepackten Poeten«. Er blüht auf, wenn er körperlich arbeitet, obwohl auch er am Abend erledigt ist. Ich bin nicht an körperliche Arbeit gewöhnt, außer wenn ich meinen Rappel kriege und die Möbel nach langer Zeit wieder einmal mit Politur behandle, die Schränke aussortiere, streiche oder tapeziere. Solche Anstrengungen wie hier laugen mich aus. Jeder Knochen im Leib tut mir weh. O Gott, wie sieht Wasser im Knie aus? Wahrscheinlich werde ich bald am Krückstock gehen! Nachts sterbe ich tausend Tode. Morgens wachen wir beide voller Tatendrang auf, wundern uns, woher wir unsere Energiereserven nehmen. Wir machen uns unverdrossen ans Werk, gehen ganz in unserer Arbeit auf. Ich staune über das Durchhaltevermögen, das wir hier entwickelt haben. Meine Einstellung zu körperlich Arbeitenden hat sich grundlegend geändert. Ich finde, man sollte ihnen ein Vermögen zahlen.

Als ich die Bodenfliesen im Patio mit Leinöl versiegle, brennt die Sonne besonders unbarmherzig. Ich bin entschlossen, die Arbeit um jeden Preis zu beenden, auch wenn mir von den Dämpfen und der Hitze schwindelt. Ab und zu stehe ich auf und atme tief den Duft der Geißblattsträucher ein, die wir in riesigen Kübeln gepflanzt haben, oder betrachte das herrliche Panorama; dann tauche ich die Bürste wieder ins Leinöl. Wer denkt schon daran zu fragen, ob das Versiegeln des Bodens im Preis inbegriffen ist, wenn man eine Menge Geld für einen neuen Patio ausgegeben hat? Uns war nie in den Sinn gekommen, daß wir den Küchen- und Patioboden selber mit mehreren Schichten dieses unappetitlichen Zeugs bearbeiten müssen.

Nachdem wir am Spätnachmittag mit dem Aufräumen und Putzen fertig sind, machen wir einen Rundgang mit Bestandsaufnahme, um festzustellen, was noch zu tun bleibt und was bereits geschafft ist. Ed und ich haben keine Kinder miteinander, aber diese Arbeit hier fordert uns im gleichen Maß wie das Aufziehen von Drillingen. Nun, da die Räume fertig sind, stellen wir die Möbel auf. Nach und nach richten wir die Zimmer ein, immer noch sparsam, aber mit dem Nötigsten. Für das Doppelbett habe ich eine weiße Tagesdecke mitgebracht. Wir nehmen uns einen Vormittag frei und fahren nach Arezzo zum Einkaufen. Dort gibt es ein Geschäft, das auch heute noch Lampen aus Majolikavasen herstellt, letztere ein traditionelles toskanisches Handwerk. Ein wunderbares Gefühl – alles nimmt Gestalt an, ist fertig, blitzsauber, im Winter wird es warm im Haus sein, wir haben es geschafft! Wir sind übermütig vor lauter Freude, und das ist ein Ansporn weiterzumachen.

Eine Woche vor der Hochzeit kommen unsere Freunde Shera und Kevin aus Kalifornien an. Wir sehen, wie sie weiter unten auf dem Bahnsteig aus dem Zug steigen. Kevin schiebt ein riesiges Paket vor sich her, das wie ein Sarg für zwei Personen aussieht. Sein Fahrrad! Wir arbeiten weiter, während sie nach Florenz und Assisi fahren und auf den Spuren von Piero della Francesca wandeln. Abends kochen wir gemeinsam; dabei erzählen sie uns von den wunderbaren Dingen, die sie gesehen haben, und wir erzählen ihnen von dem neuen Wasserhahn für das Sitzbad, den wir installieren möchten. Sie verlieben sich auf den ersten Blick in den gesamten Landstrich, und offensichtlich sind sie wirklich erpicht darauf, unsere trivialen Alltagsgeschichten zu hören, wie wir beispielsweise den neuen Küchenboden putzen. Wenn sie nicht mit dem Auto unterwegs sind, unternimmt Kevin lange Radtouren. Shera, eine echte Künstlerin, wird in dieser Zeit von mir mit Beschlag belegt. Sie malt milchige blaue Halbkreise über die Fenster in einem der Schlafzimmer. Wir haben uns einen Stern aus einem Giotto-Gemälde ausgesucht, von dem sie eine Schablone anfertigt; dann füllt sie die Halbkugeln mit Blattgoldsternen. Ein paar Sterne fallen aus dem »Himmelsgewölbe« auf die weißen Wände hinab. Wir richten das Brautgemach her. In einem Antiquitätengeschäft in der Nähe von Perugia kaufe ich zwei Farbdrucke von den Sternbildern mit den mythologischen Tieren und Figuren. Auf dem Markt in Cortona finde ich hübsche Leinen- und Baumwollbettwäsche in Blaßblau mit weißer Richelieustickerei. Wir bereiten uns außerdem auf die Party vor, die wir zur Hauseinweihung geben wollen. Wir kaufen zwanzig Weingläser, Leinentischdecken, Backformen für die Hochzeitstorte, eine Kiste Wein.

Es kann keine Rede davon sein, daß bis zur Hochzeit (oder überhaupt jemals?) alles fertig wird, aber wir schaffen eine ganze Menge. Am Tag, bevor die übrigen Logiergäste eintreffen, kommt Kevin die Treppe herunter und sagt: »Warum dampft das Klo eigentlich so? Ist das eine Besonderheit der italienischen Toiletten?« Ed holt die Leiter von draußen, klettert zum Spülkasten hoch, der oben an der Wand angebracht ist, und taucht die Hand hinein. Heiß. Wir überprüfen die anderen Badezimmer. Das neue ist in Ordnung, aber in dem anderen alten ist das Wasser ebenfalls heiß. Diese beiden Bäder haben wir nur selten benutzt, und deshalb ist uns nichts aufgefallen. Erst als die Gäste eintrudeln und Hochbetrieb herrscht, wird das Malheur offenkundig. Shera erklärt, das Wasser in der Dusche sei auch immer kochendheiß, nachdem es endlich warm geworden war, aber sie habe sich nicht beschweren wollen. Der Installateur kann in den nächsten Tagen nicht kommen, also müssen wir die Hochzeit mit Blitzduschen und dampfenden Toiletten über die Bühne bringen!

Die vordere Terrasse ist immer noch nicht fertig, aber wir haben Blumentöpfe mit Geranien entlang der Mauer aufgestellt, um vom aufgerissenen Boden abzulenken. Wenigstens haben wir den Schutt weggekarrt. In vier Räumen stehen Betten. Zwei Cousins von Susan aus England und Coles Bruder und Schwägerin treffen ein. Shera und Kevin werden für ein paar Tage in ein Hotel in der Stadt ziehen. Freunde aus Vermont kommen an.

Tagsüber halten sich zwölf Personen im Haus auf. Viele Hände, die beim Servieren der Getränke und bei der Zubereitung des Mittagessens helfen. Bei der Hochzeitstorte müssen wir improvisieren, weil der Backofen klein ist. Ich hatte an Biskuitböden in drei Schichten mit Haselnuß-Buttercreme-Füllung gedacht; dazu sollen Schlagsahne und in Portwein eingelegte Kirschen gereicht werden.

Da wir keine große Backform für den untersten Boden gefunden haben, verwenden wir eine Blechform, die für Hundefutter gedacht ist. Die Torte gelingt wunderbar, auch wenn sie ein bißchen Schlagseite hat. Wir dekorieren sie mit einer Blumengirlande. Schließlich schwärmen wir in alle vier Himmelsrichtungen aus, zu Besichtigungstouren und Schaufensterbummel.

Am Tag vor der Trauung haben wir in unserem Haus ein Schlemmermahl vorbereitet; der Abend ist warm und der Himmel wolkenlos, alle tragen leichte Leinen- und Baumwollkleidung. Viele Fotos werden gemacht, wie wir Arm in Arm auf den Stufen stehen oder uns über die Balkonbrüstung beugen. Susans Cousin stiftet Champagner, den er aus Frankreich mitgebracht hat. Vorneweg gibt es *bruschette* und Oliven zu unseren Getränken; der erste Gang ist eine Fenchelsuppe. Als Hauptgericht habe ich einen deftigen Eintopf aus Huhn, weißen Bohnen, Würstchen, Tomaten und Zwiebeln gemacht. Außerdem gibt es winzige grüne Bohnen, Körbe voller Brot und einen Salat aus Rucola, Radicchio und Chicorée. Alle geben Hochzeitsgeschichten zum besten. Mark wollte ein Mädchen aus Colorado heiraten, das am Hochzeitstag das Weite suchte und binnen einer Woche einen anderen zum Mann nahm; Karen war einmal Brautjungfer bei einer Schiffstrauung, bei der die Brautmutter, in blaugrünem Chiffon, zu tief ins Glas schaute und aus den Pantinen kippte. Als ich mit zweiundzwanzig heiratete, hatte ich mir eine Trauung Schlag Mitternacht gewünscht, wobei alle in langen wallenden Gewändern mit Kerzen in den Händen erscheinen sollten. Der Pfarrer lehnte es ab, uns zur »Geisterstunde« zu trauen. Neun Uhr abends war das späteste, worauf er sich einlassen wollte. Und statt eines langen wallenden Gewands trug ich das Brautkleid meiner Schwester und einen ledergebundenen Gedichtband von Keats, als ich durch den Mittelgang zum Altar schritt. Meine Mutter zupfte mich am Rock, und ich beugte mich zu ihr hinunter, um ihren mütterlichen Rat zu hören. »Die Ehe wird nicht einmal sechs Monate halten«, flüsterte sie. Aber sie täuschte sich.

Eigentlich wäre ein Akkordeonspieler wie bei Fellini schön, und ein Schimmel, auf dem die Braut reitet, aber die Bilderbuchnacht tut's auch so, und der CD-Spieler spornt unsere Gäste an, im Eßzimmer das Tanzbein zu schwingen. Die Pfirsichtorte mit Pinienkernen sollte das Festmahl eigentlich beenden, aber nach Eds Beschreibung der verschiedenen Eissorten, die Cortona zu bieten hat, hält es niemanden mehr. Wir fahren los, und unsere Gäste staunen, daß eine so kleine Stadt um elf Uhr abends noch voller Leben ist; alle Welt sitzt in den Straßencafés, bei Kaffee, Eiscreme oder vielleicht einem *amaro*, einem Magenbitter, als Verdauungshilfe nach einem üppigen Essen. Die Babys im Kinderwagen sind immer noch wach und genauso putzmunter wie ihre Eltern, Teenager hocken auf den Stufen des Rathauses. Das einzige Lebewesen weit und breit, das schläft, ist eine Katze, die es sich auf einem Streifenwagen der Polizei bequem gemacht hat.

Am Hochzeitsmorgen pflücken Susan, Shera und ich rosafarbenen Lavendel und gelbe Wiesenblumen, um daraus einen Brautstrauß für Susan zu binden. Nachdem wir uns alle in Schale geworfen haben – die Damen in Seide, die Herren im Anzug –, gehen wir dieses Mal zu Fuß über die Römische Heerstraße in die Stadt. Ed trägt unsere guten Schuhe in einer Einkaufstasche. Susan hat für jeden einen buntbemalten chinesischen Papierschirm mitgebracht, wegen der Sonne, die mittags vom Himmel brennt. Wir durchqueren Cortona und gehen die Stufen zum Rathaus hinauf. Drinnen ist es dunkel, ein Saal mit hoher Decke, kostbaren Wandbehängen, Fresken und schweren geschnitzten Stühlen mit hoher Lehne, die an ein Gericht erinnern, ein imposanter Raum, wie geschaffen für die Unterzeichnung eines Vertrags. Die Stadtverwaltung von Cortona hat rote Rosen geschickt, und Ed hat dafür gesorgt, daß die Bar »Sport« gleich nach der Trauung mit eisgekühltem Prosecco vor dem Rathaus anrückt. Susans Vetter Brian läuft die ganze Zeit mit der Videokamera herum und filmt die Trauung aus jedem Winkel. Nach der kurzen Zeremonie überqueren wir die *piazza*: Im »La Logetta« wartet ein toskanisches Festmahl auf uns, das mit einer Auswahl typischer *antipasti* beginnt: *crostini*, die kleinen runden Brotscheiben mit Oliven, Paprika, Pilzen oder Hühnerleber, *prosciutto e melone*, frittierte, mit *pancetta* und kräftig gewürzten frischen Brotkrumen gefüllte Oliven und *finocchiona*, eine Salami, die mit Fenchelsamen gespickt und für diese Gegend typisch ist. Als nächstes kommen verschiedene *primi* auf den Tisch, kleine Gerichte zum Probieren, einschließlich Ravioli mit Salbeibutter und *gnocchi di patate*, kleine Nocken aus Kartoffelteig, die hier mit Pesto serviert werden. Ein Gang nach dem anderen trudelt ein; den Höhepunkt bilden riesige Platten mit geschmortem Lamm- und Kalbfleisch und das weithin bekannte gegrillte Val-di-Chiana-Steak. Karen entdeckt den Flügel in der Ecke unter einer Vase mit einem riesigen Blumenarrangement und bekniet Cole, der Pianist ist, zu spielen. Ed sitzt am anderen Ende der Tafel, aber er fängt meinen Blick auf, als Cole mit einem Werk von Scarlatti beginnt. Vor drei Wochen war das alles noch ein Traum, ein hochgestecktes Ziel, eine beängstigende Aussicht. »Cheers«, prosten uns die englischen Cousins zu.

Wieder daheim beschließen wir, erschöpft von der Völlerei und der Hitze, uns die Hochzeitstorte für den späten Nachmittag aufzusparen. Irgend jemand schnarcht leise vor sich hin. Als ich die Ohren spitze, höre ich, daß es zwei Leute sind.

Obwohl der Torte das gewisse Etwas eines professionellen Kunstwerks fehlt, gehört sie zu den köstlichsten, die ich je gegessen habe. Das Verdienst gebührt dem Nußbaum. Shera und Kevin tanzen wieder im Eßzimmer. Andere Gäste machen einen Verdauungsspaziergang bis zum Ende unseres Grundstücks, um die Aussicht auf den See und das Tal zu bewundern. Wir können uns nicht entscheiden, ob wir schon wieder etwas zu Abend essen oder es lassen sollen. Schließlich fahren wir nach Camucia, um Pizza zu essen. Unsere Stammlokale haben ausnahmslos geschlossen, und so landen wir schließlich in einem Restaurant zweiter Wahl, das nicht das geringste Ambiente hat. Die Pizza ist jedoch ausgezeichnet, und niemand scheint den Staub auf den grauen Vorhängen oder die Katze zu bemerken, die auf den Nachbartisch gesprungen ist und einen Teller mit Essensresten blank schleckt. Am anderen Ende unseres Tischs sitzen Braut und Bräutigam, händchenhaltend, eingesponnen in einen magischen Kreis der Zweisamkeit.

Susan und Cole sind nach Lucca gefahren, und von dort geht's zurück nach Frankreich; ihre Gäste, Familienangehörige, sind inzwischen weg.

Shera und Kevin bleiben noch ein paar Tage. Ed und ich statten dem *marmista* einen Besuch ab und suchen dicken weißen Marmor für unsere Arbeitsplatten in der Küche aus. Am nächsten Tag werden sie zugeschnitten und abgekantet, und Ed und Kevin hieven sie auf den Rücksitz des Wagens. Plötzlich sieht die Küche genauso aus, wie ich es mir ausgemalt habe: Fliesenboden, weiße Armaturen, eine große Spüle, Regale mit Einlegeböden aus derben Holzplanken, Arbeitsplatten aus Marmor. Ich nähe einen blaukarierten Vorhang für den unteren Teil der Spüle und hänge einen Knoblauchzopf und getrocknete Kräuterbündel oben an die Wandregale. In der Stadt finden wir ein altes bäuerliches Teller- und Tassenbord. Das dunkle Kastanienholz sieht wunderbar vor der weißen Wand aus. Endlich haben wir ein Plätzchen für all die Keramiktassen und -schüsseln mit den landestypischen Mustern, die wir kaufen.

Die Gäste sind weg. Wir essen den Rest der Hochzeitstorte. Ed schreibt wieder mal eine seiner zahllosen Listen – wir könnten einen ganzen Raum damit tapezieren – mit den Projekten, die er demnächst zu beenden hofft. Die Küche wirkt unwiderstehlich, was mir sehr entgegenkommt, denn jetzt beginnt die Hochsaison für Gemüse und Obst. Wir haben den vierten Juli und noch einen großen Teil des Sommers vor uns. Meine Tochter kommt. Freunde, die auf der Durchreise sind, wollen einen Abstecher machen, uns zum Mittagessen oder für eine Nacht besuchen. Wir sind bereit.

EINE LANGE TAFEL UNTER DEN BÄUMEN

In Camucia ist donnerstags Markttag, und ich bin früh dort, bevor die Hitze einsetzt. Die meisten Touristen fahren ohne anzuhalten durch den Ort; er liegt am Fuß des Hügels, auf dem Cortona thront, wie ein moderner »Trabant« der altehrwürdigen, dominierenden Bergstadt. Aber modern ist ein relativer Begriff. Mitten zwischen *Frutta-e-verdura*-Läden und Geschäften, in denen man Haushaltswaren und Saatgut kaufen kann, stößt man auf etruskische Grabstätten. Unweit der Metzgerei befinden sich die Überreste einer *villa* mit einem hohen verschnörkelten Eisengitter und einer verfallenen Gartenmauer. Camucia, im Zweiten Weltkrieg stark zerbombt, hat etliche Kastanienbäume, malerische Türen zum Fotografieren und Häuser mit geschlossenen Fensterläden zu bieten.

An Markttagen sind einige Straßen für den Durchgangsverkehr gesperrt. Die Händler treffen in aller Herrgottsfrühe ein und breiten einen kompletten Krämerladen oder eine Supermarktabteilung auf ihrem eigens dafür gebauten Liefer- oder Lastwagen aus. In einem wird *pecorino* – ein Schafmilchkäse, entweder weich und cremig oder reif und aromatisch – und *parmigiano* verkauft. Der gereifte Käse, groß wie ein Wagenrad, krümelig und gehaltvoll, ist köstlich zum Naschen, während ich über den Markt spaziere.

Ich bin auf der Jagd nach den Zutaten für ein Abendessen, zu dem ich ein paar neuerworbene Freunde eingeladen habe. Es zieht mich zu den zwei Ständen, an denen *porchetta* verkauft wird: Das ganze Spanferkel, mitsamt Petersilienstengeln, die um den Schwanz gewickelt sind, und einem Apfel oder einem großen Champignon in der Schnauze, liegt auf einem Tranchierbrett. Manchmal sitzt der enthauptete Schweinskopf in einem Winkel daneben, so daß er den

Rest seines Körpers beäugen kann, der mit Kräutern, Teilen der eigenen Ohren usw. gefüllt (am besten nimmt man das Innenleben nicht so genau unter die Lupe) und im Holzofen gegart wurde. Hier kann man ein köstliches *panino* kaufen und notfalls mit nach Hause nehmen, ein Krustenbrötchen, belegt mit Spanferkel, mager oder mit knuspriger, fetter Schwarte. Einer der *Porchetta*-Verkäufer sieht seiner Ware sehr ähnlich: kleine Schweinsäuglein, speckige Haut und fette Unterarme. Seine Finger sind kurz und fleischig, die Fingernägel abgekaut. Lächelnd preist er die Vorzüge seines Spanferkels, aber wenn er sich zu seiner Frau umdreht, knurrt er sie an. Ihre Lippen sind zu einem Dauerlächeln erstarrt. Ich habe schon öfter bei ihm gekauft, und seine *porchetta* schmeckt Spitze. Dieses Mal kaufe ich bei seinem netteren Standnachbarn. Für Ed bitte ich um extra viel *sale*, wie die undefinierbare Füllung genannt wird, die sehr würzig ist. Ich mag sie, aber ich stochere zuerst immer darin herum, um zu sehen, was alles so drin ist. Obwohl sämtliche Teile und Zubereitungen des Schweins schmackhaft sind, ist das geröstete Spanferkel für mich der Gipfel der kulinarischen Finesse. Bevor ich zum Gemüse weitergehe, erspähte ich ein paar leuchtendgelbe Espadrilles mit Bändern, die man um den Knöchel schnürt. Ich balanciere meine Einkaufstaschen aus, während ich sie anprobiere. Perfekt und fast geschenkt. Ich kaufe sie und stecke sie ein, zu *porchetta* und *parmigiano.*

Halstücher (bunte Kopien von Chanel und Hermès) und Leinentischdecken flattern von den Markisen; Toilettenreiniger, Klebeband und T-Shirts sind in Kisten oder auf Klapptischen gestapelt. Auf diesem Markt findet man nicht nur Lebensmittel, sondern alles, um Garderobe, Garten und Haushalt auszustatten. Es gibt auch ein paar Stände mit kunstgewerblichen Erzeugnissen aus der Umgebung, aber die muß man mit der Lupe suchen. Die toskanischen Märkte sind nicht mit den mexikanischen zu vergleichen, wo man herrliches Spielzeug, Webarbeiten und Töpferwaren kaufen kann. Es ist ein Wunder, daß sie angesichts der hohen Ansprüche der Kunden und der Lebensqualität in dieser Gegend nicht aussterben. Die traditionelle Schmiedekunst ist noch allenthalben lebendig. Gelegentlich entdecke ich gute Feuerböcke und Gitterroste für den offenen Kamin. Am besten gefällt mir eine Vorrichtung für einen ganzen *prosciutto*, eine eiserne Zwinge mit Handgriff auf einem Brett, damit man den Schinken leichter in Scheiben schneiden kann; vielleicht wächst unser Schinkenkonsum, dann werde ich mir ein solches Gerät zulegen. Einmal habe ich handgeflochtene, dunkle Weidenkörbe gekauft; die großen sind wunderbar für Küchenvorräte, die kleinen runden für die gerade jetzt reifen Pfirsiche und Kirschen. Eine Frau verkauft alte Bett- und Tischwäsche aus Leinen, mit Monogrammen bestickt, die sie bestimmt bei Haushaltsauflösungen in alten Bauernhäusern und Villen entdeckt und aufgekauft hat. Sie bietet auch Spitze feil, alt und vergilbt, zu drei Häufchen aufgetürmt. Vielleicht wurde ein Teil auf der nahe gelegenen Insel Isola Maggiore im Trasimenischen See hergestellt. Dort sitzen die Frauen auch heute noch im Licht des Nachmittags auf ihrer Türschwelle und häkeln Spitze. Ich finde zwei große viereckige Kissenbezüge aus Leinen, mit etlichen Metern Spitze durchwirkt und mit Borte besetzt – nur zehntausend Lire, genausoviel wie die Sandalen; das scheint heute meine Glückszahl zu sein! Natürlich brauche ich jemanden, der die passenden Kissen macht. Als ich ein paar gestreifte Geschirrtücher kaufe, sehe ich mehrere Ziegenfelle an einem Haken hängen. Sie wären auf den *Cotto*-Böden in meinem Haus sehr dekorativ. Die vier, die der Mann heute dabei hat, sind zu klein, aber er meint, ich solle nächste Woche wiederkommen. Er versucht mich davon zu überzeugen, daß seine Schaffelle ohnehin besser sind, aber sie reizen mich nicht.

Ich schlängele mich zu den landwirtschaftlichen Produkten durch, steuere aber vorher die Bar an, um mich mit einem Kaffee zu stärken. Eigentlich habe ich nur eine Ausrede gesucht, um das bunte Treiben zu beobachten. Die Leute aus der Umgebung kommen nicht nur zum Einkaufen her, sondern auch um ein Schwätzchen mit Freunden und Bekannten zu halten oder Geschäfte abzuschließen. Im Getöse, das auf dem Markt herrscht, hört man viele Stimmen, die den örtlichen Val-di-Chiana-Dialekt sprechen; das meiste verstehe ich nicht, aber eines ist mir aufgefallen: Sie sagen »schento« statt »cento« (was hundert heißt und anderswo wie »tschento« ausgesprochen wird) und bestellen einen »cappuschino«

statt eines Cappuccino, während Kenner das kurze »cappucc« benutzen. Und sie wohnen nicht in Camucia, sondern in »Camuscha«. Seltsam, daß der veränderte Laut oft ein c ist. In der Umgebung von Siena ersetzen die Leute das c durch ein h – »hasa«, Haus, oder »Hoca-Hola«. Wie der lokale Umgang mit dem c auch sein mag, die Leute verstehen einander und unterhalten sich. Vor der Bar erkunden Bauern in kleinen Grüppchen das Terrain, wohl an die hundert Männer. Einige spielen Karten. Ihre Frauen sind in der Menschenmenge untergetaucht, beladen ihre Einkaufstaschen mit winzigen Erdbeeren, Basilikumpflanzen mit herunterbaumelnden Wurzeln, getrockneten Pilzen, vielleicht auch mit Fisch von dem einzigen Stand, der Meeresfrüchte aus der Adria verkauft. Im Gegensatz zu den Italienern, die ihren Fingerhut voll Espresso mit einem Schluck hinunterkippen, nippe ich langsam und genußvoll an dem rabenschwarzen Gebräu.

Italien werde bald so homogenisiert und amerikanisiert sein wie die meisten Länder, behauptet eine meiner Freundinnen geringschätzig. Am liebsten würde ich sie an den Haaren herschleifen, in diesen Torweg, damit sie sich das bunte Treiben auf dem Markt anschaut. Das Leben der Männer spiegelt sich in ihrem äußeren Erscheinungsbild wider – wie vielleicht bei jedem Menschen. Gesicht und Körper zeugen von harter, körperlicher Arbeit. Sie sind hager, haben kein Gramm überschüssiges Fett an gleich welcher Stelle. Sie sind von Wind und Wetter gegerbt und so braun, daß die Haut vermutlich nicht einmal im Winter verblaßt. Ihre ländliche Kleidung ist praktisch und derb; sie schmeißen sich für den Markttag nicht in Schale, aber ziehen sich »anständig« an. Außerdem tragen sie eine angeborene Würde zur Schau. Bestimmt sind einige ausgekochte Schlitzohren darunter, ruppig und alles andere als zart besaitet, aber sie leben im Hier und Jetzt, scheinen aus ihrem Herzen keine Mördergrube zu machen und strotzen vor Energie. Manchen fehlen ein paar Zähne, aber sie lachen breit, ohne sich ihrer Zahnlücke zu schämen. Ich schaue mir einen der Männer genauer an: Das linke Auge ist trüb, durchzogen von milchigblauen Äderchen, das andere ist schwarz wie die Mitte einer Sonnenblume. Ein geistig behinderter Jungen steht bei ihnen; allem Anschein nach wird er weder auf Schritt und Tritt beaufsichtigt noch ignoriert. Er ist einfach da und ein Teil des Lebens, genau wie alle anderen.

Zu Hause plane ich schon Wochen im voraus ein Menü, hier beginne ich erst darüber nachzudenken, was ich kochen könnte, wenn ich sehe, was gerade reif ist. Ich muß ständig gegen den inneren Zwang ankämpfen, zuviel einzukaufen; oft vergesse ich, daß zu Hause nicht zehn hungrige Mäuler darauf warten, gestopft zu werden. Anfangs ärgerte es mich, daß die Tomaten oder Erbsen verdorben waren, wenn ich erst ein paar Tage später dazu kam, sie zu verwenden. Doch schließlich begriff ich, daß alles Obst und Gemüse, das man hier kauft, *reif* ist – am selben Morgen geerntet oder ausgegraben, genau zum richtigen Zeitpunkt. Damit war auch ein weiteres Rätsel gelöst: Ich hatte nie verstanden, warum italienische Kühlschränke so winzig sind, bis mir klarwurde, daß man die Lebensmittel nicht so lange lagert wie bei uns in Amerika.

Vor zwei Wochen gab es kleine, purpurfarbene Artischocken an langen Stielen. Mit Tomaten, Knoblauch, altbackenem Brot und Petersilie gefüllt und kurz angedünstet, sind sie besonders lecker; beim Essen tunkt man sie in Öl und Essig. Heute ist nicht eine einzige zu sehen. Dafür sind die *fagiolini*, dünne grüne Bohnen, unwiderstehlich. Soll ich zwei Salate machen? Beim Gedanken an Bohnen mit Schalottenvinaigrette läuft mir jetzt schon das Wasser im Mund zusammen! Klar, warum nicht, Salat ist gesund. Ich kaufe weiße Pfirsiche zum Frühstück, für den Nachtisch heute abend sind die Kirschen ideal. Ich nehme ein Kilo, dann gehe ich wieder in den anderen Teil des Marktes zurück und begebe mich auf die Suche nach einem Kirschentkerner. Da ich das italienische Wort nicht kenne, muß ich mich auf Zeichensprache beschränken. Ich weiß wenigstens, daß Kirsche *ciliegia* heißt, was sich als enorme Hilfe erweist. Ich habe festgestellt, daß sich die Köche bei typisch französischen und italienischen Desserts oft nicht die Mühe machen, die Kirschen zu entkernen; ich mache mir jedoch lieber die Arbeit, um böse Überraschungen beim Essen zu vermeiden. Meine werde ich außerdem in Chianti mit Zucker und Zitrone einlegen. Ich entscheide mich für kleine gelbe Kartoffeln, an denen noch Erde haftet. Sie werden geschrubbt, mit einem

Tropfen Öl beträufelt, mit Rosmarinnadeln bestreut und im Backofen geröstet.

Ich könnte hier sämtliche Einkäufe für meine Essenseinladung erledigen. Ich gehe an Käfigen mit Meerschweinchen, Enten, Hühnern und Kaninchen vorbei. Aber da meine Tochter früher einmal ein schwarzes Angorakaninchen als Haustier hatte, kommt es nicht in Frage, daß die beiden gefleckten Hasen, die in einer staubigen Alitalia-Reisetasche Mohrrüben mümmeln, zitternd im Kofferraum meines Wagens hocken. Ich werde beim Metzger einen schönen Kalbsbraten kaufen. Der Fleischerladen ist schon schlimm genug. Ich gebe zu, daß solche Gedankengänge nicht gerade logisch sind. Wenn man schon Fleisch ißt, muß man sich auch bewußt machen, woher es stammt. Trotzdem: Immer noch erstarre ich beim Anblick der gesenkten Köpfe und geschlossenen Augen der Wachteln und Tauben. Hähnchenköpfe, Hühnerbeine mit gelben Nägeln, das Stückchen Hasenfell am sonst gehäuteten Tier, das zeigen soll, daß es sich nicht um eine Katze handelt, ganze Rinder, die frisch geschlachtet an den Füßen aufgehängt über Küchenkrepppapier auf dem Boden baumeln, um auch noch die letzten Blutstropfen aufzufangen – mir dreht sich fast der Magen um. Daß es jemand übers Herz bringt, die kleinen fluffigen Stubenküken zu essen, kann ich mir beim besten Willen nicht vorstellen. Als Kind saß ich oft auf den Treppenstufen hinter dem Haus und sah seelenruhig zu, wie unsere Köchin einem Huhn den Hals umdrehte und ihm dann mit einem einzigen Schlag den Kopf abhackte. Das kopflose Huhn rannte noch ein paarmal im Kreis herum, während das Blut aus dem Hals sprudelte, dann fiel es um und zuckte noch ein paarmal. Geflügel, gegrillt oder geröstet, esse ich für mein Leben gern. Aber könnte ich auch nur einem Huhn den Hals umdrehen?

Ich habe so viel eingekauft, wie ich gerade noch tragen kann. Jetzt muß ich nur noch in der *cantina* der Winzerkooperative Wein besorgen. Am Ende der gewundenen Marktbudenreihe verkauft eine Frau Blumen aus ihrem Garten. Sie wickelt einen Armvoll pinkfarbener Zinnien in Zeitungspapier, die gerade noch unter den Henkel meiner Tasche passen. Die Sonne brennt mörderisch, und die Händler beginnen, ihre Stände zu schließen, um eine lange Siesta zu machen. Eine Frau, die auf einem großen Teil ihrer gelbgrün-gestreiften Handtücher sitzengeblieben ist, sieht erschöpft aus. Sie schubst den Hund herunter, der es sich auf ihrem Klappstuhl bequem gemacht hat, und legt eine kurze Verschnaufpause ein, bevor sie zusammenpackt.

Als ich meine prall gefüllten Stofftaschen auspacke, füllt sich die Küche mit dem Duft von sonnengereiftem Obst und Gemüse, das im Auto warm geworden ist. Nach der Rückkehr vom Markt verspüren die meisten Leute vermutlich den Drang, die Tomaten, Auberginen (die man auch ganz prosaisch Eierfrüchte nennt; *melanzane* heißen sie auf Italienisch), Zucchini und Paprika zu einem farbenprächtigen Stilleben im nächstbesten Korb zu arrangieren. Ich widerstehe der Versuchung und stopfe alles, außer der Menge, die wir heute essen, in den Kühlschrank, weil es auf die Minute reif ist und faulen würde.

Ich kann es immer noch nicht fassen, daß die Küche fertig ist. Eine Nische über der Tür nach draußen, wo vermutlich eine Heiligenfigur oder ein Kruzifix hing, erinnert daran, daß sich in diesem Raum die Hauskapelle befand, aber alle Spuren der späteren Bewohner, der Ochsen und Hühner, sind beseitigt. Als die Futterkrippen herausgerissen wurden, fanden wir die Überreste von kunstvollen Schnörkelverzierungen unter dem abblätternden Putz neben grün geäderten Mustern, die an Marmor erinnerten. Je nachdem hielten wir während der Renovierungsarbeiten inne und sagten: »Wer hätte gedacht, daß wir einmal die jahrzehntelang angesammelte Harnsäure irgendwelcher Viecher von der Wand abkratzen würden?« oder »Dir ist schon klar, daß wir in einer *Kapelle* kochen werden, oder?«

Sonderbar, die Küche sieht aus, als wäre sie schon immer so eingerichtet gewesen. Wie beim Rest des Hauses besteht der Boden aus gewachsten Terrakottafliesen, die Wände sind weiß verputzt, die Decke hat dunkle Balken. (Der arme Ed mit seinem schmerzenden Nacken und Rücken!) Auf Schränke haben wir verzichtet. Es war nicht schwierig, die Seitenstützen aus verputzten Mauersteinen zu bauen, mit dicken groben Holzplanken als Regalbretter; dieses urige Mobiliar schwebte uns schon damals vor, als wir die Abende damit verbrachten, unsere Vorstellungen auf Millimeterpapier zu zeichnen. Ed und ich haben die Bretter zugeschnitten und weiß gestrichen. Küchenutensilien und die wichtigsten Grundnahrungsmittel sind in Körben vom Markt verstaut. Die fünf Zentimeter dicken Arbeitsplatten aus Carraramarmor sind eine Augenweide und immer kühl unter den Händen oder dem Pizza- und Nudelteig, den ich darauf ausrolle. Wir haben ein rustikales Regal für Gläser und Pastaschüsseln an die Wand gehängt. Um die Halterungen zu verstärken, hat Ed Spreizdübel in dem massiven Gestein angebracht – die Steinsplitter flogen meterweit, und die Bohrmaschine jaulte in den allerhöchsten Tönen.

Die *signora*, die hier vor hundert Jahren lebte, könnte nun zur Tür hereinkommen und mit dem Kochen loslegen. Ihr würde das Abwaschbecken aus Porzellan, groß genug, um ein Baby darin zu baden, das Ablaufbrett und der gebogene Wasserhahn aus Chrom gefallen. Ich stelle mir vor, wie die Frau ausgesehen haben könnte: spitzes Kinn und funkelnde schwarze Augen, die Haare zusammengezwirbelt und mit einem Kamm zum Dutt hochgesteckt. Sie trägt derbe Schnürschuhe und ein schwarzes Kleid; die Ärmel hat sie hochgekrempelt, weil sie Teig für Ravioli ausrollen will. Beim Anblick der modernen Geräte – Geschirrspülmaschine, Elektroherd und ein selbstabtauender Kühlschrank, der in der Toskana auch heute noch eine Seltenheit ist – wäre sie als Hausfrau bestimmt hellauf begeistert, aber auch sonst würde sie sich hier heimisch fühlen. In meinem nächsten Leben komme ich als Architekt zur Welt und werde nur noch Häuser mit Küchen entwerfen, die unmittelbar ins Freie führen. Ich finde es herrlich, nur ein paar Schritte zu gehen, um mich draußen auf die Steinmauer zu setzen und Bohnen zu schnippeln. Ich fülle schmutzige Töpfe mit Wasser und stelle sie zum Einweichen hinaus, trockne meine Geschirrtücher auf der Mauer, gieße mit übriggebliebenem sauberem Wasser Rucola, Thymian und Rosmarin unmittelbar neben der großen Doppeltür. Da sie im Sommer Tag und Nacht offen steht, gelangt Licht und Luft in die Küche. Eine Wespe – ob es wohl immer dieselbe ist? – besucht uns jeden Tag und trinkt aus dem Wasserhahn, dann fliegt sie schnurstracks wieder nach draußen.

Das einzige absolut amerikanische Merkmal ist die Beleuchtung. Anhand der horrenden Stromkosten wird mir klar, warum in vielen Häuern überwiegend Vierzig-Watt-Birnen benutzt werden. Aber in einer schummrigen Küche halte ich es nicht lange aus. Wir haben zwei helle Lampen und einen Dimmer gekauft, der Lino, dem Elektriker, eine Menge Kopfzerbrechen bereitet hat. Er hatte noch nie im Leben so etwas installiert und fand die Herausforderung faszinierend. Zwei Lampen! »Eine reicht. Hier werden schließlich keine Operationen durchgeführt«, lautete sein Urteil. Er sah sich zu der Warnung genötigt, daß unsere Stromrechnung... ihm fehlten die Worte; er konnte nur noch fassungslos die Hände über dem Kopf zusammenschlagen und selbigen gleichzeitig schütteln. Daß wir in unser Verderben rennen und bald am Hungertuch nagen werden, steht für ihn fest.

Auf dem Steinsims hinter der Spüle stehen handgemalte Majolikavorlegeplatten und Schüsseln, Zeugnisse meiner Sammelleidenschaft. Ich habe mir schon überlegt, wie ich Shera wieder herlocken könnte, damit sie die obere Kante der Wände rundum mit einem schablonierten Fries aus Trauben, Blättern und Weinranken verziert. Aber im Moment ist die Küche *finita.*

Wir haben wohl deshalb so viel Energie in die Küche gesteckt, weil das dominante Merkmal in meiner Familie die Leidenschaft für das Kochen ist. Aus welchem Anlaß oder in welcher Krise auch immer, die Frauen, mit denen ich großgeworden bin, haben sich in der Küche richtig ausgetobt, von köstlichen Timbales und kreolischen Hühnerhaschees bis zu dampfenden Riesenkesseln mit Eintopf. Im Sommer pflegten meine Mutter und unsere Köchin, Willie Bell, ganze Tage in der Küche zu verbringen, um Tomaten und Gurken süßsauer einzulegen und große Fässer mit Muskatellertrauben für Gelees umzurühren. Anfang Dezember wurden rumgetränkte Kuchen gebacken und Berge von Pekannüssen zum Rösten geknackt. Bei uns herrschte nie Mangel an einfachen Mürbteigplätzchen, die in Keksdosen verwahrt wurden. Und immer stand ein Teller mit den frischgebackenen Brötchen herum, die vom Essen übriggeblieben und kalt geworden waren. Ich vermisse sie heute noch, denn man kann sie zum Frühstück herrlich toasten. Und bei jeder Mahlzeit wurde bereits über die nächste gesprochen.

Meine Tochter schien völlig aus der Art geschlagen: Sie hatte nichts am Hut mit dem kulinarischen Vermächtnis meiner Mutter und unserer Köchin Willie Bell. Bei meinen Schwestern und mir führte es dazu, die Regale mit Kochbüchern vollzustopfen, fortwährend Pläne für das nächste Fest zu schmieden und – die ultimative Nagelprobe – auch dann zu kochen, wenn wir gezwungen waren, alleine zu essen. Als Kind hat Ashley die Küche gehaßt, mit Ausnahme einer gelegentlichen Anwandlung, einen dicken Klumpen goldbrauner Karamelbonbons zu fabrizieren. Kurz nach dem Collegeabschluß begann sie jedoch ihre Lust am Kochen zu entdecken und pausenlos anzurufen, um sich Rezepte für Huhn mit vierzig Knoblauchzehen, Schokoschaumgebäck, Risotto, Schokoladensoufflé oder Kartoffelgratin durchsagen zu lassen. Unbewußt und gegen ihren Willen hatte sie vermutlich gewisse Grundkenntnisse aufgeschnappt. Wenn wir zwei jetzt beisammen sind, stecken wir uns gegenseitig mit unserem Kochfieber an. Von ihr habe ich ein phantastisches Rezept für eine butterzarte Schweinelende und einen Buttermilch-Zitronen-Kuchen. Derartige Familienbande wecken in mir das Gefühl, meinem Schicksal hilflos ausgeliefert zu sein: Zum Kochen ist man prädestiniert – entweder man hat's, oder man hat es nicht.

Dieses Erbe ist nicht immer das reinste Zuckerschlecken, weil ich in den vergangenen Jahren beruflich zunehmend eingespannt war. In San Francisco wird das tagtägliche Kochen bisweilen zu einer lästigen Pflicht. Ich gestehe, daß ich gelegentlich Eiscreme aus der Pappschachtel esse, mit der Gabel, an die Eßtheke in der Küche gelehnt. Manchmal kommen wir beide erst spät nach Hause und finden im Kühlschrank außer ein paar Selleriestangen, Weintrauben, verschrumpelten Äpfeln und Milch nur gähnende Leere vor. Was kein Problem ist, denn in San Francisco gibt es hervorragende Restaurants. Wenigstens an den Wochenenden versuchen wir, zwei

Hühnchen zu grillen und einen großen Topf Minestrone oder Pastasauce zu kochen, so daß wir bis Dienstag versorgt sind. Mittwochs steht dann oft ein Abstecher ins »Gordo« auf dem Programm, um zwei Riesenburritos mit Fleisch und Sauerrahm, Guacamolesalat mit extrascharfer Sauce und einem Fettgehalt von mindestens dreißig Prozent mit nach Hause zu nehmen. Wenn ich einen Anfall von Organisationswut habe, spiele ich die Superhausfrau und friere eimerweise Suppe, Chili, Eintopf und Brühe ein.

Die Freizeit, die man an einem Sommersitz genießt, die leichten, leicht zuzubereitenden Gerichte und die zwanglose Art, Gäste zu bewirten, haben mich überzeugt, daß die italienische Küche ideal für mich ist. Ich denke oft an die Einladungen zurück, die meine Mutter im Sommer gab. Sie *komponierte* die Menüs und brachte sie scheinbar mit links auf den Tisch. Endlich dämmert mir, daß es letztlich vielleicht doch nicht an meiner Unzulänglichkeit lag, sondern daß damals alles einfacher war. Sie hatte immer Leute um sich, genau wie wir in Bramasole. Ich saß als Ballast auf dem Butterfaß, in dem Eiscreme gemacht wurde, während meine Schwester den Handgriff drehte. Meine andere Schwester pulte Erbsen. Willie Bell war eine echte Perle, hatte alles im Griff. Meine Mutter organisierte die Küche und deckte den Tisch. Ich koche oft ihre Rezepte nach und bin genauso ungezwungen im Umgang mit Gästen und dem, was ich ihnen vorsetze – aber bitte, kein frittiertes Huhn und ähnliche Schnellgerichte! Hier habe ich Zeit. Notfalls helfen meine Gäste wirklich gerne beim Kirschenentkernen oder laufen schnell in die Stadt, um noch eine Ecke *parmigiano* zu kaufen, weil's nicht ganz reicht. Außerdem nimmt das Kochen weniger Zeit in Anspruch, weil die Qualität der Zutaten hervorragend ist, so daß langwieriges Putzen entfällt und die einfachste Zubereitungsweise oft die beste ist. Die Zucchini schmecken wirklich nach Zucchini. Mangold, mit einem Hauch Knoblauch gedünstet, ist ein Genuß. Obst wird nicht mit Aufklebern verkauft, die man erst herunterpulen muß; das Gemüse ist nicht auf Hochglanz poliert oder strahlenbehandelt, und das merkt man am Geschmack.

Nachts wird es jetzt langsam kühl in fünfhundert Meter Höhe.

Das kommt uns sehr entgegen, denn jetzt können wir all die herzhaften Gerichte ausprobieren, die bei Gluthitze ungeeignet sind. Während *prosciutto* mit Feigen, eisgekühlte Tomatensuppe, Artischocken oder Pasta mit abgeriebener Zitronenschale und Spargel im Sommer ideal sind, heizen die frischen Abende den Appetit nach Deftigerem an. Wir bringen Spaghetti mit *ragù* (hier habe ich endlich gelernt, daß der Schlüssel zum Geheimnis dieses würzigen Ragouts Hühnchenleber ist), Minestrone mit einem dicken Klecks Pesto, *ossobuco*, gegrillte Polenta, roten Paprika, mit Ricottakäse und Kräutern gefüllt und im Ofen überbacken, und heiße Kirschen in Chiantiwein mit einem Stück Haselnußkuchen auf den Tisch, eine Kalorienbombe aus Butter, Zucker und Eiern.

Wenn die Tomaten reif sind, gibt es nichts Besseres als kalte Tomatensuppe mit einer Handvoll Basilikum, bestreut mit Polentacroutons. *Panzanella*, ein Salat mit Öl, Essig, Tomaten, Basilikum, Gurken, kleingehackten Zwiebeln und altbackenem, in Wasser eingeweichtem und kräftig ausgedrücktem Brot gehört ebenfalls zu meinen Lieblingsspeisen und zeigt, daß Not erfinderisch macht. Da man das Brot jeden Tag frisch kaufen muß, haben die Toskaner gute Möglichkeiten für die Resteverwertung entdeckt. Das Weißbrot eignet sich sehr gut für Brotpudding oder einen Toast, nach dem man sich alle zehn Finger abschleckt: Die Scheiben werden nur in geschlagenem Eigelb gewendet und in heißem Öl ausgebacken. Wir essen tagelang kein Fleisch, ohne es zu vermissen, doch dann erinnert uns *faraona*, geschmortes Perlhuhn, oder eine mit Salbei gefüllte Schweinelende daran, wie wunderbar das einfachste Fleisch sein kann. Ich schneide einen Korb voller Thymian, Rosmarin und Salbei und wünsche mir, ich könnte je eine dieser kraftstrotzenden Pflanzen nach San Francisco versetzen, wo ich schlaffe Kräuter in einem Blumenkasten auf dem Fensterbrett züchte. Hier erreichen die Pflanzen durch die Sonne alle paar Wochen die doppelte Größe. Der Oregano in der Nähe des Brunnens hat sich schnell zu einem Busch von annähernd einem Meter Durchmesser ausgebreitet. Sogar die wildwachsende Minze und Zitronenmelisse, die ich auf dem Hügel ausgegraben und mitgenommen habe, sind angegangen. Die Minze schießt ins Kraut. Bei Vergil steht geschrieben, daß angeschossenes Rotwild danach sucht, weil sie die Wundheilung beschleunigt. In der Toskana, wo die Jäger das Wild weitgehend ausgerottet oder in die Flucht getrieben haben, gibt es inzwischen mehr Minze als Rotwild. Maria Rita aus dem *Frutta-e-verdura*-Laden empfiehlt Zitronenmelisse zum Würzen von Salat und Gemüse und als Zusatz zum Badewasser. Ich glaube, ich würde auch dann gerne Kräuter sammeln, wenn ich nicht soviel Spaß am Kochen hätte. Frisch geerntete Kräuter verbessern nicht nur den Geschmack des Essens, sondern auch die Laune der Köchin. Wenn ich Thymian pflücke, wasche ich mir erst die Hände, wenn der Duft verflogen ist. Ich habe auch Salbeisträucher gepflanzt, dicht wie eine Hecke, mehr, als ich jemals verwenden kann; die meisten Blüten überlasse ich den Schmetterlingen. Sie sehen, genau wie Lavendel, sehr dekorativ in meinem Kräuterblumenstrauß aus. Den Rest trockne ich oder würze mit den frisch gehackten Blättern die dicken weißen Bohnen in Olivenöl, ein Lieblingsgericht der Toskaner, was ihnen den Spitznamen »Bohnenesser« eingetragen hat.

Wenn wir grillen, legt Ed Rosmarinzweige auf die Grillkohle und das Fleisch. Die knackigen Nadeln verleihen einem Gericht nicht nur Aroma, man kann sie auch zwischendurch knabbern. Wenn Ed Shrimps grillt, dann fädelt er sie auf Rosmarinzweigen auf.

Töpfe mit Basilikum habe ich direkt neben die Küchentür ins Freie gestellt, denn es heißt, daß dieses Kraut Fliegen verscheucht. Während der Mauerbau- und Brunnenbohrwochen sah ich, wie einer der Arbeiter Blätter in der Hand zerdrückte und seinen Wespenstich damit einrieb. Er erklärte mir, das lindere das Brennen. Eine größere Menge wächst einen Steinwurf entfernt. Je mehr ich abschneide, desto schneller scheint es sich zu vermehren. Ich verwende die ganzen Blätter im Salat, brauche große Mengen zum Pürieren für Pestosauce und für sommerliche Schmor- und Tomatengerichte. Basilikum ist für mich der Inbegriff des toskanischen Sommers.

Die vielen Essenseinladungen im Sommer erfordern eine lange *tavola*. Nun, da die Küche fertig ist, brauchen wir einen Tisch für draußen, je länger, desto besser, denn die Fülle auf dem Wochenmarkt verleitet mich unweigerlich, für eine ganze Kompanie einzukaufen. Und weil mich die Gäste laufend vermehren – Freunde aus Amerika, Freunde von irgendwelchen weitläufigen Verwandten, die schnell Hallo sagen wollen, wenn sie schon mal in der Gegend sind, und neue Freunde, manchmal mit *ihren* Freunden im Schlepptau. Dann gibt man eben eine Handvoll Nudeln mehr in den Topf, stellt einen zusätzlichen Teller auf den Tisch und sucht eine weitere Sitzgelegenheit. Raum ist selbst in der kleinsten Hütte, und erst recht an einer langen Tafel.

Ich habe mir genau überlegt, wie dieser Tisch aussehen soll, die ideale Form und auch die Ausmaße. Wenn ich ein Kind wäre, würde ich gerne die Tischdecke hochheben und mich darunter verstecken, mich im flachsfarbenen Licht zusammenkauern und dem lauten Gelächter, dem Klirren der Gläser und den Gesprächen der Erwachsenen lauschen. Dann könnte ich hören, wie man sich mit *»salute«* und *»cin-cin«* von einem Stuhl zum anderen zuprostet, könnte Kniescheiben und Laufschuhe und geblümte Röcke sehen, hochgeschoben, um einen Windhauch zu erhaschen, während sich der robuste Tisch unter dem Gewicht der Speisen biegt. Die Tafel müßte so lange sein, daß ein großer Hund darunter hin- und herspazieren könnte. Am Ende sollte noch Platz für eine riesige Vase sein, mit allen Blumen, die im Augenblick blühen. Die Tafel sollte so breit sein, daß die Gäste die Vorlegeplatten quer über den Tisch von Hand zu Hand weiterreichen können und überall noch ein Plätzchen zum Abstellen finden, auch für die Wasser- und Weinflaschen, die sich im Lauf der Stunden ansammeln. Außerdem muß noch Platz sein für eine Schale mit kaltem Wasser, in die man Weintrauben und Pfirsiche taucht, und für eine Käseglocke, die die Insekten vom Gorgonzola (vom *dolce*, im Gegensatz zum *piccante*, der zum Kochen benutzt wird) und von der *caciotta* fernhält, einem Weichkäse, der hier in der Gegend hergestellt wird. Niemanden stört es, wenn die Olivenkerne in hohem Bogen ausgespuckt werden. Eine solche Tafel verdient als Tischtuch Leinen in zarten Farben, mit blauen Karos oder grünblauem Schottenmuster, keine reinweißen Stoffe, die zu grell wirken. Ist der Tisch lang genug, kann man alles auf einmal ins Freie tragen, und niemand muß zwischen Küche und Tisch hin und her hetzen. Dann kommt auch die Hausfrau auf ihre Kosten, kann die Mahlzeiten in der Mittagszeit unter den Bäumen in aller Ruhe genießen. Die frische Luft lockert die Atmosphäre, schafft ein Gefühl der Entspannung und der grenzenlosen Freiheit. Man ist sein eigener Gast, und so sollte es im Sommer auch sein.

In der zufriedenen Stille, die eintritt, sobald die letzten Birnen halbiert, die letzten Gorgonzolakrümel verputzt und alle Flaschen geleert sind, kann man eine besinnliche halbe Stunde einlegen, und wenn man dazu neigt, am kollektiven Unbewußten teilhaben. Man macht, was alle anderen in Italien machen, wenn Millionen Kehrseiten die Stühle an Millionen Tischen blankpoliert haben – eine Siesta. Ausnahmen bestätigen natürlich die Regel. Dazu gehören Parkplatzwächter, Bedienungen, Köche – nicht zu vergessen Tausende von Touristen, die den Fehler machen, schon um elf riesige Pizzastücke mit Salami zu verdrücken und mittags keinen Bissen mehr herunterbringen. Sie begeben sich nicht in die Horizontale, sondern trotz glutheißer Sonne auf Wanderschaft, lugen durch die Metallgitter, die vor den Schaufenstern heruntergelassen wurden, stemmen sich vergeblich mit ihrem ganzen Gewicht gegen die massiven Portale zugesperrter Kirchen oder setzen sich auf den Rand eines Brunnens, um blinzelnd ihre Reiseführer im handlichen Taschenformat zu Rate zu ziehen. Meine Herrschaften, es hat keinen Zweck, gegen den Strom zu schwimmen! Ich spreche aus eigener Erfahrung. Später dann, so gegen sieben, wenn es immer noch heiß ist und die Sandalen die Fersen wundgescheuert haben, fällt es ihnen schwer, sich die Waffel mit Meloneneis zu verkneifen, ein wahres Gedicht! Und die ganz Schwachen geben noch der Versuchung nach und verdrücken auf dem Weg zum Hotel ein weiteres Stück Pizza, dieses Mal mit Artischocken. Und dann, wenn ganz Italien so gegen neun Uhr abends zu Tisch geht, hat der ausländische Magen nicht einmal den leisesten Hunger. Das kommt erst viel später, wenn alle guten Restaurants rappelvoll sind.

Der Rhythmus der Mahlzeiten in der Toskana mag uns ungewohnt sein, aber nach einem ausgedehnten Mittagessen im Freien wird eines sonnenklar: Eine Siesta muß sein. Die Gepflogenheit, der schnöden Welt während der heißesten Tageszeit drei Stunden lang lebewohl zu sagen, macht in jeder Hinsicht Sinn. Am besten schnappt man sich den dicken Wälzer über Piero de la Francesca, marschiert nach oben und gibt sich ihm oder dem süßen Nichtstun hin.

Ich weiß, daß ich einen Holztisch haben möchte. Mein Vater pflegte immer am Freitag Freunde und ein paar seiner Mitarbeiter zum Essen einzuladen. Unsere Köchin, Willie Bell, und meine Mutter deckten einen langen weißen Tisch unter dem Pekannußbaum im Garten; es gab Hühnchen, die gleich nebenan auf dem Backsteingrill schmurgelten, dazu Kartoffelsalat und weiche Brötchen, Eistee, einen gehaltvollen Kuchen und einige Flaschen Gin und Southern Comfort, ein typisches Südstaatengetränk, stark und süß. Das Mittagsmahl dauerte häufig bis zum Abend und endete nicht selten damit, daß die nicht mehr ganz standfesten Männer Arm in Arm »Darktown Strutter's Ball« oder »I'm a Ramblin' Wreck from Georgia Tech« sangen, langsam und leiernd, wie eine Kassette, die zuviel Sonne abbekommen hat.

In den ersten Wochen nach dem Einzug benutzten wir den zurückgelassenen Arbeitstisch, den wir im Haus vorgefunden hatten, einen primitiven Vorläufer der Tafel unter den fünf nebeneinander stehenden Linden, die mir vorschwebt. Lange Tischdecken verhinderten, daß sich Holzsplitter in unsere Knie bohrten. Mit passenden Servietten, einem Marmeladenglas mit Klatschmohn und Kornblumen und unseren gelben Tellern vom Kaufhaus hatten wir ihn in einen schmucken Eßplatz verwandelt, vor allem für zwei Personen.

Meine Vorstellung vom Paradies ist ein Mittagessen mit Ed, das mindestens zwei Stunden dauert. Er muß in einem früheren Leben Italiener gewesen sein. Er redet mit Händen und Füßen, ein ganz neuer Zug an ihm. Zu Hause kocht er schon leidenschaftlich gerne, aber hier ist er nicht mehr zu bremsen. Wenn er einen Imbiß zum Mittagessen zubereitet, serviert er eine gemischte Käseplatte aus *parmigiano*, frischem Mozzarella und *pecorino*, einem Schafskäse, dazu roten Paprika, frisch gepflückten Salat, die in dieser Region typische Salami mit Fenchel, untypisches *pane con sale* (ein Brot, das hier keine Tradition hat, weil es Salz enthält), *prosciutto* und Tomaten. Zum Nachtisch kredenzt er Pfirsiche, Pflaumen und mein Lieblingsdessert, eine Wassermelone namens *minne di monaca*, Nonnenbrüste. Auf dem Brotbrett häufen sich die Käsekostproben, Salami und Paprika, auf den Tellern arrangiert er den ersten Gang, das klassische *caprese*: in Scheiben geschnittene Tomaten, Basilikum, Mozzarella und ein paar Tropfen Öl.

Im Schatten der *tigli* sind wir vor der Mittagshitze geschützt. Die Zikaden stimmen ihr schrilles Konzert in den Bäumen an, ein Laut, der das Herzstück des Sommers darstellt. Die Tomaten schmecken so himmlisch, daß wir beim Essen andächtig verstummen. Ed öffnet zur Feier des Tages eine Flasche Prosecco, und wir machen es uns gemütlich, um zum x-ten Mal die abenteuerliche Geschichte von der Restaurierung des Hauses aufzuwärmen. Seltsamerweise lassen wir Komplikationen und Panikattacken zunehmend aus; der Prozeß der selektiven Wahrnehmung hat eingesetzt, der den Fortbestand der menschlichen Rasse gewährleistet: Man vergißt die Schinderei und erinnert sich nur noch an das Gute. Ed beginnt Pläne für einen Brotbackofen zu schmieden. Wir träumen von weiteren Projekten. Die Sonne scheint durch das Geäst der blühenden Bäume, badet uns in ihrem goldenen, gefilterten Schein. »Das kann doch nicht wahr sein. Bestimmt bilden wir uns das alles nur ein und stellen gleich fest, daß wir als Statisten in einen Fellini-Film hineingeraten sind«, sage ich.

Ed schüttelt den Kopf. »Fellini macht in Wirklichkeit Dokumentarfilme – ich habe meinen Glauben an seine originellen Einfälle verloren. An jeder Ecke sieht man Fellini-Szenen. Erinnerst du dich noch an *Amarcord*, an die brillante Idee mit dem Motorrad, das immer wieder auftaucht? Die Idee ist keinesfalls neu, habe ich festgestellt, sondern eine typische Szene aus dem ganz normalen Alltag. Du bist in irgendeinem kleinen Dorf mitten in der Pampa, kein Mensch in Sicht, und plötzlich rauscht eine riesige Moto Guzzi vorbei.« Er schält einen Pfirsich in einer einzigen langen Spirale, und weil es uns so unverschämt gut geht, öffnen wir eine zweite Flasche Prosecco und schlagen noch eine Stunde tot, bevor wir uns aufs Ohr legen und Energie für den Fußmarsch in die Stadt tanken, wo wir anhand der ausgehängten Speisekarten eine Vorauswahl unter den Restaurants treffen, zu dem Baugelände hinüberschlendern, das einen herrlichen Ausblick auf das Tal bietet, und, kaum zu glauben, aber wahr, die nächste Mahlzeit ins Auge fassen.

Wir haben die beiden Schreiner Marco und Rudolfo angerufen. Sie sind zurückhaltend und wortkarg während der Ortsbesichtigung, scheinen aber ganz in ihrer Arbeit aufzugehen. Die Idee, einen langen Tisch für zehn Personen zu fertigen, der auch noch gestrichen werden soll, bringt sie aus der Fassung. Sie sind an gebeiztes Kastanienholz gewöhnt. Haben wir uns das auch gut überlegt? Ich sehe, wie sie verstohlene Blicke wechseln. Ob wir bedacht haben, daß alle zwei Jahre der Anstrich erneuert werden muß? Viel zu unpraktisch. Aber wir haben unsere eigenen Vorstellungen bereits grob skizziert, und das Farbmuster – ein leuchtendes Gelb.

Vier Tage später kehren sie mit dem Tisch zurück, versiegelt und gestrichen: Der Auftrag wurde in einem Zeitraum erledigt, der an ein Wunder grenzt, vor allem bei zwei Handwerkern, die so ausgelastet sind wie sie. Sie lachen und meinen, der Tisch werde im Dunkeln leuchten. Die Farbe vibriere regelrecht. An seinem Platz im Schatten entfaltet das Gelb seine magische Anziehungskraft, lockt uns mit Krügen und dampfenden Schüsseln, Obstkörben und in Weinblättern gewickeltem Frischkäse aus dem Haus.

Heute haben wir ein italienisches Ehepaar mit Baby und ein paar Schriftsteller aus unserer Heimat zum Abendessen eingeladen. Die kleine Italienerin, ganze sieben Monate alt, kaut würzige Oliven und schielt mit sehnsüchtigem Blick nach den Gerichten auf dem Tisch. Unsere Freunde amüsieren sich köstlich über unsere Abenteuer bei der Restaurierung, denn es ficht sie nicht an: Ihre Häuser wurden schon vor dem »Aussterben« der Handwerker und dem Sturz des Dollars instandgesetzt. Jeder kann sein Scherflein zum Thema Brunnen, Faulgruben oder -becken, Abflußrinnen und Unkrautvertilgung beitragen: technisch fundiertes Wissen, erworben durch jahrelanges Wohnen unter dem Dach alter Bauernhäuser, die ihre Tücken haben. Wir können nur ehrfurchtsvoll staunen, wie vertraut sie mit der italienischen Sprache und den Spitzfindigkeiten italienischer Telefonrechnungen sind. Obwohl ich anregende Gespräche über aktuelle Entwicklungen in der italienischen Literatur, Oper und die kontroversen politischen Strömungen erwartet hatte, diskutieren wir nun leidenschaftlich über das Beschneiden von Olivenbäumen, Brunnenwasseranalysen und das Reparieren von Fensterläden.

Das Menü: Zum Aperitif gibt es *bruschette* mit gehackten Tomaten und Basilikum und *crostini* mit rotem Paprikaaufstrich. Der erste Gang: *gnocchi*, nicht die üblichen aus Kartoffelteig, sondern die leichtere Variante aus Grieß (kleine Portionen – auch sie sättigen sehr gut), gefolgt von Kalbfleisch, das mit Knoblauch und Kartoffeln geschmort und mit frittiertem Salbei garniert wurde. Dazu kleine grüne Bohnen mit Biß, lauwarm, mit Fenchel und Oliven. Kurz vor der Ankunft der Gäste habe ich einen großen Korb Blattsalat gepflückt. Zu Beginn des Sommers hatte ich zwei Samentütchen mit gemischtem Salat als Umrandung für ein Blumenbeet ausgestreut. Innerhalb einer Woche waren die ersten Schößlinge zu sehen, nach drei Wochen sprengten sie ihre Grenzen. Nun haben sie sich überall ausgebreitet; es ist ein seltsames Gefühl, im Blumenbeet Unkraut zu jäten und dabei gleichzeitig das Abendessen zu pflücken. Manche der Salatpflanzen sind mir fremd; ich hoffe, daß wir keine Ringelblumen- oder Stockrosenkeimlinge essen. Die Kirschen, in Rotwein mit Zucker gedünstet und abgekühlt, haben schon den ganzen Nachmittag die Bienen angelockt. Einer der kleinen »Brummer« unternimmt einen kurzen Raubzug in die Küche, vom unwiderstehlichen Geruch angezogen.

Bei Ankunft der Gäste beginnt langsam die Abenddämmerung, mit ihrem für die Toskana typischen weichen Licht, das nach den ersten Drinks verblaßt und sich von Transparent in Gold und Mitternachtsblau verwandelt, bis es am Ende des ersten Ganges dunkel ist. Die Dunkelheit bricht hier ganz unvermittelt herein, als würde die Sonne von unsichtbarer Hand in die Versenkung hinter den Hügeln gezogen. Wir zünden die Kerzen in den Windlichtern auf der Steinmauer und auf dem Tisch an. Als Hintergrundmusik stimmt ein Froschchor seinen Gesang an, der zunehmend lauter wird. *Molti anni fa*, vor vielen Jahren, beginnen unsere Freunde. Ihre Geschichten beschwören ein Italien herauf, das wir nur aus Büchern und Filmen kennen. *In den sechziger Jahren … In den siebziger Jahren … ein wahres Paradies.* Deshalb sind sie hergekommen und geblieben. Es gefällt ihnen noch immer, aber mit dem Land ist es bergab gegangen im Vergleich zu früher, als es noch die verrückte *contessa* mit ihren vier Kleiderschränken gab. *Was für ein Menschengetümmel damals in den Straßen von Rom herrschte, und weißt du noch, das Freilichttheater mit der Überdachung, die zurückrollte, und alles wurde patschnaß, weil es anfing zu regnen?* Dann wechselt die Unterhaltung zum Thema Politik über. Sie kennen offenbar jeden, der in diesem Land Rang und Namen hat. Wir sind entsetzt über die Autobombe, die in Sizilien hochgegangen ist. Treibt die Mafia auch hier bei uns ihr Unwesen? Unsere Fragen sind naiv. Der Zulauf der Faschisten bei der letzten Wahl beunruhigt uns alle. Wäre es denkbar, daß Italien wieder in die Barbarei zurückfällt? Ich erzähle ihnen von meinem Erlebnis in einem Antiquitätengeschäft in Monte San Savino. Dort hängt ein Foto von Mussolini über der Tür, und als der Inhaber merkte, daß ich es anstarrte, fragte er freundlich lächelnd, ob ich wisse, wer das sei. Da mir nicht klar war, ob es sich bei dem Foto um ein Trödelobjekt oder einen Kultgegenstand handelte, antwortete ich mit dem faschistischen Gruß. Er dachte, er habe eine Gesinnungsgenossin vor sich und geriet ganz aus dem Häuschen. Er redete pausenlos auf mich ein, erzählte mir, was für ein *bravo*, ein Mann von echtem Schrot und Korn, der Duce gewesen sei. Ich wollte nichts wie raus mit meinen Neuerwerbungen – einem großen vergoldeten Kreuz und der Tür eines Reliquienschreins –, und nun mußte ich nicht mehr feilschen: Er ging von sich aus mit den Preisen herunter. Er lud mich ein, bald wiederzukommen, seine Familie kennenzulernen. Alle raten mir, seine Gunst nach Kräften auszunutzen.

Ich habe das Gefühl, voll und ganz in ein traumhaftes Leben einzutauchen; die Realität scheint meilenweit entfernt. Sonderbar, daß wir alle hier gelandet sind. Wir haben bei unserer Geburt ein Land als Heimat mit auf den Weg bekommen und fühlen uns in einem anderen heimisch. Die anderen sind wesentlich radikaler als wir: Sie definieren ihr Leben und ihre Arbeit über ihre Existenz in *diesem*, nicht in *jenem* Land. Wir fühlen uns hier pudelwohl und zu Hause, blaß und amerikanisch, wie wir sind. Wir könnten unsere Zelte in Amerika abbrechen, für immer hierbleiben, Einheimische werden. Ich würde meine Haare wachsen lassen, den Kindern in der Umgebung Nachhilfeunterricht in Englisch geben, mit der Vespa in die Stadt fahren, um Brot zu kaufen. Ich stelle mir Ed auf einem dieser winzigen Traktoren vor, die eigens für das terrassierte Gelände gebaut sind. Ich male mir aus, wie er einen kleinen Weingarten anlegt. Oder wir bauen Zitronenmelisse an und brauen einen Heiltrank daraus, um unseren Lebensunterhalt zu verdienen. Ich blicke ihn an, aber er ist damit beschäftigt, Wein einzuschenken. Ich merke, wie unsere Stimmen – Englisch, Französisch, Italienisch – rund um das Haus und über das Tal hinweg hallen. Die Geräusche werden weit getragen, bis zu den Hügeln. S*tranieri*, Ausländer werden wir hier genannt, ein Wort, das ernüchternd wirkt und einen strengen Beiklang hat, als seien wir unerwünscht. Oft hören wir, wie unsere Nachbarn über uns Feste feiern. Wir haben die alte Ordnung in dieser Hügellandschaft auf den Kopf gestellt, wo der Steuereinnehmer, der Polizeihauptmann und der Inhaber des Zeitungskiosks (unsere nächsten Nachbarn, von denen wir aber keine Spur sehen) nur Italienisch zu hören bekamen, bis wir uns hier eingenistet haben.

Der große Himmelswagen, so klar wie eine Punkt-zu-Punkt-Zeichnung, scheint sein Licht direkt über unserem Haus ausgießen zu wollen, und die Milchstraße, in Latein malerisch als *via lactea* bezeichnet, leuchtet wie ein Brautzug am Firmament. Die Frösche verstummen auf einen Schlag, als hätte ihnen jemand Schweigen geboten. Ed holt den *vin santo*, einen süßen Dessertwein, und einen Teller *biscotti*, die er heute morgen gebacken hat. Nun ist die Nacht unendlich weit und still. Kein Mond zu sehen. Wir reden, reden, reden. Nichts unterbricht unsere angeregte Unterhaltung, außer die Sternschnuppen, die vom Himmel fallen.

SOMMERLICHE GAUMENFREUDEN

Als ich in der Provence das kleine Einmaleins der französischen Küche studierte, sagte Simone Beck, Simca genannt, in deren Haus der Kurs stattfand, etwas, das mir stets in Erinnerung geblieben ist. Eine Teilnehmerin, die einen Partyservice betrieb und selbst Kochkurse gab, löcherte Simca mit Fragen über die technischen Einzelheiten. Jedes Wort, das Simca sagte, schrieb sie verbissen in ihr Notizbuch, während wir vier anderen vor allem daran interessiert waren zu essen, was wir zubereitet hatten. Irgendwann sagte Simca ungehalten: »Die Technik lernt man nicht in der Theorie, sondern nur in der Praxis. Also, was ist, messen oder kochen wir?«

Ich habe damals gelernt, wie befreiend eine unkomplizierte Vorgehensweise ist. Simcas Philosophie trifft voll und ganz auf unsere Küche zu, wo wir nicht messen, sondern kochen. Wie alle Köche wissen, sollte man sich von den verfügbaren Zutaten leiten lassen. Vieles, was wir auf den Tisch bringen, ist zu simpel, um es als Rezept zu bezeichnen – wir haben einfach experimentiert und aufgeschrieben, was uns schmeckt. Ich variiere den allgegenwärtigen *prosciutto e melone* mit halbierten Feigen. Meine kalte Tomatensuppe besteht schlicht und ergreifend aus gehackten Kräutern, vor allem Basilikum, und reifen Tomaten, eingerührt in klare Hühnerbrühe und im Gefrierfach gekühlt. Ich bräune ganze Knoblauchzehen in einer feuerfesten Ofenform mit ein wenig Olivenöl an – die aufs Brot gedrückten Zehen schmecken herrlich! Eines der besten Pastagerichte sind Spaghetti mit gehackter Rucola, Sahne, kleingehackter *pancetta* und frisch geriebenem Parmesan. Grüne Bohnen mit schwarzen Oliven, rohen Fenchelscheiben, Frühlingszwiebeln und einer leichten Vinaigrette oder mit Zitronensaft beträufelt, sind das Schönste, was einer Bohne im Leben passieren kann. Eds Erfindung könnte nicht einfacher sein: Er gießt ein wenig Honig auf halbierte Feigen, stellt sie unter den Grill und träufelt dann Schlagsahne darüber. Pfirsiche in Scheiben mit gesüßter Mascarponecreme und zerkrümelten *amaretti* sind bei uns jeden zweiten Tag auf dem Tisch. Einige unserer Lieblingsspeisen erfordern ein wenig mehr Zeit- und Arbeitsaufwand, obwohl ich mich nie frage, wie um alles in der Welt ich mich darauf einlassen konnte.

Antipasti

Rote Paprika (oder Zwiebeln) mit Balsamicoessig

Die großen roten, grünen und gelben Paprikaschoten, aufgetürmt und glänzend, sind im Sommer mein Lieblingsgemüse, weil sie sich so vielseitig verwenden lassen. In dieser Kombination kurz gedünstet, zaubern sie Farbe auf jeden Teller. Und es gibt Suppe aus roten, Mousse von gelben und lecker gefüllte grüne Paprikaschoten…

4 Paprikaschoten in dünne Ringe schneiden. Langsam in Olivenöl andünsten, dann 4 Eßlöffel Balsamicoessig zufügen und ungefähr 1 Stunde schmoren, bis sie butterweich sind; dabei gelegentlich umrühren. Sie sollten »auf der Zunge zergehen«. Mit Salz und Pfeffer würzen. Falls sie trocken aussehen, noch etwas Öl und Balsamicoessig zufügen. Im Backofen (unter dem Grill) ungefähr 25 Weißbrotscheiben, mit Olivenöl beträufelt, bräunen. Dann mit ganzen geschälten Knoblauchzehen einreiben. Paprikaringe darauf verteilen und warm servieren. Eine Variante dieses Rezepts: Dünne Zwiebelringe in Balsamicoessig dünsten, in den Sie 1 Teelöffel braunen Zucker gerührt haben, und langsam karamelisieren lassen. Beide Versionen sind eine köstliche Beilage zu Brathuhn. Reste vom Vortag lassen sich gut für Pasta oder Polenta verwenden. Zusammen mit Käse und/oder gegrillten Auberginen haben Sie im Nu ein schmackhaftes Sandwich gezaubert.

Bruschetta mit Erbsen und Schalotten

Frische Erbsen lassen sich blitzschnell aus den knackigen Schoten streifen. Ich dachte immer, das sei eine meditative Beschäftigung, bis ich eine Frau auf der Türschwelle mit einer schlafenden Katze zu ihren Füßen sah: Sie pulte einen riesigen Berg Erbsen und hatte bereits einen großen Kochtopf gefüllt. Sie blickte hoch und sagte etwas zu mir, was ich so schnell nicht verstand, deshalb lächelte ich nur. Erst im Weitergehen wurde mir bewußt, daß sie gesagt hatte: »Das würde man einem Hund nie zumuten!«

4 Schalotten kleinhacken. 250 Gramm Erbsen pulen. Beides in Butter dünsten, bis Erbsen und Schalotten gar sind. Mit gehackter Minze, Salz und Pfeffer würzen. Die Mischung im Mixer oder von Hand grob hacken und auf Weißbrotscheiben (ungefähr 25 Stück) verteilen, die wie im Rezept oben vorbereitet wurden.

Basilikum-Minze-Sorbet

Ich habe dieses exotische, verführerische Sorbet in der »Locanda dell' Amorosa« probiert, einer ehemaligen *fattoria* in der Nähe von Sinalunga, einem Landgut, das heute ein Gourmetrestaurant beherbergt. Gleich am nächsten Tag habe ich versucht, es zu kopieren. Im Restaurant wurde es nach einem Pasta- und Fischgang serviert, vor dem Hauptgericht. Es kann aber auch an einem warmen Sommerabend als appetitanregender Auftakt zu einem weniger aufwendigen Essen gereicht werden.

Zuerst einen Zuckersirup herstellen: Dazu 250 Gramm Zucker in 250 Milliliter Wasser aufkochen, dann 5 Minuten bei niedriger Temperatur unter Rühren simmern lassen. Im Kühlschrank erkalten lassen. 125 Gramm Minzeblätter, 125 Gramm Basilikumblätter in 250 Milliliter Wasser pürieren. Weitere 250 Milliliter Wasser und 1 Eßlöffel Zitronensaft zugeben. Sirup und Kräuterwasser gründlich mischen und in der Eismaschine nach Anweisung des Herstellers weiterverarbeiten (oder in eine Schüssel füllen und ins Gefrierfach stellen; dabei gelegentlich mit dem Schneebesen durchrühren, damit sich keine Eiskristalle bilden). In Martini- oder andere Gläser füllen und mit Minzeblättern servieren. Ergibt 8 Portionen.

Primi Piatti

Kalte Knoblauchsuppe

Wie bei dem Huhn mit vierzig Knoblauchzehen ist auch die Knoblauchmenge in diesem Rezept kein Grund zur Panik. Durch das Kochen bleibt der Geschmack erhalten, verliert aber an Schärfe.

2 ganze Knoblauchzwiebeln schälen. 1 kleine Zwiebel hacken, 2 mittelgroße Kartoffeln schälen und würfeln. Zwiebelstückchen in 1 Eßlöffel Olivenöl dünsten; sobald sie glasig werden, den Knoblauch zufügen und bei niedriger Temperatur weitergaren: Der Knoblauch sollte weich, aber nicht braun sein. Kartoffelwürfel kochen und mit 250 Milliliter Hühnerbrühe zur Zwiebel-Knoblauch-Mischung geben. Aufkochen, dann bei niedriger Temperatur 20 Minuten garen. Im Mixer pürieren, dann wieder in den Topf füllen; 1 Liter Brühe und 1 Eßlöffel gehackten Thymian zufügen. (Falls Sie keinen Mixer oder Pürierstab besitzen, Knoblauch und Zwiebeln vor dem Garen fein hacken, und die Kartoffeln nach dem Kochen durch die Kartoffelpresse drücken.) 125 Milliliter panna, *italienische Sahne zum Kochen, unterrühren. Mit Salz und Pfeffer würzen und in den Kühlschrank stellen; mit gehacktem Thymian oder Schnittlauch servieren. Ergibt 6 Portionen.*

Fenchelsuppe

2 Fenchelknollen und 2 Bund Frühlingszwiebeln in dünne Scheiben schneiden. Kurz in Olivenöl dünsten. 500 Milliliter Hühnerbrühe in einen Topf geben und den Fenchel bei niedriger Temperatur darin garen; gelegentlich umrühren. Dann pürieren. Weitere 625 Milliliter Brühe zugießen. Mit Salz und Pfeffer würzen, Deckel auflegen und kurz aufkochen; bei niedriger Temperatur 10 Minuten köcheln, 125 Gramm Mascarpone oder panna *unterrühren. Sofort von der Herdplatte nehmen. Kalt oder warm mit gerösteten Fenchelsamen (oder Sonnenblumenkernen) servieren. Ergibt 6 Portionen.*

Pizza mit Zwiebeln und Bratwurst

Pizzavarianten gibt es wie Sand am Meer. Eds Lieblingsbelag besteht aus Kapern, Anchovis und Mozzarella. Ich mag Pizza mit Fontina-Käse, Oliven und *prosciutto*. Oder mit Rucola und *parmigiano*. Aber wir schwärmen auch für Kartoffelpizza. Wenn wir draußen grillen, bereiten wie immer eine Menge Gemüse und Würstchen für Salate und Pizza am nächsten Tag zu. Eine köstliche vegetarische Kombination sind gegrillte Auberginen mit sonnengetrockneten Tomaten, Oliven, Oregano, Basilikum und Mozzarella.

2 Zwiebeln, in dünne Ringe geschnitten, in der Bratpfanne bei niedriger Temperatur in ein wenig Olivenöl und 3 Eßlöffeln Balsamicoessig glasig dünsten. Sie sollten karamelfarben und weich sein. Mit Majoran, Salz und Pfeffer abschmecken. 2 große Bratwürste grillen oder braten. Wir verwenden die toskanischen Schweinswürste mit Fenchelsamen. In Scheiben schneiden. 250 Gramm Mozzarella fein hacken oder Parmesan reiben.
Teig: 1 Päckchen Trockenhefe in 60 Milliliter lauwarmem Wasser auflösen und 10 Minuten stehenlassen. Folgende Zutaten mischen: ½ Teelöffel Salz, 1 Teelöffel Zucker, 3 Eßlöffel Olivenöl und 250 Milliliter kaltes Wasser. 800 Gramm Mehl in eine Schüssel sieben, eine Mulde in die Mitte drücken und die Mischung plus Hefe hineingeben. Verrühren, dann den Teig auf einer ebenen Fläche kneten, bis er glatt und elastisch ist. Falls Sie eine Küchenmaschine benutzen, den Teig so lange mit dem Knethaken bearbeiten, bis er eine Kugel bildet. Teig in eine gefettete, mit Mehl bestäubte Schüssel geben und 30 Minuten gehen lassen. Dann 1 großen Kreis oder 2 kleinere Kreise ausrollen und mit Olivenöl einpinseln. Mit Käse, Zwiebeln und Wurst belegen und bei 220 Grad 15 Minuten backen. In 8 Ecken schneiden.

Gnocchi (aus Grieß)

Gnocchi, normalerweise knödelchenähnlich, haben bei diesem lekkeren und reichhaltigen Gericht eine andere Form und Größe. Im Gegensatz zu den Kartoffel- oder den leichten Spinat- und Ricotta-*gnocchi*, ist die Variante aus Grieß nur talergroß. Ich habe sie früher immer bei einer Frau aus dem Tal gekauft, bis ich feststellte, wie einfach sie zu machen sind.

1½ Liter Milch in einem großen Topf kurz aufkochen. 750 Gramm Grieß langsam einstreuen, dabei ständig umrühren. 15 Minuten bei niedriger Hitze unter Umrühren einkochen lassen. Von der Herdplatte nehmen; 3 Eigelbe, 3 Eßlöffel Butter und 125 Gramm geriebenen Parmesan unterrühren. Mit Salz, Pfeffer und einer Spur Muskat abschmecken. Die Mischung luftig aufschlagen. Dann 2 Zentimeter dick auf eine bemehlte Arbeitsfläche oder ein Schneidbrett streichen und auskühlen lassen. Mit einem kleinen Glas oder einer Plätzchenform Taler ausstechen. Fächerförmig in eine gut gebutterte Auflaufform schichten. Mit 2 Eßlöffeln geschmolzener Butter übergießen und mit 60 Gramm Parmesan bestreuen. Bei 200 Grad 15 Minuten im Ofen überbacken. Ergibt 6 Portionen.

Bunter Nudelsalat mit gebackenen Tomaten

Wenn ich Suppe, Schmorgemüse oder Nudelsalat zubereite, koche ich jedes Gemüse getrennt. Dadurch bleibt der Geschmack der einzelnen Zutaten erhalten, und jedes Gemüse kann bißfest gegart werden. Ich habe noch nie Nudelsalat auf einer italienischen Speisekarte gesehen, aber er ist ein amerikanisches Importerzeugnis vom Feinsten und findet bei Picknicks reißenden Absatz.

Vinaigrette: 175 Milliliter Olivenöl, Rotweinessig nach Geschmack (ungefähr 3 Eßlöffel), 3 zerdrückte Knoblauchzehen, 1 Eßlöffel gehackten Thymian, Salz und Pfeffer in ein Glas mit Schraubverschluß füllen und kräftig schütteln.
Frisches Gemüse: 8 mittelgroße Karotten, 5 weiche Zucchini, 2 große rote Paprika, 2 scharfe Chilischoten, ungefähr ½ Pfund grüne Bohnen und

1 Bund Frühlingszwiebeln in kleine Stücke schneiden, die Chilischoten fein hacken. Bißfest dünsten und abkühlen lassen.
Huhn: 2 Hühnerbrüste mit Olivenöl bestreichen und in eine gefettete Form legen. Mit Thymian, Salz und Pfeffer würzen. Im Backofen bei 200 Grad rund 30 Minuten schmoren. Abkühlen lassen und in dünne Streifen schneiden.
Nudeln: Am besten eignen sich fusilli, *die kurzen Spiralnudeln, für diesen Salat. 1 Kilo kochen und abseihen; sofort in 2 Eßlöffeln Olivenöl wenden. Abschmecken und erkalten lassen.*
Alle Zutaten in einer großen Schüssel mischen und kaltstellen.
Tomaten: 1 Tomate pro Person auswählen (plus ein paar mehr für ein Resteessen). Am Stielansatz kegelförmig aushöhlen und die Kerne mit dem Löffel entfernen. Auf der Unterseite einen Deckel abschneiden. Mit Salz und Pfeffer bestreuen, dann die Tomaten mit einer Mischung aus Brotkrumen, gehacktem Basilikum und gerösteten Pinienkernen füllen. Mit Olivenöl beträufeln. Bei 200 Grad 15 Minuten im Ofen backen.
Zum Anrichten: Tomaten in die Mitte einer großen Platte stellen, Nudelsalat rundherum anrichten und mit schwarzen Oliven, Thymianzweigen und/oder Basilikumblättern garnieren. Ergibt 10 bis 20 Portionen, die genauso gut schmecken, wie sie aussehen!

Secondi

Risotto mit Mangold

Risotto ist für mich zur Labsal für die Seele geworden. Wie bei Pasta, Pizza und Polenta gibt es auch bei diesem Reisgericht unzählige Varianten. Im Frühjahr läßt sich mit Spargel (er sollte noch Biß haben), kleinen Karotten und einem Spritzer Zitronensaft ein ganz leichtes Risotto zaubern. Am besten schmeckt mir Risotto mit Favabohnen, die mit gehackten Schalotten gedünstet und dann unter den Reis gemischt werden. Weitere Gaumenfreuden: Risotto mit gehacktem Fenchel und Garnelen; mit frischen Champignons (auch anderen Pilzen) oder getrockneten *porcini*, Steinpilzen, die in lauwarmem Wasser quellen müssen; oder mit zerpflücktem Radicchiosalat und *pancetta* kurz unter dem Grill überbacken. In Italien kann man *Funghi-porcini*-Bouillonwürfel in jedem Lebensmittelladen kaufen. Sie eignen sich hervorragend für Risotto, wenn man keine hausgemachte Brühe zur Hand hat. In den meisten Rezepten wird viel zuviel Butter verwendet; bei einer schmackhaften Brühe ist sie überflüssig, auch braucht man nur wenig Olivenöl zum Dünsten. Reste lassen sich mit 1 Eßlöffel Olivenöl in einer beschichteten Pfanne aufwärmen: Das Risotto mit dem Pfannenwender verstreichen und festklopfen. Bei mittlerer Hitze braten, bis die Unterseite knusprig ist, dann wenden und auf der anderen Seite bräunen. Ein leckeres Mittagessen.

1 mittelgroße Zwiebel hacken und in 1 Eßlöffel Öl andünsten. 500 Gramm Arborio-Reis (oder anderen Rundkornreis) zugeben und ein paar Minuten glasig dünsten. In der Zwischenzeit in einem Topf gut 1¼ Liter gewürzte Brühe (Hühner-, Kalbs- oder Gemüsebrühe) und 125 Milliliter Weißwein erhitzen, dann bei niedriger Temperatur köcheln lassen. Brühe und Wein portionsweise in den Reis gießen; jedesmal gründlich umrühren und warten, bis der Reis die Flüssigkeit aufgesaugt hat. Brühe und Reis leise köcheln, bis der Reis gar ist. Er soll al dente *und ziemlich suppig sein. 125 Gramm geriebenen Parmesan zufügen. Mangold (vorzugsweise roten) gründlich waschen. Grob hacken und kurz in Olivenöl und gehacktem Knoblauch andünsten. Unter das Risotto mengen. Mit geriebenem Parmesan servieren. Ergibt 6 Portionen.*

Polenta mit Parmesan auf kalifornische Art

Diese Polenta ist kalifornisch angehaucht und nicht von der traditionell italienischen Art. An Butter und Käse wird nicht gespart – eine veritable Kalorienbombe! Die klassische Polenta wird nach der gleichen Methode zubereitet – das Wichtigste dabei ist, daß Sie ständig rühren –, aber mit ½ bis ¾ Liter mehr Wasser. Die gekochte Polenta streicht man auf ein Schneidbrett und läßt sie fest werden. Sie wird häufig mit einem *ragù* oder *funghi porcini* (Steinpilzen) serviert. Ich habe meine kalifornische Variante Italienern vorgesetzt, und sie waren hellauf begeistert. Reste, sowohl von der mageren als auch von der kalorienstrotzenden Version, schmecken köstlich, wenn sie knusprig braun gebraten werden.

500 Gramm Maisgrieß (Polentagrieß) 10 Minuten in ¾ Liter kaltem Wasser quellen lassen. In einem Suppentopf ¾ Liter Wasser aufkochen und den Grieß einrühren. Wieder kurz aufkochen lassen, dann bei niedriger Temperatur 15 Minuten unter ständigem Rühren köcheln lassen (es müssen sich dicke Blasen bilden). Mit Salz und Pfeffer abschmecken, dann 8 Eßlöffel Butter und 250 Gramm geriebenen parmigiano *untermengen. Falls die Polenta zu dick ist, Wasser hinzufügen. Gründlich umrühren und in eine große, gebutterte Auflaufform füllen. 15 Minuten bei 200 Grad im Ofen überbacken. Ergibt 6 Portionen.*

Steinpilzsauce

Wenn möglich, sollte man frische Steinpilze nehmen; sie sind eine Delikatesse. Am besten schmecken sie nur mit Olivenöl eingepinselt und gegrillt. Sie sind so mächtig wie ein Steak, und oft brutzelt beides, Seite an Seite, auf dem Grill. Außerhalb der Saison verwendet man getrocknete *porcini*. Sie sind ein bißchen teuer, aber schon in kleinster Menge geben sie einem Gericht den charakteristischen Geschmack. Diese Sauce paßt gut zu Polenta, Risotto oder Pasta.

50 Gramm getrocknete Steinpilze in 375 Milliliter lauwarmem Wasser einweichen (ungefähr 30 Minuten lang). 5 Knoblauchzehen schälen und würfeln, bei niedriger Temperatur in 2 Eßlöffeln Olivenöl andünsten. Je 1 Eßlöffel feingehackten Thymian und Rosmarin, 250 Milliliter Tomatensauce und Salz und Pfeffer zugeben. Pilzwasser durch ein Mulltuch (oder feines Sieb) abseihen und in die Tomatensauce einrühren. Die Pilze hacken und zufügen; bei niedriger Temperatur rund 20 Minuten köcheln, bis die Sauce dick und würzig ist. Ergibt 6 Portionen für Polenta und 4 für Pasta.

Huhn mit Kichererbsen, Knoblauch, Tomaten und Thymian

Dieses Rezept läßt sich beliebig »strecken«, wenn sich die Anzahl der Gäste unerwartet vermehrt.

500 Gramm getrocknete Kichererbsen mit 2 Knoblauchzehen, Salz und Pfeffer rund 2 Stunden einweichen; sie sollten noch Biß haben. 6 Hühnerbrüstchen in Mehl wenden (in eine Plastiktüte geben, oben gut zuhalten und schütteln) und kurz in heißem Olivenöl anbraten. In eine Auflaufform legen. Kichererbsen abseihen und über die Hühnerbrüstchen streuen. Ein wenig Olivenöl zufügen. Dann eine grobgehackte Zwiebel und 3 gehackte Knoblauchzehen im Bratfett andünsten. 4 reife Tomaten, ebenfalls grob gehackt, 1 Teelöffel Zimt und 2 Eßlöffel Thymian zugeben. 10 Minuten bei niedriger Temperatur köcheln. Auf den Hühnerbrüsten verteilen. Mit Salz, Pfeffer, frischen Thymianzweigen und 125 Gramm schwarzen Oliven würzen. Bei 200 Grad rund 30 Minuten im Rohr überbacken, je nach Größe der Hühnerbrüstchen. Dieses Gericht sieht sehr dekorativ in einer Terracotta-Auflaufform aus. Ergibt 6 Portionen.

Zitronen-Basilikum-Huhn

Eines meiner Blitzgerichte, das – mit einer großen Platte Kürbis- und Tomatenscheiben serviert – selbst an den heißesten Juliabenden erfrischend schmeckt.

Je 125 Gramm gehackte Frühlingszwiebeln und Basilikumblätter in einer Schüssel mischen. Den Saft von 1 Zitrone, Salz und Pfeffer zufügen. 6 Hühnerteile damit einreiben und in eine gut gefettete Auflaufform legen. Mit ein paar Tropfen Olivenöl beträufeln. Bei 200 Grad rund 30 Minuten im Rohr garen, je nach Größe der Hühnerteile. Mit Basilikumblättern und Zitronenscheiben servieren. Ergibt 6 Portionen.

Putenbrust mit grünen und schwarzen Oliven

Pute/Truthahn ist in der italienischen Küche sehr beliebt, obwohl man selten einen ganzen Vogel kaufen kann, außer zu Weihnachten. In diesem Rezept werden Putenschnitzel verwendet, *scaloppine*. Man kann auch flach geklopfte Hühnerbrüste nehmen. Falls Sie die Oliven nicht entkernen, sollten Sie Ihre Gäste vorwarnen. Putenreste verwerte ich ganz untoskanisch für ein Gericht mit Paprikaschoten, das in der Pfanne zubereitet wird.
6 Putenschnitzel in Olivenöl anbraten, bis sie fast durch sind, auf einen Teller legen. Etwas Öl nachfüllen; 1 feingehackte Zwiebel und 2 zerdrückte Knoblauchzehen darin andünsten. 250 Milliliter Wermut zufügen, aufkochen, dann bei niedriger Temperatur 2 bis 3 Minuten zugedeckt köcheln. Die Putenschnitzel, den Saft von 1 Zitrone und 250 Gramm grüne und schwarze Oliven (gemischt) zugeben. Ungefähr 5 Minuten dünsten, bis die Putenschnitzel durch sind. Mit Salz und Pfeffer würzen und 1 Handvoll gehackte Petersilie untermischen. Ergibt 6 Portionen.

Contorni (Beilagen)

Frittierte Zucchiniblüten

Wenn sie richtig zubereitet sind, gibt es nichts Besseres; sie müssen knusprig sein, sonst schmecken sie lappig und fad. Das A und O ist das Öl, das richtig heiß sein muß. Erdnuß- und Sonnenblumenöl eignen sich für dieses delikate Sommergericht am besten.

Rund 1 Dutzend frische Zucchiniblüten auswählen. Es macht nichts, wenn sie leicht welk aussehen. Die Blüten nicht waschen; falls sie feucht sind, trockentupfen. In jede Blüte 1 dünnen Streifen Mozzarella geben und Blüte in Panade wälzen. Für die Panade 2 Eier mit ¼ Teelöffel Salz verquirlen; 250 Milliliter Wasser und 300 Gramm Mehl zugeben. Gründlich mischen, Klumpen mit einer Gabel zerdrücken. Das Öl erhitzen; es sollte heiß sein, aber nicht rauchen. Zucchiniblüten goldbraun und knusprig frittieren. Auf Küchenkrepp abtropfen lassen und sofort servieren.

Paprikaschoten mit Ricottakäse und Basilikum

Gefüllte Paprikaschoten waren mein Leibgericht, als ich noch ins College ging und auf dem Campus wohnte. Die Ricottafüllung ist das genaue Gegenteil der obskuren Fleischfüllung, die man uns damals vorsetzte. Frischer Ricottakäse aus Schafsmilch ist ein Gedicht. Durch die geflochtenen Körbe, in denen er zubereitet wird, entsteht ein Webmuster auf der Oberfläche des Käses. Wir kaufen ihn oft direkt bei einem der Bauernhöfe rund um Pienza, wo Schafe gehalten werden und auch der Pecorinokäse herkommt.

3 große gelbe Paprikaschoten schnell durch eine Gasflamme ziehen oder unter dem Grill im Backofen bräunen. Sie sollten ringsum angesengt, aber nicht weich werden. In einer Plastiktüte abkühlen lassen, dann die verbrannte Haut abziehen. Halbieren und Rippen und Kerne entfernen. Mit Olivenöl beträufeln. In einer Schüssel 500 Gramm Ricotta, 125 Gramm gehacktes Basilikum, 125 Gramm feingehackte grüne Zwiebeln, 125 Gramm gehackte krause Petersilie, Salz und Pfeffer mischen. 2 Eier unterrühren. Paprikaschoten damit füllen und bei 200 Grad 30 Minuten im Backofen garen. Mit Basilikumblättern garnieren. Ergibt 6 Portionen.

Frittierter Salbei

Salbei wird oft mit dem grünen Pulver in Zusammenhang gebracht, das in Schraubverschlußgläsern verkauft wird und zum Niesen reizt. Frischer Salbei hat einen ganz eigenen, durchschlagenden Geruch und rundet Fleischgerichte hervorragend ab.

20 oder 30 Salbeistengel waschen, mit Küchenkrepp abtupfen und trocknen lassen. Sonnenblumen- oder Erdnußöl (5 Zentimeter hoch) in einem Topf erhitzen; es sollte sehr heiß sein, aber nicht rauchen. Salbei in Panade tauchen (siehe Rezept für frittierte Zucchiniblüten) und in dem heißen Öl rund 2 Minuten frittieren, bis die Blätter knusprig sind. Auf Küchenkrepp abtropfen lassen. Lammgerichte, Schweinefleisch oder jedes beliebige Fleisch damit garnieren.

Pesto mit Salbei

Ich habe auf dem Antikmarkt in Arezzo, der einmal im Monat stattfindet, einen alten Stößel aus Olivenholz gefunden, passend zu dem alten Steinmörser, den eine Freundin als Aschenbecher zweckentfremdet hatte. Diese großen Mörser wurden ursprünglich zum Zerkleinern von grobem Salz benutzt. Feines Salz, ein kräftig besteuertes Erzeugnis, auf das die Regierung ein Monopol besaß, wurde nur in Tabakläden verkauft. Im allgemeinen verwendete man das billigere, grobe Salz. Diese großen, alten Mörser sind sehr praktisch für die Zubereitung von Pesto. Der Stößel und der rauhe Stein setzen die ätherischen Öle der Kräuter frei und binden die Essenzen aller Zutaten. Das Pestorezept mit Basilikum habe ich abgewandelt: Zitronen-Petersilien-Pesto für Fischgerichte, Rucolapesto für Pasta und *crostini*, Minzepesto für Garnelen. Ich mag die grobe Konsistenz der selbstgemachten Pestovarianten lieber als die feine der gekauften, an die ich gewöhnt war. Die weißen Bohnen mit Salbei und Oliven, ein traditionelles toskanisches Gericht, schmecken mit einem Klecks Salbeipesto noch besser. Auch *bruschette* lassen sich damit verfeinern; eine gute Ergänzung zu gegrillten Würstchen.

1 großes Bündel Salbeiblätter, 2 Knoblauchzehen und 4 Eßlöffel Pinienkerne hacken. Im Mörser (oder in der Küchenmaschine) zerkleinern und tropfenweise Olivenöl zugießen, so daß eine dicke Paste entsteht. In eine Schale umfüllen, nochmals umrühren, dann Salz, Pfeffer und 1 Handvoll geriebenen Parmesan zufügen. Ergibt ungefähr 350 Gramm.

Dolci

Haselnußeis

Dieses *gelato* ist ein solcher Genuß, daß ich am liebsten meine Staatsbürgerschaft in den Wind schreiben und meine Zelte für immer in der Toskana aufschlagen würde. Selbst Leute, die sonst kein Eis mögen, schmelzen bei diesem Dessert dahin.

375 Gramm Haselnüsse 5 Minuten bei mittlerer Hitze auf dem Backblech bräunen (Vorsicht, sie verbrennen leicht!). Herausnehmen, in ein Geschirrtuch einwickeln und die dünne braune Haut abreiben. Grob hacken. 6 Eigelbe verquirlen, nach und nach 375 Gramm Zucker einrieseln lassen und schaumig schlagen. Je ½ Liter Sahne und Milch aufkochen, dann vom Herd nehmen und zügig die Eier-Zucker-Mischung unterrühren. Die Mischung im Wasserbad eindicken lassen; die Creme ist fertig, wenn sie einen Kochlöffel überzieht und sich beim Draufpusten Kringel bilden, die an eine Rose erinnern). Im Kühlschrank erkalten lassen. 2 Eßlöffel Haselnuß- oder Vanillelikör und 500 Milliliter geschlagene Sahne unterrühren. Haselnüsse, Saft und abgeriebene Schale von 1 Zitrone zufügen. Mischung in die Eismaschine füllen und nach Anleitung des Herstellers weiterverarbeiten. (Oder ins Gefrierfach stellen; von Zeit zu Zeit umrühren, damit sich keine Kristalle bilden.) Ergibt ungefähr 2 Liter.

Rotweinkirschen

Im Juni kaufen wir Kirschen kiloweise und fangen schon während der Heimfahrt an, sie zu verputzen. Der Geschmack von Kirschen pur läßt sich durch fast gar nichts verbessern. Wir haben drei Kirschbäume gepflanzt und drei weitere von Efeu und Brombeergestrüpp befreit. Damit sie Früchte tragen, brauchen sie rechts und links einen Artgenossen.

Stiele und Kerne von 500 Gramm Kirschen entfernen. Mit 250 Milliliter Rotwein und der Schale 1 Zitrone 15 Minuten bei niedriger Temperatur köcheln; dabei gelegentlich umrühren. Zugedeckt 2 bis 3 Stunden ziehen lassen. Mit viel Saft und einem dicken Klecks Schlagsahne oder Mascarpone in Dessertschälchen servieren. Haselnußkuchen in dünnen Scheiben oder Kekse dazu reichen. Sie können auch Pflaumen oder Birnen statt Kirschen verwenden. Ergibt 4 Portionen.

Pfirsichtarte mit Mascarpone

Gedeckte Kuchen zu backen habe ich aus einem Kochbuch von Paula Wolfert gelernt. Man streicht den Teig dünn auf Backpapier, gibt die Füllung in die Mitte und schlägt die Ränder zur Mitte um, was urtümlich und originell aussieht. Die Pfirsiche, die hier verwendet werden – sowohl die gelbe als auch die weiße Sorte –, sind so saftig, daß man die Tarte ohne Zeugen im stillen Kämmerlein essen sollte.

Einen Mürbteig herstellen und ausrollen, ein bißchen größer als für andere Obstkuchen. Vorsichtig auf Backpapier oder in eine Antihaftbackform legen. 4 oder 5 Pfirsiche in Scheiben schneiden. 250 Gramm Mascarpone, 60 Gramm Zucker und 60 Gramm geröstete Mandelblättchen verrühren und unter die Pfirsiche heben. Füllung in die Teigmitte geben, die Teigränder locker zur Mitte umschlagen und leicht an die Füllung drücken. Dabei in der Mitte ein Loch lassen (ca. 10 bis 12 Zentimeter groß). Bei 200 Grad rund 20 Minuten backen. Ergibt 6 Portionen.

Birnen-Mascarpone-Gratin

Das ist die italienische Version der »Cobbler«, die ich in den Südstaaten schon im zarten Alter von sechs Monaten gekostet haben muß. Dort wurden die leicht alkoholhaltigen Obstkuchen fast immer mit Pfirsichen oder Brombeeren zubereitet.

6 mittelgroße Birnen (Sie können auch Pfirsiche oder Äpfel nehmen) schälen, in Scheiben schneiden und ziegelförmig in eine gebutterte Backform schichten. Mit 1 Teelöffel Zucker bestreuen. 4 Eßlöffel Butter und 125 Gramm Zucker schaumig rühren. 1 Eigelb, dann 150 Gramm Mascarpone untermengen. Zum Schluß 2 Eßlöffel Mehl darüber sieben und gründlich verrühren. Mit einem Eßlöffel auf dem Obst verteilen. Bei 200 Grad rund 20 Minuten im Ofen überbacken, bis das Gratin fest ist. Ergibt 6 großzügig bemessene Portionen.

CORTONA, ERHABENE STADT

Die Italiener hatten schon immer eine enge Beziehung zum Handel. Bis heute wohnen sie im Zentrum der Städte über Geschäften und Handwerksbetrieben. Selbst in den *palazzi* der Adelsfamilien findet man im Erdgeschoß gemauerte Arkaden und die Überreste hüfthoher Ladentheken, hinter denen früher jemand für seine Kunden Pökelfisch aus einem großen Faß schöpfte oder ein Rautenmuster in die Schwarte des Jungschweins schnitt, das gefüllt, gegrillt und in Scheiben geschnitten verkauft wurde; wie schon erwähnt wird diese toskanische Spezialität heute in modernen Verkaufswagen mit heruntergeklappter Seite auf jedem Wochenmarkt oder am Straßenrand feilgeboten. Im Vorübergehen streiche ich mit der Hand über die abgewetzten Steintheken. An den Fenstern im Erdgeschoß wurde Wein verkauft, die Hausmarke des *palazzo.* Im ersten Stock dieser Stadtpaläste befand sich häufig das Warenlager. Heute ist meine Bank im Erdgeschoß des Laparelli-Hauses in Cortona untergebracht, das auf einem Fundament aus etruskischen Steinen steht. In den oberen Stockwerken sind abends die Fenster geöffnet, und man sieht riesige, antike Kandelaber mit Armen voller Licht. Oft stehen die Bewohner am Fenster, manchmal zu zweit oder zu dritt, und beobachten, wie ein weiterer Tag in der Geschichte der *piazza* zu Ende geht. In den Hauptgeschäftsstraßen haben die imposanten alten Häuser fast überall im Erdgeschoß Läden, die Haushaltswaren, Geschirr, Lebensmittel und Kleidung führen. Bei vielen Gebäuden war das vermutlich schon immer so.

An den Fassaden merkt man, wie häufig die Bewohner im Lauf der Zeit ihre Meinung geändert haben: Der Eingang sollte hier sein – nein, lieber dort –, der Bogen wurde zum Fenster umgebaut, hier hat man zwei benachbarte Häuser durch einen Durchbruch verbunden, dort eine einheitliche Fassade für alle drei mittelalterlichen Häuser errichtet, um sich dem neuen Stil der Renaissance anzupassen. Der Fischmarkt aus dem Mittelalter ist heute ein Restaurant, das Privattheater aus der Renaissance beherbergt Ausstellungsräume; nur die steinernen Waschtröge sind, was sie einmal waren, warten immer noch auf Wasser und Frauen mit Waschkörben.

Auch der Uhrmacher in seinem handtuchgroßen Laden unter dem Treppenaufgang, der aus dem elften Jahrhundert stammt und zur Stadtverwaltung führt, war schon immer dort ansässig, obwohl er heute vielleicht die Batterie einer Swatch-Uhr wechselt, die einem Austauschstudenten gehört. Früher war er damit beschäftigt, für seine Stundengläser Glas zu blasen und den weißen Sand aus Populonia, von den Stränden des Tyrrhenischen Meeres, zu sieben. Oder er beobachtete die Wasseruhren, Tropfen für Tropfen. Ich habe ihn nie stehen gesehen; sein Rücken, der sich seit Jahrzehnten über die winzigen Teile beugt, muß krumm und bucklig sein. Sein Gesicht wirkt verloren hinter der Lupe; die Gläser sind so dick, daß seine Augen hervorzuquellen scheinen. Als ich vor seinem Laden stehenbleibe, arbeitet er im ewigen Dämmerlicht, das im Inneren herrscht, an winzigen Rädchen und goldenen Dreiecken, an den Stundenanzeigern, die manchmal vom weißen Ziffernblatt abfallen, vier, fünf und neun liegen auf seinem Arbeitstisch verstreut.

Vielleicht ist ja auch meine Lehrtätigkeit unsterblich, und ich sehe es nur nicht, weil die Universität, an der ich unterrichte, nicht an alte Zeiten erinnert; das Gebäude, in dem ich arbeite, liegt in der am stärksten gefährdeten Erdbebenzone und ist so arg mitgenommen, daß es demnächst abgerissen werden soll. Im nächsten Herbst werden wir umziehen, in einen Neubau mit flexiblen Strukturen, die dem teilweise aus Sanddünen bestehenden Fundament besser angepaßt sind. Das Gebäude, in dem die Geisteswissenschaften derzeit untergebracht sind, stammt aus der Zeit nach dem Krieg und gilt bereits als veraltet: Innerhalb von fünfzig Jahren hat sich die Bautechnik grundlegend gewandelt.

Auch den Schuster in seinem höhlenähnlichen Laden, der lediglich Platz für seine Werkbank, ein Regal mit Werkzeug, die zum Abholen bereitgestellten Schuhe und einen einzigen Kunden bietet, der sich hineinquetschen muß, scheint es schon immer gegeben zu haben. Ein roter Stiefel steht dort, genau wie das Schuhwerk, das der Engel im Museo Diocesano gleich um die Ecke trägt, daneben Mokassins vom Gucci, eine ellenlange Reihe dunkelblauer Pumps und ein abgetragener Arbeitsschuh, der bestimmt mehr wiegt als ein neugeborenes Baby. Ein kleiner Rundfunkempfänger aus den dreißiger Jahren, immer noch funktionstüchtig, bringt den Wetterbericht für die gesamte Halbinsel, während er meine reparierte Sandale auf Hochglanz poliert und versichert, sie werde jetzt Jahre halten.

Im *frutta e verdura* das inzwischen Wohlbekannte: Ende Juli weiße Pfirsiche, wie immer. Die Feigen in ebendiesem Augenblick perfekt, und eine Spur zu reif, bis sie in meiner Küche landen. Ein Korb mit kleinen Aprikosen, die einer aufgehenden Sonne gleichen, Feldsalatbüschel, noch feucht vom Tau. Die kleine Laparelli, die heiliggesprochen wurde und nun von weltlichen Belangen unangefochten in ihrem Grab liegt, zu dem viele Gläubige pilgern, hat wohl schon hier als Mädchen haltgemacht und Weintrauben gekauft, bevor sie zu essen aufhörte, um den Leidensweg des Herrn klarer nachzuempfinden. »Frisch aus dem Garten, erst heute morgen geerntet«, hat sie vermutlich gehört, genau wie ich, während Maria Rita die Melone hochhält und ich das Aroma und den Geruch ihrer sauber geschrubbten Hand rieche, die so oft in der Erde wühlt. Als sie mich in den Raum hinter dem Laden führt, um mir zu zeigen, wie kühl es hier ist, fühle ich mich in eine andere Zeit zurückversetzt: Ich betrete ein mittelalterliches Kaninchengehege, das in vielen Gebäuden hinter der prunkvollen Fassade und den Auslagen mit Videokameras, Seidenkleidern und Alessi-Schnickschnack erhalten geblieben ist. Wir befinden uns unter einer Steintreppe, wo es einen Spülstein gibt, um Obst und Gemüse zu waschen; eine weitere Stufe führt in ein enges Steinverlies hinab, das am anderen Ende eine Biegung macht und in der Finsternis endet. *»Fresca«,* schön kühl, sagt sie, sich Luft zufächelnd, und zeigt mir ihren Armsessel zwischen den Lattenkisten; hier kann sie sich ausruhen, wenn sie gerade keine Kunden bedient. Sie hat nicht viel Muße. Viele Leute kaufen bei ihr ein, wegen ihres perlenden Lachens und der 1a-Qualität ihrer Ware. Sie hat sechseinhalb Tage in der Woche geöffnet, und dazu kommt noch die Gartenarbeit. Ihr Mann war in diesem Jahr krank, deshalb muß sie jeden Tag noch zusätzlich die schweren Lattenkisten heben und tragen. Um acht Uhr morgens lächelt sie schon, spritzt den Bürgersteig vor ihrem Laden mit dem Wasserschlauch ab und wischt einen Schmutzfleck von einer der riesigen roten Paprikaschoten, die zu einer Pyramide gestapelt sind.

Wir kaufen jeden Tag hier ein. Und jeden Tag sagt sie: »*Guardate, signori*«, während sie eine krummgewachsene Karotte, deren Form sie anstößig findet, einen Korb mit prallen Tomaten oder einen Bund knackige Radieschen hochhält. Jeder einzelnen Knoblauchzwiebel, Zitrone oder Wassermelone in ihrem Laden hat sie ihre Aufmerksamkeit geschenkt. Obst und Gemüse sind gewaschen und hübsch arrangiert. Sie vergewissert sich, daß ihre besten Kunden nur das Beste erhalten. Wenn ich Pflaumen aussuche (Berühren ist in Obst- und Gemüseläden strikt verboten, was ich bisweilen vergesse), nimmt sie jede einzelne unter die Lupe, weist mich auf Mängel hin, die sie entdeckt, und sucht, vor sich hin murmelnd, Ersatz. Bei jedem Einkauf gibt es kostenlose Tips für die Zubereitung: Man kann keine Minestrone ohne *bietola* kochen; Mangold ist das A und O dieser Gemüsesuppe. Und nicht vergessen, ein kleines Stückchen *parmigiano* gehört hinein, wegen des Geschmacks. Diese Zwiebeln sind köstlich: einfach in Olivenöl andünsten, einen Schuß Balsamicoessig dazu, auf Weißbrot geben, und fertig ist die *bruschetta.*

Viele ihrer Kunden sind Touristen, die anhalten, weil sie den Weintrauben oder Pfirsichen nicht widerstehen können. Ein Mann kauft Obst oder gestikuliert wild, als wolle er sich die Hände waschen. Dann deutet er auf das Obst. Sie errät, daß er wissen will, wo man es waschen kann. Sie erklärt ihm, daß es gewaschen und von niemandem angefaßt wurde; aber natürlich versteht er sie nicht, und deshalb ergreift sie seinen Ellenbogen und geht mit ihm ein Stück die Straße hinunter, zeigt auf den Trinkbrunnen. Sie findet die Szene amüsant: »Wo kommt der her, daß er meint, das Obst sei nicht sauber?«

Überall in den Straßen öffnen die Kunsthandwerker ihre Ladentüren, um Licht hereinzulassen. Wenn man einen Blick auf die Arbeiten wirft, die im Innern verrichtet werden, könnte man zu der Schlußfolgerung gelangen, daß die mittelalterlichen Zünfte immer noch ihr Gewerbe ausüben. Ein junger Mann arbeitet an den kunstvollen Früchte- und Blumenintarsien eines Schreibtisches aus dem siebzehnten Jahrhundert. Während er einen Splitter Birnenholz zurechtschneidet, wirkt er genauso konzentriert wie ein Chirurg, der einen abgetrennten Daumen annäht. In einem anderen Laden unweit des Stadttors Porta Sant'Agostino rahmt Antonio mit dem dunklen, starren Blick botanische Drucke. Ich trete ein, um mich ein wenig umzuschauen, und entdecke einen herrlichen alten Spiegel auf dem Regal. *»Posso?«* Darf ich, frage ich, bevor ich ihn berühre. Als ich ihn in die Hand nehme, geht der obere Teil des Rahmens ab, und der antike Spiegel mit der versilberten Rückseite landet auf dem Boden und zerspringt in tausend Stücke. Am liebsten würde ich vor Scham im nächsten Mauseloch verschwinden. Aber für ihn scheint das kein Beinbruch zu sein: Was ihm viel mehr Kopfzerbrechen macht, sind die sieben Jahre Pech, die mich jetzt gemäß dem alten Aberglauben verfolgen werden. Ich bestehe darauf, den Spiegel zu bezahlen, aber er protestiert. Er wird aus den alten, stockfleckigen Scherben eine Reihe kleiner Spiegel herstellen, und er wird meinen Rahmen reparieren und einen neuen Spiegel einsetzen. Beim Hinausgehen sehe ich, wie er sorgfältig die Stücke aufhebt.

Besonders faszinierend ist der Blick in die Werkstatt, in der Gemälde restauriert werden. Starke Dämpfe wabern aus dem Innern der Küche, wo zwei Frauen in Weiß mit akribischer Sorgfalt den Staub- und Schmutzschichten zu Leibe rücken, die der Zahn der Zeit auf der Leinwand hinterlassen hat, und Stellen ausbessern, die durchlöchert oder schadhaft sind. Die Maler der Renaissance verwendeten Marmorstaub, Kreide und Eierschalen als Grundlage für ihre Farben. Manchmal trugen sie Blattgold auf einen Klebstoff auf, den sie aus Knoblauch gewannen. Ihre schwarze Farbe stammte von Lampenruß, verbrannten Ölzweigen und Nußschalen, einige Rottöne von Insektensekreten, die häufig aus Asien eingeführt wurden. Gemahlene Steine, Beeren, Pfirsichkerne und Glas wurden für die Herstellung anderer Farben verwendet und mit Pinseln aus Schweineborsten, Hermelinhaaren, Federn und Federkielen aufgetragen: eine spirituelle Kunst, die sich unmittelbar aus der Natur herleitete. Um die Nuancen der maulbeerfarbenen Gewänder, malvenfarbenen Umhänge oder azuritblauen Roben haargenau zu treffen, müssen in dieser kleinen Werkstatt alchimistische Prozesse mit modernen Mitteln in Gang gesetzt werden.

Überall in den Gewölben der Stadtmauer werden Möbel restauriert. Viele Männer schreinern Tische und Truhen aus altem Holz. Sie betreiben keine »Fälscherwerkstatt«, denn niemand macht den Versuch, sie als Antiquitäten auszugeben. Sie wissen, daß gut abgelagertes Holz keine Risse bekommen, Beize und Wachs gut annehmen und innerhalb kurzer Zeit *perfekt* aussehen wird, das heißt alt. Wir bringen unser Werkzeug zum Schleifen in eine rauchgeschwärzte Schlosserei, wo sich der *fabbro* entschuldigt, weil es nicht vor morgen fertig sein wird. Als wir die zehn Hacken, Sensen, Sicheln usw. abholen, funkeln die Schneiden. Verlockend, aber ich verzichte darauf, meine Finger darüber gleiten zu lassen.

Der Schneider trägt keine Brille, obwohl seine Stiche so winzig sind, als stammten sie von Mäusen. In seiner dunklen Werkstatt, in der die Nähmaschine am Fenster steht und die Spulen auf der Fensterbank aufgereiht sind, steht auch ein neues weißes Fahrrad mit eingehängter Wasserflasche für lange Touren und schicken ledernen Satteltaschen über dem Hinterrad. Als ich ihn ein anderes Mal wiedersehe, ist er damit nur die kurze Strecke bis zum Stadtpark gefahren, wo er drei streunende Katzen mit Leckerbissen aus seinen Satteltaschen füttert. Er wickelt die Essensreste aus, die sie sehnlichst erwartet haben, wie man merkt. Wir beiden sind die einzigen, die am Sonntagmorgen unterwegs sind, die übrigen Bewohner scheinen anderes zu tun zu haben. Als ich ihm letzte Woche meine Hosen zum Umsäumen brachte, zeigte er mir Fotos, die in einem Kreis an die Rückwand des Raumes geheftet sind. Seine junge Frau, mit geöffneten Lippen und welligen, gescheitelten Haaren. *Morta.* Seine Mutter, wie eine Puppe mit Apfelbäckchen, ebenfalls gestorben. Seine Schwester. Auf einem Foto war er zu sehen, als

Soldat in der päpstlichen Garde, mit schwarzem Haar, gespreizten Beinen und straffen Schultern – ein Jugendbildnis. Er war mit fünfundzwanzig in Rom, unmittelbar nach dem Krieg. Seither sind fünfzig Jahre vergangen, und alle sind tot. Er tätschelt das weiße Fahrrad. *Ich hätte nie gedacht, daß ich der einzige sein würde, der übrigbleibt.*

Cortona nimmt fast sieben Seiten im *Blue Guide, Northern Italy* ein. Der Verfasser dieses ausgezeichneten Reiseführers führt den Leser gewissenhaft jede einzelne Straße entlang und weist ihn auf die Sehenswürdigkeiten hin. Von den Stadttoren aus werden Ausflüge in die nähere Umgebung empfohlen, die ihren ländlichen Charakter bewahrt hat. Jeder Seitenaltar im *duomo* ist nach seiner grundlegenden Ausrichtung in die jeweilige Himmelsrichtung beschrieben, so daß man nach einem Spaziergang durch die gewundenen schmalen Straßen den eigenen Standort bestimmen und sich selbst durch das Labyrinth lotsen kann – sofern man weiß, wo Osten ist. Der Verfasser hat sämtliche Gemälde im Chorbereich des Doms aufgezählt, selbst die verblaßten, mit bloßem Auge kaum erkennbaren. Wenn ich den Reiseführer lese, bin ich wieder einmal überwältigt von der Kunst, Architektur und Geschichte, die in dieser kleinen Bergstadt in Hülle und Fülle vorhanden sind. Die Kunstschätze stellen nur noch ein Hundertstel dessen dar, was Plünderer vergangener Epochen entdeckten; heute sind sie diebstahlsicher angebracht und in ihrer malerischen Pracht nur noch den Blicken zugänglich.

Seit ich Cortona ein bißchen kenne, lese ich alles, was darüber geschrieben steht, doppelt aufmerksam. Der Reiseführer spricht von der schmalen, von Akazien überschatteten Gasse entlang der Innenseite der Stadtmauer, und sofort erinnere ich mich an die bescheidenen Steinhäuser auf der einen und den herrlichen Ausblick über das Val di Chiana auf der anderen Seite. Ich sehe auch den dreibeinigen Hund vor mir, der, wie ich weiß, zu dem Haus mit der Wäscheleine gehört, an der immer riesige Unterhosen trocknen. Ich denke an die Rohrstühle, die alle Bewohner, die an der ausgedehnten Stadtmauer leben, abends ins Freie stellen, um den Sonnenuntergang zu betrachten und zu prüfen, welche Sterne am Himmel stehen. Als ich gestern dort spazierenging, wäre ich um ein Haar auf eine tote Ratte getreten. Bei einem flüchtigen Blick über eine Türschwelle, die direkt auf die schmale Gasse hinausführt, entdeckte ich eine Frau am Küchentisch, den Kopf in die Hände gestützt. Ob sie weinte oder vor sich hindöste, kann ich nicht sagen.

Was immer der Reiseführer auch behaupten mag, ob man ein Gefühl für einen Ort und sein Ambiente entwickelt, ist letztlich eine Sache des Geruchs und Instinkts. Es gibt Orte, die mir fremd geblieben sind. Als ich sie besuchte, hielt ich mich gewissenhaft an die Empfehlungen im Reiseführer, folgte ihm von einer Sehenswürdigkeit zur anderen und hakte sie abends am Textrand ab, während ich bereits die Route für den nächsten Tag plante. Bei meiner ersten Italienreise fegte ich vor lauter Aufregung wie ein Wirbelwind durchs Land, klapperte im Schnelldurchlauf fünf Städte in zwei Wochen ab. Trotzdem ist mir noch alles gewärtig, die Offenbarung des ersten Espressos unter den Arkaden in Bologna und das Brennen, das ich dabei in der Kehle verspürte. Der Aufstieg auf *jeden* Turm und das Bidet, in dem ich abends meine mit Blasen bedeckten Füße einweichte. Das Restaurant in Florenz, wo auf jedem Tisch Kerzen brannten und ich Ravioli mit Butter und Salbei kennenlernte. Die Süßigkeiten, die ich mit aufs Zimmer nahm, hübsch verpackt und verschnürt wie ein Geschenk. Der geheimnisvolle Ledergeruch in dem Schuhgeschäft, wo ich (Beginn einer lebenslangen Leidenschaft) das erste Paar italienische Schuhe erstand. Die Entdeckung von Allori in einer Ecke der Uffizien. Der Raum am Fuß der Spanischen Treppe, in dem Keats starb, mit dem Springbrunnen davor, der wie ein Boot geformt ist und in den ich meine Hand tauchte und daran dachte, daß Keats vielleicht das gleiche getan hat. Damals bin ich nicht auf die Idee gekommen, meine Eindrücke aufzuschreiben. Auf späteren Reisen hatte ich stets ein Reisetagebuch im Gepäck, weil ich merkte, wieviel ich im Lauf der Zeit vergaß. Die Erinnerung ist natürlich trügerisch. Ich weiß nur noch wenig über die drei Tage, die ich in Innsbruck verbrachte – der erste kalte Hauch der Herbstluft, eine schöne rothaarige Frau am Nachbartisch im Restaurant – aber ich kann heute noch jeden

Stein in Cuzco unter meinen Händen spüren; von Puerto Vallarta ist wenig in meinem Gedächtnis haften geblieben, aber Yucatan ist mir unvergeßlich. Ich war fasziniert von den Ruinen der Maya, die ich in einer Halluzinationen auslösenden Hitze besichtigte, und von dem großen Leguan, der auf der Veranda meiner strohgedeckten Hütte schlief, von der Zähigkeit und Einsamkeit des Volkes, von den tosenden Stürmen, die das Licht zum Erlöschen brachten, von dem schwankenden Moskitonetz rund ums Bett und den Kerzen, die erstaunlich schnell herunterbrannten.

Obwohl eine Spritztour übers Wochenende, um dem Alltag zu entfliehen, ihren Zweck durchaus erfüllen kann, liegt den meisten Reisen eine spirituelle Suche zugrunde. Wir halten nach etwas Ausschau. Wonach? Vergnügen, Flucht, Abenteuer – und was dann? »Diese Reise verändert das Leben«, sagte mein Neffe. Hatte er das schon im voraus gewußt und in Italien nur eine Bestätigung für den Wandel gesucht, dessen Beginn er in seinem Innern spürte? Ich glaube nicht; er gelangte erst während der Reise zu dieser Erkenntnis. Eine andere Besucherin verglich das Wasser, die Architektur, die Landschaft und den Wein – einfach alles, was sie sah, mit der vermeintlich besseren Version, die sie zu Hause hatte. Ich war so verärgert, daß ich kurz davor stand zu explodieren. Am liebsten hätte ich ihr ein Heftpflaster auf den Mund geklebt, sie auf das Kloster aus dem elften Jahrhundert hingewiesen und gesagt: »Schau es einfach nur an!« Sie kehrte nach Hause zurück, ohne etwas gesehen zu haben. Kurz danach schrieb sie, daß ihre Scheidung lief (während ihres Aufenthalts verlor sie kein Wort darüber): Ihr Mann hatte nach vierzehn Ehejahren entdeckt, daß er homosexuell war. Plötzlich verstand ich, daß sie verzweifelt nach der Geborgenheit eines Zuhauses gesucht hatte, das es für sie nicht mehr gab. Ein Gast, der Anfang des Sommers bei uns gewesen war, gehörte zu den Marathonreisenden, die sieben Länder in drei Wochen auf dem Programm haben. Man gerät leicht in Versuchung, sich darüber lustig zu machen, aber ich finde es ungeheuer interessant, wenn sich jemand auf eine solche Meilenschinderei einläßt. Diese Unsitte ist sehr amerikanisch. Nur fahren, und zwar möglichst schnell und weit! Meiner Meinung nach verbirgt sich hinter solchen Stippvisiten ein verkappter Fluchttrieb, selbst wenn er als Wunsch getarnt wird, sich einen groben Überblick über ein Land zu verschaffen und später an diejenigen Orte zurückzukehren, die einem gefallen haben. Das Ziel ist nicht wichtig, sondern nur das Reisen an sich und das Bedürfnis, dort Spuren zu ziehen, wo niemand einen kennt, versteht oder an den verteufelten Problemen Anteil nimmt, die einen bedrücken. Menschen haben genauso viele Gründe zu reisen wie zu Hause hinter dem Ofen zu bleiben. »Bin ich froh, daß ich nach London geflogen bin«, erzählte mir eine Freundin im College. »Jetzt muß ich da nie mehr hin.« Ganz im Gegensatz dazu durchquerte meine Freundin Charlotte China auf der Ladefläche eines Lastwagens, um auf dieser alternativen Route nach Tibet zu gelangen. In seinem Gedicht »Words from a Totem Animal« bringt es W. S. Merwin auf den Punkt: Er bittet Gott, in ein anderes Leben hinausgeschickt zu werden, weil das seine zunehmend verblaßt und nicht mehr bis zum letzten Stündlein zu halten droht.

Sobald man an einem Ort verweilt, beginnt die Reise tief ins Innere der eigenen Psyche, oder auch nicht. Irgend etwas muß geschehen, um uns auf den Weg zu bringen, ein unaussprechliches Etwas, das kein Reiseführer beschreiben kann. Der Impuls kann etwas so Einfaches sein wie das Licht auf den Gesichtern der drei Frauen, die ich Arm in Arm in der Spätnachmittagssonne nach Rugapiana schlendern sah. Dieses Licht war wie ein Segen, der auf jedes Geschöpf fiel. Auch ich wollte seinen Abglanz auf meiner Haut spüren.

Der ideale Weg, meine neue Heimatstadt kennenzulernen, besteht darin, als erstes die etruskische Nekropole in der Ebene unterhalb der Stadt zu besuchen. Die Grabstätten stammen aus der Zeit zwischen 800 und 200 v. Chr. und befinden sich neben dem Bahnhof in Camucia und an der Landstraße nach Foiano, wo der Wärter das Trinkgeld nie zu schätzen weiß. Vielleicht hat er schlechte Laune, weil er schlaflose Nächte in dieser unheimlichen Umgebung verbringt. Sein kleines Bauernhaus mit einem Stück Land, auf dem er Bohnen anpflanzt, und den Hühnern, die im Hof herumlaufen, führt eine friedliche Koexistenz mit der Grabstätte, die im Mondlicht seltsam urtümlich aussieht. Ein Stück weiter den Hügel hinauf ist ein verrostetes gelbes Schild, das auf das sogenannte Grab des Pythagoras hinweist. Ich fahre an den Straßenrand und gehe an einem Bach entlang, bis ich an einen kurzen, von Zypressen gesäumten Fußweg gelange, der zur Grabanlage führt. Es gibt ein Eingangstor, aber es hat nicht den Anschein, als ob sich jemand die Mühe macht, es zu schließen. Da ist es also, auf einer runden steinernen Plattform. Die Nischen für die aufrecht stehenden Sarkophage haben Ähnlichkeit mit dem Schrein am unteren Ende meiner Einfahrt. Die Decke ist teilweise verschwunden, aber die verbliebene Wölbung reicht aus, um die Kuppelform zu erkennen. Ich stehe in einem Bauwerk, das jemand vor mindestens zweitausend Jahren errichtet hat. Einer der massiven Steine über der Tür hat die Form eines perfekten Halbmonds.

Die geheimnisvollen Etrusker! Mein Wissen über dieses Volk war begrenzt, bevor ich nach Italien kam; es beschränkte sich auf die Tatsache, daß sie vor den Römern im Gebiet der heutigen Toskana lebten und ihre Sprache lange Zeit niemand entziffern konnte. Von ihrer Schrift fand man nur wenig (in Form von Inschriften), aber davon wurde inzwischen einiges übersetzt, was dem wichtigen Fund von Leinenbandagen zu verdanken ist, in die eine ägyptische Mumie eingewickelt war. Sie wurde als Kuriosität nach Zagreb gebracht und später im dortigen Museum für die Nachwelt konserviert. Wie es kam, daß etruskisches Leinen mit einer Textinschrift in Tusche, die aus Ruß oder Kohle hergestellt war, als Umhüllung für die Leiche einer jungen Ägypterin diente, ist bis heute ungeklärt. Möglicherweise zogen die Etrusker nach Ägypten, nachdem sie ungefähr im ersten Jahrhundert v. Chr. von Rom unterworfen worden waren, und das tote Mädchen war nicht Ägypterin, sondern Etruskerin. Oder das Leinen war nichts weiter als ein Stoffrest, der von den Einbalsamierern, die alles verwerteten, was gerade zur Hand war, in Streifen gerissen wurde. Die Mumie trug gleichwohl genug etruskische Texte am Körper, um Aufschluß über grundlegende Merkmale der Alphabetschrift zu geben, obwohl die Sprache immer noch nicht vollständig entschlüsselt ist. Bedauerlicherweise handelt es sich bei den Inschriften, die man in Stein gefunden hat, nur um Grab- oder Besitzerinschriften. Eine Freundin erzählte mir, daß ein *geometra* aus der Umgebung letztes Jahr eine Bronzetafel mit etruskischen Schriftzeichen entdeckte. Er fand sie in einem verstaubten Bauernhaus, dessen Renovierung er beaufsichtigte, und nahm sie mit nach Hause. Die Polizei bekam Wind davon und stattete ihm noch am selben Abend einen Besuch ab; vermutlich befindet sie sich nun in den Händen von Archäologen.

Auch heute noch werden in dieser Gegend erstaunliche Mengen Kult- und Kunstgegenstände entdeckt, die Zeugnis von der etruskischen Kultur ablegen. Neben einem der Gräber fand man im Jahr 1990 eine siebenstufige Steintreppe, flankiert von ruhenden Löwen, die mit einem Knäuel menschlicher Gliedmaßen verwoben sind – vermutlich eine alptraumhafte Vorstellung der Unterwelt. Im nahegelegenen Chiusi, wie Cortona eine der ursprünglichen zwölf Städte von Etruria, tauchte erst kürzlich die Stadtmauer auf. Sowohl Cortona als auch Chiusi besitzen eine sehenswerte Sammlung etruskischer Kunstgegenstände: Sie wurden entweder bei archäologischen Ausgrabungen oder von Bauern entdeckt, die beim Pflügen ihrer Felder auf Bronzefiguren stießen. In Chiusi führt der Museumswärter die Besucher zu einem Dutzend Gräber, die man in dieser Gegend fand. Für die Römer waren die Etrusker ein kriegerisches Volk (die Römer nicht?), und deshalb unterwarfen sie diesen Landstrich; die Gräber, die riesigen Tonpferde, Bronzefiguren und Haushaltsgegenstände zeigen jedoch, daß die Etrusker Würde, Einfallsreichtum und Humor besaßen. Zweifellos waren sie ein mächtiges Volk. Überall hinterließen sie Überreste von Stadtmauern und Grabstätten, die aus riesigen Steinblöcken errichtet wurden.

In der Umgebung von Cortona nennt man die aufgefundenen Gräber *meloni*, wegen ihrer gewölbten Decken. Wenn man ein paar Minuten unter diesen Kuppeldächern steht, entwickelt man jenes Zeitgefühl, das den Besucher auf Cortona vorbereitet.

Ich verlasse die Gräber und gehe den Hügel hinauf, der zuerst sanft ansteigt und dann steiler wird; ich klettere hinauf, wobei ich durch das Dickicht der windgeschützten Ölbaumterrassen auf den mit Zinnen versehenen Turm des Palazzone spähe, wo der berühmte Freskenmaler Luca Signorelli vom Gerüst fiel und ein paar Monate später starb, und hinunter auf einen eingestürzten Wachturm und ein braungelbes Bauernhaus. Von hier oben wirkt die Landschaft, als sei sie mit einem Weichzeichner gemalt: das Gestein in sanften Farbtönen, Olivenbäume, die von Moosgrün bis Platin schimmern, der Himmel durch einen feinen Dunstschleier vom nahegelegenen See verhangen. Im Juli nehmen die kleinen gemähten Weizenfelder, die an die Olivenhaine grenzen, die Farbe eines Löwenfells an. Ich erhasche einen Blick auf Cortona, dessen Silhouette so erhaben ist wie das Profil der Nofretete. Zuerst befinde ich mich unterhalb der imposanten Renaissancekirche Santa Maria del Calcinaio, dann, als der Weg eine große Kurve macht, auf gleicher Höhe mit ihren gewaltigen Strukturen, und später darüber, so daß ich auf die silbrig glänzende Kuppel und die Kreuzform hinunterschaue, die der Grundriß des Bauwerks hat. Die Kirche wurde von den Gerbern erbaut, nachdem ihnen das Gesicht der Jungfrau Maria auf der Werkstattwand erschienen war. Sie ist der »heiligen Maria von den Kalkgruben« geweiht, weil Kalk zum Gerben des Leders verwendet und die Kirche auf ihrem Steinbruch errichtet wurde. Seltsam, wie häufig Kultstätten genau das bleiben, was sie immer waren: Die Kirche ruht vermutlich auf dem Fundament der Überreste eines etruskischen Tempels oder einer Grabstätte.

Ein schneller Blick zurück: Jetzt sehe ich, wie weit oben ich bin. Das Val di Chiana breitet sich wie ein weitläufiger grüner Fächer unter mir aus. An klaren Tagen kann ich Monte San Savino, Sinalunga und Montepulciano in der Ferne erkennen. Sie könnten Rauchzeichen geben: Heute abend findet ein großes Fest statt, kommt alle her. Gleich darauf bin ich an der hohen Stadtmauer angelangt, und wenn man noch einmal mit den Etruskern in Berührung kommen möchte, muß man bis zum letzten Stadttor fahren, zur Porta Colonia, dessen Sockel von den riesigen, kreuz und quer verlaufenden etruskischen Steinen gestützt wird, mit hinzugefügten Aufbauten aus dem Mittelalter und späteren Epochen.

Im Vorübergehen spähe ich gerne in die Tore hinein. In der Stadt werden alte Ansichtskarten von diesem Panorama verkauft, und heute sieht alles noch genauso aus: das Tor, die engen, steilen Gassen, die *palazzi* auf beiden Seiten. Wenn ich die Stadt betrete, habe ich auf Anhieb das Gefühl, mich im Schutzbereich zu befinden – eine sichere Zuflucht, falls Ghibellinen, Welfen oder welche lanzenschwingenden feindlichen Horden auch immer in der Ferne gesichtet werden, oder wenn es mir gelungen ist, die *autostrada* lebend zu verlassen, ohne von einem Dämon in einem Wagen, der halb so groß ist wie meiner, einen »Spiegelkuß« erhalten zu haben.

Wenn ich mit dem Auto herkomme, stelle ich es hier ab und gehe zu Fuß in die Stadt, durch die Via Dardano, ein Name aus uralter Zeit. Dardanos, der legendäre Gründer von Troja, wurde angeblich hier geboren. Auf der linken Seite komme ich an einer Trattoria mit vier Tischen vorüber, die nur mittags geöffnet hat. Kein Menü, sondern die üblichen Gerichte à la carte. Ich liebe das hauchdünne, flachgeklopfte Beefsteak vom Grill, das auf einem Rucolabett serviert wird. Und ich liebe es, den beiden Frauen am Küchenherd zuzuschauen, der noch mit Holz geheizt wird. Sie scheinen nie vor Hitze umzukommen, was ich unerklärlich finde.

Was mich besonders fasziniert an dieser Straße, sind die Türen für die Toten. Es heißt, daß durch diese Türen die Leichen der Menschen aus dem Haus geschafft wurden, die an der Pest gestorben waren – die Türen der Lebenden zu benutzen, war tabu und bedeutete Unheil. Wenn das stimmt, wurzelt dieser Brauch mit Sicherheit in einem Aberglauben, der wesentlich älter ist als das Christentum. Einige sind der Überzeugung, daß die schmalen Türen mit der erhöhten Schwelle in Kriegszeiten benutzt wurden, wenn das *portone*, das Haupttor, verbarrikadiert wurde. Ich frage mich, ob es nicht einfach Türen waren, die benutzt wurden, wenn man aus der Kutsche oder vom Pferd stieg, um bei schlechtem Wetter direkt ins Haus zu gelangen, statt auf die nasse, vermutlich vor Schmutz starrende Straße zu treten, oder auch bei gutem Wetter ein langes Seidengewand zu schützen. George Dennis, ein Archäologe aus dem neunzehnten Jahrhundert, beschrieb Cortona als »ungeheuer verwahrlost«. Daß die Türen die Form eines Sarges haben, scheint indessen die Totentürtheorie bis zu einem gewissen Grad auch visuell zu untermauern.

Das *centro* besteht aus zwei unregelmäßigen *piazze*, die durch eine kurze Straße miteinander verbunden sind. Kein moderner Städteplaner hätte ein solches Konzept vorgelegt, aber es ist sehr malerisch. Das Rathaus aus dem vierzehnten Jahrhundert mit seinen vierundzwanzig breiten Steinstufen beherrscht die Piazza della Repubblica. Die Stufen dienen am Abend, wenn alle Welt *gelato* ißt, als Tribüne – ein herrlicher Platz, um das allabendliche Schauspiel unten in der Arena zu genießen. Von hier aus kann man in gleicher Höhe eine Loggia auf der gegenüberliegenden Seite der *piazza* sehen, wo sich früher der Fischmarkt befand. Nun hat ein Restaurant seine Tische auf die Aussichtsterrasse gestellt, ein wunderbarer Logenplatz. Die Gebäude ringsum ergänzen sich harmonisch; drei schmale Straßen, die von den Stadttoren ins Zentrum führen, setzen Akzente in diesem stimmigen Bild. In den Straßen herrscht Leben, rege Geschäftstätigkeit. Das Wunder eines Stadtzentrums ohne Autoverkehr gibt dem Menschen seine Bedeutung zurück. Zuerst wird mir nur das gigantische Ausmaß der Architektur bewußt, dann sehe ich, daß die niedrigen Gebäude gegliedert und auf das gesamte Ensemble abgestimmt sind. Die Hauptstraße, offiziell Via Nazionale genannt, bei den Einheimischen gleichwohl als Rugapiana bekannt, ist eine reine Fußgängerzone (außer in den frühen Morgenstunden, wo Waren angeliefert werden dürfen), und auch der Rest der Stadt ist aufgrund der engen, steilen Straßen für Autofahrer ein ungastlicher Ort. Manche sind durch *vicoli* mit den höher oder niedriger gelegenen Straßen verbunden. Allein die Namen dieser schmalen Gassen wecken in mir den Wunsch, in jede einzelne einzubiegen und sie zu erforschen: Vicolo della Notte, Gasse der Nacht, Vicolo dell' Aurora, Morgendämmerung, und Vicolo della Scala, hohe Stufen, die wie eine Leiter endlos nach oben führen.

In den alten toskanischen Natursteinhäusern habe ich nicht das Gefühl, die Zeit sei stehengeblieben, wie in Jugoslawien, Mexiko oder Peru. Die Toskaner orientieren sich voll am Hier und Jetzt; es gelang ihnen jedoch immer, die Vergangenheit lebendig zu erhalten und in die Gegenwart einzubinden. Unsere Kultur verlangt, daß wir die Brücken im Namen des Fortschritts hinter uns abbrechen – was wir bisweilen tun –, während ihre fordert, sie immer wieder aufs neue zu überschreiten. Eine Frau, die im vierzehnten Jahrhundert an der Pest starb und vielleicht durch eine der Totentüren aus der Stadt geschafft wurde, würde auch heute noch ihr Haus vorfinden, unversehrt und möglicherweise sogar unverändert. Gegenwart und Vergangenheit führen eine friedliche Koexistenz, ob es uns gefällt oder nicht. Direkt neben der Kugel, dem alten Wappenzeichen der Medici, waren auf der *piazza* bis vor kurzem noch Hammer und Sichel der Kommunistischen Partei aus Keramik zu sehen.

Ich gehe durch die kurze Verbindungsstraße zur Piazza Signorelli, nach dem berühmten Maler und Sohn der Stadt benannt. Ein wenig größer als die Piazza della Repubblica, herrscht hier das ganze Jahr über besonders am Samstag, dem Markttag, rege Geschäftigkeit. Im Sommer findet hier an jedem dritten Sonntag im Monat ein Trödelmarkt statt. Zwei Bars haben Tische vor ihrer Tür aufgestellt, weit in den Platz hinein. Ich versäume nie, den Florentiner Löwen zu betrachten, der verloren auf seiner Säule wirkt, dem allmählichen Verfall preisgegeben. Wann auch immer ich in die Stadt gehe, es finden sich immer Leute dort ein, und sei es zu einem letzten Kaffee, bevor die Uhr Mitternacht schlägt.

Auch hier fördert und bezuschußt die *comune* Konzerte unter freiem Himmel. Es hält nach Sonnenuntergang sowieso niemanden im Haus, aber an solchen Abenden füllt sich die *piazza* zusätzlich mit den Bewohnern der umliegenden kleinen Bauern- und Landhäuser. In Cortona, wo es mehrere Dutzend katholische Kirchen gibt, tritt heute ein Gospelchor aus Amerika auf. Natürlich läßt er sich nicht mit den Baptistengemeinden in den amerikanischen Südstaaten vergleichen, die während des Gottesdienstes, mitgerissen von den Predigten, spontan ihre religiösen Lieder singen; es handelt sich um einen professionellen Gospelchor aus Chicago, durch zahlreiche Aufnahmen und Auftritte bekannt, der mit rotblauem Flutlicht und Kassetten zum Preis von zwanzigtausend Lire im Gepäck anrückt. Er singt in ungebremster Lautstärke Klassiker wie »Amazing Grace« und »Mary Don't You Weep«. Die moderne Akustik spielt verrückt: Die Klänge werden von den *palazzi* aus dem elften und zwölften Jahrhundert, die diese *piazza* wie ein Ring umgeben, verzerrt zurückgeworfen. Hier fanden einst Turniere statt, bei denen Ritter hoch zu Roß mit Lanzen gegeneinander kämpften und Fahnenschwinger ihre Künste zeigten, und an bestimmten kirchlichen Feiertagen hielten die Bischöfe die Reliquien von Heiligen in die Höhe, während die Priester Kupfergefäße mit brennender Myrrhe schwangen und das Volk der Prozession durch die Stadt folgte, auf einem Blütenteppich, den Kinder gestreut hatten. Dem Tontechniker gelingt es endlich, die Mikrophone richtig einzustellen, und der Vorsänger beginnt, die Zuschauer einzubeziehen. »Sprecht mir nach«, feuert er sie in englisch an, und die Menge macht mit: »Lobet den Herrn. Wir danken dir, Jesus.« 1944 wurde Cortona von englischen und amerikanischen Streitkräften befreit. Bis heute waren wahrscheinlich nie wieder so viele Ausländer in dieser Stadt versammelt, mit Sicherheit nicht so viele Schwarze. Der Chor ist groß. Die amerikanischen Kunststudenten, die am Austauschprogramm der University of Georgia teilnehmen und sich schon eine Zeitlang in Cortona befinden, sind gekommen, um einen Anflug von Heimweh zu erleben. Sie stehen dicht gedrängt mit einer Schar Touristen, die sich am Rande für das gebotene Spektakel interessieren, und mit fast allen Bewohnern von Cortona auf der Piazza Signorelli. »Oh, Happy Day« schmettern die schwarzen Sänger und holen eine junge Italienerin auf die Bühne, die in das Lied einstimmen soll. Sie hat eine volltönende Stimme, die leicht mithalten kann, und ihr schmaler Körper scheint mit der Melodie zu verschmelzen. Woran mag es jetzt wohl denken, dieses uralte »Volk« der Cortonesen? Erinnert es sich an den Tag, als die Panzer der Alliierten in die Stadt rollten, *oh happy, happy day*, an die Soldaten, die den Kindern Orangen zuwarfen? Denkt es, daß die Messe im Dom nie so war? Oder läßt es sich einfach von diesem urwüchsigen, amerikanischen Jesus mitreißen, läßt sich auf seinen Schultern von der Musik tragen?

Blickfänger der *piazza* ist der Palazzo Casali, der nun das Museo dell' Accademia Etrusca beherbergt. Das bekannteste Exponat im etruskischen Museum ist ein schwerer sechzehnarmiger Bronzeleuchter aus dem vierten Jahrhundert v. Chr. Eine Schale in der Mitte enthält das Öl, mit dem die Lampen, die den äußeren Ring bilden, gespeist werden. Dazwischen befinden sich Tiere in kühnen

Reliefs, ein gehörnter Dionysos, Delphine, nackte, zusammengekauerte Leiber von Männern *in erectus*, geflügelte Sirenen. Zwischen zwei Öllampen steht *tinscvil*, ein etruskisches Wort. James Wellard erklärt in seinem Buch *The Search for the Etruscans,* »Tin« sei der etruskische Zeus gewesen und die Inschrift bedeute: »Heil dir, Tin.« Der Leuchter wurde 1840 in einem Straßengraben unweit Cortona gefunden. Im Museum hat man ihn unter einem Spiegel aufgehängt, so daß er von allen Seiten zu sehen ist. Einmal hörte ich eine Engländerin sagen: »Hmm, mag ja interessant sein, aber ich würde dieses Monstrum nicht mal auf dem Trödelmarkt kaufen.« In Glasvitrinen sind kostbare Trinkbecher, Vasen und Flaschen, ein meisterhaft gearbeitetes Bronzeschwein, ein Mann mit zwei Köpfen und viele Bronzefiguren in Zinnsoldatengröße aus dem sechsten und siebten Jahrhundert v. Chr. ausgestellt, einige *in tipo schematico*, eine schablonenhafte Darstellung, die den Betrachter mit ihren langen, verzerrten Formen an den surrealistischen Stil des zeitgenössischen Bildhauers und Grafikers Giacometti erinnert. Neben der etruskischen Sammlung beherbergt das kleine Museum eine erstaunliche Anzahl ägyptischer Mumien und Kunstschätze. In vielen Museen befinden sich erstklassige ägyptische Exponate, so daß ich mich manchmal frage, ob von der alten ägyptischen Kultur auch nur das geringste unter- oder verlorengegangen ist. Ich schaue mir jedesmal ein paar Gemälde an, die mir gefallen. Eines, das Porträt der Polimnia mit nachdenklichem Blick, blauem Gewand und Lorbeerkranz, hielt man lange Zeit für ein römisches Kunstwerk aus dem ersten Jahrhundert v. Chr. Sie ist die Muse der Dichtkunst, die damals als göttlich galt, und scheint ob ihrer Verantwortung ins Grübeln gekommen zu sein. Inzwischen herrscht die Ansicht vor, daß es sich bei dem Exponat um eine meisterhafte Fälschung aus dem siebzehnten Jahrhundert handelt. Das Museum hat die alte Jahreszahl, die natürlich mehr Eindruck macht, jedoch nicht geändert.

Imposante Familienwappen, mit Schwänen, Birnen und Fabeltieren geschmückt, bedecken die Seitenfront des Palazzo Casali. Die kurze Straße unterhalb führt zum Dom und zum gegenüberliegenden Museo Diocesano, ehemals Chiesa del Gesù, das ich manchmal auf einen Sprung besuche. Der größte Schatz, den dieses Museum im ersten Stock untergebracht hat, ist das Gemälde *Mariä Verkündigung* von Fra Angelico, mit dem berühmten knallorangehaarigen Engel. Die lateinische Schrift aus dem Mund des Engels weist in Richtung Jungfrau; Marias Antwort steht auf dem Kopf. Es ist eines der wunderbarsten Werke des Dominikanermönchs. Er hielt sich zehn Jahre lang in Cortona auf, doch dieses Triptychon und eine verblaßte, gemalte Lünette über dem Eingangsportal von San Domenico sind alles, was dieser Stadt von seiner Arbeit geblieben ist.

Gleich rechts neben dem Palazzo Casali befindet sich das Teatro Signorelli, »erst« 1854 in einem der Renaissance nachempfundenen Stil erbaut, mit einem säulengeschmückten Portikus an der Haupteingangsseite, für die Gemüsehändler ein optimaler Schutz vor Sonne und Regen. Das Staatstheater im Innern könnte aus einem Roman von Márquez stammen: ovaler Grundriß, mehrere Ebenen, kleine Logen, rotgepolsterte Bestuhlung und eine schmale Bühne, auf der ich einmal mit eigenen Augen eine ganze russische Balletttruppe zwei Stunden lang herumhüpfen sah, ohne daß sie zusammenbrach. Im Winter wird es inzwischen als Kino benutzt. Mitten in der Vorstellung verhaspelt sich die Spule, wird immer langsamer. Kurze Pause. Alle stehen auf, um in den fünfzehn Minuten Kaffee zu trinken und sich zu unterhalten. Es ist schwierig, geschlagene zwei Stunden zu schweigen, wenn man gerne redet. Im Sommer finden die Kinovorstellungen *sotto le stelle*, unter dem Sternenhimmel, im Stadtpark statt. Orangefarbene Plastikstühle werden in einem steinernen Amphitheater aufgestellt.

Von beiden Plätzen gehen strahlenförmig Straßen aus. Ein Weg führt zu den Häusern aus dem Mittelalter, ein anderer zu einem Springbrunnen aus dem dreizehnten Jahrhundert, und eine weitere zu kleineren Plätzen und steil hinauf zu altehrwürdigen Klöstern und kleinen Kirchen. Ich schlendere durch alle diese Straßen, und jedesmal entdecke ich etwas Neues. Heute sticht mir Vicolo Polveroso, die staubige Gasse, ins Auge, obwohl ich nicht erkennen kann, warum sie staubiger als andere sein soll.

Wenn man eine gute Kondition hat, kann man den Spaziergang in den oberen Teil der Stadt ausdehnen. Selbst in der prallen Sonne unmittelbar nach dem Mittagessen lohnt sich der steile Anstieg. Ich komme an der mittelalterlichen Fassade des Hospitals mit dem langen Portikus vorüber und bete insgeheim, daß ich mir dort niemals den Blinddarm herausnehmen lassen muß. Zu den Mahlzeiten geben sich Frauen mit zugedeckten Tellern und Tabletts die Klinke in die Hand. Wenn man im Krankenhaus liegt, wird erwartet, daß die Familie den Patienten verköstigt. Das nächste bekannte Bauwerk ist die düstere, seit endlosen Zeiten geschlossene Kirche San Francesco von Fra Elias, einem Ordensburder des heiligen Franz von Assisi. An den Seitenmauern ist noch der Schatten eines früheren Kreuzgangs zu sehen. Und weiter geht es bergauf, immer nach oben, durch auffallend saubere Straßen mit gepflegten Häusern. Auf jedem Stückchen Land, und sei es auch nur handtuchgroß, zieht jemand Tomaten an Bambusstangen oder ein paar Köpfe Blattsalat. In Töpfen und Kübeln zeigt das Wohnviertel, welche Blumen ihm die liebsten sind: Neben Geranien scheinen Hortensien hoch im Kurs zu stehen, die so dicht wie Büsche wachsen und einheitlich pinkfarben sind. Oft sitzen die Frauen draußen auf Stühlen am Straßenrand und pulen Bohnen, flicken oder halten einen kleinen Schwatz mit der Nachbarin. Einmal sah ich hier ein altes, verhutzeltes Weiblein in einem langen schwarzen Kleid und schwarzem Schultertuch auf einem kleinen Rohrstuhl sitzen. Ein Bild wie aus dem Jahr 1700. Beim Näherkommen entdeckte ich dann, daß es ein Handy am Ohr hatte. In der Via Berrettini 33 macht eine Schmuckplatte darauf aufmerksam, daß sich hier das Geburtshaus von Pietro Berrettini befindet; nach langem Rätselraten dämmerte mir, daß es sich dabei um Pietro da Cortona handelt. Eine Reihe schattiger Plätze ist von alten Häusern im Stil der städtischen *palazzi* gesäumt, mit schmucken kleinen Vorgärten. Wenn es nach mir ginge, würde ich gern in dem Haus dort drüben wohnen, mit dem Marmortisch unter dem Baldachin aus wildem Wein und den gestärkten weißen Vorhängen am Fenster. Eine Frau mit kunstvollem Lockenkopf schüttelt eine Tischdecke aus. Dann legt sie Gedecke fürs Mittagessen auf. Ihr *ragù* duftet so verlockend, daß mir das Wasser im Mund zusammenläuft, und ich schiele sehnsüchtig zu dem grünkarierten Tischtuch und der verschlossenen Flasche Bauernwein hinüber, die sie mit einem Klirren in die Mitte des Tisches stellt.

Die Kirche San Cristoforo, fast auf der Kuppe des Hügels, ist mir die liebste in der Stadt. Sie ist sehr alt: Mit dem Bau wurde 1192 auf etruskischem Fundament begonnen. Von draußen spähe ich in eine kleine Kapelle mit einem Fresko von der Verkündigung hinein. Der Engel, soeben auf der Erde gelandet, hat blaßblaue Ärmel an seinem Gewand, das noch vom Flug aufgebläht ist. Die Kirche ist immer geöffnet, genauer gesagt, die Tür steht einen Spaltbreit offen, so daß ich draußen anhalten und den Innenraum betrachten kann, bevor ich ihn betrete. Im Gegensatz zu der Kirche, die im strengen romanischen Stil erbaut wurde, ist die verschnörkelte und bemalte hölzerne Orgelempore eine anrührend ländliche Interpretation des Barock. Ein verblichenes Fresko mit einzigartig flacher Perspektive zeigt die Kreuzigung Christi. Unter jede Wunde hält ein schwebender Engel einen Becher, um das vergossene Blut aufzufangen. Sie wirken anheimelnd, diese kleinen Kirchen, die man an jeder Ecke findet. Ich mag die irdenen Krüge (heute sechs an der Zahl) mit welkenden Gartenblumen auf dem Altar, den Stapel katholischer Zeitschriften unter einem weiteren Verkündigungs-Wandbild. Diese Maria hat bei der Botschaft des Engels erschrocken die Hände erhoben und eine Miene aufgesetzt, als wollte sie sagen: Das kann doch wohl nicht dein Ernst sein! Der hintere Teil der Kirche liegt im Dunkeln. Ich höre ein leises, rhythmisches Schnarchen. In der Abgeschiedenheit der letzten Kirchenbänke macht ein Mann ein Nickerchen.

Hinter San Cristoforo hat man einen atemberaubenden Ausblick auf das Tal, das diagonal von einem Teil der hohen Festungsmauer durchtrennt wird. Wie hat sie all die Jahrhunderte überdauert? Das Kastell der Medici thront auf der Kuppe des Hügels, und an diesem Abschnitt der weitläufigen Mauer befindet sich ein Steilhang. Ich gehe zu Fuß den Weg zum Montanina-Stadttor hinauf, dem oberen Eingang in die Stadt. Es ist ebenfalls etruskischen Ursprungs. Ich nehme oft diesen Weg in die Stadt: Mein Haus befindet sich auf der anderen Seite des Hügels, und von dort verläuft die Straße nach Cortona ohne Steigung. Ich finde es herrlich, daß ich durch den oberen Teil der Stadt ohne einen steilen Anstieg gehen kann. Ein weiterer Höhepunkt meines Spaziergangs ist Santa Maria Nuova. Wie Santa Maria del Calcinaio wurde diese Kirche auf einer breiten Terrasse unterhalb der Stadt erbaut. Von der Straße nach Montanina blicke ich hinunter auf ihre feingliedrige Form, ihre ebenmäßigen Rundungen, die anmutige Kuppel, die in der Sonne einen aquamarinblauen und bronzefarbenen Glanz hat. Obwohl Calcinaio bekannter ist, da sie von Francesco di Giorgio Martini entworfen wurde, ist Santa Maria Nuova in meinen Augen gefälliger. Ihre Konturen laufen jedem Gefühl von Erdenschwere zuwider. Die Kirche sieht aus, als schwebe sie und sei auf wundersame Weise imstande, jeden Moment auf- und davonzufliegen, um sich ein anderes Plätzchen zu suchen.

Wenn ich den Weg stadteinwärts fortsetze, komme ich an einem weiteren Kleinod vorüber, der Kirche San Niccolò. Sie ist jüngeren Datums, stammt aus der Mitte des fünfzehnten Jahrhunderts. Wie in San Cristoforo ist der sakrale Schmuck laienhaft und bezaubernd. Ein Kunstwerk, das ernsthaft diesen Anspruch erheben kann, ist ein doppelseitiges Gemälde von Signorelli mit der Kreuzabnahme Christi auf der einen und der Madonna mit dem Jesuskind auf der anderen Seite. Ursprünglich wurde es bei Prozessionen auf einer Standarte getragen; nun kann der Küster es auf Wunsch umdrehen. An heißen Tagen ist diese Kirche ein herrlicher Platz zum Ausruhen. Das Auge ist beschäftigt, die Füße können auf dem Steinboden abkühlen. Auf dem Weg ins Freie erspähe ich, halb verborgen, ein kleines Christusbild von Gino Severini, der ebenfalls in Cortona geboren ist. Als Unterzeichner des »Manifestes der futuristischen Malerei« und glühender Verfechter der Parole »Schluß mit dem Mondlicht« hätte ich Severini nicht auf Anhieb mit sakraler Kunst in Verbindung gebracht. Die Futuristen gehörten einer Erneuerungsbewegung an, die mit der Vergangenheit aufräumen – statt Mondlichtidylle lieber Bewegungsimpulse – und die Welt der Technik und des Industriezeitalters darstellen wollte. Überall in der Stadt sind in Restaurants und Bars Poster von Severinis Bildern zu sehen, die nur aus Farbe, Wirbeln und geballter Energie bestehen. Und dann entdeckte ich über einem Tisch in der

Bar »Sport«, daß die moderne Madonna, die ihr Kind stillt, von ihm stammt. Sie hatte keinerlei Ähnlichkeit mit den Madonnendarstellungen, die ich kenne, und Brüste so groß wie Melonen. Meistens hat es den Anschein, als habe Maria überhaupt keinen Busen, und wenn doch, dann ist er nicht mehr als eine angedeutete Rundung in der Größe eines Tennisballs. Das Original von Severini, das im Etruskischen Museum hängt, wirkt nur deshalb nicht obszön, weil es langweilig ist. Dort befindet sich, in einem eigens ihm gewidmeten Raum, ein interessantes, kunterbuntes Sammelsurium seiner Werke. Leider nichts Großartiges, aber eine kleine Kostprobe seiner künstlerischen Entwicklung, die sich in verschiedenen Stilrichtungen niederschlägt: Collagen, die an Braque erinnern, mit den Zahnrädern, Röhren und Geschwindigkeitsmessern, die sich bei den Futuristen so großer Beliebtheit erfreuten; das Bildnis einer Frau im Stil des amerikanischen Porträtmalers Sargent, ein paar Zeichnungen von der Qualität, wie man sie in Kunstschulen findet, und die bekannteren kubistisch-abstrakten Werke. In Glasvitrinen sind einige seiner Veröffentlichungen und Briefe von Braque und Apollinaire ausgestellt. Keine der Arbeiten läßt auf das innere Feuer und den Ehrgeiz schließen, die in ihm steckten. Natürlich haben alle Futuristen unter ihrer anfänglichen Begeisterung für den Faschismus gelitten und das Kind mit dem Bad ausgeschüttet. Aber noch mehr haben sie darunter gelitten, daß die Welt Frankreich als Wiege der Neuerungen in der Kunst zu betrachten pflegte. Viele phantastische Bilder der Futuristen sind unbekannt. Aus welchen Gründen auch immer, Severini ist in späteren Jahren bei der Wahl der Motive zu seinen Wurzeln zurückgekehrt. Wahrscheinlich haben die italienischen Maler einen Erreger im Blut, der sie zwingt, immer wieder auf Darstellungen von Jesus und Maria zurückzugreifen.

Nachdem ich San Niccolò verlassen habe und die Straße hinabgehe, komme ich an mehreren fensterlosen Klöstern vorüber (sie haben wahrscheinlich große Innenhöfe), von denen eines immer noch entsprechend seiner Bestimmung genutzt wird. Wenn ich zerrissene Spitze besäße, könnte ich sie auf ein Katharinenrad legen – ursprünglich ein Radfenster mit Spitzen oder Haken am Kranz –, um sie von einer für mich unsichtbaren Nonne flicken zu lassen. Zwei der Klöster haben eine modernisierte Kapelle, was seltsam anmutet. Ein Stück weiter den Hügel hinab begegne ich erneut Severini, dieses Mal anhand eines Mosaiks in der Kirche San Marco; wenn ich diese steile Straße hinaufgehe, befinde ich mich auf dem Kreuzweg, den er entworfen hat. Die Mosaikbilder, in steinernen Schreinen eingefaßt, stellen die Stationen auf dem Passionsweg Christi bis zur Kreuzigung und anschließenden Grablegung dar. Am Ende dieses Weges (an heißen Tagen mit dem Gefühl, als habe ich das Kreuz auf meinen eigenen Schultern getragen) gelange ich nach Santa Margherita, einer großen Kirche nebst Kloster. Die heilige Margherita kann man im Innern des Gotteshauses hinter Glas besichtigen. Sie ist geschrumpft. Ihre Füße sehen schaurig aus. Wahrscheinlich wird eine Frau vor dem Schrein knien und beten. Margherita war eine von den Heiligen, die strikt fasteten und mit sanfter Gewalt überredet werden mußten, wenigstens jeden Tag einen Löffel Öl zu sich zu nehmen. Sie ging durch die Straßen und bekannte öffentlich die Sünden, die sie in ihrem Leben begangen hatte. Heute würde sie als neurotisch und magersüchtig gelten; damals verstand jeder ihr Bedürfnis, den Leidensweg Jesu nachzuvollziehen. Selbst Dante suchte sie angeblich im Jahre 1289 auf, um mit ihr über seine religiöse »Kleinmütigkeit« zu sprechen. Die heilige Margherita wird in dieser Gegend sehr verehrt und ist offenbar auch als Namenspatronin beliebt, was man merkt, wenn Mütter im Park ihre kleinen Mädchen rufen. Eine Schmuckplatte neben dem Bernadator (nun geschlossen) verkündet stolz, daß sie 1272 durch dieses Tor zum ersten Mal die Stadt betrat.

Die größte Straße, die von der Piazza della Repubblica abzweigt, führt zum Stadtpark. Die Rugapiana, wie sie bei den Einheimischen heißt, wird von Cafés und kleinen Läden gesäumt. Die Inhaber sitzen häufig auf Stühlen im Freien unmittelbar neben der Tür oder trinken ein paar Schritte weiter einen Espresso auf die Schnelle. Von der *rosticceria* wehen verführerische Düfte nach Huhn, Ente und Kaninchen auf die Straße hinaus. Zur Mittagszeit herrscht hier große Nachfrage nach Lasagne, und den ganzen Tag stehen *panzarotti* auf der Speisekarte, Brotteigröllchen. Es gibt sie mit verschiedenen Füllungen, zum Beispiel mit Pilzen, Schinken oder Käse. Mit Bratwurst und Mozzarella gefüllt, sind sie am besten. Hinter der kreisrunden Piazza Garibaldi – fast jede italienische Stadt besitzt einen so genannten Platz – hat man den Beweis vor Augen, daß Cortona zu den bürgerfreundlichsten Städten der Welt gehört, falls man es vorher nicht intuitiv gespürt hat. Ein schattiger Park erstreckt sich einen Kilometer lang, dem terrassierten Gelände folgend. Die Cortoneser nutzen ihn jeden Tag. Ein Park hat etwas Zeitloses. Kleidung, Blumen und die Größe der Bäume ändern sich, sonst könnte man sich leicht hundert Jahre zurückversetzt fühlen. Rund um den kühlen, plätschernden Springbrunnen mit den Nymphen, die auf Delphinen reiten, sitzen junge Elternpaare und behalten ihre Kinder beim Spielen im Auge. Überall auf den Bänken unterhalten sich die Sitznachbarn miteinander. Oft gibt ein Vater seinem Kleinkind, das auf einem Zweirad die Balance zu halten versucht, Starthilfe und beobachtet dann ängstlich und gespannt, wie es schwankend davonfährt. Der Park ist ein friedlicher Ort, wie geschaffen, um Zeitung zu lesen. Man kann hier am Abend eine lange Strecke mit dem Hund Gassi gehen. Zur Rechten befindet sich das Chiana-Tal und das geschwungene Ende des Trasimenischen Sees.

Der Park endet an der *strada bianca*, die von Zypressen gesäumt ist, ein Mahnmal für die Toten des Ersten Weltkriegs. Wenn ich die Schotterstraße entlang nach Hause gehe – die Entfernung beträgt ungefähr einen Kilometer –, sehe ich am Ende des Medici-Festungswalls denjenigen Teil der etruskischen Mauer, der Bramasole genannt wird. Mein Haus leitet seinen Namen von der Mauer her. Nach Süden ausgerichtet, wie der Tempel in Marzabotto unweit Bologna, könnte die Mauer Teil eines Sonnentempels sein. Einheimische haben uns erzählt, der Name sei auf die kurzen Wintertage auf dieser Seite des Hügels zurückzuführen. Wer weiß, wie alt der Name sein mag, in dem die Sehnsucht nach Sonne anklingt? Im Sommer fallen die Sonnenstrahlen genau in der Morgendämmerung auf die etruskische Mauer. Sie wecken mich auf. Hinter der Freude am Sonnenaufgang mit seiner unverbrauchten Frische steckt eine alte, atavistische Reaktion: Ein neuer Tag ist angebrochen, kein finsterer Gott hat sich die Sonne während der Nacht einverleibt. Hier einen Sonnentempel zu errichten, erscheint mir logisch. Vielleicht stammt der Name Bramasole tatsächlich aus einer Zeit, die sechsundzwanzig Jahrhunderte oder noch länger zurückliegt, und weist auf eine uralte Kultstätte hin. Ich male mir aus, wie die Etrusker angesichts der ersten Sonnenstrahlen, die über den Apennin gelangen, Lobpreisungen singen, um sich dann mit Olivenöl einzuschmieren und den ganzen Morgen, alle viere von sich gestreckt, unter der riesigen, uralten Sonne des Mittelmeers zu braten.

In seinem Buch *The Art of Travel* berichtet Henry James, daß er diese Straße entlanggegangen ist. Unter der gleißenden Sonne umrundete er die Stadtmauer auf der Außenseite. Er entdeckte riesige, lose Steinblöcke, die im grellen Licht funkelten und blinkten, so daß er blaugetönte »Augengläser« aufsetzen mußte, um die ihm vage bekannte etruskische Vergangenheit aus der richtigen Perspektive zu betrachten. Blaugetönte Augengläser? Im neunzehnten Jahrhundert? Vielleicht eine Entsprechung unserer heutigen Sonnenbrille? Ich kann mir lebhaft vorstellen, wie Henry auf der weißen Straße steht und hinaufblinzelt, bestätigend nickt, den Staub von seinen Lederschuhen wischt und sich dann auf schnellstem Weg in sein Hotel begibt, um an seinem Buch weiterzuschreiben und das täglich geplante Pensum an Seiten zu schaffen. Ich wandle auf seinen Spuren und versuche den gleichen, geheimnisvollen Balanceakt: das machtvolle Licht einer unendlich langen Vergangenheit und das vielversprechende Licht der Zukunft unter einen Hut zu bringen.

RIVA, MAREMMA: WO DIE TOSKANA AM URWÜCHSIGSTEN IST

Endlich sind wir bereit, Bramasole zu verlassen und einen kleinen Ausflug zu machen, wenn auch nur für ein paar Tage. Die Böden haben wir gewachst und gewienert. Elizabeths Möbel glänzen vom Bienenwachs, die Schubladen sind mit marmoriertem Schrankpapier ausgelegt. Auf dem Markt haben wir alte Tagesdecken in Weiß für unsere Betten gefunden. Alles funktioniert. Wir haben sogar an einem Samstag die hölzernen Fensterläden ausgehängt, jeden einzelnen geschrubbt und danach mit dem allgegenwärtigen Leinsamenöl eingerieben, das man hier auf nahezu alles zu gießen scheint. Die gemischten Gartenblumensamen aus der Blechdose, die ich an der polnischen Mauer ausgestreut habe, sind gut angegangen und blühen hemmungslos. Wir haben uns eingelebt, mit Leib und Seele. Nun können wir in die Umgebung ausschwärmen, in konzentrischen Kreisen Land und Leute erkunden, dieses Jahr die Toskana und Umbrien, vielleicht den Süden Italiens im nächsten Jahr. Selbst bei unseren Reisen spielt der häusliche Stützpunkt eine wichtige Rolle: Wir wollen einen Weinkeller anlegen und überall dort einkaufen, wo wir einen guten Wein und ein gutes Essen genossen haben. Viele italienische Weine müssen sofort getrunken werden: Unser »Keller« unter der Treppe wird deshalb den besonders edlen Tröpfchen vorbehalten sein. In der *cantina*, die von der Küche abzweigt, werden wir auch weiterhin unsere große Korbflasche und Kisten mit Hauswein deponieren.

Unterwegs wollen wir möglichst viele Gerichte probieren, die für die Maremma typisch sind, uns in der Sonne aalen und auf den Spuren der Etrusker wandeln. Seit ich vor einigen Jahren *Etruskische Stätten* von D. H. Lawrence las, wünsche ich mir, den kleinen

Taucher aus grauer Vorzeit, den Flötenspieler mit seinen Sandalen und die geduckten Panther zu sehen, möchte ich die geheimnisvolle Lebenskraft und spürbare Lebensfreude, die unter dem Schleier der Jahrhunderte verborgen sind, aus erster Hand kennenlernen. Schon seit Tagen planen wir unsere Route. Es kommt uns vor, als gingen wir auf eine Reise tief ins Landesinnere, dabei sind es nur rund hundertsechzig Kilometer bis Tarquinia, wo heute noch ein riesiges Terrain mit etruskischen Grabstätten erforscht wird. Hier scheint die Zeit vor meinen Augen zu schrumpfen. Die räumliche Dichte der Sehenswürdigkeiten in der Toskana bewirkt, daß ich das Gefühl für die Entfernung, das man in Kalifornien sehr schnell entwickelt, und der Fahrpraxis auf der Autobahn, auf der Ed siebzig Kilometer zur Arbeit fährt, zu verlieren beginne. Eine Woche erscheint mir kurz. Das ehemalige Sumpfland, das Maremma genannt wird, ist nicht mehr sumpfig. Es wurde schon vor langer Zeit trockengelegt. Daß die Malaria in diesem südwestlichen Landstrich der Toskana eine lange Geschichte hat und zahlreiche Todesopfer forderte, ist jedoch der Grund für die auch heute noch spärliche Besiedlung. Hier findet man noch *butteri*, maremmanische Cowboys, den einzigen unbegradigten Küstenabschnitt am Tyrrhenischen Meer und weite Ebenen, deren Eintönigkeit nur von kleinen Steinhütten unterbrochen wird, die den Hirten als Unterschlupf dienten.

Schon nach kurzer Zeit erreichen wir Montalcino, eine kleine Bergstadt mit Panoramablick auf eine knochendürre Hügelkette. Das Auge scheint zum Stillstand zu kommen, noch bevor die wellige grüne Landschaft aufhört. Kleine Weinläden säumen die Straße. Im Innern, gleich hinter der Tür, lädt ein Tisch mit einer weißen Tischdecke und ein paar Weingläsern den Vorübergehenden ein zu verweilen, um mit dem Inhaber in aller Stille ein Glas zu trinken und auf die großartigen Jahrgänge anzustoßen.

Das Hotel im Ort ist bescheiden, gelinde gesagt, und ich stehe Todesängste aus, weil sich die Schalter fürs Bad in der Dusche befinden. Ich ziele mit dem Brausekopf so gut es geht in die entgegengesetzte Richtung und bemühe mich, möglichst wenig zu spritzen. Ich habe keine Lust, bei lebendigem Leib zu schmoren, bevor ich die Weine probiert habe, die hier in der Gegend angebaut werden! Das Panorama stimmt indessen versöhnlich: Über die Schindeldächer schweift der Blick weit ins Land hinein. Das Belle-Époque-Café im Stadtzentrum scheint sich seit 1870 keinen Deut verändert zu haben – Marmortische, Sitzbänke mit rotem Samtpolster, Spiegel im Goldrahmen. Die Bedienung, mit dem Polieren der Theke beschäftigt, hat ausgeprägte Lippen wie Gott Amor und trägt eine frisch gestärkte weiße Bluse mit Bändern an den Ärmeln. Und was könnte verlockender sein als ein Schlemmermahl mit *prosciutto* und Trüffeln auf *schiacciata* – ein Fladenbrot wie die *focaccia* – mit Salz und Olivenöl, und dazu ein Glas Brunello-Wein? Die toskanische Küche, so einfach und dennoch voller Raffinesse!

Nach der Siesta wandern wir zur *fortezza* hinüber; sie stammt aus dem vierzehnten Jahrhundert und wurde in eine sagenhafte *enoteca* umgewandelt. Im alten, unteren Teil der Festung, früher ein Magazin für Armbrüste und Pfeile, Kanonen und Schießpulver, kann man nun alle Weine aus der Region verkosten. Draußen herrscht strahlender Sonnenschein. In der *fortezza* ist das Licht gedämpft, die meterdicken Steinmauern, die nach Moschus riechen, sind kühl. Im Hintergrund ertönt Vivaldi, während wir eine Reihe edler Tropfen von Weingütern in Banfi und Castelgiocondo probieren. Die Musik wechselt angemessen zu Brahms über, als wir uns die rubinroten Brunello-Weine von verschiedenen Weingütern zu Gemüte führen: Il Poggiolo, Case Basse und Biondi, den Großvater jedes Brunello. Phantastische, reife Weine, die in mir den Wunsch wecken, in die nächste Küche zu rennen und die herzhaften Speisen zuzubereiten, die sie verdienen. Ich kann es kaum erwarten, all die Gerichte zu kochen, die ich zu diesen Weinen auf den Tisch bringen will: Kaninchen mit Balsamicoessig und Rosmarin, im Ofen geschmort, Hühnchen mit vierzig Knoblauchzehen, Birnen in Wein gedünstet und mit Mascarpone serviert. Der Mann, der uns bedient, erklärt mit Nachdruck, daß wir unbedingt ein paar Dessertweine probieren müssen. Wir geraten ins Schwärmen bei einem, der einfach »B« heißt und von einem Weingut in Banfi stammt, und einem anderen Muskatellerwein aus Tenuta Il Poggione. Der Enologe muß früher Parfumhersteller gewesen sein. Zu diesen Weinen braucht man kein Dessert, und wenn doch, dann nichts weiter als einen weißen Pfirsich, der gerade reif ist. Wenn ich darüber nachdenke ... ein Zitronensoufflé wäre auch himmlisch. Oder meine uralte Lieblingsnachspeise aus den Südstaaten, Crème brûlée. Wir kaufen ein paar Flaschen von diesen Spitzen-Brunellos. Allein die Erinnerung an den horrenden Preis, den wir zu Hause dafür bezahlen müßten, bestärkt uns in dem Vorsatz, uns in Geduld zu üben. In Bramasole haben wir genug Stauraum unter der Steintreppe, um die Weine richtig zu lagern. Wir können die Kisten hineinschieben, die Tür zusperren und in ein paar Jahren damit beginnen, sie wieder herauszuholen, Flasche für Flasche. Da wir beide nicht viel mit langfristiger Planung am Hut haben, kaufen wir noch ein paar Kisten Rosso di Montalcino, der den Geldbeutel weniger belastet, weich und vollmundig ist und den Vorteil hat, daß er sofort getrunken werden kann ... wie wir bezeugen können! Ich bezweifle, daß die Dessertweine das Ende des Sommers erleben werden.

Am Spätnachmittag fahren wir die kurze Strecke nach Sant' Antimo, eine Benediktinerabtei, die einem das Gefühl vermittelt, sie sei auf einer uralten Weihestätte erbaut. Man erspäht schon aus der Ferne, hinter einem Feld mit getrimmten Olivenbäumen, die romanische Abtei aus blassem Travertingestein in ihrem schlichten, puristischen Stil. Sie sieht überhaupt nicht italienisch aus. Als Karl der Große auf seinem Feldzug hier vorüberkam, brach eine Epidemie unter seinen Soldaten aus; er gelobte, ein Kloster zu gründen, wenn der Seuche Einhalt geboten würde, und errichtete 781 die Abteikirche. Vielleicht verleiht das französische Erbe dem Bauwerk, das 1118 (im zisterziensischen Stil) wiederaufgebaut wurde, seine elegante Silhouette. Wir treffen dort just in dem Augenblick ein, als die Vesper beginnt. Es sind nur ein Dutzend Besucher da, drei davon Frauen, die hinter ihren Fächern, mit denen sie sich Luft zuwedeln, munter schwatzen. Normalerweise finde ich die Gewohnheit erfreulich, ein Gotteshaus als geselligen Treffpunkt wie das Wohnzimmer oder die *piazza* zu betrachten, aber heute drehe ich mich um und starre sie an, weil die fünf Augustinermönche, die gemessenen Schritts die Kirche betreten und ihre Gesangbücher in die Hand nahmen, den Gregorianischen Choral für diese Stunde angestimmt haben. Das hochaufragende, schmucklose Gotteshaus verstärkt ihre Stimmen, und das sanfte Licht der Spätnachmittagssonne läßt das Travertingestein durchsichtig erscheinen. Die Musik geht mir durch Mark und Bein, wie das Zwitschern mancher Vögel, das schmerzlich schön sein kann. Die Stimmen schwellen gemeinsam auf und ab, wie Wellen, die ans Ufer branden und brechen, dann streben sie auseinander und treffen wieder in tieferen Tonlagen wie ein Summen zusammen. Der psalmodierende Gesang befreit meine Gedanken von ihrer Erdenschwere, von der Logik. Sie schweben losgelöst dahin, durch die unendliche Stille. Verszeilen des amerikanischen Dichters Gary Snyder kommen mir in den Sinn:

Sammelt euch,
lernt von den Blumen,
leicht zu werden.

Ich werfe Ed einen flüchtigen Blick zu, aber er schaut zu den Lichtsäulen hinauf. Die Frauen setzen ihre Unterhaltung ungerührt fort; vielleicht kennen sie das alles zur Genüge, kommen jeden Tag her. Mittendrin stehen sie geräuschvoll auf, alle drei reden auf einmal. Wenn ich hier leben würde, wäre ich auch jeden Tag in dieser Abteikirche, denn wenn man sich Gott an diesem Ort nicht nahe fühlt, dann nirgendwo. Mich fasziniert der Glaubenseifer der Mönche, die ihren liturgischen Gesang jeden Tag sechsmal als Stundengebet anstimmen, beginnend mit den *lodi*, den Lobpreisungen um sechs Uhr in der Früh, und um neun Uhr abends mit der *compieta*, der Komplet, endend. Ich würde gerne wiederkommen und einen ganzen Tag lang nur zuhören. Ich lese in der Broschüre, daß Exerzitien im Kloster angeboten werden: Besucher, die spirituelle Besinnung suchen, können im Gästetrakt untergebracht und in einem nahegelegenen Konvent verköstigt werden. Wir besichtigen die Abteikirche von außen und bewundern die stilisierten Fabelwesen mit Hufen, die das Dach stützen.

Ein kühler Abend, wie geschaffen, um über die ungepflasterten

Straßen zu fahren und die Landschaft zu genießen, den Kopf wie ein Hund aus dem Fenster zu halten und sich die frische Landluft mit dem Geruch nach getrocknetem Heu um die Nase wehen zu lassen. Wir machen halt am Sant' Angelo in Colle, einem Restaurant, das zu den Poggio-Antico-Weingütern gehört. Eine Hochzeitsfeier ist in vollem Gang, und die Bedienungen haben ihren Spaß an dem Trubel. Wir werden in ein Nebenzimmer geführt, wo wir alleine sitzen, während der Lärmpegel der Hochzeitsgesellschaft und deren Stimmung steigen. Es stört uns nicht. Auf einem steinernen Spülbecken sind reife Pfirsiche übereinandergestapelt und erfüllen den Raum mit ihrem Duft. Wir bestellen Zwiebelsuppe, dick wie ein Eintopf, gebratene Taube, Rosmarinkartoffeln und, was sonst, den Brunello des Hauses.

Die Kombination »urwüchsig« und Toskana ist an sich ein Widerspruch. Die gesamte Region wurde schon seit Jahrhunderten kultiviert und gezähmt. Jedesmal, wenn ich meinen Garten umgrabe, werde ich daran erinnert, wie viele Menschen schon vor mir über dieses Stück Land gegangen sind. Ich habe Eßgeschirrfragmente mit Dutzenden von Mustern gesammelt; es sind so viele, daß ich mich frage, ob andere Frauen ihr Geschirr nach Gebrauch einfach in den Garten werfen. Steingutsiebe, Deckelkanten, hauchzarte Henkel von Tassen und ein kunterbuntes Sammelsurium von Tellern haben nach und nach auf einem Tisch im Freien ihre letzte Ruhestätte gefunden, neben den Kieferknochen eines Ebers und eines Stachelschweins. Die Erde wurde immer wieder mit Füßen getreten, buchstäblich und im übertragenen Sinn. Ein Blick auf das terrassierte Gelände zeigt, wie die Hügel zur Anbaufläche umgestaltet wurden, als Lebensgrundlage der Menschen. Dennoch war die Maremma bis vor weniger als hundert Jahren eine spärlich besiedelte Küstenebene im Tiefland, überwiegend von Cowboys, Hirten und Stechmücken bevölkert. Diese *mal aria* wurde automatisch mit Schüttelfrost und Fieber in Verbindung gebracht. Bauernhäuser sieht man selten, während sie in der übrigen Toskana wie Pilze aus dem Boden schießen. Die Renaissance hatte hier nur wenig Einfluß; die kleinen Städte haben im allgemeinen keine monumentale Ansammlung architektonischer Meisterwerke, und sie können sich auch nicht mit den berühmten Namen der Malerei schmücken. Das ehemals unerträgliche Sumpfklima, heute ist es milde und reine Luft, war vermutlich ein Schutz für die weitläufigen etruskischen Gräber. Obwohl viele gnadenlos geplündert wurden, ist auch eine erstaunliche Anzahl unangetastet geblieben. Waren die Etrusker immun gegen Malaria? Alle Indizien deuten darauf hin, daß dieser Landstrich damals dicht besiedelt war.

Unsere nächste Station ist eine alte Villa, nun ein kleines Hotel, auf dem Anwesen des Acquaviva-Weinguts außerhalb von Montemerano. Ed hatte den *Gambero-Rosso*-Reiseführer eingesteckt und dieses winzige Dorf mit drei ausgezeichneten Restaurants darin entdeckt. Da es im Zentrum der meisten Sehenswürdigkeiten liegt, die auf unserem Programm stehen, beschließen wir, hier ein paar Tage Wurzeln zu schlagen, statt von einem Hotel ins nächste zu wechseln. Die Auffahrt, eine breite Allee, führt zu einem Garten von der Größe eines Parks mit schattigen Plätzchen im Freien, wo man sitzen und in Muße die Weinberge betrachten kann. Wir haben ein Zimmer mit Blick auf den Garten. Ich stoße die Fensterläden auf, und vor mir entfaltet sich die blaue Pracht von Hortensiensträuchern. In Windeseile packen wir aus und sind wieder auf Achse; ausruhen können wir uns später.

Pitigliano ist in meinen Augen der seltsamste Ort in der ganzen Toscana. Wie Orvieto thront er hoch oben auf einem Tuffsteinhügel. Aber Pitigliano wirkt wie eine Trutzburg, die langsam zerfällt, gefährlich nahe an einer tiefen Schlucht errichtet, so daß es aussieht, als würde sie jeden Moment in den Abgrund stürzen. Hinunterblicken und gleichzeitig versuchen, die Straße und die Stadt im Auge zu behalten, kommt einer Mutprobe gleich. Tuffstein ist nicht gerade das härteste Material der Welt, und manche Teile des Gesteins erwecken den Eindruck, als wären sie weich geworden, erodiert oder im Begriff, in eine andere Richtung zu driften. Die Bauten in Pitigliano streben in die Höhe; sie befinden sich buchstäblich am Rande des Abgrunds. Der Tuffstein unterhalb der Häuser ist ausgehöhlt wie Bienenwaben – vielleicht, um den Bianco di Pitigliano in diesen kühlen Kellerhöhlen zu lagern, einen Weißwein, der seine herbe Würze aus der vulkanischen Erde bezieht. In der Stadt erzählt uns der Kellner in einer Bar, daß viele der Höhlen etruskische Gräber waren. Heute bringt man dort neben Wein auch Olivenöl und das eine oder andere Haustier unter. Mittelalterliche Städte haben einen verwinkelten Grundriß und wirken düster; Pitigliano sieht noch düsterer und verwinkelter aus. Im fünfzehnten Jahrhundert siedelten sich viele Juden hier an, außerhalb des Kirchenstaates, wo sie sich vor Verfolgung sicher fühlten. Ob sie sich frei in der Stadt bewegen konnten oder auf das Ghetto beschränkt waren wie in Venedig, wo sie sich an eine Ausgangssperre halten mußten und ihre eigene Verwaltung und ein eigenes kulturelles Leben hatten, weiß ich nicht. Die Synagoge ist wegen Renovierung geschlossen, aber es hat nicht den Anschein, als würde hier fleißig gearbeitet. Ein großer Teil der Häuser steht zum Verkauf. In diesem oder im nächsten Leben werden sich einige, die am Rande der Schlucht stehen, im Abgrund wiederfinden. Vielleicht trägt das zur Atmosphäre von Verhängnis und Untergang bei, die ich überall spüre. Auf dem Weg stadtauswärts kaufen wir ein paar Flaschen Wein aus diesem Anbaugebiet, für unsere wachsende Sammlung. Ich erkundige mich, wie viele Juden hier während des Zweiten Weltkriegs gelebt haben. »Keine Ahnung, Signora, ich bin aus Neapel.« Auf der kurvigen Straße, die steil bergab führt, lese ich in einem Reiseführer nach, daß die jüdische Gemeinde im Krieg ausgelöscht wurde. Ich habe den Reiseführern noch nie getraut, was die Fakten angeht, und hoffe, daß diese Information nicht stimmt.

Die Miniaturstadt Sovana, einen Katzensprung entfernt, gleicht einer Geisterstadt in Kalifornien, außer, daß die wenigen Häuser entlang der Hauptstraße uralt sind. Hier gibt es allem Anschein nach mehr etruskische Felsengräber als Einwohner. Wir entdecken einen Wegweiser und stellen das Auto am Straßenrand ab. Ein schmaler Feldweg führt uns in unwegsames, bewaldetes Terrain mit einem Flüßchen, das kaum Strömung hat, beinahe ein stehendes Gewässer, ideal als Brutstätte für die weiblichen Malariamücken. Gleich darauf klettern wir auf schlüpfrigen Pfaden einen steilen Hügel hinauf. Wir sehen die ersten Gräber – in den Hügel getriebene Tunnel, steinerne Durchgänge, die in den Schoß der Erde zurückführen, vermutlich zu den Vipern. Die Eingänge in dieser Wildnis sehen aus, als wären sie seit Jahrhunderten nicht mehr benutzt worden. Keine Menschenseele weit und breit, die sich der Pflege der Sehenswürdigkeit und der Besucher annimmt – kein Kartenverkäufer, kein Fremdenführer, der wartet; es ist, als sollte man diese gespenstische Nekropole für sich allein entdecken. Kletterpflanzen hängen herunter, wie im Dschungel um Palenque, der Ruinenstätte der Mayakultur, und die verwitterten Tuffsteinzeichnungen weisen Merkmale auf, die man auch bei den Stuckreliefs der Maya findet, als ob die Malerei in grauer Vorzeit überall die gleiche war. Mir wird klar, daß ein angehender Archäologe gut beraten ist, sich auf die Etrusker zu spezialisieren. Endlose potentielle Fundstätten warten darauf, erforscht zu werden. Wir klettern stundenlang, begegnen nur einer großen weißen Kuh, die bis zu den Knien im Fluß steht. Als wir die Wildnis verlassen, habe ich blutige Kratzer an den Beinen, aber keinen einzigen Mückenstich. Ich glaube, ich werde an diesen Ort denken, wenn ich nachts nicht schlafen kann. Ein Stück die Straße hinunter entdecken wir einen weiteren Wegweiser. Er führt zur Ruine eines Tempels, die aussieht, als sei sie aus dem Tuffstein des Hügels gehauen. Wir gehen durch unheimliche überwölbte Gänge und an Säulen vorüber, die nur teilweise ausgegraben sind, als hätte jemand mitten in der Arbeit die Flucht ergriffen. Viele Rätsel um die Etrusker werden wohl auch weiterhin ungelöst bleiben. Was hat damals hier stattgefunden? Freilichtkonzerte à la »Rock im Park«? Geheimnisvolle Rituale? Der Reiseführer beschreibt diese Sehenswürdigkeit als Tempel, und vielleicht übte hier, im Zentrum des religiösen Lebens, ein Seher die Kunst aus, die Eingeweide von Opfertieren zu deuten und daraus die Zukunft vorherzusagen. Das Bronzemodell einer Leber, in sechzehn Stücke zerteilt, wurde in der Nähe von Piacenza gefunden. Es heißt, daß die Etrusker den Himmel auf ähnliche Weise unterteilten, und daß die Art, wie die Leber zerlegt war, den Grundriß etruskischer Städte bestimmte. Wer weiß? Vielleicht wurden hier aber auch Volksversammlungen abgehalten, Vorläufer unserer modernen Talk-Shows, oder ein Fischmarkt. An alten Kultstätten wie Machu Picchu, Palenque, Mesa Verde, Stonehenge und hier wird mir immer mit seltsamer Beklommenheit bewußt, wie die Erde Schicht für Schicht unsere irdische Existenz trägt, und daß die Vergangenheit in der Tat unwiederbringlich ist, ein Gefühl, das vor allem an jenen Orten entsteht, die spürbar ein kultureller Nährboden waren. Wir können offenbar nicht darauf verzichten, ihnen unsere eigene Deutung aufzupfropfen. Es war und ist ein tiefverwurzelter Wunsch von Philosophen und Dichtern, nach Theorien zu suchen, die eine ewige Wiederkehr, den Kreislauf der Wiedergeburt, bestätigen und besagen, daß Vergangenheit und Gegenwart eins sind. Bertrand Russell kam der Sache noch näher, als er erklärte, das Universum sei vor fünf Minuten erschaffen worden. Fakt jedoch ist: Wir können nicht die kleinste Handbewegung der Menschen wieder zum Leben erwecken, die diesen Felsen behauen haben, nicht das Setzen des ersten Mauersteins, das Anzünden des Feuers, um das Mittagsmahl zu bereiten, das Umrühren eines Topfes, den Geruch eines Unterarms, den Seufzer nach dem Liebesakt, *niente.* Wir können nur unseren Weg gehen, kleine Schlußlichter auf der Zeitlinie. Angesichts dieser Erkenntnis erstaunt es mich immer wieder, daß es mich brennend interessiert, wie man eine Landkarte richtig zusammenfaltet, wo genau die Tankanzeige steht oder ob wir genug Bargeld abgehoben haben; wenn etwas zu verschwinden droht, wird es plötzlich wichtig.

Wir haben für einen Tag genug gesehen, können aber der Versuchung nicht widerstehen, einen Spaziergang durch die historische Altstadt von Sorano zu machen, die ebenfalls auf einem gefährdeten Tuffplateau errichtet ist. In diese Gegend scheinen sich keine Touristen zu verirren. Sogar die Straßen sind menschenleer. Sorano sieht noch genauso aus wie 1492, als Kolumbus Amerika entdeckte. Das letzte Gebäude ist vermutlich um diese Zeit erbaut worden. Die schmalen Gassen wirken düster, der dunkle Stein verströmt ein graues Licht, aber die Bewohner sind ausnehmend freundlich. Ein Töpfer sieht, wie wir in seine Werkstatt spähen, und fordert uns mit Nachdruck auf einzutreten. Als wir zwei Pfirsiche kaufen, schenkt uns der Obsthändler, der gerade Weintrauben in Lattenkisten mit dem Schlauch abgespritzt hat, einen Bund. »*Speciale!*« sagt er. Zwei Leute halten an, um uns aus einer engen

Parklücke herauszulotsen; der eine gestikuliert *Weiter*, der andere *Halt*!

Wir sind voller Staub und restlos erledigt, als wir auf unseren Parkplatz in der Nähe des Acquaviva-Gartens einbiegen. Vor dem Abendessen duschen wir, ziehen uns um, nehmen ein Glas des hauseigenen Weißweins, einen Bianco di Pitigliano, mit nach draußen zu der gemütlichen Sitzgruppe und sehen zu, wie die Sonne hinter dem Hügel versinkt; vielleicht haben zwei Etrusker früher einmal am gleichen Ort gesessen und das gleiche getan.

Montemerano ist nur ein paar Minuten entfernt, eine wunderschöne kleine Stadt hoch droben auf einem Hügel, um eine alte Burg gruppiert.

Sie hat die obligatorische Kirche aus dem fünfzehnten Jahrhundert mit der obligatorischen Madonna, aber diese ist einmalig. Sie wird *Madonna della Gattaiola* genannt, Madonna des Katzenlochs. Im unteren Teil der Wandmalerei befindet sich ein Loch, durch das die Katzen die Kirche verlassen konnten. Alle Bewohner der Stadt scheinen sich im Freien aufzuhalten. Auf der Piazza im Zentrum spielen ein paar junge Burschen und Männer Jazzmusik. Die Frau, die in der Bar das Regiment führt, knallt die Tür zu. Offenbar hat sie genug gehört. Alle machen Stielaugen, als ein hochgewachsener Adonis in Reitstiefeln und hautengem T-Shirt vorbeiflaniert. Er mimt den Gelassenen, tut so, als nähme er die Aufmerksamkeit nicht zur Kenntnis. Aber ich ertappe ihn dabei, wie er sein äußeres Erscheinungsbild verstohlen in den Schaufenstern mustert, an denen er vorüberkommt.

Wir haben einen Bärenhunger. Sobald die Zeiger der Uhr auf halb acht stehen und der Augenblick naht, in dem sich die Türen des Restaurants wie ein Sesam-öffne-dich auftun, stürzen wir auch schon hinein. Wir sind die einzigen Gäste in der Enoteca dell' Antico Frantoio, einer ehemaligen Ölmühle, die in einem Ausmaß umgemodelt wurde, daß sie wie eine Kopie ihrer selbst aussieht. Sie hat ihre ursprüngliche Atmosphäre eingebüßt, das Ergebnis gleicht dem hochgestochenen Ambiente eines Napa-Valley-Gourmettempels, und so fühlen wir uns einigermaßen heimisch. Die Speisekarte zeigt jedoch die Maremma-Wurzeln: *acquacotta,* eine Gemüsesuppe mit einem pochierten Ei, die es überall in der Toskana gibt, hier in regionaler Abwandlung; *testina di vitella e porcini sott'olio*, Kalbskopf mit Steinpilzen und Olivenöl; *pappardelle al ragù di lepre*, breite Nudeln mit Hasenragout; *cinghiale in umido alle mele*, geräuchertes Wildschwein mit Äpfeln. In den meisten *trattorie* in der Toskana könnte man die Speisekarten austauschen: Es gibt die üblichen Pastagerichte mit *ragù,* Salbeibutter, Pesto oder Tomaten und Basilikum, die Standardauswahl an gegrilltem und gebratenem Fleisch, wobei die *contorni*, die Beilagen, üblicherweise aus Pommes Frites, Spinat und Salat bestehen. Niemand scheint daran interessiert zu sein, die Küchenklassiker abzuwandeln. Hier, in dieser weniger etablierten, von weniger Touristen besuchten Region ist die toskanische Küche auf Tuchfühlung mit ihren Ursprüngen geblieben: Der Jäger, der die erlegte Beute nach Hause bringt, der Viehzüchter, der jedes Teil eines geschlachteten Tieres verwertet, die Bauersfrau, die aus einer Handvoll Gemüse und einem Ei eine Gemüsesuppe auf den Tisch bringt, sind gegenwärtig. Normalerweise findet man die oben genannten Gerichte nirgendwo sonst; genauso selten sind *capretto*, Zicklein, oder *fegatello di cinghiale*, Wildschweinleberwurst, auf der Speisekarte. Das Frantoio hat noch delikatere Seiten: *ravioli di radicchio rosso e ricotta*, Ravioli mit Radicchio und Ricottakäse, und *sformato di carciofi*, Artischockenauflauf. Wir beginnen mit *crostini di polenta con purè di funghi porcini e tartufo*, Polenta mit Steinpilz-Trüffel-Püree – gehaltvoll und würzig. Ed möchte als Hauptgericht das Kaninchen, mit Tomaten, Zwiebeln und Knoblauch geschmort, ich bestelle mutig das Zicklein. Es ist hervorragend. Der Wein aus der Gegend, der Morellino di Scansano, dunkelrot wie der Wein von Cahors, ist für uns eine Entdeckung. Die Hausmarke der Enothek trägt den Namen Banti Morellino, ein schwerer, vorzüglicher Wein. Ich fühle mich wie im siebten Himmel.

Am nächsten Morgen erwartet uns etwas Besonderes. Wir stehen um fünf Uhr auf und fahren zu den heißen Quellen in der Nähe von Saturnia. Um diese Stunde ist noch niemand da; der Manager des Hotels hat uns gewarnt, daß es später voll werde. Hellblaues, glasklares Wasser stürzt in Kaskaden über den Tuffstein hinab, der an vielen Stellen ausgehöhlt und ideal zum Hinsetzen ist, von oben und ringsum von dem warmen Wasser umspült. Als ich zum ersten Mal von dem Wasserfall hörte, hatte ich Angst, wir würden hinterher wie vergammelte Ostereier riechen, aber der Schwefelgehalt ist gering. Die Strömung besitzt genug Kraft, um den Körper zu massieren, ist aber nicht stark genug, um einen mitzureißen. Eine Wonne! Wo sind die Wassernymphen? Welche Heilkraft man dem Wasser auch immer nachsagt, ich bin sicher, daß es wirkt: Nach einer Stunde fühle ich mich, als hätte ich keine Knochen mehr im Leib. Meine Muskulatur ist völlig locker und entspannt. Wir brechen just in dem Moment auf, als sich zwei Autos nähern. Auf dem Weingut Acquaviva frühstücken wir auf der Terrasse: frisch gepreßten Orangensaft, Nußbrot, Toast, eine Art Sandkuchen und literweise Kaffee mit warmer Milch. Der Abschied fällt uns schwer. Allein der Reiz der Etrusker verlockt uns, die Straßenkarte in die Hand zu nehmen und weiterzufahren.

Tarquinia befindet sich bereits außerhalb der Toskana, unmittelbar hinter der Grenze zu Latium. Unterwegs wird die Landschaft häßlich, Industrie überall, dicht besiedeltes Gebiet. Hier kann ich mir die Etrusker nicht so gut vorstellen wie in der grünen, verträumten Maremma. Der Verkehr ist frustrierend nach den vielen menschenleeren Straßen. Bald sind wir in Tarquinia, einer quirligen Stadt, wo wir in einem Palazzo aus dem fünfzehnten Jahrhundert massenhaft Funde aus den Grabkammern besichtigen. Atemberaubend, unbeschreiblich, phantastisch und allein deshalb die Reise wert sind die beiden Pferde mit Terrakottaflügeln aus dem vierten oder dritten Jahrhundert v. Chr. Sie wurden 1938 in der Nähe der Stufen gefunden, die ehemals zu einem Tempel führten, von dem man nur noch einen zweistöckigen Sockel aus quadratischen Kalksteinblöcken sieht. Die Pferde müssen schmückendes Beiwerk gewesen sein. Ich frage mich, ob hier wohl eine Verbindung zu Pegasus besteht, dem geflügelten Pferd in der griechischen Mythologie, das mit einem Huftritt die Musenhalle Hippukrene zum Fließen brachte. Diese Pferde sind sagenhaft kräftig, mit Muskeln, Genitalien, Rippen, keck aufgestellten Ohren und gefederten Flügeln. Die chronologische Ordnung der Ausstellungsstücke im Museum ist eine gute Orientierungshilfe, um sich einen Überblick zu verschaffen, wann es die ersten hellenistischen Einflüsse gab, wann die Etrusker anfingen, Steinsarkophage zu verwenden und wie sich die künstlerische Gestaltung veränderte. Bei allen Grabbeigaben, angefangen von den Totenurnen bis zu den Duftlampen, spürt man die schöpferische Kraft und die Jenseitsphilosophie, die hinter diesen Kunstobjekten steckt. Einige Wandmalereien aus den Grabkammern wurden hierher gebracht, um weiterem Verfall vorzubeugen. Die Trikliniumgrabkammer mit dem leichtfüßigen Musiker und der jungen Tänzerin, die in ein hauchdünnes Chiffongewand gehüllt zu sein scheint, könnte ein Herz aus Stein zum Schmelzen bringen. In fast jedem Museum jedoch bin ich nach ein paar Stunden nicht mehr aufnahmefähig und gehe blicklos an Exponaten vorüber, die mich gleich nach der Ankunft gefesselt hätten. Wir beschließen wiederzukommen, denn es gibt so vieles, was ein längeres Verweilen lohnt.

Das Gräberfeld könnte ein x-beliebiges Feld sein, die Nekropolen bestehen aus Hütten, den Häusern der Lebenden nachgebildet. Die Grabstätten, die man besichtigen kann, sind unterirdisch angelegte, beleuchtete Kammern, in die man über eine Treppe hinabsteigt. Enttäuscht stellen wir fest, daß immer nur vier geöffnet sind. Warum? Niemand kann es uns sagen, nur, daß sie nach dem Rotationsprinzip für den Publikumsverkehr freigegeben werden. Jetzt sind wir sicher, daß wir irgendwann wiederkommen werden: Das Grab der Jäger und Fischer ist uns heute verschlossen. Wir besuchen jedoch das Lotusblumengrab, dessen Ornamentik an den Jugendstil erinnert, und danach das Löwinnengrab, berühmt für das Fresko mit dem ruhenden Mann, der ein Ei hochhält, Symbol der Auferstehung im christlichen Glauben; die Schale ist aufgebrochen wie das Grab. Auch hier vollbringen die Tänzer auf den Wandgemälden ihre Kapriolen. Mir fällt auf, wie raffiniert die Bänder der Sandalen schon damals gekreuzt und um die Knöchel gewickelt wurden, ähnlich wie bei meinen eigenen – ob die Italiener schon immer Schuhfetischisten waren? Wir freuen uns, daß wir wenigstens das Gauklergrab anschauen können, das ziemlich ägyptisch anmutet, mit Ausnahme der orientalischen Bauchtänzerin, die so lebensecht aussieht, als wolle sie gleich mit ihrer Vorführung beginnen. Im Orcas-Grab, das aus zwei Kammern besteht, ist zwischen den verblichenen Szenen eines Banketts das erstaunlich klare Abbild einer Frau im Profil mit einem Kranz aus Ölzweigen im Haar erhalten.

Nachdem wir einen Happen gegessen haben, fahren wir ein paar Kilometer weiter nach Norchia, wo bei Ausgrabungen erst unlängst kostbare Funde gemacht wurden, wie wir gehört haben. Es sieht jedoch so aus, als sei seit Jahrzehnten kein Mensch mehr hier gewesen. Der morsche Wegweiser weist gen Himmel. Nach langem Umherirren beschreibt uns ein Bauer mittels Zeichensprache die ungefähre Richtung. Am Ende des Feldwegs stellen wir das Auto ab und gehen zu Fuß weiter, am Rande eines Weizenfelds entlang. Ein paar Meter weiter stoßen wir auf einen abgetrennten Ziegenkopf, über und über mit Fliegen bedeckt. Das könnte zur Abwechslung ein richtige Wegweiser sein – ein urtümliches Zeichen, ein geopfertes Tier. »Richtig unheimlich«, sage ich, als wir vorsichtig um den Kadaver herumgehen. Das Gelände wird abschüssig. Während wir mühsam hinunterkraxeln, denke ich mit Grausen an den Rückweg. Ein verrosteter Handlauf bestätigt, daß wir uns auf dem richtigen Weg befinden. Der Hang wird noch steiler; wir rutschen weg, halten uns an den Kletterpflanzen fest. Haben wir nicht schon genug von diesen verflixten Gräbern gesehen? Als das Terrain flacher wird, erspähen wir die ersten Höhlen im Berg, finstere Schlünde, Kletterpflanzen, dichtes Gestrüpp. Wir wagen uns in zwei hinein, kämpfen uns mit Stöcken den Weg durch eindrucksvolle Spinnweben frei. Im Innern ist es stockfinster, und es herrscht, wie könnte es anders sein, Grabesstille. Wir sehen eine Ansammlung von Steinplatten und tief in den Boden eingelassene Kammern, wo einst die Totenbetten und Aschenurnen standen. Wahrscheinlich sind diese Grabstätten nun ein idealer Ruheplatz für Vipern. Wir gehen ein Stück weiter. Hier gibt es mehr Grabstätten als in Sorana, und sie sind auf mehreren Ebenen in den Fels gehauen. Ich habe das unbestimmte Gefühl einer drohenden Gefahr, möchte nichts wie weg. Ich frage Ed, ob er es hier genauso schaurig findet, und er sagt: »Du hast recht. Komm, laß uns gehen!« Der Weg zurück ist grauenvoll, wie ich befürchtet hatte. Ed hält an, um den Sand aus seinen Turnschuhen zu entfernen, dabei fällt ein Knochensplitter heraus. Wir kommen zu der Stelle, an der wir den Ziegenkopf gesehen hatten; er ist nicht mehr da. Als wir uns unserem Auto nähern, stellen wir fest, daß ein zweiter Wagen neben uns geparkt hat. Ein junges Pärchen sitzt darin; die beiden knutschen und turteln mit solcher Inbrunst, daß sie nichts von uns hören und sehen. Damit ist der unheimliche Bann gebrochen, und wir fahren ins Hotel zurück, haben die Nase voll vom etruskischen Voodoo.

Endlich Abendessen, meine liebste Tageszeit. Heute haben wir das »Caino« ins Visier genommen; es soll das gastronomische Glanzlicht unserer Reise sein. Bevor wir nach Montemerano fahren, machen wir noch einen kleinen Abstecher nach Saturnia, vielleicht die älteste Ortschaft in Italien, falls nicht Cortona diese Ehre gebührt. Der Legende zufolge wurde sie von Saturnus, Sohn des Himmels und der Erde, gegründet. Die heiße Quelle, so heißt es, begann zu fließen, als das Streitroß des Orlando (Roland im Deutschen, ein bretonischer Markgraf, der an den Feldzügen Karls des Großen teilnahm) mit seinen Hufen scharrte. Eine Ansiedlung an der Via Clodia muß so alt sein, daß es sich meiner Vorstellungskraft entzieht. Ich sage mir zur Übung: »Ich wohne an der Via Clodia«, und male mir dabei aus, wie das Leben an dieser alten Straße ausgesehen haben mag. Die Stadt ist schattig und quirlig, alles andere als ein verschlafenes Nest. Ein paar braungebrannte Touristen aus dem Nobelhotel unweit des Wasserfalls sind auf der Jagd nach Souvenirs, aber die schlichten Läden scheinen ihren Ansprüchen nicht zu genügen. Sie nehmen mit einem Straßencafé vorlieb und halten sich an bunten Getränken in hohen Gläsern schadlos.

Das »Caino«, ein Juwel: zwei stilvolle Räume mit Blumen auf den Tischchen, schönem Porzellan und Weingläsern. Mit einem Glas *spumante* vor uns sind wir gerüstet, uns mit der Speisekarte zu befassen. Alles sieht so vorzüglich aus, daß es mir schwerfällt, mich zu entscheiden. Auch hier gibt es eine Mischung aus Haute Cuisine und den rustikalen Spezialitäten der Maremma, wie *zuppa di fagioli*, weiße Bohnensuppe, Pasta mit Kaninchenragout und *cinghiale all'aspretto di mora*, Wildschwein mit Brombeersauce. Als Antipasti finden wir *flan di melanzane in salsa tiepida di pomodoro*, Auberginenflan mit lauwarmer Tomatensauce, und *mousse di formaggi al cetriolo,* eine Mousse aus verschiedenen Käsearten und Gurken, unwiderstehlich. Wir bestellen beide *taglioloni all'uovo con zucchine e fiori di zucca*, Eiernudeln mit Zucchini und Kürbisblüten, als ersten Gang. Danach möchte Ed Lammbraten und ich Entenbrust in einer Sauce aus herbem Traubenmost. Wir halten uns an die Empfehlung des Obers und trinken dazu einen Morellino, den Le Sentinelle Riserva, Jahrgang 1990 vom Weingut Mantellassi. Gott sei gepriesen! Was für ein Wein! Das Essen ist ein Gedicht, Bissen für Bissen, und der Service erstklassig. Alle Gäste in dem kleinen Restaurant haben das junge Paar an dem Tisch in der Mitte bemerkt, schon beim Betreten des Raums, als sie an ihren Platz gebracht wurden. Sie sehen wie Zwillinge aus. Beide haben gelockte, rabenschwarze Haare; in ihrer gekräuselten Mähne steckt eine Jasminblüte. Beide haben den verhangenen Blick, den meine Mutter als »Schlafzimmerblick« zu bezeichnen pflegte, und Lippen wie die archaischen griechischen Statuen. Ihre Garderobe scheint aus einer der sündteuren Boutiquen in Mailand oder Rom zu stammen: Er trägt einen stilvoll zerknitterten rehbraunen Leinenanzug, sie ein schulterfreies gelbes Seidenkleid, bis auf ein paar Falten vom Sitzen so hauteng, als sei es ihr auf den Leib geschneidert. Der Ober füllt ihre Gläser mit Champagner, in einem italienischen Restaurant eine Seltenheit. Alle wenden, wie ertappte Voyeure, hastig den Blick ab, als sie miteinander anstoßen und sich dabei tief in die Augen schauen. Unser Salat ist so frisch, als habe ihn irgend jemand erst am Nachmittag auf dem Feld gepflückt, was denkbar ist. Wir fühlen uns inzwischen wohlig entspannt und in Hochstimmung, genauso, wie es im Urlaub sein soll. »Hättest du Lust, nach Marokko zu fliegen?« fragt Ed unvermittelt.

»Mmm. Wie wär's mit Griechenland? Da wollte ich immer schon hin.« Bei jeder Reise in ein unbekanntes Land denkt man daran, daß man noch andere unbekannte Länder kennenlernen möchte. Unsere Aufmerksamkeit wird wieder von dem bildschönen Pärchen gefesselt. Ich stelle fest, daß auch die anderen Gäste verstohlen zu den beiden hinüberblicken. Er sitzt ihr jetzt nicht mehr gegenüber, sondern neben ihr und hält ihre Hand. Nun faßt er in seine Tasche und holt ein kleines Etui hervor. Wir wenden uns wieder unserem Salat zu. Wir werden auf die *dolci* verzichten müssen, sonst platzen wir, aber zum Kaffee bringt man uns einen Teller mit *petits fours*, an denen kein Weg vorbeiführt. Das war eine der besten Mahlzeiten, die ich je in Italien gegessen habe. Ed schlägt vor, ein paar Tage länger zu bleiben und jeden Abend im »Caino« zu tafeln. Die hübsche junge Frau streckt nun ihre Hand aus und bewundert den viereckigen Smaragd, der von Diamanten umgeben ist, wie ich von hier aus erkennen kann. Sie lächeln die anderen Gäste an, als sie plötzlich merken, daß alle die Verlobung beobachtet haben. Spontan erheben wir unsere Gläser, und der Ober, mit gutem Gespür für das Gebot der Stunde, beeilt sich, sie wieder zu füllen. Die junge Frau legt den Kopf in den Nacken, schüttelt ihr langes Haar, und kleine weiße Blüten fallen zu Boden.

Als wir aufbrechen, ist das Dorf dunkel und still, bis wir zur Bar am anderen Ende der Straße kommen, wo Gott und die Welt Karten spielt und einen letzten Kaffee trinkt.

Am Morgen fahren wir nach Vulci, einem weiteren Ort mit einem uralt klingenden Namen, der eine bucklige Brücke hat und eine Festung, die in ein Museum umgewandelt wurde. Die Brücke ist etruskischen Ursprungs, mit romanischem und mittelalterlichem Flickwerk und Anbauten. Warum die Brückenwölbung so hoch ist, ist mir ein Rätsel, denn die Fiora, kaum mehr als ein Bächlein mit starker Strömung, fließt tief unten in einer Schlucht dahin. Was für eine Straße auch immer früher darüberführen mochte, sie ist verschwunden, und deshalb wirkt die Brücke surrealistisch und fehl am Platz. Die Festung am anderen Ende wurde wesentlich später erbaut. Ehemals ein Zisterzienserkloster, umgeben von einem Burggraben, dient sie heute als Museum, das wie seine Entsprechung in Tarquinia eine Fülle erstaunlicher Funde birgt. Schade, daß uns eine Glasscheibe von den Exponaten trennt. Es reizt uns ungemein, sie zu berühren. Ich würde gerne ein paar von den kleinen Grabbeigaben mitnehmen, beispielsweise die kleinen Hände, oder die Parfumflasche, die wie ein Reh geformt ist, und ich möchte die monumentalen Steinfiguren streicheln, wie den Jungen auf dem geflügelten Pferd. Es ist erstaunlich, wie die Kunst der Etrusker, eines vom Erdboden verschwundenen Volkes mit starken Jenseitsvorstellungen, auch heute noch eine ungebrochene Kraft ausstrahlt. D. H. Lawrence muß das auch gespürt haben – aber das ist kein Wunder bei einem so weitgereisten Menschen. Wenn ich unterwegs bin und seine Bücher zum x-ten Mal lese, denke ich oft, was für ein Ignorant er manchmal sein konnte. Die Bauern sind in seinen Augen Einfaltspinsel, weil sie nicht in Habtachtstellung stehen, um ihm, dem ungebetenen Gast, jeden Wunsch von den Augen abzulesen. Niemand reißt sich darum, ihn kreuz und quer im Land herumzukutschieren, um irgendwelche Ruinen zu besichtigen. Keiner hat sofort Kerzen parat, wenn er welche will. Was für Strapazen mutet einem dieses Land zu! Die Zugfahrpläne sind nicht mit denen in der Londoner Victoria Station zu vergleichen, und das Essen ist auch nicht nach seinem Geschmack. Das verzeihe ich ihm nur dann, wenn er seine subjektiven Ansichten außen vor läßt und nur das beschreibt, was er sieht.

Die Reste der etruskischen und danach römischen Siedlung befinden sich mitten auf freiem Feld – Steinfundamente und Bruchstücke von Fußböden, manche mit schwarzweißem Mosaik, unterirdische Gänge und die kümmerlichen Ruinen von Bädern. Hier hat man mehr oder weniger einen Grundriß der Stadt vor sich, so daß man sich während des Rundgangs die Wände der Gebäude ringsum, die Aktivitäten, die hier stattfanden, und den Ausblick über die Brücke ausmalen kann. Ein Stück weiter hinten, an der Seite, sehen wir die schmucklosen Überreste eines römischen Ziegelbaus: Mauern, ein paar Wände und Löcher für die Tragebalken, die ein Stockwerk gestützt haben. Vulci, ein Eldorado für jeden Archäologen. Leider sind die Grabstätten mit den Waldmalereien heute geschlossen – ein Grund mehr, um wiederzukommen.

Auch die Restaurants sind erstaunlich. Die Enoteca »Passaparola« an der Straße, die nach Montemerano hinaufführt, tischt deftige Mahlzeiten in einem zwanglosen Ambiente auf: Papierservietten, die Tagesgerichte mit Kreide auf eine Schiefertafel geschrieben, Fußboden aus groben Holzplanken. Falls es in der Maremma noch Cowboys gibt, hier würden sie einkehren. Wir bestellen gegrilltes

Gemüse, eine Riesenportion, knackigen grünen Salat und eine Flasche Lunaia, einen Bianco di Pitigliano vom Weingut La Stellata, der aus der Region stammt und eine Sünde wert ist. Der Ober erzählt uns von der Cantina Cooperativa del Morellino di Scansano, einer Winzerkooperative, die sich in der Nähe befindet, dann bringt er uns ein Glas Wein zum Verkosten. Wir haben unseren Hauswein für den Rest des Sommers gefunden. Für rund vier Mark die Flasche ist er erstaunlich süffig. Einfacher als die *Riserva*-Morellinis, die wir probiert haben, spricht dieser Wein für sich selbst. Der Rücksitz in unserem Wagen ist noch frei, um ein paar Kisten zu stapeln.

Am Nachbartisch zeichnet ein Künstler eine Karikatur von uns beiden. Mein Bild sieht aus wie das Porträt der Dora Maar von Picasso. Als wir ihm zuprosten und mit ihm ins Gespräch kommen, öffnet er eine Mappe und zeigt uns Kataloge von seinen Vernissagen. Wir nicken höflich. Er holt Ausschnitte von Besprechungen heraus, schenkt Wein nach. Seine Frau scheint nicht beleidigt zu sein, daß er seine Aufmerksamkeit auf uns konzentriert, sondern hat eine schicksalsergebene Miene aufgesetzt; sie weiß vermutlich, was ihr blüht, wenn sie mit ihm ein Restaurant besucht. Sie sind Kurgäste, das Wasser der *terme* ist gut für seine Leber. Ich kann mir vorstellen, wie er die Leute dort mit Beschlag belegt, die ihm hoffnungslos ausgeliefert sind, während sie in kleinen Schlucken die erforderliche Menge des mineralhaltigen Wassers trinken. Er rückt seinen Stuhl zu uns herüber, läßt seine Begleiterin alleine am Tisch sitzen. Ich bin hin- und hergerissen zwischen der Beerentarte, die an der Tafel angeschrieben ist, und dem ebenso großen Wunsch, das Weite zu suchen. Ed bittet um die Rechnung, und wir machen einen hastigen Abgang. Wir trinken den Kaffee weiter oben in der Stadt; auf dem Rückweg zum Auto spähen wir durch das Fenster des Lokals und sehen, daß Signor Picasso weg ist. So kommen wir doch noch in den Genuß des Beerenkuchens. Der Ober bringt uns einen *amaro* auf Kosten des Hauses. »Die beiden kommen jeden Abend her«, klagt er. »Wir zählen die Tage, bis er mitsamt seiner Leber nach Mailand zurückfährt.«

Durchdrungen von den Etruskern, voll des guten Essens und zufrieden mit dem Hotel, packen wir unsere Koffer und brechen nach Talamone auf, eine von hohen Mauern umgebene Stadt am Meer. Das Wasser hat hier vermutlich Trinkwasserqualität. Es ist glasklar, so weit ich hinauswaten kann und ziemlich kalt. Unser modernes Hotel hat keinen eigenen Strand, nur steile Felsen mit Betonplattformen, die aufs Wasser hinausragen, wo man in einem gestreiften Liegestuhl Platz nehmen und sich sonnen kann. Wir haben uns für Talamone entschieden, weil die Stadt gleich neben dem Naturreservat der Maremma liegt, dem einzigen langen Küstenstreifen in der Toskana, der noch nicht zugebaut ist. Die meisten Sandstrände sind Strandbäder mit einer nahtlosen Abfolge von Sonnenschirmen und Liegestühlen; sie nehmen die gesamte Breite des Areals ein, so daß nur ein schmaler Weg am Ufer entlang übrigbleibt. Viele Strandbäder haben Umkleidekabinen, Duschen und Snackbars. Den Italienern scheint diese Form des Strandlebens zu gefallen. Es gibt massenhaft Leute, mit denen man sich unterhalten kann! Normalerweise finden sich ganze Familien oder Freunde in Grüppchen hier ein. Ich hasse es, von Menschenmassen umzingelt zu sein, genau wie in Kalifornien. Die einsamen Ufer in Georgia, wo ich aufgewachsen bin, und die heißgeliebten urwüchsigen, windigen, endlosen Küstenstriche in Point Reyes haben mich nicht für die übervölkerten Strände in der Alten Welt gerüstet. Ed und meine Tochter finden die Sonnenschirme himmlisch. Sie haben mich nach Viareggio, Marina di Pisa und Pietrasanta geschleppt und behauptet, hier sei es anders; alles nur eine Sache der Gewohnheit. Ich liebe es, am Meeresufer zu liegen und den Wellen zu lauschen oder lange Strandspaziergänge zu unternehmen, ohne einer Menschenseele zu begegnen. Die toskanischen Strandbäder sind gerammelt voll, genau wie die Straßen. Im Naturpark der Maremma gibt es dagegen noch Wildpferde, Füchse, Wildschweine und Rotwild, laut Werbebroschüre. Ich mag den Geruch der *macchia*: Den Salzgeruch der Sträucher und halbhohen Bäume konnten die Seeleute angeblich riechen, lange bevor Land in Sicht war. Hier gibt es streckenweise nichts weiter zu sehen als wildwachsenden Rosmarin und Lavendel, die überall auf den Sanddünen Fuß gefaßt haben, und einsame Strände. Wir gehen den ganzen Morgen spazieren und sitzen am Ufer. Tyrrhenisch, tyrrhenisch, flüstern die Wellen, ein uraltes Meer. Wir haben Mortadellabrote, eine Ecke *parmigiano* und Eistee mitgebracht. Mit Ausnahme einer kleinen Gruppe Ausflügler weiter unten am Strand geht mein Wunsch in Erfüllung, Natur pur zu genießen. Was für eine Farbe hat das Meer? Kobaltblau wäre am zutreffendsten. Nein, eher Lapislazuli, wie die Farbe des Gewandes, das Maria auf vielen Gemälden trägt, schimmernd und silbergesprenkelt. Es tut gut, sich die Beine zu vertreten, nachdem wir tagelang im Auto die Sehenswürdigkeiten abgeklappert haben. Ich versuche zu lesen, aber die Sonne ist zu grell – vielleicht wäre ein Sonnenschirm doch nicht so schlecht.

Am nächsten Morgen fahren wir nach Riva degli Etruschi, zur Küste der Etrusker. Irgendwie kommen wir von den Etruskern nicht los. Hier kann man die obligatorischen Liegestühle mieten, aber da das Strandbad ans Naturreservat grenzt, ist es nicht überfüllt. Wir sind in der Lage, eine endlos lange Strandwanderung zu machen, gefolgt von einer Siesta in unserem kleinen Bungalow im Park der Hotelanlage. Wir befinden uns in der Nähe von San Vicenzo, wo der italienische Schriftsteller Italo Calvino den Sommer zu verbringen pflegte. Die Läden in der Stadt verkaufen Strandbälle, Luftmatratzen und Sandeimerchen. Abends sind alle Touristen auf den Beinen, um Ansichtskarten zu kaufen und Eis zu essen. Strandorte sind Strandorte, gleich wo auf der Welt. Wir finden ein Restaurant mit Tischen im Freien und bestellen *cacciucco*, Fischsuppe. Verschiedene Fische werden in einer weißen Schüssel serviert und am Tisch mit heißer Brühe übergossen. Der Ober streicht cremigweiße Knoblauchmayonnaise auf getoastete Weißbrotscheiben, die wir vorsichtig auf die Brühe legen, während wir tief den berauschenden Duft einatmen. Zwei kleine Langusten mit hervorquellenden Augen starren uns drohend aus den Suppenschalen entgegen. Der Ober kommt immer wieder an unseren Tisch und füllt Brühe nach, damit das Brot schwimmt. Als er den Salat bringt, schiebt er einen Servierwagen mit verschiedenen Olivenölen in Steingutkrügen, durchsichtigen Glasflaschen und bunten Keramikbehältnissen an unseren Tisch, wir müssen nur noch wählen. Wir bitten ihn, uns die Entscheidung abzunehmen, und er gießt in hohem Bogen einen dünnen Strahl blaßgrünes Olivenöl in die Schüssel mit rotem und grünem Radicchiosalat.

Auf dem Weg nach Massa Marittima machen wir einen Umweg über Populonia, einfach, weil es nicht weit bis dorthin ist und der Name zu alt klingt, um sich die Ortsbesichtigung entgehen zu lassen. Jede Zwischenstation oder Rast hat in mir den Wunsch geweckt, ein paar Tage länger zu verweilen. In einem Lokal, wo wir eine Kaffeepause einlegen, bringen zwei Fischer einen Eimer mit Fisch herein, den sie in der Nacht gefangen haben. Leider sind es noch Stunden bis zum Mittagessen, und so lange können wir nicht bleiben. Eine Frau kommt aus der Küche und beginnt, die Tagesgerichte auf eine Schiefertafel zu schreiben. Wir fahren in Richtung Stadt weiter und parken unterhalb einer Festung, der üblichen, von einer Mauer umgebenen Trutzburg, wie man sie aus den Stundenbüchern kennt, den mittelalterlichen Gebetbüchern für Laien mit Texten für die Stundengebete. Aha, wieder ein etruskisches Museum, und ich möchte mir jedes einzelne Ausstellungsstück anschauen. Ed hat fürs erste genug gesehen, zumindest von den alten Dingen: Er zieht los, um Honig von den Bienen zu kaufen, die im Gestrüpp an der Küste herumschwirren. Wir treffen uns in einem Laden, in dem ich einen etruskischen Tonfuß finde, der käuflich zu erwerben ist. Ob er echt oder nachgemacht ist, weiß ich nicht. Ich beschließe, es mir noch einmal zu überlegen, während wir einen Spaziergang durch den Ort machen, doch auf dem Rückweg hat der Laden geschlossen. Bei der Abfahrt sehe ich einen Wegweiser zu einer etruskischen Grabstätte, aber Ed drückt aufs Gaspedal; er kann keine Gräber mehr sehen.

Unsere letzte Übernachtung – in der Stadt, die ich ständig falsch ausgesprochen habe: Statt die drittletzte habe ich immer die zweitletzte Silbe von Marittima betont. Ob ich jemals richtig Italienisch lernen werde? Ich mache immer noch so viele grundlegende Fehler. Früher in Meeresnähe gelegen, ist dieses städtebauliche Juwel nun von Treibsand umgeben, der sich immer weiter ausgedehnt hat, so daß sich Massa Marittima nun im Landesinneren befindet, aber durch seine Höhenlage einen sagenhaften Blick auf die grasbewachsene Ebene bietet. Die Landschaft könnte sich genausogut in

Brasilien befinden, ein entlegener Außenposten, der für Romanschriftsteller mit Sinn für das Magische in der Realität reizvoll wäre. Die kleine Stadt besteht aus zwei Teilen (Città Nuova und Città Vecchia), einem alten und einem noch älteren Teil, beide düster, mit tiefen Schatten in den verwinkelten Gassen, in die nur hin und wieder jäh ein Sonnenstrahl fällt. Wir sind ein bißchen fußlahm und müde. Wir suchen uns ein Hotel, und zum ersten Mal haben wir ein Fernsehgerät im Zimmer. Es läuft ein Film aus dem Zweiten Weltkrieg, die Farben verblaßt und in unverständlichem Italienisch, und schon lassen wir uns ködern. Ein Dorf, von den Deutschen besetzt, ist auf die Hilfe eines amerikanischen Soldaten angewiesen, der sich irgendwo in der Umgebung versteckt hält. Die Bewohner müssen Haus und Hof verlassen. Sie laden ihre gesamte Habe auf Esel und brechen auf; wohin, können wir nicht ergründen. Ich nicke ein. Irgend jemand versucht, die Fensterläden in Bramasole aufzubrechen. Ich schrecke hoch. Ein anderer Soldat hat sich auf dem Heuboden versteckt. Es brennt irgendwo. Ob in Bramasole alles in Ordnung ist? Plötzlich wird mir bewußt, daß wir nur einen Tag für Massa Marittima haben.

Innerhalb von zwei Stunden haben wir jede Straße abgeklappert. Die Maremma erinnert mich immer wieder an den Westen Amerikas, an die kleinen, weit vom Highway entfernten Städte, an den Ladenbesitzer, der müßig aus dem Fenster schaut, die endlose Weite des Horizonts im Blick. Mit Sicherheit gibt es im Westen Amerikas nichts, was sich mit der Piazza und der prachtvollen Kathedrale vergleichen ließe; die Ähnlichkeit liegt bei solchen Ortschaften auf einer tieferen Ebene. Abgeschiedenheit, und die innere Distanz, mit der man Fremden begegnet.

Auf dem Heimweg machen wir in San Galgano halt. Es ist die schönste Ruine, die ich kenne, eine anmutige Klosterkirche im klassischen Stil der französischen Hochgotik, die schon vor Jahrhunderten Fußboden und Dach eingebüßt hat, so daß ein Skelett mit Fensteröffnungen und Blick auf Grasflächen und Wolken übriggeblieben ist. Die richtige Kulisse für eine romantische Hochzeit. Dort, wo sich früher das bunte Glas in dem großen Rosettenfenster befand, kann nur noch die Phantasie das gähnende Loch scharlachrot und blau färben; wo einst Mönche an den Seitenaltären Kerzen anzündeten, nisten nun Vögel in den Ecken. Eine Steintreppe führt ins Leere. Ein Steinaltar ist noch vorhanden, so weit entfernt von seiner christlichen Bestimmung, daß hier Menschenopfer dargebracht worden sein könnten. Die Klosterkirche verfiel, als ein Abt die Bleiplatten des Daches verkaufte, um mit dem kostbaren Metall einen Krieg zu finanzieren. Nun dient sie einer Horde Katzen als Heim. Eine hat gerade Junge zur Welt gebracht: An der Produktion der »multikulturellen« Nachkommen, die sich ingwerfarben, schwarz und getigert an die große weiße Katzenmutter schmiegen, müssen mehrere Väter beteiligt gewesen sein.

Wieder daheim! Wein ins Haus schleppen, Fensterläden öffnen, schleunigst die Pflanzen gießen, die aussehen, als seien sie am Verdursten. Wir stapeln die Weinkisten im dunklen Wandschrank unter der Treppe. Den Geist des Weines, den wir reifen sahen, haben wir in Flaschen eingefangen und gelagert; er steht bereit für festliche Anlässe, die wir zu feiern hoffen. Ed schließt die Tür, überläßt sie vorläufig dem Staub und den Skorpionen. Nur eine Woche waren wir weg. Trotzdem haben wir das Haus vermißt und begreifen erst nach unserer Rückkehr, wie wichtig die wenigen Kreise in Zeit und Raum sind, die wir um uns herum ziehen. Mir wird bewußt, daß die Eigenschaften, um die kühle Nordländer die heißblütigen Südländer immer beneiden – diese typisch italienische Unbekümmertheit und Fähigkeit, aus vollem Herzen in den Tag hineinzuleben –, ein direktes Vermächtnis der Etrusker sind. Die Fresken in den Grabkammern erscheinen mir bedeutungsschwer; oft fehlt uns nur der Schlüssel, um ihre Botschaft zu entziffern. Ich schließe die Augen und sehe wieder die geduckten Leoparden vor mir, die hagere Gestalt des Todes, die endlosen Festgelage. Manche griechischen Sagen fallen mir wieder ein, Persephone, Aktaion und die Hunde, Pegasus, aber ich spüre intuitiv, daß die Wandmalereien in den Gräbern – und auch die griechischen – in eine Epoche hineinreichen, die noch weiter zurückführt, viel weiter, vielleicht bis zum Anbeginn der Zeit. Immer wieder tauchen diese Urbilder auf, und jeder entdeckt in ihnen etwas anderes.

Als ich in Somers, New York, wohnte, hatte ich einen großen Kräutergarten neben dem Haus aus dem achtzehnten Jahrhundert, von dem ich immer noch träume. Oft stieß ich beim Umgraben auf braune und ambrafarbene Medizinflaschen. Als ich ein Beet mit Heiligenkraut pflanzte, dessen Zweige man im Mittelalter auf den Boden der Kirchen streute, um dem strengen Geruch der Besucher entgegenzuwirken, förderte mein Spaten ein kleines verrostetes Eisenpferdchen zutage, in gestrecktem Galopp. Ich stellte es auf meinen Schreibtisch, als mein ganz persönliches Totem. Zu Beginn dieses Sommers, beim Steineausbuddeln, flog plötzlich ein kleiner Gegenstand in hohem Bogen von meiner Schaufel. Als ich ihn aufhob, sah ich zu meinem Erstaunen, daß es wieder ein kleines Pferdchen war. Ein etruskisches Kunstwerk oder nur ein Spielzeug, das nicht älter ist als hundert Jahre? Auch bei diesem Pferd sind die Gliedmaßen in vollem Galopp gestreckt.

Vor einigen Jahren las ich einen Abschnitt aus Vergils Heldenepos *Äneis*, in dem es um die Entscheidung geht, Karthago an der Stelle zu suchen, wo die trojanischen Irrfahrer ein Zeichen der Götter ausgruben:

> *Die Herrscherin Juno zeigt es an,*
> *eines Streitrosses Haupt: So werde*
> *denn Kriegsruhm zieren das Volk,*
> *jahrhundertelang, und Fülle des Lebens.*
> (I/444)

Der Krieg in dieser Verszeile lockt mich nicht hinter dem Ofen hervor, wohl aber die »Fülle des Lebens«. Der Huf Orlandos brachte die heiße Quelle zum Fließen. Die geflügelten Pferde in Tarquinia, aus Geröll und Erdreich ausgegraben, tauchen immer wieder in meiner Phantasie auf. Ich stelle ein postkartengroßes Foto von ihnen neben meinen beiden eigenen Pferden auf. Die Fülle des Lebens. Die Etrusker besaßen sie. In bestimmten Zeiten und an bestimmten Orten finden wir sie. Wir können in vollem Galopp dorthin gelangen, und manchmal sogar fliegen.

ANDERE LÄNDER, ANDERE SITTEN

Der italienische Ed ist ein Listenfetischist. Überall finde ich zusammengefaltete Zettel und verkrumpelte Briefumschläge: auf dem Eßzimmertisch, auf dem Nachtkästchen, auf dem Autositz, in Hemden- und Jackentaschen. Er stellt Einkaufslisten, Listen von kurz- und langfristigen Projekten, Gartenlisten und Listen von den Listen zusammen. Sie sind in einem Mischmasch aus Englisch und Italienisch verfaßt, je nachdem, welches Wort gerade kürzer ist. Manchmal kennt er nur den italienischen Begriff, wenn es sich um ein spezielles Werkzeug handelt. Ich hätte die Listen während der Restaurierungsarbeiten sammeln und ein ganzes Bad damit tapezieren sollen, wie es James Joyce mit den Absagebriefen der Verlage getan hat, die ihm kurz und bündig ins Haus flatterten. Wir haben offensichtlich die Rollen getauscht, was unsere Gewohnheiten betrifft, denn zu Hause brütet er selten über Einkaufslisten: Dort bin ich für die Listen, die Korrespondenz, die lästigen Pflichten im Haushalt und vor allem für die allwöchentliche Planung zuständig. Hier habe ich in aller Regel keine Pläne, sondern lebe in den Tag hinein.

Es ist schwer, solche Anpassungen an andere Länder und andere Sitten bei sich selbst zu beobachten, aber man erkennt sie auf Anhieb bei anderen Menschen. Während unserer ersten Italienreisen war Ed überzeugter Teetrinker. Vor seiner Promotion hatte er sich ein Semester freigenommen, um auf eigene Faust Studien in London zu betreiben. Er wohnte in einem Einzimmerapartment ohne warmes Wasser in der Nähe des British Museum und lebte von Tee mit Milch und Zucker, während er T. S. Eliot und Joseph Conrad las. Das Nationalgetränk in Italien ist der Espresso: Das Zischen des heißen Dampfes, der aus den Kaffeemaschinen aufsteigt, hört man auf jeder *piazza*. Ich weiß noch, wie er während unseres ersten Sommers in der Toskana verstohlen die Italiener beäugte, die an den Tresen gingen und kurz und zackig *»un caffè«* orderten. In Amerika bekam man Espresso damals nur selten zu Gesicht. Als Ed dazu überging, ihn nach italienischer Manier zu bestellen, wurde er anfangs oft gefragt: *»Normale?«* Bestimmt dachten sie, daß einem Touristen ein Schnitzer unterlaufen war. Aber wir wollten einen Espresso haben wie die Italiener, ohne Milch, und warteten gespannt.

»Sì, sì, normale«, antwortete Ed in einem Ton, in dem leise Ungeduld mitschwang. Bald bestellte er mit einer Stimme, die keinen Widerspruch duldete, und die Frage blieb aus. Er bemerkte, daß die Einheimischen das schwarze Gebräu mit einem Schluck tranken, und nicht in kleinen Schlucken wie wir. Er achtete auf die verschiedenen Espressomarken, die in den Bars verwendet wurden: Illy, Lavazza, Sandy, River. Er begann, seinen fachmännischen Kommentar zur *crema* abzugeben. Und er trank ihn immer schwarz.

»Ihr Leben muß süß sein, wenn Sie den Kaffee so bitter mögen«, sagte ein *barista*. Dann entdeckte Ed plötzlich die Zuckerdosen, die in allen Bars stehen und einem silbernen Boot ähneln, sah, wie sie herübergeschoben wurden, sobald der Ober Untertasse und Löffel hinstellte, und die Deckel mit Schwung geöffnet wurden. Die Italiener schaufelten eine Unmenge Zucker in ihren Espresso, zwei, manchmal sogar drei gehäufte Löffel. Eines Tages sah ich entgeistert, wie er es ihnen gleichtat. »Ersetzt den Nachtisch«, erklärte er.

Als wir das zweite Jahr nach Italien reisten, nahmen wir am Ende des Sommers eine echte »Pavoni« mit nach Hause, gekauft in Florenz, eine glänzende Kaffeemaschine aus rostfreiem Stahl mit einem Adler obendrauf, ein von Hand betriebener Klassiker. Ich war die Nutznießerin, wenn mir ein Cappuccino ans Bett serviert wurde, und unsere Gäste bekamen nach dem Essen Espresso in winzigen Tassen vorgesetzt, ebenfalls in Italien gekauft.

Für den hiesigen Gebrauch hat Ed auch eine »Pavoni« angeschafft, aber eine automatische. Vor dem Zubettgehen trinkt er eine letzte Tasse des Lebenselixiers, entweder zu Hause oder in der Stadt. Es macht ihm irgendwie Spaß, den Espresso in Bars zu bestellen. In einigen stehen La-Faema-Maschinen mit kurvigem Art-déco-Design, in anderen chice Ranchillios. Er prüft die *crema*, wirbelt die Tasse einmal kurz herum und trinkt sie auf einen Zug leer. Danach fühlt er sich angeblich gestärkt, um zu schlafen.

Die zweite kulturspezifische Gewohnheit, die er mit Feuereifer übernommen hat, ist das rasante Autofahren. Die meisten Italienurlauber gelangen zu der Schlußfolgerung, sich hinter dem Steuer durch Rom zu lavieren, sei eine Erfahrung, die im Lebenslauf als Qualifikation aufgeführt werden sollte, die Fahrt auf der *autostrada* komme einer Mutprobe gleich und die Küstenstraße nach Amalfi sei die Hölle auf Erden. Anders Ed: »Die Italiener wissen, wie man Auto fährt«, sagte er, als er unseren lahmen gemieteten Fiat mit Vollgas und eingeschaltetem Blinker auf die Überholspur steuerte. Ein Maserati preschte heran, wie man im Rückspiegel sah, und fegte uns auf die rechte Spur zurück. Bald bewunderte er die waghalsigen Manöver. »Hast du *das* gesehen? Der fuhr ja wie der geölte Blitz! Natürlich gibt's auch hier Trottel, die stur auf der mittleren Spur bleiben, aber die meisten Leute halten sich an die Regeln.«

»Was für Regeln?« fragte ich, als jemand in einer Miniblechbüchse wie unserer mit hundert an uns vorbeizischte. Es *gibt tatsächlich* Geschwindigkeitsbegrenzungen, aber die sind offenbar nur von den PS unter der Motorhaube abhängig, denn ich habe in all den Sommern, die ich in Italien verbrachte, nicht einen einzigen Autofahrer gesehen, der wegen Geschwindigkeitsübertretung von der Polizei angehalten wurde. Man wird nachgerade zur Gefahr, wenn man sechzig fährt. Ich habe keine Ahnung, wie viele Unfälle passieren, ich sehe selten einen, aber ich könnte mir vorstellen, daß viele von den »Schleichern« (vielleicht Touristen?) verursacht werden, die nachfolgende Autofahrer zum Überholen anstacheln.

»Du mußt das mal beobachten! Wenn jemand zum Überholen ansetzt und es Spitz auf Knopf steht, zieht der Hintermann nicht links rüber; er drängelt nicht, sondern wartet und gibt ihm die Chance, vorbeizufahren und sich wieder rechts einzufädeln. Keiner überholt auf der rechten Spur, nicht ein einziger. Und es gibt keine notorischen Linksfahrer; hier wechselt man nur zum Überholen auf die linke Spur. Bei uns zu Hause bilden sich manche ein, sie könnten auf jeder x-beliebigen Spur bleiben, wenn sie Höchstgeschwindigkeit fahren!«

»Ja, aber immer – schau dir das an! – überholen sie hier in den Kurven. Nach dem Motto: Kurve in Sicht, da muß ich vorher noch schnell vorbei. Wahrscheinlich lernt man das hier in der Fahrschule. Ich wette, der Fahrlehrer hat keine Bremse, sondern nur ein Gaspedal auf der Beifahrerseite. Man weiß einfach, daß der Hintermann immer überholen will – ihm bleibt gar nichts anderes übrig, schließlich steht seine Ehre auf dem Spiel!«

»Ja, aber der Gegenverkehr weiß das auch. Die Autofahrer stellen sich darauf ein, weil ihnen klar ist, daß immer wieder ein paar ausscheren.«

Ed las mit großem Vergnügen, was der Bürgermeister von Neapel über den Verkehr in seiner Heimatstadt sagte. Neapel sei für Autofahrer die Hölle, das reinste Chaos. Ed fand es himmlisch: Er fuhr auf dem Bürgersteig weiter, als vor lauter Fußgängern auf der Straße kein Durchkommen war. »Wenn die Ampel grün ist, ist sie grün, und das heißt *avanti, avanti*«, erklärte das Stadtoberhaupt von Neapel. »Rot ist … eine Empfehlung.« »Und Gelb?« wurde er gefragt. »Gelb? Gelb ist ein Muntermacher.«

In der Toskana sind die Bürger gesetzestreuer. Sie mögen vorzeitig anfahren, aber sie halten an einer roten Ampel. Ihnen bleibt auch gar nichts anderes übrig, denn sie sehen sich einer unüberwindlichen Herausforderung gegenüber: Die mittelalterlichen Straßen sind so eng, daß rechts und links neben dem Wagen gerade noch eine Handbreit Platz bleibt, und so verwinkelt, daß sogar ein Fahrrad manche Abzweigung nur mit Ach und Krach schafft. Zum Glück haben die meisten Städte ihren historischen Kern für den Durchgangsverkehr gesperrt, eine Wohltat für die *piazza*, auf der das Leben wieder tobt. Und eine Wohltat für meine Nerven, weil das Labyrinth der Altstadtgassen einen ungeheuren Reiz auf Ed ausübte und wir zu oft mit eingekniffenem Schwanz rückwärts fahren mußten, wenn es nicht mehr vorwärts ging, unter den Blicken der einheimischen Zuschauer, die sich dieses Spektakel nicht entgehen lassen wollten.

Am meisten hat ihn beeindruckt, daß die Polizei hier Alfa Romeos fährt. Nach unserer ersten Italienreise kaufte er in Amerika einen silbernen, zwanzig Jahre alten Alfa GTV, in tadellosem Zustand, einen der schönsten Flitzer, die je gebaut wurden. Innerhalb von sechs Wochen hatte er sich drei Strafzettel eingehandelt. Gegen einen legte er Einspruch ein. Reine Schikane, protestierte er in der Anhörung. Die Polizisten, die auf den Highways Patrouille fahren, hätten es auf schnittige Sportwagen abgesehen, und dieses Mal sei er nicht zu schnell gefahren. In seinen Augen war es ein krasses Fehlurteil, daß der Richter ihm dringend nahelegte, das Auto zu verkaufen, wenn ihm das System nicht gefalle, und die Geldstrafe auf der Stelle verdoppelte.

Eine Zeitlang tauschten wir Autos. Wir mußten: Ed lief Gefahr, seinen Führerschein zu verlieren. Ich fuhr mit dem Silberpfeil zur Arbeit, ohne ein einziges Strafmandat; er nahm meinen Mercedes, der schon einige Jahre auf dem Buckel hat und wegen seiner Behäbigkeit leidenschaftslos *Delta Queen* genannt wird. »Diese Schrottkiste!« jammerte er.

»Das sicherste Auto, das es gibt – du bist nicht ein einziges Mal angehalten worden!«

»Wie auch in diesem Blechmonster? Daß der überhaupt noch fährt, grenzt an ein Wunder!«

Kaum waren wir wieder in Italien, befand sich Ed in seinem Element. Hier fahren wir überwiegend Landstraßen. Wir haben gelernt, nicht einmal vor Schotterstraßen zurückzuschrecken, wenn die Route vielversprechend aussieht. In aller Regel sind sie gut in Schuß oder zumindest passierbar, wenn jemand sein Auto beherrscht. Wir schlagen uns auch schon mal querfeldein durch, um zu einer abgelegenen Kirche aus dem dreizehnten Jahrhundert zu gelangen, und schaffen es nötigenfalls, eine steile Straße in einem winzigen Ort rückwärts hochzufahren. Kein Problem für jemanden, der Nerven wie Drahtseile hat! Rückwärts den Berg auf einer kurvenreichen einspurigen Straße hochzufahren, ist für einen tollkühnen Fahrer das Nonplusultra: »Whauuuu!« Er hat gerade gewendet, eine Hand lässig auf der Rücklehne des Beifahrersitzes, die andere am Lenkrad. Ich blicke hinab – senkrecht hinab – in ein malerisches Tal tief unter uns. Gerade noch eine Handbreit zwischen

Rad und Abgrund. Ein Wagen kommt uns entgegen, bergab. Die Männer steigen aus, um Kriegsrat zu halten, dann fahren wir alle bergauf, im Konvoi, wie die Idioten. Die anderen sind mit einem roten Alfa GTV unterwegs, dem gleichen Modell, das Ed zu Hause fährt. Wir steigen alle an der Stelle aus, wo die Straße breiter wird, und die Männer palavern endlos über den Wagen, über den speziellen Rückspiegel, das Problem mit dem Blinker und den derzeitigen Marktwert. Ich habe unterdessen die Generalstabskarte auf der heißen Motorhaube des Fiats ausgebreitet und versuche herauszufinden, wie wir mit heiler Haut aus dieser Schlucht herauskommen, in der sich die gesuchte Klosterruine allem Anschein nach nicht befindet.

Ein Grund für Eds große Liebe zur *autostrada* ist, daß er hier seine liebsten Freizeitvergnügen kombinieren kann. Alle naselang tauchten Rastplätze auf. Manchmal sind es einfache Raststätten mit Theke und Tankstelle. Andere überspannen in luftiger Höhe die Autobahnbrücke und haben Restaurant, SB-Laden und sogar Unterkunft im Motel zu bieten. Ed mag die Sauberkeit und Effizienz, die in den Raststätten mit Selbstbedienung herrscht. Er trinkt seinen Espresso, und oft ißt er auf die Schnelle ein *panino*, einen Weißbrotwecken mit Mortadella. Ich entscheide mich für einen Cappuccino, ziemlich unorthodox am Nachmittag, und er wartet geduldig. Allein würde er hier nie so lange Wurzeln schlagen. Rein und raus. So macht man das. Und schon ist er wieder auf der Straße, während der Espresso in ihm schwappt und die Tachonadel nach oben schnellt. *Paradiso!*

Auf einer grundlegenden Ebene hat ihn auch die »eigene Scholle« verändert. Zuerst dachten wir an acht bis zwölf Hektar Land. Zwei erschienen uns ein bißchen wenig, bis wir anfingen, es zu bestellen. In der *limonaia* stehen sämtliche Gerätschaften, die man dazu braucht. Zu Hause paßt unser Werkzeug in einen Werkzeugkoffer aus rotglänzendem Metall – die kleine Größe. Wir hätten nie gedacht, daß wir eines Tages Spaten zum Pfostenausgraben, Kettensäge, Heckenscheren, Freischneider, Hacken in allen Größen, Rechen, eine Ecke eigens für Holzpflöcke und unzählige Handwerkzeuge besitzen würden, die aussehen, als stammten sie aus der

Zeit vor der industriellen Revolution – Sicheln, Traubenscheren und Sensen. Falls wir überhaupt einen Gedanken daran verschwendet hatten, waren wir wahrscheinlich der Meinung, daß es damit getan sei, das Unkraut zu beseitigen und die Bäume zu beschneiden. Und gelegentlich zu mähen, zu düngen und zu trimmen. Wir hatten keine Ahnung, mit welcher Macht sich die Natur immer wieder erneuert und sich ihre Bahn bricht. Der Boden ist unwahrscheinlich regenerationsfähig. Aufgrund meiner Erfahrungen als Hobbygärtnerin gelangte ich zu der Schlußfolgerung, daß man den Pflanzen auf die Sprünge helfen muß, damit sie gedeihen. Aber Efeu, Feigenbäume, Sumach, Akazien und Brombeeren brauchen keine Starthilfe, ganz im Gegenteil, sie sind kaum in Schach zu halten. Eine Kletterpflanze, die wir »Teufelskraut« nennen, umschlingt und erstickt alles, was sich in ihrer Reichweite befindet. Um ihr beizukommen, muß man sie ausgraben, bis hinunter zu ihren karottengroßen Wurzeln; genauso die Brennesseln. Ein Wunder, daß Brennesseln nicht die Herrschaft über jedes Fleckchen Erde auf der Welt übernommen haben. Sie auszugraben, ohne mit ihren »brennenden« Sekreten in Berührung zu kommen, ist selbst mit dicken Handschuhen kaum möglich. Auch der Bambus läßt sich nicht beirren und treibt seine Schößlinge fortwährend in die Einfahrt. Dicke Äste fallen von den Bäumen. Neue Olivenbäume müssen nach einem Sturm wieder angepflockt, die Terrassen umgepflügt und danach mit der Scheibenegge bearbeitet werden. Der Boden rund um die Olivenbäume muß umgeharkt und gedüngt werden. Die Weinstöcke beanspruchen wochenlang unsere Aufmerksamkeit. Mit anderen Worten: Wir haben kein Urlaubsdomizil, sondern einen kleinen Bauernhof, den es zu bewirtschaften gilt. Ohne die ständige Hege und Pflege würde die Wildnis binnen weniger Monate wieder um sich greifen. Die Wahl liegt allein bei uns: Entweder empfinden wir die Arbeit als Last oder als Vergnügen.

»Wie geht's Johnny Appleseed?« erkundigt sich eine Freundin in Anspielung auf den legendären John Chapman, der durchs Land zog und überall im Osten Amerikas Apfelbäume pflanzte. Sie hat gesehen, wie Ed auf einer der oberen Terrassen jede einzelne

Pflanze begutachtete, die Blätter eines Kirschbaums befühlte und Steine aufklaubte. Er kennt inzwischen sämtliche Stechpalmen, Eichen, Findlinge und Baumstümpfe. Vielleicht wurde diese innige Beziehung durch das Roden geknüpft.

Nun macht er jeden Tag seinen Inspektionsgang über die Terrassen, in Shorts, Stiefeln und »Muscle Shirt«, den Unterhemden mit weitem Armausschnitt, die schon mein Vater zu tragen pflegte. Seine schwellenden Bizeps- und Brustmuskeln erinnern mich an die »Vorher-Nachher«-Werbefotos auf der Rückseite alter Comichefte. Sein Vater bewirtschaftete bis zum vierzigsten Lebensjahr eine Farm; dann mußte er aufgeben und sich Arbeit in der Stadt suchen. Seine Vorfahren haben vermutlich ihre Felder in Polen bestellt, bevor sie nach Amerika auswanderten. Sie würden ihn mit Sicherheit schon von weitem erkennen. In San Francisco vergißt er dauernd, die Zimmerpflanzen zu gießen, hier aber schleppt er in der Trockenzeit einen Eimer nach dem anderen zu den neuen Obstbäumen hoch, zieht eine besonders intensiv duftende Lavendelart groß und vertieft sich bis spätnachts in Literatur über Kompostieren und Trimmen.

Wie weit wird es uns gelingen, uns Land und Leuten anzupassen? Nicht hundertprozentig, leider. Uns fehlt das südländische Temperament. Wir sind unfähig, so zu gestikulieren, als sei es uns angeboren. Ich sah einmal einen Mann aus der einengenden Telefonzelle ins Freie treten, damit er beim Sprechen besser mit den Händen fuchteln konnte. Viele Handybesitzer fahren an den Straßenrand, weil sie nicht mit einer Hand lenken, mit der anderen das Telefon halten und gleichzeitig mit Händen und Füßen reden können. Wir werden nie die Kunst beherrschen, aufmerksam zuzuhören und uns am Gespräch zu beteiligen, wenn alle durcheinander reden. Oft sehe ich vom Fenster unseres Hauses drei oder vier Spaziergänger die Straße hinunterschlendern. Alle reden gleichzeitig. Wer hört zu? Vielleicht ist das unwichtig, und es geht beim Reden nur ums Reden. Wir kämen außerdem nie auf die Idee, nach einem Fußballspiel mit ohrenbetäubendem Gehupe durch die Straßen zu fahren oder immer wieder mit dem Motorroller die *piazza* zu umrunden.

Und die italienische Politik wird für uns immer ein Buch mit sieben Siegeln bleiben.

Ferragosto ist ein Feiertag, der uns zunächst völlig rätselhaft erschien, bis wir begannen, ihn als eine Art mentalen Zustand oder Philosophie des Aufbruchs zu neuen Ufern zu betrachten. Nach und nach sind wir ebenfalls Anhänger dieser Philosophie geworden. Einfacher gesagt, *ferragosto*, der fünfzehnte August, ist Ferienbeginn in Italien und Mariä Himmelfahrt. Aber warum ausgerechnet am fünfzehnten August? Vielleicht war es damals zu heiß, um auch nur einen Tag länger auf der Erde zu bleiben. Das Deckengemälde in der Kuppel der Kathedrale zu Parma zeigt Maria gemeinsam mit anderen frommen Seelen auf dem Weg in die himmlische Glorie. Wenn man hinaufschaut, erblickt man aufgeblähte Gewänder, die wie Ballons hoch über dem Boden der Kathedrale schweben. Hier hat die Kunst über die Realität triumphiert – bei keiner der Gestalten ist die Unterwäsche zu sehen. Der Feiertag selbst ist ein Markstein im Monat August, der eine tiefere Bedeutung hat: Er fordert zu Muße und mehr Toleranz gegenüber den Mitmenschen auf. Wir stellen fest, daß im gesamten Monat August das Arbeitsleben zum Stillstand kommt. Obwohl die Touristen wie ein Hornissenschwarm einfallen, hat die beste *trattoria* am Ort das Schild Betriebsurlaub, *chiuso per ferie*, aufgehängt; die Inhaber haben ihre Koffer gepackt und sind nach Viareggio ans Meer gefahren. Die Logik, die im amerikanischen Geschäftsleben herrscht, hat hier keine Chance; den Italienern steht offenbar nicht der Sinn danach, während der Hochsaison Geld zu scheffeln und ihren Urlaub auf April oder November zu verlegen, wenn keine Touristen da sind. Warum nicht? Weil nur einmal im Jahr August ist. Die Unfallrate auf den Schnellstraßen steigt jäh an. Alles, was Beine hat, rottet sich in den Badeorten zusammen. Wir haben eingesehen, daß es besser ist, alle Projekte aufzuschieben, die komplizierter sind als Marmelade einkochen. Oder selbst darauf zu verzichten – ich fülle die Pflaumen lieber in meinen Hut, setzte mich unter den Baum, schlürfe das saftige Fruchtfleisch und schnippe Haut und Kerne in hohem Bogen über die Mauer. In Italien ist Mariä Himmelfahrt ein Tag, der nach allen Regeln der Kunst gefeiert werden muß. In Cortona findet ein großes Fest statt, die *Sagra della bistecca*, in deren Mittelpunkt auf Holzkohle gegrillte Beefsteaks, eine Spezialität aus der Region, stehen.

Sagra ist ein Begriff, nach dem man in der Toskana auch zu anderen Zeiten Ausschau halten sollte. Wenn die Saison für bestimmte Nahrungsmittel beginnt, bietet sich ein Anlaß für regionale Feste. Überall in den kleinen Städten verkünden Schilder, daß eine *sagra* stattfindet, weil nun Kirschen, Kastanien, Wein, *vin santo*, Aprikosen, Froschschenkel, Wildschwein, Olivenöl oder Forellen auf den Markt kommen. Zu Beginn dieses Sommers waren wir auf der *sagra della lumaca* im oberen Teil von Cortona. Ungefähr acht lange Tische waren für die »Schneckenfreunde« im Freien aufgestellt, und die Musik war ohrenbetäubend, doch mangels Regen hatten sich die Schnecken aus dem Staub gemacht, und so gab es notgedrungen geschmortes Kalbfleisch. Bei einer *sagra* in einem Bergdorf nahm ich an einer Lotterie teil, und nur eine einzige Zahl auf meiner Losnummer trennte mich vom Hauptgewinn, einem Esel. Wir aßen Pasta mit *ragù*, anschließend Lammfleisch vom Grill und beobachteten ein würdevolles altes Paar, er mit gestärktem Hemdkragen und sie im knöchellangen Schwarzen, das elegant zu den Klängen eines Akkordeons tanzte.

Die Vorbereitungen für das zweitägige Fest in Cortona beginnen mehrere Tage im voraus. Die Angestellten der Stadtverwaltung errichten einen riesigen Grill im Park – einen Backsteinsockel, schätzungsweise zwei mal sieben Meter und kniehoch, mit Eisenrosten wie bei den Gruben, die früher in meinem Elternhaus für Barbecues ausgehoben wurden. Im Herbst wird der Grill an derselben Stelle für das *Porcini*-Fest benutzt. (Cortona behauptet, daß die Steinpilze hier in der größten Bratpfanne der Welt geschmort werden. Ich war nie zu der Zeit da, wenn dieses Fest stattfindet, um mich mit eigenen Augen davon zu überzeugen, aber ich kann mir lebhaft vorstellen, wie das würzige Aroma den ganzen Park durchdringt.) Die Männer stellen Tische für vier, sechs, acht und zwölf Personen unter den Bäumen auf und hängen Laternen in die Zweige. Neben dem Grill werden kleine Stände aufgebaut, wo die Leute mit Speis und Trank bedient werden; dann wird eine Bretterbude für den Verkauf der Eintrittskarten aus einem Schuppen geholt, abgestaubt und am Eingang zum Park aufgestellt. Während ich durchgehe, erspähe ich einen Berg Holzkohle im Schuppen.

Der Park, normalerweise für Autos gesperrt, wird an diesen zwei Tagen im Jahr für den Verkehr geöffnet, damit alle Besucher der *sagra* einen Parkplatz finden. Eine Hiobsbotschaft für unsere Straße, die an den Park angrenzt. Wir beschließen, über die Römische Heerstraße in die Stadt zu marschieren, um den weißen Staubwolken zu entgehen. Unser Nachbar, einer der Freiwilligen am Grill, winkt uns zu.

Große Steaks brutzeln auf dem riesigen Bett aus rotglühenden Kohlen. Die Schlange ist lang, aber wir stellen uns an, nehmen uns *crostini*, Teller, Salat und Gemüse. Am Grill spießt unser Nachbar zwei gewaltige Beefsteaks für uns auf, und wir steuern einen Tisch an, der bereits ziemlich voll ist. Weinkrüge werden herumgereicht, Runde um Runde. Die ganze Stadt ist auf den Beinen, aber seltsamerweise scheinen sich kaum Touristen hierher zu verirren, mit Ausnahme einiger Engländer, die an einem langen Tisch Platz genommen haben und unter sich bleiben. Wir kennen unsere Tischnachbarn nicht. Sie kommen aus Acquaviva. Zwei Ehepaare und drei Kinder. Das kleine Mädchen, fast noch ein Baby, mümmelt an einem Knochen und macht ein Gesicht, als schmecke es ihm. Die beiden Jungen, mit guten Tischmanieren wie alle italienischen Kinder, konzentrieren sich darauf, ihr Fleisch mit Messer und Gabel auseinanderzusäbeln. Die Erwachsenen prosten uns zu, und wir prosten zurück. Als wir erzählen, daß wir Amerikaner sind, erkundigt sich einer der beiden Männer, ob wir zufällig seine Tante und seinen Onkel in Chicago kennen.

Nach dem Essen machen wir einen Verdauungsspaziergang durch die Stadt, gemeinsam mit einer Horde anderer Festbesucher. Auf der Rugapiana ist der Verkehr ins Stocken geraten. Die Bars platzen aus allen Nähten. Wir schaffen es, zwei Waffeln mit Haselnußeis zu ergattern. Drei kleine Jungen werfen verstohlen Kracher unters Volk und bemühen sich vergeblich, eine Unschuldsmiene aufzusetzen. Sie lachen sich kaputt. Ich warte draußen und höre ihnen zu, während Ed sich in eine Bar zwängt, um sich ein

Schlückchen von seinem heißgeliebten schwarzen Lebenselixier zu genehmigen. Auf dem Heimweg durchqueren wir wieder den Park. Es ist fast halb elf, und der Grill raucht immer noch. Wir sehen unseren Nachbarn mit seiner bildschönen Frau, seiner Tochter und einem Dutzend Freunden beim Essen. »Wie lange gibt es diese *sagra* schon in der Stadt?« erkundigt sich Ed.

»Schon immer, schon immer«, erwidert Placido. Die Gelehrten sind der Meinung, daß Mariä Himmelfahrt 370 v. Chr. zum erstenmal begangen wurde, in Antiochia. Das wäre dann in diesem Jahr die eintausendsechshundertvierundzwanzigste Feier zu Ehren der Jungfrau. Cortona mag alt sein, aber der Brauch, eine weiße Kuh zu schlachten und sie zu Ehren einer Göttin zu verspeisen, könnte noch älter sein.

Nach *ferragosto* geht es in Cortona ein paar Tage lang ungewöhnlich ruhig zu. Alle, die von auswärts in die Stadt gekommen waren, sind wieder weg. Die Ladeninhaber sitzen draußen und lesen Zeitung oder blicken geistesabwesend die Straße hinunter. Wenn man etwas bestellt hat, trifft es nicht vor September ein.

Unser Nachbar, der Grillmeister, ist hauptberuflich Steuereinnehmer. Wir kennen seine Arbeitszeiten, weil wir hören, wie er morgens, mittags, nach der Siesta und nach Feierabend auf seiner Vespa an unserem Haus vorüberfährt. Ich habe angefangen, mir sein Leben in den schillerndsten Farben auszumalen. Als Gast in einem fremden Land macht man leicht den Fehler, das Leben der Einheimischen zu idealisieren, durch die romantisch verklärte Brille zu betrachten, in eine Schablone zu pressen und es unzulässig zu vereinfachen. Der Betrunkene, der die Straße entlangtorkelt, nachdem er am Morgen die Obst- und Gemüsesteigen auf dem Markt ausgeladen hat, wird leicht in die Schubladen »stadtbekannter Säufer« gesteckt. Die Frau mit dem Buckel und dem blauschwarzen Haar wird als »Engelmacherin« gebrandmarkt. Der rotweiße Terrier, der jeden Morgen drei Metzger besucht, um dort Abfälle zu erbetteln, wird zum »streunenden Dorfköter«. Es gibt den »Verrückten Maler«, den Faschisten, die Renaissance-Schönheit und den Propheten. Sobald man die Menschen persönlich kennt, verblaßt das Etikett, das man ihnen anhängt. Placido, unser Nachbar, besitzt jedenfalls zwei weiße Pferde. Er singt, wenn er auf seiner Vespa sitzt. Wir hören es ganz deutlich, weil er im Leerlauf fährt, wenn er an unserem Haus vorüberkommt. Er läßt den Motor erst ein Stück bergab wieder an, wo das Gelände flacher wird. Er hält Pfauen und Gänse und weiße Tauben auf seinem Hof. Ein Mann mittleren Alters mit schütteren langen Haaren, der manchmal wie ein in die Jahre gekommener Hippie ein Tuch um die Stirn gebunden hat. Auf dem Pferderücken scheint er sich in seinem Element zu fühlen, der geborene Reiter. Seine Frau und seine Tochter sind ungewöhnlich hübsch. Seine Mutter legt immer Blumen in den Schrein vor unserer Einfahrt, und seine Schwester nennt Ed den attraktiven Amerikaner. Soweit die Realität, aber was ich vielleicht durch eine rosarote Brille sehe, ist, daß Placido in Einklang mit sich und der Welt lebt. Alle mögen ihn. »Ah, Placi«, sagen sie. »Placi ist euer Nachbar?« Wenn er durch die Stadt geht, schallt ihm von jeder Tür ein Gruß entgegen. Er könnte in jeder x-beliebigen Epoche leben; in seinem Steinhaus auf den Ölbaumterrassen, seinem friedlichen Königreich, scheint er an keine Zeit gebunden. Wie zur Bestätigung erscheint er in diesem Moment vor unserer Tür, als wäre er einem Traumbild von Rousseau entsprungen: mit einem Falken, der eine Kappe trägt, auf dem Handgelenk.

Eingedenk meiner Vogelphobie, Ergebnis einer längst vergessenen Erfahrung in meiner Kindheit, ist ein Raubvogel das letzte, was ich leibhaftig auf meiner Türschwelle sehen möchte. Placido hat einen Freund mitgebracht; sie wollen den Falken abrichten. Er erklärt, der entlegene Teil unseres Grundstücks sei dafür ideal, ob ich etwas dagegen habe. Ich versuche, mir das Ausmaß meiner Panik nicht anmerken zu lassen. *»Ho paura«*, sage ich, ich habe Angst. Das ist ein Fehler: Er tritt einen Schritt näher mit dem nervösen Tier und macht Anstalten, es auf meinen Arm zu setzen; wahrscheinlich glaubt er, ich würde meine Angst verlieren, wenn ich sehe, was für ein herrliches Geschöpf der Falke ist. Ed kommt im Sturmschritt herunter und tritt dazwischen. Sogar er fühlt sich verunsichert. Wahrscheinlich hat meine Phobie im Lauf der Zeit auf ihn abgefärbt. Aber es freut uns, daß Placido die *stranieri* als Nachbarn akzeptiert und uns zum ersten Mal einen Besuch abstattet, und deshalb sind wir einverstanden und begleiten ihn. Sein Freund nimmt mit dem Vogel auf der Hand rund zwanzig Meter entfernt Aufstellung. Placido holt etwas aus seiner Tasche. Der Falke breitet seine Schwingen aus, die eine gewaltige Spanne haben, und flattert wie verrückt, erhebt sich auf die Spitze seiner Krallen.

»Eine lebende Wachtel. Beim nächsten Mal werde ich Tauben von der *piazza* nehmen«, lacht er. Der Freund löst die kleine Lederkappe, und der Raubvogel schießt wie ein Pfeil zu Placido hinüber. Federn fliegen. Der Falke verschlingt gierig seine Mahlzeit, verwandelt die Wachtel in einen unkenntlichen, blutigen Klumpen. Der Freund gibt ein Signal mit der Trillerpfeife, und schon kehrt der Falke auf sein Handgelenk zurück, läßt sich die Kappe überstreifen. Eine Vorstellung, bei der es mir eiskalt den Rücken herunterläuft. Placido sagt, daß es in Italien fünfhundert Falkner gibt. Er hat seinen Vogel in Deutschland gekauft, die kleine Kappe stammt aus Kanada. Er muß jeden Tag mit ihm üben. Er lobt den Falken, der nun wieder völlig reglos auf seinem Handgelenk sitzt.

Dieser »Zeitvertreib« ist mit Sicherheit nicht dazu angetan, meinen Eindruck zu entkräften, daß Placido in einer anderen Zeit leben könnte. Ich kann mir lebhaft vorstellen, wie er auf seinem Schimmel, mit dem Falken auf dem Handgelenk, zu einem mittelalterlichen Turnier oder Jahrmarkt reitet. Als ich an seinem Haus vorübergehe, erspähe ich den Vogel in seinem Verschlag. Das strenge Profil erinnert mich an Mrs. Hattaway, meine Lehrerin in der siebten Klasse. Plötzlich reißt er den Kopf zu mir herum, und mir fällt wieder ein, daß sie ein untrügliches Gespür dafür hatte, wenn hinter ihrem Rücken Spickzettel und andere Botschaften die Runde machten.

Ich packe gerade für den Rückflug von Rom, als ich einen Anruf aus den Vereinigten Staaten erhalte; eine Frau, ich kenne sie nicht. »Was spricht dagegen?« fragt mich eine Stimme am Telefon. Sie hat in einer Zeitschrift einen Artikel von mir über Kauf und Restaurierung unseres Hauses gelesen. »Tut mir leid, wenn ich Sie damit behellige, aber ich habe niemanden, mit dem ich darüber reden könnte. Ich würde gerne *irgend etwas* tun, aber ich weiß nicht genau, was. Ich bin Rechtsanwältin und lebe in Baltimore. Meine Mutter ist gestorben und …«

Ich kenne diesen Impuls. Ich kenne den Wunsch, im eigenen Leben für Überraschungen zu sorgen. Leben ist Wandel, wie der Dichter Rilke sagte. Ich hüte und horte alles, was ich in den ersten Jahren als Teilzeitresidentin im Ausland gelernt habe. Die Befriedigung, daß viele italienische Wörter mir allmählich genauso vertraut werden wie die englischen, würde mir schon genügen: *pompelmo, susina, fragola* – neue Namen für Pampelmuse, Pflaume, Erdbeere, für alles. Ich hatte befürchtet, daß mein Leben mit dem Ende meiner Ehe enger würde. Eine Familiensaga mit Ahnen, die sich enttäuscht von mir zurückzogen, alte, verblichene Südstaatenschönheiten, die einen wehmütigen Blick auf die gepreßten Rosen in ihrem Weltatlas warfen. Diejenigen von uns, die mit der Emanzipationsbewegung groß geworden sind, haben vielleicht immer noch die tiefverwurzelte Angst, daß alles nur ein Traum war, daß es den Frauen in Wirklichkeit auch heute noch verwehrt ist, ein selbstbestimmtes Leben zu führen. Daß diese Erlaubnis jederzeit widerrufen werden kann. Ich hatte oft das Gefühl, auf einer turmhohen Welle zu reiten, die irgendwann bricht und mich unter sich begräbt. Obwohl ich bisweilen nur langsam lerne, vertraue ich zunehmend darauf, daß die Götter mir mein erstgeborenes Kind schon nicht entreißen oder mich sonstwie strafen werden, weil sie mir neiden, daß ich mein Leben nun genieße. Die Frau am anderen Ende der Leitung hat sich irgendwie, mit Hilfe der Universität, meine Telefonnummer in Italien verschafft.

»Und, was haben Sie jetzt vor?« frage ich diese völlig Fremde.

»Die Inseln vor der Küste von Washington, die habe ich immer geliebt. Dort steht ein Haus zum Verkauf, das mir gefällt; meine Freunde halten mich für verrückt, weil es so weit weg und abgelegen ist. Aber es gibt eine Fähre …«

»Es spricht nichts dagegen«, sage ich mit fester Stimme. Die endlosen Probleme mit Benito, die Sorgen wegen der Finanzierung, die Sprachbarriere, das heiße Wasser in der Toilette, die klebrige Beize auf den Deckenbalken, lagenweise, die langen Flüge von Kalifornien – das alles ist nichts, verglichen mit der ungetrübten Freude, dieses herrliche, hügelige Fleckchen Erde am Rande der Toskana zu besitzen.

Am liebsten würde ich sie jetzt, aus einem Impuls heraus, nach Italien einladen. Durch ihren Wunsch erscheint sie mir so vertraut, daß ich denke, wir hätten auf Anhieb einen guten Draht und uns würde bis tief in die Nacht hinein der Gesprächsstoff nicht ausgehen. Aber meine Abreise steht bevor. Während ich mich mit ihr unterhalte – bestimmt sitzt sie gerade in ihrer Hochhauskanzlei –, geht der Mond über der Festung der Medici auf. Ein Halbmond. Ein Stück weiter oben, unter der Eiche, steht die Bank, die Ed eigens für mich gezimmert hat. Eine einfache Holzplanke auf zwei Baumstümpfen. Ich gehe gerne in Serpentinen die Terrassen hinauf, um am späten Nachmittag dort zu sitzen, wenn die letzten Sonnenstrahlen das Tal mit einem goldenen Schimmer überziehen und die Schatten zwischen den langen Kämmen der Hügel länger werden. Ich war nie eine Anhängerin der Hippie-Bewegung, aber ich frage sie, ob sie das alte Motto der »Blumenkinder« kennt: »Folge deinem guten Stern.«

»Klar«, erwidert sie. »Ich war vor fünfundzwanzig Jahren sogar beim Woodstock-Festival. Heute bin ich eine etablierte Juristin, auf Arbeitsrecht spezialisiert und für die juristischen Belange eines multinationalen Konzerns zuständig, ein riesiges Konglomerat ... aber ich bin mir nicht mehr sicher, ob meine Tätigkeit Sinn macht.«

»Haben Sie das Gefühl, daß Sie eingeengt sind und sich mehr Freiheit gönnen sollten? Hier zu leben, macht unglaublich viel Spaß.«

Ich erwähne mit keinem Wort die Sonne, die ich in mir spüre, auch wenn ich weg bin; ich muß mir nur ausmalen, hier zu sein, und schon fühle ich mich von ihr *durchdrungen.* Die toskanische Sonne hat mich bis ins Mark gewärmt. Die amerikanische Schriftstellerin Flannery O'Connor sagt, sie sei ihrem Vergnügen immer mit zusammengebissenen Zähnen nachgegangen. Das geht mir zu Hause manchmal nicht anders, aber hier empfinde ich die Freude als etwas Natürliches, kann sie annehmen und von Herzen genießen. Die Tage reihen sich mit Leichtigkeit aneinander, mit dem gleichen Gefühl der inneren Harmonie wie bei dem Jungen, der die klirrende Handwaage hochhält und mühelos die dicke Melone und die verrosteten, scheibenförmigen Eisengewichte ausbalanciert.

Ich bin gespannt, ob sie das schindelgedeckte Cottage mit dem eigenen Landungssteg gekauft hat.

Ich sehe ihr blaues Fahrrad vor mir, gegen eine Kiefer gelehnt, während die Morgensonne mit ihrem Glanz das Verandageländer erklimmt.

Hut ab, das Mädchen hat Mumm! Placido nimmt seine Tochter mit zum Übungsplatz. Sie hält den Falken auf ihrem Handgelenk. Ihre langen Locken hüpfen beim Gehen. Auch das, was man fürchtet, gräbt sich Schicht um Schicht in unser Gedächtnis ein; das Bild wird mich den ganzen Winter in meinen Träumen verfolgen. Vielleicht wird der Flug des Falken durch einen Alptraum geistern. Oder ich träume, daß ich meine Nachbarn am späten Nachmittag begleite, wenn sie die zypressengesäumte Einfahrt zu dem Platz hinaufgehen, wo sie den Vogel fliegen lassen, jedesmal ein Stück weiter. Am Ende des Sommers gibt es das und vieles andere, was ich nach Hause mitnehmen kann. Das Gedicht »Die Nacht« von Cesare Pavese endet mit den Zeilen:

Zuzeiten kehrt sie zurück,
in der reglosen Stille des Tages,
die Erinnerung des Eingetauchtseins,
Aufgesogenseins,
im bleichen, starken Licht.

GRÜNES ÖL

Heute sollten Sie nicht ernten – zu naß.« Marco hat beobachtet, daß wir die Olivenkörbe mit nach unten nehmen. »Und nicht der richtige Mond. Warten Sie bis Mittwoch.« Er hängt die Türen ein, zwei der ursprünglichen aus Kastanienholz, die er geölt und repariert hat, und neue, die buchstäblich nicht von den alten zu unterscheiden sind; er hat sie im Herbst gezimmert, als wir weg waren. Sie ersetzen die Spanplattentüren mit dem hohlen Kern, die unser großer Hausverschönerer in den fünfziger Jahren bevorzugte.

Wir sind ohnehin schon spät dran mit der Olivenernte. Die Ölmühlen schließen vor Weihnachten, und bis dahin bleibt uns nur noch eine Woche. Draußen verschleiert ein grauer Nieselregen das sattgrüne Gras, das im Novemberregen sichtlich gediehen ist. Ich lege meine Hand auf die Fensterscheibe. Kalt. Er hat natürlich recht. Wenn wir heute mit dem Pflücken beginnen, besteht die Gefahr, daß sich Mehltau auf den Oliven bildet, falls wir nicht rechtzeitig fertig werden, um sie zur Mühle zu schaffen. Wir sammeln unsere Siebensachen wieder ein – die Weidenkörbe, die man sich um die Taille bindet, um die Zweige bequem abzustreifen, die blauen Säcke, in die wir die Olivenkörbe leeren, die Aluminiumleiter und unsere Gummistiefel. Noch unter der Zeitverschiebung leidend und leicht benommen, mußten wir schon früh aus den Federn, dank Marco, der um halb acht vor der Tür stand, als es noch nicht einmal richtig hell war. Er rät uns, schon mal loszufahren und uns eine Ölmühle zu suchen, die noch freie Termine hat; vielleicht klärt es sich später ja auf. In diesem Fall wird die Sonne die Oliven schnell trocknen.

»Und was ist mit dem Mond?« hake ich nach. Er selbst würde jetzt bestimmt nicht ernten, das weiß ich.

Am liebsten würden wir wieder ins Bett zurückkriechen; wir hatten seit unserer Ankunft gestern abend nicht genug Zeit, den Zwanzigstundenflug und die Turbulenzen zu verdauen, die unsere Maschine bei der Überquerung des Atlantiks beinahe pausenlos durchgerüttelt haben. Als wir in Fiumicino auf das asphaltierte Vorfeld hinaustraten, war ich so froh, daß ich mich am liebsten hingekniet und den festen Boden unter meinen Füßen geküßt hätte. In einem Anfall geistiger Umnachtung fuhren wir anschließend nach Rom, um einen kleinen Schaufensterbummel zu machen, und als wir uns in dem gemieteten Twingo – ein lustiges Gefährt, purpurrot mit minzegrüner Innenausstattung – auf den Weg nach Cortona machten, waren wir kaum noch eines klaren Gedankens fähig. Wir fuhren in einer Klapperkiste und in einem Zustand der Erschöpfung auf die *autostrada*. Trotzdem versetzte uns die nasse, vibrierende Landschaft in Hochstimmung: dieses von innen heraus leuchtende Grün und die vielen Bäume, die immer noch ihr buntes Laub trugen! Als wir im August abflogen, war alles trocken und verdorrt; inzwischen hatte ein Selbsterneuerungsprozeß stattgefunden. Es war dunkel, als wir endlich ankamen. In der Stadt nahmen wir Brot und eine Pfanne voll *cannelloni* mit Kalbfleisch mit. Die Luft prickelte wie Champagner und wirkte belebend. Laura, die junge Frau, die bei uns putzt, hatte vor zwei Tagen die Heizung aufgedreht, Zeit genug für die dicken Steinwände, ihre eisige Kälte zu verlieren. Sie hatte sogar daran gedacht, Brennholz ins Haus zu tragen, so daß wir an unserem ersten Abend ein kleines Fest am Feuer veranstalten konnten; anschließend gingen wir von Raum zu Raum, um alles zu überprüfen, zu berühren und jeden einzelnen Gegenstand zu begrüßen. Und danach nichts wie ins Bett, bis Marco uns heute morgen in aller Herrgottsfrühe weckte. »Laura hat mir gesagt, daß Sie da sind. Ich dachte, daß Sie die Türen so schnell wie möglich haben wollen.« Es ist immer dasselbe: Jedesmal nach unserer Ankunft ist irgend etwas von A nach B zu schleppen. Ed packte mit an: Er hielt die Türen, möglichst ruhig, während Marco hin- und herwackelte, um sie in die Scharniere einzuhängen.

Die altehrwürdige Mühle in Sant' Angelo arbeitet noch nach der überlieferten Methode, sagt Marco: Die Oliven jedes Kunden werden getrennt kaltgepreßt; man verlangt von den kleinen Anbauern nicht, sich mit anderen zusammenzuschließen. Mindestmenge ist jedoch ein *quintale*, hundert Kilo. Unsere Bäume, die sich von den dreißig Jahren Vernachlässigung noch nicht richtig erholt haben, können uns diese Fülle vermutlich nicht liefern. An vielen Bäumen hängt keine einzige Olive.

In der Mühle riecht es streng, und der feuchte Boden fühlt sich glitschig an, vermutlich vom Öl. Räume, in denen Trauben und Oliven gepreßt werden, nehmen die Gerüche mit der Zeit an, wie kühles Gestein, das nach Kirche riecht. Das alles durchdringende Tröpfeln und Rieseln muß den Arbeitern durch die Poren unter die Haut gehen. Ihr Chef nennt uns die Namen mehrerer Mühlen, die kleinere Mengen pressen. Wir wußten nicht, daß es so viele in der Umgebung gibt. Seine Wegbeschreibungen laufen darauf hinaus, daß wir an der höchsten Pinie rechts oder hinter dem kleinen Hügel links oder nach dem langen Schweinestall rechts abbiegen müssen.

Bevor wir gehen, schildert er uns in epischer Breite die Vorzüge der traditionellen Herstellungsmethoden, und um seine Ausführungen zu belegen, taucht er zwei große Löffel in einen Bottich mit frisch gepreßtem Öl und reicht uns die Kostprobe. Es geht nicht an, sie verstohlen auf den Boden zu gießen; mir bleibt nichts anderes übrig, als das Zeug auf einmal herunterzuschlucken. Mir graut, aber mir bleibt keine Wahl. Ein winziger Schluck des Öls ist außergewöhnlich, weich und gehaltvoll, mit kräftigem Olivengeschmack. Aber ein großer Löffel auf einmal, das ist eine bittere Medizin. »*Splendido.*« Ich schlucke schwer und blicke Ed an, der immer noch zögert und so tut, als bewundere er die grünliche Pracht. »Was passiert damit?« frage ich und deute auf die Tröge mit dem breiigen Fruchtfleisch. Unser Gastgeber dreht sich zu mir um, und Ed kippt das Öl blitzschnell in den Bottich zurück, um dann die Reste auf dem Löffel zu kosten.

»*Favoloso*«, sagt Ed. Das Öl ist in der Tat fabelhaft. Nach der ersten kalten Pressung wird das Fruchtfleisch an eine andere Mühle gebracht und erneut gepreßt, für die herkömmlichen Speiseölsorten; anschließend wird es ein letztes Mal gepreßt, um Schmieröle herzustellen. Die trockenen Überreste werden häufig in den Kreislauf zurückgeführt und als Düngemittel für die Olivenbäume verwendet.

Beim Losfahren sehen wir, daß die Türen von San Michele Arcangelo, einer kleinen Kirche, die wir immer nur von außen bewundern konnten, heute geöffnet sind. Auf der Schwelle des Portals ist Reis verstreut – *arborio*, genauer gesagt, ein Rundkornreis, den man für Risotto verwendet. Hier hat eine Hochzeit stattgefunden, und irgendwann wird jemand kommen, um die Pinien- und Zedernzweige abzunehmen. Die Kirche ist fast tausend Jahre alt. Die Mühle und die Kirche, einander gegenüber gelegen, erfüllen zwei grundlegende menschliche Bedürfnisse – und Getreide und Wein sind nicht weit weg. Die Deckenbalken und Kreuzverstrebungen dieser alten Kirchen erinnern mich oft an einen Schiffsrumpf. Ich habe es nie zuvor erwähnt, aber jetzt sage ich es. »Da bist du nicht die einzige«, sagt Ed. »Bei solchen Sakralbauten spricht man von Haupt- und Mittelschiff; im Englischen heißt es ›nave‹, abgeleitet vom lateinischen Wort *›navis‹*.«

»Und worauf läßt sich ›Apsis‹ zurückführen?« Die sanft gerundeten Formen der Altarnischen erinnern mich an die alten gemauerten Brotbacköfen, die man heute noch im Hof vieler bäuerlicher Anwesen findet.

»Ich glaube, das bedeutet nur, Dinge zusammenfügen; das Wort hat ausschließlich einen praktischen, ganz profanen Sinn.«

Es ist eine gewisse Poesie im Gleichmaß des breiten Mittelschiffs und der zwei Seitenschiffe, dem klassischen Grundriß einer Basilika im Miniaturformat. Die Linien in dem kleinen Raum stimmen in ihrer steinernen Bewegung harmonisch überein. Der einzige Schmuck ist das duftende Immergrün. So sehr ich die prachtvollen, mit Fresken geschmückten Kirchen auch liebe, solche schlichten berühren mich mehr. Sie gleichen in Form und Textur dem menschlichen Geist, sind Gedanken, in Stein und Licht umgewandelt.

Ed biegt in eine alte Römische Heerstraße ein. Später wurde sie von Pilgern auf ihrem Weg ins Heilige Land benutzt. San Michele war ein Ort, an dem sie sich ausruhten und Kräfte sammelten. Ob sich damals auch schon eine Ölmühle dort befand? Vielleicht haben die Pilger ihre wunden Füße mit Öl gesalbt. Wir suchen indessen nur nach einer Mühle, die unsere Säcke mit schwarzen Oliven in gefüllte Ölflaschen verwandelt. Zwei der genannten Mühlen haben bereits geschlossen. In der dritten kommt eine Frau, in mindestens drei Pullover eingemummt, die Treppe herunter, um uns mitzuteilen, daß wir Pech haben; wir hätten unsere Oliven früher ernten müssen, jetzt gehe es nicht, wegen des Mondes. »Wissen wir schon«, sagen wir. Ihr Mann ist gerade dabei, die Mühle zu schließen. Sie deutet die Straße hinunter. Wir preschen los; an einer imposanten Villa biegen wir ein. Ein unscheinbares Schild mit der Aufschrift IL MULINO dirigiert uns zur Rückseite des steinernen Baus, doch als wir im Hof ankommen, spritzen gerade zwei Arbeiter ihre Ausrüstung mit dem Schlauch ab. Zu spät. Sie schicken uns zu der großen Mühle in der Nähe der Stadt.

Während wir weiterfahren, betrachte ich die winterlichen Gärten. Überall werden die blassen, hoch aufgeschossenen Kardonen, Gemüseartischocken – in dieser Gegend *gobbi* genannt – und *cavolo nero* angebaut, ein Schwarzkohl, der keinen Kopf, sondern aufrechte Blätter hat, ähnlich wie Farnwedel. Roter und grüner Radicchiosalat prangt in jedem Garten. Die meisten Hobbygärtner haben ein paar Artischocken gepflanzt. Bisher war mir nie aufgefallen, daß es hier so viele Dattelpflaumenbäume gibt. Mit ihren glänzenden, orangefarbenen Früchten, die von den kahlen Zweigen baumeln, sehen sie aus wie japanische Tuschezeichnungen.

In der Mühle herrscht Hochbetrieb, niemand schenkt uns Beachtung. Wir machen einen Rundgang und schauen uns den Herstellungsprozeß an, aber es verlockt uns nicht, unsere kostbaren Oliven hier pressen zu lassen. Alles ist hier viel zu mechanisiert. Wo sind die großen steinernen Mühlräder? Wir können nicht erkennen, ob hier mit Hitze gearbeitet wird, einem Verfahren, das den Geschmack beeinträchtigen soll. Ein Kunde kommt herein und läßt seine Oliven wiegen, anschließend werden sie in eine große Schubkarre gekippt. Vielleicht ist eine Olive wie die andere, und es spielt keine Rolle, wenn man sie mischt, aber wenigstens dieses Mal möchten wir Öl von dem Stück Land erhalten, das wir mit eigenen Händen bestellt haben. Wir machen uns schleunigst aus dem Staub und fahren zu der kleinen Mühle in der Nähe von Castiglion Fiorentino, unsere letzte Hoffnung. Draußen lehnen drei riesige Mühlsteine an der Wand. Drinnen sind Holzkisten mit Oliven übereinandergestapelt, jede mit Namen versehen. Ja, sie können unsere Oliven pressen. Wir sollen morgen wiederkommen.

Der Nachmittag wird warm und wolkenlos. Marco erteilt uns seinen Segen, mit dem Pflücken zu beginnen. Mond hin oder her, wir ernten, und damit basta! Schließlich eilt es. Wir leeren unsere Körbe in den Wäschekorb und diesen, sobald er voll ist, in einen Sack. Nur wenige fallen auf den Boden, obwohl sie einem leicht durch die Finger flutschen. Starker Wind könnte großen Schaden anrichten, es sei denn, man hat Netze unter dem Geäst der Bäume gespannt. Die glänzenden schwarzen Oliven sind prall und fest. Neugierig auf die rohe Steinfrucht, beiße ich in eine hinein, die wie das reinste Brechmittel schmeckt. Wer mag wohl auf die Idee gekommen sein, sie einzulegen? Zweifellos waren sie vom selben Schlag wie die Leute, die als erste den Mumm hatten, Austern zu probieren. In Ligurien wurden die Oliven früher in Säcken ins Meer gehängt und »gepökelt«; im Landesinnern räucherte man sie den Winter über im Kamin, was ich gerne ausprobieren würde. Wir pellen uns zuerst aus den Jacken und danach aus den dicken Pullovern, während wir arbeiten, und hängen sie in die Bäume. Die Temperatur ist auf fünfundzwanzig Grad gestiegen, und trotz unserer nassen Stiefel fühlt sich die Luft wie Samt an. In der Ferne sehen wir den blauen Streifen des Trasimenischen Sees unter dem azurblauen Himmel. Um drei haben wir jede einzelne Olive von zwölf Bäumen gepflückt. Ich habe meinen Pullover wieder angezogen. Die Tage sind hier kurz im Winter, und die Sonne befindet sich bereits auf dem Weg zur Kuppe des Hügels hinter dem Haus. Um vier sind unsere Finger steif, und wir hören auf, schleifen den Sack und den Korb die Terrassen hinunter in die *cantina.*

Nicht zum ersten Mal im Verlauf unseres Lebens in diesen Breiten fühle ich mich hellwach und gleichzeitig am ganzen Körper zerschlagen. Heute sind es die Schultern, die ich spüre! Nichts wäre wohltuender als ein Schaumbad, am liebsten stundenlang, und eine Massage. Ich habe in weiser Voraussicht mein Körperöl auf die Heizung gestellt, um es anzuwärmen. Aber da unser Aufenthalt dieses Mal auf zwanzig Tage begrenzt ist, zählt jede Minute. Wir raffen uns auf und fahren in die Stadt, um unsere Lebensmittelvorräte aufzufüllen. Meine Tochter und ihr Freund Jess kommen in drei Tagen. Wir haben mehrere Festgelage geplant. Wir trudeln just in dem Moment ein, als die Geschäfte nach der Siesta öffnen. Seltsam, jetzt ist es schon fast dunkel, wenn die Stadt wieder zum Leben erwacht. Die weißen Lichterketten, hoch oben von Haus zu Haus über die engen Gassen gespannt, schwanken im Wind. Der A&O-Markt, in dem wir einkaufen, hat draußen einen ziemlich jämmerlichen Plastikweihnachtsbaum (den einzigen in der ganzen Stadt) und drinnen große Präsentkörbe mit lukullischen Köstlichkeiten aufgestellt.

Von unserer Stippvisite letztes Jahr zur Weihnachtszeit wissen wir, daß sich die Aufmerksamkeit während der Feiertage auf zwei Dinge konzentriert: auf das Essen und die *presepio*, die Krippe. Wir sind bereit, uns auf das eine zu stürzen und das andere mit Muße zu betrachten. In den Straßencafés sind phantasievoll verpackte Süßigkeiten und bunte Schachteln mit Panettone, einer leichteren Variante des gehaltvollen englischen Früchtekuchens, ausgestellt. Einige Läden haben selbstgebastelte Girlanden aufgehängt. Das ist alles an weihnachtlicher Dekoration, mit Ausnahme der Krippen in den Kirchen und in vielen Fenstern. *»Auguri, auguri«*, ertönt es immer wieder, die besten Wünsche. Niemand ist in Eile. Es scheint keine Berge von Geschenkpapier zu geben, keine Werbeorgien, keine hektische Suche nach Geschenken.

Das Fenster unseres *frutta e verdura* ist beschlagen. Draußen vor dem Laden, wo wir im Sommer Obst in Augenschein genommen haben, stehen jetzt Körbe mit Walnüssen, Kastanien und duftenden Clementinen, den kleinen Mandarinen ohne Kerne. Maria Rita, in einem großen schwarzen Pullover, knackt Mandeln. *»Ah, benissimo!«* begrüßt sie uns. *»Ben tornati!«* Willkommen daheim! Wo früher pralle Tomaten standen, türmen sich nun *cardi,* die ich nie probiert habe. »Das sind Kardonen. Zuerst müssen Sie die Fäden abziehen.« Sie bricht einen Stiel durch und zieht die sellerieähnlichen Fasern ab. »Und nicht vergessen, gleich in Zitronenwasser einlegen, sonst werden sie schwarz. Dann werden sie gekocht. Zum Schluß kommt *parmigiano* und Butter dazu.«

»Wieviel?«

»Reichlich, Signora, reichlich. Und dann in den Ofen.« Sie empfiehlt uns, auf dem Rost im Kamin *bruschetta* zu grillen, mit Schwarzkohl, gewürfelt und mit Knoblauch und Olivenöl in der Pfanne gegart. Wir kaufen Blutorangen und winzige grüne Linsen aus einem großen Glasbehältnis, Kastanien, Birnen, grasgrüne kleine Äpfel und Brokkoli, den ich in Italien noch nie gesehen habe. »Linsen für Neujahr«, erklärt sie. »Ich koche sie immer mit Minze.« Sie stopft alle Zutaten für eine *ribollita* in unsere Einkaufstasche, einen deftigen Eintopf, den man im Winter ißt.

Beim Metzger gibt es Wurstringe, die uns neu sind und vorne an der Fleischtheke hängen. Ein Mann mit einer Nase, die selbst einem Würstchen ähnelt, stößt Ed mit dem Ellenbogen an und betet lautlos seinen Rosenkranz weiter, dann weist er uns auf die langen Ketten fetter Würste hin. Es dauert einen Moment, bis uns ein Licht aufgeht, was er ungemein komisch findet. Daneben liegen Wachteln und Singvögel, die aussehen, als hätten sie gerade noch auf einem Baum gezwitschert, reglos mit Federkleid in ihrem gläsernen Sarg. Farbfotos an der Wand zeigen den Namen des Metzgers auf dem Hinterteil imposanter weißer Rinder, Quelle der Val-di-Chiana-Beefsteaks, die in der ganzen Toskana berühmt sind. Und Bruno steht in Siegerpose da, eine Hand besitzergreifend um den Hals eines riesigen Tieres gelegt. Nun fordert er uns mit einem Wink auf, ihm zu folgen. Er öffnet die Gefrierkammer, und wir lassen ihm den Vortritt. Ein Rind von der Größe eines Elefanten hängt an Fleischerhaken von der Decke herunter. Bruno versetzt ihm einen liebevollen Klaps auf die Flanke. »Das beste *bistecca* der Welt. Ein heißer Grill, Rosmarin, und ein bißchen Zitrone auf den Tisch.« Er hebt beide Hände gen Himmel, eine Geste, die besagen soll: Was will man mehr im Leben! Plötzlich fällt die Tür ins Schloß, und wir sind mit dem mächtigen Kadaver, dessen weißes Fett ihn wie ein Leichentuch umhüllt, in der Gefrierkammer eingesperrt.

»O nein!« Ich knipse die Taschenlampe an: Wir sehen erstarrt aus, alle drei, wie Kinder, die Figurenwerfen spielen. Ich will zur Tür laufen, aber Bruno lacht. Er öffnet sie mit Leichtigkeit, und wir machen, daß wir nach draußen kommen. Der Appetit auf Beefsteak ist mir vergangen.

Eigentlich wollten wir heute kochen, aber wir haben getrödelt und nun einen Bärenhunger. Wir verstauen die Lebensmittel im Auto und gehen zu Fuß ins »Dardano« zum Essen, eine *trattoria*, die bei uns hoch im Kurs steht. Der Sohn des Hauses, der im Lokal bedient hat, solange wir uns erinnern können, hat sich zu einem jungen Burschen gemausert. Die ganze Familie sitzt am Küchentisch. Außer uns befinden sich nur noch zwei Männer im Lokal, Einheimische, über ihre tiefen Teller mit *penne* gebeugt, und beide essen, als wären sie allein. Wir bestellen Pasta mit schwarzen Trüffeln und eine Karaffe Wein. Danach machen wir einen Spaziergang durch die stillen Straßen. Ein paar kleine Jungen spielen Fußball auf der leeren *piazza*. Ihr Geschrei durchdringt die kalte Luft wie ein Messer, erzeugt einen Widerhall. Die Tische, die im Sommer draußen standen, sind im Winter eingelagert, die Türen der Bars fest geschlossen, und alle hocken drinnen und atmen den Zigarettenqualm ein. Kein einziges Auto weit und breit. Ein einsamer Hund streunt herum. Völlig leergefegt von ausländischen Besuchern, hüllt sich die Stadt in Schweigen: lange Nächte, in denen die Männer nach dem Neunuhrläuten stumm Karten spielen, menschenleere Straßen, die aussehen, als wären sie zu ihren mittelalterlichen Ursprüngen zurückgekehrt. An der Mauer vor dem *duomo* halten wir inne und betrachten die Lichter im Tal. Hier haben sich noch ein paar andere Leute eingefunden. Als wir zu frieren anfangen, treten wir den Rückweg an, die Straße hinauf zur Bar; wir öffnen die Tür, und uns schlägt ein Schwall von Geräuschen entgegen. Der Kakao, mit heißer aufgeschäumter Milch aus der Espressomaschine, ist dick wie Schokoladenpudding. Wir sind gerade seit einem Tag wieder hier, und schon habe ich mich in den Winter verliebt.

Bei Tagesanbruch sind wir draußen auf den Terrassen, auch wenn der Tau schwer auf den Oliven liegt. Wir müssen heute fertigwerden, wenn wir sie nicht dem Mehltau überlassen wollen. Das Tal unter uns wogt in einer Nebelschicht, dick wie Mascarpone. Wir befinden uns darüber, in klarer, frostiger Luft, die beim Einatmen wie Nadelstiche brennt; man hat das Gefühl, vom Flugzeug auf die Erde hinunterzublicken, körper- und schwerelos über der dahingleitenden Hügellandschaft zu schweben. Selbst das rote Dach auf dem Haus unseres Nachbarn Placido ist verschwunden. Das Geheimnisvolle verdankt diese Landschaft nicht zuletzt dem Trasimenischen See. Dunstschleier erheben sich aus dem Wasser und breiten sich über dem Tal aus. Nebelschwaden wabern und steigen auf. Während wir Oliven pflücken, ziehen Wolkenfetzen an uns vorüber. Doch schon bald macht die Sonne ihr Recht geltend und beginnt mit ihrer Glut, den Nebel wegzubrennen: Sie enthüllt uns zuerst das weiße Pferd in Placidos Stall, dann das Dach und zum Schluß die Ölbaumterrassen unterhalb seines Anwesens. Der See bleibt in perlfarbenen, verwirbelten Wolken verborgen. Wir kommen zu Bäumen, an denen keine einzige Olive hängt, dann zu einem Baum, der sich unter seiner Last biegt. Ich nehme die unteren Zweige, und Ed klemmt die Leiter in die Mitte der Krone, um besser hinaufzureichen. Erfreulicherweise leistet uns Francesco Falco Gesellschaft, der sich das ganze Jahr über um unsere Oliven kümmert. Er ist der Inbegriff eines Olivenpflückers mit seiner Hose aus derber Wolle und der Tweedkappe, den Korb um die Taille gebunden. Er arbeitet, wie man es von einem Profi erwartet: Er schlägt uns um Längen, was die Ausbeute betrifft. Er ist dabei jedoch nicht so umsichtig wie wir, sondern läßt Zweige und Blätter in den Korb fallen, während wir gewissenhaft jedes verirrte Blättchen entfernen, weil wir gelesen haben, daß das Öl sonst nach Gerbsäure schmeckt. Hin und wieder zieht er eine Machete hinten aus seinem Hosenbund (wieso bohrt sich die Spitze nicht in seinen Allerwertesten?) und hackt einen Wurzelschößling ab, der zu sprießen beginnt. Die Oliven müssen schleunigst unter Dach und Fach, erzählt er uns, bevor Nachtfröste und klirrende Kälte einsetzen. Wir legen eine kurze Kaffeepause ein, aber er pflückt unverdrossen weiter. Den ganzen Herbst über hat er die abgestorbenen Äste zurückgeschnitten, damit die neuen Triebe besser wachsen. Bis zum Frühjahr will er alles, mit Ausnahme der vielversprechendsten Zweige, weggehackt und den Boden rund um jeden Baum pieksauber haben. Wir fragen ihn nach Olivenbüschen und anderen Experimenten mit Trimmtechniken, über die wir etwas gelesen haben, aber davon will er nichts hören. Seine Methode, Olivenbäume zu hegen und zu pflegen, scheint ihm in Fleisch und Blut übergegangen zu sein. Er ist fünfundsiebzig, besitzt aber die Energie eines jungen Burschen. Diese Energie hat ihm vermutlich die Kraft verliehen, nach Beendigung des Zweiten Weltkriegs zu Fuß in seine Heimat zurückzukehren. Er ist für uns in solchem Maß mit der Landschaft rund um Cortona verwurzelt, daß wir uns nur schwer vorstellen können, wie er als junger Soldat Tausende von Meilen entfernt in Rußland stranden konnte, als der grauenhafte Krieg vorbei war. Normalerweise macht er fortwährend Witze, aber heute hat er sein Gebiß zu Hause gelassen, und wir müssen die Ohren spitzen, um ihn zu verstehen. Es dauert nicht lange, da begibt er sich auf den unteren Terrassen ans Werk, die noch mit Unkraut überwuchert sind, weil er von der Straße aus gesehen hat, daß einige Olivenbäume tragen.

Mit den Oliven von unten haben wir ein *quintale* geerntet. Nach der Siesta, die heute ersatzlos gestrichen wurde, hören wir Francesco und Beppe die Straße mit dem Traktor hochkommen, der einen Anhänger mit Oliven zieht. Sie haben die Säcke ihres Freundes Gino mitgenommen und sind auf dem Weg zur Mühle. Sie hieven Ginos Oliven in Beppes Ape und helfen dann uns beim Aufladen. Wir fahren hinter ihnen her. Es ist fast dunkel, und die Temperaturen sinken zusehends. Die vielen Winter in Kalifornien haben meine Erinnerung, was richtige Kälte ist, getrübt. Sie macht sich auf ihre eigene Weise bemerkbar. Meine Zehen sind taub; aus der Heizung des Twingo kommt nur ein schwacher Strom lauwarmer Luft. »Wir haben nur fünf Grad minus!« sagt Ed. Er strahlt Wärme aus wie ein Heizofen. Jedesmal, wenn ich mich darüber beklage, daß ich friere, beschwöre ich seine Kindheit und Jugend in Minnesota herauf.

»Kommt mir vor wie in Brunos Gefrierkammer.«

Unsere Säcke werden gewogen, dann werden die Oliven in eine Holzkiste geschüttet, gewaschen und danach von drei steinernen Mühlrädern zermalmt. Das musige Fruchtfleisch wird auf einem Förderband zu einer Maschine weitergeleitet, die es auf einem großen runden Hanfmattensieb ausbreitet und ein Sieb nach dem anderen darüberschiebt, bis ein annähernd ein Meter fünfzig hoher Stapel entstanden ist, zwischen dem die zerdrückten Oliven wie der Belag bei einem Sandwich geschichtet sind. Ein Gewicht preßt das Öl aus, das an den Seiten der Hanfmattensiebe hinunter in einen Kanister rinnt. Dann kommt es in eine Zentrifuge, wo jeder Tropfen Wasser entfernt wird. Unser Öl, das in einen Ballon abgefüllt wird, sieht grün und trübe aus. Die Menge sei beachtlich, meint der Mühlenbesitzer. Wir haben 18,6 Kilo Öl aus unserem *quintale* erhalten – ungefähr einen Liter pro voll tragendem Baum. Kein Wunder, daß Olivenöl so teuer ist. »Was ist mit dem Säuregehalt?« frage ich. Ich habe gelesen, daß der Säuregehalt ein Prozent nicht überschreiten darf, damit sich ein Olivenöl für das Spitzenprädikat *»extra vergine«* qualifiziert.

»Ein Prozent!« Er tritt seine Zigarette unter dem Absatz aus. *»Signori! Più basso, basso«*, viel, viel weniger, brummt er, beleidigt ob der Annahme, daß seine Mühle minderwertiges Öl dulden könnte. »Diese Hügel sind die besten in Italien.«

Zu Hause gießen wir ein paar Tropfen in eine Schüssel und tunken Brotstücke ein, wie es die Leute vermutlich jetzt überall in der Toskana tun. Unser eigenes Öl! Noch nie in meinem ganzen Leben habe ich etwas Besseres gekostet. Es schmeckt leicht nach Brunnenkresse, ein bißchen pfeffrig, aber frisch wie das Wasser, aus dem die Brunnenkresse gepflückt wird. Damit werde ich alle bekannten *Bruschetta*-Varianten zubereiten, und einige noch unbekannte. Vielleicht werde ich sogar lernen, meine Orangen mit Öl und Salz zu essen, wie ich es bei dem Priester gesehen habe.

Im Lauf der Zeit wird sich in dem großen Behältnis ein Bodensatz bilden, aber wir mögen auch das trübe, fruchtige Öl. Wir füllen mehrere dekorative Flaschen, die ich eigens für diesen Augenblick aufbewahrt habe, den Rest lagern wir in der halbdunklen *cantina*. Auf der Marmorarbeitsplatte in der Küche stellen wir fünf Flaschen mit Ausgießer, wie Barkeeper sie zum Ausschenken von Hochprozentigem benutzen, in Reih und Glied nebeneinander. Sie sind ideal, wenn das Öl langsam oder tropfenweise fließen soll. Der Deckel schließt sich nach Gebrauch automatisch, so daß das Öl sauber bleibt. Während der Weihnachtsfeiertage wird nur mit Öl gekocht und gebrutzelt, soviel steht fest. Unsere Freunde werden uns besuchen und ein paar Flaschen mit nach Hause nehmen müssen; wir haben mehr als wir brauchen und niemanden sonst, dem wir sie schenken könnten, denn hier haben alle ihr eigenes Öl oder zumindest einen Vetter, der sie damit versorgt. Falls unsere Bäume noch ertragreicher werden sollten, verkaufen wir vielleicht einen Teil der Ernte an die Genossenschaft. Das Öl der *comune* ist hervorragend, und ein Fünfliterkrug kostet etwa zwanzig Dollar. Einmal habe ich einen als Handgepäck mit nach Hause genommen, und ich muß sagen, es hat sich gelohnt, den kalten Krug während des langen Flugs zwischen den Füßen auszubalancieren.

Unsere Kräuter wachsen und gedeihen trotz der Kälte. Ich hole eine Handvoll Salbei und Rosmarinzweige herein, schneide Zwiebeln und Kartoffeln in Viertel, lege sie rund um meinen Schweinebraten und schiebe die Reine in den Ofen, nachdem ich sie großzügig mit unserem ersten eigenen Öl beträufelt habe. Eine Feuertaufe.

Am nächsten Nachmittag stellen wir fest, daß eine große Olivenölverkostung begonnen hat: Die Stadt feiert das erste Fest zu Ehren des *olio extra vergine del colle Cortonese*, ein Spitzenöl aus erster, kalter Pressung von den Hügeln rings um Cortona. Ich erinnere mich an den Eßlöffel voll in der *mulino*, aber dieses Mal gibt es Brot aus der Bäckerei dazu. Auf der Piazza steht eine lange Tafel mit den Ölen von neun Anbauern, und Olivenbäume in Kübeln sorgen für das entsprechende Ambiente. »Das hätte ich mir nie träumen lassen«, sagt Ed, als wir das vierte oder fünfte Öl probieren. Diese Öle sind, wie unser eigenes, so frisch, kräftig und so schmackhaft, daß ich am liebsten laut schmatzen würde. Die Unterschiede sind subtil. Ich glaube, ich habe den heißen Sommerwind in einem herausgeschmeckt, den ersten Herbstregen in einem anderen, und nicht zu vergessen die Geschichte einer Römischen Heerstraße oder das Sonnenlicht auf den Blättern. Das Öl schmeckt nach frischem Grün, und nach Leben.

EINE WELT IM FLUSS: WINTER IN DER TOSKANA

Um die Weihnachtszeit überkommt mich eine Geschäftigkeit, die einer Zwangsneurose gleicht und an Zwangsarbeit grenzt. Ich verspüre den Drang, von morgens bis abends in der Küche zu stehen. Mich packt plötzlich die Gier nach sternförmigen Plätzchen, Mandarinenglasur und Karamelkuchen, Dinge, die ich zu keiner anderen Jahreszeit esse. Obwohl ich mir geschworen habe, dieses Mal keinen großen Aufwand zu treiben, bin ich unversehens mit den Martha-Washington-Jetties zugange, die meine Mutter jedes Jahr auf der kalten Veranda hinter dem Haus zu machen pflegte. Die Kälte ist deshalb unerläßlich, weil die mit einem Zahnstocher in Schokolade getauchten Kugeln aus Schlagsahne, Zucker und Pecannußfondant so lange in die Höhe gehalten werden müssen, bis die Glasur erstarrt und man sie auf eiskalte, mit Pergamentpapier ausgekleidete Tabletts legen kann. Die flüssige Schokolade wird natürlich auch schnell fest, so daß man andauernd in die Küche rennen muß, um sie wieder zu erwärmen. Meine Mutter mußte die Jetties am Fließband produzieren, weil ihre Freunde erwarteten, sie vorgesetzt zu bekommen. Wir behaupteten immer, uns aus diesen Kalorienbomben nichts zu machen, aber klammheimlich stopften wir uns damit voll, bis wir platzten. Ich besitze heute noch das Bonbonglas, in dem sie ihr kurzes Dasein fristeten.

Das zweite absolute Muß waren Pecannüsse, in Butter und Salz geröstet; selbst beim Lesen läuft mir das Wasser im Mund zusammen – wir haben sie früher pfundweise vertilgt. Weihnachten ohne sie ist für mich nicht denkbar, obwohl ich heute den Löwenanteil an Freunde verschenke und nur eine kleine Blechbüchse voll behalte. Für Gäste, versteht sich.

Dieses Jahr ist Schluß mit den Jetties. Aber unsere Mandelernte muß verwendet werden, und deshalb werden sich die gerösteten Mandeln nicht umgehen lassen. Bei diesem Wetter muß der rote Suppentopf her. Ich rüste mich mit einer *ribollita* für die Ankunft von Ashley und Jess; mit dieser Suppe beschließt man einen harten Arbeitstag auf dem Feld, und ich denke, nach einem anstrengenden Flug von New York tut sie auch gut. *Ribollita*, wieder aufgewärmt, klingt nicht nach einem Gourmetgericht, aber dieser Eintopf schmeckt gerade dann köstlich und ist, wie viele bäuerliche Gerichte, ein Armeleuteessen, das ursprünglich aus Bohnen, Gemüse und Brotkanten bestand.

Die im Winter typischen Gerichte vermitteln mir einen tieferen Einblick in die toskanische Küche. Die französische Küche, meine erste große Liebe, scheint Lichtjahre entfernt: Sie ist Sinnbild für die Entwicklung einer bürgerlichen Tradition im Gegensatz zu einer bäuerlichen Tradition in der Toskana. In einem italienischen Kochbuch wird die *cucina povera* als Quelle der heute so vielfältigen toskanischen Küche genannt. *Tortelloni in brodo*, ein traditionelles Weihnachtsgericht, gelten da schon als raffiniertes Rezept: drei gefüllte Nudelhalbmonde, die in einer Schale mit klarer Brühe vor sich hindampfen – aber was ist einfacher, als ein bißchen Brühe zu kochen und mit ein paar übriggebliebenen *tortelloni* anzureichern? Brot ist, mehr noch als Nudeln, ein Grundbestandteil im Repertoire. Brotsuppen oder Brotsalate, die in kalifornischen Restaurants als gehalt- und phantasievolle Gerichte gelten, sind hier nichts weiter als eine gute Möglichkeit der Resteverwertung, vermutlich von jemandem erfunden, der gerade nichts anderes im Haus hatte als ein bißchen Brühe und Öl. Das augenfälligste Beispiel für die Armeleuteküche ist *acquacotta*, gekochtes Wasser, vermutlich eine Verwandte der »Kieselsteinsuppe«. Es gibt regionale Unterschiede, aber die Erfindungsgabe rankt sich immer um Wasser und Brot als Grundsubstanz. Zum Glück wächst auch am Straßenrand das eine oder andere Eßbare wild: eine Handvoll Minze, Pilze, Pimpernelle und verschiedenes »Grünfutter«, um dem gekochten Wasser Geschmack zu verleihen. Wenn man ein Ei zur Hand hatte, wurde es im letzten Moment in der Brühe verrührt. Daß die toskanische

Küche so schlicht geblieben ist, verdankt sie der Fähigkeit der Bäuerinnen, mit dem wenigen, was sie hatten, so gut zu kochen, daß niemand, bis zum heutigen Tag, etwas daran verbessern möchte.

Ashley und Jess kommen im Abstand von einer Stunde an, pünktlich auf die Minute, was an ein Wunder grenzt, da sie in Chiusi mit dem Zug aus Rom eintrifft, während er mit dem Flugzeug aus London gekommen und per Bahn über Pisa und Florenz nach Camucia weitergereist ist. Wir holen zuerst Ashley ab, dann düsen wir die vierzig Minuten zurück und kommen genau in dem Moment auf dem Bahnsteig an, als Jess aus dem Zug steigt.

Wenn Kinder Freunde mit nach Hause bringen, so kann das problematisch werden. So eine Erfahrung machten wir, als wir einmal im Mugello nördlich von Florenz ein Haus gemietet hatten. Dieser Freund von Ashley hatte gerade Thomas Wolfe entdeckt und saß auf dem Rücksitz, in *Schau heimwärts, Engel!* vertieft. Wir kurvten kreuz und quer durch die Toskana, um ihm und unserer Tochter (beide sind Maler) die Piero della Francescas zu zeigen, aber er blätterte nur die Buchseiten um und seufzte gelegentlich. Einmal blickte er hoch und sah die runden, goldgelben Strohballen auf den malerischen Feldern. »Schau mal, die sehen aus wie die Skulpturen von Richard Serra«, lautete sein Kommentar. Wir waren nicht sicher, ob überhaupt etwas bis zu ihm durchdrang. Eine junge Frau, die Ashley anschleppte, hatte die ganze Zeit furchtbare Zahnschmerzen … es sei denn, jemand erwähnte das Wort »Einkaufsbummel«. Wie durch ein Wunder genas sie, lange genug, um alles zu kaufen, was ihr unter die Finger kam – sie hatte ein Händchen für Kunst und Design! Danach zog sie sich ermattet in ihr Zimmer zurück, mit der Bitte, ihr das Essen auf dem Tablett zu servieren. Ihr Appetit war übrigens sehr gesund. Allerdings: Nach New York zurückgekehrt, wurden bei ihr umfangreiche Wurzelbehandlungen an drei Zähnen durchgeführt; ihre Beutezüge in den Geschäften waren also *tatsächlich* glorreiche mentale Siege über den Schmerz. Ein anderer Freund meiner Tochter »vergaß«, mir das Ticket für den Flug von New York nach Rom und zurück zu bezahlen, mit dem meine Kreditkarte belastet wurde, weil Ashley die Flugscheine abgeholt hatte. Verständlicherweise also haben wir uns Gedanken über den jungen Mann gemacht, der jetzt ein paar Wochen in unserem Haus verbringen wird.

Wenn ich einen Sohn hätte, würde ich mir wünschen, er wäre wie Jess. Ed und ich sind auf Anhieb hingerissen von seinem Humor, seiner intellektuellen Neugierde und seiner menschlichen Wärme. Er kommt mit einem Präsentkorb an, in dem sich Räucherlachs, Stilton-Käse, Haferkekse und verschiedene Honig- und Marmeladensorten befinden. Er hat die letzten beiden Tage in London damit verbracht, für jeden ein hübsch verpacktes kleines Geschenk zu besorgen. Am besten finde ich jedoch, daß er uns nicht als Elternersatz zu betrachten scheint, sondern als potentielle Freunde. Da dieser Besuch unproblematisch zu werden verspricht, bin ich erleichtert und bester Laune, wie immer, wenn ein Mensch in mein Leben tritt, den ich als Bereicherung empfinde. Meine iranische Freundin behauptet, daß Sympathie auf dem »Sich-riechen-können« basiert, was mir logisch erscheint. Zu den meisten Leuten, die mir lieb und teuer sind, habe ich spontan einen Draht gehabt und gespürt, daß sich hier eine dauerhafte Freundschaft anbahnen könnte. (Die wenigen Verbindungen, die in die Brüche gingen, wurmen mich noch heute.) Jess kennt die Texte zu jedem Rocksong. Ashley lacht. Wir singen während der ganzen Fahrt. Was für ein Glück!

Es ist Mittag und viel zu warm für *ribollita.* Wir halten in der Stadt und essen Sandwiches in einer Bar, und Jess erzählt uns von der Trauung in der Westminster Abbey, bei der er gerade war. Ashley hatte die längere Anreise und möchte nur noch ins Bett. Ed und ich gehen spazieren; danach beginnen wir im Garten zu arbeiten, da das Wetter herrlich und die Macht der Gewohnheit stark ist. Ich rupfe Unkraut, das sich zwischen meinen Küchenkräutern eingenistet hat, und nehme die Geranien aus ihren Töpfen, schüttle die Erde von den Wurzeln und wickle sie in Zeitungspapier, zum Überwintern. Ed mäht das Gras, das inzwischen ziemlich lang ist, und recht es zusammen. Die Pflanzen bekommen genug Feuchtigkeit, und alles duftet und gedeiht, daß es eine Pracht ist; selbst das Unkraut sieht hübsch aus. Ich schmücke den Schrein mit Tannenzweigen und Zapfen, Ölzweigen und einem goldenen Stern über dem Kopf der Marienstatue. Ed versucht, einen Laubhaufen anzuzünden, den wir im letzten Sommer wegen der Dürre nicht mehr verbrennen konnten. Er ist jetzt so naß, daß er nur raucht. Als Ashley und Jess wieder auftauchen, fahren wir zur Baumschule und kaufen einen Weihnachtsbaum mit Ballen und einen großen Kübel, um ihn einzupflanzen. Er ist zwar klein, aber das beherrschende Element im Wohnzimmer. Da wir nichts außer einer weißen Lichterkette zum Dekorieren haben, beschließen wir, morgen nach Florenz zu fahren und Christbaumschmuck zu kaufen. Ich habe von daheim Kerzen mitgebracht, die wie Sterne geformt sind, und ein paar untoskanische *farolitos*: In Santa Fe, wo ich einmal Weihnachten verbrachte, werden diese Lichter, die Papierlaternen ähneln, rund um die Adobehäuser aufgestellt, ein Brauch, der mir sehr gut gefiel. Meine sind aus satiniertem Papier mit ausgeschnittenen Sternen. Wir stellen ein Dutzend auf der Steinmauer vor dem Haus auf; mit ihren glühenden Sternen erinnern sie an Wunderlampen. Wir schmücken den Kaminsims mit Tannenzapfen und Zypressenzweigen, die Ed am Nachmittag geschnitten hat. Wie einfach alles scheint, und wie schön es ist, die kleinen Weihnachtsfreuden wieder zu entdecken. Die *ribollita* und das Feuer im Kamin wirken einschläfernd. Wir sitzen in den großen Lehnsesseln, in Mohairdecken eingemummelt, und hören eine CD von Elvis, der Weihnachtslieder zum Dahinschmelzen singt.

Auf dem Markt in Florenz, der unter freiem Himmel stattfindet, finden wir Christbaumkugeln aus Pappmaché und Glöckchen mit Découpage-Engeln (aus koloriertem und mit mehreren Lackschichten gehärtetem Papier). An einem Imbißstand am Straßenrand gibt es *trippa*, Kutteln, die sich bei den Florentinern großer Beliebtheit erfreuen. Offenbar floriert das Weihnachtsgeschäft. Gestern habe ich nur geglaubt, in den Winter verliebt zu sein, heute ist es zur Gewißheit geworden. Florenz an einem kalten Dezembermorgen ist ein Paradies. Wie überall in den Städten hat man auch hier festlich geschmückt: Lichterketten mit hin- und herbaumelnden Anhängern überspannen in kurzen Abständen die schmalen Straßen.

Die Frauen in dieser Stadt haben offenbar noch nichts von Artenschutz gehört: Ich habe noch nie so viele lange, verschwenderisch bestückte Pelzmäntel gesehen. Wir halten vergeblich nach Kunstpelz Ausschau. Die Männer tragen Überzieher aus edler Wolle und elegante Schals. »Gilli«, eine meiner Lieblingsbars, ist angefüllt mit lauten Stimmen, klirrenden Tassen und zischendem Dampf, der ununterbrochen aus der Espressomaschine strömt. Mitten auf der Straße bleibt Ed wie angenagelt stehen und hebt die Hand. »Hört mal!«

»Was denn?« Wir halten alle an.

»Nichts ist zu hören! Wieso ist uns das nicht früher aufgefallen? Keine Motorräder. Ist wahrscheinlich zu kalt.«

Ashley wünscht sich Stiefel zu Weihnachten. Da sind wir hier genau richtig. Sie findet schwarze und braune aus Wildleder. Ich sehe eine schwarze Tasche, die ich eine Zeitlang bewundere, eigentlich aber nicht brauche und mir schließlich mit einiger Mühe aus dem Kopf schlage. Kurz bevor alles schließt, machen wir noch einen Abstecher nach San Marco, einem Kloster mit Fresken von Fra Angelico in den Zellen, das eine heitere Ruhe ausstrahlt. Jess kennt es noch nicht, und die zwölf musizierenden Engel passen wunderbar zur Weihnachtszeit. Wir sind restlos geschafft und brauchen eine Erholungspause; deshalb setzen wir uns zu einem ausgedehnten Mittagessen ins »Antolino«, eine *trattoria*, die ihren Namen zu Recht trägt, mit einem dickbäuchigen Ofen mitten im Raum. Auf der Speisekarte stehen Nudelgerichte mit Hasen- und Wildschweinragout, Ente, verschiedene Polentas und Risottos. Die Ober eilen mit riesigen Bratenplatten an uns vorüber.

Wir haben viel Zeit für einen langen Spaziergang, bevor die Stadt aus ihrem Mittagsschlaf erwacht. Florenz! Die Touristen sind weg, und falls sich doch noch welche um diese Jahreszeit in der Stadt aufhalten, bleiben sie bei dem Nieselregen lieber in geschlossenen Räumen. Wir kommen an dem Apartment vorüber, das wir vor fünf Jahren gemietet hatten, wo ich beschlossen hatte, Florenz ein für allemal abzuschwören. Im Sommer brechen die Touristen wie ein Hornissenschwarm über die Stadt herein, als sei sie ein riesiger Renaissancevergnügungspark. Und sie schienen fortwährend zu essen. In jenem Jahr streikte die Müllabfuhr eine Woche lang, und mir kamen unheilvolle Gedanken an die Pest, wenn ich an den verrottenden Abfallhaufen vorüberging, die aus den Papierkörben quollen. Erstaunlich, daß Kellner und Ladeninhaber in jenem langen Juli so freundlich wie immer waren, trotz Rummel und Streß, den sie bewältigen mußten. Wohin ich auch trat, ich war im Weg. Die Menschen zeigten sich von ihrer häßlichsten Seite – Jugendliche aus aller Herren Länder lümmelten mit zerrissenen T-Shirts und Rucksäcken auf den Stufen herum, und ganze Busladungen benebelter Touristen ließen die Papierservietten ihrer Eiskremewaffeln einfach auf die Straße fallen oder nervten mit ihren pausenlosen Fragen: »Wieviel ist das in Dollar?« Deutsche in viel zu kurzen Shorts sahen tatenlos zu, wie ihre Kinder das ganze Lokal terrorisierten. Oder die englische Mutter mit Tochter, die *lasagne verde* und Coke bestellte und sich dann beschwerte, weil die Spinatnudeln *grün* waren. Und nicht zu vergessen mein eigenes Spiegelbild in der Auslage, wie ich meine gesammelten Schuheinkäufe nach Hause trug, in einem schulterfreien Sommerkleid, das mir nicht gerade schmeichelte. Kein Wunderland, sondern ein Horrorszenario. Henry James sprach, als er in Florenz war, von den »verabscheuungswerten Gefährten auf der Pilgerreise«. Ich fand, er hatte den Nagel auf den Kopf getroffen, und es sei eindeutig Zeit, andere Wege zu gehen, wenn man sich selbst in dieser Beschreibung wiedererkennt. Schade, daß unser Jahrhundert dem einst blühenden Florenz keinen weiteren Glanz und Ruhm gebracht hat – nur Massentourismus und abgasverseuchte Luft.

Am späten Vormittag gingen wir trotz alledem zu »Marino«, um warme Brioches zu kaufen, sie mit auf die Brücke zu nehmen und zu essen, während wir das silbern schimmernde, blaßgrüne Licht auf dem Arno betrachteten. Nachmittags saßen wir meistens in einem Straßencafé auf der Piazza Santo Spirito, wo auch noch im Trubel des Sommers eine nachbarschaftliche Atmosphäre herrschte. Die Sonnenstrahlen, die schräg durch die Bäume fielen, ruhten auf der schlichten Fassade der gleichnamigen Kirche, ein nach Plänen von Brunelleschi erbautes Meisterwerk, vor dem eine Horde kleiner Jungen Ball spielte. Es muß etwas ganz Besonderes sein, wenn man im Schatten von Santo Spirito aufwächst und den Ball gegen die Mauer kicken darf. Vielleicht sind doch noch viele Touristen, die im Sommer Florenz besuchen, in der Lage, solche beschaulichen Augenblicke und Orte zu finden, Augenblicke, wo sich die Stadt preisgibt, indem sie zu sich selbst zurückkehrt.

Heute glänzen die Kopfsteinpflasterstraßen vom Nebel. Wir betreten die Brancacci-Kapelle, ohne warten zu müssen. Keine Schlange, nur ein halbes Dutzend junge Priester im langen schwarzen Talar; sie folgen einem älteren Geistlichen, der auf die Fresken von Masaccio hinweist und einen Vortrag darüber hält. Ich habe Adam und Eva bei ihrer Vertreibung aus dem Paradies nicht mehr gesehen, seit die Feigenblätter, während einer Anwandlung päpstlicher Schamhaftigkeit entstanden, entfernt und die Fresken gereinigt und restauriert wurden. Verblüffend, wie sie sich verändert haben, nachdem sie vom Kerzenrauch befreit sind, der sie seit Jahrhunderten wie ein Schleier umhüllte: überall klar erkennbare Gesichtszüge und puderrosa und safrangelbe Gewänder. Jedes Gesicht offenbart nun seine Individualität, seinen eigenen Charakter. »Ich wollte sehen, was jeden einzelnen zu diesem bestimmten gemacht hat«, erklärte Gertrude Stein ihren Wunsch, über viele Lebensgeschichten zu schreiben. Masaccio besaß einen ausgeprägten Sinn für Charaktere und das erzählerische Moment, und ein scharfes Auge, um dem Menschen denjenigen Platz im Universum zuzuweisen, der ihm gebührt. Ein Neubekehrter kniet in einem Fluß, um sich taufen zu lassen. Im durchsichtigen Wasser sind seine Knie und Füße zu sehen. Petrus gießt ihm eine Schale mit Wasser über Kopf und Rücken. Bei dieser Taufe des Jungen wird auf die reiche Symbolik der Kunstwerke aus früheren Epochen verzichtet. Wunderbar finde ich auch die Aufmerksamkeit, die Masaccio (aber auch Masolini und Lippi, deren Handschrift offenkundig ist) Architektur, Licht und Schatten gewidmet hat. Hier ist Florenz dargestellt, wie er es mit eigenen Augen sah oder idealisierte: Die Sonnenstrahlen sind nicht das göttliche Licht ohne Quelle, das seine Vorgänger bevorzugten, sondern fallen in natürlichem Winkel auf seine lebensechten Gestalten, die man auch heute noch auf der Straße finden könnte.

Wir beeilen uns, damit wir den Zug um sechs Uhr neunzehn noch erwischen, und verpassen ihn prompt. Während wir warten, kann ich nicht umhin, die schwarze Tasche noch einmal zu erwähnen, die ich mir verkniffen habe; Ed beschließt, das sei ein wunderbares Weihnachtsgeschenk, obwohl wir uns vorgenommen haben, nur praktische Dinge fürs Haus zu kaufen. Er rennt mit Jess zu dem Geschäft zurück, buchstäblich, denn vom Bahnhof aus muß er quer durch die Stadt. Ashley und ich sind völlig aus dem Häuschen, als es nur noch fünf Minuten bis zur Abfahrt sind, aber da kommen sie auch schon, im Dauerlauf, genau in dem Moment, als der Zug angesagt wird, schwenken lächelnd und atemlos die Einkaufstüte.

Am Vortag des Heiligen Abends begeben wir uns auf Schatzsuche nach Umbrien. Ed meint, wir müßten einen seiner Lieblingsrotweine zum Weihnachtsessen haben, den Sagrantino, den man in solcher Entfernung von seinen Ursprüngen nicht mehr findet. Ich bin auf *panettone* versessen, das Tüpfelchen auf dem I während der Feiertage. Ich habe Donatella angerufen, eine italienische Freundin und vorzügliche Köchin, und vorgeschlagen, uns zusammenzutun und selber einen Panettone zu fabrizieren, da die selbstgebackenen garantiert besser schmecken als die gekauften in den bunten Schachteln, die in jedem Lebensmittelgeschäft und in jeder Bar übereinandergetürmt sind. »Der Teig muß vierundzwanzig Stunden gehen«, sagte sie. »Und das insgesamt viermal.« Da fiel mir ein, wie oft ich schon im Brotbacken, was vergleichsweise einfach ist, der Hefe den Garaus gemacht habe. Als ihre Mutter noch ein Kind war, erzählte sie mir, sei *panettone* ein ganz gewöhnliches Brot mit ein paar Nüssen und Trockenfrüchten gewesen, die unter den Teig geknetet wurden. Aus der Not geboren, wieder einmal, *la cucina povera.* »Am besten kauft man ihn.« Sie nannte mir mehrere gute Markenprodukte, und ich zog los und suchte einen als Geschenk für Francescos Familie aus. Als ich noch einen nehmen wollte, vertraute mir eine Frau, die auch Kundin in dem Laden war, unter dem Siegel der Verschwiegenheit an, die besten gebe es in Perugia. Sie schrieb mir den Namen eines Geschäfts, Ceccarani, auf ein Stück Papier. Deshalb haben wir uns nun auf die Reise nach Perugia gemacht.

Ceccaranis Auslagen sind voller Krippenfiguren aus kunstvoll geformtem, glasiertem Brotteig. Teig muß ein gutes Material sein: Die Figuren haben ausdrucksvolle Gesichter, die Schafe ein wolliges Fell und die Palmen bis in alle Einzelheiten ausgearbeitete Blätter. Der Schauplatz der Geburt ist umgeben von Marzipanpilzen und *panettoni*, die innen ausgehöhlt sind. Und in jedem befindet sich – eine Miniaturkrippe, was sonst? Unglaublich.

Im Laden herrscht Gedränge, lauter Frauen. Ich stelle mich ans Ende der Schlange, und als ich endlich an der Reihe bin, wähle ich einen *panettone* aus, der so hoch wie ein Zylinder ist.

Beim Weiterfahren ins Landesinnere von Umbrien kommen wir an Spello vorbei, einer terrassenförmig angelegten Stadt mit steilen Straßen, wo wir einen Spaziergang machen. Auf unserer Fahrt bergab sehen wir dann, wie der Mond über den Hügeln aufgeht. Wir verlieren ihn unterwegs mehrfach aus den Augen, aber entdecken ihn immer wieder, größer, weißer und gespenstischer als zuvor. Auf der ganzen Strecke nach Montefalco, Heimat des Sagrantino, spielen wir Katz und Maus mit ihm. Zwei- oder dreimal sehen wir, wie er wieder auftaucht, immer über einem anderen Hügel. Jess hat begonnen, Ed »Montefalco« zu nennen, wegen seiner schwarzen Lederjacke und seiner Angewohnheit, beim Autofahren auf die Tube zu drücken. Er denkt sich Montefalco-Abenteuer aus, während wir uns mehrmals verfahren. Der Weinladen auf der *piazza* ist offen, aber der Inhaber nicht da. Wir schauen uns drinnen um, suchen ihn draußen, kommen wieder zurück – keine Spur von ihm. Wir marschieren einmal um die ganze *piazza* herum. Die Ladentür steht immer noch sperrangelweit offen, und kein Inhaber in Sicht. Schließlich fragen wir in der Bar nach ihm, und der Ober deutet auf einen Mann, der Karten spielt. Wir kaufen vier Flaschen und machen uns auf den Rückweg, jagen dem Mond quer durch Umbrien nach.

Am Heiligen Abend stürzen Ashley und ich uns aufs Kochen. Jess, ein blutiger Anfänger auf diesem Gebiet, übernimmt die Hilfsarbeiten und unterhält uns mit Rocklyrik. Ed widmet sich an diesem Morgen der verdienstvollen Aufgabe, die Fenster mit Silikon abzudichten. Dann geht er in die Stadt, um den ersten Gang für das Schlemmermahl abzuholen, *crespelle*, aus dem kleinen Laden mit der frischen Pasta. Die köstlichen Teigröllchen sind mit Trüffelcreme gefüllt. Unser Menü nach den *crespelle*: Feldsalat mit *porcini* und roten Paprika, kurz auf dem Backblech gebräunt, enthäutet und gerade lauwarm; danach gegrillte Lammkoteletts, als Beilage Kardonen mit Béchamelsauce und gerösteten Haselnüssen. Zum Nachtisch gibt es einen Kuchen, ein uraltes Familienrezept, das ich in- und auswendig kann, und *castagnaccio*, den klassischen toskanischen Kuchen mit Kastanienmehl. Meine Nachbarin rät mir ab, mich auf solche Experimente einzulassen. Ihre Großmutter pflegte ihn zu backen, als sie bitterarm waren. »Er besteht nur aus Kastanienmehl, Olivenöl und Wasser«, sagte sie und verzieht angewidert das Gesicht. »Ich weiß von meiner Großmutter, daß er damals oft auf den Tisch kam. Wer hatte, reicherte den Teig mit Rosmarin und Pinienkernen, Fenchelsamen und Rosinen an.« Ich habe noch nie mit Kastanienmehl gearbeitet und gedacht, das sei eine Gourmetzutat nur für Eingeweihte, jetzt erfahre ich, daß sie aus der *cucina povera* stammt. Das Rezept klingt wirklich sonderbar: Wahrscheinlich hat meine Nachbarin recht, und der Geschmack ist tatsächlich gewöhnungsbedürftig.

»Wo sind Zucker und Eier? Wie kann daraus ein Kuchen werden? Wieviel Wasser muß ich nehmen? Im Rezept heißt es, der Teig soll dünnflüssig sein.« Meine Nachbarin schüttelte fassungslos den Kopf. Doch der Gedanke an die Herausforderung läßt mich nicht mehr los. Dieser Kuchen stellt in meinen Augen eine ganze Philosophie dar, die Rückkehr zu den Wurzeln der toskanischen Küche. Ashley und Jess wissen nicht genau, ob sie soweit gehen möchten.

Vor der Siesta gehen wir über die Römische Heerstraße in die Stadt, um noch schnell frischen Kopfsalat und Brot einzukaufen. Wo mag unser »Engel« stecken? Im Winter kommt er offenbar nicht zum Schrein. Ich halte nach ihm Ausschau, warte darauf, daß er sich gemächlich nähert, den Blick auf das Haus gerichtet, und dann eine lange Pause macht,um seinen Blumenschmuck abzulegen. Würde er einen Zweig leuchtendroter Hagebutten bringen, ein Büschel vertrockneter Reben mit schrumpeligen Trauben, einen Zweig mit drei stacheligen Roßkastanien, die aufgesprungen sind und braune, glänzende Früchte bergen? Vielleicht geht er im

Winter anderswo spazieren oder bleibt lieber in seiner Wohnung in einem der mittelalterlichen Häuser, wo er Holzscheite in den Ofen legt.

Ganz Cortona ist auf den Beinen. Jeder schleppt mindestens eine Schachtel *panettone* und einen Präsentkorb mit Lebensmitteln, in Zellophan verpackt. Nirgendwo wird man von Weihnachtsmusik berieselt, die ich in den Geschäften zu Hause so monoton und niederschmetternd finde. In den Bars herrscht Hochbetrieb: Die Leute wärmen sich mit Kaffee und heißer Schokolade auf, weil die *tramontana* eingesetzt hat, ein Nordwind, der eisige Luft aus den Alpen und von den nördlichen Ausläufern des Apennin mitbringt.

Ein friedvoller Abend, ein Festschmaus, Nachtisch am Kaminfeuer. Den Kastanienkuchen finden wir alle ekelhaft. Flach und gummiartig, schmeckt er wahrscheinlich genauso wie die Weihnachtsdesserts im letzten Weltkrieg, als man die Kastanien in jedem Wald aufklauben konnte. Dann lieber ein Teller mit Walnüssen, Birnen und Gorgonzola, ein Dessert für die Götter. Lange vor der Mitternachtsmette, an der wir in einer der kleinen Kirchen teilnehmen wollten, überkommt uns die Bettschwere.

»Schaut mal aus dem Fenster!« ruft Ed von unten herauf. In der Nacht hat es geschneit, gerade so viel, daß die Blätter der Palmen bestäubt sind und die Terrassen eine weiße Puderzuckerschicht haben.

»Wunderbar! Dreh die Heizung auf!« Meine bloßen Füße fühlen sich wie Eiszapfen an. Ich ziehe Sweatshirt, Jeans und Schuhe an und laufe hinterher. Die Türen an der Vorderseite des Hauses stehen sperrangelweit offen, frostiges Licht strömt herein. Ed kratzt den Schnee vom Tisch, der draußen steht, und formt einen Schneeball. Schnell mache ich einen Sprung zur Seite, und er landet in der Diele. Dornröschen und ihr Prinz liegen noch in den Federn. Wir nehmen unseren Kaffee mit zur Mauer, fegen den Schnee beiseite und betrachten den Nebel, der wie ein milchiges Meer unter uns wogt. Schnee zu Weihnachten!

Ist soviel Glück erlaubt? frage ich mich insgeheim. Was ist, wenn die Götter neidisch werden und Gesundheit, Freude und hoffnungsvolle Erwartungen mit einem Schlag zunichte machen? Spüre ich wieder die Narben der alten Wunde, das Schwanken zwischen Wünschen und Ängsten? Mein Vater starb am Weihnachtsabend, als ich vierzehn war. Am Tag der Beisetzung goß es in Strömen, so daß der Sarg beim Herunterlassen einen Moment lang ins Rutschen kam, bevor er fest auf der Erde stand. Das rosafarbene Tüllkleid, das ich zum Weihnachtsball anziehen wollte, hing unbenutzt an der Innenseite meiner Schranktür. Oder ist diese innere Unruhe nichts weiter als ein Bestandteil der kollektiven Melancholie während der Feiertage, die in den Zeitungen jedes Jahr Schlagzeilen macht? Viele Weihnachtsfeste, die ich als Erwachsene erlebt habe, waren wunderschön, vor allem, als meine Tochter noch klein war. An einigen wenigen hatte ich mich einsam gefühlt, und eines war sehr turbulent gewesen. Wie dem auch sei, das Fest der Freude wird häufig von einem archaischen Unbehagen begleitet, das tief in unserer Psyche wurzelt.

Nach dem Frühstück zünden wir ein Feuer im Kamin an und packen die Geschenke aus. Wir haben nur ein paar aus Amerika mitgebracht, doch der Stapel rund um den Christbaum wächst immer mehr an, wie üblich. Eigentlich wollten wir uns nicht groß beschenken, aber der Ausflug nach Florenz hat uns dazu verführt, Seifen, Notizbücher, dicke Wolljacken und Schokolade in Hülle und Fülle einzukaufen. Eines unserer Geschenke ist ein Tiegel zum Kastanienrösten, den wir umgehend einweihen. Um vier wollen wir uns alle bei Fenella und Peter zum Essen treffen: Jeder muß etwas mitbringen; unser Beitrag werden Kastanien in Rotwein sein. Wir schneiden sie kreuzweise ein, rösten sie weniger als zehn Minuten über dem Feuer, wobei wir den Tiegel ständig schütteln, und bereiten uns seelisch darauf vor, uns die Nägel beim Schälen zu ruinieren. Doch die Schalen lassen sich problemlos abpulen, vielleicht, weil die Kastanien ganz frisch sind, und enthüllen pralle weiche Früchte. Alle machen mit, und wir bereiten in Windeseile zwei *faraone*, Perlhühner, und einen Apfelkuchen nach Großmutterart zu: Eine große runde Teigplatte wird auf Backpapier ausgerollt, die in Butter und Zucker gedünsteten Äpfel und angerösteten Haselnüsse in der Mitte verteilt und der Teigrand unregelmäßig über der

Füllung zusammengeschlagen. Unsere Köchin Willie Bell wäre stolz auf die Abwandlung ihrer Vanillecreme, die ich dazu kreiert habe. Den Perlhuhn-Bratensaft verfeinere ich mit Béchamelsauce und gehackten, gerösteten Kastanien. Am liebsten würde ich an alles Kastanien geben. Fenella wird einen Schweinebraten und Polenta machen, Elizabeth bringt den Salat mit, und Max ist für Gemüsebeilagen und Dessert zuständig. Eigentlich sollte man vor einem solchen Gelage fasten; also beschränken wir uns auf einen leichten Imbiß zum Mittagessen, eine Lasagne mit Waldpilzen. Der Weihnachtsspaziergang hat bei uns eine lange Tradition, zumindest für Ashley und mich. Ed und ich haben den beiden noch nicht eröffnet, wohin wir wollen.

Wir fahren bis zum Ende einer Straße in der Nähe unseres Hauses und steigen aus. Wir entdeckten den Spazierweg rein zufällig, als wir eines Tages die Straße bis zum Ende entlanggingen. Wir waren so begeistert, daß wir beschlossen, Weihnachten wiederzukommen. Überall fließt nun Wasser, das es im Sommer nicht gab. Quellen sprudeln aus den Felsspalten und überschwemmen den Pfad. Wir gelangen zu einem Wasserfall und mehreren reißenden Gebirgsbächen. Gleich darauf betreten wir einen Kastanien- und Pinienwald mit riesigen alten Bäumen. Hier ist der Schnee an ein paar Stellen liegengeblieben, und weiter oben, in der Ferne, bildet er eine geschlossene Decke. Die Luft ist feucht und riecht nach nassen Kiefernnadeln. Wir kommen zu Pflastersteinen, Kante an Kante verlegt. »Schaut mal, scheint ein Weg zu sein«, sagt Ashley. »Oder? Da oben wird er breiter.« Wir stehen auf einer Römischen Heerstraße, in der Mitte von Nirgendwo, streckenweise in hervorragendem Zustand. Wir haben es nie bis zum anderen Ende geschafft, aber Beppe, der die Gegend von Kindesbeinen an kennt, hat uns erzählt, daß sie zum Gipfel des Monte Sant' Egidio führt, zwanzig Kilometer entfernt. Römische Heerstraßen verlaufen in aller Regel schnurgerade bergauf. Die Streitwagen waren leicht; und die kürzeste Verbindung zwischen zwei Punkten hat damals bei der Planung wahrscheinlich den Ausschlag gegeben. Der Unterbau ist bei einigen dieser Straßen bis zu vier Meter tief, wie ich gelesen habe. Wir halten nach den Entfernungsmessern Ausschau, aber sie sind verschwunden. Cortona liegt zu unseren Füßen, und das Tal unter der Stadt und der Horizont sehen blankpoliert und glänzend aus. Wir entdecken Berge in der Ferne, die wir noch nie gesehen haben, und die Bergstädtchen Sinalunga, Montepulciano und Monte San Savino zeichnen sich scharf vor dem Hintergrund ab, wie drei Schiffe, die am Horizont entlangsegeln. Der letzte Knoten meiner inneren Unruhe löst sich. Ich beginne ein Weihnachtslied zu summen. Ein Rotfuchs springt plötzlich ein Stück weiter vorne auf den Weg. Er wedelt mit dem buschigen Schwanz, beobachtet uns einen Moment, dann verschwindet er blitzschnell im Unterholz.

Der Weg zu Fenellas und Peters Landhaus ist schon im Sommer ziemlich tückisch. Nun halten wir Töpfe und Tabletts krampfhaft fest, um uns den Inhalt nicht gegenseitig über den Schoß zu kippen. Die Achse des armen Twingo! Wir fahren durch Wasserrinnen, die aus dem Nichts aufgetaucht sind, und bleiben fast in einem Schlammloch von den Ausmaßen eines Abflußgrabens stecken. Bei unserer Ankunft sitzen bereits alle mit einem Glas Rotwein vor dem Feuer. Das Haus gehört zu den schönsten der Gegend und hat seinen ursprünglichen Charakter bewahrt. Das Wohnzimmer, früher eine Kornkammer, ist zwei Stockwerke hoch und offen bis zu den dunklen Dachsparren. Hier sind lebenslang gesammelte Antiquitäten, Teppiche und Schätze aller Art gehortet. Der Raum ist jedoch zu groß zum Heizen, deshalb nehmen wir auf breiten Sofas in der ehemaligen Küche mit dem großen Herd Platz; sie ist so weitläufig, daß die Köchinnen früher ihre Stühle hineinstellen und es sich bequem machen konnten, während sie ihre Töpfe im Auge behielten. Unten ist die endlos lange Tafel mit Tannenzweigen und roten Kerzen geschmückt. Die Geister vergangener Weihnachtstage werden in den Geschichten geweckt, die wir uns gegenseitig erzählen. Fenella streicht heiße Polenta auf ein Schneidbrett. Ed tranchiert die Perlhühner, während Peter den saftigen Schweinebraten in Scheiben schneidet. Wir langen kräftig zu. Fenella hat keine Kosten und Mühen gescheut und ist nach Montepulciano gefahren, um ihren bevorzugten *vino nobile* zu »bunkern«, der nun die Runde macht. Fenella bringt einen Trinkspruch aus: »Auf alle Freunde, die heute nicht bei uns sein können!« »Auf die Polenta!« fügt Ed hinzu. Unser kleiner Trupp »Versprengter« ist bald quietschfidel.

Auf dem Heimweg halten wir in der Stadt, um Kaffee zu trinken. Wir haben angenommen, daß die Straßen am Heiligen Abend um neun leergefegt sein würden, aber Gott und die Welt sind unterwegs … Babys, Großmütter und alles, was sich dazwischen befindet. Die Leute flanieren und reden, reden ohne Punkt und Komma. »Jess, du bist zum ersten Mal hier und objektiv«, sage ich. »Ich möchte wissen, ob ich mir das einbilde, aber findest du nicht auch, daß Cortona die schönste Stadt auf der ganzen Welt ist?«

»Ja, würde ich auch sagen«, antwortet er wie aus der Pistole geschossen. »Einsame Spitze.«

Passeggiata bedeutet, einen Bummel machen, und der besteht an Weihnachten darin, von einer Kirche zur nächsten zu promenieren und sich die Darstellungen von Christi Geburt anzuschauen. Überall wird man daran erinnert; sie steht hier auch heute noch im Mittelpunkt des Weihnachtsfestes. Mag sein, daß ich Heidin bin, aber ich finde, daß die Geburt des Erlösers vor dem düsteren, dunklen Ausklang des Jahres eine *Metapher* ist: Der Schrei, mit dem das neugeborene Kind im feuchten Stroh das Licht der Welt erblickt – und der Tod wird geleugnet. In jeder Darstellung hat Jesus einen Strahlenkranz um den Kopf. Die Sonne überquert den Himmelsäquator und bringt die hellen Tage zurück, die ich liebe. Einen Schritt weiter, und das Pendel schlägt wieder zum Licht aus. Diese Unrast während der Weihnachtsfeiertage … vielleicht verbirgt sich dahinter der Wunsch, das eigene innere Licht wiederzufinden. Ich habe gelesen, daß unser Körper Mineralien in der gleichen Menge wie die Erde enthält; der Anteil von Zink und Kalium in der Erde stimmt beispielsweise haargenau mit dem Prozentsatz in unserem Körper überein. Ist deshalb auch uns das Streben nach Erneuerung und Wiedergeburt in die Wiege gelegt?

Alle Kirchen in Cortona rücken ihre *presepi* ins Rampenlicht, ihre Weihnachtskrippen. Bei einigen handelt es sich um meisterhafte Kopien von Gemälden aus Wachs und Holz, mit ausgeklügelten Kulissen und Kostümen; einige sind aus Terrakotta, und eine ist aus Eiscremestielen. In der Krippenausstellung der Mittelschule betrachten wir gerührt die schlichteren Versionen der Schüler. Die meisten sind im traditionellen Stil gehalten, mit kleinen Puppenfigürchen, Reisigbäumen und Handspiegelteichen, aber eine fällt aus dem Rahmen: Paolo Alunni, schätzungsweise zehn Jahre alt, scheint ein echter Nachfolger der Futuristen zu sein und ihre Vorliebe für mechanische Bewegungsimpulse und deren Energie zu teilen. Seine Krippe – Stall, Menschen, Tiere – besteht ausschließlich aus Dübeln. Die Tierdübel sind waagrecht angeordnet, Schafe und Ochsen lassen sich klar unterscheiden. Die Menschendübel stehen aufrecht, bis auf den kleinen, der das Jesuskind darstellt. Das Dach des Stalls hat er aus einem Scharnier gebastelt. Unheimlich, aber wirkungsvoll – ein phantasievolles Kunstwerk zwischen all den Fleißarbeiten.

Jeden Morgen blicke ich aus dem Fenster auf das nebelverhangene Tal hinunter, rosa gefärbt an klaren Tagen, schmutziggrau, wenn der Wind hohe Wolken aus dem Norden vor sich herbläst. Das ist die Zeit der nahtlosen Übergänge zwischen Spaziergängen, Bücherlesen und Fahrten nach Anghiari, Siena, Assisi und ins benachbarte Lucignano, dessen Stadtmauern eine elegant geschwungene Ellipse bilden. Abends grillen wir im Kamin – *bruschetta* mit *pecorino* und Walnüssen, frischen *pecorino* mit *prosciutto* und Würstchen. *Scamorza*, aus den Abruzzen stammend, aber in der Toskana zunehmend beliebt, ist ein Räucherkäse mit harter Rinde, wie eine 8 geformt. Er schmilzt beinahe wie beim Fondue, und wir streichen ihn aufs Brot. Ich lerne, auf dem Rost die Teller vorzuwärmen und das Essen heiß zu halten, genau wie es die *nonna* in meiner Phantasie getan hat. Unsere Lieblingspasta ist im Moment *pici con funghi e salsicce*, bleistiftdicke Nudeln mit Waldpilzen und gegrillten Würstchen. Ein zehn Kilometer langer Fußmarsch an der Feuerschneise entlang tilgt dann die Auswirkungen eines Grillabends wieder.

Am Neujahrsabend kehre ich mit einer Fuhre Lebensmittel aus der Stadt zurück. Wir kochen die traditionellen Linsen (alles, was wie winzige Münzen geformt ist, gilt hier als Glücksbringer und Symbol des Wohlstands) mit *zampone*, Würstchen, die wie Schweinsfüße aussehen. Während ich die Straße zu unserem Haus hinauffahre, komme ich an der Kuppel von Santa Maria Nuova vorüber, die etwas unterhalb liegt. Die Kirche ist völlig in Nebel gehüllt, nur die Kuppel schwebt über den Wolken. Fünf einander überschneidende Regenbogen tauchen in den Nebel ein, mit der Wölbung über der Kuppel. Ich lande um ein Haar im Straßengraben. Vor der nächsten Kurve halte ich an und steige aus, wünsche mir, alle meine Lieben wären jetzt bei mir. Der Anblick verschlägt mir den Atem. Wäre ich im Mittelalter geboren, hätte ich jetzt an ein Wunder geglaubt. Ein zweiter Wagen hält an, ein Mann in chicer Jagdkleidung steigt aus. Vermutlich ist er einer von denen, die Singvögel abknallen, aber auch er sieht benommen aus. Stumm stehen wir da, in die Betrachtung dieses Naturschauspiels versunken. Als sich die Wolken verziehen, verschwindet ein Regenbogen nach dem anderen, während die Kuppel der Kirche immer noch zu schweben scheint, als warte sie auf ein weiteres himmlisches Zeichen. Ich winke dem Jäger zu. *»Auguri!«* ruft er.

Bevor Ashley und Jess nach New York zurückkehren, wo ein harter Winter auf sie wartet, und wir uns wieder auf den Weg nach San Francisco machen, wo im Golden Gate Park bereits papierweiße Narzissen blühen, pflanzen wir den Weihnachtsbaum ein. Ich habe befürchtet, der Boden werde steinhart sein, aber Fehlanzeige: Lehmig und fett gibt er unter der Schaufel auch ohne Brachialgewalt nach. Als Jess ein tiefes Loch gräbt, taucht plötzlich der weiße Schädel eines Igels mit Kieferknochen und Gebiß im Erdreich auf, noch vollständig und an einem Sehnenstrang hängend. *Memento mori*, ein sinnvoller Gedanke, wenn sich das Jahr dem Ende zuneigt und nahtlos ins neue übergeht. Der Baum ist robust und sieht aus, als fühle er sich auf der unteren Terrasse sofort heimisch. Wenn er anwächst, wird er eines Tages hoch über der Straße aufragen. Von oben werden wir verfolgen können, wie er Jahr für Jahr größer wird. Bei ausreichendem Niederschlag in den ersten Jahren könnte er in fünfzig Jahren der höchste Baum auf dem Hügel sein. Ashley, zu dem Zeitpunkt bereits alt, wird sich vielleicht noch erinnern, daß sie ihn gepflanzt hat. Jung und strahlend schön wie sie ist, kann ich sie mir nicht als alte Frau vorstellen. Sie wird mit ihren Freunden oder ihrer Familie herkommen, und alle werden staunen. Oder Fremde werden das Haus dann besitzen und die unteren Äste als Feuerholz verwenden. Bramasole wird es dann gewiß noch geben, und die von uns gepflanzten Olivenbäume, die auf den Terrassen gedeihen.

WINTERLICHE GAUMENFREUDEN

Cibo, Nahrung oder Essen, ist ein wichtiges Wort. Ich packe eine Reisetasche mit *cibo* für die Heimkehr nach Kalifornien. Ich weiß nicht genau, wann sich mein Handgepäck in eine Einkaufstasche verwandelt hat. Neben Olivenöl (jeder von uns nimmt zwei Liter mit) müssen auch ein paar von den Brotaufstrichpasten aus der Tube hinein, die sehr praktisch sind, wenn man schnell einen kleinen Imbiß zubereiten möchte: Es gibt sie mit weißen Trüffeln, Kapern, Oliven und Knoblauch. Die Tuben sind preiswert und nehmen nicht viel Platz weg. Ich packe auch einige Päckchen Steinpilz-Bouillonwürfel ein, die ich zu Hause nicht kaufen kann, und rund ein Pfund getrocknete *funghi porcini*. Die Perugia-Pralinen in ihren bunten Schachteln und Folienverpackungen zählen nicht, das sind kleine Mitbringsel für Freunde. Am liebsten würde ich ein ganzes Rad *parmigiano* mitnehmen, aber so groß ist meine Reisetasche nicht. Der mit Trüffeln aromatisierte Essig und der *aceto balsamico* passen kaum noch in die Tasche. Zusätzlich hat Ed in einem unbewachten Moment eine Flasche Grappa und ein Glas Kastanienblütenhonig hineingequetscht.

Auf dem Zoll- und Einreiseformular für die USA werde ich die Frage: »Haben Sie Nahrungsmittel dabei?« mit »Ja« beantworten müssen. Doch solange die Produkte eingeschweißt oder fest verschlossen sind, scheint ihnen niemand Beachtung zu schenken. Ein Freund, der Würste in den Taschen seines Regenmantels einschleuste, eine Spezialität aus seiner Heimatstadt Ferrara, wurde von den Beagles am Flughafen beschnüffelt und seiner Besitztümer beraubt.

Die einzigen Küchenutensilien, die ich normalerweise *nach* Italien mitnehme, sind ein paar Rollen Frischhaltefolie; mit den italienischen Erzeugnissen habe ich immer schon in der Startphase Probleme, so daß ich schließlich einen fünf Zentimeter breiten Streifen wie den sprichwörtlichen roten Faden zurückverfolgen muß. Dieses Mal habe ich noch einen Beutel Pecannüsse aus Georgia und eine Dose Zuckerrohrsirup mitgebracht, da für mich Weihnachten und Pecannußkuchen zusammengehören. Alle anderen Zutaten, die man für ein Weihnachtsessen in der Toskana braucht, sind neu für mich. Kochen macht nicht zuletzt deshalb soviel Spaß, weil man hin und wieder etwas dazulernt.

Die Speisen, die hier im Winter auf den Tisch kommen, erinnern an den Jäger, der über die Schwelle seines Hauses tritt, die Jackentaschen mit erlegten Vögeln vollgestopft; an den Bauern, der nach Einbringen der Olivenernte damit beginnt, die Olivenbäume von jedwedem Unkraut zu befreien und für den Frühling wieder vorzubereiten, eine typische Arbeit in der Kaltwetterperiode, oder die Weinreben zurückzuschneiden. Die toskanische Küche setzt zu dieser Jahreszeit einen gesunden Appetit voraus. Wir rüsten uns durch lange Spaziergänge für die deftigen, bäuerlichen Gerichte, die wir in den *trattorie* ausprobieren: Pasta mit Wildschweinragout, *lepre*, Kaninchen, frittierte Pilze und Polenta. Die winterlichen Gerüche ziehen auch durch unsere Küche. Die im Sommer vorherrschenden leichten Düfte nach Basilikum, Zitronenmelisse und Tomaten haben dem Aroma eines saftigen, mit Honig glasierten Schweinebratens Platz gemacht, oder es riecht nach Perlhühnern, die mit *pancetta* (durchwachsenem Speck) umhüllt vor sich hinschmurgeln, oder nach *ribollita*, der herzhaftesten Suppe, die man sich vorstellen kann. Subtil im Geschmack und erdig, sind die umbrischen Trüffel, hauchdünn über eine Schüssel mit Pasta gehobelt, ein Freudenfest für die Sinne. Die duftenden Melonen, die wir im Sommer zum Frühstück gegessen haben, sind vergessen: Wir rösten übriggebliebenes Weißbrot scheibenweise in der Pfanne und essen es mit Pflaumenmarmelade, die ich im Sommer aus den köstlichen *cosce di monaca* gemacht habe, den Nonnenschenkeln, eine Pflaumenart, die hinter unserem Haus wächst. Die Eier versetzen mich immer wieder in Erstaunen: Sie sind so *gelb*. Der Unterschied ist enorm und auf die Frische zurückzuführen, so daß ein Teller Rührei mit einem dicken Klecks Mascarpone zu einer Gourmetmahlzeit wird.

Ich hätte nie gedacht, daß Kochen im Winter so spannend sein kann: Die gesamte Einkaufsliste ändert sich in der kalten Jahreszeit. Hier gibt es im Winter keinen Spargel aus Peru und keine Weintrauben aus Chile. Man findet überwiegend landwirtschaftliche Produkte aus der Region, bis auf die Zitrusfrüchte, die aus dem Süden Italiens und aus Sizilien kommen. Winzige Clementinen, dekorativ wie Ornamente, bilden einen leuchtend orangefarbenen Hügel in einer blauen Schale auf dem Fenstersims. Ed ißt zwei oder drei nacheinander, wirft die Schale ins Feuer, wo sie schwarz wird und schrumpft und den stechenden Geruch ihres ätherischen Öls verbreitet. Da die Tage kurz sind, wird das Abendessen länger, genau wie die Vorbereitungen.

Antipasti

Winter-Bruschette

Crostini und *bruschette*, Vorspeisen, die man auf jeder Speisekarte in der Toskana findet, sind Brotscheiben mit verschiedenem Belag oder Aufstrich. Das runde baguetteähnliche Stangenbrot für *crostini* gibt es in der Bäckerei. Auf dem »bunten Teller«, der im Lokal vorweg auf den Tisch kommt, befinden sich meistens mehrere Varianten: *crostini di fegatini*, mit Hühnerleberpaste, ist die bekannteste. Ich serviere die *crostini* oft mit Knoblauchpaste und einer gegrillten Garnele. *Bruschette* werden aus normalem Brot gemacht, in Scheiben geschnitten, in Olivenöl getunkt, auf Holzkohle oder im Backofen geröstet und danach mit einer Knoblauchzehe eingerieben. Im Sommer, mit gehackten Tomaten und Basilikum als Belag, reicht man sie oft als ersten Gang oder Imbiß. Es macht Spaß, die winterlich-deftigen *bruschette* im offenen Kamin zu grillen. Wenn Freunde auf einen Sprung vorbeikommen, trinken wir dazu einen schweren *vino nobile*.

Bruschette mit Pecorino und Nüssen

Bruschette *wie oben beschrieben vorbereiten. Für jede Brotscheibe langsam 1 Scheibe* Pecorino *(oder* Fontina) *in einem Tiegel auf dem Holzkohlengrill oder Herd schmelzen. Sobald der Käse zerläuft, gehackte Walnüsse darüber streuen. Den Käse auf die gegrillte Brotscheibe legen.*

Bruschette mit Pecorino und Prosciutto

Bruschette *vorbereiten. In einer Kasserolle auf dem Holzkohlengrill oder in einer beschichteten Pfanne auf dem Herd* Pecorino-*Scheiben schmelzen, Schinkenscheiben auflegen, zum Schluß mit* Pecorino *abdecken. Umdrehen, so daß beide Seiten schmelzen und die Ränder knusprig sind. Mit dem Spatel aufs Brot legen.*

Bruschette mit Blattgemüse

Cavolo nero, *Schwarzkohl, hacken (oder Mangold), würzen und in Olivenöl mit 2 kleingehackten Knoblauchzehen schmoren. 1 oder 2 Eßlöffel auf jede* Bruschetta *geben.*

Bruschette mit Rucola-Pesto

Diese Variante der herkömmlichen Pestosauce paßt genausogut zu Pasta. Rucola anzupflanzen, ist sehr befriedigend. Er wächst schnell, und die jungen Blätter mit ihrer leichten Schärfe sind am besten. Wenn die Blätter groß werden, schmecken sie in aller Regel bitter.

Bruschette *vorbereiten; das Brot jedoch in kleinere Stücke schneiden. 1 Bund Rucola, Salz und Pfeffer, 2 Knoblauchzehen und 60 Gramm Pinienkerne im Mixer oder Mörser zerkleinern. Tropfenweise Olivenöl zugießen, bis eine dicke Paste entsteht. 125 Gramm geriebenen Parmesan hinzufügen. Auf das gegrillte Brot streichen.*

Bruschette mit gegrillten Auberginen

Ich habe Auberginenscheiben so oft auf dem Grill anbrennen lassen – sobald sie gar sind, sind sie auch schon schwarz –, daß ich nun die ganzen Auberginen rund zwanzig Minuten in den Backofen schiebe, dann in Scheiben schneide und diese nur noch kurz, des Geschmacks wegen, auf dem Grill bräune.

Aubergine auf Folie im Backofen bei mittlerer Hitze rösten, bis sie fast gar ist. In Scheiben schneiden und salzen. Ein paar Minuten auf Küchenkrepp ruhen lassen. Jede Scheibe mit ein wenig Olivenöl einpinseln, mit Pfeffer bestreuen und grillen. 60 Gramm frische Petersilie hacken, mit gehacktem frischem Thymian und Majoran mischen. Auberginenscheiben nochmals mit ein wenig Öl bestreichen, falls sie trocken aussehen. Auf die vorbereiteten Bruschetta-*Scheiben legen, mit den Kräutern und geriebenem* Pecorino *oder Parmesan bestreuen. Kurz unter dem Grill erwärmen, so daß der Käse leicht schmilzt.*

PRIMI PIATTI

Waldpilz-Lasagne

Lasagneblätter aus der Schachtel lassen mich kalt – die Ränder sind wellig wie Traktorreifen und schmecken nach Gummi. Aus den dünnen frischen Lasagneblättern kann man ein ultraleichtes Gericht zaubern. Ich habe einem echten Pastaprofi vor Ort über die Schulter geschaut. Seine Lasagneblätter sind so dünn, daß man durchschauen kann, und biegsam. Im Sommer lassen sich die Pilze gut durch frisches Gemüse ersetzen: in Scheiben geschnittene Zucchini, Tomaten, Zwiebeln und Auberginen, gewürzt mit frischen Kräutern. Beides kann als Füllung für *crespelle* (die langen Röllchen aus Pfannkuchenteig) verwendet werden.

Lasagneblätter für insgesamt 6 Lagen einer großen Auflaufform zuschneiden (in den mittleren Schichten anstückeln.) Béchamelsauce zubereiten:

4 Eßlöffel Butter schmelzen, 4 Eßlöffel Mehl unterrühren, nicht bräunen lassen. Nach 3 oder 4 Minuten vom Herd nehmen und ½ Liter Milch auf einmal zugießen. Wieder auf den Herd stellen und die Sauce bei milder Hitze unter ständigem Rühren eindicken lassen. 3 feingehackte Knoblauchzehen und 1 Eßlöffel gehackten Thymian zugeben, mit Salz und Pfeffer abschmecken. 375 Gramm Parmesan reiben. In einem großen Topf 2 Eßlöffel Olivenöl oder Butter erhitzen und 3 frische, in Scheiben geschnittene Pilze darin dünsten, vorzugsweise Steinpilze (oder eine Mischung aus Champignons und getrockneten porcini, *die 30 Minuten in Brühe, Wasser oder Cognac eingeweicht wurden).*
Eine Schicht Lasagneblätter bißfest kochen, herausheben und kurz auf einem Geschirrtuch abtropfen lassen. Abwechselnd halbtrockene Lasagneblätter, Béchamelsauce, Pilze und geriebenen Käse in die leicht gefettete Auflaufform schichten. Während des Einfüllens die nächste Schicht Lasagneblätter kochen. Sauce notfalls mit 1 oder 2 Löffeln Kochwasser strecken, falls Sie anfangs zuviel verbraucht haben (ein kleiner Trick von toskanischen Köchen). Oberste Schicht mit gebutterten Brotkrumen und Parmesan bestreuen. Im Backofen bei 200 Grad 30 Minuten garen. (Für 8 Personen)

Ribollita

Eine dicke, herzerquickende Suppe aus weißen Bohnen, dem allgegenwärtigen Brot und Gemüse. Dieses »aufgewärmte« Gericht läßt sich, wie der Name besagt, aus Resten zubereiten, beispielsweise von einem üppigen Sonntagsmahl. Im klassischen Rezept kommen die Brotstücke erst am Ende in den Topf. Die Toskaner gießen bei Tisch Olivenöl in ihren Teller. Die Suppe ist eine komplette Mahlzeit – es sei denn, Sie waren stundenlang an der frischen Luft zum Mähen. Sie können fast alle Gemüsesorten verwenden. Wenn ich *zuppa* zu Maria Rita sage, stellt sie mir ein kunterbuntes Sammelsurium aus Gemüse zusammen, einschließlich Petersilie, Basilikum und Knoblauch. Ich halte mich an ihren Rat und koche einen harten Kanten Parmesan mit, der beim Kochen weich wird. Als »Belohnung« für die Köchin!

500 Gramm weiße Bohnen sorgfältig waschen, mit Wasser aufkochen, dann vom Herd nehmen und ein paar Stunden einweichen lassen. Wasser zufügen, so daß alles bedeckt ist, würzen und bei niedriger Hitze bißfest kochen; dabei immer wieder kontrollieren, daß sie nicht matschig werden. 2 Zwiebeln, 6 Möhren, 4 Selleriestangen, 1 Stück Wirsing oder Weißkohl (ca. 500 Gramm), 4 oder 5 Knoblauchzehen und 5 große Tomaten putzen und würfeln. 1 Bund Petersilie fein hacken. Zwiebeln und Möhren in Olivenöl anschmoren. Nach ein paar Minuten Sellerie, dann Kohl, Knoblauch und gegebenenfalls mehr Öl zugeben. 10 Minuten andünsten, dann Tomaten, Parmesan und Bohnen zufügen. Brühe (Gemüse-, Hühner- oder Fleischbrühe) zugießen, so daß alles bedeckt ist. Aufkochen, dann 1 Stunde köcheln lassen, damit sich die Aromen verbinden. Brotwürfel zugeben und mehrere Stunden ruhen lassen. Mit Petersilie und Parmesan bestreuen und mit einer Schale Olivenöl reichen, aus der sich jeder selbst bedient. Das Gericht kann am nächsten Tag mit Nudelresten, grünen Bohnen, Erbsen, pancetta *(durchwachsenem Speck) und Kartoffeln gestreckt werden. Mindestens für 15 Personen, je nach Menge der verwendeten Brühe!*

Pici mit schneller Tomatencremesauce

Herzhafte Kaninchen- und Wildschweinragouts passen besonders gut zu den langen Nudeln aus der Region, die so dick sind wie Bleistifte. Diese Sauce tische ich zu *fusilli*, *pappardelle* und allen breiten Nudeln auf.

4 oder 5 Scheiben Schinkenspeck anbraten, auf Küchenkrepp abtropfen lassen, kleinschneiden und beiseite stellen. 2 mittelgroße Zwiebeln und 2 oder 3 Knoblauchzehen würfeln und 5 Minuten in Olivenöl andünsten. 1 große rote Paprikaschote und 4 oder 5 Tomaten würfeln und zufügen. Würzen und weitere 5 Minuten garen. Mit gehacktem Thymian, Oregano und Basilikum abschmecken. 125 Gramm Crème fraîche, 175 Milliliter passierte Tomaten und etwa 1 Eßlöffel Nudelwasser zufügen. Den Schinkenspeck kurz vor dem Servieren zugeben, damit er knusprig bleibt. Nudeln für 4 Personen kochen und abtropfen lassen. Die Hälfte der Sauce untermischen, den Rest darüber gießen. Geriebenen Parmesan dazu reichen. (Für 4 Personen)

Wachteln mit Wacholderbeeren und Pancetta

Mein Vater war passionierter Jäger, und unsere Köchin Willie Bell war oft in eine Wolke aus winzigen Federn eingehüllt, wenn sie Wachteln rupfte. Die kleinen Köpfe hingen schlaff herunter und zeigten alle in dieselbe Richtung. Ich brachte keinen Bissen herunter, nicht einmal dann, wenn sie, verführerisch nach Sahne und Pfeffer duftend, in der großen Kasserolle mit Deckel im Außenkamin geschmort wurden. Inzwischen begegne ich ihnen mit mehr Gleichmut, zumal sie in einer anderen Aufmachung daherkommen. Der Balsamico-Essig sollte aus Modena stammen und nach Möglichkeit das Etikett *Aceto Balsamico Tradizionale di Modena* und das Kürzel API MO haben, eine Gewähr dafür, daß er mindestens zwölf Jahre alt ist. Einige der lange gereiften Balsamico-Essigsorten schmecken köstlich wie Likör. Ich glaube, Willie Bell würde diesem Wachtelrezept ihren Segen geben.

12 Wachteln (2 pro Person) mit Mehl bestäuben und bei hoher Temperatur in heißem Olivenöl bräunen. In eine schwere Kasserolle mit fest schließendem Deckel legen und 60 Milliliter Balsamico-Essig zugießen. Wachteln mit Pancetta-*Streifen und 2 kleingehackten Schalotten abdecken. Mit Thymianzweigen, zerdrückten Pfefferkörnern und Wacholderbeeren bestreuen. 3 Stunden bei mittlerer Hitze im Backofen garen; Wachteln nach ca. 1½ Stunden wenden. Mit Rotwein oder Balsamico-Essig begießen, falls sie trocken aussehen. Mit Polenta servieren. (Für 6 Personen)*

Brathuhn, mit Polenta gefüllt

In Georgia, wo ich aufgewachsen bin, wurde der traditionelle Truthahn zu Weihnachten mit einer Maisfüllung zubereitet. Ich habe das Rezept meiner Mutter abgewandelt und italienische Ingredienzen verwendet.

500 Gramm Maismehl 10 Minuten in ½ Liter kaltem Wasser einweichen, dann in einen Suppentopf geben, in dem ½ Liter Wasser kocht. Aufkochen, Hitze reduzieren und 10 Minuten köcheln; dabei ständig umrühren. 250 Gramm Butter untermischen. Vom Herd nehmen und 2 Eier unterrühren. 500 Gramm frische Croutons, 2 gehackte Zwiebeln und 2 gehackte Selleriestangen zufügen; kräftig mit Salz, Pfeffer, Thymian und Majoran abschmecken. 2 Hühnchen (oder 1 Truthahn) locker damit füllen, Beine zusammenbinden und mit Thymian bestreuen. In einer großen Auflaufform auf geöltem Rost bei mittlerer Hitze im Backofen schmoren (rechtzeitig Garprobe machen!). Übriggebliebene Füllung kann separat in einer gebutterten Auflaufform gebacken werden. (Für 8 Personen)

Faraona (Perlhuhn) mit Fenchel

Die köstlichen, aromatischen Perlhühner kann man auf dem Wochenmarkt oder (auf Bestellung) bei vielen Metzgern kaufen. Weihnachten haben wir zwei gebraten und auf einer großen Platte angerichtet, umgeben von gegrillten Würstchen (eine Spezialität aus der Gegend) und einem Kräuterkranz. Aus den Knochen läßt sich eine herzhafte Brühe für den nächsten Tag zubereiten. Ofenkartoffeln mit Rosmarin und Knoblauch sind eine ideale Beilage.

Zuerst die Federreste der beiden Perlhühner mit der Pinzette herausziehen, dann waschen und gut abtrocknen. Die einfachste Zubereitungsart ist die beste, weil dadurch der Eigengeschmack hervorgehoben wird. Rosmarinzweige in eine geölte Bratreine geben; die Hühner darauf legen. Mit einer Kräutermischung aus gehacktem Rosmarin, Basilikum und Thymian einreiben, dann mit durchwachsenen Speckstreifen bedecken. Die harten Stengel und strohigen Außenblätter von 2 Fenchelknollen entfernen. Je nach Größe vierteln oder achteln, mit Olivenöl beträufeln und mit geviertelten Zwiebeln rund um die Hühner legen. Die Garzeit richtet sich nach dem Gewicht des Geflügels: Je Pfund 20 Minuten bei mittlerer Hitze braten. Perlhühner sind magerer als Hühnchen und daher schneller gar. Zum Anreichern Béchamelsauce und geröstete Kastanien ins Bratfett geben. (Für 4 Personen)

Kaninchen mit Tomaten und Balsamico

Coniglio, Kaninchen, ist ein absolutes Muß in der toskanischen Küche. Auf dem Wochenmarkt am Samstag hat eine Bäuerin mindestens drei oder vier flaumige Langohren »im Gepäck«, die aus einer ausrangierten Alitalia-Flugtasche herauslugen. Beim Metzger sind sie weniger auffällig: Rank, schlank und rosig nach dem Häuten, haben sie oft nur noch einen Fellrest am Schwanz, als Nachweis, daß es sich nicht um eine streunende Katze handelt. Trotz der unappetitlichen Einzelheiten ist Kaninchen, in einer dicken Tomatensauce mit Kräutern geschmort, eine Delikatesse. Vielleicht sollten Sie besser von *coniglio* sprechen, der Kinder wegen.

Kaninchen in Stücke zerlegen. Mit Mehl bestäuben und kurz in Olivenöl anbraten. In eine Auflaufform legen. Für die Tomaten-Balsamico-Sauce 1 große gehackte Zwiebel und 3 oder 4 kleingehackte Knoblauchzehen glasig dünsten. 4 oder 5 gehackte Tomaten zugeben. Mit ½ Teelöffel Kurkuma, Rosmarin, Salz, Pfeffer und gerösteten Fenchelsamen abschmecken. 4 Eßlöffel Balsamico-Essig unterrühren; die Sauce reduzieren und eindicken lassen. Kaninchen im Ofen bei mittlerer Hitze rund 40 Minuten schmoren. Nach der Hälfte der Zeit mit 2 bis 3 Eßlöffel Balsamico-Essig begießen. (Für 4 Personen)

Polenta mit Würstchen und Fontinakäse

Im Winter verkauft der Pastaladen in Cortona frische Polenta mit gehackten Walnüssen. Polenta, Würstchen und dazu ein knackiger Salat sind eine komplette, deftige Mahlzeit.

Polenta nach klassischem Rezept zubereiten (siehe Kapitel »Sommerliche Gaumenfreuden«). Die Hälfte in eine geölte Auflaufform geben. Entweder dünne Scheiben oder 375 Gramm geriebenen Fontinakäse darüber schichten. Mit Salz und Pfeffer abschmecken. Den Rest der Polenta einfüllen. 4 in Scheiben geschnittene Bratwürste (möglichst italienische) darauf legen und den Bratensaft darüber gießen. Im Backofen bei mittlerer Hitze 15 Minuten garen. (Für 6 Personen)

Glasierte Schweinelende mit Fenchel

Schweinelende ist besonders zart. Eine Lende reicht für zwei hungrige Personen, und der Fenchel paßt ausgezeichnet zum Fleisch. Auf unserem Anwesen wächst überall wilder Fenchel. Ob er sich bei den Einheimischen deshalb so großer Beliebtheit erfreut, weil er als Aphrodisiakum oder Heilmittel bei Augenerkrankungen gilt, entzieht sich meiner Kenntnis. Ich mag die fedrigen Blätter und ihre mythische Verbindung: Der Legende zufolge brachte Prometheus den Menschen in einem dicken, hohlen Fenchelstiel das erste Feuer.

2 Schweinelendchen sparsam mit Honig einpinseln. Im Mixer oder Mörser 1 Eßlöffel Fenchelsamen zerkleinern. 1 Eßlöffel feingehackten Rosmarin, Salz, Pfeffer und 2 gehackte Knoblauchzehen zufügen. Mischung auf die Schweinelendchen streichen, in eine flache, geölte Auflaufform geben und im Ofen rund 30 Minuten bei mittlerer Hitze schmoren, bis das Fleisch rosig ist. In der Zwischenzeit 2 Fenchelknollen in Stücke schneiden. Die harten Wurzelenden entfernen. Ca. 10 Minuten bißfest kochen. Glatt pürieren, dann 60 Milliliter Weißwein, 125 Gramm geriebenen Parmesan und 125 Gramm Mascarpone (oder Sauerrahm) zufügen. Schweinelenden in eine tiefe, gebutterte Auflaufform umfüllen, mit Sauce übergießen, mit gebutterten Brotkrumen bestreuen (oder Butterflöckchen auflegen). Noch einmal 10 Minuten bei Höchsttemperatur überbacken. Schweinelendchen mit Fenchelblättern, falls erhältlich, oder frischen Rosmarinzweigen garnieren. (Für 4 Personen)

Contorni

Kastanien in Rotwein

Obwohl ich in der Nähe eines Waldes lebe, in dem es viele Kastanienbäume gibt, scheinen Kastanien ein Luxus zu sein. Wir rösten sie jeden Abend und trinken dazu ein Glas *amaro*, *grappa* oder zumindest Kaffee. Die Schale wird kreuzweise eingeschnitten, bevor sie in die Pfanne kommen, damit sie aufplatzt, solange sie noch heiß ist. In vielen Kochbüchern wird empfohlen, Kastanien bis zu einer Stunde im Backofen zu rösten! Auf dem offenen Feuer sind sie jedoch im Handumdrehen gar, spätestens aber nach einer Viertelstunde, je nachdem, wie heiß die Kohle ist. Die Pfanne sollte mehrmals geschüttelt und beim ersten Anzeichen, daß die Kastanien schwarz werden, vom Feuer genommen werden. Kastanien schmecken im Winter vorzüglich zu würzigem Fleisch, vor allem zu Perlhuhn.

30 bis 40 Kastanien rösten und schälen. 30 Minuten mit Rotwein bedeckt garen, so lange, bis sich die Aromen vermischt haben. Den größten Teil des Weins abgießen. (Für 6 Personen)

Knoblauchflan

Schmeckt hervorragend zu Braten.

Knoblauchzehen aus einer großen Knolle herauslösen. Ungeschält 5 Minuten in kochendem Wasser blanchieren. Abkühlen lassen und aus der Haut drücken. Zehen mit einer Gabel zerdrücken, dann in 500 Milliliter Schlagsahne einrühren. Sahne und Knoblauch im Topf köcheln. Mit geriebener Muskatnuß, Salz und Pfeffer abschmecken. Vom Herd nehmen und 4 Eigelbe unterrühren. In sechs gut geölte Förmchen oder in eine flache Auflaufform gießen. Im Wasserbad etwa 20 Minuten garen, bis der Flan fest ist. 10 Minuten abkühlen lassen, dann stürzen.

Kardonen

Kardonen, armlang, stachelig und blaßgrün, sind die Arbeit wert, die sie machen. Ich habe sie erst in Italien kennengelernt. Nach dem Entfernen der harten, faserigen Außenblätter von den Stielen – die Stiele schmecken ähnlich wie Sellerie – müssen die Kardonen sofort in Zitronenwasser eingelegt werden, sonst sind sie in Nullkommanichts braun. Anfangs habe ich sie nur kurz angedünstet, mußte aber feststellen, daß sie nie gar wurden. Am besten kocht man sie, aber nicht zu lange, so daß sie noch Biß haben. Sie gleichen in Geschmack und Textur Artischocken – kein Wunder, denn sie stammen ja aus derselben Familie.

Kardonen nach dem Putzen in Essig- oder Zitronenwasser einlegen, dann in 5 Zentimeter lange Stücke schneiden und bißfest kochen. Abtropfen lassen und in eine gut gebutterte Auflaufform schichten. Mit Salz und Pfeffer würzen, mit Béchamelsauce, Butterflöckchen und einem Hauch Parmesan bedecken. Bei mittlerer Temperatur 20 Minuten im Ofen überbacken.

Porcinisalat (oder Portobello) mit Paprika

Sie können diesen bunten Salat als Vorspeise oder Hauptgericht servieren.

2 große Pilze mit der Oberseite nach unten grillen oder in Olivenöl dünsten (dadurch wird verhindert, daß sie Saft verlieren). In Scheiben schneiden und sparsam mit Vinaigrette beträufeln. 2 Paprikaschoten, 1 rote und 1 grüne, grillen; in einem Plastikbeutel abkühlen lassen, dann die verbrannte Haut abziehen. In Scheiben schneiden und mit Vinaigrette beträufeln. 1 rote Zwiebel in Ringe schneiden. 60 Gramm Pinienkerne rösten. Blattsalate – Radicchio, Rucola und andere – in Vinaigrette wenden und auf den Tellern anrichten. Warme Paprika, Zwiebelringe und Pilzscheiben darauf arrangieren und mit Pinienkernen bestreuen. (Für 6 Personen)

Dolci

Birnen in Vino Nobile

Eingelegte Birnen sind eine Augenweide. Ihr Geschmack wird hervorgehoben, wenn sie mit Gorgonzola, getoastetem Weißbrot und Walnüssen serviert werden, die in Butter und Salz geröstet wurden.

6 feste Birnen schälen und aufrecht in eine Kasserolle stellen. Stengel wenn möglich dranlassen. Mit Zitronensaft beträufeln. Mit 250 Milliliter Rotwein übergießen und mit 60 Gramm Zucker bestreuen. 60 Gramm Korinthen, 1 Vanillestange und ein paar Gewürznelken zufügen. Zugedeckt 20 Minuten köcheln (oder länger, je nach Größe und Reife der Birnen); sie sollten aber nicht matschig werden. Nach der Hälfte der Garzeit die Birnen auf die Seite legen und mehrmals mit Weinsud begießen. In Dessertschalen anrichten, Korinthen aufstreuen, mit ein wenig Sud übergießen und mit Zitronenschale, in schmale Streifen geschnitten, garnieren. (Für 6 Personen)

Brotpudding mit Äpfeln

Ich habe festgestellt, daß die schrumpeligen Äpfel vom Wochenmarkt einen überraschend intensiven Geschmack besitzen. Sogar unsere lange vernachlässigten Apfelbäume warten mit einer, wenn auch kümmerlichen Ernte auf. Die Äpfel sind zu klein, um sie in Scheiben zu schneiden, aber aus ihnen läßt sich gutes Apfelmus kochen. Für dieses gehaltvolle Dessert werden die Äpfel in dicke Scheiben geschnitten.

4 oder 5 knackige Kochäpfel schälen, entkernen und in dicke Scheiben schneiden. Mit frisch gepreßtem Zitronensaft beträufeln, dann 1 Prise Muskatnuß darüber reiben. 250 Gramm Mandelblättchen in der Pfanne bräunen. Die harte Kruste von altbackenem Brot entfernen (frisches wäre für dieses Rezept zu weich). In Scheiben schneiden und den Boden einer gebutterten Auflaufform (ca. 20 x 30 Zentimeter) damit auslegen. In einer Kasserolle 6 Eßlöffel Butter und 6 Eßlöffel Zucker schmelzen. 180 Gramm geröstete Mandeln, 2 Eßlöffel Zitronensaft und 60 Milliliter Cidre (Apfelwein) oder Wasser zugeben. Apfelstücke untermengen. Abwechselnd Apfelmischung und Brot in die Auflaufform schichten; die oberste Lage ist Brot. 6 Eßlöffel weiche Butter und 4 Eßlöffel Zucker verrühren. 4 Eier verschlagen, dann 300 Milliliter Milch und 175 Milliliter Crème fraîche untermischen. Über das Brot gießen. Mit Zucker, Muskatnuß und den restlichen Mandeln bestreuen und im Backofen 1 Stunde bei mittlerer Hitze garen. Mit gesüßter Mascarpone oder geschlagener Sahne servieren. (Für 8 Personen)

Mandarinensorbet

Wäre ich in Italien aufgewachsen, würde ich den Duft von Zitrusfrüchten automatisch mit Weihnachten in Verbindung bringen. In Assisi sind alle Geschäfte in der Vorweihnachtszeit mit großen Zitronenbaumzweigen geschmückt. Vor dem hellen Mauerstein leuchten die Früchte wie die Ornamente an Lichterketten, und Zitronenduft liegt in der eisigen Luft. Vor den Lebensmittelgeschäften in Cortona bilden Körbe mit Clementinen bunte Farbtupfer auf den Straßen. In den Bars wird frischer Blutorangensaft ausgepreßt. Der erste Schluck, herb wie Grapefruit, nimmt bald einen süßen Nachgeschmack an. Dieses Sorbet, das als »Pausenfüller« bei einem üppigen Essen im Winter wahre Wunder wirkt, kann auch aus anderen Fruchtsäften zubereitet werden. Es schmeckt ganz besonders köstlich, wenn es als leichtes Dessert mit hauchdünnen Schoko-Butterkeksen serviert wird.

¼ Liter Wasser und 250 Gramm Zucker aufkochen; den Sirup 5 Minuten bei niedriger Temperatur köcheln lassen. 300 Milliliter frisch gepreßten Mandarinensaft, ¼ Liter Wasser, 1 Eßlöffel Zitronensaft und die abgehobelte Schale der benutzten Mandarinen zugeben. Ins Gefrierfach stellen, bis sich das Sorbet eiskalt anfühlt. In der Eismaschine nach Gebrauchsanweisung weiterverarbeiten. (Für 6 Personen)

Zitronenkuchen

Diesen Kuchen nach einem importierten Familienrezept aus den Südstaaten habe ich mindestens hundertmal gebacken. Hier serviere ich ihn, in dünne Scheiben geschnitten, mit frischen Erdbeeren oder Kirschen im Sommer und mit Birnen im Winter – oder einfach zu einem Glas Dessertwein, von denen es in Italien viele phantastische gibt, zum Beispiel mit einem »B« von den Weingütern im Banfi.

250 Gramm Butter und 500 Gramm Zucker schaumig schlagen. Nacheinander 3 Eier unterrühren. 750 Gramm Mehl, 1 Teelöffel Backpulver, ¼ Teelöffel Salz mischen und abwechselnd mit ¼ Liter Buttermilch unterrühren. (In Italien nehme ich ¼ Liter Sahne, da es hier keine Buttermilch gibt.) 3 Eßlöffel Zitronensaft und die geriebene Zitronenschale zugeben. In einer beschichteten Kuchenform 50 Minuten bei mittlerer Hitze backen. Mit einem Zahnstocher die Garprobe machen. Der Kuchen kann glasiert werden: dafür 375 Gramm Puderzucker, 3 Eßlöffel Zitronensaft mit 60 Gramm weicher Butter verrühren. Mit hauchdünn abgeschälter Zitronenschale garnieren.

LAUBENGANG MIT ROSENDUFT

Während des zehnstündigen Flugs nach Paris, in denen ich angespannt und kerzengerade auf meinem Gang am Platz saß, vertiefte ich mich in eine Chronik der experimentellen französischen Dichtung, in das Flugmagazin, und las sogar die Verhaltensmaßregeln für Notfälle. In der Woche vor meinem Abflug aus San Francisco wurde ich in der Universität mit so vielen Krisen und Katastrophen konfrontiert, daß ich am liebsten, in weiße Laken gehüllt, auf einer Krankentrage an Bord gebracht und vorne in der Maschine abgestellt worden wäre; dort hätte man die Vorhänge rundum zugezogen, und eine Stewardeß hätte hin und wieder den Kopf hereingesteckt und mir einen Becher warme Milch gebracht – oder einen saphirblauen Gin Martini. Ich verließ San Francisco eine Woche bevor Eds Vorlesungen zu Ende waren; um der Wahrheit die Ehre zu geben, ich hatte mit der ersten Maschine, die am Tag nach den Abschlußprüfungen ging, das Weite gesucht.

Nach einem kurzen Zwischenstopp auf dem Flughafen Charles de Gaulle gelang es mir, die Alitalia-Maschine noch zu erwischen. Der Pilot verlor keine Zeit und startete senkrecht durch. Ein italienischer Pilot ist wie ein italienischer Autofahrer, dachte ich; plötzlich spürte ich, wie meine Lebensgeister wieder erwachten. Ob unser Flugkapitän wohl versuchte, jemanden zu überholen? Kurz darauf setzte er zur Landung in Pisa an, beinahe senkrecht, wie im Sturzflug. Niemand schien beunruhigt, also machte ich meine Atemübungen, schön gleichmäßig, und umklammerte die Armlehnen, in der Hoffnung, den freien Fall damit zu bremsen.

Ich übernachte in Pisa. Im Falle einer Verspätung wäre die Aussicht, mitten in der Nacht in Florenz umsteigen zu müssen, sehr unerfreulich und nicht ratsam. Ich suche mir ein Hotel, erledige die Formalitäten und habe Lust auf einen Spaziergang. Kein Wunder, schließlich ist *Passeggiata*-Zeit. Hinz und Kunz sind auf den Beinen, um sich unters Volk zu mischen, Besuche und Besorgungen zu machen oder einfach nur zu flanieren. Der Schiefe Turm ist immer noch schief, und er dient den Touristen immer noch als Hintergrund für Selbstporträts: Die einen posieren zur Seite gebeugt daneben, die anderen davor. Auch die pastell- und ockerfarbenen Häuser säumen noch den Fluß, jeder Biegung folgend, wie ein Aquarell ihrer selbst. Frauen mit Einkaufstaschen stehen in den duftenden Brotläden Schlange. Wunderbar, in ein fremdes Land zu kommen und mit allen Sinnen die Eindrücke wahrzunehmen, die auf den Besucher einstürmen. Hier herrscht Trubel und Leben; die Menschen unterscheiden sich in Aussehen und Sprache von mir. Ihr Tagesablauf ist ein völlig anderer als meiner; ich fühle mich wie eine Fremde, sehe alles mit neuen Augen. Auf einer Piazza esse ich im Freien zu Abend. Ravioli, Brathuhn, grüne Bohnen, Salat, dazu eine halbe Karaffe Rotwein aus der Region. Danach verebbt meine Euphorie und eine herrliche Bettschwere überkommt mich. Nach einem ausgedehnten Aufenthalt in der Wanne mit dem gesamten Badeschaum, den das Hotel seinen Gästen zur Verfügung stellt, schlafe ich zehn Stunden durch.

Ich nehme den ersten Zug am nächsten Morgen; er fährt durch Felder mit blühendem Klatschmohn, Olivenhaine und die inzwischen vertrauten steinigen Dörfer. Heuhaufen, Nonnen in weißer Tracht, die zu viert nebeneinander hergehen, Betten, die zum Lüften aus dem Fenster hängen, Schafpferche, Oleander, Italien! Ich schaue die ganze Zeit aus dem Fenster. Als wir uns Florenz nähern, habe ich Angst, daß ich meinen neuen tragbaren Computer beschädige, wenn ich meine Reisetasche nicht richtig ausbalanciere. Der größte Teil meiner Sommergarderobe befindet sich bereits im Haus, so daß ich eigentlich mit leichtem Gepäck reisen könnte. Dennoch komme ich mir wie ein Packesel vor, mit Handtasche, Computer und Handgepäck, das ich mir umgehängt habe. Aber ich finde es herrlich, am Bahnhof von Florenz aus- und umzusteigen, denn hier wird stets die Erinnerung an meine erste Italienreise vor fünfundzwanzig Jahren wieder lebendig, an den exotischen, rauchigen Klang des Lautsprechers, der die Ankunft eines Zugs aus Rom auf *binario undici* und die Abfahrt nach Mailand auf *binario uno* ankündigt, und an den öligen Geruch der Züge und die Menschen, die zielstrebig hin- und hereilen.

Zum Glück ist der Anschlußzug fast leer, so daß ich mein Gepäck problemlos verstauen kann. Auf halber Strecke nach Hause (*heim*, habe ich mir gesagt) kommt ein Rollwagen mit belegten Broten und Getränken durch die Abteile. Der Zug hält nicht in Camucia, deshalb steige ich in Terontola aus, ungefähr fünfzehn Kilometer entfernt, und rufe ein Taxi.

Eine Viertelstunde später fährt ein Taxi vor. Kaum bin ich eingestiegen, eilt ein zweites Taxi herbei, hält auf gleicher Höhe, und der Fahrer beginnt wild zu lamentieren. Ich habe angenommen, das Taxi, in dem ich sitze, sei das von mir bestellte, aber siehe da, es befand sich nur zufällig in der Nähe. Mein Fahrer ist nicht bereit, freiwillig auf seinen Fahrgast zu verzichten. Ich erkläre ihm, daß ich ein Taxi gerufen habe, aber er macht trotzdem Anstalten loszufahren. Sein Kollege hämmert gegen die Tür und brüllt in voller Lautstärke, er habe gerade Mittagspause gemacht und sei eigens wegen der *americana* hergefahren, und er müsse schließlich auch sein täglich Brot verdienen. Speichel sammelt sich in seinen Mundwinkeln, und ich befürchte, daß er gleich einen Tobsuchtsanfall bekommt, er schäumt schon vor Wut. »Anhalten, bitte! Ich fahre mit ihm. Es tut mir leid, entschuldigen Sie vielmals!« Mein Taxifahrer murrt, tritt mit voller Wucht auf die Bremse, zerrt meine Reisetasche aus dem Kofferraum und knallt sie aufs Pflaster. Ich steige in das andere Taxi um. Die beiden stehen sich gegenüber, als wollten sie gleich eine Prügelei beginnen, brüllen sich mit bebendem Unterkiefer und hoch erhobener Faust an, doch plötzlich ist der Spuk vorbei: Es herrscht offenbar wieder Friede, Freude, Eierkuchen, sie geben sich die Hand und lächeln. Der übriggebliebene Taxifahrer kommt zu mir herüber und wünscht mir lächelnd eine gute Fahrt.

Das Haus ist bewohnt, als ich ankomme: Meine Schwester, mein Neffe und Freunde von beiden machen dort seit ein paar Wochen Urlaub. Meine Schwester hat alle Töpfe mit weißen und korallenfarbenen Geranien bepflanzt. Der Geruch nach frisch gemähtem Gras sagt mir, daß Beppe sich heute morgen den Rasen vorgenommen haben muß. Obwohl ich sie im Dezember kräftig zurückgeschnitten habe, sind die Rosen, die wir im letzten Sommer gepflanzt haben, genauso groß wie ich. Sie blühen in allen Farben: apricot, weiß, rosa, gelb. Hunderte von Schmetterlingen schwirren im Lavendel umher. Im Haus sind die Vasen mit Feuerlilien, Margueriten und Wiesenblumen gefüllt. Es ist tipptopp sauber und voller Leben. Meine Schwester hat sogar einen Topf Basilikum draußen vor die Küchentür gestellt.

Sie sind auf einer Tagestour nach Florenz, so daß ich den ganzen Nachmittag Zeit habe, um den Kleidersack unter dem Bett hervorzuziehen und meine Sommergarderobe auszulüften. Da sich fünf Gäste im Haus einquartiert und eingerichtet haben, werde ich die restlichen paar Tage bis zu ihrer Abfahrt in meinem Arbeitszimmer schlafen. Ich beziehe das schmale Bett mit der gelben Bettwäsche, stelle den Computer auf meinen Travertinschreibtisch, reiße die Fenster sperrangelweit auf und genieße das Gefühl, zu Hause zu sein.

Später schlüpfe ich in meine Stiefel, um einen Rundgang über die Terrassen zu machen. Beppe und Francesco haben beim Mähen und Unkrautvertilgen ganze Arbeit geleistet. Auch dieses Mal habe ich im Kampf um die Wiesenblumen den kürzeren gezogen. In ihrem Eifer, das Gelände auf Vordermann zu bringen, haben sie vor nichts haltgemacht: Nicht einmal die wilden Zaun- oder Apfelrosen waren ihnen heilig. Klatschmohn, wilde Nelken, ein paar zarte weiße Blumen und massenhaft gelbblühendes Unkraut haben nur am Rande der Terrassen die Attacke überlebt. Ein Lichtblick sind die Oliven. Im März wurden dreißig Bäume in die Lücken auf den Terrassen gepflanzt, so daß wir nun insgesamt einhundertfünfzig haben. Sie stehen bereits in voller Blüte. Dieses Jahr haben wir größere Bäume bestellt als die zehn, die Ed im vergangenen Jahr eingesetzt hat; angesichts des Tempos, in dem Olivenbäume wachsen, möchten wir noch miterleben, wie sie das erste Öl geben. Beppe und Francesco haben jeden neuen Baum mit einem Pflock gestützt und ein Graspolster zwischen Stamm und Holz geschoben, um ein Scheuern zu verhindern. Ed wußte zwar, daß man ein großes Loch für jeden Baum graben muß, aber er hatte offenbar keine Ahnung von den genauen Ausmaßen. Beppe hat uns erklärt, daß ein neuer Baum eine große *polmone* braucht, eine große Lunge. Um jeden Baum herum haben sie eine Grube mit einem Durchmesser von mindestens einem Meter zwanzig ausgehoben. Außerdem hat der Kirschbaum, den Ed im vergangenen Frühjahr gepflanzt hat, zwei Artgenossen erhalten.

Eine Woche lang herrscht Trubel: Wir kochen wie die Weltmeister, fahren auf die Schnelle nach Arezzo und Perugia, gehen spazieren, kaufen Halstücher und Bettwäsche auf dem Markt in Camucia und tauschen Neuigkeiten über die Familie aus, ein Gebiet, auf dem akuter Nachholbedarf besteht. Ed kommt gerade rechtzeitig, um am Abschiedsessen teilzunehmen, bei dem etliche Flaschen Brunello die Runde machen, die mein Neffe in Montalcino erstanden hat. Dann wird stundenlang gepackt (es gibt hier soviel zu kaufen), und weg sind sie.

Im Mai, den sie hier verbracht haben, war es sonnig und warm; nun beginnt es zu regnen. Die wild wuchernden Rosen brechen aus, biegen sich und schwanken im Wind. Wir laufen mit Schaufeln hinaus und pflocken sie an, werden dabei naß bis auf die Haut. Ed gräbt den Boden um, während ich die welken Blüten abknipse, einige hoch aufgeschossene Stiele zurückschneide und die Pflanzen dünge, obwohl ich fürchte, daß sie jetzt wieder in den Himmel wachsen, wie Jacks Bohnen in dem Kindermärchen. Ich schneide einen Armvoll weißer Rosen, deren Blüten auch ohne mein Zutun einen duftigen Strauß bilden. Zurück im Trockenen, bügeln wir die Kleider und räumen wieder um, nachdem es sich einige unserer Gäste nach eigenem Gutdünken gemütlich gemacht hatten. Schon bald ist alles so, wie es war. Mir kommt es vor, als sei es Ewigkeiten her, seit ich im Juni auf Bramasole eintraf und auf Schritt und Tritt Leitern, Handwerker, Rohre, Kabel und Drähte, Bauschutt und Staub vorfand. Jetzt können wir beginnen, das Leben richtig zu genießen.

Ein Topf Minestrone für verregnete Abende. Ein Spaziergang entlang der Römischen Heerstraße, um in der Stadt Käse, Rucolasalat und Kaffee zu kaufen. Maria Ritas Kirschen sind die besten, die ich je gegessen habe; wir verputzen jeden Tag ein ganzes Kilo. Die Plackerei im letzten Jahr hat sich ausgezahlt. Es ist nun einfacher, das gerodete und von Steinen befreite Land in Schuß zu halten. Nun wirbeln nicht mehr so viele Steine hoch, wenn wir mit dem Freischneider dem Unkraut zu Leibe rücken. Wie viele Steine mögen wir inzwischen aufgeklaubt haben? Genug, um ein Haus zu bauen? Nach Einbruch der Dunkelheit tanzt das flackernde Licht der Glühwürmchen auf dem terrassierten Gelände, und im sanften Blau der Abenddämmerung hört man Kuckucksrufe (klingt das nicht eher wie *Wuckuck*?)! Ein scheuer Vogel singt im verborgenen »swiet, swiet«. Wiedehopfe, die sich mit ihrem exotischen Federkleid groß in Schale geworfen haben, stecken ihre Schnäbel in den Matsch. Lange Tage mit Vogelgezwitscher statt Telefongebimmel liegen vor uns.

Wir stocken unseren Rosenbestand auf. In dieser Region der Toskana blühen sie, daß es eine Freude ist. Man sieht sie in fast jedem Garten in überwältigender Fülle und Farbenpracht. Wir wählen eine Paul Neyron aus, mit aufgeplusterten knallig pinkfarbenen Blüten, die Ähnlichkeit mit einem Ballettröckchen haben und nach einer Mischung aus Zitrone und Rose duften. Außerdem muß ich unbedingt zwei von den zartrosa Donna Marella Agnelli haben, die tennisballgroße Blüten haben. Ihr Duft bringt die Erinnerung an Delia zurück, eine Freundin meiner Großmutter, die mich immer umarmte und an ihren großen weichen Busen drückte. Sie trug wagenradgroße Hüte und war Kleptomanin, wurde aber nie angezeigt, aus Rücksichtnahme auf ihren Mann, der sich sonst zu Tode geschämt hätte. Sobald er ein neues Objekt im Haus entdeckte, ging er in den Laden, aus dem es stammte, und entschuldigte sich mit den Worten: »Tut mir leid, aber meine Frau ist völlig in Gedanken damit zur Tür hinaus, und erst gestern abend ist ihr aufgefallen, daß sie noch nicht bezahlt hat. Wieviel bin ich Ihnen schuldig?« Vielleicht war ja auch ihr nach Rosen duftendes Parfum geklaut.

»Pflanzt ja keine Peace-Rosen«, hat uns eine Freundin und Rosenkennerin geraten. »Die sehen kitschig aus.« Aber die Blüten in zarten Vanille-, Pfirsich- und Rosaschattierungen sind nicht nur atemberaubend schön, sondern haben auch die gleichen Farben wie das Haus. Sie gehören einfach in diesen Garten, basta. Ich pflanze mehrere. Die orangegelben Rosen vom letzten Jahr öffnen hemmungslos ihre Blüten, die grellen Farben tragen zu ihrer aufdringlichen Schönheit bei. Nun ist die ganze Einfahrt zum Haus auf der einen Seite von Rosenbüschen gesäumt, und zwischendrin haben wir Lavendel gepflanzt. Ich bin auf dem besten Weg, an die wundersame Kraft der Aromatherapie zu glauben. Wenn ich durch Duftwolken zum Haus gehe, kann ich nicht umhin, tief einzuatmen und mich von einem Glücksgefühl durchdrungen zu fühlen.

Auf der Treppe, die zur vorderen Terrasse führt, haben wir oben und unten den alten schmiedeeisernen Laubengang stehenlassen; der Jasmin, den wir vor zwei Jahren gepflanzt haben, rankt sich nun um die Streben und das Treppengeländer. Wir beschließen, auch auf der anderen Seite der Einfahrt Rosenbüsche zu pflanzen und am Ende eine zweite Pergola zu errichten. Damit würde der ursprüngliche Zustand wiederhergestellt: Als wir das Haus zum erstenmal sahen, besaß es einen mit Rosen überwucherten durchgehenden Laubengang, den wir nun jedoch unterbrechen wollen, weil wir den offenen Mittelteil schöner finden. Dafür wählen wir zwei Rosensorten – eine milchig rosafarbene und eine samtrote – mit den Namen Elizabeth und Abe Lincoln. Der Gedanke gefällt mir, daß diese beiden Seite an Seite stehen werden, ein Schulterschluß der Mächtigen. Meine Lieblingsrose, die *Gioia*, Freude, wechselt wie ein Chamäleon die Farbe: Als Knospe ist sie perlweiß, wenn sie erblüht, wird sie strohgelb. Wir pflanzen Rosen in mattem Apricot; eine andere Sorte ist knallgelb und heißt Pompidou, eine weitere ist nach Papst Johannes XXIII. benannt. So viele wichtige Persönlichkeiten geben sich in unserem bescheidenen Garten ein Stelldichein! Schließlich kann ich auch einer dekadenten, rauchig-lilafarbenen Rose nicht widerstehen, die aussieht, als gehöre sie in die Hand einer im Sarg aufgebahrten Leiche.

Wir fahren zu einem *fabbro*, einem Schmied, auf der anderen Flußseite in Camucia. Seine zwei Söhne beziehen in sicherer Entfernung Posten, als wir uns mit dem Vater unterhalten, ihre große Chance, zwei von diesen seltsamen Ausländern aus der Nähe zu betrachten. Einer der Jungen, ungefähr zwölf Jahre alt, hat Augen, grün und unergründlich wie Gletscherseen. Seine Bewegungen sind geschmeidig, seine Haut ist braun gebrannt. Ich muß ihn immer wieder verstohlen ansehen. Fehlt nur noch das Ziegenfell und die geschnitzte Panflöte. Der Schmied hat ebenfalls grüne Augen, aber die Farbe wirkt klarer. Das ist inzwischen die fünfte oder sechste Schmiede, die ich betrete. Dieser Beruf scheint außergewöhnliche Männer anzuziehen. Der Werkstatt ist an einer Seite offen, so daß die Luft nicht so rußig ist wie bei den meisten anderen Schmieden. Er zeigt uns seine Brunnen- und Gitterabdeckungen, lauter praktische Dinge. Ich denke an den ersten *fabbro*, den wir hier kennenlernten, einen Grübler, der an Magenkrebs starb; in seiner rußgeschwärzten Schmiede befand er sich in seiner eigenen Welt, in Gesellschaft von schlangenförmigen Fackelhaltern und Fahnenstöcken mit archaischen Tierköpfen, über die er seine Hände gleiten ließ. Unser Eingangstor hängt immer noch schief in den Angeln und läßt sich nicht schließen; er starb, bevor er es reparieren konnte, und wir haben uns an Rost und Schieflage gewöhnt. Der grünäugige Schmied zeigt uns seinen Garten und das schmucke Wohnhaus. Vielleicht wird sein Sohn, der einem Faun gleicht, einmal in seine Fußstapfen treten.

Manche Dinge sind kinderleicht. Wir graben einfach Löcher, stecken die Eisenpflöcke hinein, damit sie einen festen Stand haben, und füllen die Löcher mit Zement. Wir haben eine pinkfarbene Kletterrose für beide Seiten der Pergola gekauft. (»Wie heißt sie?« »Kein Name, Signora, das ist einfach eine Rose. *Bella, no?*«)

Ich hatte schon mehrere Gärten, aber noch nie Rosen gepflanzt. Als Kind pflegte mein Vater rund um die Baumwollspinnerei meines Großvaters, die er leitete, Landschaftsgärtnerei zu betreiben. Mit einer Eingleisigkeit, über die ich nur staunen kann, pflanzte er tausend Rosen, alle von derselben Sorte: *L' étoile de la Hollande*, so rot wie Blut, ist die Blume, die ich immer mit meinem Vater in Verbindung bringen werde. Er war, gelinde ausgedrückt, ein schwieriger Mann, und um das Maß voll zu machen, starb er auch noch mit siebenundvierzig. Bis zu seinem Tod war unser Haus immer mit seinen Rosen gefüllt: Jede freie Fläche war von großen Behältnissen,

Kristallschalen und Silbervasen für einzelne Knospen vereinnahmt. Sie welkten nie, weil jeden Tag während der Blütezeit ein Armvoll frischer Rosen geschnitten werden mußte. Ich sehe ihn wieder vor mir, wie er mittags Schlag zwölf in seinem beigefarbenen Leinenanzug, der trotz der Hitze nie zerknittert war, zur Hintertür hereinkommt. Er trägt behutsam einen Zeitungspapierkegel mit unzähligen tiefroten Rosenknospen im Arm. »Versorgst du sie?« Er reicht sie Willie Bell, die bereits mit Schere und Vasen wartet. Er wirbelt seinen Panamahut auf der Fingerspitze herum. »Kannst du mir sagen, wozu der Mensch da noch das himmlische Paradies braucht?«

In meinem Garten wachsen Kräuter, Island-Mohn, Fuchsien, Stiefmütterchen und Bartnelken. Nun habe ich mich in Rosen verliebt. Das Gras ist inzwischen dicht genug, so daß ich jeden Morgen barfuß durch den Tau gehen und eine Rose und einen Strauß Lavendel für meinen Schreibtisch abschneiden kann. Erinnerungen überkommen mich, immer wieder: Auf dem Schreibtisch meines Vaters in der Baumwollspinnerei stand auch immer eine einzelne Rose. Wenn die Morgensonne darauf scheint, wird der zweifache Duft noch stärker.

Da inzwischen viele Arbeiten erledigt sind, erhalten wir einen Vorgeschmack auf die Zukunft. Irgendwann wird die Zeit kommen, wo wir nur noch »garteln«, instand halten (seltsamerweise müssen einige Fensterrahmen innen schon wieder eingelassen werden) oder verschönern. Wir haben eine Liste mit Projekten gemacht, die uns Spaß machen: Steinwege anlegen, ein Fresko auf der Küchenwand, Ausflüge in die Marschen, um nach Antiquitäten zu stöbern, einen Brotbackofen im Freien. Und eine Liste mit Projekten, die wenig zur Erheiterung beitragen: uns Einblick in das Kanalisationssystem verschaffen, das ausgerechnet dann einen erschreckenden Steckrübengeruch absondert, wenn sich viele Leute im Haus befinden; die Steinwände der *cantina* abschrubben und neu verfugen; die Steinmauern wieder aufbauen, die auf mehreren Terrassen streckenweise eingestürzt sind; das Schmetterlingsbad neu fliesen. Das Ausmaß dieser Arbeiten hätte uns früher in Angst und Schrecken versetzt, rangiert aber jetzt nur noch unter »ferner liefen«. Die Zeit rückt näher, in der wir mit einem Privatlehrer Italienisch pauken werden, unser Pflanzenbestimmungsbuch auf lange Spaziergänge mitnehmen, Ausflüge nach Venezien, Sardinien oder Apulien machen und mit der Fähre von Brindisi oder Venedig nach Griechenland reisen werden. Allein der Gedanke, in Venedig an Bord zu gehen und den ersten Hauch des Orients zu spüren!

Die Zeit der Muße ist gleichwohl noch nicht gekommen; noch ragt das letzte große Projekt drohend vor uns auf.

SEMPRE PIETRA: AUF EWIG STEIN

Primo Bianchi knattert in seinem Ape die Einfahrt hoch, vollbeladen mit Zementsäcken. Er springt heraus, um einen großen weißen Lastwagen mit Sand, T-Trägern und Backsteinen einzuweisen, der rückwärts die enge Einfahrt hochfährt, mit dem Außenspiegel an den Pinien entlangschrammt und mit einem ohrenbetäubenden Krachen einen Fichtenast absägt. Auf Primo war unsere Wahl schon vor drei Jahren gefallen, als die großen Renovierungsarbeiten anstanden, aber damals war er nach einer Magenoperation nicht einsatzbereit. Er sieht noch genauso aus wie früher – wie ein Fahnenflüchtiger aus der Nikolauswerkstatt. Wir besprechen das Projekt. In der meterdicken Wohnzimmermauer soll ein Durchbruch zur *Contadina*-Küche geschaffen werden, die einen neuen Fußboden, einen neuen Verputz und neue Leitungen erhalten soll. Er nickt. *»Cinque giorni, signori«*, fünf Tage. Diese Bruchbude, an der noch nichts gemacht wurde, war im Winter Abstellkammer für Gartenmöbel und die letzte Fluchtburg der Skorpione. Aufgrund der Erdbebenbestimmungen darf die Öffnung nur ein Meter fünfzig breit sein, nicht so breit, wie wir es gerne hätten. Aber es wird Türen geben, die ins Freie führen, und endlich eine Verbindung zwischen den Räumen.

Wir erzählen ihm, daß Benitos Männer fluchtartig das Haus verließen, als die Wand zwischen der neuen Küche und dem Eßzimmer aufgestemmt wurde. Ich bin beruhigt, als er lacht. Ob er gleich morgen anfangen kann? »Nein, morgen ist Dienstag, kein guter Tag. Arbeiten, die man am Dienstag beginnt, werden selten beendet – ein altes Sprichwort; nicht etwa, daß *ich* etwas auf diesen Aberglauben gebe, aber meine Männer!« Wir fügen uns. Daß unser

Bauvorhaben beendet wird, liegt verständlicherweise in unserem Interesse.

An dem vermaledeiten Dienstag schleppen wir sämtliche Möbel und Bücher aus dem Wohnzimmer, räumen Wände und Kaminsims leer. Wir markieren die Mitte der Wand und versuchen uns den erweiterten Raum vorzustellen. Unsere Phantasie wird uns anspornen, den Streß während des Umbaus durchzustehen. Wir denken an die wunderbaren Zeiten, die da kommen werden. Es wird aussehen, als wären die Räume schon immer eins gewesen! Wir werden Gartenmöbel an dieses Ende der Terrasse stellen und lauschen, wenn Klänge von Brahms oder Bird aus der offenen *Contadina*-Küchentür herüberwehen. Sie wird nicht mehr lange so heißen, sondern sich in unser Wohnzimmer verwandeln.

Intercapedine heißt laut Wörterbuch »Zwischenraum, Lücke«. Ein wichtiges Wort im Fachjargon der Restaurierung von alten Steinhäusern ohne richtige Feuchtigkeitsisolierung. Der *intercapedine* ist ein zwei Finger breiter Hohlraum, *due dita*, zwischen der feuchten Wand und einer fast genauso hohen Steinmauer; diese »Steinbarriere« soll die Feuchtigkeit stoppen. Die *Contadina*-Küche hat eine solche Steinmauer am anderen Ende des Hauses. Der Zwischenraum ist hier wesentlich breiter als ein gewöhnlicher *intercapedine*. Ungeduldig beschließen Ed und ich, schon mal anzufangen und einen Teil abzutragen, um zu sehen, ob man den *intercapedine* nicht weiter nach hinten zur Außenmauer des Hauses versetzen und damit den kleinen Raum vergrößern könnte. Als die Steine fallen, entdecken wir erstaunt, daß es im Erdgeschoß keine Außenmauer gibt: Das Haus wurde direkt *in* und *auf* den massiven Felsen des Hügels gebaut. Unmittelbar hinter dem Hohlraum befindet sich der Monte Sant' Egidio! Gezackte, riesige Felsbrocken! »Jetzt wissen wir, warum es in diesem Raum immer Probleme mit der Feuchtigkeit gab«, sagt Ed, während er Feigenbaum und Sumachwurzeln herausreißt. Entlang der Fußbodenkante legt er einen mit Bauschutt gefüllten Abflußkanal frei, der früher vermutlich funktioniert hat.

»Prima Weinkeller«, ist das einzige, was mir dazu einfällt. Da wir nicht wissen, was wir sonst tun könnten, schießen wir ein paar Erinnerungsfotos. Diese erdnahe Entdeckung paßt eindeutig nicht zum Jenseitstraum von den hundert Engeln.

Der Gutes verheißende Mittwoch naht, und mit ihm, morgens um halb acht, Primo Bianchi mit zwei *muratori*, Maurern, und einem Gehilfen, der fürs Steineschleppen zuständig ist. Sie kommen ohne aufwendige Maschinen. Jeder Mann trägt einen Eimer mit seinem Handwerkszeug. Sie laden Gerüste, Sägeböcke, *capretti* genannt, kleine Holzböcke und *cristi* ab (nach dem Kreuz benannt, an dem Jesus starb), Deckenträger mit Doppel-T-Form. Als sie die »Natursteinwand« sehen, die wir freigelegt haben, stehen sie wie vom Donner gerührt da, die Hände in die Hüften gestemmt, und rufen wie aus einem Mund *»Madonna mia!«* Sie können nicht glauben, daß es uns gelungen ist, die Mauer alleine abzutragen, vor allem, daß ich dabei geholfen habe. Sie fangen unverzüglich mit dem Durchbruch zum Wohnzimmer an, nachdem sie den Fußboden mit einer schweren, schützenden Plastikfolie abgedeckt haben. Als erstes entfernen sie eine Reihe von Steinen an der Stelle, wo der Türsturz eingesetzt werden soll. Wir hören das vertraute *tschink, tschink* des Meißels auf Stein, das älteste Geräusch beim Bauen, das es gibt. Es dauert nicht lange, bis der erste Doppel-T-Träger des neuen Türsturzes eingepaßt und mit Ziegelsteinen und Mörtel eingemauert ist. Der Mörtel muß erst trocken sein, bevor sie mit der Tür weitermachen können, deshalb fangen sie an, den häßlichen Fliesenboden mit langen Brechstangen herauszureißen.

Sie reden und lachen genauso schnell, wie sie arbeiten. Da Prima ein bißchen schwerhörig ist, unterhalten sie sich in voller Lautstärke. Die Gewohnheit behalten sie auch dann bei, wenn er nicht da ist. Sie sind sehr ordentlich und räumen auf, bevor sie Feierabend machen: Dieses Mal müssen wir uns nicht auf die Suche nach dem unter Bauschutt begrabenen Telefon begeben. Franco mit seinen blitzenden schwarzen Raubtieraugen scheint der Stärkste zu sein. Obwohl er schmächtig aussieht, besitzt er eine gestählte Kraft, die eher in einem eisernen Willen als in schwellenden Muskeln wurzelt. Ich beobachte, wie er einen quadratischen Stein hochhievt, der als unterste Sprosse für die Treppe hinter dem Haus gedient hat. Als er bemerkt, wie ich staune, läuft er zur Höchstform auf und lädt sich das Ungetüm auf die Schulter. Sogar Emilio, der sonst die Aufgabe hat, Steine zu schleppen, scheint die Vorführung zu genießen. Er scheint immer guter Dinge zu sein. Trotz der Hitze trägt er eine Wollmütze, die er so weit nach unten gezogen hat, daß seine Haare wie eine Halskrause in sämtliche Himmelsrichtungen abstehen. Dem Aussehen nach zu urteilen müßte er um die fünfundsechzig sein, ein bißchen alt für einen *manovale*, einen Handlanger. Vielleicht war er früher Maurer, bevor er seine zwei Finger verlor. Als die Männer die häßlichen Fliesen und eine Mörtelschicht mit der Brechstange lockern, wird ein Steinboden sichtbar. Francesco hebt ein paar von den Steinplatten hoch und entdeckt einen zweiten Fußboden. »*Pietra, sempre pietra*«, murmelt er.

Wie wahr! Steine, so weit das Auge reicht: Häuser, Terrassenmauern, Stadtmauern, Straßen, alles aus Stein. Wenn man eine Rose pflanzen will, stößt man mit Sicherheit auf vier oder fünf große Steine. Und die zahllosen etruskischen Sarkophage mit den Ebenbildern der Verstorbenen in realistischen, lebensechten Posen sind vermutlich auf den natürlichsten Übergang ins Jenseits zurückzuführen, den sich die Menschen damals vorstellen konnten. Warum sollte man sich nach dem Tod auch nicht in Stein verwandeln, wenn man sein Lebtag von Stein umgeben war?

Am nächsten Tag soll der Durchbruch zum anderen Raum erfolgen; sie beginnen an der Oberkante der Tür auf der Wohnzimmerseite. Plötzlich rufen sie uns herein. Primo bohrt sein Stemmeisen in das Ende eines dicken Stützbalkens. »*È completamente marcia, questa trava.*« Er bohrt weiter. »*Dura, qua.*« Der Teil, der sich in der Mauer befindet, ist völlig morsch, nur das Stück, das aus der Wand herausragt, sieht noch einigermaßen stabil aus. »*Pericoloso!*« Er hat recht, das ist wirklich gefährlich: Der schwere Balken hätte wegbrechen und ein Teil des Fußbodens im ersten Stock einstürzen können. Sie stützen den Tragbalken mit einem *cristo* ab, während Primo Maß nimmt und losfährt, um einen neuen Tragbalken aus Kastanienholz zu kaufen. Um zwölf ist auch der zweite Doppel-T-Träger auf der anderen Seite des Türsturzes eingemauert. Sie legen zwischendurch keine Pausen ein, machen nur eine Stunde Mittag und arbeiten dann bis fünf Uhr weiter.

Am dritten vollen Arbeitstag haben sie erstaunlich viel geschafft. An diesem Morgen läßt sich der morsche Balken so leicht entfernen, als würde man einen Wackelzahn ziehen. Mit langen Holzplanken zu beiden Seiten des Balkens, die von *cristi* hochgehalten werden, stützen sie die Ziegeldecke ab, klopfen die Steine heraus, bewegen den Balken ein bißchen hin und her und lassen ihn dann vorsichtig auf den Boden gleiten. Der neue wird nahtlos eingepaßt. Was für eine einfache, aber wirkungsvolle Konstruktion! Sie keilen ihn rundherum mit Steinen fest und mauern ihn ein, dann füllen sie den schmalen Spalt zwischen Balken und Decke mit Mörtel auf. In der Zwischenzeit schaufeln und graben zwei Männer weiter den Boden auf. Ed, der im Hof direkt vor der Tür arbeitet, vernimmt einen gotteslästerlichen Fluch: *»Dio maiale!«* Als er nachschaut, was los ist, sieht er, daß Emilio unter der mächtigen Steinplatte, die er an einer Ecke mit seinem Brecheisen hochstemmt, soeben eine dritte Steinschicht freigelegt hat. Die beiden ersten bestanden aus glatten, großen Steinplatten, die sich nur mühsam herausholen ließen; diese dritte Schicht ist uneben – koffergroße Flußsteine, einige eingekerbt, die tief in der Erde stecken. Von der Küche aus höre ich ein furchterregendes Stöhnen, als sie herausgehievt, auf einer Holzplanke entlanggerollt und draußen vor der Tür auf einem Haufen abgeladen werden. Ich habe Angst: Wenn das so weitergeht, werden sie bald auf eine Wasserader stoßen. Emilio bringt die kleinen Steine und die Erde mit der Schubkarre zur Einfahrt, wo der Schuttberg wächst. Die »Findlinge« wollen wir behalten. Auf einem sind eingeritzte, längliche Zeichen zu erkennen. Etruskische Schrift? In einem Buch schlage ich das etruskische Alphabet nach, finde aber nichts, was diesen Markierungen entspricht. Vielleicht handelt es sich ja um eine Zeichnung, die sich ein Bauer von der Lage und Bepflanzung seiner Felder gemacht hat, oder um prähistorisches Gekrakel. Ed spritzt den Stein mit dem Wasserschlauch ab, und wir schauen ihn von der Seite an. Nun ergeben die Schriftzeichen einen Sinn. Wir erkennen das Christusmonogramm IHS mit einem Kreuz darüber, und ein weiteres primitives Kreuz daneben. Ein Grabstein? Ein Altar aus grauer Vorzeit? Der Stein ist oben abgeflacht, und ich bitte die Arbeiter, ihn beiseite zu bringen; wir können ihn als Tisch für ein lauschiges Plätzchen im Freien benutzen. Emilio läßt keinerlei Interesse erkennen. »*Vecchio*«, lautet sein Urteil. Aber er stimmt uns mit Nachdruck zu, daß sich für solche alten Steine immer eine Verwendung finden läßt. Sie graben den ganzen Nachmittag. »*Etruschi, Etruschi*«, höre ich sie immer wieder stöhnen; diese verflixten Etrusker. Unter der dritten Steinplattenschicht stoßen sie auf den Felsen des Hügels. Mittlerweile haben sie eine Flasche Wein entkorkt, aus der sie sich gelegentlich mit einem Schluck stärken.

»*Come Sisifo*«, wie Sisyphus, versuche ich zu scherzen.

»*Esattamente*«, erwidert Emilio. In der dritten Schicht entdecken sie einen Türsturz und eine Türschwelle, *una soglia*, aus *pietra serena*, einem Stein, den man in dieser Gegend überwiegend zum Bauen verwendete. Allem Anschein nach wurde Bramasole mit den Steinen eines Hauses errichtet, das früher an dieser Stelle stand. Die Arbeiter stapeln sie an der Wand entlang und wundern sich immer wieder lautstark über ihre Unverwüstlichkeit.

Auf einer der Terrassen haben wir einen Stapel *cotti* für den Fußboden aufbewahrt, die beim Bau des neuen Badezimmers und oberen Innenhofs übriggeblieben waren. Wir hoffen, daß die Backsteine für das neue Zimmer reichen. Ed und ich ziehen die guten heraus, kratzen den Mörtel ab, waschen sie in einer Schubkarre und schrubben sie mit Drahtbürsten. Wir haben insgesamt hundertachtzig; einige sind zu uneben, können aber noch als Füllsteine hergenommen werden. Die Männer hieven immer noch Steine heraus. Der Boden befindet sich inzwischen mehr als einen halben Meter tiefer. Der weiße Lastwagen manövriert wieder rückwärts die Einfahrt hoch, um längliche flache Hohlziegel mit Lüftungskanälen für die Bodenheizung anzuliefern. Zuerst werden zehn Reihen normaler Mauersteine auf dem ausgegrabenen, plan gemachten Boden verlegt, der nun überwiegend aus Muttergestein und einem Felsgestein aus den Bergen besteht, das man hier in der Gegend *piscia* nennt, Pisse, weil das Wasser durch seine Spalten tropft. Die Mauersteine bilden Abflußkanäle. Die länglichen Hohlziegel werden quer darüber verlegt. Unsere Arbeiter bereiten den

Beton wie Nudelteig zu – sie kippen eine Schubkarre Sand in eine Bodenvertiefung, bohren mit der Schaufel in der Mitte ein Loch hinein, das sie mit Zement und Wasser füllen, und rühren den Brei mit der Schaufel gründlich durch. Über die Mauersteine spannen sie sogenannte *membrane*, eine Art Teerpapier, darauf kommt ein Gitter aus dickem Eisendraht zur Verstärkung. Als nächstes folgt eine Schicht Beton, auf der dann die *cotti* verlegt werden kann. Genug Arbeit für einen Tag, würde ich meinen.

Uns bleibt das Jaulen und Rumpeln eines Betonmischers erspart. Lachend erinnern wir uns an die Tücken der Technik, die Alfiero beim Bau der großen Mauer im letzten Sommer zu spüren bekam. Eines Tages schmiß er seinen Betonmischer an, arbeitete ein bißchen und verschwand, nach diesem kurzen Gastspiel, zu einer anderen Baustelle. Bei seiner Rückkehr sahen wir, wie er mit den Fäusten auf die Trommel einhämmerte. Er hatte den Beton darin vergessen, und am Nachmittag war er steinhart. Inzwischen können wir auch über andere Schwächen unserer ehemaligen Handwerker lachen; unsere jetzigen sind im Vergleich dazu Gold wert.

Der Verputz im ersten und zweiten Stock, wo der Durchbruch gemacht wurde, hat plötzlich Risse, wie in meinem Eßzimmer in San Francisco nach dem Erdbeben. Ein paar dicke Brocken fallen heraus. Ob die Gefahr besteht, daß unser Haus jetzt komplett einstürzt und in Schutt und Asche versinkt? Am Tag finde ich das Bauprojekt spannend. Aber nachts habe ich die uralten, bekannten Angstträume: Ich lege mein Examen an der Uni ab, habe kein Prüfungsheft, das ich vorlegen muß, weiß nicht, welches Fach drankommt. Oder ich bin in einem fremden Land und habe den Zug verpaßt, mitten in der Nacht. Ed träumt, daß eine ganze Busladung Studenten mit Manuskripten, die noch am selben Tag rezensiert werden müssen, vor unserem Haus vorfährt. Morgens um sechs, noch schlaftrunken, lasse ich zweimal den Toast anbrennen.

Der Durchbruch ist fast fertig. Sie haben einen dritten Stahlträger über der Türöffnung eingezogen, die Stütze aus Ziegeln auf der einen Seite gemauert und mit der Arbeit an der neuen, doppelt so dicken Außenmauer begonnen, die uns vom Felsen des Hügels trennen wird. Primo begutachtet die Mauersteine, die wir gesäubert haben. Als er einen hochhebt, huscht ein großer Skorpion davon; er erwischt ihn mit seinem Hammer und lacht, als ich zusammenzucke.

Später, als ich in meinem Arbeitszimmer lese, sehe ich einen winzigen Skorpion an der blaßgelben Wand hochkrabbeln. Normalerweise würde ich ihn mit einem umgestülpten Wasserglas fangen und im Freien aussetzen; diesen lasse ich einfach die Wand entlangkriechen. Aus der Entfernung klingt das Hämmern der drei Maurer gedämpft und monoton. Es ist heiß, so heiß, daß ich mich am liebsten vor der Sonne verkriechen würde, wie man sich vor einem Unwetter in Sicherheit bringt. Ich lese etwas über Mussolini. Er forderte die italienischen Frauen auf, ihre Eheringe zu spenden, um damit den Krieg gegen Äthiopien zu finanzieren, und ließ sie dann nie einschmelzen. Jahre später, als seine Flucht vereitelt wurde, besaß er immer noch einen ganzen Sack voller Goldringe. Auf einem der Fotos hat er hervorquellende Augen, eine Glatze, die eine verbogene Kopfform offenbart, und die Zähne fest zusammengepreßt. Er sieht aus, als sei er debil. Das *tschink, tschink* der Hämmer klingt wie die Musik eines Gamelanorchesters in Bali. Das letzte Foto zeigt ihn mit dem Kopf nach unten aufgehängt. In der Bildunterschrift heißt es, eine Frau habe ihm ins Gesicht getreten. Ich döse vor mich hin, stelle mir die Handwerker unten bei einem indonesischen Tanz mit dem Duce vor.

Die Steinhaufen zu beiden Seiten unseres Tores nehmen erschreckende Ausmaße an. Wir müssen damit anfangen, sie abzutragen und wegzuschaffen. Stanislao, unser polnischer Arbeiter, kommt im Morgengrauen. Um sechs in der Früh steht Francesco Falcos Sohn Giorgio mit seinem neuen Pflug vor der Tür, bereit, sich die Ölbaumterrassen vorzuknöpfen, und sein Vater trifft kurz darauf zu Fuß ein. Wie gewöhnlich hat er sein Schneidewerkzeug dabei, eine Kombination aus Machete und Sichel, die er hinten in den Hosenbund gesteckt hat. Er will Giorgio zur Hand gehen und dem Traktor Steine aus dem Weg räumen, Zweige zur Seite halten und das Erdreich glätten. Aber mit unserer Heugabel stimmt etwas nicht. »Da!« Er streckt sie uns entgegen, Zinken nach oben, und –

zack – kippt sie um, Zinken nach unten. Er bearbeitet das Metall mit dem Hammer, bis es sich vom Schaft löst, dann dreht er den Schaft und setzt ihn wieder ein. Voilà, eine Heugabel, die bombenfest sitzt. Wir haben sie wohl hundertmal benutzt, ohne etwas zu merken, aber natürlich hat er recht.

»Diese alten Italiener wissen aber auch alles«, sagt Stanislao.

Schubkarre um Schubkarre schaffen wir die Steine zu einem Haufen auf einer der Ölbaumterrassen. Ich kann nur die kleinen und mittelgroßen Steine heben; Ed und Stanislao kämpfen mit den Riesen. Low-Impact-Aerobic, wie auf dem Video, Muskelaufbauübungen bis zum Umfallen. Haben wir heute schon die obligatorischen acht Gläser Wasser getrunken? Kein Problem. Ich komme um vor Durst. Zu Hause, in meinem burgunderfarbenen Trikot, stemme ich meine Hanteln zügiger: eins, zwei und hoch ... aber das hier ist ein Konditionstraining der besonderen Art, neben dem alle anderen Kraftübungen verblassen. Beugen und strecken – immer schön lockerbleiben, vor allem, wenn man einen Hügel abzutragen hat. Wie dem auch sei, die Plackerei schlaucht, aber sie ist auch befriedigend. Nach drei Stunden haben wir erst ein Viertel der Steine weggeräumt. *Madonna serpente!* Ich versuche gar nicht erst, im Kopf zu überschlagen, wie viele Stunden wir noch schuften müssen – und die großen Steine befinden sich in dem anderen Haufen! Schweiß und Schmutz laufen mir in Rinnsalen über die Arme. Die Männer arbeiten mit nacktem Oberkörper, riechen nach Schweiß. Meine Haare sind klamm und voller Erdklumpen. Ed blutet am Bein. Ich höre, wie Francesco auf der Terrasse über uns mit den Olivenbäumen spricht. Giorgios Traktor gerät auf einer der oberen schmalen Terrassen in eine gefährlich aussehende Schräglage, aber er ist viel zu geschickt, um die Kontrolle zu verlieren und abzustürzen. Ich denke an das lange entspannende Bad, in dem ich mich nachher stundenlang aalen werde. Stanislao beginnt die Melodie von »Misty« zu pfeifen. Ein Stein, der sich nicht vom Fleck bewegen läßt, ist wie der riesige Kopf eines antiken römischen Pferdes geformt. Ich nehme den Meißel und beginne, die Schmutzkruste an Augen und Mähne abzukratzen. Die Sonnenstrahlen breiten sich weitläufig über dem Tal aus. Primo hat uns noch nie hart arbeiten sehen. Er ruft seinen Männern eine Bemerkung zu. Er hat schon viele Häuser renoviert. Der ausländische *padrone* steht normalerweise nur herum und schaut den Leuten auf die Finger, sagt er. Er führt uns die Pose vor, eine Hand auf die Hüfte gestützt, die Lippen geschürzt. Und was Frauen angeht, die solchermaßen Hand anlegen – hat man je so etwas gesehen? Er streckt fassungslos die Arme gen Himmel. Am späten Nachmittag höre ich Stanislao *»Madonna sassi«* wegen der verflixten Steine fluchen, doch dann beginnt er wieder, friedlich seine Filmmusik vor sich hinzupfeifen. Die Männer kommen herunter, und wir trinken ein Bier auf der Mauer. Schauen uns an, was wir schon alles geschafft haben. Das macht wirklich Spaß!

Der weiße Lastwagen ist wieder da: Er bringt Sand für den Putz, der sich dem Ende zuneigt, und nimmt einen Schuttberg mit. Die drei Arbeiter unterhalten sich über die Worldcup-Spiele im Fußball, die in den USA ausgetragen werden, über Ravioli mit Butter und Salbei, oder wie lange die Fahrt nach Arezzo dauert. Dreißig Minuten. Quatsch, das ist auch in zwanzig zu schaffen.

Claudio, der Elektriker, kommt, um den Kabelsalat, der auf wundersame Weise Elektrizität für diesen Teil des Hauses liefert, zu entwirren und die Leitungen neu zu verlegen. Er hat seinen Sohn Roberto mitgebracht, vierzehn Jahre alt, der dichte, über der Nasenwurzel zusammengewachsene Augenbrauen und mandelförmige byzantinische Augen hat, die einem auf Schritt und Tritt folgen. Er interessiert sich für Sprachen, erklärt Claudio, aber da er einen praktischen Beruf erlernen muß, soll er in diesem Sommer in die Grundkenntnisse des väterlichen Handwerks eingeweiht werden. Der Junge lehnt träge an der Wand, bereit, dem Vater das Werkzeug zu reichen. Als sein Vater zum Lieferwagen hinausgeht, um etwas zu holen, hebt er blitzschnell die englische Tageszeitung auf, die den Boden vor Farbklecksen schützt, und schmökert darin.

Die Steinwände müssen aufgebohrt und Schlitze für die Kabel geschlagen werden, bevor verputzt werden kann. Der Installateur muß noch einmal kommen und die Kühlerlamellen versetzen, die beim Einbau der Zentralheizung angebracht wurden. Ich habe es mir anders überlegt, was ihren Platz angeht. Arbeit ohne Ende. Wenn die Handwerker nicht Tage gebraucht hätten, um die verschiedenen Fußbodenebenen auszubuddeln, wäre jetzt das Gröbste geschafft. Die Polen, die zur Arbeit auf den Tabakfeldern nach Italien gekommen waren, sind nach Hause zurückgekehrt. Nur Stanislao ist noch geblieben. Wer wird jetzt die großen Steine wegräumen? Bevor die Maurer gehen, zeigen sie uns ein Nest aus kunstvoll verwobenen Grashalmen und Zweigen, das sie in der Wand gefunden haben, ein *nido di topi*, was viel netter klingt als Rattennest.

Sie tragen den Untergrund für den Putz auf, klatschen ihn buchstäblich mit der Kelle an die Wand, so daß er haften bleibt, dann glätten sie ihn. Primo hat noch einen Stapel alte *cotti* für den Boden mitgebracht. Mit seinen und unseren eigenen Fliesen müßte der Vorrat nun reichen. Da der Fußboden als letztes an die Reihe kommt, nähern wir uns zweifellos dem Ende der Arbeit. Ich kann es kaum noch erwarten, daß unser Vergnügen beginnt; es fällt verständlicherweise schwer, ans Einrichten zu denken, wenn der Raum grau und trostlos wie eine Zelle aussieht. Nun haben wir zum ersten Mal seit Beginn des Projekts das zweifelhafte Vergnügen, Maschinenlärm zu hören. Der Sohn des Elektrikers attackiert stotternd und unsicher die Wände mit der Bohrmaschine; ihm obliegt die Weiterführung der Schlitze für die neuen elektrischen Leitungen. Sein Vater ist gegangen, nachdem er versehentlich einen der zerfransten Drähte berührt und einen Stromschlag erhalten hat. Unsere elektrischen Leitungen gehören vermutlich zu den traurigsten, die ihm jemals unter die Augen gekommen sind.

Der Installateur, der das neue Bad und die Zentralheizung eingebaut hat, schickt zwei seiner Hilfskräfte, um die Heizungsrohre zu versetzen, die sie letzte Woche auseinandergenommen haben. Auch sie sind noch nicht ganz trocken hinter den Ohren. Ich glaube mich zu erinnern, daß die Grundschule mit vierzehn endet. Beide sind korpulent und schweigsam, aber grinsen von einem Ohr zum anderen. Ich hoffe, daß sie wissen, was sie tun. Alle reden wild durcheinander, die meisten in voller Lautstärke.

Vielleicht ist ja alles bald ausgestanden. Am Ende eines langen

Tages stellen Ed und ich Stühle aus dem Hof in den neuen Raum und versuchen uns auszumalen, wie wir hier Kaffee trinken und vielleicht auf einem mit blauem Leinen überzogenen Zweiersofa sitzen, über dem ein alter Spiegel hängt, während im Hintergrund leise Musik spielt... und wir über unser nächstes Bauvorhaben diskutieren.

Weil der Untergrund für den Putz erst trocknen muß, arbeitet Emilio alleine; er schlägt den alten Putz im hinteren Treppenhaus ab und fährt die staubige Ladung mit der Schubkarre zum Schuttberg hinüber.

Der Elektriker kann erst weitermachen, wenn der Putz drauf ist. Ich kann mir vorstellen, was für eine segensreiche Erfindung die Wandtäfelung gewesen sein muß. Verputzen ist dagegen eine mühselige Tätigkeit. Trotzdem macht es Spaß, dem Ablauf zuzuschauen, an dem sich seit den alten Ägyptern, die ihre Grabkammern verschwenderisch mit Putz gegen Witterungseinflüsse schützten, nichts geändert hat. Die Klempnerlehrlinge haben die Wasserleitung nicht so kurz abgeschnitten, wie sie sollten, und wir müssen sie noch einmal bemühen. Wir brauchen dringend einen Tapetenwechsel und fahren nach Passignano, um in einem Restaurant am See eine Pizza mit Auberginen zu essen. In fünf Tagen ist alles fertig, hatte es geheißen: voll daneben! Ich sehne mich danach, endlich zu faulenzen und das *dolce far niente* zu genießen, denn in sieben Wochen muß ich zurück. Ich höre die ersten Zikaden, ein schrilles Zirpen, das uns auf die Ankunft des Hochsommers aufmerksam macht. »Klingt wie eine Ente, die high ist«, sagt Ed.

Samstag, es herrscht eine Bullenhitze. Stanislao bringt Zeno mit, der erst vor kurzem aus Polen gekommen ist. Sie entledigen sich umgehend ihrer Hemden. Sie sind an die Hitze gewöhnt; beide verlegen Gasrohre während der Woche. In weniger als drei Stunden haben sie tonnenweise Steine weggekarrt. Wir haben die flachen aussortiert, um damit Wege zu pflastern, und die großen sollen rings um die Vordertüren verlegt werden, damit man keinen Schmutz ins Haus trägt. Sie beginnen nach dem Mittagessen mit der Arbeit, graben, legen ein Sandfundament, behauen und passen die Steine probeweise ein, füllen die Zwischenräume mit Erde auf. Sie bringen problemlos die Halbkreise zustande, die wir im letzten Jahr andeutungsweise aus kleinen Steinen von unserem Grundstück gelegt haben. Die Steine, die sie auswählen, sind so groß wie Kopfkissen.

Beim Unkrautjäten stoße ich versehentlich mit den Armen gegen ein Büschel Brennesseln. Es tut höllisch weh: Die Nesselhaare sondern schon bei der kleinsten Berührung ihren hautreizenden Giftstoff ab. Seltsam, daß die jungen Blätter im Risotto eine Delikatesse sind. Ich laufe ins Haus und rubble meinen Arme mit einem Desinfektionsmittel ab, aber sie fühlen sich an, als wenn brandheiße, elektrisch geladene Würmer auf ihnen herumkriechen. Nach dem Mittagessen beschließe ich, ein Bad zu nehmen, mein pinkfarbenes Leinenkleid anzuziehen und mich so lange in den Patio zu setzen, bis die Geschäfte wieder öffnen. Genug getan für heute! Dort weht eine leichte Brise, und ich mache mir einen vergnüglichen, faulen Nachmittag, blättere in einem Kochbuch und beobachte eine Eidechse, die wiederum eine Ameisenprozession im Visier hat. Sie ist ein Prachtexemplar, glänzend in Grün und Schwarz, mit flinken, wohlentwickelten Extremitäten, pulsierendem Kehlsack und einem Kopf, der neugierig hin und her ruckt. Ich fände es herrlich, wenn sie näher käme und über mein Buch kriechen würde, damit ich sie genauer in Anschein nehmen kann, aber als ich mich bewege, huscht sie davon. Nach einer Weile kommt sie indessen zurück, um die Ameisen zu beobachten. Wen oder was die Ameisen beobachten, weiß ich nicht.

In der Stadt kaufe ich ein weißes Baumwollkleid, eine marineblaue Hose mit gleichfarbiger Hemdbluse, eine sündteure Körpercreme, pinkfarbenen Nagellack und eine Flasche Wein vom Feinsten. Als ich zurückkomme, steht Ed gerade unter der Dusche. Die Polen haben den Wasserschlauch über den Ast eines Baumes gehängt und die Düse auf Sprühen gedreht. Sie ziehen sich aus, um den Schweiß und Schmutz abzuwaschen, bevor sie sich umziehen. Die Bereiche vor der Tür sind mit gut eingepaßten Steinen gepflastert.

Franco beginnt mit der glatten, letzten Putzschicht. Der Inhaber der Installationsfirma, Santi Cannoni, kommt höchstpersönlich, um die

Arbeit seiner Lehrlinge zu inspizieren ... in blauen Shorts. Da unsere Zentralheizung von seiner Firma eingebaut wurde, kennen wir ihn, aber nur in voller Montur. Heute sieht er aus, als habe er einfach vergessen, seine Hose anzuziehen. Seine unbehaarten, schneeweißen Beine, das gebügelte Hemd, sein distinguiertes gebräuntes Gesicht und die grauen, tadellos frisierten Haare ziehen meine Blicke auf ihn. Die schwarzen Seidensocken und mokassinartigen Schuhe tragen zu dem Eindruck bei, er sei auf obszöne Weise halbnackt. Seit seine Lehrlinge den Heizkörper versetzt haben, ist der im benachbarten Raum nicht mehr dicht.

Francesco und Beppe fahren im Ape vor, um mit ihren Freischneidern wildwachsende Rosen und Unkraut zu massakrieren. Beppe, der laut und deutlich spricht, verstehen wir besser, was vor allem daran liegt, daß Francesco sich immer noch weigert, sein Gebiß zu tragen. Da er gerne redet, wird er wütend, wenn Beppo ihn unterbricht, um für ihn zu dolmetschen, wenn wir kein Wort von dem Genuschel verstehen. Francesco beginnt, Beppe mit unverhohlenem Sarkasmus *maestro*, Herr Lehrer, zu nennen. Sie streiten sich, ob Eds Sägeblätter geschliffen oder umgedreht werden müssen. Sie streiten sich, ob die Rebpflöcke aus Eisen oder Holz sein sollten. Hinter Beppes Rücken schaut Francesco uns verschwörerisch an, schüttelt den Kopf und verdreht die Augen: Das ist doch nicht zu fassen! So ein alter Esel! Hinter Francescos Rücken macht Beppe das gleiche.

Eine Fuhre Sand trifft für den Fußboden ein, aber Primo sagt, daß seine alten Mauersteine nicht die gleiche Größe haben wie unsere und daß er fünfzig andere auftreiben muß, bevor der Boden verlegt werden kann.

Piano, piano, lautet die Parole beim Renovieren, gemach, gemach.

Wieder eine Runde verputzen. Die Mischung sieht aus wie Speiseeis mit Graustich. Franco erzählt uns, daß er ein winziges altes Häuschen besitzt; damit sei er wunschlos glücklich; bei diesen Riesenkästen sei ständig etwas zu reparieren. Er bessert im ersten Stock die Risse in den Wänden aus, die beim Durchbruch der darunterliegenden Wohnzimmertür entstanden sind. Ich bitte ihn, eine Pause zu machen und sich kurz die Durchbrüche anzusehen, die

Benito gemacht hat; die Stürze kommen mir komisch vor. Kein Wunder: Er findet die ursprünglichen langen Natursteine. Keine Spur von den stählernen Doppel-T-Trägern, die er hätte einziehen sollen. Aber Franco meint, wir sollen uns keine Sorgen machen, die Steine seien bei Türen von normaler Größe genauso gut.

Die Wände sehen nach meinem Dafürhalten trocken aus, aber die Maurer sind anderer Meinung. Ein weiterer Tag, an dem die Arbeit ruht. Wir wollen nur noch eines, endlich die Wände streichen, Balken einlassen. Und die Ziegeldecke abkratzen. Wir sind bedient, restlos bedient, wir wollen fertig werden, um das neue Wohnzimmer in Besitz zu nehmen. Vier Sessel sind bereits vom Polsterer neu bezogen: zwei mit dem blauweiß karierten Leinenstoff, den meine Schwester geschickt hat, und die beiden anderen mit blaugelb gestreifter Baumwolle, die ich in Anghiari gefunden habe. Das blaue Sofa ist bestellt, dazu passend zwei weitere bequeme Sessel. Der CD-Spieler steckt mitten in einem Stapel Kartons und Büchern, die Sessel und das Bücherregal haben wir auf andere Räume verteilt. Soll dieses behelfsmäßige Leben ewig so weitergehen?

In der Renaissance gab es den Brauch, auf gut Glück einen Text von Vergil aufzuschlagen und den Finger blind auf eine Zeile zu legen, um die Zukunft vorherzusagen oder Antwort auf eine brennende Frage zu finden. In den Südstaaten ziehen wir zu diesem Zweck die Bibel zu Rate. Die Menschen haben immer Mittel und Wege gefunden, um in den Besitz göttlicher Weissagungen zu gelangen: Die Etrusker, die sich mit der Deutung von Eingeweiden, vor allem der Leber geheiligter Tiere befaßten, waren keinen Deut wunderlicher als die alten Griechen, die versuchten, im Flugverhalten und Kot der Vögel zu erkennen, was das Schicksal vorhatte. Ich schlage den Vergil auf, und mein Finger liegt auf der Zeile: »Die Jahre raffen alles hinweg, den Menschenverstand eingeschlossen.« Nicht sehr ermutigend.

Die Toskana ist ein trockenes Land, aber dieses Jahr überall von einem satten Grün. Vom Patio sieht es aus, als würden sich die Wein- und Ölbaumterrassen wie sanft gekräuselte Wellen den Hügel hinab ergießen. Es hat keinen Sinn, sich heute viel zu bewegen. Unter der sengenden Sonne lese ich etwas über das Leben der Heiligen, bewundere vor allem Giuliana Falconieri: Sie bat auf dem Sterbebett darum, ihr die Hostie auf die Brust zu legen; sie verschwand spurlos in ihrem Herzen und löste sich in Luft auf. Ein Fasan tut sich an meinem Salatbeet gütlich. Ich lese weiter, über die heilige Colomba, die sich ausschließlich von Hostien ernährte und sie in einen Korb erbrach, den sie unter ihrem Bett verstaut hatte. Die heilige Veronika zieht mich ebenfalls in ihren Bann: Sie kaut zur Erinnerung an die fünf Wundmale Christi fünf Orangenkerne. Ed bringt mir dick belegte Brote und eisgekühlten Tee mit einem kleinen Schuß Orangensaft nach oben. Die weiblichen Heiligen und ihre Strategie der Entsagung interessieren mich zunehmend mehr. Vielleicht ist das ein Korrektiv, ein Ausgleich zur Sinnenlust, die das Leben in Italien beherrscht. Es sollte einem immer zu denken geben, wenn man sich unverhofft zu einem bestimmten Thema hingezogen fühlt. Warum schleppt man urplötzlich vier dicke Wälzer über Wirbelstürme oder alle Mozart-Opern nach Hause? Später, manchmal viel später, offenbart sich der tiefere Grund für die Suche. Was werde ich entdecken, wenn ich mich mit diesen verschrobenen Frauen beschäftige?

Primo trifft mit weiteren alten Mauersteinen ein, und Fabio beginnt, sie zu säubern. Er ist trotz Zahnschmerzen zur Arbeit erschienen und gestattet uns einen Blick in seinen Mund: Der linke Unterkiefer sieht ziemlich baufällig aus. Ich reiße mich zusammen, damit man mir mein Entsetzen nicht so ansieht. Nächste Woche sollen ihm vier Zähne gezogen werden, auf einen Streich.

Das Werkzeug, das Primo zum Verlegen des Bodens braucht, besteht aus einer Schnur und einer langen Wasserwaage. Er ist geschickt und schnell, jeder Handgriff sitzt; er weiß instinktiv, wo er einen Stein festklopfen muß und wo was paßt. Nachdem sämtliche Steinschichten herausgerissen wurden, sind die Böden der beiden Räume ungefähr gleich hoch; er errichtet eine leichte Schwelle in der Türöffnung, mit bloßem Auge kaum sichtbar. Er und sein Gehilfe klopfen die Steine fest und ebnen die Fläche. Fabio schneidet mit einer Maschine, die bei höchster Drehgeschwindigkeit ohrenbetäubend jault und rote Staubwolken aufwirbelt, Mauersteine passend zu. Seine Arme sind bis zu den Ellenbogen ziegelrot. Fußböden verlegen macht Spaß, wie mir scheint. Innerhalb kürzester Zeit ist der Boden fertig, an das L-förmige Muster des angrenzenden Raums angepaßt.

Logiergäste treffen ein, trotz der mit Plastikplanen abgedeckten Lampen, Körbe und Bücher in der Eingangshalle und der Wohnzimmermöbel, die im ganzen Haus verstreut sind. Simone, eine Kollegin von Ed, feiert ihre Promotion mit einer Reise nach Griechenland, und Barbara, eine ehemalige Studentin, die zwei Jahre lang als Entwicklungshelferin für das Peace Corps in Polen gearbeitet hat, macht einen Zwischenstopp bei uns, bevor sie nach Afrika weiterreist. Vermutlich war Italien schon immer Durchgangsstation. Wallfahrer auf dem Weg ins Heilige Land schlugen im Mittelalter am Ufer des Trasimenischen Sees ihr Lager auf, um zu rasten. Später durchquerten Pilger aller Art Italien; unser Haus ist günstig gelegen, um sich ein paar Tage auszuruhen. Madeline, eine italienische Freundin, und ihr Mann John aus San Francisco kommen zum Mittagessen.

Wir sind hin- und hergerissen zwischen unseren Gästen und wichtigen Entscheidungen, die wir treffen müssen. Die Handwerker werden heute fertig! Beim Mittagessen kann doppelt gefeiert werden. Wir haben bei Vittorio, der die frische Pasta in der Stadt macht, *crespelle* bestellt. Sein Pfannkuchenteig ist hauchdünn. Obwohl wir nur zu sechst sind, haben wir von jeder Sorte ein Dutzend bestellt: mit *tartufo* (Trüffel), mit Pesto und mit unserer Lieblingsfüllung, *piselli e prosciutto* (Erbsen und Räucherschinken). Vorweg gibt es *caprese* (Tomaten, Mozzarella und Basilikum, mit Olivenöl beträufelt) und eine gemischte Platte mit Oliven, Käse, Brot und verschiedenen, in Scheiben geschnittenen Salamisorten aus der Region. Der Rucola für den Salat stammt aus unserem Garten. Der in Trerose gekaufte Weißwein, ein Chardonnay namens Salterio, ist der beste in ganz Italien, finde ich. Viele Chardonnays, vor allem kalifornische, schmecken mir zu sehr nach Eiche und Sirup. Dieser hat ein fruchtiges, leicht rauchiges Bukett – Pfirsich mit einem Hauch Eiche.

Die lange Tafel unter den Bäumen ist mit einer gelbkarierten Tischdecke und einem Korb goldgelbem Besenginster geschmückt. Wir bieten unseren Arbeitern ein Glas Wein an, aber sie ziehen es vor, im Endspurt noch einmal richtig hinzulangen. Sie haben Zement aufgetragen, mit dem die schmalen Spalten zwischen den Hohlziegeln aufgefüllt wurden. Dann geht's ans Saubermachen: Sie spritzen den Boden mit dem Schlauch ab, streuen Sägemehl darüber und fegen aus. Dann bauen sie zwei Stützsäulen an die Außenseite des Hauses für das steinerne Spülbecken, das wir im Erdreich entdeckt haben. Es war in den letzten zwei Jahren in der alten Küche eingelagert. Primo ruft Ed; er braucht Hilfe, um das Monstrum ins Freie zu schaffen. Die zwei Männer schleppen es quer über die vordere Veranda und die drei Stufen hoch zu dem schattigen Plätzchen, wo wir zu Mittag essen. John, unser Gast, springt auf, um mit anzupacken. Fünf Männer hieven schließlich den Steinklotz hoch. *»Novanta chili, forse cento«*, sagt Primo. Das Spülbecken wiegt annähernd hundert Kilo. Danach schultern die Arbeiter die restlichen *cristi*, ihr Werkzeug, und das war's – der Raum ist fertig. Primo bleibt noch, um ein paar kleine Schönheitsfehler auszubessern. Er nimmt einen Eimer Mörtel und schmiert kleinere Risse in der Steinmauer zu, dann geht er nach oben, um ein paar lose Fliesen zu befestigen.

Ende gut, alles gut; läßt sich nicht jede Erfahrung auf dieses alte Sprichwort reduzieren?

Mit dem heutigen Tag ist nicht nur das Bauprojekt, sondern die gesamte gigantische Renovierungsarbeit beendet, die sich über drei Jahre hingezogen hat. Wir bewirten Gäste in der sonnengetüpfelten »Laube«, genauso, wie ich es mir ausgemalt hatte. Ich gehe in die Küche und arrangiere verschiedene Käsesorten aus der Gegend auf Weinblättern. Ich glühe vor Hitze und Aufregung in meinem weißen Leinenkleid mit den weiten kurzen Ärmeln, die wie Flügel abstehen. Über mir schabt Primo auf dem Boden herum. Ich blicke nach oben. Er hat zwei Fliesen entfernt, und in der Decke ist ein Loch. Just in dem Moment, als ich wieder auf meine Käseplatte schaue, stolpert er über seinen Eimer, der umkippt. Mörtel rinnt mir auf den Kopf. Über die Haare aufs Kleid, auf den Käse, über meine Arme, auf den Boden! Ich blicke hinauf und sehe sein entgeistertes Gesicht, das wie ein Cherubim auf einem Fresko zu mir herunterlugt.

Die Situation entbehrt nicht der Komik. Ich gehe nach draußen, zum Tisch hinüber, mörteltriefend. Nach der ersten Schrecksekunde brechen alle in schallendes Gelächter aus. Primo eilt herbei, langt sich immer wieder fassungslos an die Stirn.

Unsere Gäste räumen auf, während ich dusche. Als ich wieder herunterkomme, sitzen alle, einschließlich Primo, wie die Orgelpfeifen an der sonnenwarmen Mauer. Ed erkundigt sich nach Fabios Zahnoperation. Er hat nur zwei Tage frei genommen, und in einem Monat bekommt er ein neues Gebiß. *Darauf* mag auch Primo anstoßen. Die Gäste trinken auf einen unterhaltsamen Tag und auf das Ende des Umbaus. Ed und ich erheben ebenfalls das Glas: Diese Restaurierung war unsere Feuertaufe. Primo amüsiert sich königlich. Er gibt eine Geschichte über seine eigenen Zähne zum besten und zeigt uns die Lücken in seinem Mund. Vor fünf Jahren hatte er so gräßliches Zahnweh – er hält sich den Kopf und beugt sich stöhnend nach vorne –, daß er sich einen Zahn ziehen mußte, mit der Zange, eigenhändig! »*Via, via*«, ruft er und deutet auf die Zahnlücke. »*Via*« klingt eindrucksvoller als »weg«.

Ich möchte nicht, daß er geht. Als *muratore* war er umwerfend, und so umsichtig. Die Arbeit ist tadellos ausgeführt, und der Preis ist angemessen. Mmm, eigentlich bin ich doch froh, daß er geht. Der Umbau sollte ursprünglich nicht länger als fünf Tage dauern, und heute ist der einundzwanzigste Tag! Natürlich gibt es keine Möglichkeit vorherzusagen, wie lange man braucht, um drei Steinbodenschichten und einen verrotteten Balken zu entfernen. Er wird nächsten Sommer wiederkommen – um das Schmetterlingsbad neu zu fliesen und die Steine in der *cantina* neu zu verfugen. Er hievt seine Schubkarre in den Ape. Ein Klacks, nicht der Rede wert, *cinque giorni, signori*, fünf Tage …

RELIKTE DES SOMMERS

Die Weihwasserbecken in allen Kirchen sind ausgetrocknet. Ich tauche meine Finger in die staubigen Marmormuscheln: kein einziger Tropfen, um meine heiße Stirn zu benetzen. Die Hitze, die im Juli in der Toskana herrscht, setzt dem Körper, aber nicht den Steinkirchen zu, die die Feuchtigkeit des Winters gespeichert haben und auch im Hochsommer Kühle ausstrahlen. Wenn ich die eine oder andere betrete, spüre ich die Stille, die mich umfängt. Die Stimmen klingen gedämpft, als hätte sich ein Deckel herabgesenkt, oder eine große feuchte Hand. In der weitläufigen Wallfahrtskirche von San Biagio unterhalb von Montepulciano herrscht eine himmlische Ruhe, die einem gleich beim Eintritt auffällt. Wenn man direkt unter der hohen Kuppel steht und spricht oder in die Hände klatscht, wird das Echo auf geradezu unheimliche Weise ohne Verzögerung zurückgeworfen. Die Klangqualität ist nicht mit dem »Hallo« zu vergleichen, das über einen See hallt, sondern wird wie eine Antwort wahrgenommen, die prompt und klar auf den Originalschall erfolgt. Die eigene Stimme wirkt abgeflacht, wie aus einer anderen Welt. Man kann sich nur schwer der Vorstellung entziehen, daß ein Engel über den Fresken schwebt und seinen Spott mit den Menschen treibt, obwohl wahrscheinlich eher eine Taube ihren Nistplatz dort oben hat.

Da ich schon viele Sommer in Cortona verbracht habe, stelle ich erschrocken, aber auch mit Freude fest, wie heimisch ich mich hier fühle. Nicht nur heimisch, sondern *zurückgekehrt zu den Wurzeln*, zu der uralten Wahrnehmung, ein Zuhause zu haben. Ich fühle mich zu Hause, weil staubige Verkaufswagen an den Straßenkreuzungen stehen und Wassermelonen feilbieten. Stets der gleiche Daumendruck, um zu prüfen, ob sie reif sind. Der Junge hebt eine rostige Eisenwaage mit Gewichten in verschiedenen Größen in die Höhe. Sein Bizeps schwillt an wie bei Popeye, dem spinatessenden Comic-Kraftprotz, und ein Windhauch weht seinen Geruch nach trockenem Gras, Zwiebeln und Erde zu mir herüber. Bei Unwetter schleudern die Blitze einen gezackten Pfahl in die Erde, und Hagelkörner springen auf dem Hof auf und ab, bringen den Ozongeruch meiner Kindheit in Georgia zurück, als ich eine Schüssel Hagelkörner einsammelte, so groß wie Pingpongbälle, und in die Tiefkühltruhe stellte.

Sonntag ist hier Friedhofstag, und obwohl die Grabparzellen in den Kleinstädten der amerikanischen Südstaaten kahl wirken im Vergleich zu den mit üppigen Buketts geschmückten italienischen Grabstätten, sind auch wir früher am Sonntag mit Gladiolen oder Zinnien zum Evergreen-Friedhof gepilgert. Ich saß auf dem Rücksitz und balancierte die kühle grünblaue Vase zwischen den Knien, während sich meine Mutter darüber beklagte, daß Hazel keinen Finger krumm machte, um auch nur eine Blume fürs Grab ihrer Mutter zu pflücken; sie selbst sei schließlich nur die Schwiegertochter. Vielleicht sagen die Familienangehörigen, die sich am Grab von Anselmo Arnaldo, 1904–1982, eingefunden haben, Gott sei Dank, daß der alte Bock endlich das Zeitliche gesegnet hat und uns nicht mehr auf die Palme bringen kann.

Hitzenächte, in denen die Außentemperatur fast so hoch ist wie die Körpertemperatur, und immer neue Glühwürmchenkonstellationen, die mit den Sternen um die Wette leuchten. Moskitonächte, in denen man wild um sich schlägt und eine Mücke sich in meinen Haaren verfängt. Lange Tage, an denen ich die Sonne schmecken kann. Ich gehe durch dieses fremde Haus, das ich erworben habe, als sei die Präsenz meiner eigenen Vorfahren in den Räumen spürbar. Als sei es ein Ort, an den ich immer nach Hause zu kommen pflegte.

Wieder in der Nähe einer Kleinstadt zu leben, trägt mit Sicherheit zu diesem Gefühl bei. Und wieder in und mit der Natur zu leben. (Einer meiner Studenten aus Los Angeles kam zu Besuch. Auf den Panoramablick über den See, die Kastanienwälder, die

Ausläufer des Apennin, die Olivenhaine und die Täler war er nicht vorbereitet. Er stand schweigend da, eine Fähigkeit, die ich zum ersten Mal an ihm bemerkte, und schließlich sagte er: »Das sieht, ähm, richtig natürlich aus.«) Richtig, Natur pur: Wolken ziehen in Windeseile vom See herauf, markerschütternde Donnerschläge folgen, wie tosende Wellen auf hoher See. Ich schreibe in mein Tagebuch: »Die Spülmaschine wurde vom Blitz getroffen. Wir haben das Zischen gehört. Aber sind sie nicht trotzdem wunderbar, diese gewaltigen Unwetter, die an den Feuerstellen in den Höhlen eine Welle des Entsetzens auslösten? Der Donner rüttelt mich durch wie ein Kätzchen, das von der Katzenmutter am Nacken gepackt und hochgenommen wird. Ich lasse mein Zuhause, die Hitze, die Blitze an mir abprallen; ich lege mich auf die nackte Erde, viertausend Meilen von hier, ungeachtet des Regens, der mich bis auf die Knochen durchnäßt.«

Der Regen häutet die Trauben. Natur pur – sie wirft so viele Fragen auf: Was ist wann reif? Wird die Einfahrt weggeschwemmt? Wann müssen wir Kartoffeln ernten? Wieviel Wasser ist noch im Bewässerungsbrunnen? Man knüpft wieder Kontakt zu den Ursprüngen des Lebens. Ich gehe hinaus, um Holz zu holen; ein schwarzer Skorpion krabbelt über meine Hand, und plötzlich erinnere ich mich an die pelzige Tarantel in der Dusche von Lakemont, an den Schrei meiner Mutter, als sie mit ihren nackten Füßen auf sie trat und spürte, wie sie das Tier zerquetschte, das wie eine matschige Banane zwischen ihren Zehen hervorquoll.

Liegt es daran, daß wir plötzlich Muße im Überfluß haben? Ich träume, daß meine Mutter meine verfilzten Haare mit einer Schüssel Regenwasser nachspült.

Herrliche Zeit, Tage, die ich noch dadurch verlängere, daß ich im Morgengrauen aufstehe; wenn die Mitsommersonne über den Hügelkämmen jenseits des Tales aufgeht, fallen nun schon die ersten Strahlen auf mein Gesicht, wie bei den Steinmonumenten in Stonehenge am Tag der Sonnenwende. Ich bin hellwach, wenn der Himmel eine korallenrote Schattierung mit rosenroten Streifen annimmt, Nebelfetzen durch das Tal driften und die wildlebenden Kanarienvögel ihren Gesang anstimmen. In Georgia gingen mein

Vater und ich immer zum Strand, um den Sonnenaufgang zu betrachten. Zu Hause in San Francisco werde ich um sieben vom Läuten des Weckers wach, oder vom Hupen des Autos, das heute mit dem Fahrdienst zur Schule an der Reihe ist und das Kind in der Wohnung unter mir abholt, oder vom Recycling-Transporter mit seiner klirrenden Glaskaskade. Ich liebe die Stadt, aber ich habe mich dort nie wirklich zu Hause gefühlt.

Italien hat mich, rein äußerlich, wegen seiner kleinen Bergstädte, wegen des Essens, der Sprache und der Kunst in seinen Bann gezogen. Auf einer tieferen Ebene waren auch das Gefühl des gelebten Lebens ausschlaggebend, der friedlichen Koexistenz verschiedener Epochen, die dem Land eine Aura der Zeitlosigkeit verleiht – ich spreche jeden Morgen beim Kaffeetrinken einen Toast auf die etruskische Mauer über uns aus –, und die schwer faßbaren, kollektiven Wesensmerkmale, die hier allenthalben ausagiert werden, angefangen von der forschen Fahrweise auf der *autostrada* bis hin zum gemächlichen Nachmittagsbummel auf der *piazza*. Ich liefere mich für ein paar Monate im Jahr auf Gedeih und Verderb diesem Land aus, weil meine Neugierde, die unterschiedlichen Kulturen Schicht für Schicht zu erforschen, unerschöpflich ist. Diese Nabelschnur, völlig unerwartet und bar jeder Logik, hat sich durch den Bezug zu Kirche und Religion entwickelt.

Zu meiner eigenen Überraschung habe ich eine Keramikmadonna mit einem kleinen Weihwasserbecken für den Hausgebrauch gekauft. Als abtrünnige Methodistin und anschließendes Ex-Mitglied der Episkopalischen Kirche ist mein Weihwasser vermutlich nichts weiter als frommer Selbstbetrug. Aber es stammt aus der Quelle, die wir in der Nähe des Hauses auf einem Steilhang mit weißem Felsgestein entdeckt haben, glasklares Wasser, das aus einem artesischen Brunnen aufsteigt. Für mich sieht es wie Weihwasser aus. Wahrscheinlich war diese Quelle das ursprüngliche Wasserreservoir des Hauses. Oder sie ist noch älter als das Haus – mittelalterlichen, römischen oder etruskischen Ursprungs. Obwohl in meinem Innern ein Ringen und Abwägen stattfindet, rechne ich nicht damit, als Katholikin aus diesem Kampf hervorzugehen, oder auch nur als Gläubige. Das Heidentum wurde mir mehr oder weniger in die Wiege gelegt. Der Populismus in den Südstaaten Amerikas ist mir mit der Muttermilch eingeflößt worden; bei dem Gedanken, daß ein Papst das letzte Wort bei einer Entscheidung haben könnte, stehen mir die Haare zu Berge. »Götzendienst«, nannte unser Pfarrer die Verehrung, die Maria und den Heiligen vielfach entgegengebracht wird. »Makrelenfischer«, hänselten meine Klassenkameraden Andy Evans, den einzigen Katholiken, den es an unserer Schule gab. Während meiner Collegezeit erlag ich kurzfristig den romantischen Aspekten des Gottesdienstes: Reizvoll war vor allem die Messe für die Fischer, die um drei Uhr morgens in der St.-Louis-Kathedrale in New Orleans stattfand. Ich verlor dann das Interesse an dem ganzen Klimbim, als meine Freundin in New Orleans, eine eingeschworene Katholikin, mir in vollem Ernst weismachen wollte, einen Jungen länger als zehn Sekunden zu küssen, sei eine Todsünde. Gegen einen Zungenkuß, der weniger als zehn Sekunden dauerte, war nichts einzuwenden, aber wenn er zwanzig Sekunden in Anspruch nahm, dann brachte sich ein Mädchen in »Schwierigkeiten«. Rituale liebe ich auch heute noch, selbst sinnentleerte; dieses Land jedoch übt eine wesentlich stärkere magnetische Anziehungskraft auf mich aus.

Mir gefallen die kurzen Andachten in den kleinen Kirchen im oberen Teil von Cortona, wo seit achthundert Jahren die immer gleiche Geräuschkulisse den Anrainern eine Möglichkeit zur inneren Einkehr bietet. Als einmal ein schwarzer Labrador zur Tür hereinkam, unterbrach der Priester seine liturgischen Handlungen und brüllte: »Um unseres Herrgotts willen, kann jemand diesen Köter hinausschaffen!« Wenn ich morgens während der Woche auf einen Sprung hineingehe, bin ich oft die einzige Besucherin; dann setze ich mich in eine Bank, um den ländlich barocken Stil zu genießen. Und denke: *Hallo, du da oben, hier bin ich.* Mir gefallen auch die Prozessionen, bei denen Reliquien durch die Straßen getragen werden, angeführt von weißgekleideten Kindern, die Ginster, Rosen und Gänseblümchen auf den Weg streuen, und begleitet von Priestern in goldenen Meßgewändern, die in eine Weihrauchwolke gehüllt sind. In der glühenden Mittagshitze kann es vorkommen, daß man unter Halluzinationen leidet. Was ist in dem goldenen kostbaren

Reliquiar, das zusammen mit den Bannern hochgehalten wird – ein Splitter aus der Wiege des Jesuskindes? Was soll's, wenn wir geglaubt haben, Jesus sei nach der Geburt in eine armselige Krippe gelegt worden; hier haben wir einen Splitter der Originalwiege, absolut authentisch. Oder bringe ich da etwas durcheinander? Vielleicht ist es ein Splitter vom Originalkreuz. Er befindet sich auf dem Weg durch die Straßen, kommt einmal im Jahr einen Tag lang an die frische Luft. Und plötzlich denke ich darüber nach, was wohl der Choral *So weise mir den Weg* bedeutet, der vor Jahren in der weißen Holzkirche in Georgia in den Himmel stieg?

In den Südstaaten meiner Kindheit waren Plakate mit der Aufforderung: »Tut Buße« an Baumstämmen befestigt. Auf einer dürren Kiefer, über dem Blechnapf, in den das Harz tropfte, hing die Warnung: »Jesus wird kommen.« Wenn ich hier bin und während der Fahrt das Autoradio einschalte, intoniert eine monoton einlullende Stimme, Maria möge sich erbarmen und in der Stunde unseres Todes und im Fegefeuer Fürbitte einlegen. Eine Kirche in einer nahegelegenen Ortschaft besitzt eine kostbare Reliquie, die als heilig verehrt wird, eine Phiole mit Milch. Mein Student würde sagen: »Sieht natürlich aus wie von Maria!«

Auf der Terrasse bräune ich nachmittags meine Beine, während ich mich in ein Buch über die ersten Märtyrer und Heiligen des Mittelalters vertiefe. Besonders angetan hat es mir der heilige Lorenzo, der seines Glaubens wegen als Unruhestifter gebrandmarkt und bei lebendigem Leib geröstet wurde; das einzige, was angeblich über seine Lippen kam, war: »Dreht mich um; auf dieser Seite bin ich durch!« Deshalb gilt er als Schutzpatron der Küchenchefs. Die jungfräulichen Märtyrerinnen wurden vergewaltigt, erstochen, gefoltert oder in ein Verlies gesperrt, weil sie ihrem himmlischen Bräutigam die Treue hielten. Manchmal reichte Gottes Hand bis in dieses Jammertal und erlöste sie aus der Bedrängnis, wie die heilige Ursula, die sich weigerte, den Barbaren Conan zum Mann zu nehmen. Als sie und ihre zehntausend Jungfrauen (alle männerfeindlich?) Boote bestiegen hatten, wurden sie durch ein Wunder zu Gott emporgehoben, segelten durch rauhe Lüfte und wurden dann in Rom wieder abgesetzt, wo sie alle in Wasser mit Limonenduft badeten und einen Orden gründeten. Unfaßbar, wie viele Wunder es damals gab! Im Mittelalter entdeckten einige fromme Frauen plötzlich, daß sich die Vorhaut Jesu in ihrem Mund materialisiert hatte. Ich habe keinen blassen Schimmer, ob es auch davon eine Reliquie gibt. (Ob sie wohl aussehen würde wie angeknabbertes Gummiband? Oder wie ein ausgelutschter Kaugummi?) Bei der Vorhaut halte ich mich geschlagene zehn Minuten auf; ich blicke zu den Bienen hinüber, die in den Linden herumschwirren, und versuche mir dieses Wunder bildlich vorzustellen, nicht nur einmal. Ich denke an den Augenblick der Erkenntnis, was die frommen Frauen wohl gesagt oder wie sie reagiert haben mögen – Spekulationen, bei denen ich auf keinen grünen Zweig komme. In Amerika habe ich nie etwas von diesen überspannten Heiligen gehört, obwohl ich einmal einen ganzen Karton neuer Bücher zugeschickt bekam, jedes einzelne über das Leben eines oder einer Heiligen. Da ich sie nicht bestellt hatte, rief ich in der Buchhandlung an, wo mir mitgeteilt wurde, der edle Spender wolle anonym bleiben. Nun lese ich weiter und stelle fest, daß einige unter »heiliger« Magersucht gelitten haben müssen, denn sie ernährten sich ausschließlich von Hostien. Wenn die Gebeine der Heiligen ausgegraben wurden, war die Stadt von blumigen Wohlgeruch erfüllt. Nachdem der heilige Franz von Assisi den Vögeln gepredigt hatte, erhoben sie sich in Form eines Kreuzes in die Lüfte, bevor sie in sämtliche Himmelsrichtungen davonflogen. Die Heiligen verspeisten den Eiter und die Läuse der Armen, um ihre Demut zu beweisen; die Gläubigen revanchierten sich, indem sie das Badewasser der Heiligen tranken. Wenn nach dem Tod das Herz einer oder eines Heiligen herausgeschnitten wurde, fand man darin zum Beispiel ein Bildnis der Heiligen Familie, in einen Rubin eingeritzt. Kein Wunder, daß die Leute vor solchen Dingen Ehrfurcht empfinden. *Ich verstehe das.*

Ich verstehe es deshalb, weil diese innere Stärke und das kindliche Staunen im wunderbesessenen Süden auf so natürliche Weise wieder Fuß gefaßt haben, zum Alltag gehören. Der Splitter vom Rückenwirbel der Gottesmutter oder der Fußnagel von San Marco, sie kommen mir beinahe wie Erinnerungen an längst vergangene Zeiten vor. Meine Lieblingsreliquie ist der Atem des heiligen Josef, Ziehvater Jesu. Ich stelle mir eine lichtundurchlässige grüne Glasflasche mit geschliffenem Stöpsel vor, das blitzschnelle Entweichen der Luft, wenn sie geöffnet wird. Als ich klein war, bewahrte unsere Näherin ihre Gallensteine zu Hause in einem Glas auf dem Fenstersims über der Singer-Nähmaschine auf. Während sie meinen Kleidersaum absteckte, sagte sie, den Mund voller Nadeln: »Mein Gott, war das furchtbar; hoffentlich bleibt mir so was in Zukunft erspart. Jetzt dreh dich um. Die Dinger lösen sich nicht einmal in Benzin auf.« Gallensteine – ihr Talisman und Schutz vor Krankheiten. Symbole und Omen.

Die heilige Dorothea war zwei Jahre lang lebendig eingemauert, in der unterirdischen Krypta einer naßkalten Kathedrale. Sie erhielt die Kommunion und ihre Nahrung, die aus Brot und Hafergrütze bestand, durch einen Gitterrost. Ich denke an die verhaßten Besuche bei Miss Tibby, die meiner Mutter die Hühneraugen an den kleinen Zehen entfernte: Sie schabte die gelben, sich ringelnden Hautfetzen mit einem Gemüseschäler ab, dann schmierte sie die Füße mit einer dickflüssigen Lotion ein, die wie eine Mischung aus Getriebeöl und Ovomaltine roch. Die nackte Glühbirne beleuchtete nicht nur den Fuß meiner Mutter, den sie auf ein Kissen gestellt hatte, sondern auch den Sarg, in dem Miss Tibby nachts schlief, um sich unliebsame Überraschungen zu ersparen.

Während der High-School-Zeit parkten meine Freunde und ich manchmal einen Häuserblock entfernt und spähten heimlich durch die Fenster einer religiösen Gemeinde, der Holy Rollers, die bei ihren Versammlungen in fremden Lauten sprachen; manchmal schrien sie wie am Spieß, die Gesichter in religiöser Ekstase verzerrt, was uns eine Heidenangst einjagte, und fielen besinnungslos zu Boden, wo sie sich wanden und zuckten. Wir hatten mit Religion wenig am Hut und mußten beim Anblick der Inbrunst, die in unseren Augen eine sexuelle Komponente hatte, und der verrenkten Gliedmaßen an uns halten, um nicht loszuprusten. Anschließend setzten wir uns ins Auto, Jeff rauchend, um zu beobachten, wie sie nacheinander die Kirche verließen, deren Putz abblätterte; sie sahen wieder genauso normal wie alle anderen aus. In Neapel wird das geronnene Blut des heiligen Gennaro einmal im Jahr flüssig. Dort hängt auch ein Kruzifix, aus dem ein einzelnes Haar des Erlösers wuchs, so lang, daß es einmal im Jahr geschnitten werden mußte. Dieses Reliquie hat einen besonders engen Bezug zum religiösen Empfinden in südlichen Gefilden.

In den USA gibt es meines Wissens keinen *geheiligten* Ort, an dem man derartig handfeste Wunderlichkeiten aufbewahren und nach Bedarf hervorholen könnte. Als ich unlängst durch die Südstaaten fuhr, legte ich einen Zwischenstopp in der Nähe von Metter in Georgia ein, um ein Barbecue-Sandwich zu essen. Nach dem süßsalzigen, gegrillten Schweinefleisch und dem Eistee wies mir der Inhaber den Weg zur Toilette, die sich draußen im Hof befand; durch seinen Hängebauch am Hochkommen gehindert und über seiner mit Holzkohle gefüllten Grube schwitzend, deutete er mit einer Kopfbewegung nach hinten. Keinerlei Warnschild, daß ich beim Öffnen der Fliegengittertür zwei Straußenvögeln in der Mauser begegnen würde. Wie es sie in diese entlegene Provinzstadt in Georgia verschlagen und welches ikonographische Bedürfnis die Familie veranlaßt hat, diese staubigen Geschöpfe zu bestaunen und zu beherbergen, ist eine philosophische Frage, die ich mit auf den Weg nahm, um in schlaflosen Nächten darüber zu grübeln.

Während meiner Kindheit in den gottesfürchtigen Südstaaten Amerikas mit ihrem festverwurzelten Glauben an Wunderheilungen und das nahende Ende der Welt hatte ich Gelegenheit, einen privaten Schlangenzoo direkt neben einer Tankstelle zu bestaunen, während meine Eltern anhielten, um Benzin aufzufüllen; oder im Vorbeifahren einen Blick auf religiöse Zeremonien am Straßenrand zu werfen, bei denen im Trancezustand Schlangen »beschworen« wurden; oder armselige, zur Schau gestellte »Weltwunder« – Reliquien aller Art – in den kleinen Ortschaften zu betrachten, die an die Sümpfe grenzten. Ich erfuhr, daß eine Schachtel mit den Knochen einer schwarzen Katze ein mächtiges Zaubermittel bei einer Geisterbeschwörung darstellt. Und ein Münzarmband kann einen Schaden abwenden. Ich war an den Anblick von Käfigen mit einem Wurf Babyalligatoren gewöhnt, die auf dem Rücken der Mutter umherkrochen, einem Prachtexemplar von rund viereinhalb Metern Länge; in ihren aufgesperrten Rachen hätte ich stehend hineingepaßt. Das durchhängende Maschendrahtgehege, das auch für Hühnerställe verwendet wird, hätte keinen Schutz geboten, wenn die schlafenden Holzklötze sich erhoben und beschlossen hätten, auf Menschenjagd zu gehen – Alligatoren erreichen beim Laufen eine Wahnsinnsgeschwindigkeit. Ich sah Albinorotwild voller Zecken, die auf meine Hand sprangen, wenn ich die Nüstern tätschelte, die sich weich wie Moos anfühlten; ich sah einen ausgestopften Panther mit Augen wie grüne Murmeln, und einen neun Meter langen Bandwurm in einem Glas. Der Besitzer erklärte, daß er bei seiner siebzehnjährigen Nichte aus dem Rachen entfernt wurde, und zwar mit Hilfe einer Knoblauchzehe, die auf einen Zahnstocher gespießt war. Der Doktor lockte ihn damit aus ihrem Magen, wartete, bis sich der Kopf zeigte, lockte ihn noch ein Stück weiter heraus, packte ihn und hackte ihm mit dem geraden Scherblatt eines Rasiermessers den Kopf ab. Dann zogen sie das Ding aus Darleens Magen, holten es ein wie ein Seil aus dem Fluß.

Staunen. Wunder. Wir Großstädter haben immer mehr die Fähigkeit eingebüßt, unsere Phantasie dem Übersinnlichen zu öffnen, realitätsverhaftet, wie wir nun einmal sind. In ländlichen Gegenden, wo man den Sternen und Wäldern noch nahe ist, sind die Menschen eher bereit, sich darauf einzulassen. Ich erinnere mich noch an die Kobra, viel eindrucksvoller mit ihrem abgeflachten Kopf als die Klapperschlangen, mit deren Häuten der Inhaber des »Eighth Wonder of the World« an der Grenze zu Georgia, wo wir zum Tanken anhielten, die Wände seines Büros tapeziert hatte. Wir befanden uns in der Nähe von Jasper, Florida; hier hatten meine Eltern in einer Nacht-und-Nebel-Aktion geheiratet. Meine Mutter warnte mich: Die Inhaber der Kuriositätenschau gehören zum fahrenden Volk, und es lohnte sich nicht, das Achte Weltwunder anzuschauen, und ich habe genau zehn Minuten Zeit, sonst würden sie ohne mich nach White Springs weiterfahren. Ich erinnere mich an den Nervenkitzel angesichts des Risikos, an der Wegbiegung mit den moosbewachsenen Eichen zurückgelassen zu werden, an den silbernen eiförmigen Wohnwagen, der auf Betonblöcken stand, an die Frau, die ins Innere spähte, während sie ihre Haare in einer

Blechschüssel spülte und aus dem Radio der schmalzige Countrysong »I'm So Lonesome I Could Cry« plärrte. Ich war mir damals sicher und bin es bis heute, daß der Mann mit der phosphoreszierenden, im Dunkeln leuchtenden Flammentätowierung auf dem Rücken und der vollerblühten, tätowierten Rose auf dem Bizeps daran glaubte, daß seine Wunder echt waren. Ich folgte ihm zu der Bambushütte, wo die Kobra aus dem finstersten Winkel Kalkuttas ihren Kopf hob, als er auf einem zellophanumwickelten Kamm zu blasen begann. Die Bewegung der Kobra ließ den räudigen Hund erstarren, der auf der Schwelle stand und hektisch mit dem Schwanz gewedelt hatte. Der Pfau stieß ein kräftiges Hi-Ha aus und schüttelte sich, entfaltete sein prachtvolles Rad; die schillernden Augenflecken in seinem »Rad« waren von einem intensiveren Blau als meine Augen oder die meiner Mutter, und das will was heißen, denn wir haben die klarsten himmelblauen Augen, wie jedermann bezeugen kann. Die Augen des Pfaus glichen denen einer Schlange. Die Frau des Menageriebesitzers kam aus dem Wohnwagen, eine Boa constrictor lässig um den Hals geschlungen. Prüfend blickte sie eine andere Schlange an, der sie soeben eine große Ratte zum Fraß vorgeworfen hatte, nicht einmal portioniert. Die Ratte verschwand im Schlund, wie die Faust im Ärmel eines Pullovers. Ich kaufte ein Getränk und einen gefüllten Hafermehlkeks, rannte, trotz der Hitze am ganzen Körper zitternd, zum Oldsmobile zurück. Mein Vater preschte los, gab dabei soviel Gas, daß der Kies hinter uns hochwirbelte. Meine Mutter drehte sich zu mir um. »Was hast du da?«

»Nur was Kaltes zu trinken und das da.« Ich hielt den großen Keks hoch.

»Pfui Teufel, die Dinger sind mit Schweinefett gefüllt. Und die Glasur besteht aus reinem Schweinefett mit Puderzucker; da freut sich der Zahnarzt.«

Ich glaubte ihr kein Wort, aber als ich den Keks durchbrach, wimmelte es innen vor Maden. Ich warf ihn postwendend aus dem Fenster.

»Was gab es in diesem schrecklichen Zigeunerlager so Tolles zu sehen?«

»Nichts«, erwiderte ich.

Als Heranwachsende übernahm ich die in den Südstaaten verbreitete, geradezu zwanghafte Besessenheit von bestimmten Orten, mit denen ich mich bisweilen identifizierte, als wären sie ein Teil meines Selbst. Falls ich, wie es hieß, aus rotem Ton und schwarzem Flußwasser, weißem Sand und Moos gemacht war, erschien mir diese Verbundenheit völlig natürlich.

Als erwachsene Frau, die in San Francisco lebt, habe ich gleichwohl nie dieses Zugehörigkeitsgefühl empfunden. Die weiße Stadt mit sterilem Licht auf dem Wasser, die blitzsaubere Küste, so malerisch, daß einem bei ihrem Anblick das Herz stehenbleibt, die Marin-Hügel mit ihren sanften Konturen, die an schlafende Riesen unter einer grünen Decke erinnern: Ich stehe da wie eine staunende Touristin und freue mich, daß mir eine kurze Flucht aus meinem Erwachsenenleben gelungen ist. Das Haus, in dem ich wohne, ist nur eines von Tausenden; mein Leben ist nur eine von vielen Geschichten in der entblößten Stadt. Meine Augen blicken ungerührt auf die Scherenspitze der Transamerica-Pyramide und die zerklüftete Skyline, die ich von meinem Eßzimmerfenster aus sehe. Alle öffnen ihre Tür nur einen Spaltbreit, um festzustellen, wer davor steht. Ich sehe andere Menschen durch diesen schmalen Spalt, und sie sehen mich durch ihren. Wir haben uns gewaltig abgeschottet, vertrauen nur noch auf uns selbst.

Es wird mir nie langweilig, in italienische Kirchen zu gehen. Zugegeben, die Rundbögen und dreiteiligen Altarbilder kenne ich bis zum Überdruß. Aber den Bauwerken haftet ein charakteristischer Staubgeruch an, der nostalgisch stimmt, der Geruch der Zeit. Verkündigungs-, Geburts- und Kreuzigungsszenen beherrschen alle Kirchen. Im wesentlichen handelt es sich dabei um den mehr oder weniger gelungenen Versuch, das Geheimnis von zwei grundlegenden Elementen bildlich darzustellen – Geburt und Tod. Sie künden von der Zerbrechlichkeit des Menschen. Auf den Seitenaltären, den hohen Gewölbebögen, den gläsernen Schaukästen mit den alten Handschriften in der Krypta und den verschatteten Rundbögen der Apsis verflechten sich diese archetypischen Ängste und das Traumland der religiösen Inbrunst mit der persönlichen Auffassung, die der Maler von diesen beiden Grundthemen hatte. Ich fühle mich von einem bizarren Gemälde angezogen, das mir aus der Wand entgegenzuspringen scheint. In einem dunklen Paneel unter der Decke einer Kirche in San Gimigniano windet sich Eva kühn aus der Rippe Adams empor, der auf dem Rücken liegt. Keine Spur von der wundersamen Menschwerdung, die ich mir bei der Lektüre der Schöpfungsgeschichte vorgestellt hatte, wo sie sich hopplahopp, wie das Wort »Es werde Licht«, materialisiert. Diese Darstellung ist plastisch, zeugt von jemandes Bedürfnis, bei einem Wunder *präsent* zu sein. So plastisch wie die wundersame Kobra aus Kalkutta, die sich vor meinen Augen in der schwülen Luft von South Georgia emporschlängelte. Adam ist Fleisch. Diese Vorstellung springt dem Betrachter ins Auge wie die Flamme einer Fackel, die im Dunkeln leuchtet. Hört, ihr alle, ich verkünde es laut und deutlich! Im Dom von Orvieto stehen Signorellis menschliche Gestalten am Tag des Jüngsten Gerichts, soeben Fleisch geworden, hoch aufgerichtet und prachtvoll gekleidet neben den grinsenden Skeletten, die sie noch vor wenigen Minuten waren. Teile des Körpers bestehen immer noch aus blanken Knochen, umgeben von einer leuchtenden Aura, einem unheimlichen weißen Licht, das dem festen neuen Fleisch in seiner ganzen Glorie entströmt. Eine bizarre Abkehr von den landläufigen Vorstellungen – wir sind daran gewöhnt, an das Dahinwelken des Fleisches zu denken, und hier wird der Traum vom Jungbrunnen wahr. Am selben Schauplatz in der Kathedrale befinden sich Darstellungen von der Hölle, von vorüberhuschenden Teufeln mit grünen Köpfen und schlangenähnlichen Genitalien. Die Verdammten haben verrenkte, durchbohrte, aufgespießte Leiber, während eine üppige Blondine (welche Sünden sie begangen hat, ist sonnenklar) auf dem Rücken eines Teufels mit verkrüppelten, funktionsuntüchtigen Flügeln davonfliegt. Solche Szenen gewähren uns Einblick in die Gedanken der Menschen, in die mitternächtlichen Vorstellungsbilder von Abstieg, Fall und Aufstieg. Einige dieser Gemälde sind erhaben, aber viele haben einen Comicheft-Aspekt, sind eine Erzählung, die sich ohne Worte weiterentwickelt und große Ähnlichkeit mit den Theorien der Feuer- und Schwefelfundamentalisten hat, die in den Südstaaten noch immer die Stellung halten. Wenn man die beiden Worte *Tut Buße* auf den Plakaten an den Kiefern ergänzen würde, fiele die Wahl vermutlich auf den Spruch: *Der Tag des Jüngsten Gerichts wird kommen!*

Wenn ich in Kirchen umhergehe, sehe ich immer wieder den heiligen Sebastian, von Pfeilen durchbohrt, die Märtyrerin Agathe, die ihre Brüste wie zwei beidseitig gebratene Spiegeleier auf einer Platte vor sich herträgt, und die heilige Agnes, die lammfromm niederkniet, während ein hübscher junger Bursche ihr den Dolch in den Nacken bohrt. Fast jede Kirche hat ihren versperrten Reliquienschrein, der wie ein Miniaturmausoleum aussieht, und was bedeutet das? Dornen aus der Dornenkrone? Bruchstücke von den Fingern des heiligen Lorenzo? Es sind Zauberzeichen, die dem Betrachter sagen: »Sei stark im Glauben wie sie.« Wenn ich in der matt beleuchteten Krypta einer ländlichen Kirche stehe, wo seit mehreren Jahrhunderten eine Handvoll Staub verehrt wird, sehe ich, daß man auch heute noch, Ende des zwanzigsten Jahrhunderts, der oder des Verstorbenen gedenkt und den Sarkophag mit frischen Gartennelken schmückt. Ich gelange zu meiner zweiten Erkenntnis: *Hierher tragen sie ihre Erinnerungen und Wünsche.* Die Kirchen dienen nicht nur als riesiges kulturelles Sammelbecken, sondern auch als Ort für sehr persönliche menschliche Bedürfnisse. Wie vertraut sie mir inzwischen vorkommen (und wie weit entfernt von der historischen Kirche, der blutigen Geschichte des Papsttums!): das härene Gewand des heiligen Franziskus, noch eine Phiole, die der Gottesmutter zugedacht ist, diese mit ihren Tränen. Ich betrachte sie wie meine Erinnerungsstücke zu Hause: die hellbraunen abgeschnittenen Haarlocken – keiner erinnert sich, von wem sie stammen –, die Schachtel mit den getrockneten Rosenblättern auf dem Regal hinter der blauen Milk-of-Magnesia-Flasche, die Briefe, die mit ausgefranstem Schmuckband zusammengehalten werden, den durchscheinenden weißen Stein aus der Half Moon Bay. *Ihr sollt mich nie vergessen!* Während ich die Fußbodenfliesen wachse und den Mop auswringe, kann ich an die heilige Zita aus Lucca denken, Schutzpatronin und guter Geist des Haushalts, wie Willie Bell in meinem Elternhaus. Korbflechter, Bettler, Beerdigungsunternehmer, ein Ruhrkranker, Notar, Höhlenforscher – jeder Mensch hat ein Paradigma. *I once was lost but now I'm found,* heißt es in einer religiösen Hymne: die Botschaft von der Erlösung durch Gottes Gnade. Die mittelalterliche Vorstellung, daß die Welt Gottes Gedanken spiegelt, ist in meinem Kopf ins Wanken geraten. Die Kirche kommt mir eher vor wie eine Landkarte des *menschlichen* Verstandes. Eine durch und durch weltliche Deutung: Ich glaube, daß *wir* die Kirche erschaffen haben, aus Sehnsucht und Verlangen, gestützt auf Erinnerungen und das Repertoire unserer eigenen, persönlichen Wunder.

Wenn meine Kehle brennt, weil ich Orangensaft getrunken habe, obwohl ich weiß, daß ich allergisch darauf reagiere, ist der Heilige in seiner monumentalen Kirche in Montepulciano – eine Stadt mit einem Namen, deren Silben wie gezupfte Cellosaiten klingen – für mich der richtige Ansprechpartner. San Biago ist eine verwandelte Metapher und eine Handvoll Staub in einem schmiedeeisernen Behältnis. Die kleinen Schlüssellöcher, die sich daran befinden, erinnern uns an das, woran wir dringend erinnert werden möchten: *Du bist nicht allein dort draußen in der Welt.* San Biago fokussiert meine Gedanken und läßt mich meine brennende Kehle vergessen. *Bitte für mich, heiliger Biago, du gibst mir die Kraft, über meine Grenzen hinauszuwachsen.* Wenn der Fernseher streikt und das Bild weder durch Herumspielen mit den Knöpfen noch durch kräftige Schläge auf die Seite besser wird, dann ist Santa Chiara hier draußen im Heiligenland zuständig. *Chiara*, klar. Sie war hellsichtig, und von dort aus ist es nur noch ein Katzensprung bis zur *Empfängerin* von Botschaften, zur Schutzheiligen der Telekommunikation. Ziemlich praktisch für ein Mädchen mit transzendentalen Neigungen. Eine Statue von ihr, oben auf dem Fernsehgerät, kann gewiß nicht schaden. Nächstes Jahr am 31. Juli soll der Trauring Marias im Dom von Perugia ausgestellt werden. Wie verlautet, wurde er aus einer Kirche in Chiusi »in frommer Absicht entwendet« – widerspricht sich das nicht? Was mich angeht, ich werde dort sein, auch wenn ich nicht die Bohne an solche Ammenmärchen glaube.

Oben auf dem Treppenabsatz tauche ich die Finger in das mit Quellwasser gefüllte Weihwasserbecken vor meiner Gottesmutter aus Keramik und beschreibe damit einen Kreis auf meiner Stirn. Als ich getauft wurde, tauchte der Methodistenpriester eine Rose in eine Silberschale mit Wasser und besprengte damit mein Haar. Ich hatte mir immer gewünscht, knietief im schlammigen Wasser des Alapaha stehend getauft zu werden, untergetaucht zu werden, bis zum letzten Moment, in dem man den Atem anhalten kann, und beim Hochkommen den Gesang der versammelten Gemeinde zu hören. Mein Quellwasser im Weihwasserbecken vor der Gottesmutter hat sich nicht verwandelt und besitzt nicht die Kraft, mich von meinen oder die Welt von ihren Sünden reinzuwaschen. Für mich ist sie immer *Mary*, wie meine gleichnamige Tante, und nicht die heilige Maria. Mary ist mir einfach eine Freundin geworden, die Freundin aller Mütter, die das Leid ihrer Kinder teilen, Freundin der Kinder, die das Leid ihrer Mütter sehen. Ihr Bild hängt über den meisten Kassen, Geldautomaten, Paßbildautomaten und in den Brotbäckereien der Stadt; ich habe mich an ihre Gegenwart gewöhnt. Der englische Schriftsteller Tim Parks sagt, wenn ihr allgegenwärtiges Bild uns nicht daran erinnern würde, daß das Leben weitergeht, könnte man meinen, daß alles, was uns im Hier und Jetzt widerfährt, einzigartig und ungemein wichtig ist. Er fragt sich, ob die Madonna nicht einige Gemeinsamkeiten mit dem Mond habe. Ja, das hat sie. Mein ungeweihtes Wasser besitzt wirklich heilsame Kräfte. Ich halte auf dem oberen Treppenabsatz inne und wiederhole das klangvolle Wort *acqua.* Vor Jahren lernte das Kind am Ufer des Sees in Princeton *acqua* sagen, unter dem Blätterdach eines Baums mit pinkfarbenen, aufgeplusterten Blüten. *Acqua, acqua,* schrie die Kleine, schöpfte Wasser mit den Händen und ließ es über ihren Kopf rinnen. *Acqua* klingt, als sei es dem Flimmern und Fallen näher, der Nässe und Entdeckung. Ihre Stimme hallt immer noch in mir nach, aber nun berühre ich meinen kleinen Finger, um mich zu erinnern. Der goldene Siegelring, ein Familienerbstück, rutschte an jenem Tag ab, fiel ins Gras und wurde nie mehr gefunden. *Das Wasser des Lebens. Die Vertrautheit der Erinnerung.*

Vertrautheit. Das Gefühl, die Erde zu berühren, wie Eva sie berührte, als sie nichts von ihr trennte.

Auf manchen Gemälden ruht die kleine Stadt auf dem Hügel in

Marias Hand oder unter dem Schutz ihres blauen Umhangs. Ich kann jede Straße in meiner Heimatstadt in Georgia in Gedanken entlanggehen. Ich kenne die Gabelungen in den Pecannußbäumen, die Wasserschwemme in den Abzugskanälen, den krummen Birnbaum in der Allee. Viele kleine Bergdörfer in der Toskana sehen wie mittelalterliche Trutzburgen aus – eine Schutzanlage als Erweiterung der häuslichen vier Wände, mit Straßen so eng wie Korridore, und Plätzen, die Empfangsräumen gleichen, in denen es vor Besuchern wimmelt. Die Dorfkirchen haben eine persönliche Note; die frisch gebügelten Altartücher aus Leinen und Spitze und die scharlachroten Dahlien in einem Glasgefäß könnten sich in einer Schloßkapelle oder auf einem Hausaltar befinden. Die kleinen Häuser sind Teile eines großen Hauses, einer Burg. Ich denke weiter, bis ich das Gefühl habe, daß mir das Haus meiner Großeltern, meiner Tanten, meiner Freunde und die Wände meines Elternhauses genauso vertraut sind wie die Linien meiner Handfläche. Ich liebe die verwinkelte Straße, die zum Konvent hinaufführt, wo ich vielleicht ein bißchen Spitze hinterlegen werde, damit sie auf dem Katherinenrad geflickt wird, spiele sie der unsichtbaren Nonne zu, deren Schwestern in diesem mächtigen Arm der Burganlage seit vierhundert Jahren ihre Arbeit am Schiffchen verrichten. Ich erspähe nicht einmal den Halbmond ihrer Fingernägel, ganz zu schweigen vom Schatten ihrer Ordenstracht. Zwei alte Frauen, die sich vermutlich ein Leben lang gekannt haben, sitzen draußen zwischen ihren Türschwellen auf Holzstühlen und stricken. Die Kopfsteinpflasterstraße fällt jäh zur Stadtmauer ab. Dahinter erstreckt sich die breite Talsenke. Ein Fiat im Miniaturformat kommt die steile Straße hinauf, die für Autos gesperrt sein sollte. Verrückt. Mein Vater pflegte bei Hochwasser durch reißende Bäche zu fahren, die unversehens die tiefen Schlaglöcher in den Schotterstraßen überfluteten. Für mich war das ein Nervenkitzel. Während er lachte und auf die Hupe drückte, stieg das Wasser bis zu den Fensterscheiben. Oder erschien es mir damals nur so?

Wir können zurückkehren, um in diesen prachtvollen Häusern zu leben, den Bolzen vor den Eingangstoren entfernen, einen riesigen Eisenschlüssel im Schloß umdrehen und die Tür aufsperren.

SOLLEONE: HUNDSTAGE

Hochsommertage: *Solleone* – Hundstage werden sie in den Südstaaten genannt. Unsere Köchin sagte, der Name sei entstanden, weil es so heiß gewesen sei, daß die Hunde durchdrehten und Leute anfielen, und wenn ich ihr nicht gehorche, würde ich auch gebissen werden. Enttäuscht fand ich später heraus, daß damit nur Sirius gemeint war, der Hundsstern, der mit der Sonne auf- und unterging. Unser Naturkundelehrer erklärte uns, Sirius sei doppelt so groß wie die Sonne, und ich dachte insgeheim, dieser Umstand sei für den Temperaturanstieg verantwortlich. Hier dehnt sich die Sonne immer mehr aus, bis sie den ganzen Himmel ausfüllt, wie in den archetypischen Kinderbildern mit Haus, Baum und Sonne. Die Zikaden wissen Bescheid: Sie sind ideale Begleiter dieser zunehmenden Hitze. Kaum graut der Morgen, stimmen sie auch schon ihren schrillen Diskant an. Wie ein gerade fingergroßes Insekt einen solchen Heidenlärm veranstalten kann, indem es lediglich seinen Brustkorb in Schwingung versetzt, ist mir ein Rätsel. Wenn ihr Konzert die volle Lautstärke erreicht, klingt es, als würde jemand mit einem Tamburin rasseln, in das nicht Schellen, sondern Gehörknöchelchen eingelassen sind. Mittags wechseln sie zu Sitarmusik über, ein Instrument, das mich aus dem Konzept bringt. Nur der Wind schafft es, sie zum Schweigen zu bringen: Vielleicht müssen sie sich an einen Ast hängen und können nicht gleichzeitig klammern und trommeln. Aber Wind weht hier selten, außer in seiner bösartigen Erscheinungsform, als *scirocco*, der kräftig bläst, aber keine Abkühlung bringt, während die Sonne brennt und brütende Hitze herrscht. Wenn ich eine Katze wäre, würde ich einen Buckel machen. Dieser heiße Wind bringt Staubpartikel aus den afrikanischen Wüsten mit, die sich in der Kehle ablagern. Wenn ich draußen Wäsche aufhänge, ist sie in Nullkommanichts trocken. Papiere flattern in meinem Arbeitszimmer herum wie freigelassene, weiße Tauben, dann landen sie in allen vier Ecken des Raumes. Die Linden werfen ihre trockenen Blätter ab, und die Blumen wirken plötzlich bleich und farblos, obwohl wir in diesem Sommer genug Regen hatten und in der Lage waren, sie gewissenhaft jeden Tag zu wässern. Das Wasser im Schlauch wird direkt aus der alten Quelle hochgepumpt, und sie stehen vermutlich unter Schock, wenn sie am Ende eines heißen Tages eine eiskalte Dusche erhalten. Vielleicht lassen sie deshalb die Köpfe hängen. Der Birnbaum auf der vorderen Terrasse sieht aus wie eine Schwangere, die seit zwei Wochen überfällig ist. Wir hätten ihn ausdünnen sollen. Die Zweige biegen sich unter dem Gewicht der goldgelben Birnen, die gerade anfangen, rotbackig zu werden. Ich kann mich nicht entscheiden, ob ich etwas Metaphysisches lesen oder kochen soll. Die ultimativen Merkmale der menschlichen Existenz oder eisgekühlte Knoblauchsuppe. Eigentlich ist beides gar nicht so weit voneinander entfernt. Und falls es doch Welten sind, die sie trennen, spielt es auch keine Rolle, denn es ist zu heiß, um sich den Kopf darüber zu zerbrechen.

Je heißer der Tag, desto früher gehe ich spazieren. Um acht Uhr, um sieben, um sechs, und sogar zu dieser nachtschlafenden Zeit creme ich mir das Gesicht mit einem Sunblocker ein. Ein wunderbarer Spaziergang beginnt in Torreone. Eine schmale Straße führt den Hügel nach Le Celle hinunter, zu einem Kloster aus dem zwölften Jahrhundert, wo Franz von Assisis winzige Zelle noch immer Ausblick auf ein Bächlein bietet, das sich im Frühjahr in einen reißenden Strom verwandelt. Für viele der ersten Franziskanermönche, die als Eremiten auf dem Monte Sant' Egidio lebten, begann die fromme »Laufbahn« 1211 in Le Celle. Die Architektur, eine steinerne, aufeinandergetürmte Bienenwabe, die am Hügel klebt, erinnert an ihre Höhlen. Während ich hinaufgehe, sind Frieden und Einsamkeit geradezu spürbar. Im Frühsommer macht das Wasser, das im steilen Flußbett hügelabwärts rauscht, seine eigene Musik, und manchmal vernehme ich Gesang, der sie übertönt. Inzwischen ist das Flußbett fast ausgetrocknet. Der Gemüsegarten des

Klosters sieht vorbildlich aus. Einer der Kapuzinermönche, die dort leben, stapft gerade hügelaufwärts in Richtung Stadt. Er ist barfuß, trägt seine verschlissene braune Kutte und einen spitzen weißen Hut (daher der Name *cappuccino*) und stützt sich beim Gehen rechts und links auf einen Stock. Mit seinem weißen Bart und den grimmig blickenden braunen Augen mutet er wie eine Erscheinung aus dem Mittelalter an. Als ich mich auf gleicher Höhe mit ihm befinde, sagt er lächelnd: *»Buon giorno, signora. Bene qua«*, schön hier, und deutet mit einer Drehung seines Barts auf die Landschaft. Er gleitet vorüber, Väterchen Zeit auf Langlaufskiern.

Aber ich schlage heute morgen den Weg ein, der in sanften Windungen hügelaufwärts führt, komme an einer Reihe neuer Häuser und danach an einem Zwinger vorbei, in dem die Hunde in Aufruhr geraten, bis ich mich ein gutes Stück von ihrem Territorium entfernt habe; der Weg ist jetzt nur noch ein weißer Fußpfad durch Pinien- und Kastanienwälder, keine Autos, keine Menschen. Am Wegesrand sieht es aus, als hätte jemand büchsenweise Blumensamen verstreut, die alle Wurzeln geschlagen haben und erblüht sind. Ich steige auf eine Anhöhe hinauf, um mir ein leerstehendes Haus anzuschauen; es ist alt, so alt, daß es noch ein richtiges dickes Schindeldach hat. Dornengestrüpp rankt sich um Türen und Fenster. Ich erspähe dunkle Innenräume mit Natursteinmauern. Von hier habe ich einen Rundumblick auf Cortona und das gesamte Val di Chiana, eine gelbgrüne Flickendecke aus Sonnenblumen- und Gemüsefeldern. Die Räume im ersten Stock haben vermutlich eine niedrige Decke, gerade richtig für ein robustes, aus Kastanienästen gezimmertes Bett und eine weiße Daunendecke. Dort sollte die Terrasse hin – direkt vor die Fliederbüsche. Eine pinkfarbene Rose steht in verschwenderischer Blüte. Wer mag sie gepflanzt haben? Die Frau eines schweigsamen Holzfällers, der an Winterabenden seine Pfeife rauchte und Grappa trank, während die *tramontana,* der kalte Nordwind, an den Fenstern hinten am Haus rüttelte? Vielleicht hat sie ihm heimlich verübelt, daß er sie ausgerechnet in diese Einöde schleppen mußte. Nein, sie war bestimmt zufrieden, daß sie die Leinentisch- und Bettwäsche der *contessa* besticken und sich damit ein Zubrot verdienen konnte.

Das Haus ist klein – aber wer hält sich schon drinnen auf,wenn er eine weitläufige Terrasse mit Ausblick auf die Welt hat? Ein Haus in Wartestellung: Alle Möglichkeiten stehen ihm offen. Eine davon zu entdecken und sie sich in allen Einzelheiten auszumalen, bedeutet, ein Leben in einer anderen Version führen. Irgend jemand wird es schließlich kaufen und kreuz und quer durch die ganze Toskana fahren, auf der Suche nach alten Schindeln, damit das Dach originalgetreu restauriert werden kann. Oder der neue Besitzer läßt das Dach abreißen und neue, flache Ziegel verlegen. Welche Vorlieben er auch besitzen mag, die Abgeschiedenheit des Hauses in luftiger Höhe und die magnetische Anziehungskraft des Panoramas werden nicht spurlos an ihm vorübergehen: An diesem idyllischen Plätzchen kann das rastlose Tier im Menschen verweilen und Tag für Tag Ruhe finden.

Am Ende des Weges führt ein Saumpfad durch den Wald zu unserer bevorzugten Römischen Heerstraße. Ich vermute, daß sie von Sklaven gebaut wurde. Als ich erfuhr, daß sich eine Römische Heerstraße in der Nähe unseres Hauses befindet, nahm ich an, sie sei die einzige weit und breit. Kurz darauf fiel mir ein ziemlich dicker Wälzer über die Römischen Heerstraßen in die Hände, von denen es allein in der näheren Umgebung zahlreiche gibt. Wenn ich allein spazierengehe, versuche ich mir vorzustellen, wie die Streitwagen den Hügel hinunterpreschen, obwohl das einzige, was mir wirklich begegnen könnte, ein streunendes Wildschwein wäre. In einem Flußbett befindet sich immer noch ein kleines Rinnsal. Vielleicht hat hier ein Bote der alten Römer, einem Hitzschlag nahe, genau wie ich eine kurze Rast eingelegt und seine dampfenden Füße gekühlt, bevor er mit wichtigen Nachrichten über die Baufortschritte an Hadrians Mauer gen Süden weiterlief. Die Spuren der letzten Besucher sind jüngeren Datums: Auf der grasbewachsenen Uferböschung sehe ich ein Kondom und zerknülltes Papier.

In der Stadt angekommen, erblicke ich einen runzeligen, kreidebleichen alten Mann, der den Eindruck macht, als würde er gleich sterben. Man hat ihn auf die Türschwelle geschoben, in die pralle Sonne, die letzte Chance, ihm Leben einzuhauchen. Er spreizt die Finger auf seiner Brust, wärmt alles, was möglich ist. Seine Hände sind groß wie Kohlenschaufeln. Gestern habe ich einen Stromschlag erhalten, so stark, daß mein Daumen eine halbe Stunde lang taub war. Ich wollte die Schnur zum Anknipsen der Deckenlampe in meinem Arbeitszimmer hinter den Rippen des Heizkörpers hervorziehen, wo sie aus irgendeinem unerfindlichen Grund gelandet war. Der morsche Klickschalter, den ich erwischte, zersplitterte, so daß mein Daumen in Berührung mit den stromführenden Drähten kam, während meine andere Hand auf dem Metall des Heizkörpers lag. Ich schrie auf und sprang mit einem Satz zurück. Dieses Gefühl der tierhaften, triebgesteuerten Panik – ich frage mich, ob der Mann auf der Türschwelle wohl das gleiche empfindet. Seine Lebenskraft zerrinnt, während die wundersame Kraft der Sonne ihn durchströmt, sein Energiereservoir wieder auffüllt. Seine Frau leistet ihm Gesellschaft; sie sitzt neben ihm, als würde sie warten. Sie ist nicht damit beschäftigt, zu stopfen oder ihre Blumen zurückzuschneiden. Sie begleitet und beschützt ihn auf seiner Reise in die Nachwelt. Vielleicht wird sie seine Leiche waschen, trocknen und die Gebeine mit Olivenöl und Wein salben. Möglicherweise steigt mir aber lediglich die Hitze zu Kopf, und er erholt sich nur von einer Blinddarmoperation.

Wir müssen nach Arezzo, ungefähr eine halbe Stunde entfernt, um unsere Versicherung für das kommende Jahr zu bezahlen. Es wird erwartet, daß wir persönlich erscheinen, statt per Post einen Scheck zu schicken. Wir stellen das Auto auf dem siedend heißen Parkplatz vor dem Bahnhof ab. Das digitale Thermometer, das an der Außenmauer des Gebäudes in der prallen Sonne hängt, zeigt sechsunddreißig Grad Celsius an. Nach unserem erbaulichen Gespräch mit Signor Donato, einem Eis am Stiel, einem Abstecher in Eds Lieblingsboutique »Sugar«, wo wir ein Hemd für ihn kaufen, und einem Besuch in meinem Lieblingsgeschäft »Busatti«, wo wir Handtücher kaufen, kehren wir zum Wagen zurück und stellen fest, daß das Thermometer inzwischen auf sage und schreibe vierzig Grad geklettert ist. Die Türgriffe brennen wie Feuer. Die Hitze im Wageninnern erschlägt uns. Wir reißen die Türen auf und lassen erst einmal Luft herein, bevor wir einsteigen. Meine Augenlider und

Ohrringe brennen. Ed faßt das Lenkrad nur mit Daumen und Zeigefinger an. Meine Haare sind so klamm, daß der Dampf aufsteigt. Die Läden schließen: Es ist die heißeste Zeit am heißesten Tag im Jahr. Zu Hause angekommen, steige ich in die Badewanne, in die ich kaltes Wasser eingelassen habe, lege einen nassen Waschlappen auf mein Gesicht und liege reglos da, bis mein Körper die Temperatur des Wassers annimmt.

Die Siesta wird für uns zu einem Ritual. Wir schließen die Fensterläden, lassen die Fenster offen. Im ganzen Haus fallen Lichtsprossen auf den Fußboden. Wenn ich verrückt genug bin, mich nach halb zwei aus dem Haus zu wagen, begegne ich keiner Menschenseele, nicht einmal einem Hund. Das Wort *torpore* fällt mir auf Anhieb ein: Müdigkeit, Mattigkeit; die Welt versinkt im Dornröschenschlaf. Alle Geschäfte schließen; die Mittagsruhe, die drei Stunden dauert, ist hier heilig. Wenn man ein Mittel gegen Wespenstiche oder Allergien braucht, hat man Pech gehabt. Während der Siesta erzielen die Fernsehsender in Italien die höchsten Einschaltquoten. Sex steht genauso hoch im Kurs. Vielleicht läßt sich dadurch der Unterschied im Temperament der Bewohner von mediterranen und nordischen Regionen erklären: Die einen wurden im Hellen, die anderen im Dunkeln gezeugt. Ovid hat ein Gedicht über die Siesta geschrieben, noch vor der ersten Jahrtausendwende. Er liegt in der Sommerhitze auf seinem Ruhelager, nicht alleine, der eine Fensterladen ist zugezogen, der andere einen Spaltbreit geöffnet. »Scheue Mädchen brauchen das Dämmerlicht, um ihre Unentschlossenheit zu verbergen«, schreibt er. Dann streift er ihr das Gewand ab, das damals ohnehin nicht viel verbarg. Trotzdem, es gab immer wieder Neues unter der Sonne zu entdecken. Und dann galt es, damals wie heute, sich schnell im Bad zu erfrischen und zurück an die Arbeit.

Ein wunderbares Konzept: Drei Stunden lang, in der Mitte des Tages, darf man sich seinen eigenen Interessen und Wünschen zuwenden. Und das zur besten Zeit, und nicht etwa am Abend, nach neun oder zehn Stunden Fronarbeit.

In den hohen, abgedunkelten Räumen ist es totenstill. Sogar die Zikaden geben Ruhe. Ein friedlicher Nachmittag, wie geschaffen zum Träumen. Nicht zuletzt aus Freude darüber, mit nackten Füßen über die kühlenden *Cotto*-Böden zu tappen, gehe ich von einem Zimmer ins andere. Ein zeitloses Bild – unzählige Male vorher gesehen, aber nun kann ich es auch im neuen Wohnzimmer betrachten: dunkles Gebälk, eine weiße Decke aus Mauersteinen, weiße Wände, gewachster Steinboden. Die rauhen Oberflächen und starken Farbkontraste in einem typisch toskanischen Haus sind in meinen Augen so anheimelnd wie bei keinem anderen Architekturstil, den ich kenne. Frisch und heiter im Sommer, strahlen sie im Winter Geborgenheit und Gemütlichkeit aus. Die Häuser in den Tropen mit ihren Bambusdecken und Springrollowänden, die geöffnet werden können, um jeden Lufthauch hereinzulassen, oder die Adobe-Häuser im Südwesten der USA mit ihren gesimsähnlichen Plattformen und offenen Feuerstellen im Innern, die gerundet sind wie die Konturen des menschlichen Körpers, vermitteln mir das gleiche Gefühl, erdverbunden zu sein: *Hier kann ich leben.* Die Architektur wirkt natürlich, als wären diese Lehmhäuser aus dem Boden gewachsen und ließen sich ohne großes Zutun von Menschenhand formen. In Italien bezeichnet man eine Farb- oder Wachsschicht als *mano*, eine Handvoll davon. Bevor in unserem Haus verputzt wurde, entdeckte ich, daß Fabio seine Initialen in den nassen Mörtel geritzt hat. Die Polen verewigten das Wort POLEN auf dem Sockel der Steinmauer. Ich frage mich, ob die Archäologen wohl viele Erinnerungen an das Heer namenloser Helfer hinter den Kulissen der berühmten Bauwerke finden, die alle Zeitläufe überdauert haben. An der Wand der prähistorischen Pech-Merle-Höhle in Frankreich entdeckte ich über den gefleckten Pferden Handabdrücke, wie Kinder sie im Kindergarten machen. Die »Signatur« der schreibunkundigen Künstler, Konturen aus Blut, Ruß und Asche! Als die Pharaonengräber in Ägypten eröffnet wurden, fand man die Fußabdrücke derjenigen Person, die als letzte die Grabkammer vor dem Versiegeln verlassen hatte, im Sand vor dem Eingang: Der letzte Handschlag war getan, das Tagwerk geschafft.

Ein Schmetterling, im Raum eingeschlossen, fliegt immer wieder gegen die Fensterläden, findet aber nicht hinaus. Als ich einschlafe, summt der Ventilator, ein glänzender Kopf, der sich abwechselnd nach rechts und links dreht.

Ich liebe die Hitze. Ich liebe alles, was exzessiv und beharrlich ist. Irgend etwas in mir bejaht diese Philosophie. Vielleicht liegt es daran, daß ich in den Südstaaten aufgewachsen bin, aber es ist ein grundlegendes Ja zur Rückkehr in einen Lebensrhythmus, wie er jenen ersten, vorsintflutlichen Menschen zu eigen war, die unter einer großen, raumgreifenden Sonne geboren wurden.

Die Landschaft sieht kühl aus, obwohl sie sengend heiß ist. Die Terrassen sind dieses Jahr nicht ausgeblichen, wie so manches Mal. Der Apennin bietet sich grün und bewaldet unserem Blick dar. In einem Swimmingpool unten in der Talsenke sehe ich eine Gestalt ins Wasser springen, nicht größer als ein Streichholz.

Da wir uns hoch droben auf dem Hügel befinden, kühlt es gegen Abend ab, die Nächte sind lau. Am späten Nachmittag driften Schicht- und Haufenwolken über uns hinweg, ihre Schatten wandern über die grünen Hügel. Heute regnet es Auguststernschnuppen, die allem Anschein nach vom Sternbild des Perseus ausgehen; es ist die Nacht des heiligen Lorenzo, Schutzpatron der Sternschnuppen, Anlaß genug für ein Festmahl. Wir haben schon früher welche entdeckt, überrascht die Luft angehalten und eine Sekunde zu spät darauf hingedeutet, auf die helle, so kurz erscheinende Lichtkaskade eines Meteors, der schon lange erloschen ist. Die Knoblauchsuppe, bei der Lektüre des römischen Philosophen Boethius ausgesucht, steht zum Kühlen im Eisschrank. Es gibt Zitronen-Basilikum-Huhn, eine zufällige Entdeckung, und eine Tonform mit Kartoffelauflauf nach einem Rezept der guten alten Julia Child, den ich seit Jahren mache; muß nur noch in den Ofen geschoben werden. Ich habe genug reife Birnen für ein Mascarponegratin geschält und in Scheiben geschnitten. Ich kratze und schrubbe den Vogelkot vom gelben Tisch und lege die Tischdecke auf, die ich während der Wintermonate aus Stoffresten genäht habe, mit denen ich vor fünfzehn Jahren in Palo Alto die Kissen der Korbmöbel in meinen begrünten Innenhof bezogen hatte. Ich saß Tage an der doppelten Zierborte, die rund um das Sitzkissen für die

Chaiselongue verläuft. Ich könnte schnurstracks zur Eßzimmertür hinausgehen, die Kissen aufschütteln, dem Hund sagen, daß er »Platz« machen soll, und in den Hof gehen, wo Kumquat und Mispeln, falscher Jasmin und Oliven wachsen. Oder nicht? Alles bleibt, wie es ist. Hätte ich mir damals, als ich den gelbgeblümten Stoff bei Calico Corners kaufte, träumen lassen, daß er nach langer Irrfahrt auf einem Tisch in Italien landen, mich in ein neues Leben begleiten würde?

Als würde ich beim Kartenspiel mit einem flüchtigen Blick mein Blatt überfliegen, streifen meine Gedanken die tausend Konstellationen, belanglose und einmalige, deren Zusammentreffen zur Wiedererschaffung dieses Anwesens geführt haben. Das geringste willkürliche Abweichen von diesem Weg, und ich befände mich nun anderswo, wäre ein anderer Mensch. Woher mag der Ausdruck »ein Platz an der Sonne« wohl ursprünglich stammen? Mein Verstand, von rationalen Denkprozessen beherrscht, klammert sich stets an die Vorstellung, daß es einen freien Willen und Zufälle im Leben gibt; meine Seele läßt sich vom Fluß des Schicksals tragen. Ich bin hier, weil ich eines nachts aus dem Fenster kletterte, als ich vier Jahre alt war.

Alle Sommerfrüchte sind unter der mediterranen Sonne gereift. Die Kirschen machen nach meiner Ankunft den Auftakt, als nächstes sind die gelben Pfirsiche an der Reihe. An der Römischen Heerstraße, die den Sant' Egidio hinaufgeführt, pflücken wir hier und da eine Handvoll der himmlischsten Früchte, die es gibt: winzige wilde Erdbeeren, die wie Juwelen unter den gezackten Blättern baumeln. Dann sind die weißen Pfirsiche mit dem blassen, duftenden Fruchtfleisch soweit. Das Pfirsicheis, das man daraus macht, schmeckt köstlich. Und schon beginnt die Pflaumenzeit, alle Sorten – die kleinen, runden goldgelben, die stumpfen rotblauen und die blassen grünen, die größer als Golfbälle sind. Weintrauben tauchen aus den südlicheren Regionen des Landes auf. Ein paar rotbackige Äpfel reifen, dann die ersten Birnen. Die kleinen grünen können nach menschlichem Ermessen noch nicht reif sein, aber sie sind es, und anschließend kann man die rundlichen, gefleckten gelben pflücken.

Im August beginnen die Feigen prall auszusehen, aber sie erreichen erst im September ihre volle Reife. Und schließlich können die Brombeeren geerntet werden, die das Herzstück des Sommers bilden.

Ende August, einige Tage vor meiner Abreise, nehme ich mein Sieb mit und kann eine ausreichende Menge fürs Frühstück sammeln. Jeden Morgen stürzen sich die Vögel darauf, aber sie schaffen es nicht, alle zu verputzen. Beim Brombeerenpflücken, das zu den einfachen Freuden im Leben gehört, lasse ich alles am Strauch, was noch einen Hauch Rot hat oder sich matschig anfühlt; ich nehme nur die perfekten, bis meine Finger rot sind. Der Geschmack der sonnendurchglühten Brombeeren erinnert mich daran, wie ich einmal als Kind ein ganzes Marmeladenglas voll auf einem verwilderten Friedhof pflückte. Dann setzte ich mich auf einen der Erdhügel und aß mit großem Genuß die saftigen Beeren von einem Strauch, dessen Wurzeln mit dem morschen Gebein verflochten waren.

Bienen und Wespen höhlen die Birnen aus. An den Stellen, wo die Früchte zu Boden fallen, findet für sie ein Festmahl statt. Wer weiß schon, wie die Wünsche unserer Vorfahren in uns fortleben? Der Geruch nach verrottendem Fruchtfleisch erinnert mich irgendwie an meine Großmutter Davis, ein richtiges Ekel. Mein Vater nannte sie insgeheim »die alte Schlange«. Sie war blind und hatte die toten Augen einer griechischen Statue, aber ich war fest überzeugt, daß sie alles sah. Ihr Mann, ein charmanter Taugenichts, hatte sämtliche Ländereien durchgebracht, die sie von ihren Eltern, denen ein großes Stück von South Georgia gehörte, geerbt und mit in die Ehe gebracht hatte. Bei den sonntäglichen Spazierfahrten verlangte sie immer, daß meine Mutter sie zu den Plantagen brachte, die sie eingebüßt hatte. Sie sah nichts, aber in der schwülen Luft roch sie die Erdnüsse und Baumwolle, die dort angebaut wurden. »Das alles hat einmal mir gehört«, murmelte sie. *»Das alles.«* Ich blickte damals von meinem Buch hoch. Das braune Land rechts und links neben dem Wagen erstreckte sich flach bis zum Horizont. Wer konnte, aus jener Perspektive betrachtet, glauben, daß die Erde rund ist? Ich habe das erste Mal wieder an meine Großmutter Davis gedacht, als wir die Terrassen umpflügen ließen, um sie zu bepflanzen. Fruchtbarer Boden, fett und reichhaltig wie Schokoladenkuchen. Big Mama, dachte ich, Ledergesicht, alte Schlange, schau dir diese Land an, *das alles.*

Die Hitze wird durch einen Regenschauer unterbrochen, Regentropfen, so hart und zielgerichtet wie Wurfgeschosse, die den Boden tränken und dann schlagartig aufhören – Schluß, basta. Die grüne Landschaft sieht aus wie Schmierflecke auf den Fensterscheiben. Die Sonne erscheint wieder auf der Bildfläche, aber ihre Schreckensherrschaft ist zu Ende. Der Herbst naht. Was ist das? Der Laubgeruch trocknender Blätter. Ein Lüftchen, das plötzlich weht, eine leichte ambrafarbene Schattierung des Lichts, dann senkt sich blauer Dunst am Abend über das Tal. Ich würde gerne zusehen, wie das Laub die Farbe wechselt, die Haselnüsse und Mandeln vom Boden aufklauben, den ersten Nachtfrost spüren und ein kleines Feuer mit Olivenholz anzünden, damit die Räume morgens leicht überschlagen sind. Meine Sommergarderobe wandert in den Kleidersack unter dem Bett. Ich mache ein paar Girlanden aus Weinreben, in die ich Salbei, Thymian und Oregano einflechte, Kräuter, die ich im Dezember gut gebrauchen kann. Die Fenchelblüten, die ich zum Trocknen auf ein Drahtgitter gesteckt habe, werden in einer bemalten Blechbüchse verstaut, die ich im Haus gefunden habe. Vielleicht hat die *nonna*, die mir im Lauf der Zeit ans Herz gewachsen ist, ihren Fenchel genauso aufbewahrt.

Der Mann mit dem Mantel über der Schulter bleibt gerade mit einem Strauß getrockneter Schafgarben vor dem Schrein stehen. Er wischt das Innere des Gehäuses mit der Handkante aus. Während der Herbstmonate, wenn ich mit meinen Studenten beschäftigt bin, wird er immer wieder die weiße Straße heraufkommen, vielleicht in einer alten Strickjacke, später mit einem Schal um den Hals. Ich sehe, wie er unten auf der Straße innehält, sich umdreht und noch einmal zum Haus zurückblickt. Ich frage mich zum tausendsten Mal, woran er in diesem Moment wohl denken mag. Er entdeckt mich am Fenster, rückt seinen Mantel über der Schulter zurecht und macht sich auf den Heimweg.

Ich bringe die Bücher in die Regale zurück, in die sie gehören, bringe mein Haus in Ordnung. Ein letzter Brombeer-Cobbler, dann muß ich los. Eine Eidechse saust pfeilschnell zur Tür hinein, gerät in Panik, huscht wieder hinaus. Der Gedanke an die Zukunft geht mir durch den Kopf. Welche Kraft zieht mich jetzt wie ein Magnet in die Welt hinaus? Ich staple gebügelte Laken in die Regale des *armadio*. Als ich meinen Schreibtisch aufräume, finde ich eine Liste: Kupferpolitur, Schnur, Donatella anrufen, Sonnenblumen pflanzen, gefüllte Stockrosen. Die Sonne scheint auf die etruskische Mauer, verwandelt das Blattwerk des Johannisbrotbaums in kostbare Spitze. Zwei weiße Schmetterlinge paaren sich im Flug. Ich gehe von Fenster zu Fenster, nehme das Bild in mich auf.